KB187728

요셉과 그 형제들

4

요셉과 그 형제들

이집트에서의 요셉 下

토마스 만 지음

장지연 옮김

살림

목차

7부 구덩이

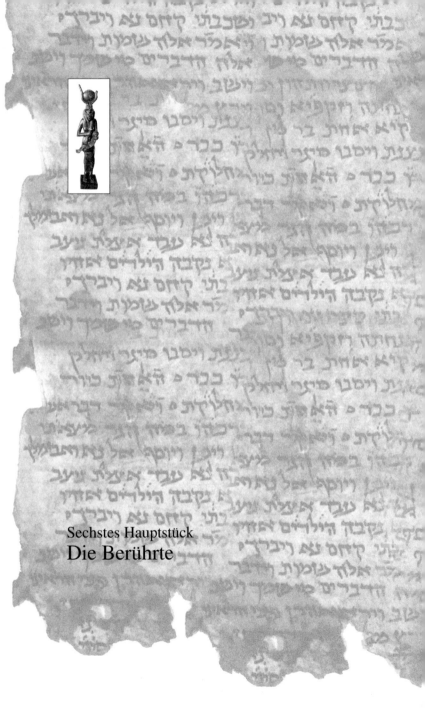

Sechstes Hauptstück
Die Berührte

6부
흔들리는 여인

오해에서 비롯된 말

그리고 이 일이 있은 후, 얼마 지나지 않아 주인의 아내가 요셉에게 눈짓을 보내고 무엇인가 청했다.

이름만 포티파르의 부인인 무트-엠-에네트가 남편의 젊은 집사 요셉에게 '눈짓' 했다는 사실은 세상이 다 아는 일이다. 그러니 우리도 부정할 생각은 없다. 또 그래서 될 일도 아니다. 극도로 혼란스러워진 나머지 더 이상 어찌해 볼 수 없이 뜨겁게 달구어진 그녀의 입에서는, 전래설화가 전하는 그대로, 끔찍할 만큼 노골적인 요청이 흘러나왔다. 그런데 설화는 이런 표현을 그녀의 입에 올려 주면서 마치 그녀가 이런 이야기를 아무 거리낌 없이 할 수 있는 사람이어서 이런 음탕한 제안도 서슴지 않았다는 식의 태도를 보인다.

하지만 실제로는 그녀의 심신이 처한 다급한 상황에서 더 이상은 어찌지 못해 막판에 토해 낸 절규였건만, 이 점은 외면한 것이다. 솔직히 말해, 자세한 상황 설명에 인색한 이런 보고에 경악을 감출 수 없다. 삶에는 여러 가지 비참하고 원통한 일이 많다. 이것들이 자질구레한 것들이라 하여 제대로 참조하지 않고, 우리들이 가지고 있는 자료처럼 이렇게 단칼에 잘라버리는 경우는 어디서도 찾아보기 어렵다. 물론 그 덕분에 간결함은 얻었을지 모르나, 그 때문에 삶의 진실을 외면한 경우를 이 전래설화처럼 생생하게 보여주는 예도 없을 것이다.

비난받기 십상인 이런 발언을 한다 해서, 참 미련한 사람도 다 있다, 이렇게 넘겨짚지 않았으면 좋겠다. 목소리를 얻었든, 혹은 어쩌면 예의상 침묵을 지키고 있든, 이 강연 전체를 못마땅하게 여기는, 그러니까 이 이야기를 다루는 방식에 반대하는 비난이 있을 수 있다는 것쯤은 알고 있다. 이 이야기를 들려주기까지 얼마나 오랫동안 노력을 쏟아왔건, 그것은 헛된 수고일 뿐, 원래 장소에서 맨 처음 이야기를 들려줬던 방식이 가장 적절한 것이었으며 그 면에서는 도저히 다른 것들이 따라올 수 없다고 말이다. 그렇다면 이렇게 되물어봐도 되겠는가? 도대체 언제부터 주해서가 본문과 경쟁을 시작하게 되었느냐고. 전래설화가 말해 주는 한 '사실'이 '어떻게' 전개되었는지 설명하는 것도 전래설화가 갖는 만큼의 가치와 비중을 얻어야 하지 않겠는가?

그렇다. 따지고 보면 삶이란 '어떻게'로 채워지는 것이 아니던가? 앞에서도 생각해 보았듯이 이 이야기는 최초로 구술되기 전에, 그 일이 일어나는 가운데 스스로 자신의 이야기를 들려주었다. 그때의 삶 자체나 정확하게 자기 진술을 할 수 있을 뿐, 화자(話者)가 이야기를 정확하게 들려줄 수는 없다. 그런데도 이를 원한다면, 그것은 헛된 희망이요, 또 그럴 가망성도 전혀 없다. 그저 정확함에 가까이 다가가려고 노력하는 것, 그것이 화자가 할 수 있는 최선이다. 그 방법이란 간단하게 사실만 확인하려들지 않고, 삶의 '어떻게'에 주목하는 것이다. 그런데 바로 '어떻게'에 성실하게 봉사하는 자세로 주해를 다는 행위가 합리화될 수 있는 곳이 있다면, 바로 전래설화가 들려주는 포티파르의 아내와 그녀의 노골적인 발언을 다루는 이 자리이다.

사람들은 설화의 이러한 묘사에 근거하여 어떤 특정한 여성상을 떠올리게 된다. 이런 연상은 강제성을 띠기도 하고, 혹은 거의 저항할 수 없는 유혹의 형태를 띠기도 한다. 그리고 실제로도 대부분의 세상 사람들은 요셉의 여주인을 그런 특별한 여인으로 떠올리고 있다. 그러나 이것이 그녀에 대한 잘못된 상(像)이라는 점이 바로 문제이다. 그러므로 '어떻게'에 충실하여 이를 바로잡는 것은 원문에 대한 진정한 봉사가 된다. 여기서 원문이라 한 것은 처음 쓰여진 것, 또는 더 올바른 표현으로 스스로 이야기를 들려주는 삶을 뜻한다.

워낙 음탕하여 아무 거리낌 없이 상대방을 유혹하고, 자신의 욕구를 노골적으로 표현하면서도 부끄러운 줄 모르는 여자, 이건 잘못되어도 한참 잘못된 상이다. 우리는 앞에서 정원의 정자에서 아무튼 존경스러운 늙은 투이가 며느리에 대해 들려주는 이야기를 요셉과 함께 들은 바 있다. 위에서 언급한 상은 이 이야기와도 전혀 맞지 않는다. 노부인의 이야기에는 그래도 그녀의 삶이 조금은 정확하게 드러나 있었다. 페테프레의 어머니는 그녀를 가리켜 '도도'하다고 표현했고, 그녀를 멍청한 여자라는 뜻으로 거위라 부를 수는 없다고 했다. 그리고 자존심도 대단해서 거만하기까지 한 그녀는 달을 모시는 수녀요, 예비 신부로서 미르테 잎처럼 쓴 향기가 난다고 했다. 이런 여자가 과연 전래설화가 부득부득 우기는 그런 식의 말을 할 수 있을까?

그러나 사실이다. 분명 그녀는 그렇게 말했다. 그것도 한 번이 아니라 단어 하나 틀리지 않고 수차 반복했다. 열정의 소용돌이에 빠져 도도함까지 산산조각 났을 때 벌어진 일이다. 그러나 이렇게 되기까지 시간이 얼마나 흘렀는지, 그런 말을 하기보다는 차라리 혀를 깨물었을 시간이 대체 얼마나 흘렀는지, 이것을 덧붙이는 일을 전래설화는 잊고 있다. 그뿐 아니다. 그녀가 고독을 못 참고 자기 혀를 진짜 깨물었다는 사실도 전래설화는 지적하지 않는다.

이런 세월이 있고 나서야 그녀는 비로소 찢어지는 가슴으로, 처음 그 말을 입에 올릴 수 있었다. 그리고 바로 이 말 때문에 그녀는 영원히 유혹하는 여자라는 낙인이 찍히고 만다. 유혹하는 여자라고? 그녀 같은 상황에서 그런 일을 겪게 되면, 어떤 여자든 유혹하는 여자가 될 수밖에 없다. 내면의 시련이 밖으로 표출되면 유혹적인 모습을 띠게 마련이다. 이때 그녀의 눈을 빛나게 만드는 건 자연이다. 자연의 힘은, 화장 기술을 이용하여 액체를 몇 방울 떨어뜨렸을 때보다 더 초롱초롱하고 달콤한 눈빛으로 만들어준다. 그리고 입술 또한 붉은색이 빨간 연지보다 짙어져 한결 요염해지고, 더 동그랗게 부풀어올라 관능적이 되며, 여러 의미를 포함한 미소까지 흘린다. 또 순진하면서도 한편은 교활한 계산으로 옷을 맞춰 입고 보석으로 치장한 몸은 동작 하나하나가 목적에 맞게 교태를 부린다. 그리고 몸 전체는 타고난 체격이 허용하는 한도 내에서, 그리고 한동안은 원래 몸매보다 더 황홀해 보인다.

이 모든 것은 따지고 보면 요셉의 여주인이 참다못해 그에게 말로 표현한 것과 다를 바 없는 내용을 담고 있다. 그런데 몸 안에서 일어난 이러한 현상을 가지고 그녀에게 책임지라고 할 수 있는가? 그녀가 못된 악마처럼 마법이라도 부려서 그렇게 되었단 말인가? 그리고 또 그녀는 자신을 고문하는 괴로움을 통해서 비로소 자신의 변화를 알게 되지 않았던가? 이것이 밖으로 나가려고 요동치는 바람에 그때서야 알았던 것 아닌가? 자, 간략하게 말해 보자. 그녀가 유혹적으로 되어가고 있다 해서, 그녀를 '유혹하는 여자'라 말할 수 있는가?

게다가 유혹의 방식은 이렇게 마음이 흔들린 여자들의 타고난 신분이나 지금까지 받아온 교육에 따라 형태가 달라진다. 집에서 에니 혹은 엔티라 불린 무트-엠-에네트가 마음이 흔들려 급기야 창녀처럼 행동했다는 가설은 따라서 설자리를 잃는다. 그녀의 어린 시절만 봐도 이는 분명해진다. 그녀의 집안은 귀족 중에서도 귀족이었다. 요셉의 운명에 집사와는 또 다른 영향을 끼쳤던 이 여인도 성실한 몬트-카브와 마찬가지 대우를 받아야 한다. 다시 말해서 그녀의 출신과 관련하여 꼭 필요한 것은 이 자리에서 들려줘야 한다.

부채를 들고 있는 자, 페테프레의 아내가 맥주집 주인이나 채석장에서 돌을 질질 끌고 가는 자의 딸이 아니었다는 말에 놀랄 사람은 아무도 없을 것이다. 그녀는 오랜 전통을 자랑하는 지방 호족 출신이었다. 아주 오래 전이긴 했지만, 그녀의 선조는 소왕국의 왕으로서 이집트의 중간쯤 되는 어느 주(州)에서 광대한 영토를 소유하고 있었다. 당시 나라를 다스린 자들은 아시아 목동의 피를 물려받은 이방인이었는데, 나라의 북쪽에 살면서 레의 이중 왕관을 쓰고 있는 이 침입자들에게 남쪽에 있는 베세의 영주들은 수백 년 동안 복종해야 했다. 그러나 이 영주들 중에서 마침내 강대한 자들이 부활했다. 세켄엔레와 그의 아들 케모세가 바로 그들이었다. 이들은 목동 왕들을 치기 위해 궐기했다. 목동 왕들이 이방 혈통이라는 사실은 그들의 야심을 환기시켜주는 기막힌 전쟁 수단이 되었고, 끈질긴 싸움 끝에 마침내 케모세의 용감한 형제 아흐모세는 아우아리스에 있는 이방인의 굳건한 왕좌를 공격하여 정복했고, 결국에는 나라에서 완전히 몰아냈다. 이렇게 이방인들의 지배로부터 나라를 해방시켰지만, 실은 그곳을 자신과 가문의 재산으로 만든 셈이었다. 이런 상황에서 나라의 모든 영주들이 아흐모세 영웅을 해방자로 본 건 아니었다. 그의 지배를 자유와 동일시하는데 반대하는 자들도 있었던 것이다. 만약에 선택권이 있었다면 이들은 차라리 아우아리스의 침입자와 한통속이 되어 그의 봉신(封臣)으로 계속 머물렀을 것이다. 자기들과 신분이 똑같은 사람에 의해 해방되는 것보다는,

그것이 더 낫다고 생각했을 테니까.

　사실이 그랬다. 오랜 세월 동안 지배자로 군림해왔던 이방인을 완전히 추방하고 난 후에도, 이 자유를 선뜻 환영하지 않는 영주들, 즉 한 주를 다스리는 소왕들이 있었고, 좀더 적극적으로 나서서 아예 해방자에게 반기를 들기도 했다. 그래서 원본을 보면 해방자에게 '반기를 드는 반란군이 모였다'라고 되어 있다. 이렇게 되자 해방자는 어쩔 수 없이 자유가 자리잡기 전에 이들과 한바탕 전투를 벌여야 했고 결과적으로 이 토착 세력들은 소유지를 잃게 되었다. 그러나 그뿐 아니라 테벤 땅을 해방시킨 자가 이방인들에게서 빼앗은 것을 자기 재산으로 만들어가는 과정은, 우리 이야기의 무대가 되는 시대에 크게 진척되기는 했으나 완전히 끝난 것은 아니었다. 오히려 그 과정은 우리가 지금 들려주는 이야기의 전개와 함께 비로소 완결된다. 이 과정을 통해 토착세력인 호족의 소유지와 재산을 테벤의 옥좌 아래로 귀속시켜, 테벤의 왕은 모든 땅을 독차지하게 된다. 그래서 이 땅을 소작료를 받고 빌려 주거나, 아니면 신전과 총아들에게 선사했다. 파라오가 페테프레에게 하사한 강에 있는 비옥한 섬도 그중 하나이다. 대신 오랜 전통을 지닌 호족들은 문무관으로 파라오를 섬기는 귀족이 되어, 파라오의 군사를 지휘하거나 또는 고위 행정관료가 되었다.

　무트의 가문 역시 이와 같은 호족 출신의 귀족이었다. 요셉의 여주인은 테티-안이라는 영주의 직계손으로 당시 '반란군을 모집'한 부류에 속했다. 그리고 전투에서 목숨을 잃는 바람에, 뒤늦게나마 자신이 이방인 침입자로부터 해방된 자라고 시인할 기회도 얻지 못했다. 그러나 파라오는 테티-안의 손자와 증손에게 복수하지 않았다. 이 대가문은 계속 상류층 가문으로 머무르면서 나라를 위해 군사령관도 배출하고 내각의 수장과 보석창고 감독도 제공했으며, 왕실에서 왕을 수행할 때 제일 앞장서는 수장과 첫번째 마부와 왕의 욕실을 관리하는 수장도 배출했다. 그랬다. 이 가문 출신들 중 몇은 예전의 영주 이름을 그대로 쓸 수도 있었다. 멘페나 티네처럼 대도시의 수장일 경우가 그랬는데, 에니의 아버지 마이-사흐메는 베세의 도시 영주로서 직위가 높았다. 이 높은 관직은 그곳에 두 개였고, 그중 하나가 그녀의 아버지 자리였다. 그곳에는 살아 있는 자들의 도시와 서쪽에 있는 죽은 자들의 도시, 이렇게 도시가 둘이었기 때문이다. 마이-사흐메는 그중 서쪽 도시의 영주였다.

직위가 이 정도이니 그는, 요셉식 표현으로 아름다운 신분으로서 항상 기쁨의 향유를 바르고 살 수 있었다. 그의 가족도 물론 그러했다. 몸매가 빼어난 그의 딸 엔티는 예전 같으면 토지를 소유한 영주, 소왕국 왕의 딸로 공주 대우를 받았겠지만, 지금은 그 정도는 아니더라도 고관의 딸로서 유복한 생활이 보장되어 있었다. 도시 영주인 부모가 그녀와 관련하여 내린 결정을 보면, 세월이 지나면서 가문의 사고 방식이 선조의 시대와는 많이 달라졌음을 알 수 있다. 그렇지 않고서야 오로지 왕실에서 큰 이득을 얻을 생각에 사랑하는 아이를 어린 나이에 페테프레에게 아내로 주었을 리 만무하다. 페테프레가 어디 평범한 남편감인가. 페테프레는 후이와 투이가 명예 고관으로 만드느라 손을 본 아들이 아니었던가. 무트의 선조는 토착 세력으로서 땅과 밀접한 관계를 맺고 있었으므로 열매를 맺을 수 있는 생산력에 대한 감각이 남달랐다. 그러나 그 후손인 엔티의 부모들의 경우 이러한 감각이 현저히 떨어졌음을 확인할 수 있다.

포티파르가 자신을 생산한 자들의 심사숙고에 의해 빛의 제물로 올려져 환관이 되었을 때, 워낙 어려서 그저 발버둥칠 수밖에 없었던 것처럼, 이와 비슷한 일을 겪었을 때의 무트 또한 어린아이였다. 사람들은 그녀의 성이 가진 요구를 간과했다. 물로 적셔진 검은 흙, 그리고 질료를 가진 모든 생명의 근원인 '달-알(Mond-Ei)'이 이러한 요구를 상징하는 것들이다. 그녀 안에 씨앗처럼 박혀 말없이 졸고 있느라 이 요구들은 자신을 의식하지도 못했다. 그녀를 사랑하는 부모들이 그녀를 위한답시고 결정한 것이긴 했으나, 생명을 거역하는 결과를 낳았던 그들의 조처에 그녀가 단 한 번도 반기를 들지 않은 것도 그래서였다. 뭘 알아야 반대를 해도 할 것 아닌가. 덕분에 그녀는 경쾌하고 즐겁고 어두운 구석이라고는 없이 자유로웠다. 태양의 입맞춤 세례에 거울 같은 수면 위를 떠다니며 미소 짓는 수련 같았다. 자신의 기다란 줄기가 다름 아닌 저 심연의 어두운 진흙에 뿌리내리고 있다는 사실을 전혀 알지 못하는 수련 꽃, 그게 바로 그녀였다.

무트의 눈과 입이 처음부터 다퉜던 건 아니다. 예전에는 이 두 가지가 천진난만한 아이답게 특별히 진술하는 바도 없어서 서로 조화를 이루었다. 다시 말해서 겁 같은 건 모르는 명랑한 어린 소녀의 눈빛은 아직은 그 아래에 어두운 근엄함이 깔려 있는 줄은 전혀 눈치 채지 못했고, 입도 모서리가 패이긴 했지만 꼬리가 그렇게 유별나게 치켜 올라가지는 않았던 것이다. 그러다 그녀가 달을 섬기는 수녀로서, 그리고 태양신을 섬기는 환관의 명예 부인으로 살게 된 이후부터, 서서히 이 두 가지가 오염되기 시작했는데, 입이 눈보다는 아래 세력(성욕을 뜻함—옮긴이)들과 조금 더 밀접하게 연결된 형상이요 수단이라는 사실을 말해 주는 듯했다.

그녀의 몸 이야기를 해보자. 당시 그녀의 늘씬한 키와 아름다운 몸매를 모르는 자는 한 명도 없었다. 그녀가 걸친 '공기를 엮은 것', 즉 숨결처럼 보드랍고 비단 같은 사치스러운 최고급 옷은 그곳 풍습대로 몸의 윤곽선을 고스란히 드러내 주었기 때문이다. 그녀의 몸이 표현해 주는 자신의 본질은 눈보다는 입과 더 일치된다고 말해도 무방할 것 같다. 그녀의 육신이 걸치고 있는 영예로운 신분은 그 안에 흐르는 피의 용트림을 붙들지는 못했다. 작고 단단한 가슴과 세련된 목덜미, 그리고 등, 부드러운 곡선을 그리는 어깨와 완벽하게 조각된 팔, 귀족답게 쭉 뻗은 다리, 다리 위쪽과 부드럽게 이어져 자랑스럽게 튀어나온 엉덩이, 여성스러움을 마음껏 발산하는 허벅지까지 그녀의 몸은 말 그대로 주변에서 모두 인정하는 가장 여성스러운 몸매였다.

베세는 그보다 더 칭송할 만한 몸을 알지 못했다. 인간들이 원래 그렇듯, 그들은 그녀의 몸을 보면 태곳적의 사랑스러운, 꿈에 그리는 이상향을 연상하곤 했다. 시초, 아니 시초보다 더 앞선 시초의 그림들, 만물의 근원인 달-알과 관계된 형상들이었다. 그것은 참으로 매력적인 처녀상이었다. 그 바닥까지 내려가서 보면—정말로 촉촉한 그 바닥에서 살펴보면—처녀 형상을 한 사랑스러운 거위(그리스 신화의 레다—옮긴이)의 품에 화려한 백조의 전형이 날개를 펼치며 몸을 비빈다. 깃이 눈처럼 하얗고 부드러우면서도 힘이 있는 이 신은(제우스—옮긴이) 상대방에게 반하여 날개를 퍼덕이며 열정을 다해 작업에 돌입한다. 영광스럽고 놀라운 일을 겪게 된 상대방이 알을 낳도록.

정말이다. 베세 사람들의 마음속에 반짝하며 떠오르는 그림들은 바로 이런 것이었다. 이 그림들은 그들 마음속 어두운 곳에 누워 있다가, 얇은 천 아래로 훤히 들여다보이는 무트-엠-에네트의 몸을 보고는 자리에서 벌떡 일어났다. 그녀가 달을 섬기는 순결한 수녀라는 사실을 잘 알면서도 그랬다. 사람들을 내려다보는 그녀의 준엄한 눈빛은 이미 그녀의 명예로운 신분과 출신배경을 말해 주었다. 사람들은 그녀의 눈이 자신의 본질과 변화에 대해 다른 것을 이야기하는 입보다 더 결정적인 증거를 보여준다는 사실도 알고 있었다. 입은 백조 왕이 하는 일을 용인이라도 하듯 미소를 띠고 아래로 내려다보겠지만, 그녀의 몸이 이런 식의 방문을 받고 최고조의 만족감을 느껴본 적은 단 한번도 없다는 사실을 그들은 잘 알고 있었던 것이다. 그녀가 얻는 만족감이란 기껏해야 높고 고귀한 날을 맞아 대낮에 딸랑이를 흔들면서 아문-레 앞에서 그를 찬양하는 예식의 하나로 몸을 쭉 뻗고 춤을 출 때 얻는 게 고작이었다. 한마디로, 사람들은 그녀의 뒤에서 뭐라고 수군대지는 않았다. 고약한 소문을 퍼뜨리는 법도 없고 뭐라고 눈을 껌벅여가며 쑥 덕이는 일도 전혀 없었다. 혹시라도 그런 소문이 있었더라면, 그건 그녀의 입에는 맞을 수도 있었겠지만 눈에는 어림 없는 거짓말이라는 비난을 면치 못했을 것이다. 백성들은 다른 사람들에 관해서는 날카로운 주둥이로 흝어내리곤 했다. 테티-안의 손녀딸과는 달리 진짜 결혼을 하고서도 풍기 문란하게 사는 여자들이 그 대상이었다. 여기에는 수녀회 의 숙녀들도 끼어 있었다. 예를 들면, 신의 소들을 지키는 감독관 부인 레네누테트처럼 신의 규방에 속한 숙녀도 있 었다. 사람들은 그녀에 관해 아문의 소 감독관이 알지 못하 는 것, 혹은 알고 싶어하지 않는 것을 알고 있었다. 이렇게 여러 가지를 알고 있다보니 다른 사람의 뒤에서 뭐라고 쑥 덕거리곤 했다. 그러나 이런 테벤 사람들도 페테프레의 첫 번째 부인, 이 정부인에 대해서는 아는 것이 아무것도 없었 다. 그리고 거기에는 알고 말고 할 이야깃거리도 전혀 없다 고 저마다 확신했다. 사람들은 그녀를 거룩한 여인, 예비된 자, 준비된 자로 여겼다. 페테프레의 집안과 뜰에서도 그랬 고 밖에서도 그랬다. 빈정거리는 일이 습관처럼 배어 있어 입이 간지러워 배기지 못하는 사람들조차 그랬다는 건 꽤 의미 있는 일이다.

듣는 사람들이 어떻게 생각할지는 모르겠지만, 미즈라임 과 특히 도시 노-아문의 여자와 숙녀들의 생활습관을 샅샅 이 파고들 의향은 없다. 이 습관에 대해서는 이미 오래 전 에 늙은 야곱이 내린 극단적이고 준엄한 평가를 우리 모두 들은 바 있다. 세상에 대한 그의 지식은 비장한 신화 같은 뉘앙스를 풍겼었다. 과장을 피하려면 이 뉘앙스는 제거해야 한다. 그렇다고 그의 말에 현실성이 전혀 결여되었던가 하면, 그것은 아니다. 야곱은 그들을 가리켜 죄가 무엇인지 죄라는 말조차 모르며, 또 그것이 뭔지 이해도 하지 못하는 사람들이라 했다. 공기로 뜬 듯한 얇고 투명한 옷을 입고 다니는 그들은 짐승과 죽음을 숭배했는데, 이것은 이들이 정서적으로 육체에 치중하게 만들었다. 경험으로 증명할 수 있는가 하는 점은 일단 뒤로 하고라도, 이들의 풍습이 야곱의 문학적 표현처럼 별로 주저할 줄 모르는 성격을 띠고 있었을 확률은 크다. 그리고 이제 이 확률이 경험과 맞아떨어졌다는 사실을 우리는 확인하게 된다. 어떤 악의가 있어서 이런 사실을 확인하는 것은 아니고, 단지 논리적 만족감 때문이다. 베세의 여자들 중에 누가 이러한 확률과 경험의 일치를 보여주는지 찾아다닌다는 건 코를 벌름거리며 냄새를 맡고 다니는 게 될 것이다. 여기서는 반박할 것도, 용서해 줄 것도 많지 않다. 야곱의 상징적 표현이 얼추 맞는다는 사실을 확인하려면, 소 감독관 부인 레네누테트의 경우만 살펴보면 충분할 것이다. 이 고귀한 신분의 숙녀는 왕의 친위대 소속의 꽤 잘생긴 부사령관과 콘스 신전의 반짝이 단추로 장식한 젊은 사제와 모종의 관계가 있었다. 베세가 풍기문란했다고 비난하는 것은 우리 몫이 아니다. 주민 수가 10만 명도 넘는 이런 대도시의 경우에는 더욱이 그러하다. 구제불능인 것은 포기하는 게 상책이다.

그러나 한 여자만은 달랐다. 그녀의 발걸음에는 한 점의 흠도 없었다. 이는 우리가 보증한다. 화자(話者)의 명예를 걸어도 좋다. 그녀의 발걸음이 신들의 권세에 밀려 술에 취한 듯 광란의 휘청거림을 보여주는 때가 있지만, 그전까지는 정말이지 흠 하나 찾을 수 없었다. 영주 마이-사흐메스의 딸, 페테프레의 처 무트-엠-에네트가 바로 그녀이다. 그녀가 천성이 창녀 같아서, 그녀가 말했다고 되어 있는 그런 요구가 입 안에 늘 맴돌고 있었으므로 언제라도 가볍게, 뻔뻔스럽게 그런 말이 입술 위로 흘러나올 수 있었으리라는 것은 진실을 왜곡하는 옳지 않은 발상이다. 이를 철저하게 깨부숴야만 진실에 이를 수 있다. 그 요구를 입에 올렸을 때, 입술을 깨물며 그런 말을 입 밖에 토해 낸 순간, 그녀는 자신이 무슨 말을 하는지 몰랐다. 한마디로 그녀는 넋이 나간 상태였다. 너무 고통스러워 당황한 나머지 아래 세력들이 휘두르는 채찍에, 그 복수욕의 희생자가 된 것이다. 입은 아래 세력들에게 일정 부분 빚이 있었으나, 눈은 차가운 눈초리로 그것쯤은 무시해도 좋으리라 믿고 있던 그녀였다.

눈을 뜨다

　무트의 부모는 후이와 투이의 아들과 아직 어린 딸을 약혼시켰고 결혼하게 했다. 모두 좋은 뜻에서였다. 이미 알고 있는 일을 또다시 상기시키는 데에는 나름대로 이유가 있다. 그녀는 어린 시절부터 형식적인 부부 관계에 익숙해 있어서, 실제 부부 관계가 무엇인지 알 기회도 없었고, 또 모르니 그리워할 것도 없었다. 공연히 시간이 남아돌아서 이런 말을 하는 게 아니다. 명목상 그녀는 이미 오래 전에 처녀가 아니었다. 채 처녀로 자라나기도 전에, 아직 절반도 성장하지 못한 상태로 그녀는 이미 고상한 규방의 윗사람으로 자리잡고, 많은 사람들의 사랑을 받게 된다. 굽실거리는 벌거벗은 원시인 무어 족 소녀들과 고양이처럼 등을 구부린 내시들은 그녀를 여주인으로 떠받들어 모셨고, 그녀는 무위도식하며 호화롭게 사는 출신이 각기 다른 열다섯 명의 미녀들 중에서 으뜸가는 첫번째 미녀가 된다. 이 미녀들 역시 축복의 집에 속하는 부속물이었다. 이들은 벌거벗은 공허한 사치품이요, 이름뿐인 명예 부속품, 그리고 과시용품이었다. 주인님이 환관이므로 즐기려야 즐길 수도 없는 사랑을 위한 준비물이었으니까. 재잘거리기 좋아하고, 꿈이나 꾸고 사는 이 여인들은 자신들의 여왕이 슬프면 따라서 눈썹을 내리깔고 우수에 젖고, 그녀가 즐거운 기색이면 마음껏 수다를 떨었다. 그리고 주인님 페테프레가 별 뜻 없이 작은 호의를 베풀면 멍청하게도 미친 듯이 싸워댔다. 예를 들면 페테프레가 다과회를 열어 그들 중에서 몇 명을 골라 무트-엠-에네트와 함께 장기를 한 판 둘 때가 그랬다.

이렇게 무트는 규방, 하렘의 별이요 큰 집의 여주인이며, 페테프레의 부인으로서 좁은 의미에서나 넓은 의미에서나 다른 모든 첩들보다 월등한 여주인이었다. 그럴 상황만 되었더라면 그의 자녀들의 어머니가 될 수도 있었으리라. 그녀에게는 기분이 내키면 언제라도 쓸 수 있는 독방까지 본채에 마련되어 있었다(이 방은 북쪽 주랑의 동쪽에 있었다). 그리고 요셉이 주인님께 책을 읽어주곤 하는 북쪽 주랑 건너편이 바로 그녀의 남편 방이었다. 그녀는 파라오의 친구인 남편 페테프레가 테벤의 상류층 사람들에게 춤과 음악을 곁들인 아름다운 향연을 베풀면 여주인 노릇을 했다. 또는 다른 상류층 인사의 집이나, 특히 궁전에서 향연이 열리면 그와 함께 참석하기도 했다.

그녀의 삶은 긴장의 연속이었다. 고상한 의무들이 빡빡하게 짜여 있었다. 글쎄, 굳이 이것을 일이라 한다면 한가로운 의무라 할 수도 있을 것이다. 그러나 이런 의무를 수행하는 것 또한 중요한 의무 못지않게 힘의 소모가 컸다. 모든 문명을 살펴보면, 고상한 부인들의 생명력은 사교계 생활, 다시 말해 문화와 곁가지로 붙은 온갖 것에 모조리 점령당한 상태였다. 그래서 형식만 따지고 거기에 매달리느라 본래의 것, 즉 영혼과 감각이 함께 하는 삶에는 결코 이를 수 없어 심장은 항상 차갑고 허전하며, 의식이 닿는 한 부족한 곳은 없지만, 그렇다고 슬프다고도 할 수 없는 습관적인 존재가 되고 만다. 이렇게 열정이라고는 없는 사교계 여성은 시대와 장소를 막론하고 항상 있어 왔다. 이처럼 지체 높은 숙녀의 삶을 살아가는 그녀의 남편이 군사를 거느린 진짜 사령관인지, 아니면 궁궐에서 단지 그런 호칭을 내려준 명예 사령관에 불과하든, 그것은 그다지 중요하지 않다.

화장대 앞에서 치르는 의식은 그것이 어떤 경우든 비슷한 노력과 수고를 요구한다. 자신을 탐내는 남편의 욕망을 생생하게 유지하려는 목적에서 나오든, 또는 그 자체를 위해서, 순전히 사회적인 의무감에서 행하는 것이든, 힘이 들기는 피차일반이다. 무트는 같은 계급에 속하는 다른 여성들처럼 매일 화장대 앞에서 보내는 시간이 몇 시간씩 되었다. 그 순서를 보면 이렇다. 에나멜처럼 반짝이는 손톱과 발톱 손질은 지나칠 정도로 꼼꼼했다. 그리고 향수 목욕, 털깎기, 향유 바르기와 안마로 잘 빠진 몸매를 관리해야 했다. 다음은 까다로운 그림을 그리고 액체를 몇 방울 떨어뜨릴 차례다. 그러면 그렇지 않아도 어여쁜 눈동자가 금속처럼 파래지면서 광채를 띠게 된다. 그리고 고도의 기술을 자랑하는 화장법이 뾰족한 붓으로 눈을 길게 해주고, 달콤한 눈빛을 선사해 주는 화장 도구들은 눈을 진짜 보석과 장신구로 둔갑시켜 준다. 그리고 나면 머리를 손질할 차례다. 그녀의 원래 머리카락은 중간 길이에 결이 고운 짙은 곱슬머리였다. 여기에 이따금 파란색이나 황금색 가루를 뿌리기도 했다. 뿐만 아니라 색상과 모양이 다양한 가발 손질도 필요했다. 거기엔 댕기 가발도 있고, 땋은 머리와 금실 은실을 섞어 뜬 것, 또 진주 장식을 늘어뜨린 가발도 있었다. 머리 손질이 끝나면 옷을 입어야 한다. 꽃잎처럼 하늘거리는 옷에 실로 뜬 칠현금 모양의 허리띠를 둘러 어깨에 드리워진 잔잔한 주름이 조화를 이루도록 신경을 써야 한다. 그리고 시종들이 무릎 위에 올려 준 보석들을 놓고 머리와 가슴 그리고 팔에 걸 보석을 골라야 한다. 이 모든 절차가 진행되는 동안 벌거벗은 무어 출신의 흑인 소녀들과 헤어스타일을 담당하는 거세된 남자들, 그리고 재단사 시녀들은 물론이거니와 무트 자신도 웃는 일은 전혀 없었다. 한 가지라도 방심하면, 이 문화에서 혹시 하나라도 깜박하는 날에는 사교계에서 뒷말이 나오게 되고 왕실에서도 스캔들로 골치깨나 썩게 되기 때문이다.

같은 생활을 하는 여자 친구들을 방문하는 것도 그녀의 하루일과에 포함된다. 가마를 타고 그들을 찾아가거나 거꾸로 여자 친구들을 맞아들이기도 했다. 그리고 메리마트 궁전에서 봉사활동도 해야 했다. 무트도 신의 부인인 테예가 거느린 영예로운 봉사단원이었다. 그녀도 남편 페테프레와 마찬가지로 부채를 잘 들고 있었다. 그리고 야간 물축제에 참여하는 것도 그녀의 일이었다. 아문의 씨를 받아 수태하는 여인이 주최하는 이 축제는 파라오의 말씀이 창조한 궁궐 정원의 인공 호수에서 거행되었다. 호수는 최근 발명된 오색 횃불의 황홀한 광채에 잠겨 한결 더 아름다워졌다.

그리고 이밖에도 그녀에게는 또 다른 의미심장한 명예 의무가 있었다. 앞에서도 여러 번 언급한 적이 있는 이 경건한 의무는 고상한 사교계의 여인을 일종의 사제로, 한마디로 성직자로 만들어준다. 그녀의 도도하고 근엄한 눈빛도 바로 이 역할에서 비롯되었다. 이것은 다름 아니라 신을 낳은 여신의 이름을 딴 하토르 수녀회원으로서의 의무이다. 무트는 이 수녀회 소속으로, 또 아문의 하렘 여인으로서 머리에 암소 뿔과 그 사이에 태양 원반을 꽂고, 일시적인 여신 역할을 해야 했다. 이 점이, 그리고 이 기능이 에니의 삶에 어느 정도까지 영향을 미쳤는지, 그 이야기를 하려니 기분이 좀 묘하다. 이 일로 말미암아 세상을 바라보는 이 귀부인의 시선은 더욱 냉정해졌다. 그리고 가슴은 공허해져서 부드러운 꿈 같은 것은 자리잡을 엄두도 내지 못했다. 이 일은 명목상의 부부생활과 관련이 있었다(이름만 부부일 뿐 실제로 부부생활이 없었다는 것, 그리고 또 그럴 수밖에 없는 것이 그녀의 탓은 아니었다). 아문의 규방이 전혀 남자의 손길이 닿지 않은 여인들의 집은 아니었다. 무트와 그녀의 동무들이 축제 때 시연하는 위대한 어머니 여신은 육신의 금욕과는 거리가 멀었다. 여왕, 신과 동침하는 여인, 그리고 후계자 태양을 출산하는 여인이 이 수녀회를 지키는 여주인이었다. 또 수녀회 원장 또한 앞서 여기저기서 언급했듯이 기혼녀로서 아문을 섬기는 비중 있는 제사장의 아내였다. 그리고 일반 수녀회원도 소 감독관의 부인인 레네누테트와 마찬가지로(그녀의 다른 관계에 대해서는 일단 입을 다물기로 하고) 대부분 기혼녀였다. 그런 의미에서 무트가 신전에서 봉사할 수 있었던 것은 그녀가 결혼한 덕분이라고 할 수도 있다. 그런데 그녀는 속으로 자신의 성직을 특별한 결혼생활과 연관시키고 있었다. 이는 꽥꽥거리는 목소리의 후이가 역시 백발이 된 침대의 동반녀와 대화를 나누면서 보여준 태도와 일치한다.

누가 시켜서가 아니라 무트는 스스로 자신의 성직이 자신에게 잘 어울린다고 생각했고, 한걸음 나아가 신의 첩으로서 가질 수 있는 권리로 여겼다. 적어도 세속의 남편이 페테프레 같은 그런 상태일 경우에는 특히 더 그렇게 생각한다는 것을 말이 아닌 다른 수단과 방법을 동원하여 표현했다. 사교계는 그녀의 이러한 입장을 지지해 주었고, 마침내 그녀는 하토르들 중에서도 신을 위해 예비된 순결한 신부로서 빛을 발할 수 있었다. 아름다운 목소리와 뛰어난 춤솜씨 못지않게 수녀회원 중에서 그녀가 차지한 높은 지위, 거의 항상 수녀회 원장의 바로 옆자리에 서 있는 우월한 지위를 말없이 부각시켜 준 게 바로 이 점이었다. 이것은 그녀의 의지가 만들어낸 산물이었다. 이 의지는 세상에서 형체를 얻어, 그녀에게 단순한 위로를 넘어선 위로를 가져다주었다. 말없이 잠잠하게 자기 자리를 지키고 있던, 저 깊은 심연이 그것을 요구했던 것이다.

이런 그녀가 님프라고? 유혹적인 요부라고? 그건 웃기는 이야기다. 무트-엠-에네트야말로 고상하고 거룩한 여인이다. 세상에 대해 냉정한 여인, 달을 섬기는 수녀, 그녀의 생명력은 일부 과다한 요구를 지닌 문화에 소모되었고, 또 일부는 신전의 재산으로서 정신적인 자긍심을 받쳐주는 데 쓰여졌다. 이렇게 그녀는 포티파르의 첫번째 정부인으로서 사람들이 모두 떠받들어 주는 생활을 했다. 가마에 실려 다니며 자신 앞에 무릎을 꿇고 우러러 찬미하는 대중을 보며 흡족해 하는 그녀는 단 한번도 자신의 요염한 입이 암시하는 영역 때문에 마음이 흔들린 적이 없었다. 분명히 말하건대, 이 영역은 단 한번도 건드려진 적이 없었고 거기서 어떤 소원이 피어오른 적은 결코 없었다. 현실뿐 아니라 꿈에서조차 그런 적은 없다. 꿈을 야생의 영역, 자유의 영역이라고 보면 곤란하다. 대낮에 조롱받은 것이 밤이 되자 보상을 요구하듯, 몸뚱이를 무성하게 불려서 아무렇게나 등장하는 곳이 꿈이라고 생각한다면 큰 잘못이다.

진실이 정확히 알지 못하는 것, 진실로부터 완전히 격리되어 있는 것은 꿈도 알지 못한다. 이 두 영역의 경계선은 유동적이며 투명하여 다른 것을 통과시킨다. 이러한 경계선이 그어진 영혼의 한 공간은, 양심과 자긍심으로도 어쩔 수 없음을 증명해 준 것이, 무트의 혼란과 수치심과 곤혹스러움이었다. 그녀는 잠에서 깨어나서가 아니라, 이미 꿈속에서부터 그런 느낌에 빠져들었다. 처음으로 요셉의 꿈을 꾼 그날 밤에 말이다.

그게 언제였을까? 그녀가 살던 곳에서는 우리들이 살고

있는 세상과는 달리 아무렇게나 나이를 센다. 그러니 일단
은 짐작 정도로 만족하자. 요셉을 사들였을 때, 에니의 남
편은 30대 후반이었으며, 지금은 여기에 7년이 더해진다.
그녀가 남편보다는 훨씬 어렸을 터이니, 지금 그녀는 그와
마찬가지로 40대 중반이 아니라, 그보다 훨씬 아래였을 것
이다. 그렇지만 성숙한 여인이었음은 분명하다. 요셉보다
당연히 연상이었을 테지만 정확히 얼마나 위였는지 일일이
따져보지는 않겠다. 여자의 나이 차이를 거의 평준화해 주
는 고상한 화장문화—대단한 감각적 효과를 낳는 이 화장
문화의 결과물은 나이를 계산하는 연필의 진실보다 마땅히
높은 진실로 인정해 주어야 한다—에 대한 도의적인 존경
심에서라도 그 일은 삼가야 할 것이다.

  황금 가마에 둥실 실려 가는 여주인을 처음으로 본 이래
요셉은—여성의 입장에서 보면—많은 변모를 겪었다. 그에
게는 유리한 변모였다. 그러나 그때 이후로 그녀를 계속 보
아온 그의 입장에서 보면, 그녀는 별로 유리한 변모를 겪지
않았다. 물론 세월이 그녀에게 어떤 오점을 남기도록 내버
려두었더라면, 향유를 바르는 시녀들과 안마를 해주는 내
시들이 어찌 무사할 수 있었으랴! 그러나 그녀의 얼굴은 안
장코와 묘하게 움푹 패인 볼과 함께 처음에도 그다지 아름
답지는 않았지만, 그때나 별로 달라진 것이 없었다. 다시
말해 예전이나 마찬가지로 조화로운 듯 보이면서 한편으로
는 자연의 변덕을 확인할 수 있고, 당시의 유행 감각과 묘
한 매력 사이에 양다리를 걸친 듯했다. 그러나 눈과 양끝이
말려 올라간 입 사이의 말없는 불안감, 그 모순은 전보다

더 부각되었다. 따라서 불안감이 주는 아름다움을 찾는 경향을 유념한다면—이러한 경향은 분명히 존재한다—그녀는 그동안 더 아름다워졌다고도 말할 수 있다.

한편 요셉의 아름다움은 이 기간 동안 남자가 되기 전의 아름다운 미소년의 단계를 벗어났다. 이 단계의 아름다움에 관해서는 이미 앞에서 높이 평가한 바 있다. 이제 스물네 살이 된 그는 여전히, 그리고 진정한 의미에서, 비로소 사람들이 넋을 놓고 바라볼 정도로 아름다워졌다. 그러나 그의 아름다움은 예전에 이중적인 매력을 보여주던 어린 시절과는 달리 훨씬 성숙한 면모를 갖추고 있었다. 일반적으로 사람들의 호감을 얻었음은 물론, 특정한 방향, 즉 여성에 대한 호소력이 훨씬 강해졌다. 남자다워지면서 그의 아름다움은 더욱 고상해졌다. 예전에 이 베두인 소년은 귀엽고 애교스러운 인상을 풍겼지만 지금은 그렇지 않았다. 그렇다고 해서 이 흔적이 완전히 없어진 것은 아니고, 조금은 남아 있었다. 특히 어머니 라헬의 눈이 그랬듯이, 그 역시 근시였던 까닭에 눈을 찌푸려 양쪽 눈이 베일을 쓴 듯 감겨질 때면 더욱 그랬다. 그러나 상이집트의 태양 아래에서 사는 동안 얼굴은 더 통통해지고 진지해졌으며 색깔도 짙어졌다. 얼굴선도 더 매끈해지고 고상해졌다. 세월이 그의 체격에 남긴 흔적이기도 하지만, 다른 한편 그가 맡은 과제들로 인하여 생겨난 몸놀림과 목소리의 변화에 대해서는 앞에서 이미 지적한 바 있다. 여기에 이 나라 문화의 소산으로 외모까지 세련되어졌다. 당시 그의 모습을 바로 보려면 이 점을 간과해서는 안 된다.

그를 상상하려면 하얀 아마포 옷을 입은 높은 신분의 이
집트 남자를 떠올리면 된다. 겉옷이 얇아서 그 아래에 받쳐
입은 옷이 어른거렸고 품이 넓은 소매는 길이가 짧아 손목
과 에나멜 팔찌로 치장한 팔의 아래 부분이 훤히 드러났다.
머리는 엄숙할 때는 가벼운 가발 차림이고, 편안한 때면 매
끄러운 생머리를 보여주었다. 최고급 양모로 만든 가벼운
인조 가발은 두건과 가발의 중간 형태로, 머리 위쪽 부분부
터 아래로 엽맥 무늬 비단처럼 결이 고르고 가느다란 머리
다발이 촘촘히 엮여 있고, 목덜미에 이르자 비스듬한 사선
을 그으면서 기와지붕처럼 고르게 엮은 가느다란 곱슬머리
가 어깨 위로 드리워졌다. 그리고 목에는 오색 목걸이 외에
도 갈대와 황금으로 만든 납작한 목걸이를 걸고 있었다. 거
기에는 수호신 역할을 하는 장수풍뎅이 부적이 매달려 있
었다. 그가 이곳 생활에 적응하느라 아침마다 화장한 탓에
그의 표정은 실제와 조금 달라졌다. 눈썹도 일자로 긋고,
위쪽 눈꺼풀부터 관자놀이까지 긴 선을 그리는 등, 자신의
신분에 걸맞는 화장을 한 다음에, 긴 지팡이까지 들고 집사
를 대신하는 최고 높은 입으로서 집안을 돌아다니고, 시장
에 나가고 만찬장에 섰을 것이다. 또 페테프레의 의자 뒤에
서서는 다른 시종들에게 손짓을 했을 것이다. 여주인이 본
그의 모습은 바로 이런 것이었다.

본채의 홀에서, 혹은 어쩌다 한번씩 여자들의 집에서, 또
는 특별한 일이 있을 경우, 그녀 앞에 직접 와서 몸을 숙이
고 공손하게 아뢸 때, 그녀가 처음 본 그는 바로 그런 모습
이었다. 그전에는 그를 보지도 않았다. 단순히 사고팔 수

있는 노예의 신분일 때나, 그보다는 조금 나아져 페테프레의 마음을 따뜻하게 해줄 수 있게 되었을 때에도 그녀는 그를 보지 않았다. 그 집에 도착한 이래 샘물 옆에서처럼 무럭무럭 잘도 자라고 있었어도 그녀는 그를 보지 않았다. 그녀의 눈에 그의 모습이 들어오기 위해서는 두두의 비난과 호소가 있어야 했다.

그녀의 눈을 뜨게 한 건 두두였다. 이 사건에서 미라의 입을 열 때 사용하는 송아지의 발 역할을 두두의 혀가 했던 것이다. 그러나 진짜로 눈이 뜨여지려면 아직도 멀었었다. 이 사건이 완성될 날은 여전히 아득했다. 그녀가 노예를 살펴본 것은 단순한 호기심이 아니라, 근엄함이 깔려 있는 호기심에서였다. 그런 자가 감히 집안에서 장성하고 있다니, 그런 혐오스러운 일은 막아야 한다는 일념에서 그를 관찰한 것이다. 다만 그녀의 눈이 만나는 대상이 다름 아닌 바로 요셉이라는 데 위험이(그녀의 자부심과 평안을 고려해서 이렇게 표현해야 마땅하리라) 도사리고 있었다. 어쩌다 그의 눈과 마주치기도 했다. 물론 그것은 몇 초에 불과했지만 그 자체가 이미 심각한 것이었다. 얼마나 심각했느냐고? 작은 베스가 난쟁이의 지혜 덕분에 불길한 예감을 느끼고 바들바들 떨 만큼! 그가 보기에 고약한 두두가 하는 짓이 원래의 나쁜 의도에서 한걸음 더 나갈 것 같았다. 그래서 여주인의 눈이 뜨여지면, 완전한 타락을 초래할 것만 같은 불안과 두려움이 엄습했던 것이다. 난쟁이에게는 불을 뿜어내는 황소상이 보여주는 힘이 워낙 낯설고 무서웠기 때문에 이런 예감이 가능했던 것이다. 그러나 요셉은 경솔한 게 탈

이어서—이 점에 관해서는 그를 관대히 봐줄 생각이 전혀 없다—그것을 이해하려고 하지도 않았고, 베지르가 마치 말도 안 되는 헛소리를 지껄이는 것처럼 넘겨들었다. 자신에게 뭔가를 속삭여 주는, 그렇다, 어떤 것을 귀띔해 주는 자가 자기 곁에 있다는 사실을 무시해버린 것이다. 요셉은 홀에서 어떤 눈길이 자신을 주목하는 것이 어떤 의미를 갖는지 별로 헤아리려 들지 않았다. 오히려 신경을 곤두세우고 그 눈길이 있나 없나 살폈고, 행여 없으면 은근히 시선이 와주기만을 바랐다. 이전에 자신은 여주인에게 한낱 물건에 지나지 않았다. 공간만 차지하고 있을 뿐 아무런 의미도 없는 그런 대상이었다가 이제는 물건이 아니라 사람을 쳐다보는 눈빛으로 그녀가 자신을 바라본다는 것에 어리석게도 그는 뿌듯해 했다. 설령 그것이 분노의 눈빛이라 하더라도 상관없었다. 그러면 우리들의 에니는 과연 어떠했을까?

허 참. 그녀라고 더 영리하지는 않았다. 그녀 또한 난쟁이를 이해하려 들지 않았다. 그를 바라본 건 사실이지만, 엄한 눈초리로 본 것인데 거기에 무슨 다른 뜻이 있을 수 있겠는가? 하지만 그녀의 이런 생각은 처음부터 완전히 착각이었다. 그렇지만 적어도 그녀가 자신이 누구를 보고 있는지 의식하지 못한 동안까지는 용서받을 수 있다. 그러나 그것을 알고 나서도 그런 생각을 했다면, 이는 스스로 몸을 불린 착각으로서 처벌을 면키 어렵다. 그냥 쳐다본 것이 아니라, '근엄함이 깔려 있는 호기심'이 담긴 눈빛으로 남편의 몸종을 지켜보았으나, 근엄함은 서서히 사라지고 호기심만 남아서, 그 바라봄이 행복과 불행을 동시에 끌어안고 있는 다른 이름을 가진 어떤 것에 종사하고 있다는 사실을, 이 가련한 여자는 알려 들지 않았다. 그녀는 자신의 행동이 두두의 원성을 사고 있는 자가 집안에서 장성하는 불상사를 막는 데 크게 기여하는 것으로 착각했다. 그리고 자기가 그 일에 참여하는 것은 옳은 일이며 그럴 의무가 있다고 느꼈다. 종교적인 입장, 혹은 이와 똑같지만 표현만 다른, 이른바 정치적인 입장과 당파성, 즉 아문과의 유대감이 그 배경이었다. 아문은 히브리 노예가 집에서 높은 자리에 올라가는 것을 모욕으로 느낄 게 분명했다. 이를 두고 아시아를 선호하는 아툼 레의 기질에 굴복하는 것으로 여길 게 뻔했던 것이다. 집안의 불미스러운 일이 이처럼 심각하니 자신이 이를 막는데 참여함으로써 얻게 되는 즐거움은—그녀는 이것을 근심과 열성이라 불렀다—정당한 것이라 여겼다. 인간이 어느 정도까지 자신을 속일 수 있는지, 사뭇 놀랍다. 사교계를 챙겨야 하는 과제로부터 조금 자유로워져서 여름이라면 짧은 한 시간, 혹은 겨울철이라면 긴 한 시간 정도 짬을 낼 수 있게 되면, 무트는 여러 색깔의 물고기와 수련꽃이 유유히 떠 있는 사각모양의 수조 가장자리에—이 수조는 여자들의 집 1층, 앞이 트인 주랑에 있었다—침상을 펴고 그 위에 편안히 드러누워 깊은 사색에 잠기곤 했다. 주랑의 뒤쪽 벽에는 여주인의 사색을 돕느라 기름을 잔뜩 바른 곱슬머리의 누비아 소녀가 쪼그리고 앉아 부드러운 현악기를 연주했다. 이렇게 음악을 반주 삼아 사색에 빠져든 그녀는 자신의 의도를 다시 한번 다졌다. 남편의 고집은 꺾을 엄두도 나지 않고, 베크네혼스까지 이 중대 사안을 관대하게 봐준다 해서, 자히 땅에서 온 노예가, 우상이나 섬기는 그 이방인이 집안에서 계속 승승장구하도록 내버려 둘 수는 없다. 어떻게든 이 불미스러운 일에 종지부를 찍어야 한다. 그녀는 자신의 이런 생각에 깔린 의도가 무엇인지 전혀 의심하지 않았다. 그리고 자신이 이 사색의 시간을 기다리고 기뻐하는 것도 놀라울 게 없다고 생각했다. 그만큼 사안이 심각하지 않은가. 그 사색이 다름 아니라 이제 요셉 생각을 해야겠다는 의도에서 비롯되었다는 것을 거의 알면서도 그랬다.

그녀를 가련하게 보는 동정심이 없다면 이렇게 심하게 눈이 멀어 있는 그녀에게 화를 낼 수도 있을 것이다. 이 여인은 자신이 식사시간을 즐겁게 기다리게 되었음을 눈치채지 못했다. 요셉을 보게 될 그 시간을 학수고대하면서도, 그 이유가 그 시간이 되면 그를 처벌하는 뜻으로 노려 볼 수 있기 때문에 기뻐하는 것이라고 엉뚱한 착각에 빠졌다. 그녀는 그를 바라보는 자신의 시선이 이런 눈빛인 줄 알았다. 안타깝게도 자신의 치켜 올라간 입이 넋을 잃은 듯 미소를 흘리는 줄은, 자신의 엄한 눈초리에 깜짝 놀라 겸손하게 눈썹을 아래로 내리며 시선을 떨구는 그의 모습을 상상하는 것만으로도 그렇게 미소 짓는다는 것을 그녀는 눈치채지 못했다. 입이야 어찌 되었든, 집안의 불미스러운 일 때문에 불쾌해져서 눈썹을 한쪽으로 몰아세우기만 하면, 그것으로 충분하다고 생각했다.

만약 지혜로운 작은 자가 나서서 불안한 마음으로 그녀

에게 불을 뿜는 황소를 상기시켜 주고, 워낙 자연스럽지 못한 그녀의 인생이 이제 흔들리기 시작하여 산산조각으로 부서질 수 있다고 경고하려고 들었다면, 아마도 그녀는 얼굴을 붉혔을 것이다. 그러나 이렇게 얼굴이 빨개진 것도 말도 안 되는 헛소리에 너무 불쾌한 탓이라고 몰아붙이며, 그런 쓸데없는 걱정은 왜 하는지 모르겠다며 오히려 우습다는 듯, 과장된 몸짓을 보이며 기만하려 들었으리라. 아, 누구를 속이려고 이렇게 자연스럽지 못하게 자꾸 거죽을 씌워 강조하고 또 강조하는 것인가? 경고하는 자? 아니다. 이런 강조는 모험의 길을 은폐하는데 쓰이는 법이다. 사랑스러운 영혼이 어떤 대가를 치르고라도 가겠다고 요구하는 그 길을 감추려는 것이다. 자신을 속이는 것, 더 늦기 전에! 이 점이 중요하다. 방해를 받고 깨어나 더 늦어버리기 전에 자신의 부름을 듣는 것, 이 '위험'을 덮으려는 게 그녀의 가련한 계략이었다. 가련하다고? 박애주의자는 적절하지 않은 동정심 때문에 익살스러워 보이지 않도록 조심해야 한다.

인간에 관한 선의에서 나온 가정에 이런 게 있다. 인생을 하나의 건물이라 한다면, 인간은 마음속 깊이 평안과 평화를 갈구하며 이 건물을 지키려 한다는 내용이 그것이다. 여기서 인생이라는 건물은 건설이나 유지 면에서나 온갖 재주와 정성을 요하기 마련인데, 인간은 이 건물이 흔들리거나 파괴되지 않도록 심혈을 기울인다는 이 가정은, 그러나 한마디로 가정일 뿐 사실로 증명된 적은 없다. 오히려 자신의 행복을 무너뜨리려 들고 몰락을 재촉하는 사람들이 의

외로 많다. 그리고 이들은 자신의 그러한 발길을 저지하려는 자에게 전혀 감사하려 들지 않는다. 이 경우도 그렇다. 어쩌겠는가!

자, 엔티의 이야기로 돌아오자. 박애주의자는 그녀의 경우, 늦기 전에 그리고 그녀가 아직은 완전히 끝나지 않은 때, 그 순간을 곡예사가 재주를 부리듯 무사히 넘겼다는 사실을 확인하고 조금 입맛이 씁쓸해질 수밖에 없다. 그녀로 하여금 가슴이 벅차고 다른 한편으로는 소름 끼치는 이 일을 예감케 한 것은 앞서 말한 꿈이었다. 자기 꿈에 요셉이 등장했으니 그녀가 소스라치게 놀란 건 당연했다. 그리고 자신에게 이성의 지시를 따를 수 있는 능력이 있다는 사실을 자각한 것도 전혀 놀라울 게 없다. 그래서 그녀는 이제 이성에 따라 행동한다. 이 말은 이성적인 사람을 흉내 내며 그런 사람처럼 기계적으로 행동한다는 뜻이다. 그러나 그녀가 실제로 이성적인 사람으로서 행동한 것은 아니다. 그녀가 내딛는 걸음들은 실은 결실을 거둘 가능성이 없는 것들이었다. 박애주의자라면, 품위라고는 없는 혼란스러운 이 발걸음들을 차라리 외면하고 싶었을 것이다. 엉뚱하게 가련하다는 표현을 들먹이려고 고민하는 중이 아니라면 말이다.

꿈들을 말로 표현하는 것은 참으로 어렵다. 왜냐하면 어떤 꿈이 있다고 할 때, 말로 표현될 수 있는 실체는 아주 작기 때문이다. 그 나머지는 향기와 분위기와 관련된 것이다. 이야기로 표현될 수 없는 공포나 행복—혹은 이 두 가지—에 정신과 감각이 푹 잠겨 있는 것이 꿈이며, 꿈을 꾸는 자의 영혼을 채우고 오랫동안 영향을 미치는 것도 바로 이것이다. 우리 이야기에서 꿈들은 결정적인 역할을 한다. 주인공은 큰 꿈을 꾸었다. 어린아이처럼 꿈을 꾸었다. 그리고 그 안에 있는 다른 인물들도 앞으로 꿈을 꾸게 될 것이다. 그러나 그들이 다른 사람들에게 자신의 내면적 체험을 들려주려고 할 때 얼마나 난감해지곤 하는가? 완벽하게도 아니고 그저 근사치에 가깝게 전달하는 것도 그렇게 힘들지 않은가! 그리고 이런 시도의 결과가 자신이 보기에도 얼마나 불만족스러운가! 멀리 갈 필요도 없다. 태양과 달 그리고 별들이 등장한 요셉의 꿈을 생각해 보라. 꿈을 꾼 자가 꿈 이야기를 밖으로 꺼낼 때 얼마나 무기력해 보였던가. 그러므로 우리가 들려주는 무트-엠-에네트의 꿈 이야기가 꿈을 꾼 당사자의 느낌과 정확히 일치하지 않는다 하더라도 크게 나무랄 사람은 없으리라 믿는다. 지금까지 이 꿈에 대해 지나칠 정도로 여러 번 암시를 했으니 더 이상은 미룰 수 없을 것 같다. 이제 그 꿈 이야기를 해보자.

그녀가 꾼 꿈은 이러했다. 파란 기둥들이 늘어선 주랑이 무대였다. 바닥을 돋운 곳에 식탁이 있는데 그녀는 등받이 없는 의자에 앉아 있었다. 늙은 후이의 옆자리였다. 식사 때 늘 그렇듯, 주변에는 서로 조심하는 정적이 감도는 가운데 식사 의식이 치러지고 있었다. 그런데 이날의 정적은 다른 때보다 특별히 더 조심스럽고 깊었다. 식사를 하는 네 사람 모두 단 한 마디도 하지 않았다. 뿐만 아니라 음식을 먹는 소리도 내지 않으려고 노력 중이었다. 주위가 너무 조용하여 그 정적 속에서 바삐 움직이는 시종들의 숨소리가 들렸다. 그것은 헐떡거리는 숨소리여서, 주위가 그보다 덜 조용한 정적에 휩싸이더라도 구별이 될 것 같았다. 바삐 움직이는 조용한 헐떡임은 편안한 느낌을 주었다. 그 호흡에 귀를 기울이다 그랬는지, 아니면 다른 이유에서 그랬는지 여하튼 무트는 자신의 손놀림에 충분히 주의하지 않아서 다치고 말았다. 날카롭게 갈아놓은 청동나이프로 석류를 자르려던 중이었는데, 산만했던 탓에 칼날이 엉뚱한 곳으로 미끄러지면서 손가락을 벤 것이다. 그것도 아주 깊숙이 엄지와 나머지 네 손가락 사이를 푹 찔러서 이 부드러운 살갗으로부터 피가 흘러나오고 말았다. 퐁퐁 솟아나는 피가 석류즙처럼 빨개서 홍옥 같았다. 그녀는 부끄럽고 근심스러운 눈빛으로 쉴새없이 흘러나오는 피를 쳐다만 보고 있을 뿐이었다.

그랬다. 그녀는 자신의 피 때문에 부끄러웠다. 홍옥처럼 그렇게 아름답고 선명한 빛깔이라는 사실이 부끄러웠다. 그리고 그 새빨간 피가 피할 사이도 없이 꽃잎처럼 새하얀 옷을 물들이는 것이 부끄러웠다. 아니 그뿐 아니었다. 이렇게 옷이 더럽혀지는 것은 그만두고도, 그녀의 부끄러움은 지나쳐서 어떻게 해서든 자신의 출혈을 홀에 있는 다른 사람들이 못 보도록 숨기려 했다. 그 노력은 일단 성공한 것처럼 보였다. 아니 외견상 그러했다. 왜냐하면 모두들 애써 태연한 표정을 짓고 있었기 때문이다. 그것은 어느 정도 자연스러워 보였고 믿을 만해 보였다. 다들 무트의 실수를 전혀 눈치 채지 못한 것처럼 굴었다. 그러다 보니 그녀의 위급한 상황에 관심을 보이는 사람은 아무도 없었다. 상처가 난 그녀는 거기에 더 화가 났다. 자신이 피를 흘리고 있는 모습을 보여주고 싶지 않았던 건 수치심 때문이었다. 그러나 아무도 그 모습을 보려 하지 않는다는 사실에, 도와주려고 그녀의 손가락을 잡아주려는 사람도 없고, 하나같이 약속이라도 한 듯 모든 일을 그녀에게 맡겨버리는 것이 얼마나 화가 나는지 그녀는 가슴 깊이 분노가 치밀었다. 그녀의 몸종도 예외는 아니었다. 거미줄 같은 옷을 입고 고급스럽게 치장한 시녀는 황급히 바로잡아야 할 일이 있기라도 한 듯 얼른 다리가 하나뿐인 무트의 작은 식탁 위로 몸을 구부렸다. 그녀 옆에 있는 늙은 후이는 고개를 흔들어가며 금장 각골에 끼운 포도주 롤 케이크의 한쪽 뼈끝을 쭈글쭈글한 손으로 잡고 이빨이 없는 입을 오물거리는 중이라 다른 데 한눈 팔 겨를이 없는 것처럼 굴었다. 페테프레 주인님은 술잔을 어깨너머로 들이대고 시리아 출신 몸종이 잔을 다시 채워 주기를 기다리고 있었다. 그리고 그의 늙은 어머니 투이는 당황하고 있는 자를 쳐다보며 엄청나게 큰 하얀 얼굴에 흡사 장님처럼 오므라져 있는 눈을 깜박거렸다. 에니의 다급한 상황을 알았다는 것인지, 아니면 다른 뜻을 가진 눈짓인지 도무지 알 수가 없었다.

그러나 에니는 꿈속에서 부끄럽게도 계속 피를 흘리면서 옷을 물들이고 있었다. 모두들 그렇게 무관심한 것에 소리 없이 분개하면서, 한편으로는 그와는 상관없이 자신의 새빨간 피 때문에 걱정스러웠다. 그칠 줄 모르고 샘솟는 피가 말할 수 없이 아까웠다. 그 피 때문에 너무 속상했다. 얼마나 상심이 큰지 말로 표현할 수 없었다. 자기 자신 때

문이 아니었다. 그녀의 괴로움 때문이 아니었다. 오로지
그 사랑스러운 피 때문에 속상했다. 자신의 피가 이렇게
밖으로 흘러나가다니, 너무 아까웠다. 그게 너무 슬퍼서
차마 눈물도 흘리지 못하고 잠깐 흐느꼈다. 그때 문득 떠
오른 생각이 있었다. 이 아픔 때문에 자신의 의무를 게을
리 하고 있다는 생각이 뇌리를 스친 것이다. 아문을 위해
서 해야 할 일이 있지 않은가. 집안의 골칫거리를 노려보
아야 한다. 그래서는 안 될 가나안 출신의 노예가 감히 집
안에서 출세가도를 달리고 있다니, 그에게 처벌을 내린다
는 의미로 엄한 눈빛으로 그를 노려보아야 하지 않는가.
그녀는 얼른 눈썹을 찌푸리며 엄한 눈초리로 페테프레의
뒤에 서 있는 그 자를 쳐다보았다. 그런데 그 청년 오사르
시프는 그녀의 엄한 눈길에 부름이라도 받은 듯, 자기 자
리를 떠나 그녀 쪽으로 성큼 다가오는 것이었다. 그리고는
그 청년이 자기 옆에 있다는 사실이 분명하게 느껴질 정도
로 바싹 다가섰다. 그런데 거기서 더 가까이 다가와 그녀
의 피를 멎게 하려고 상처가 난 그녀의 손을 잡더니 자기
입으로 가져가는 게 아닌가. 그녀의 손가락 네 개가 그의
한쪽 볼 위에 놓이고 엄지손가락은 다른 쪽 볼 위에 놓였
다. 아, 그러나 상처 난 가운데 부분은 어디에 놓였겠는가?
그건 바로 그의 입술이었다. 그 황홀감에 그녀는 피가 멈
춰버렸다. 출혈도 덩달아 멈췄다.

　그런데 그녀가 이렇게 구원받는 동안, 홀 분위기는 심상
치 않게 돌아갔다. 그 자리에 있던 여러 시종들은 당황한
듯 이리저리 달려갔다. 물론 발뒤꿈치를 들고서였다. 그들

의 헐떡임이 뒤죽박죽 섞이며 합창이 시작되었다. 페테프레 주인님은 고개를 숙였다. 그를 낳아준 여인은 어쩔 줄 몰라하며 장님 얼굴을 번쩍 치켜들고 허리를 굽혀 얼굴을 가린 아들을 양손으로 더듬으며 고개를 이리저리 흔들었다. 그러나 늙은 투이는 자리에서 벌떡 일어났다. 그사이 오물거리는 입으로 케이크를 다 빼먹고 꼬치만 남았는데, 그 금장 각골을 휘두르며 그녀를 협박했다. 칙칙한 수염 위의 입이 열렸다 닫히며 소리없는 욕설을 퍼부었다. 이빨도 없는 입 안을 열심히 휘젓는 그의 혀가 무슨 끔찍한 이야기를 들려주고 있는지는 신들이나 아실까, 인간으로서는 알 수가 없었다. 그러나 그 이야기는 뒤죽박죽 섞여서 아무렇게나 내닫고 있는 시종들이 헐떡여대는 것과 아마 같은 뜻이리라. 그들이 합창한 숨소리에서는 이런 속삭임이 흘러나왔던 것이다. '불, 강물, 개, 악어' 그리고 그 소리는 계속되었다. 에니는 마침내 자신이 빠져 있던 꿈 밖으로 헤엄쳐 나왔다. 이 나직하고 끔찍한 쑥덕임은 여전히 귀에 생생했다. 공포로 온몸이 오싹해졌다. 아니, 다른 한편으로는 온몸이 뜨겁게 달아올랐다. 구원의 황홀감 때문이었다. 그녀는 깨달았다. 생명의 채찍(Lebensrute)이 자신을 내려쳤다는 사실을.

부부

　이처럼 눈을 뜬 무트는 이성적인 존재처럼 행동하기로 결심했다. 당당하게 걸어나가 이성의 의자 앞에 다가서려 한 것이다. 이 한걸음은 어느 누구도 토를 달 수 없는 명백한 목적을 가지고 있었다. 요셉을 자신의 눈앞에서 사라지게 하는 것, 그게 목적이었다. 그녀가 남편 페테프레에게 몸종을 멀리 보내라고 간청한 것도 그래서였다.

　꿈을 꾼 다음 날, 그녀는 하루 종일 혼자 보냈다. 다른 자매들로부터 떨어져 방문객도 사절하고 안뜰에 있는 수조 옆에 홀로 앉은 그녀는 물 안에서 쏜살같이 헤엄쳐 다니며 유유히 노니는 물고기들을 바라보았다. 사람들이 흔히 말하는 '멍한 응시'였다. 구체적인 대상 없이 공중으로 흩어져 어느새 자신의 내면으로 헤엄쳐 들어간 시선이었다. 그러나 그곳에 굳어 있던 시선이 소스라치게 놀라며 두 눈이 커다래지자, 동시에 입이 열리면서 다급하게 공기를 들이 마셨다. 그러더니 놀라움을 수습한 듯, 두 눈이 다시 평온을 되찾았다. 그러나 언저리에 깊은 주름이 패여 있는 그녀의 입은 자신도 모르는 사이에 미소를 지었다. 그리고 깊은 생각에 잠겨 있는 눈의 감시를 피해 이 미소는 몇 분 동안 이어졌다. 그러다 문득 정신이 든 그녀는 화들짝 놀라며 방황하는 입을 손으로 얼른 눌렀다. 그리고 엄지손가락을 한쪽 볼에 대고 나머지 네 손가락으로 다른 쪽 볼을 누르면서 이렇게 중얼거렸다.

"오, 맙소사!"

그런 다음 모든 것이 처음부터 다시 시작되었다. 꿈을 꾸듯 멍하니 바라보다 단숨에 숨을 들이쉬고는 무의식적으로 미소를 흘리고, 그 사실을 의식하면서 깜짝 놀라는 과정을 그렇게 반복하던 에니는 마침내 결단을 내렸다. 이 모든 것에 종지부를 찍기로.

해가 저물 무렵, 그녀는 페테프레가 집에 있다는 사실을 확인하고 하녀들에게 그를 방문할 테니 몸단장을 시작하라고 명했다.

왕의 신하는 서쪽 주랑에 머무르고 있었다. 그곳은 정원과 언덕에 서 있는 정자의 측면이 바라보여 전망이 좋았다. 바깥쪽의 산뜻한 오색 기둥 사이로 저녁 노을이 밀려 들어와 주랑을 채우기 시작했다. 덕분에 원래 창백했던 빛깔의 그림들이 풍성한 색조를 띠게 되었다. 진흙 위로 날아가는 새들, 뛰어오르는 송아지들, 연못에서 놀고 있는 오리들, 목동의 인도를 받으며 강 여울을 건너는 소떼, 그리고 그 광경을 구경하느라 물 밖으로 고개를 비쭉 내민 악어, 이들은 예술가의 느긋한 손이 바닥과 벽 그리고 천장에 그려 놓은 그림들이었다. 그리고 주랑의 벽에는 만찬장으로 들어가는 문 사이사이에 집주인이 그려져 있었다. 살찐 그의 일상생활을 묘사한 이 벽화에는 외출했다가 집으로 돌아오는 광경도 있었다. 그 옆에는 습관대로 모든 일에 관해 간략하게 보고를 올리는 시종의 모습도 보였다. 문 테두리에는 갖가지 색상의 유리 타일이 둘러져 있었다. 그리고 낙타 색깔 바탕에 파랑과 빨강 그리고 초록으로 그림문자가 쓰여 있었다. 훌륭한 옛 사람들이 남긴 격언들과 신들에게 올린 찬가에서 따온 말들이었다. 그리고 문들 사이로 발판과 벽에 바짝 붙인 등받이가 딸려 있는 일종의 관람석이랄까, 테라스 같은 것이 하나 있었는데, 점토에 하얀 석고를 입힌 전면에는 다양한 색의 문자가 그려져 있었다. 이것은 페테프레의 주랑을 가득 채우고 있는 하사품, 예술품들을 전시할 수 있는 진열대로 쓰이기도 했고, 때로는 의자 구실도 했다. 지금이 그랬다. 명예로운 직분을 지닌 자, 페테프레는 한가운데 방석을 놓고 그 위에 앉아 있었다. 발은 발판 위에 올려둔 채였다. 양쪽으로 아름다운 물건들이 늘어서 있었다. 예를 들면 황금과 공작석 그리고 상아로 만든 짐승들과 신상(神像)들, 왕의 스핑크스였다. 그리고 페테프레의 등 쪽에는 부엉이, 매, 오리와 지그재그로 그려진 물결, 그리고 묘비에 나오는 다른 그림들이 그려져 있었다. 편안하게 앉은 그는 폭이 넓고 풀을 먹여 빳빳하게 만든 하얀 아마포 잠방이를 입었다. 리본처럼 앞에 드리워진 부분도 마찬가지로 풀을 먹여 빳빳하고, 무릎까지 내려오는 이 잠방이 외에는 아무것도 걸치지 않은 상태였다(상의와 지팡이 그리고 거기에 매단 샌들은 문 옆에 사자다리를 한 안락의자 위에 올려져 있었다). 그러나 편안하게 앉았다 해서 아무렇게나 흐트러진 자세는 아니었다. 오히려 꼿꼿한 자세였다. 작은 손은, 사실 육중한 덩치에 비해 작아도 아주 작은 손은 앞의 무릎 사이에 내려놓았고, 비교적 작고 귀엽다고 할 수 있는 머리도 똑바로 세운 채였다. 고상해 보이는 작은 코와 선이 세련된 입, 마치 기둥처럼 버티고 서 있는 허벅지 아랫부분, 뚱뚱한 여인의 것을 닮은 팔, 무엇을 집어넣기라도 한 듯 불룩 튀어나온 가슴, 살은 쪘으나 더할 수 없이 품위 있어 보이는 이 고상한 좌상은 지금 그윽한 눈빛으로 주랑 밖에서 빨갛게 물들어가는 저녁 노을을 바라보고 있었다. 갈색 눈의 속눈썹은 유난히 길었고 살은 쪘어도 배는 튀어나오지 않았다. 오히려 허리 부분은 가늘다고 해야 옳았다. 그러나 배꼽은 눈에 띄었다. 꽤 크고 수평으로 길게 찢어져서 입처럼 보였다.

　페테프레는 벌써 오랫동안 이렇게 품위 있는 부동 자세로 앉아 있었다. 아무것도 하지 않는 귀족의 자세였다. 아마 그를 기다리고 있는 어두운 무덤 안에서도 여기서 보여주는 평안한 부동 자세로, 그의 모습을 실제대로 본뜬 형체가 가상의 문에 기대서게 될 것이다. 그리고 갈색 유리 눈은 무덤에 함께 넣어지고, 마법을 의식하여 벽화로도 그려질 자신의 영원한 재산들을 바라보게 되리라, 영원히. 그때의 입상이 지금의 그와 똑같으리라. 그는 이렇게 앉아서 자신을 영원하게 만듦으로써 벌써부터 이 입상과 하나가 되고 있었다. 등 쪽과 발판에는 빨강과 파랑 그리고 초록색으로 그려진 상형문자들이 그들의 의미를 들려주고 있었다. 그리고 양편으로 파라오의 선물이 놓여 있었다. 사이사이 저녁 노을을 비춰 주는 주랑의 기둥에는 그림이 그려져 있었다. 그 형태가 이집트 양식에 정확히 부합되는 기둥이었다.

이렇게 주변을 장식한 페테프레의 소유물은 주인의 부동 자세를 부추기고 있다. 이것들은 페테프레로 하여금 사지를 가운데 모은 채 움직이지도 않고 아름다운 모습으로 굳어 있게 만든다. 사실 동적인 상태, 움직이는 자세는 생산하는 가운데 세상을 향해 열려 있는 자들의 몫이라 할 수 있다. 씨를 뿌리고 자신을 내놓을 수 있는 자, 자기가 죽더라도 자신의 씨 안에 자신을 퍼뜨릴 수 있는 자들, 이렇게 열려 있는 자들에게나 해당되는 것이지, 페테프레처럼 생긴 사람에게는, 다시 말해서 존재가 닫혀 있는 자에게는 해당되지 않는 것이 움직임이다. 지금 그는 자신의 내면 깊숙이 가라앉은 자세로 앉아 있다. 세상으로 향한 출구도 없고, 생산의 죽음에도 이르지 못하며 영원히 자신의 예배당 안에 갇혀 있는 신이 바로 그였다.

그의 눈길이 향한 쪽에서 소리 없이 검은 그림자 하나가 기둥 사이로 미끄러져 들어왔다. 빨간 석양 앞이라 그저 윤곽과 어두움으로 드러났다. 그리고 등장과 동시에 깊이 수그러지더니, 바닥을 짚은 양손 사이에 이마를 올린 채 아무 말 없이 그 자세를 유지했다. 페테프레는 그쪽을 향해 천천히 눈동자를 돌렸다. 무트가 거느리고 있는 벌거벗은 무어 족 소녀들 중의 한 명, 어린 짐승이었다. 그는 눈을 깜박이며 생각을 가다듬었다. 그런 다음 가볍게 무릎에서 손 하나만 들어 올리며 명령했다.

"말하거라."

그녀는 바닥으로부터 이마를 떼고 눈알을 굴리며 찢어질 것 같은 원시적인 목소리로 토해냈다.

"여주인님께서 주인님 곁에 와 계십니다. 주인님께 더 가까이 오시기를 원하십니다."

그는 다시 한번 생각을 가다듬은 후, 이렇게 대꾸했다.

"허락한다."

그러자 그 어린 짐승은 뒷걸음으로 문지방 너머로 사라졌다. 페테프레는 눈썹을 모은 채 앉아 있었다. 몇 초나 흘렀을까, 여자노예가 웅크렸던 자리에 무트-엠-에네트가 나타났다. 팔꿈치를 허리에 바짝 붙이고 양 손바닥은 그를 향해 올렸다. 마치 뭔가 바치는 것 같은 자세였다. 그녀의 두꺼운 옷차림이 그의 눈에 들어왔다. 복사뼈까지 내려오는, 몸에 꼭 달라붙는 드레스 위에 주름이 잡힌 외투처럼 품이 넓은 겉옷을 입고 있었다. 움푹 패여 그늘진 양 볼을 가리고 어깨너머 목덜미까지 드리워진 짙은 갈색 가발은 편물 리본으로 마무리되어 있었다. 정수리 위에 놓인 원추 모양의 향고(饗膏)에 구멍이 뚫려 있고 거기 수련 줄기가 꽂혀 있었다. 휘어진 줄기 끝에 매달린 꽃송이가 이마 위에 둥실 떠 있었다. 옷깃과 팔찌에 박혀 있는 보석들이 어두운 빛을 발했다.

페테프레 또한 인사를 하느라 작은 손을 그녀 쪽으로 들어 올렸다. 그리고 한쪽 손등을 입술로 가져와 입을 맞췄다.

"나라들의 꽃!" 그는 놀라워하는 목소리로 말했다.

"아문의 집에 자기 자리를 가진 아름다운 얼굴이여! 순결한 손으로 시스트룸(악기 이름으로 일종의 딸랑이—옮긴이)을 연주하며 사랑스러운 목소리로 노래하는 여인이여!"

형식적인 미사여구를 빠르게 주워섬기는 그의 말투에는 여전히 뜻밖의 기쁨이 깔려 있었다.

"집을 아름다움으로 채우는 그대여, 우아한 여인. 모두들 우러러 찬미하는 여인, 여왕의 가까운 벗, 그대는 내 마음까지 읽을 줄 알아서 내 소원이 소리를 얻기 전에 벌써 소원이 이루어지도록 하는구려. 그대의 방문이 내 소원을 채워 줬다오. 자, 여기 방석이 있소." 그는 조금 건조한 목소리로 말하면서 자신의 등에 있던 쿠션 하나를 꺼내 발판 위에 올려놓은 자신의 발 옆에 똑바로 놓아주었다.

그리고 다시 의례적인 이야기를 이어나갔다.

"신들께서 그대가 어떤 소원을 가지고 날 찾게 하셨다면, 그대의 소원을 이루게 하리다. 그 소원이 크면 큰 만큼, 내 기쁨은 더 커질 것이오!"

그의 호기심은 무리가 아니었다. 이 방문은 평상시와 완전히 달랐다. 그런 점에서 조금 불안한 것도 물론 사실이었다. 워낙 서로를 아끼고 피해를 주지 않으려 배려하는 질서에 익숙해 있는데, 이런 방문은 일단 거기서 벗어나는 것이었기 때문이다. 그러므로 여기에는 어떤 의도가 있음 직했으므로 약간 불안했지만 한편으로는 기뻤다. 그렇지만 처음에 그녀가 늘어놓은 말들은 하나같이 아름다운 말뿐이었다.

"당신의 누이인 제가 주인님이시며 친구이신 당신께 무슨 다른 소원이 있겠어요?"

그녀는 부드러운 목소리로 말했다. 노래 연습을 통해 잘 다듬어진 목소리라는 것을 눈치 챌 수 있는 듣기 좋은 저음이었다.

"제가 숨을 쉴 수 있는 것도 오로지 당신이 계시기 때문이에요. 당신의 자비로 제게는 모든 것이 채워져 있어요. 신전에서 제자리를 가지고 있는 것도 당신 덕분이죠. 당신께서는 나라의 자랑거리 중에서 가장 특출한 분이시니까요. 제가 여왕의 여자친구로 불릴 수 있는 것도, 당신이 파라오의 친구이기 때문이죠. 당신이 안 계신다면 저는 암흑의 존재에 불과해요. 제가 당신 것이기 때문에 빛의 풍요로움을 가질 수 있어요."

"그렇게 생각한다니, 당신 말에 이의를 제기하는 것은 쓸데없는 일이겠구려."

그가 미소 지으며 말했다.

"당신이 지금 빛의 풍요로움이라 말했으니 거기에 금이 가지 않도록 최소한 그것이라도 보살펴야겠구려."

그는 손뼉을 쳤다.

"불을 밝혀라!"

만찬장 쪽에서 모습을 드러낸 잠방이를 걸친 시종에게 그가 명령했다. 그러자 에니가 막고 나섰다.

"그냥 두세요. 서방님! 하나도 어둡지 않아요. 서방님께서는 이 시간의 아름다운 빛을 즐기고 계셨잖아요. 안 그러시면 제가 서방님을 방해한 셈이니, 제 방문을 후회하게 될 거예요."

"아니오. 내 지시를 그대로 시행하게 하겠소."

그는 그렇게 대꾸했다.

"나를 위해서라도 이 지시를 받아들이도록 하시오. 사람들이 내 의지가 레헤누 골짜기의 검은 화강암 같다고 나를 나무라곤 했는데, 그 말을 재확인하는 것이라 여겨 주시오. 나로서도 어쩔 수가 없소. 나 자신을 고치기에는 너무 늙었다오. 내가 가장 사랑하는 여인이며 나의 정부인인 그대가 내 가슴이 품고 있는 가장 은밀한 소원을 깨닫고 날 찾아왔는데, 이런 그대를 어두운 곳에 앉아 있게 해서야 되겠소? 그건 안 될 말이오! 당신이 온 것이 내게 축제가 아니고 무엇이겠소? 불을 밝히지 않는 축제를 보았소? 네 개 모두!"

그는 불을 들고 있는 두 명의 시종에게 명령했다. 시종들은 주랑 모서리에 세워진 등잔대에 불을 붙이기 위해 서둘렀다. 등잔대마다 다섯 개의 등잔이 있었다.

"불꽃이 높이 치솟도록 심지를 올려라!"

"서방님 뜻대로 하세요."

그녀는 놀라워하며 어쩔 수 없다는 듯, 어깨를 으쓱 들어 올렸다.

"정말이에요. 저는 서방님의 결단이 얼마나 확고한지 잘 알고 있어요. 그 점을 나무랄 생각은 전혀 없어요. 그런 건 거기에 걸려 넘어지는 남자들 몫이죠. 여자들은 남자의 굽힐 줄 모르는 의지를 높이 평가할 수밖에 없으니까요. 그 이유가 뭔지 말씀 드려요?"

"듣고 싶구려."

"첫째, 굽힐 줄 모르는 의지가 있어야, 자신의 의지를 굽히고 상대방에게 양보해 주는 미덕이 가치를 얻게 되고, 상대방은 그런 선물을 받게 된 사실을 자랑스러워할 수 있기 때문이죠."

"고마운 이야기로구려." 그렇게 말하는 그의 눈이 깜박였다. 주랑이 밝아진 탓도 있지만(스무 개의 등잔 안에 있던 밀랍에 꽂힌 심지가 한꺼번에 타올라 그 불꽃에 눈이 부셨던 것이다. 이제 등불의 하얀 빛과 저녁 노을이 흡사 우유와 피처럼 넘실대고 있었다), 그녀의 말이 뜻하는 바를 생각하느라 그랬다.

'그녀는 분명히 무슨 의도가 있어서 날 찾아온 게야.'

그는 이렇게 생각했다.

'그리고 그건 작은 일이 아니라 큰 일이다. 그렇지 않고서야 이렇게 나올 리가 없다. 이건 평상시 그녀 태도와는 완전히 다르다. 그녀는 누구보다도 내가 어떤 사람인지 잘 알고 있다. 내가 누구인가? 나는 특별하고 거룩한 남자다. 이런 내가 가장 중요하게 생각하는 일은, 내가 어떤 일에도 관여할 필요가 없도록 나를 조용히 내버려두는 것이다. 이 사실을 그녀는 잘 알고 있지 않은가. 그리고 또 그녀는 보통 때는 워낙 도도하여 내게 뭔가 생각하게 만드는 법이 없다. 그녀의 도도함과 나의 편안함이 만나 이렇게 부부의 조화를 이루고 있다. 그렇지만 나의 힘을 그녀에게 보여주어 친절을 베풀어준다면 좋은 일이고, 그녀에게 깊은 인상을 남길 것이다. 대체 그녀가 무엇을 원하는지 듣고 싶다. 약간 불안한 것도 사실이다. 그녀에게는 아주 큰 일이지만, 내게는 사소한 일이면 좋을 텐데. 나의 편안함을 크게 희생하지 않고 그녀의 청을 들어주어 그녀를 기쁘게 해주는 것이 상책이다. 내 가슴을 들여다보면 일종의 모순이 깔려 있다. 내게는 나의 특별함과 거룩함에서 비롯된 정당한 이기심이 자리잡고 있어서, 누구든 내게 너무 가까이 다가와 날 모욕하거나 혹은 편안함을 방해하는 것은 질색이다. 하지만 다른 한편으로는 이 여자에게 잘 해줘서 나의 힘을 보여주고 싶은 욕구도 있다. 두껍게 옷을 입은 그녀는 아름답다. 내가 주랑에 불을 밝히라고 한 이유도 그래서였다. 아름다운 보석 눈과 그늘진 볼을 지닌 그녀를 나는 사랑한다. 물론 나의 정당한 이기심이 허락하는 한도 내에서이다. 그러나 진짜 모순은 바로 여기에 있다. 왜냐하면 다른 한편으로는 그녀를 증오하니까. 내가 끊임없이 그녀를 증오하는 이유는 그녀의 요구 때문이다. 당연히 그녀는 지금껏 단 한 번도 그 요구를 한 적이 없다. 그러나 이것은 직접 요구하지 않았다 해서 없어질 수 있는 요구가 아니라, 우리 사이에 처음부터 깔려 있는 요구이다. 따라서 그녀가 그 요구를 하지 않아도 나는 그녀를 증오하게 되는 것이다. 그러나 그녀를 증오하는 일은 전혀 즐겁지 않다. 오히려 증오 없이 그녀를 사랑할 수 있기를 바란다. 내가 그녀를 사랑한다는 사실과 내 힘을 증명할 수 있는 기회를 그녀가 준다면, 내 사랑에서 증오는 사라질 것이다. 그러면 나는 행복하리라. 그녀가 무엇을 원하는지 정말 궁금한 것도 이런 까닭에서이다. 한편으로는 행여 나의 편안함이 다치게 될까 조금 불

안하기도 하지만.'

페테프레는 눈을 깜박이며 그런 생각을 하고 있었다. 그 동안 노예들은 등잔의 심지를 돋워 불이 활활 타오르게 만든 다음, 횃불을 든 채 서둘러 소리 없이 뒷걸음으로 물러 갔다.

"서방님 곁에 앉아도 된다고 허락하시는 건가요?" 에니 가 미소를 지으며 묻는 소리가 들렸다. 그는 생각을 떨치고 자신도 기쁘다는 사실을 다시 한번 확인시키며, 머리를 숙 여 그녀가 편하게 앉을 수 있도록 방석을 바로잡아 주었다. 그러자 그녀는 그의 발치에 문자가 그려져 있는 계단 위에 앉았다.

"사실 이렇게 시간을 함께 보내며 축제를 벌이는 일은 아 주 드물죠. 어떤 목적이나 목표 없이 그저 상대방에게 자신 의 존재를 선사하고, 이런 저런 일에 대해 조금 '혀를 만드 는 것'은 순수한 선물을 위한 것이죠. 대화의 대상과는 별 상관없이 말이에요. 꼭 필요한 것이 있다면, 그것은 대상이 있는 구체적인 대화가 되고, 대상이 없는 대화는 그저 모든 게 충만하여 차고 넘치는 잉여분이 빚어낸 유쾌한 대화니 까요. 그렇지 않나요?"

그는 의자 같은 테라스의 등받이에 여자의 팔처럼 생긴 엄청나게 큰 두 팔을 걸쳐 놓고 동의하는 뜻으로 고개를 끄 덕였다. 그때 그의 머리에는 이런 생각이 스쳤다.

'드물다고? 한번도 없었던 게 아니고? 우리는 고상하고 거룩한 가족의 일원이 아니던가. 위층의 부모와 부부인 우 리는 집안에 각자 자신의 고유 영역이 있어 사는 곳도 다르고 항상 서로에게 조심하느라 함께 식사하는 시간만 빼놓고는 만나는 일도 없지 않은가. 그러니 오늘 이런 일이 생긴 것은 어떤 대상이 있어서야. 그래야 할 필요가 있기 때문이지. 내가 호기심을 느끼면서도 불안해 하는 것도 그래서인데, 내 생각이 틀린 것일까? 그녀가 정말 서로 상대방에게 자신의 존재를 주고받자고 왔단 말인가? 그녀의 가슴에 이런 시간을 갖고 싶다는 욕구가 일어났다는 뜻인가? 내가 어떤 것을 바라야 할지 모르겠다. 굳이 바라는 게 있다면, 그녀가 내 편안함에 너무 가까이 다가오려 하지 않았으면 하는 것이다. 하지만 그녀의 말처럼 오로지 나의 존재 때문에 온 것이었으면 하는 게 더 솔직한 바람이다.'

그는 이런 생각을 하며 말을 이었다.

"당신 말에 전적으로 동의하오. 필요한 것에 관한 보잘것없는 의사소통은 가난한 자와 비천한 자들이나 하는 것이오. 반면 우리 같은 부자와 고상한 자들에게는 아름다운 충만이 어울리오. 우리가 입으로 하는 대화도 마찬가지요. 왜냐하면 아름다움과 넘쳐남은 하나이기 때문이오. 말의 의미와 품위가 얼마나 놀라운지 아시오. 말은 자신의 밋밋한 특성을 떨치고 일어나면 당당하고 자랑스럽게 그 본질을 드러내기도 한다오. '차고 넘침'이라는 말을 밋밋하게 해석하면 과소평가가 되어 나무라는 뜻이 되지 않소? 그러나 말이 우뚝 일어나 그 머리에 왕의 직분을 올려주면 이제는 더 이상 그런 판단이 아니라, 그 본질과 이름에 부합되는 아름다움 자체가 되어 '차고 넘치는 호화로움'이 된다오. 나는 이런 식으로 낱말의 비밀을 발견하는 경우가 종종 있소. 혼자 앉아서 아름다운 방식, 다시 말해서 꼭 있어야 할 필요는 없는 방식으로 내 정신을 즐길 때가 그 경우라오."

"주인님 덕분에 저도 알게 되었으니, 그저 감사할 뿐이에요." 그녀가 말했다.

"주인님의 정신은 우리들의 만남을 위해 주인님께서 높이 활활 타오르게 한 등잔불처럼 밝으시죠. 주인님께서는 파라오의 신하가 아니셨더라면 신의 가르침을 받는 학자 중의 한 분이 되셨을 거예요. 신전의 뜰을 거닐며 지혜의 단어들을 떠올리는 학자 말이에요."

"그럴지도 모르오. 인간은 지금 자신의 모습, 혹은 자신이 맡은 역할 말고 다른 것이 될 수도 있을 것이오. 흔히 인간은 자신이 지금 부여받은 역할이 하필이면 이것인가 하는 회의에 빠져, 그 연극에 의아해 하기도 한다오. 그래서 인생의 가면 뒤에서 가슴이 답답해지고 뜨거워지는 일도 있소. 축제 때 사제들이 신의 가면을 쓰고 갑갑해 하듯이 말이오. 내가 그대에게 잘 알아듣도록 이야기하고 있소?"

"그럼요."

"아마도 완전히 알아들을 수 있도록 말하는 것은 아닐게요. 그대와 같은 여인들은 이렇게 가슴을 옥죄는 답답함을 그리 잘 이해하지 못할게요. 그건 그대와 같은 여인들은 굳이 이러저러한 여인이 되어야 할 의무가 없고, 그냥 여자이면 되고, 또 위대한 어머니를 본받은 어머니가 되면 그뿐이기 때문이오. 그러니까 그대가 무트-엠-에네트로 머물러야 하는 필요성의 정도는, 엄격한 아버지 정신에 의해 페테프레로 머무르도록 되어 있는 내 경우보다는 덜 강할 것이란 뜻이오. 내 말에 동의할 수 있겠소?"

"홀이 너무 밝아요." 그녀가 머리를 숙인 채 말했다.

"남자이신 주인님의 뜻에 따라 활활 타오르고 있는 등불 때문이에요. 불이 덜 밝다면 주인님 생각에 따를 수 있을 것 같군요. 어둑어둑한 곳이라면 훨씬 쉽게 그 지혜로움에 깊이 잠길 수 있을 것 같아요. 제가 무트-엠-에네트 자체로 머무는 것보다 여자로서 어머니의 초상으로 머물면 된다는 것은."

"용서하구려!" 그는 서둘러 대꾸했다.

"내가 재치 없이 굴었구려. 목표도 없고 대상도 알지 못하는, 그리고 꼭 필요하지도 않은 우리들의 장식용 대화가 환하게 불을 밝힌 자리에 그다지 어울리지 않게 만들었나 보오. 우리들이 함께 하고 있는 이 기쁜 시간에는 지금처럼 환한 것이 어울리리라 생각하고 불을 밝힌 것이니, 이 불빛에 맞도록 곧 대화에 변화를 주겠소. 이보다 더 쉬운 일은 없을 것이오. 이제 정신적 사물과 내면적 본성에 관한 대화를 뛰어넘어 손으로 잡아볼 수 있는 구체적인 세상의 사물에 관한 대화로 넘어가면 된다오. 손으로 잡아볼 수 있는, 빛 아래에 놓여 있는 세상이 그것이라오. 이곳으로 넘어가는 방법을 나는 잘 알고 있소. 우선 이렇게 넘어가는 과정에서 나로 하여금 귀여운 비밀 한 가지에 즐거워할 수 있도록 해주오. 손으로 잡아볼 수 있는 사물의 세상, 그것은 바로 알기 쉬운 세상이오. 이것이 바로 귀여운 비밀이라오. 왜냐하면 손으로 잡아볼 수 있는 것은, 여자와 아이들을 비롯하여 백성의 정신도 쉽게 파악할 수 있기 때문이오. 반면 손으로 잡아볼 수 없는 것은 보다 엄격한 아버지의 정신으로나 이해할 수 있다오. 그리고 파악한다는 것, 즉 손으로 꼭 잡아본다는 것은 이해한다는 것을 그림으로 표현한 이름이며, 정신이 만들어낸 이름이라오. 그러나 파악한다는 것 역시 그림으로 표현된 이름이 되기도 한다오. 쉽게 이해할 수 있는 정신적 사물을 가리킬 때, 손에 잡힐 듯 분명한 것이라고 표현하니까 말이오."

"서방님의 관찰과 특별한 용도가 없는 생각들은 참으로 고상하고 우아하군요. 그리고 서방님께서 아내인 저를 이렇게 즐겁게 해주시니 뭐라 표현해야 할지 모르겠어요. 그렇지만 제가 손으로 잡을 수 없는 사물로부터 이해하기 쉬운 것들로 금방 옮겨가기를 원한다고는 믿지 마세요. 오히려 반대거든요. 당신과 조금은 더 그곳에서 머무르면서 주인님의 차고 넘치는 호화로움에 귀를 기울이고 싶어요. 제 머리는 여자의 머리와 아이의 머리에 불과하지만, 최선을 다해 주인님의 이야기 상대가 되어 드리겠어요. 다만 사물의 내면적 본성에 관하여 이야기하려면 지금보다는 불꽃이 덜 활활 타올라야 깊은 이야기를 나눌 수 있을 거라고 말씀드렸을 뿐이에요."

그는 마음이 상해서 입을 다물었다. 그리고 나무라듯 고개를 내저으며 말했다.

"이 집의 여주인은 항상 같은 이야기로 되돌아오는군. 자신의 의지와는 상관없는, 더 강한 자의 의지가 결정하는 문제로 늘 되돌아오고 있지 않소. 그건 아름답지 못하오. 그런데도 이 점을 벗어나지 못하고 있소. 계속 같은 지점으로 되돌아와 같은 곳을 다시 쑤셔대고 걸려 넘어지는 것이 일반적으로 여자들의 행태지만, 그것으로는 더 아름다워질 수가 없소. 그러니 에니 그대는 이런 일반적인 보통 여자가 아니라 특별한 여인 무트로 머물기 위해 노력해 주기를 바라오."

"주인님의 말씀을 듣고 보니 후회가 되네요." 그녀가 중얼거렸다.

그는 여전히 불쾌함을 드러내며 말을 이었다.

"우리가 상대방을 배려한 조처와 결단에 대해 서로 꾸짖기로 작정한다면, 내쪽에서는 친구인 그대가 날 방문한 이 시간에 하필이면 촘촘하게 주름을 잡은 외투 같은 겉옷까지 껴입고 나타난 것이 참으로 안타깝다고 빈정거릴 수도 있을 것이오. 그보다 훨씬 부드러운 천 사이로 백조 그대의 몸을 감상하는 게 친구의 소원이고 기쁨인데, 그 점을 전혀 배려하지 않았다고 말이오."

"오, 그렇군요!"

그녀는 얼굴을 붉히며 고개를 떨구었다.

"차라리 죽어야 할까봐요. 주인님을 뵈러 오는 옷단장에서 실수를 저질렀다니, 차라리 죽는 게 낫겠어요. 그렇지만 전 이 옷이 주인님께 저의 아름다움을 가장 잘 보여드릴 수 있어서 주인님을 더욱 잘 섬길 수 있다고 믿었답니다. 제발 이 점만은 믿어주세요. 이 옷은 제가 가진 다른 어떤 옷보다도 훨씬 귀하고, 만드는 데에도 더 많은 노력과 공을 들였답니다. 히타이트 출신의 여종이 한숨도 자지 않고 만든 옷이에요. 이 재단사 노예와 저는 이 옷을 입고 주인님의 은혜를 얻을 수 있을까 근심을 나눠 가졌건만, 보세요. 나눠 가진 근심이 반쪽 근심에도 못 미치는군요!"

그러자 그가 말했다.

"그만두오. 사랑스러운 부인! 그만하오! 그대를 나무라고 빈정거릴 뜻에서 그런 말을 한 게 아니오. 단지 경우에 따라, 당신이 우리가 서로 꾸짖기를 원한다면 그런 말을 할 수도 있다는 뜻이었소. 그렇지만 당신은 그런 의도가 없었던 것 같구려. 그러니 대상이 없는 우리들의 대화나 가벼운 마음으로 계속합시다. 누가 되었건 한쪽의 잘못으로 인해 불협화음이 생긴 적은 전혀 없었던 것처럼 말이오. 이제 손으로 잡아볼 수 있는 세상의 사물로 넘어갈 텐데, 먼저 나 자신은 내 삶에 만족한다는 말부터 해야겠구려. 내가 맡은 역할의 특징은 목적 없는 차고 넘침이며, 결코 필수성이 아니오. 이런 차고 넘침을 가리켜 나는 왕의 것이라 했소. 그러므로 차고 넘침의 고향은 바로 왕궁이며 메리마아트의 궁궐이라 할 수 있소. 말하자면 장식, 대상이 없는 형식, 그리고 신께 올리는 고상한 인사말이 차고 넘침을 대변하는 것들이오. 따라서 궁신이 하는 일도 바로 이러한 것들이오. 그런 면에서는 궁신이 쓰는 삶의 가면이 궁신이 아닌 자의 가면보다는 덜 갑갑하다고도 할 수 있소. 궁신이 아닌 자를 옥죄는 것은 대상이 없는 형식이 아니라, 대상 자체이기 때문이오. 그리고 궁신이 아닌 자가 여인들과 더 가깝다오. 왜냐하면 그에게는 보다 일반적인 것이 허락되어 있기 때문이오. 내가 평의회에 속하지 않는다는 것은 사실이오. 나는 바다에 이르는 사막 길에 우물을 파는 일이나, 기념비

595

건립 등과 관련하여 파라오가 의견을 묻곤 하는 평의회 사람이 아니오. 그러니 파라오가 내게 그런 일들을 놓고 남자들 몇 명을 동원하여 궁핍한 쿠쉬 나라의 광산에서 황금가루를 얼마나 캐와야 하는지 물어보는 적은 없소. 물론 이것이 한번쯤은 나의 만족감에 상처를 줬을 수는 있소. 그래서 거의 내 의견은 묻지도 않고, 실은 내가 그 관직을 가지고 있는데도 실제로 궁궐의 군사를 지휘하고 최고 판관의 임무를 수행하는 호르-엠-헵이라는 남자 때문에 화가 나기도 했을 것이오. 그러나 나는 이런 보잘것없는 기분의 공격을 곧 물리치곤 하오. 내가 호르-엠-헵과 엄연히 구분되는 것은, 부채를 들고 있는 자라는 명예로운 직함을 가진 자가 실제로 파라오의 행차 때 파라오의 머리 위에 필요한 부채를 들고 있는 하찮은 자와 구별되는 것과 마찬가지니까 말이오. 그런 자는 내 아랫사람이오. 그렇지만 나는 궁전에서 다른 명예직을 가진 지체 높은 궁신들과 함께 파라오께, 이 신께 문안을 드리며 찬가를 부를 수 있는 사람이오. 나는 그분께 '폐하께서는 레와 같으십니다'라고 듣기 좋은 인사를 하며 보석으로 치장하듯 '폐하의 혀는 저울이십니다. 오, 넵-마-레! 그리고 폐하의 입술은 토트의 저울에 있는 작은 혀보다 훨씬 더 정확하십니다'라고 칭송하든지, 혹은 진실의 수준을 넘어서 '폐하께서 물을 보고 산으로 올라오라고 명하시면, 대양도 폐하의 말씀을 따라 위로 솟구쳐 오릅니다'라고 장담하기도 하오. 이렇게 내가 대상은 없으나 형태가 아름다운, 필요와는 거리가 먼 이야기를 하는 것은 내가 맡아 하는 일이 다름 아니라 순수한 형식이며, 목적이 없는 장식이기 때문이오. 왕국에 있는 왕실의 것이 모두 다 그렇기 때문이요. 내 만족감을 보장해 주는 것에 대해서는 여기까지만 이야기하겠소."

"맞는 말씀이세요." 그녀가 대답했다.

"그것과 함께 진실도 보장된다면 말이에요. 서방님의 말씀이 이 경우에 해당됨은 두말할 필요도 없죠. 다만 제게는 파라오를 알현하여 아침 문안으로 왕실을 아름답게 꾸미려고 올리는 장식용 미사여구가, 우물이며 건축 그리고 황금 거래처럼 대상이 있는, 나라의 중대사에 대한 신의 근심을 영예롭게 꾸며 주는 데 쓰이는 것처럼 보이는군요. 그리고 왕국에서 왕이 하는 실제적인 일도 바로 이러한 중대사를 돌보는 것이 아닌가 싶군요."

이 말에 또다시 잠깐 입을 다물어버린 페테프레는 잠방이 앞쪽에 드리워진 수를 놓은 천을 매만질 뿐, 대꾸가 없었다. 그러다 이윽고 가볍게 탄식하며 입을 열었다.

"사랑하는 여인, 그대가 누구도 넘보지 못할 재치를 발휘할 줄 아는 훌륭한 대화 상대라고 말한다면, 그건 거짓말이 될 것이오. 그래서 손으로 잡을 수 있는 사물의 세계에 관한 이야기로 말을 돌린 것이오. 물론 그러느라 약간의 기교를 쓴 것도 사실이오. 그러면서 궁궐에서 파라오께 올리는 연설을 언급한 것인데, 그대는 내 말을 받아서 예를 들면, 오늘 아침 알현이 끝난 후 천개(天蓋)홀을 나가면서 파라오께서 우리들 중 누구의 귓밥을 잡아당기며 특별한 호감을 보여주었는지 그런 것을 물어볼 수도 있었을 텐데, 그런 생각은 않고 엉뚱하게 불쾌한 것으로 비껴나가 사막의 우물과 광산일 따위를 살펴보고 있소. 사실 우리끼리 하는 말이지만, 그런 문제라면 사랑스러운 그대가 나보다 더 모르면서 말이오."

"옳은 말씀이세요." 그녀는 실수를 인정한다는 듯 고개를 끄덕였다.

"절 용서하세요! 파라오께서 오늘 누구의 귀를 잡아당겼는지 제가 왜 알고 싶지 않았겠어요? 다만 그 호기심이 너무 커서 곁길로 나간 다른 이야기 뒤에 숨겼을 뿐이에요. 절 제대로 이해해 주세요. 그 질문은 나중으로 미뤄뒀다가 물어볼 생각이었거든요. 이렇게 그 시간을 연기하는 것이 저희가 지금 나누는 장식용 대화에서 훨씬 더 아름답고 중요한 성분이라고 여겼기 때문이에요. 문을 활짝 열어젖히며 집안으로 불쑥 들어와서 자기가 뭘 바라는지 상대방이 금방 눈치 채게 할 사람이 어디 있겠어요? 하지만 이렇게 주인님께서 자유롭게 그 질문을 할 수 있도록 기회를 주시니 이제는 마음놓고 여쭙겠어요. 신께서 밖으로 나가시면서 만져주신 자가 바로 주인님이 아니셨던가요?"

"아니오. 내가 아니었소. 지금까지 그런 총애를 자주 받아왔지만, 오늘은 내가 아니었소. 그러나 그대가 한 말은 어찌 된 셈인지, 마치 그대는 직접 임무를 수행하고 행동하는 사령관 남자 호르-엠-헵을 궁궐과 우리 두 나라에서 나보다 더 큰 대인으로 생각하는 것처럼 들렸소."

"오, 몸을 감추고 계신 신께 맹세해요! 절대 그런 게 아니에요!"

그녀는 놀란 얼굴로 정색을 했다. 그리고 반지 긴 손을 그의 무릎에 올렸다. 페테프레는 자신의 무릎에 내려앉은 한 마리의 새를 바라보듯, 그 모습을 지켜보았다.

"제가 머리가 아프지 않고서야, 치유될 가망이 전혀 없는 중병에 걸려 생각이 죄다 헝클어지지 않고서야, 제가 어떻게 그런 생각을 단 한순간이라도 할 수 있겠어요? 그건……."

"실제로 그렇게 들렸소."

그는 다시 한번 안됐다는 듯, 어깨를 으쓱 쳐들어 보이며 되풀이했다.

"당신이 물론 그럴 의도는 없었던 것 같소만, 그렇게 들린 건 사실이오. 당신의 말은 대강 이런 식으로 들렸소. 글쎄 어떤 예를 들면 좋을까? 좋소. 이런 예를 들어보리다. 당신의 말은 마치 파라오의 궁궐 주방에서 직접 빵을 굽는 자가, 다시 말해서 실제로 신과 그의 집을 위해 빵을 굽기 위해 머리를 오븐 안에 집어넣는 자가 '멘페 영주'라는 칭호를 가진 파라오의 빵 감독관보다 위대하다는 것처럼 들렸소. 또 다른 예를 들자면, 당연히 아무 일에도 관여하지 않는 내가 이 집 살림을 도맡아 하는 나의 집사 몬트-카브보다 비천하다는 뜻으로 들렸소. 혹은 몬트-카브 집사의 어린 입으로서 집안 살림을 돌보는 시리아 출신 오사르시프보다 내가 더 못하다고 생각하는 것처럼 들렸소. 이런 것들이 결정적인 비유라오."

무트는 소스라쳤다.

"정확히 저를 맞추신 그 비유의 채찍 아래, 당신도 보시다시피 전 이렇게 떨고 있어요. 제가 지체한 탓에 저희의 대화에 얼마나 큰 혼란을 가져왔는지, 가슴 깊이 깨달았으니 서방님께서도 자비를 베푸시어 이 벌을 면하게 해주시리라 믿어요. 그러니 이제는 다른 곳으로 숨으려 했던 제 호기심을 충족시켜 주셔서 피가 멈추듯 이 호기심도 멎게 해주세요. 그리하여 저도 알게 해주세요. 오늘 옥좌가 있는 홀에서 총애를 받은 자는 그렇다면 누구였나요?"

"노페르-로후였소. 왕의 보석 집에서 향고를 관리하는 감독 말이오."

"아, 그 영주였군요! 그러면 모두들 그를 둘러쌌던가요?"

"왕실의 풍습대로 그를 둘러싸고 축하해줬소. 그는 요사이 특별히 주목받고 있소. 그러니 한 달의 4분의 1이 지난 후 우리 집에서 열 향연에 그를 초대해야 할 것 같소. 이 일은 향연과 내 집안의 광채를 한층 더 빛나게 할거요."

"당연하죠!" 그녀가 동의했다.

"그에게 초대장을 보낼 때 아주 아름다운 글을 써보내세요. 정말로 즐겁게 읽을 수 있도록 쓰셔야 해요. 예를 들면 '주인님의 총애를 받는 분께!'라고 시작하는 거죠. '주인님으로부터 상을 받아 거룩해지신 분이시여!' 그리고 편지와 함께 선물도 보내세요. 아무나 시키지 마시고 특별히 선별한 종에게 배달 임무를 맡기세요. 그러면 노페르-로후가 서방님의 초대를 거절하는 일은 없을 거예요."

"나도 그렇게 생각하오. 그리고 선물도 잘 골라야 하니까 여러 가지를 다 가져오라고 시킨 다음, 찬찬히 살펴보고 선택할 생각이오. 편지는 오늘 저녁에 써야겠소. 그가 정말로 즐거운 마음으로 읽을 수 있도록 호칭부터 잘 선택해야겠소. 내가 어떻게 할지 아오? 나는 이 향연을 특별히 아름답게 꾸밀 생각이오. 도시 전체가 이 향연 이야기를 하고 그 소문이 다른 도시들까지 닿게 할 것이오. 아주 멀리 있는 도시들도 그 소식을 듣도록 할 작정이오. 손님은 일흔 명 초대하고, 향유와 꽃 그리고 악사와 음식과 포도주가 넘쳐나게 할 것이오. 얼마 전에 구입한 아주 귀여운 대머리 미라를 귀빈들에게 구경시킬 참이오. 당신이 먼저 보고 싶다면 보여주리다. 1엘레 반이나 되는 아주 훌륭한 미라라오. 관은 황금이지만 사자(死者)는 그러나 흑단으로 되어 있고, 그 이마에 '이 날을 즐겁게 보내라!'는 구절이 새겨져 있다오. 그리고 혹시 바빌론 여자 무희들에 관해 들은 적이 있소?"

"어떤 여자 무희들 말인가요, 서방님?"

"무리를 지어 시내를 떠돌아다니는 외국 여자들이라오. 그들에게 선물을 내려 우리 집 향연에 출연시키도록 지시했소. 보고를 들은 바로는, 이들은 이국적인 아름다움을 지녔고 공연 때 방울과 점토로 만든 손 파우크 연주도 한다고 하오. 그녀들의 엄숙한 동작은 매우 새롭고, 춤을 추는 그녀들의 눈에는 부드러움과 함께 깊은 한이 서려 있다고 하오. 이들이 내 향연에 출연하면 사람들의 이목을 끌게 될 것이고, 그녀들과 우리 사교계 사람들이 모인 잔치도 큰 성공을 거둘 것이 틀림없소."

에니는 생각에 잠긴 듯, 눈을 내리깔고 있었다. 그렇게 잠깐 동안 아무 말 없이 있다가 이윽고 입을 열었다.

"서방님께서는 아문의 제일사제 베크네혼스도 향연에 초

대하실 생각인가요?"

"여부가 있겠소. 어떻게 베크네혼스를 초대하지 않을 수 있겠소? 그렇게 당연한 일을 굳이 묻는 이유가 무엇이요?"

"그의 참석이 중요하다고 생각하시는 건가요?"

"어떻게 중요하지 않을 수 있겠소? 베크네혼스는 큰 대인이오."

"바벨에서 온 아가씨들보다 더 중요한가요?"

"아니 그게 대체 무슨 비교요. 어떻게 그런 걸 물어보는 거요, 내 사랑?"

"이 두 가지는 서로 조화를 이룰 수 없으니까요. 전 서방님께 둘 중의 하나를 선택할 수밖에 없다는 사실을 상기시켜 드리는 거랍니다. 만일 서방님께서 바벨 여자들을 아문의 제일사제 앞에서 춤을 추게 하면, 그녀들의 눈이 보여주는 이국적인 한은 베크네혼스의 가슴에 있는 한과 도저히 견줄 수 없는 것이어서, 아마도 그는 자리를 박차고 일어나 시종들을 불러 곧장 집에서 나가버릴 거예요."

"그럴 리가!"

"아마 거의 그럴 걸요. 그는 몸을 감추고 계신 신 앞에서 그분을 모욕하는 것을 참지 않을 거예요."

"여자 무희들이 춤을 추는 게 모욕이라는 말이오?"

"외국 여자들이 춤을 추는 게 문제죠. 이집트에도 충분히 우아함이 넘쳐서, 외국에서도 이집트의 것으로 향연을 준비하잖아요."

"오히려 그는 새롭고 진귀한 것이 풍기는 매력을 만끽할 수도 있을 거요."

"그건 진지한 베크네혼스의 의견이 아니에요. 외국에 대한 그의 거부감은 어떤 것으로도 깨뜨릴 수 없어요."

"당신의 의견이 그런 것이라 믿고 싶구려."

"제 의견은 제 주인님과 제 친구의 의견이에요. 어찌 제가 우리 신들의 명예를 거역할 수 있겠어요."

"신들의 명예, 신들의 명예."

그는 어깨를 젖혀 움찔거리며 되풀이했다.

"안됐지만 당신의 이야기로 내 영혼의 심기가 어두워지기 시작한다는 말을 하지 않을 수 없소. 이것이 장식용 혀 만들기의 의미나 목표일 수는 없는데 말이오."

"제 보살핌의 결과가 당신의 영혼에 그런 결과를 낳았다면, 전 절망할 수밖에 없어요. 하지만 만일 베크네혼스가 분노하여 시종들을 불러 당신의 향연장을 떠나게 되면, 그래서 당신이 이마를 얻어맞았다고 두 나라의 사람들이 모두 쑥덕거리게 되면, 그때 당신의 영혼은 어떻게 되겠어요?"

"그의 그릇이 그렇게 작을 리 없소. 고상한 분위기 전환에 화를 낼 만큼 속 좁은 사람이 아니오. 그리고 파라오의 친구를 면전에서 이마를 갈길 만큼, 그렇게 과감하지도 못하고."

"사소한 일에서도 자신의 생각을 크게 펼쳐 보일 만큼, 그는 충분히 큰 대인이에요. 그래서 파라오의 친구 이마를 면전에서 한 대 칠 수도 있어요. 파라오께 직접 하지는 못하지만, 경고하는 의미에서 말이에요. 아문은 외국 것을 받아들여 해이해지는 걸 증오해요. 결속을 흔들어 놓는 외국 것, 태초의 경건했던 백성의 질서를 무시하는 것도 증오해요. 왜냐하면 이런 것들이 두 나라의 신경을 무디게 만들어 왕홀이 다스리는 제국을 훔쳐가기 때문이죠. 아문이 그런 것들을 증오한다는 것은 저희 둘 다 잘 알고 있어요. 아문의 뜻은 나라의 신경을 예민하게 만들어, 백성을 단련시키고 훈련하는 것이에요. 옛날의 케메로 돌아가 그의 자녀들이 조국의 것 안에 머물기를 바라죠. 그러나 당신도 잘 아시다시피 **저곳에서는**,"

무트-엠-에네트는 해가 지는 서쪽을 가리켰다. 나일 강의 건너편, 궁궐이 있는 곳이었다.

"저곳에서는 다른 태양의 생각이 지배하고 있어서, 파라오의 사상가들은 부드럽고 유화적인 분위기를 보이죠. 그러니까 삼각의 꼭대기에 있는 온의 생각, 아툼-레의 동적인 생각이 지배하는 것이죠. 이렇게 확대와 화해의 경향이 강한 그를 가리켜 그들은 아톤이라고도 부르죠. 그들이 어떤 악센트로 그 단어를 발음하여 신경을 느슨하게 하는지는 저도 몰라요. 하지만 베크네혼스는 아문을 생각하고 화를 낼 거예요. 아문을 대변하는 육신의 아들 파라오가 오히려 유연함을 조장하고 이리저리 머리로 시험해 보는 사상가들로 하여금, 이 제국에 속한 백성의 골수를 아양을 떠는 이국 취미에 넘겨주어 결국은 나약하게 만들도록 허락하는 걸 보고, 어떻게 그가 화가 나지 않겠어요? 그렇다고 파라오를 직접 나무랄 수는 없겠죠. 그러나 그는 당신을 통해 파라오를 비난할 것이고, 그것을 아문을 받드는 선포 의식의 계기로 삼을 거예요. 상이집트의 표범처럼 분노하면서 말이에요. 만일 바벨의 소녀들을 보게 되면, 그는 자리에서 벌떡 일어나 자기가 데리고 온 시종들을 부를 게 틀림없어요."

"당신이 이야기하는 모습은 마치 푼트에서 가지고 온, 혀가 풀린 수다스러운 새가 자기가 평소에 먹이를 쪼아먹던 밭에서 자라지도 않은 것을 어디서 주워듣고 뱉어내는 것 같구려. 백성의 골수와 아버지들의 관습, 그리고 해이하게 만드는 이국 취미, 이 모두가 베크네혼스가 즐겨 쓰는, 별로 즐겁지 않은 단어 목록에 실려 있는 것이오. 당신이 하는 말이 하나같이 그런 것들이라 내 심기를 흐리게 하는구려. 당신이 내게 오는 것을 보고, 나는 당신과 정담을 나눌 기회가 생겼다고 생각했지, 그와 정담을 나눌 거라고는 생각하지 않았기 때문이오."

"전 그저 서방님께서 이미 잘 아시는 그의 생각을 상기시켜드리는 거예요. 심각한 불화가 생기지 않도록 미연에 방지하자는 거죠. 그리고 저는 베크네혼스의 생각이 곧 저의 생각이라는 말은 하지 않았어요."

"그러나 그의 생각이 당신 생각이오. 당신 말에서 나는 그의 이야기를 들었소. 그대는 내게 베크네혼스의 생각을 당신 것이 아닌 남의 생각처럼 들려준 게 아니오. 당신은 그의 생각을 당신 것으로 만들어서, 어떤 면에서는 나에게 반항하고 있는 것이오. 그 대머리 남자와 하나가 되어서 말이오. 그 점이 바로 당신의 태도가 보여주는 흉측한 부분이오. 그가 당신 방을 출입한다는 것을 내가 모르오? 그것도 한 달의 4분의 1이 지나갈 때마다 한 번씩, 아니 그보다 더 자주 당신을 방문하지 않소? 그 일에 대해 내색은 않았지만, 나는 탐탁지 않게 생각해왔소. 왜냐하면 그는 내 친구가 아니기 때문이오. 그리고 그가 사용하는 단어 목록에 오른 낱말들이 하나같이 완고하여, 나는 도무지 그를 참아줄 수가 없소. 나는 원래 생각이 보다 온화하고 세련되고 느슨한 태양을 바라오. 내 영혼도 그것을 바라오. 그런 면에서 나는 다른 것과도 결속할 줄 아는 아툼-레의 사람이오. 내 마음속에서는 그렇다는 말이오. 그리고 특히 이것은 내가 파라오의 사람이며, 그를 모시는 궁신이기 때문이오. 파라오는 자신의 사상가들로 하여금 사변을 통하여 이 영화로운 태양의 온화하고 포괄적인 생각을 이것저것 시험해 보라 일렀소. 그런데 그대는, 신들과 인간들 앞에서 내 아내이면서 동시에 나의 누이인 그대는 도대체 이 문제에서 어떤 태도를 취하고 있소? 내 편이 되어 파라오와 그의 궁궐을 지배하는 사상을 따르는 것이 아니라, 아문의 편을 들고 있지 않소. 그대는 지금 움직일 줄 모르는 청동 이마를 가진 아문의 편이 되어 나에게 반기를 들고, 결속력이 없는 신을 받드는 대머리 제일사제를 방패 삼아 거기에 몸을 숨기고 있는 것이오. 날 모욕하고 내 앞에서 그대의 배신을 이렇게 증명하는 것이 얼마나 흉측한 일인지 생각해 보지도 않고 말이오."

"주인님께서는 어쩌면 이렇게 고상한 취미라고는 찾아볼 수 없는 비유를 하시나요. 그렇게 독서를 많이 하시고도 이러시다니 놀라울 따름이군요."

그녀는 가까스로 화를 누르며 작은 목소리로 말했다.

"제가 사제를 방패 삼아 그 뒤에 숨어서 당신을 배신했다는 것은 고상한 취미가 결여되어 있거나, 아니면 아주 나쁜 취미에서 나온 것이니까요. 이건 절름발이 비유라고 말하지 않을 수 없군요. 그건 유달리 더 꼬여 있는 비유예요. 파라오가 누구인가요. 조상의 가르침과 경건하지는 않지만 소박한 백성의 신앙에 의하면, 그는 아문의 아들이에요. 그러니 당신이 거룩한 태양 아문의 생각을 고려한다 해서, 파라오에게 예의를 다해야 하는 당신의 의무에 해될 일은 전혀 없어요. 그렇게 아문을 조금이라도 생각하신다면, 궁핍한 곳에서 데려온 여자들의 춤으로 손님들의 호기심이나 채워 주려는 계획을, 서방님 자신과 아문에게 비천한 제물을 올리려는 고집으로 여기게 되실 거예요. 당신에 대해서는 이 정도로 하고, 이제 제 이야기를 하겠어요. 저는 온전히 아문의 사람이에요. 제 모든 명예와 신앙심을 바쳐서 그를 섬기는 사람이에요. 왜냐하면 저는 그의 신전에 있는 신부이며, 그의 규방에 속하는 사람이니까요. 전 하토르로서 그의 앞에서 여신의 옷을 입고 춤을 추죠. 제게 이 일은 말할 수 없는 영광이고 즐거움이에요. 이 영예로운 신분은 제 삶의 전부이며 유일한 것이에요. 다른 건 아무것도 없어요. 그런데 당신은 제가 성심을 다하여 제 주인님을 섬긴다고 이를 탓하세요. 지금 당신은, 저의 신이고 세속을 초월한 신랑인 그분께 신의를 다하는 것을 두고, 하늘의 노여움과 원성을 살 만큼 삐뚤어진 비유를 사용하시잖아요."

그 말과 함께 그녀는 주름 옷을 당겨 얼굴을 가리고 몸을 숙였다.

친위 대장은 난처하다 못해 소름이 오싹했다. 온몸이 싸늘하게 식는 것 같았다. 맨 밑바닥에 있던 것, 너그럽게 항상 침묵으로 덮어두었던 그것이 당장이라도 입 밖으로 굴러나와 인생을 무너뜨릴 것처럼 보였던 것이다. 팔은 여전히 의자 턱 위에 걸쳐놓은 채, 그는 몸을 그녀로부터 멀찌감치 떼어놓으며 굳어졌다. 그리고 당황한 얼굴로 한편으로는 경악하며, 또 다른 한편으로는 죄책감도 느끼며 울고 있는 자를 쳐다보았다.

'대체 지금 무슨 일이 벌어지고 있는 것인가?' 그는 생각했다.

'이건 모험이다. 결코 있을 수 없는 일이다. 내 평안은 극도의 위기에 처했다. 내가 너무 멀리 나갔다. 나는 정당한 나의 이기심을 발동시켰는데, 그녀는 그녀대로 자신의 이기심을 출동시켜 내 이기심을 눌러버렸다. 그녀의 승리는 이 대화로 끝나는 게 아니다. 그녀의 말은 내 가슴까지 눌러버렸다. 지금 내 가슴에는 그녀의 눈물을 바라보는 두려움에 자비로움과 근심이 뒤섞이고 있다. 그렇다. 나는 그녀를 사랑한다. 나에게 두려움을 일으키는 그녀의 눈물이 내가 그녀를 사랑하고 있음을 느끼게 해준다. 그렇다면 그녀도 이 사실을 느끼도록 뭔가 적당한 말을 해주고 싶다.'

그는 이런 생각을 하면서 의자 팔걸이에 올려져 있던 양 팔을 내린 후, 그녀 쪽으로 몸을 숙였다. 물론 그렇다고 해서 그녀를 어루만지지는 않고, 대신 조금은 가슴 아파하면서 말을 건넸다.

"이제는 당신도 알게 되었지 않소, 사랑스러운 꽃. 단지 내게 베크네혼스 사제의 완고한 생각을 상기시켜 주려고, 당신과는 상관없는 그의 이야기를 들려준 게 아니라, 실제로 그의 생각이 당신 생각이라는 사실을 당신 이야기가 지금 증명해 주고 있지 않소. 당신 이야기에서 당신의 마음도 그의 편이 되어 내게 반대하고 있다는 사실이 그대로 드러나지 않았소. 그렇지 않다면 어떻게 돌려서도 아니고 직설적으로 내 면전에서 '저는 온전히 아문의 사람이에요'라고 선포할 수 있단 말이오. 그런데도 내 비유가 잘못되었다는 거요? 그자가 나 때문에, 당신 남편인 나 때문에 통탄하는 것은 그의 취미가 그래서인데, 그런 것을 가지고 나더러 어쩌란 말이오?"

그러자 그녀가 옷을 젖혀 얼굴을 드러내며 그를 쳐다보았다.

"그럼 서방님께서는 몸을 감추고 계신 분, 주님을 질투하는 건가요?"

입은 일그러지고, 조롱과 눈물이 뒤섞인 보석 같은 두 눈이 그의 눈앞에 바짝 다가와 노려보고 있었다. 독기 어린 눈빛에 놀란 그는 얼른 호기심을 거둬들였다. '어서 돌아가야 한다.' 그런 생각이 머리를 스쳤다.

'지나치게 멀리 나왔다. 나 자신의 평안과 집안의 평화를 위해서 어서 돌아가야 한다. 한 걸음, 아니 어쩌면 또 한 걸음 더. 지금 나 자신의 평안은 물론 집안의 평화까지도 끔찍한 위험에 처한 것처럼 보이지 않는가. 아니 어쩌다가 그녀는 이렇게 느닷없이 위협을 느끼게 되었단 말인가. 여자의 눈이 저렇게 무서워질 수 있단 말인가? 모든 것이 변함

없이 항상 편안하고 안전해 보이지 않았던가.'

그는 출타 후 귀가하던 때를 기억해 보았다. 궁궐에서 돌아왔거나, 또는 여행을 마치고 집으로 돌아왔을 때, 그를 맞아주며 인사를 올리던 집사에게 제일 먼저 "아무 일 없는가? 여주인님은 유쾌하신가?"라고 물어왔던 그였다. 내색은 안했지만 집안의 평온과 품위 그리고 안정이 내심 걱정스러웠었다. 이러한 것들의 토대가 부실하여 위험에 노출되어 있다는 막연한 의식은 항상 가슴 밑바닥에 깔려 있었다. 지금 이 순간 분해서 눈물을 흘리는 에니의 눈을 보자, 그 근심이 사라지지 않고 항상 그 자리를 지키고 있었음을 확인할 수 있었다. 그렇게 은근히 걱정했던 것이 아차 하는 순간에 끔찍한 현실로 다가올 듯했다.

"아니오." 그가 말했다.

"그건 당치도 않소. 주인님 아문을 질투하느냐는 당신의 질문과 그 말은 받아들이지 않겠소. 나는 그대가 몸을 감추고 계신 분께 마땅히 해야 할 일과, 또한 남편인 나에게 마땅히 해야 할 일을 서로 구분할 줄 아오. 이제 보니 고상한 베크네혼스와 가까이 지내는 것과 관련하여 내가 사용한 상징적 표현이 그대의 기분을 상하게 한 것 같구려. 난 항상 그대에게 기쁨을 주고 싶고, 그럴 기회만 찾고 있었다오. 그러니 지금을 그 기회로 삼아 내가 말했던 비유를 거둬들여 그런 비유를 하지 않은 것으로 하겠소. 내가 한 말의 목록에서 처음부터 없던 걸로 하겠소. 그러면 만족하겠소?"

무트의 눈에서 저절로 눈물이 멈췄다. 언제 눈물을 흘렸던가 싶을 정도였다. 남편은 자신이 양보해 준 것에 대해 그녀가 감사해 할 줄 알았다. 그러나 그녀는 전혀 그럴 생각이 없는 것 같았다.

"그건 가장 작은 것이에요." 그녀는 고개를 가로저었다.

'그녀는 내가 집안의 평안을 염려하고 두려워한다는 것을 알고 날 얕잡아 보고 있다.' 그는 이렇게 생각했다.

'그래서 그 점을 최대한 이용하려는 것이다. 여자들의 방식이 원래 그렇지 않은가. 그걸 보면 그녀는 일반적인 여자에 더 가깝다. 특별한 여자, 내 여자이기 이전에, 그녀는 보통 여자인 것이다. 그러니 이 보통 여자의 단순하고, 영리한 모습을 보여주는 것이 바로 자신의 아내라는 사실을 알게 되는 것은 조금 난처한 일이긴 하나, 이상할 건 전혀 없다. 참으로 가련하고 우습다. 자신은 영리한 자기 머리에 따라 행동한다고 생각하지만, 실은 부끄럽게도 일종의 규칙을 답습할 뿐인데, 그걸 전혀 눈치 채지 못하고 있지 않은가. 그래서 이렇게 상대방으로 하여금 어쩔 수 없이 이런 사실을 인지하여 머리에 기록하도록, 정신에 이처럼 내키지 않는 자극을 주니 얼마나 가련하고 우스운가. 하지만 지금 와서 이런 생각을 한들 무슨 소용이 있단 말인가? 이것은 생각으로는 할 수 있되, 말로는 할 수 없지 않은가. 굳이 말로 하자면 이런 정도밖에 되지 못한다.'

그래서 나온 말은 이러했다.

"무턱대고 가장 작은 것이라고 할 수는 없을 것이오. 하지만 최소한 내가 말하려고 한 것 중에서 가장 작은 것이었다고는 할 수 있소. 왜냐하면 나는 거기서 멈추지 않고 한

걸음 더 나아갈 생각이었기 때문이오. 당신과 대화를 나누다 보니, 바벨 출신 무희들을 연회에 출연시키려 했던 생각을 떨치게 되었다는 사실을 그대에게 알려 주어 그대의 만족을 한층 더 높여주려 했소. 그대와 가까이 지내는 지체 높은 남자의 판단을 두고 그를 모욕할 의도는 추호도 없고, 그것은 내가 바라는 바도 아니오. 물론 그의 판단을 선입견이라 여길 수도 있지만 말이오. 그러나 어쩌겠소. 세상에서 선입견을 없앨 수는 없는 일 아니겠소. 여하튼 내 연회는 타지에서 온 여행객들 없이 열리게 될 것이오."

"그것 역시 가장 작은 것이에요, 페테프레."

그의 이름까지 들먹이는 그녀의 말에 그는 다시 한번 불안해지면서 바짝 긴장했다.

"그게 무슨 뜻이요? 아직도 가장 작은 것이라니? 그러면 대체 어떤 것들 중에서 가장 작은 것이라는 것이오?"

"가장 바람직한 것들 중에서죠. 요구 사항 중에서 가장 작은 것이라는 뜻이에요." 그녀가 숨을 들이마신 후 대답했다.

"집안이 달라져야 해요. 더 이상 경건한 자들에게 걸림돌이 되지 않고, 모범이 되는 집이 되어야 해요. 서방님은 이 집의 주인님이세요. 우리 집을 다스리는 주인님께 복종하지 않으려는 자가 어디 있겠어요? 서방님께서 결속력이 있는 태양의 온화하고 세련된 생각을 생활 신조로 삼으신다 하여 서방님께 누가 감히 토를 달 수 있겠어요? 현재의 제국과 신경을 곤두세우고 살았던 고대를 한꺼번에 원할 수는 없다는 건, 저도 잘 알아요. 제국은 바로 전통에서 나왔기 때문이죠. 그리고 지금처럼 부유한 제국에서는 백성들도 태초의 경건한 질서와는 다른 질서 속에서 살고 있죠. 제가 세태를 이해하지 못하고 생활의 변천을 이해하지 못한다는 말씀은 하지 마세요. 하지만 모든 건 정도가 있고 한도가 있어요. 그건 있어야 해요. 거룩한 선조의 훈계는 제국과 부를 창조해냈어요. 그 가르침의 잔재는 제국 안에 남아서 생명을 이어가고 존경받아야 마땅해요. 그래야 수치스럽게 부패되지 않고 두 나라의 왕권을 빼앗기지 않을 수 있어요. 이런 진실을 부인하시겠어요? 아니면 혹시 태양 아툼-레의 동적인 생각을 시험해 보는 파라오의 사상가들은 이를 부인하나요?"

그러자 부채를 들고 있는 자가 대꾸했다.

"진실을 부인하지는 않소. 그리고 어떤 자에게는 진실이 어쩌면 왕권보다 더 소중한지도 모르오. 그대는 운명에 관한 이야기를 하는데 우리는 시대의 자녀들이오. 그러므로 우리가 태어난 시대의 진실에 따라 사는 것이, 우리의 영혼을 부인하고 언제인지도 모르는 태곳적 고대에 맞춰서 신경을 곤두세웠던 고대 사람 흉내를 내는 것보다 백 배 낫다는 게 내 생각이오. 파라오는 많은 군사를 거느리고 있소. 아시아 군사와 리비아 군사, 그리고 누비아 군사를 비롯하여 우리 군사까지 있소. 운명이 허락하는 한 그들이 왕권을 지켜주기를 바랄 뿐이오. 하지만 우리는 그저 솔직하게 살면 되는 것이오."

그러자 그녀는 이렇게 응수했다.

"솔직함이 편하긴 하지만 고상한 것은 아니죠. 누구나 그저 솔직하려고만 하여 자신의 자연스러운 욕망을 진실이라 여기고, 자신을 고치거나 스스로 절제하고 억제할 생각은 전혀 안한다면 인간이 도대체 어떻게 되겠어요? 솔직한 것으로 치자면 도둑도, 골목길에서 나뒹구는 술주정뱅이도 솔직하죠. 그리고 간통한 자도 그렇고요. 그들이 자신들의 진실을 주장한다 해서, 그들을 그냥 내버려둬야 하나요? 서방님께서는 지금 시대의 자식으로서 진실되게 살고 싶이 하세요. 고대를 기준으로 삼지는 않겠다는 것이죠. 그러나 각자 자신의 본능이 요구하는 진실에 따라 사는 곳이 바로 야만적인 고대가 아닌가요. 진정으로 진보된 시대는 보다 숭고한 것을 위해 개인의 절제를 요구하는 시대예요."

"나더러 뭘 고치라는 거요?"

그가 두려움을 무릅쓰고 물었다.

"서방님께서 고쳐야 하실 건 아무것도 없어요. 주인님께서는 변함이 없는 분이세요. 제가 서방님의 거룩한 부동 자세에 관련하여 어떤 것을 흔든 기억은 전혀 없어요. 서방님께서 집안이나 궁궐, 또 이 세상의 어디서든, 먹고 마시는 것 외에 아무 일도 하지 않으시는 것에 대해 비난할 생각은 추호도 없어요. 그것은 서방님의 천성이 그렇지 않다고 해도, 서방님의 신분 때문에라도 그렇게 하셔야 하니까요. 서방님께는 서방님을 위해 모든 일을 대신하는 시종들의 손이 있죠. 그들은 무덤에 가서도 그 일을 계속할 거예요. 그러니 서방님께서 하실 일은 오로지 시종들을 고용하는 것뿐이죠. 그리고 이것도 실은 주인님께서 직접 하실 필요가 없어요. 시종들을 고용하는 자를 고용하면 되니까요. 그러면 그자가 주인님을 대신하여 주인님의 생각대로 이집트 대인의 집안을 꾸려 가는데 필요한 자들을 고용하죠. 서방님께서는 그것만 하시면 되는 거예요. 이 일은 가장 고상하고 가벼운 일이지만, 한편으로는 가장 중요한 일이기도 해요. 이 일에서 실수를 범하지 않으시고 서방님의 손가락으로 엉뚱한 사람을 지목하지 않는 것, 그게 제일 중요해요."

"얼마 전부터인지 정확하게는 모르겠지만 내 집의 집사직은 몬트-카브가 맡고 있소. 그는 아주 성실한 자로서 나를 사랑하고 섬기는 정성이 지극할 뿐 아니라 나를 진정으로 사랑하는 자라서 나를 모욕하는 일을 무엇보다 끔찍하고 혐오스러운 일로 생각하고 있소. 그의 계산장부만 봐도 알 수 있듯이 지금껏 그는 단 한번도 나를 심각하게 속인 적 없고, 집안 살림을 아름다운 방식으로 잘 꾸려나왔소. 그 점에 대해 나는 아주 만족스럽게 생각하고 있소. 그런데 혹시 집사가 그대에게 불만을 안겨 준 그런 불상사라도 있었던 거요?"

그가 엉뚱한 곳으로 말머리를 돌리려 하자, 그녀는 비아냥거리는 미소를 지었다.

"서방님께서도 저나 베세 전체가 알고 있듯이 얼마 전부터 몬트-카브 또한 서방님과 마찬가지로 거의 하는 일이 없다는 것을 잘 아실 텐데요. 그는 벌레가 신장을 파먹는 심한 중병으로 앓아 누운 탓에, 그 대신 다른 자가 집안 살림을 관리하고 있죠. 사람들이 몬트-카브 집사의 입이라 부르는 그 자는 실은 저희 집에서 그런 높은 신분에 결코 올라가서는 안 될 자죠. 그뿐인가요, 어디? 몬트-카브가 장차 세상을 떠나게 되면, 소위 그의 입이라는 자가 뒤를 이을 것이고, 서방님의 모든 것이 완전히 그의 손안에 떨어지게 될 거라고들 하더군요. 서방님께서는 집사가 서방님의 품위를 지켜드리기 위해 신실한 마음으로 정성을 다한다고 칭찬하셨어요. 하지만 감히 말씀 드리지만 집사의 행동에서 그런 정성 어린 마음을 찾아보려고 저도 무척 노력했지만 그건 허사였어요."

"지금 오사르시프를 생각하고 있는 것이오?"

그녀는 얼굴을 떨구었다.

"제가 그 자를 생각하다니 참으로 묘한 표현이군요. 몸을 감추고 계신 분께서 그 자가 이 집에 없기를 바라셨더라면, 그 자에 대한 생각조차 불가능했겠지만, 지금은 서방님을 섬기는 집사의 잘못으로 말미암아 수치스럽게도 그 자를 생각할 수밖에 없게 되었어요. 서방님께서 이름까지 언급하신 그 자를 떠돌이 상인들로부터 사들인 게 바로 그 신장병 환자였으니까요. 그리고는 그의 미천한 신분대로 대우하지 않고, 오히려 집안에서 큰 사람으로 장성하게 하여 다른 사람들의 위에 올려놓았어요. 그래서 모든 종들이 그의 아래에 있게 된 거죠. 서방님의 시종과 제 시종 모두 말이에요. 그리고 주인님께서 그 노예 이야기를 하시는 말투는 제가 듣기에 참으로 수치스러워서 분한 생각까지 드는군요. 만일 주인님께서 생각을 더듬어보신 연후에 '아, 저기 빈궁한 레테누 땅에서 온 시리아 출신인 히브리 노예 말이오?'라고 말씀하셨더라면, 그건 자연스럽고 지당한 말로 들렸을 거예요. 그런데 주인님께서는 마치 그 자가 조카라도 되듯이, 친근하게 이름까지 대면서 이렇게 물어보셨어요. '지금 오사르시프를 생각하고 있는 것이오?'"

그녀는 지금 그의 이름을 말하고 말았다. 가까스로 그 이름을 입 밖으로 내뱉는 순간, 자신도 모르는 사이에 가슴이 벅차 올라 숨이 막힐 듯했다. 아, 얼마나 불러보고 싶은 이름이었던가. 그녀는 죽음과 죽음을 통한 신격화의 뉘앙스가 동시에 울려 나오는 신비스러운 음절을 혀끝으로 뱉어냈다. 불길한 운명의 달콤함을 감추고 있는 그 음절을 토해내며 그녀는 마치 분해서 그런 척 흐느끼기까지 했다. 그리고 조금 전처럼 다시 옷을 잡아당겨 눈을 가렸다.

포티파르는 다시 한번 정말로 깜짝 놀랐다.

"왜 그러시오, 여보?" 그가 양손을 벌려 그녀 쪽으로 가져가며 물었다.

"아니, 또 눈물을 흘리다니, 도대체 왜 그러는 거요? 무슨 이유로? 내가 그 시종의 이름을 부른 것이 뭐가 어떻다고 그러시오. 나는 그저 그가 자신을 부르는 이름대로, 그리고 다른 모든 사람들이 그를 부르는 대로 그의 이름을 불렀을 뿐이오. 누구를 말하는지 상대방에게 쉽게 이해시키려면 이름이 가장 간단한 방법이 아니오? 허허, 내 추측이 맞았구려. 내게 먹을 것을 건네주고 책을 읽어주는 가나안 청년을 말한 것이 틀림없소. 물론 그 자가 나를 위해 해주는 일이 날 만족스럽게 해준다는 점은 부인하지 않겠소. 그렇지만 이것은 다른 한편으로는 그대가 그를 관대하게 생각해 줄 수 있는 이유도 되지 않겠소? 난 그 아이를 사들이는 데 관여하지 않았소. 시종을 고용하고 해고할 수 있는 권리를 위임받은 몬트-카브가 몇 년 전에 그 아이를 존경할 만한 상인들로부터 사들였다고 들었소. 그후에 우연히 정원에서 대화를 나누면서 그 아이를 시험해 볼 기회가 생겼소. 그 아이는 그때 내 정원에서 교접을 시키고 있던 중이었다오. 이야기를 해보니 아이가 아주 마음에 들었소. 신들로부터 육체와 정신의 재능을 선사받은 아이로, 사람을 대단히 즐겁게 만들어주는 두 재능의 결합이 주목할 만하다오. 그의 아름다움은 그가 지닌 고상한 이성이 자연스럽게 밖으로 나타난 구체적인 형상인데, 거꾸로 이 이성의 고상함은 눈으로 볼 수 있는 것이 눈으로는 볼 수 없는 형태로 표출된 것처럼 보이기 때문이요. 내가 주목할 만하다는 표현을 썼는데, 이러한 내 평가에 당신도 따라주기를 바라오. 이건 적당한 표현이니까. 그리고 그의 출신배경 또한 최상은 아니더라도, 여하튼 그를 생산한 아버지는 가축을 기르는 일종의 왕으로 신의 영주였고, 아이는 이 영주에게 선물로 주어진 자라서 아름다운 신분을 누리며 유복하게 살았소. 그렇게 아버지의 가축떼 옆에서 편하게 성장하다가, 그의 발 앞에 올가미를 던진 사람들로 말미암아 온갖 슬픔을 양식으로 삼게 되었다 하오. 그런데 그가 고통받은 이야기 또한 주목할 만하오. 거기에도 풍요로운 정신과 기지가 깃들어 있소, 아니 앞뒤가 꼭 들어맞는다고나 할까. 그의 호감 가는 외모와 이성, 이 두 가지가 동일한 것으로 보이는 것처럼, 그의 이야기에도 이러한 묘한 결합이 드러난다오. 그의 고난에 얽힌 그 이야기는 자체적으로 독자적인 현실을 가지고 있지만, 다른 한편으로는 높은 곳에서 이미 정해져 있는 것과 연관되어 그곳의 양해로 일어나는 것처럼 보이기 때문이오. 그래서 그것들을 서로 떼놓는 일은 불가능하여, 한 가지가 다른 것에 반영되면서 그 청년의 모든 면은 이중의 매력을 갖고 있다오. 여하튼 사람들은 내가 그 아이를 시험해 보았을 때, 웬만큼 치러내는 것을 보고, 그로 하여금 내게 음식을 건네주고 책을 읽어주는 일을 하게 했소. 내가 그런 지시를 내린 적도 없건만, 나를 사랑하는 마음에서 그렇게 조처한 것이오. 이는 충분히 이해할 수 있는 일이오. 그리고 고백하자면 이제는 그 아이가 내게 없어서는 안 될 존재가 되었다오. 그만큼 재능이 뛰어나기 때문이오. 그리고 그 아이가 집안일을 관리하고 감독하는 통찰력을 기르게 된 것도, 나와는 상관없이 일어난 일이오. 바로 이 점이야말로 그 아이가 무슨 일을 하든, 한마디로 몸을 감추고 계신 분이 행운을 주신다는 증거요. 달리 표현할수가 없소. 이렇게 나와 집안에 없어서는 안 될 존재가 된 아이를 나더러 어떻게 하라는 것이오?"

그랬다. 말이 여기까지 나왔는데 더 이상 바라고 말고 할 것이 어디 있으랴? 이 정도 말했으면, 그 아이를 어떻게 하고 말고 할 게 없다는 게 분명해지지 않았는가. 그는 속으로 흡족해 하며 주변을 둘러보았다. 자기가 생각해도 말 한 번 잘했다 싶어 미소까지 흘렸다. 자신의 주위를 든든하게 에워싸고 앞에도 철통 같은 수비를 세워 자신을 위협하는 요구를, 아예 있을 수도 상상할 수도 없는 것으로 만들고, 혹시라도 그런 요구가 나온다면 그건 자신에 대한 사랑을 후려치는 것으로 낙인찍지 않았는가. 그러나 그는 눈치 채지 못했다. 그녀에게는 자신의 말이 방벽과 망루는커녕, 오히려 달콤한 꿀 포도주였다는 사실을.

여전히 옷으로 얼굴을 가린 채 몸을 숙이고 있던 그녀는 요셉을 칭찬하는 말을 행여 한마디라도 놓칠까 극도로 긴장할 만큼 강렬한 호기심에 사로잡혀 있었다. 그는 그녀에게 경고할 뜻으로 한 말이었지만, 별 효과가 없었던 셈이다. 그러나 묘하게도 무트가 이곳에 온 원래 목적, 즉 풍습과 이성을 따르려는 그녀의 목적에는 아무런 변화도 생기지 않았다. 이윽고 몸을 일으킨 그녀가 입을 열었다.

"서방님께서는 이제 더 이상 하실 말씀이 없을 정도로 그 종을 충분히 두둔하셨다고 생각해도 될 것 같군요. 하지만 이 정도로는 충분하지 않아요. 이것은 이집트의 신들 앞에 실족하는 일이에요. 그리고 서방님의 시중을 드는 그 자의 인물 됨됨이와 관련하여 제게 들려주신 이러저러한 결합과 이중의 매력 이야기로는 아문께서 제 입을 통해 바람직한 일에 관련하여 제기하시는 명백한 요구에 대항할 수 없어요. 그자만 입이 아니라 저도 입이니까요. 서방님께서 그자를 가리켜 서방님 자신과 집안에 없어서는 안 될 존재가 되었다고 표현하신 건, 아마도 별 생각 없이 하신 말씀이겠지요. 어딘지도 모르는 곳에서 흘러 들어온 이방인이 어떻게 인간이 사는 나라에서 큰 사람으로 장성할 수 있단 말인가요? 그것도 다른 곳이 아니라 페테프레의 집에서 말이에요? 그 노예를 사들이기 전까지만 해도, 그리고 이 집에서 그자가 큰 사람으로 자라기 전까지만 해도 서방님의 집은 축복의 집이었어요. 그 자는 저희 집안에서 절대로 큰 사람으로 장성해서는 안 되었어요. 설령 그 소년을 사들였다 하더라도 들판의 밭일을 시켜야 했어요. 집안에 두어 그에게 서방님의 잔을 맡기고, 서방님의 독서실에서 서방님의 귀를 맡겨서는 안 되었어요. 그 자에게 아무리 매혹적인 재능이 있다고 하더라도 그래서는 안 되는 거죠. 재능이 곧 인간은 아니에요. 재능과 인간은 서로 구분해야 해요. 게다가 비천한 자가 재능이 있을 때는 더 심각하죠. 그 재능이 결국에는 타고난 비천한 신분까지 잊어버리게 만들 수도 있으니까요. 도대체 어떤 재능이 이 비천함까지 올려줄 수 있다는 거죠? 그것을 정당화시켜 줄 재능이란 게 어디에 있나요? 몬트-카브 집사야말로 스스로 이렇게 물어봤어야 해요. 서방님 말씀처럼 서방님의 개입 없이 그 비천한 자가 서방님의 집안에서 무성하게 자라게 해, 결국 집안에 경건한 자들의 원성이 끓도록 한 건 바로 집사니까요. 상황이 이런데도 서방님께서는 몬트-카브 집사가 죽으면서까지 신들을 거역하며, 자신의 후계자로 그 자를 지목하도록 내버려두실 작정인가요? 그 자가 온 세상 사람들 앞에서 서방님의 집에 흠집을 내도록 그냥 보고만 계시겠어요? 그래서 이 땅에서 자라난 토착민 시종들이 그 비천한 자의 손 아래 무릎을 꿇고 분한 나머지 이를 갈게 하실 건가요?"

"맙소사! 착각도 유분수지!" 왕실의 시종이 말했다.

"그대 말을 들어보니 그대는 잘못 알고 있는 게 분명하오. 이를 간다는 것은 어불성설이기 때문이오. 집안의 식솔들은 아래위를 막론하고 하나같이 오사르시프를 사랑하고 있소. 주방 서기로부터 시작하여 개를 돌보는 아이에 이르기까지, 그리고 그대가 데리고 있는 하녀들 중 제일 아랫것에 이르기까지 그를 사랑하지 않는 종이 없다오. 그러니 그의 말에 복종하는 것에 대해 부끄러워하는 자도 없소. 집안에서 그가 장성한 것 때문에 사람들이 이를 갈고 있다는 소리를 대체 어디서 들었는지는 모르겠지만, 그건 완전히 잘못된 이야기요. 오히려 현실은 정반대요. 모두 그와 눈 한번 맞추려고 안달이고, 그가 지나가면 그의 눈이 내려다보는 곳에서 자신들이 일할 수 있다는 게 기뻐서 어쩔 줄 모른다오. 그리고 뭐라고 지시를 내릴까 궁금하여 상냥한 얼굴로 그의 입술만 뚫어져라 쳐다본다오. 그렇소. 자기 자리를 내줘야 했던 자들도 예외가 아니오. 그들도 삐딱하게 노려보는 게 아니라, 똑바로 밝은 눈빛으로 바라본다오. 이건 그의 재능 앞에서는 누구도 저항할 수 없어서라오. 왜 그런지 아시오? 그들의 관계가 그대의 말과는 완전히 다르기 때문이오. 그리고 바로 이 점이 당신이 잘못된 정보를 들었다는 증거요. 그의 재능들은 그의 몸에 달라붙어 있는 혼란스러운 부속물이 아니오. 그렇다면야 그와 구분할 수도 있겠지만, 그의 경우는 전혀 그렇지 않소. 오히려 그와 하나가 된 이 재능들은 축복받은 자의 재능이라오. 그는 충분히 그런 재능을 지니고 있을 만하다고 말하고 싶을 정도요. 실은 한 인물과 그의 재능을 억지로 떼어 놓아서는 안 되는데, 타고난 재능의 경우, 이를 자신의 공로라고 표현해도 된다면 그렇게 말할 수도 있다는 뜻이오. 여하튼 그래서 육로든 수로든 그가 길을 떠나면, 먼 발치에서 사람들은 이미 그가 오는 것을 보고 기뻐하며 서로 툭툭 치면서 이렇게들 말한다고 하오. '저기 오사르시프가 온다. 페테프레의 몸종, 몬트-카브의 입이지. 저 출중한 청년이 주인님의 일을 보러 나왔군. 어떤 일이든 그의 방식대로 멋지게 해낼 거야.' 어디 남자들뿐인 줄 아시오? 남자들이 그를 밝은 눈빛으로 똑바로 쳐다본다면, 여자들은 구석에서 힐끔힐끔 바라본다고 하오. 내가 아는 바로는 그건 여자들에게 좋은 신호요. 그래서 그가 시내로 들어가 골목에 모습을 드러내고 상점에라도 나타나면, 내가 들은 바로는 대부분의 처녀들이 담 위로, 지붕 위로 올라가 자기들이 끼고 있던 금반지를 던진다고 하오. 그의 눈길을 끌려고 말이오. 그러나 어떤 것으로도 그의 눈길을 끌지는 못한다는구려."

남편의 말에 귀를 기울이며 에니는 더할 수 없는 황홀경에 빠져들었다. 요셉에 대한 칭송과 그의 인기가 얼마나 대단한지 들려주는 그 묘사에 불처럼 뜨거운 기쁨이 혈관 속으로 밀려 들어와 넘실거리자, 가슴이 출렁였고, 마치 흐느낄 때처럼 숨까지 할딱거렸다. 그뿐 아니라 귀까지 빨갛게 달아올랐고, 입은 입대로 행복한 미소를 지으려 하는 바람에 이야기를 들으며 입술의 움직임을 억제하느라 애를 먹었다. 인간을 사랑하는 자는, 이처럼 크나큰 모순 앞에 고개를 내젓지 않을 수 없다. 요셉에 대한 칭송은 이 이방인 노예에게 흔들린 그녀의 연약한 마음을, 이렇게 말해도 된다면, 더 강화시킬 수밖에 없었다. 다시 말해서 그에게 더 약해지게 만들었다는 뜻이다. 이는 도도한 그녀로서는 참기 어려운 일이었으므로, 어떻게든 이처럼 나약해진 자신을 합리화시키고, 남편을 찾아왔던 원래 의도, 즉 자신의

생명을 건지려는 계획을 포기하도록 만드는 것이었다. 그
런데도 이것이 그녀가 기뻐할 수 있는 이유였단 말인가?
기뻐할 수는 없더라도, 황홀할 수 있는 이유인 것만은 사실
이었다. 이 두 가지는 서로 다른 것이라는 점을 박애주의자
는 고개를 가로저으면서도 솔직히 인정할 수밖에 없을 것
이다. 또 그녀는 고통도 함께 느끼고 있었다. 그건 당연했
다. 여자들이 시선을 모로 꼬고 그를 훔쳐본다는 소리에,
그리고 그들이 요셉에게 반지까지 던진다는 소리에 달아오
른 질투가 가슴을 쥐어뜯었다. 이는 또다시 요셉에게 무너
져 내리는 그녀의 나약한 마음을 확인시켜 준 동시에, 자신
과 마찬가지로 나약해진 이들에 대한 절망적인 증오심을
불러일으켰다. 그나마 이들의 반지 공세에도 불구하고 그
의 눈길을 끌지 못했다는 사실이 위로가 되었다. 그녀가 이
성적 재능을 지닌 존재처럼 행동하느라 이렇게 말할 수 있
었던 것도 이 위로 덕분이었다.

"서방님께서 제게 베세 처녀들의 단정치 못한 행동에 대
한 이야기를 들려주시는 것이 별로 다정한 태도가 아니라
는 점은 일단 무시하도록 해주세요. 그 소문에 얼마만큼의
진실이 담겨 있는지는 별도의 문제지만 말이에요. 어쩌면
그들이 영웅시하는 그 거만한 주인공이 직접 꾸며 내었거
나, 아니면 그가 선심을 써서 자기편으로 끌어들인 자들이
아첨을 하느라 만들어낸 억지소리일 수도 있으니까요."

자신이 구제불능일 정도로 푹 빠져 있는 연인에 대해 이
런 말을 하는 것이 그녀에게는 아무렇지도 않았다. 그녀는
완전히 기계적으로 행동하고 있었다. 지금 말하는 자는 그

녀 자신이 아닌 다른 사람이었다. 노래하는 듯한 그녀의 음성이 공허하게 울려 퍼졌다. 그녀의 경직된 얼굴과 멍한 눈빛과도 맞아떨어지는 이 공허함은 그녀의 말이 거짓말임을 시인하는 것처럼 보였다. 그런 식의 말이 계속 이어졌다.

"중요한 건, 제가 집안일에 관련하여 잘못된 정보를 가지고 있다는 서방님의 비난을 떨쳐내는 거예요. 그러면 주인님께서는 차라리 그런 비난을 하지 않았더라면 좋았을 거라고 생각하실 거예요. 서방님은 아무 일에도 관여하지 않는 습관이 있고, 그래서 모든 것을 멀리 있는 다른 사람의 눈으로 보는 데 익숙하시죠. 그러니 주변에서 일어나는 일에 대한 서방님의 지식에도 이런 저런 의심의 소지가 있을 거예요. 그 종이 서방님의 시종들 사이에 우뚝 서는 바람에 사방에서 불만과 격렬한 원한을 사고 있다는 건 진실이에요. 서방님의 보석을 관리하는 감독관 두두가 한번도 아니고 벌써 여러 번이나, 그래요, 이 문제에 관련해 여러 번 제게 고했어요. 그는 불결한 자의 지배로 말미암아 경건한 자들이 모욕당하고 있다며 통탄했어요."

"아하." 페테프레는 웃었다.

"사랑스러운 그대. 픽이나 당당한 증인을 골랐구려. 그 잘난 체하는 자를 택했으니 말이오. 노여워 마시오! 그 난쟁이 두두는 키가 굴뚝새만한 주제에 대단한 체하는 자이며, 우스꽝스럽게 줄어들어 인간의 4분의 1밖에 안 되는 가없은 멍청이요. 어떻게 그런 자의 말이 이 세상의 이런 저런 일에 비중을 가질 수 있단 말이오!"

"그의 키는 여기서 문젯거리가 되지 않아요. 그의 말이 그렇게 멸시받는다면, 그리고 그의 판단이 전혀 비중이 없다면 어떻게 서방님께서는 그를 서방님의 의상을 관리하는 자로 만드셨어요?"

"그건 장난이었을 뿐이오. 그저 절반은 웃자고 집안의 그 난쟁이에게 아름다운 직분을 주었던 것이오. 똑같이 작은 그의 형제, 사람들이 베지르라고 놀리는 또 다른 멍청이 난쟁이 역시 그다지 진지하게 생각할 필요는 없다는 뜻이요."

"서방님께 굳이 둘의 차이점을 상기시켜 드릴 필요는 없을 거예요." 그녀가 끼어들었다.

"서방님께서도 충분히 그 차이를 알고 계시니까요. 다만 지금 이 순간만큼은 그것을 인정하지 않으시려는 것뿐이죠. 자신이 거느리고 있는 성실하고 가치 있는 시종에 대해 고마워하지도 않으시는 서방님 앞에서 제가 그를 변호해야 한다는 게 슬플 뿐이에요. 두두가 체격은 좀 작지만, 점잖고 진지하며 반듯한 사람이에요. 멍청이 난쟁이라는 이름은 당치 않아요. 그의 말이나 판단은 집안일이나 그의 명예와 관련하여 응당 비중이 있어요."

"그는 나한테 여기까지밖에 오지 않소."

친위대장은 손을 칼날처럼 세워 정강이에 선을 그어 보였다.

무트는 잠시 입을 다물더니 마음을 추슬러 다시 입을 열었다.

"서방님께서는 자신이 특별히 크고 흡사 탑 같으시다는 점을 유념하셔야 해요. 그래서 두두의 몸이 다른 사람들보다 더 별것 아닌 것으로 보일 수 있어요. 다른 사람들은, 예

를 들면 보통 키인 그의 아내이자 제 하녀인 제세트와 그의
자식들은 그들을 만들어준 생산자를 사랑과 존경심으로 우
러러봐요."

"하하하! 우러러본다고!"

"그건 나름대로 생각하고 사용한 말이에요. 보다 높은 의
미에서 노래처럼 사용한 거라구요."

"게다가 노래처럼." 페테프레가 빈정거렸다.

"그러니까 당신은 두두에 대해서는 그렇게 노래처럼 표
현도 하는구려. 나더러 나쁜 대화 상대를 골랐다고 비난하
더니, 알고 보니 당신은 벌써 꽤 오랫동안 교만한 바보와
환담을 나누고 있었구려."

"서방님께서 이 이야기 대상을 불편해 하신다면 그만둘
수도 있어요."

그녀가 온순하게 대답했다.

"제가 이야기한 남자가 제게 꼭 필요한 건 아니에요. 그
남자가 제 청원을 도와야 할 필요는 없어요. 제 청은 스스
로 세 가지의 정당성을 지니고 있어서, 제가 서방님께 올리
면 그뿐 그의 도움 따위는 필요없어요. 그리고 마땅히 존중
해 줘야 할 그의 증언이 없어도, 서방님께서는 제 청을 들
어주셔야 한다는 사실을 아시게 될 테니까요."

"그렇다면 내게 청이 있다는 거요?" 그가 물었다.

'역시 그랬군.' 그는 입맛이 쓸쓸해졌다. '여하튼 어떤
심각한 관심사가 있어서 온 게 틀림없군. 순전히 나 때문에
온 것이기를 바랐던 건 역시 착각이었어. 엉뚱한 착각 때문
에 처음부터 그녀의 의중을 신중하게 생각해 보지 못했던

627

거야.'

그는 이런 생각을 하면서 그녀에게 물었다.

"대체 어떤 청이요?"

"제 청은 그 외국인 노예, 전 그 이름을 되풀이하고 싶지 않군요. 그 낯선 이방인 노예를 집 밖으로 멀리 내보내 주셨으면 하는 거예요. 잘못된 호의와 벌받아 마땅한 태만함으로 말미암아 이 집에서 잡초처럼 무성하게 자라나 모범의 집이 아니라 걸림돌의 집이 되도록 만든 그를 내쫓아 주세요."

"오사르시프를? 집 밖으로 내쫓으라고? 아니 어떻게 그런 생각을 한단 말이오!"

"선과 의로움을 위해서예요, 서방님. 서방님의 집의 명예를 생각해서 이런 청을 드리는 거예요. 이집트 신들을 생각해서이고 서방님께서 그 신들에게 진 빚을 생각하는 거예요. 그들뿐만이 아니라, 서방님 자신과 서방님의 아내요 누이인 저를 생각해서죠. 제가 누구인가요. 아문 앞에서 어머니의 보석을 달고 시스트룸을 연주하는 예비된 자, 준비된 자가 아니던가요. 이런 것들을 생각해서 이러는 거예요. 그리고 전 확신해요. 여기엔 추호의 의심도 없어요. 제가 이 점을 서방님께 상기시켜 드리면 주인님의 생각이 제 생각과 완전히 하나가 되어 당장 제 청을 들어주시리라고 말이에요."

"내가 오사르시프를? 맙소사. 그건 있을 수 없는 일이오. 그러니 그런 생각일랑 떨치시오. 이건 말도 안 되는 청이요. 처음부터 끝까지 끔찍한 청이요. 난 도저히 그런 생각

628

을 내 생각 속으로 들여놓을 수가 없소. 그 생각은 내 생각과는 너무 낯설어서, 나의 모든 생각들이 크게 못마땅해 하며 반발하고 있소."

'그랬군.' 그는 울컥 화가 치밀었다

'이 시간에 날 찾아온 건 바로 그 때문이었군. 겉으로는 나와 함께 아무런 목적이 없는 아름다운 대화를 나누자 했지만, 속에는 그런 계획이 깔려 있었던 게로군. 뻔히 보고서도 나는 마지막 순간까지 그 생각을 못했어. 하지만 그녀의 계획은 정당한 내 이기심을 거역하는 것이야. 내게는 별것 아닌 일을 해주어 그녀에게 크게 보이고 싶었지만, 안타깝게도 그것과는 거리가 멀어도 한참 멀어. 불행하게도 그녀는 이 일을 작은 것으로 여기고 내가 가볍게 허락할 수 있는 것으로 생각한 것 같은데, 내게는 이보다 더 불편한 일이 없으니까. 처음에 내 편안함에 혹시 탈이 생길까봐 조금 근심스러워했었지만, 그건 공연한 기우가 아니었어. 하지만 얼마나 안타까운 일인가. 이왕이면 그녀를 기쁘게 해주고 싶었는데, 그럴 기회를 전혀 주지 않으니. 그녀를 증오하는 건 정말 싫은 일인데.'

"사랑스러운 꽃, 그대의 선입견이," 그가 말했다.

"정말이지 가슴이 아프오. 그 청년에 대한 선입견 때문에 그대는 지금 잘못된 청을 올리고 있는 것이오. 아마도 그대는 제대로 자라지 못한 그 자가 그대 앞에서 늘어놓은 온갖 저주와 비방만 듣고 그를 평가한 것 같소. 그대가 직접 겪어 보았더라면 그가 얼마나 뛰어난 인물인지 알 수 있었을 것이오. 그는 아직 젊지만 내 재산을 관리하는 집사보다 더 높은 자리로 올라가고도 남을 사람이오. 이러한 자를 그대는 야만인이요, 노예라 부르는데 말로 보자면 이는 옳은 표현이오. 그러나 거기에 정신적인 정당함이 결여되어 있다면, 그때도 정당하고 옳은 표현이라 할 수 있겠소? 사람을 평가할 때 그가 자유로운 몸인지, 아니면 자유롭지 않은 몸인지, 또 제 나라 사람인지, 아니면 낯선 곳에서 온 외국 사람인지를 근거로 평가하는 게 이 나라의 관습이고 진정한 방식이란 말이오? 오히려 그의 정신이 어두운지, 그리고 아무것도 배우지 못했는지, 또는 말을 깨우치고 그 마력에 힘입어 고상한 귀족이 되었는지를 근거로 삼지 않는 것이 진정한 방식이란 말이오? 우리 나라에서도 말을 깨우치고 정신을 단련시키는 훈련을 얼마나 많이 시키고 있소? 그리고 조상들의 관습은 또 어떠하오? 그런데 그는 우리나라 사람도 아니지만, 깨끗하고 쾌활한 말솜씨를 가졌고, 적절한 단어도 택할 줄 알고, 목소리까지 매력적이오. 게다가 보석 같은 손으로 글씨를 쓰며, 책을 읽어줄 때에는 마치 자신이 직접 이야기하듯이, 그렇게 읽어준다오. 풍요로운 정신에 이끌리지 않고는 불가능한 일이오. 그래서 모든 기지와 지혜가 마치 그로부터 나온 듯하고 그에게 속한 것처럼 보여서 그저 감탄만 하게 된다오. 바라건대, 그대 또한 그의 자질을 직접 알아보고 그와 우호적인 관계를 맺어 그의 친절함을 알게 되기를 바라오. 그대에게는 오만한 기형아의 친절함보다 그의 친절함이 훨씬 더 잘 어울릴 것이오."

"전 그를 알고 싶지 않아요. 그리고 그와 관계를 맺을 생각도 없어요."

표정이 굳은 그녀가 입을 열었다.

"제가 착각했군요. 저는 서방님께서 서방님의 종을 충분히 칭찬했다고 여겼어요. 그런데 그게 아니군요. 아직도 거기에 보탤 말이 남아 있었으니까요. 하지만 저는 거룩한 분께서 정당성을 부여해 주신 제 청을 서방님께서 허락해 주시기만 기다리고 있어요."

"그대의 청은 착각에서 나온 것이므로, 허락할 수 없소. 잘못된 청을 들어줄 수 없는 이유에는 여러 가지가 있소. 다만 문제는 내가 그 점을 그대에게 제대로 설명해 줄 수 있는가 하는 것이오. 설령 그렇게 못한다 해도, 그대의 청을 들어줄 수 있는 건 아니오. 아까도 말했지만 오사르시프가 가장 뛰어난 자는 아니오. 하지만 그는 집안의 재산을 늘리고 있으니만큼 내 집에 소중한 시종이오. 그런 자를 누가 집안에서 내몰 수 있겠소? 그건 집에서 소중한 것을 훔쳐내는 어리석은 도둑질이고 그에게는 더없이 거친 부당한 대우가 될 것이오. 그는 흠이 없고 세련된 청년이오. 그런 자를 해고하여 나와 그대 그리고 집으로부터 멀리 내보내다니, 그건 있을 수도 없는 불쾌한 일로서 그런 일을 쉽게 할 사람은 아무도 없소."

"서방님께서는 그 노예가 두려우신가요?"

"그와 함께 있는 신들이 두렵소. 그의 손이 하는 모든 일을 형통케 하며, 모든 사람으로 하여금 그를 편안해 하고 좋아하게 만드는 그 신들이 두렵소. 그들이 어떤 신들인지는 나도 평가할 수 없소. 그러나 그 신들이 그의 안에서 큰 힘을 발휘하고 있음은 분명한 사실이오. 그대가 계속 거부할 것이 아니라, 그를 잘 알아보려 한다면, 그대 역시 그를 밭일이나 하라고 구덩이로 내던져야 한다거나, 혹은 수치스럽게도 다른 곳에 되팔아야 한다는 생각은 서서히 사라질 것이오. 이건 확실하오. 그대가 관심을 갖고 그 청년에 대해 마음을 조금 누그러뜨리기만 한다면, 그런 생각은 저절로 사라질 것이오. 내가 이렇게 장담하는 이유는 그대와 그의 삶에 한 가지 이상의 연관성이 있기 때문이요. 솔직히 말하자면, 내가 그를 내 주변에 두고 싶어하는 것은, 그를 보면 자주 그대를 연상하게 되기 때문이오."

"페테프레!"

"내 말은 진실이오. 그리고 내 생각이 전혀 근거 없는 것도 아니오. 그대는 신을 위해 준비되고 예비된 자가 아니오. 그래서 신의 축첩으로서 그대는 신 앞에서 춤을 추오. 그대 역시 자신이 신께 예비된 자라는 사실을 보여주는 제물의 장식을 사람들 앞에서 자랑스럽게 달고 다니지 않소? 마찬가지로 그 청년 역시 그렇소. 그에게 직접 들은 말인데, 그 또한 이런 장식을 달고 있다하오. 당신의 것이 그렇듯, 그의 장식 또한 사람들의 눈에는 보이지 않소. 아마도 사람들은 이 장식을 생각하면 일종의 늘푸른 송악을 떠올리는 것 같소. 그러니까 성물로 바쳐진 청춘, 신께 예비된 자의 표식으로 말이오. 복잡하게 연결된 이름부터 그것을 상징해 준다오. 왜냐하면 이 식물을 가리켜 '날 건드리지 말아요'라고 부르기 때문이오. 그가 들려준 이런 이야기들은 내게 새로운 것이어서 적잖이 놀랐소. 아시아의 신들에

632

관해서라면 나도 이미 많은 것을 알고 있었소. 아티스와 아
쉬라트, 그리고 생육과 성장을 주관하는 바알들도 잘 알고
있었소. 그런데 그와 그의 가족이 섬기는 신은 내가 알지
못하는 신이오. 이 신의 열정이 나를 놀라게 했다오. 왜냐
하면 이 외로운 자는 대단한 열정을 지녀 그들에게 정절을
요구하며, 그들은 신과 피로 결혼을 약조한 약혼자라 했기
때문이오. 이것만 보더라도 독특하기 이를 데 없소. 그래서
그들 모두는 원칙적으로 그 신에게 성물로 바쳐진 예비된
신부들로서 위에서 말한 식물을 그 표식으로 가지고 있다
하오. 그런데 신은 그들 가운데에서 특별히 자신에게 산 제
사로 올려질 사람을 한 명 뽑아 그를 성물로 바쳐진 청춘의
보석으로 장식하게 하는 것이오. 특별히 예비된 그 자가 누
군지 아시오? 바로 오사르시프라오! 그의 말에 따르면, 그
들은 무언가를 알고 있는데, 그 이름이 죄라 했소. 그들은
죄의 정원도 알고 있고, 그 정원의 나뭇가지 사이에 숨어
호시탐탐 기회를 노리고 있는 짐승들도 생각해냈소. 참으
로 추악하게 생긴 그 짐승들은 셋인데, 수치심과 잘못과 조
소가 그것들이오. 그러면 이제 그대에게 두 가지 질문을 하
겠소. 신의를 지키기 위해 태어난 자이며 어려서부터 죄를
두려워하는 자보다 더 훌륭한 시종과 집사 감이 어디 있겠
소? 그리고 또 그대와 이 청년 사이에 연관성이 있다고 한
내 말이 과연 지나치다 할 수 있겠소?"

아, 이 말에 무트-엠-에네트는 얼마나 놀랐던가! 요셉에
게 반지를 던진 처녀들의 이야기를 듣고 가슴이 찢어질 것
같았지만 이보다는 아프지 않았다. 종전의 아픔은 지금

의 고통에 비하면 오히려 쾌감에 가까웠다. 도시의 딸들이 그의 눈길을 끌지 못했던 이유가 지금 이 순간 그녀의 가슴에 차가운 비수를 꽂고 있었다. 이로 인하여 자신이 어떤 아픔을 겪게 될지 불길한 예감이 들면서 무서운 불안감에 휩싸였다. 위쪽을 바라보는 그녀의 창백한 얼굴은 상심으로 가득했다. 한번쯤 그녀의 입장이 되어보려고 노력해 보라! 이 얼마나 우스꽝스러운 처지란 말인가! 페테프레의 말이 진실이라면, 그녀가 지금 남편의 고집을 꺾으려고 씨름을 벌인들, 대체 무엇을 얻겠단 말인가? 그녀의 눈을 띄워 준 구원의 꿈이, 그녀를 여기까지 몰고 온 그 꿈이 정녕 거짓말이었다는 것인가? 그녀로 하여금 자신의 삶과 자신의 주인님이자 명목상 친위대장인 그의 삶을 구하기 위해 안간힘을 쓰게 만든 장본인이 산 제사에 올려진 제물이며, 언약에 바쳐진 존재요, 지극한 열정을 지닌 신의 질투 대상이며, 그 신을 위해 예비된 자란 말이던가? 길을 잃고 헤매게 될지도 모른다는 생각에 두려워진 그녀의 혼란과 당황스러움을 어디에 비할 수 있을까? 그녀는 맥이 풀렸다. 아무 힘도 없었다. 손으로 눈을 가리는 일조차 감당할 수 없을 것 같았다. 허공을 응시하는 그녀의 눈은 마치 정원의 세 짐승을 바라보고 있는 것 같았다. 수치심과 잘못 그리고 조소라는 그 세 마리의 짐승 중에서 마지막 것이 하이에나처럼 포효하는 듯했다. 그건 도무지 참을 수 없었다.

  '멀리 사라져야 해, 아주 멀리.' 그녀는 허둥대며 생각했다. '구원의 꿈으로 나를 속인 자는 멀리 사라져야 해. 수치스럽고 수치스러운 그런 꿈으로 감히 날 속이다니. 아, 그건 헛수고야. 그에게 내가 아무리 손가락에 끼고 있는 반지를 던져도 그건 헛수고야! 그래, 지금이야말로 싸워야 해. 끝까지 싸워야 해. 그 말이 정말이라면, 이제야말로 싸워야 할 때야! 하지만 이렇게 믿으면서도 속으로는 은근히 승리의 축가를 부르고 있는 건 아닐까? 구원받으려는 나의 욕구가 신의 약혼자라는 그의 신분보다 더 강한 것으로 증명되기를 내심 바라면서, 내 욕구가 그의 약혼자 신분을 이겨서 그가 마침내 내 눈길을 따라와 나의 피를 멈춰 주게 될 거라고 확신하는 건 아닐까? 도무지 저항할 수 없는 힘에 밀려 그러기를 원하면서도, 다른 한편으로 두려워하고 있는 게 아닌가? 여하튼 상황이 그렇다면, 내가 살기 위해서라도 그를 집 밖으로 내쫓아야만 해. 이건 분명해. 내 남편은 포동포동한 팔을 뻗치고 마치 탑처럼 앉아 있어. 두두, 자식을 생산한 난쟁이 두두는 그의 정강이에 닿을 뿐이야. 남편은 친위대장이야. 그와 그의 허락이 날 구원해 줄 수 있고, 그게 내 구원이야. 날 구해 줄 수 있는 자는 오로지 남편뿐이야!'

이것은 느긋한 남편 쪽으로 뒷걸음질치면서 도망치는 것과 같았다. 그녀에게 가장 가까이 있는 자는 바로 남편이었다. 그녀가 구원받기 원하는 자신의 욕구를 시험해 볼 수 있는 상대는 바로 그였다. 그녀는 그래서 다시 입을 열어 마치 노래를 부르듯 낭랑한 목소리로 이렇게 대답했다.

"당신의 말씀에 응답하지 않겠어요. 옳지 않다고 우기며 당신과 다툴 생각은 전혀 없어요. 그래봤자 소용도 없을 테니까요. 서방님의 말씀은 다툼의 대상이 아니에요. 그래요.

서방님께서는 굳이 다른 말씀을 하실 필요도 없어요. 그저 '나는 싫다'라고 하면 그만이니까요. 이 말은 당신의 굽힐 줄 모르는 확고한 의지를 치장해 주는 옷이며, 그에 대한 비유에 지나지 않아요. 그리고 강철처럼 확고부동한 당신의 결정과 화강암 같은 당신의 의지가 저에게 강렬한 인상을 남길 뿐이죠. 그런데 감히 어떻게 아무 소용도 없는 말다툼으로 이기려 할 수 있겠어요? 실은 저부터도 서방님의 확고부동한 결정과 의지를 사랑하고 여자들이 그러하듯 감탄하고 있는데, 제가 어떻게 그런 쓸데없는 짓을 하겠어요? 제가 기대하는 건 다른 거예요. 주인님의 의지가 없다면 그것은 별것 아닌 것, 아니 아무것도 아닌 것이 되겠지만, 서방님의 강철 같은 의지에서 나온 것일 때에는 멋진 상이 될 수 있어요. 그건 바로 서방님의 너그러움이에요. 제 청을 허락해 주시는 주인님의 너그러움 말이에요. 제가 기대하는 건 바로 그거예요. 다른 시간과 달리 이렇게 둘만 있는 시간에, 기대감에 부풀어 당신을 찾아온 이 시간에 당신의 남자다운 의지는 청을 올리는 저를 굽어보시고, 제 소원을 이뤄 주실 거예요. '그 걸림돌을 집안에서 치우겠다. 오사르시프의 직분을 빼앗고 그에게 저주를 내려 멀리 팔아버리겠다'라고 말씀하시면서 말이에요. 제가 주인님의 이 말씀을 들을 수 있을까요? 주인님? 서방님?"

"아까도 듣지 않았소. 그런 말은 내게서 들을 수 없다는 것을. 그대를 기쁘게 해주고 싶은 마음 간절하지만 그럴 수는 없소. 난 오사르시프를 내치거나 멀리 팔 수 없소. 그럴 수도 없고 내 의지도 그러려고 하지 않소."

"그럴 수가 없다고요? 그렇다면 서방님의 의지가 서방님을 지배하는 주인이고, 서방님이 의지의 주인이 아니란 말씀인가요?"

"여보, 그것은 꼬치꼬치 따지고 드는 것에 불과하오. 나와 내 의지 사이에 무슨 차이가 있단 말이오? 내가 주인이고 내 의지는 나의 종이어서 하나가 다른 것을 통제한단 말이오? 당신이야말로 당신의 의지를 통제하여 당신이 정말하기 싫고 끔찍한 일을 하고 싶어하도록 한번 만들어 보시오!"

"전 그럴 각오가 되어 있어요." 그녀가 고개를 뒤로 젖히며 말했다.

"보다 숭고한 것이 걸려 있다면, 명예와 자부심 그리고 제국이 문제가 된다면, 언제라도 그렇게 하겠어요."

"그런 것들은 지금 문제가 되지 않소. 오히려 문제가 되는 것은 건강한 이성의 명예와 지혜의 자부심 그리고 공정한 제국이요."

"그런 것은 생각하지 마세요, 페테프레!" 그녀는 울려 퍼지는 목소리로 애원했다.

"이 특별한 시간을 생각해 주세요. 제가 질서를 벗어나 서방님의 편안함을 거역하고 서방님을 찾아온 이 시간을 생각해 주세요! 보세요. 이렇게 양팔로 서방님의 무릎을 얼싸안고 부탁드리겠어요. 제발 이 집의 주인님이신 서방님의 위력으로 절 만족시켜 주세요. 이번 한번만. 그래서 위로를 받고 돌아갈 수 있게 해주세요!"

"당신 팔이 내 무릎에 놓이니 느낌이 참으로 편안하고 좋지만 그대의 부탁은 들어줄 수 없소. 나의 비난이 부드러운 이유는 당신 팔이 그만큼 부드럽기 때문이오. 그대가 이렇듯 나의 안정을 대수롭지 않게 생각하고, 이를 염려하지도 않고 내가 편안한지 그렇지 못한지 그것은 물어볼 생각도 별로 없어 보이니, 이 점에 대해 나는 그대를 비난하지 않을 수 없소. 그러나 그대가 묻지 않았어도 우리 두 사람만 있는 이 특별한 자리에서 내 그대에게 일러주리다."

그가 비밀이라도 털어놓듯이 말했다.

"내가 왜 오사르시프를 곁에 두어야 하는지. 그건 비단 내 재산을 늘려줘서만이 아니오. 혹은 그 청년이 다른 자들보다 현인들의 책을 월등히 잘 읽어서만도 아니오. 그 아이가 나를 편안하게 해주는 데는 이런 것 말고도 또 다른, 그보다 훨씬 더 중요한 게 있소. 그것은 이 아이가 나에게 신뢰감이라는 더할 수 없는 좋은 느낌을 불러일으키기 때문이오. 사실 이 표현도 충분하지 않소. 내가 말하는 것은 이런 것과 비교도 안 되는, 결코 없어서는 안 되는 그런 것이오. 그의 정신은 풍부한 재능으로 매번 새로운 것을 발견하여 상대방의 기분을 좋게 해준다오. 그러나 가장 중요한 것은 매시간 아름다운 빛 속에서 나 자신을 보여주는 그런 이야기를 할 줄 안다는 점이오. 그 거룩한 빛은 나로 하여금 보다 강한 자신감을 갖게 해주는데, 그때의 느낌은……."

"그와 제가 힘을 겨루게 해주세요."

그녀는 더욱 세게 그의 무릎을 끌어안았다.

"그리고 서방님 앞에서 제가 그를 이길 수 있게 해주세요. 그는 기껏해야 미사여구로 서방님의 자신감을 불러일으킬 뿐이죠. 그렇지만 전 더 잘 할 수 있어요. 제가 서방님의 마음을 정말로 강하게 하실 수 있는 기회를 드리겠어요. 서방님의 행동을 통해서, 서방님 스스로, 자신의 권세로 자신감을 키울 수 있는 기회를 드리겠어요. 그 행동은 다른 것이 아니고, 지금 이 시간 저의 기대를 채워 주셔서 그 노예를 사막으로 돌려보내시는 거예요. 이렇게 절 만족시켜 주셔서 제가 서방님의 위로를 받고 돌아가게 되면, 그때 서방님께서 느끼실 자신감과 자부심을 생각해 보세요! 그 느낌이 얼마나 충만할지!"

"정말 그렇게 생각하오?" 그가 눈을 깜박이며 물었다.

"그렇다면 들어보시오! 몬트-카브 집사가 세상을 하직하면(얼마 안 있으면 그렇게 될 테니까) 오사르시프가 아닌 다른 사람, 예컨대 주방의 서기 하아마아트가 내 집을 관리하는 감독의 후계자가 되도록 명령하겠소. 그러나 오사르시프는 집안에 머무르게 할 것이오."

그녀는 고개를 설레설레 저었다.

"그것으로는 제게 아무 도움도 되지 않아요. 그러니 서방님의 마음이 강해지는 데도 도움이 안 되고, 서방님의 자신감에도 도움이 안 돼요. 왜냐하면 그것은 제 소원의 절반, 아니 아주 작은 부분만 채워 줄 뿐, 나머지 큰 부분은 여전히 채워지기를 기다리고 있기 때문이죠. 오사르시프는 집에서 내쫓아야 해요."

"그렇다면" 그가 얼른 말했다.

"그것이 충분치 않다면 내 제안도 없었던 것으로 하겠소. 그리고 그 청년은 맨 꼭대기에 오르게 될 것이오."

그녀는 양팔을 풀었다.

"서방님의 마지막 말씀인가요?"

"안됐지만 다른 말은 나올 것이 없소."

"그렇다면 전 가야겠군요." 그녀가 발끈하며 자리에서 일어섰다.

"그래야겠구려. 어쨌거나 사랑스러운 시간이었소. 나중에 당신에게 선물을 보내겠소. 당신을 기쁘게 해줄 선물 말이오. 코끼리 다리로 만든 향유 쟁반이요. 물고기와 쥐 그리고 눈들이 새겨진 세공품이라오."

등을 돌리고 아치 기둥 쪽으로 걸음을 옮기던 그녀는 잠깐 멈춰 섰다. 몇 개의 옷 주름을 움켜쥔 한쪽 손으로 약해 보이는 기둥 하나를 짚고 거기에 이마를 갖다댔다. 그러다 보니 자연히 얼굴은 주름으로 가려졌다. 그 주름 뒤로 무트의 숨겨진 얼굴을 들여다 본 사람은 아무도 없었다.

이윽고 그녀는 손뼉을 쳐서 시녀들을 부른 후 밖으로 나갔다.

삼각 대화

이 대화 이야기를 꺼내 놓고 보니 이 이야기의 한참 앞쪽에서 한번 언급한 적이 있는 지점에 닿게 되었다. 그 자리에서는 삶의 진동 놀이에서 상황이 묘하게 바뀌는 희한한 별자리를 암시하면서 다음과 같은 말을 했었다. 여주인이 요셉을 포티파르의 집 밖으로 내쫓기 위해 여하튼 겉으로는 열심히 노력하는 동안, 결혼한 난쟁이, 보석지기 두두는 거꾸로 요셉에게 달콤한 말을 건네기 시작하여 충성스러운 친구 행세를 하려 들기에 이르렀고, 비단 그의 앞에서뿐만 아니라 여주인을 찾아가서도 온갖 미사여구로 요셉을 칭찬하고 칭송하게 되었다고. 그건 사실이었다. 그때 한 말은 보태지도 빼지도 않은 사실 그대로였다. 그러나 두두가 이런 태도 변화를 보인 것은 무트-엠-에네트의 상황과 그녀가 오사르시프를 더 이상 보지 않으려고 노력하는 진짜 이유가 무엇인지 꿰뚫어본 탓이다. 그가 이를 간파할 수 있었던 것은 대단한 능력을 지닌 태양의 힘 덕분이었다. 그는 덜 자라난 자신의 몸에 선사된 이 힘을, 자신에게 이런 힘이 주어졌다는 사실이 놀랍고 고마워, 지극 정성으로 그 힘을 갈고 닦아서 실제로 이 영역에 관한 한 교활한 전문가로 인정받을 만했다. 이 차원에서 일어나는 모든 과정의 흔적을 하나도 놓치지 않고 세심하게 쫓아갈 수 있었던 것은 순전히 그 때문이었다. 하지만 이 의미심장한 재능으로 말미암아 대부분의 난쟁이가 타고나는 재치와 지혜를 잃은 것도 사실이다.

자신이 여주인 앞에 나아가 나라를 걱정하며 요셉의 장성과 출세에 대해 원성을 높이고 탄핵한 것이 여주인에게 어떤 결과를 낳게 했는지, 또는 그런 결과를 낳도록 얼마나 부추겼는지 알게 되기까지는 그리 오랜 시간이 필요하지 않았다. 아니 그런 사실을 그녀보다 먼저 눈치 챘다. 처음에는 요셉을 알지도 못했던 그녀였기에, 이런 무지한 상태로는 워낙 도도한 그녀가 특별히 어떤 조처를 취해서 적극적으로 자신을 도우려 들지 않은 것도 당연했다. 하지만 나중에 그녀의 눈이 뜨인 이후로는, 사랑의 유혹에 사로잡힌 자라면 누구나 예외일 수 없는 무능함이 전면에 등장했다. 어떤 것? 사람들 앞에서 자신의 상태를 숨길 줄 아는 능력의 부재 말이다.

두두는 그걸 보고 여주인이 가련하게도 남편의 식사 시중을 들고 책을 읽어주는 외국인 몸종에게 완전히 빠져들고 있다는 사실을 깨닫고 쌍수를 들고 기뻐했다. 그건 예상하지 못했던 뜻밖의 일이었다. 이렇게 되면 이쪽으로 뛰어

들어 오는 자에게 다른 어떤 구덩이보다 깊은 함정을 팔 수 있을 것 같았다. 이런 계산으로 두두는 하루아침에 자신의 역할을 바꿔버렸다. 그렇다고 해서 후세의 다른 여러 사람들에게서도 발견할 수 있는 이 새로운 역할의 첫 본보기가 두두라는 말은 물론 아니다. 인류사에 늦게 등장한 두두 자신보다 앞서 산 선행자들에 관해 알려진 바는 별로 없지만, 여하튼 두두 역시 이미 숱한 사람들이 익숙히 밟고 다녀서 다져질 대로 다져진 전철을 밟은 것에 지나지 않으리라는 사실을 짐작할 수 있다. 이렇게 난쟁이는 가슴에는 원한을 품고서도 겉으로는 후원자요, 보호자 행세를 하면서 요셉과 무트-엠-에네트 사이를 오가며 아첨을 일삼고 변덕스러운 기질을 마음껏 발휘하기 시작했다.

여주인의 심정을 처음에는 짐작만 했다가 나중에는 확실하게 간파하게 된 그는, 거기에 맞춰 이야기를 기발하게 바꿔나갔다. 애초에는 자신이 요셉을 탄핵하기 위해 그녀를 찾아가 매달렸는데, 이제는 그녀 쪽에서 자신을 불러 그 우환거리에 대해 먼저 이야기를 꺼내는 상황으로 전도되자, 두두는 그녀가 자기편이 되어 마침내 함께 요셉을 증오하게 된 줄로만 알았다. 그러나 그것도 잠시, 곧 더 정확한 낌새를 눈치 챌 수 있었고, 그녀를 제대로 이해하게 되었다. 그만큼 그녀의 이야기가 묘하게 들렸던 것이다.

"감독."

그녀가 말했다(그는 의상과 보석상자를 지키는 하급관리에 불과한 자신을 그렇게 불러 주는 것이 무척 기뻤다).

"감독, 그대가 스스로 알아서 나타나기를 기다렸지만 아무리 기다려도 오지 않기에 할 수 없이 누비아 하녀아이를 규방 문지기에게 보내 그대를 불렀네. 의논을 계속해야 할 중대사가 있지 않은가. 내가 이렇게 말하는 이유는, 그대가 그대의 관심사를 내게 상기시켰기 때문이라네. 나는 그대를 부드럽게 비난하지 않을 수 없다네. 한편으로는 그대의 공로와 다른 한편으로는 그대가 난쟁이라는 점을 감안하여 심한 질타가 아닌 부드러운 비난을 택한 것이네. 그대는 마땅히 스스로 날 찾아와 이 일을 매듭지어야 하는데도, 나를 기다리게 했으니까. 기다림이란 것 자체가 원래 큰 고통인 데다가, 나처럼 지체 높은 여자에게는 특히 품위를 손상하는 것이기에 더더욱 고통스러웠네. 내가 이 문제로 애를 태우는 것은, 할 수 없이 그 이름까지 내 입으로 말했던 그 외국 청년이 우시르-몬트-카브 대신에 집의 집사가 되어 모두, 혹은 대부분 사람들의 열렬한 환영을 받으며 집안 살림을 총괄하는 감독관이 되어 아름다운 모습으로 집안을 살피고 다닌다는 말을 들었기 때문이라네. 이 수치스럽고 부끄러운 일 때문에 이렇게 내가 애를 태우는 것을 보고 그대는 좋아하리라 믿네. 이 일을 두고 날 찾아와 하소연하면서 나로 하여금 이 불미스러운 일에 눈을 돌리도록 만든 장본인이 바로 난쟁이 그대이니까. 그러지 않았더라면 어쩌면 나는 평화롭게 지낼 수 있었을 게야. 그런데 지금은 밤낮으로 이 일이 내 눈앞에 어른거리게 되었네. 하지만 그대는 이 일에 내가 신경을 곤두세우게 만들고는, 스스로 알아서 날 찾아와 의논을 계속해야 하는데도 불구하고 그렇게 하지 않고 내가 홀로 속을 끓이도록 내버려두었네. 그래서 결국 사람을 보내 그대를 부를 수밖에 없었네. 아직 매듭을 짓지 못한 고통스러운 문제를 상의해야 하니까. 이런 문제를 혼자 떠안아야 하는 것보다 난처한 일은 없다네. 이건 그대도 알아야 마땅해. 그렇지 않은가? 아니 그대가 자네의 동지인 그대의 여주인 없이 어떻게 혼자서 그 증오스러운 자를 대적할 수 있겠나. 이제 그는 모든 면에서 그대보다 유리한 입장에 서게 되어 단순히 옷이나 관리하는 그대가 그를 증오해봤자 그 증오는 무력하지 않겠나. 내가 아무리 그대의 증오를 허락한다 해도 별로 달라질 것이 없다는 뜻이네. 난쟁이 그대를 애초부터 좋아하지 않는 주인님의 호의를 듬뿍 받는 그자는 꿈쩍도 하지 않고 자기 자리를 지키고 있네. 그는 온갖 재주와 마법을 부려 주인님께 소중한 존재가 되었고, 또 그의 신들까지 나서서 그가 하는 일이면 뭐든지 만사형통이 되도록 보호해 주었기 때문에, 주인님께 더더욱 소중한 존재가 되지 않았는가. 아니 어떻게 그의 신들은 그런 일을 할 수 있는가? 나는 그 신들이 그리 강한 신이라고 여기지는 않네. 적어도 우리 나라에 있는 신들처럼 강하다고는 생각하지 않는다네. 여기서 그의 신들은 낯선 신들이어서 사람들의 숭배 대상도 아니지 않은가. 따라서 그가 우리 집에 들어온 이후, 그런 일을 할 수 있는 능력을 준 것이 그 신들이라고는 생각하지 않네. 그런 일을 할 수 있었던 것은 틀림없이 그의 안에 재능이 있기 때문이라네. 그렇지 않고서야 어떻게 사고팔 수 있는 제일 낮은 노예가 모든 일을 관리하는 감독관이요 집사 후계자로 성장할 수 있었겠나. 그러므로 난쟁이 그대는 지혜나 외형적인 은혜의 면에서나 그의 발치에도 미치지 못하는 것이 분명하네. 그의 교양과 고고한 자세가 그대와 내가 이해하지 못할 정도로 온 세상에 형언하기 어려운 광채를 발하고 있는 것으로 보이니 말이네. 모두들 그를 사랑하고 한번이라도 그와 눈을 맞추고 싶어서 안달이라네. 집안의 종들뿐 아니라, 육로와 수로 그리고 시내에서 그와 마주치는 백성들까지 그렇다네. 정말이야. 사람들 말이, 그가 등장하면 뭇 여자들이 지붕 위에 올라가 그에게 추파를 던지려고 손가락에 끼고 있던 반지까지 빼서 던진다고 하네. 이러니 이보다 더 혐오스러운 일이 어디 있겠는가. 그래서 더 이상 지체해서는 안 되겠다 싶어서 그대를 불러 이야기를 나누려 한 것이라네. 어떻게 하면 부끄러운 줄도 모르는 이런 일을 통제할 수 있는지, 감독 그대의 충고를 듣고 싶고, 아니면 거꾸로 그대로 하여금 내 충고를 듣게 할 생각에서 그대를 부른 것이네. 실은 간밤에 잠이 오지 않아서 곰곰이 생각해 보았는데 그가 시내로 나갈 때 궁수들을 딸려 보내면 어떨까 하는 생각이 떠올랐다네. 궁수들로 하여금 그를 따라가서 그런 부끄러운 행동을 하는 여자들의 얼굴에, 말 그대로 면상에 화살을 날리게 하는 게 어떨까 하고. 그리고 생각 끝에 이 조처가 불가피하다는 결론에 도달했다네. 이제 그대가 마침내 내 앞에 왔으니 그대에게 이 임무를 맡길 테니 내 지시를 전하도록 하게. 모든 것은 내가 책임지겠네. 물론 그렇다고 해서 내 이름을 꼭 대라는 것은 아니고, 그런 것은 그대가 알아서 적당히 하게나. 모든 것이 그대의 머리에서 나온 충고로 그대의 발상인 것처럼 하게나. 꼭 필요하다면 그에게만, 오사르시프에게만 여주인인 내가 여자들의 얼굴에 화살을 쏘게 했다는 말을 들려주게나. 그리고 이 말에 그가 뭐라고 대답하는지, 또는 이 조치에 대해 그가 어떤 의견을 말하는지 들어서 나중에 내게 전해 주게. 그 말을 들은 즉시, 내가 따로 사람을 보내 그대를 부르지 않더라도 그대가 알아서 내게 전해 줘야 하네. 이런 심각한 문제를 혼자 떠안게 되어 상심한 나머지 더 이상은 기다리는 고통을 견디기 어려워, 또다시 그대를 불러오도록 명령을 내리기 전에, 자네가 먼저 와야 하네. 내가 굳이 이 말을 하는 이유는 안타깝게도 의상지기 그대가 이 일과 관련하여 조금 태만해진 것처럼 보이기 때문이라네. 나는 아문을 섬기는 마음으로 열심히 노력하고 있네. 아문의 제사장 베크네혼스와 그대가 바랐던 대로, 남편인 친위대장 페테프레의 무릎까지 부둥켜안고 밤이 절반이나 지나가도록 이 불미스러운 일을 끝내 달라고 애원했다네. 그렇게 그의 편안함을 방해하고, 나 자신의 굴욕까지 감수했지만, 그의 의지는 화강암 같아서, 결국 좌절당한 채 아무 위로도 받지 못하고 그 자리를 떠야 했었네. 그러나 나는 사람을 보내 그 사람으로 하여금 다른 사람을 보내게 하여, 이렇게 여러 입을 거쳐 마침내 그대가 날 찾아오도록 만들었네. 그대는 이제 날 도와줘야 하네. 예를 들어 그 수치스러운 청년에 관해, 집안의 이 잡초에 대해 이것저것 알려 주고 그의 행동에 대한 정보를 주는 게 나를 돕는 거라네. 그 젊은이가 꾀를 부려 위엄 있는 직분을 갈취했다 하여 기고만장해 하는지, 그리고 집안 사람들과 주인님들에 관해 어떤 단어를 사용하는지, 예컨대 여주인인 나에 관해서는 뭐라고 말하는지 또 어떤 낱말을 사용하는지 알고 싶네. 그가 더 이상 성장하지 못하도록 그와 만나서 담판을 벌이려면 적을 알아야 하지 않겠나. 그러니 그가 나를 어떤 말로 표현하는지 알아야 해. 그러나 그대의 게으름 때문에 나는 그에 관해 아무것도 모르니 속수무책 아닌가. 그대가 조금 더 부지런하고 영리하다면, 예를 들어 그로 하여금 나에게 가까이 다가와 나를 알현하여 은혜를 청할 수 있도록 만들 수도 있을 게야. 그렇게 되면 그를 정확히 시험해 보고 그가 어떤 마법으로 사람들을 홀려 자기편으로 만드는지 알아낼 수 있을 것이네. 그가 어떻게 이런 승리를 거두게 되었는지, 그 비밀을 알아내야 하니까. 아니면 혹시 장신구를 닦고 간수하는 그대는 그에게서 사람들이 어떤 것을 발견하는지, 그것이 무엇인지 말할 수 있는가? 사람을 보내 노련한 남자인 그대를 부른 것도 그대와 이 일을 의논하기 위해서였네. 그대가 조금 더 일찍 왔더라면 내 벌써 난쟁이 그대에게 이런 질문을 던졌을 게야. '그의 크기와 형체가 과연 그렇게 특별난가?' 라고. 물론 절대 그렇지 않네. 많은 사람들이 그렇듯이 보통 남자 키네. 물론 그대처럼 작지는 않지만, 그렇다고 내 남편 페테프레처럼 거인도 아니지. 그저 적당한 키라고 말할 수 있을 게야. 그렇지만 그것이 그리 눈이 휘둥그레질만한 일인가? 또 그러면 힘이 대단히 세기라도 한가? 창고에서 곡식 종자를 다섯 셰펄(50~180리터―옮긴이)이나 번쩍 들어 올릴 수 있어서 남자들에게는 큰 인상을 남기고 여자들을 황홀하게 만드는가? 그것도 아니지. 체력 역시 보통이라 적당한 정도이고, 팔을 구부리면 남자다움을 상징하는 근육이 자랑스레 불끈 튀어나오는 것도 아니고, 그저 적당한 수준으로 불거지지. 이건 인간적이라 부를 수 있을 정도, 또는 신처럼 거룩해 보이는 수준이라고도 할 수 있겠지.…… 아, 친구. 하지만 이런 건 세상에서 수천번도 더 구경할 수 있는 것인데, 그런데도 그가 이런 승리를 거둘 수 있다니 도대체 어떻게 그럴 수 있단 말인가! 머리와 얼굴 생김새가 한 사람의 형상에 의미와 가치를 부여하는 것은 맞네. 그리고 굳이 허락을 하자면, 그 둥근 아치와 칠흑 같은 밤을 보여주는 그의 눈이 아름답다는 사실은 인정할 수 있을 게야. 눈을 크게 뜨고 밝게 바라볼 때가 그렇지. 그리고 또 그대도 분명히 잘 알고 있을 텐데, 가끔 베일로 가리듯이 교활하게 꿈을 꾸는 것처럼 두 눈을 찌푸리는 모습도 본 적이 있는데 그때도 아름다운 것은 사실이라네. 하지만 그의 입은 또 어떤가. 그 입으로 사람들을 기분 좋게 만들어주고, 사람들은 그를 가리켜 집안의 제일 높은 입이라 부른다는데, 이 입은 과연 어떤가? 이건 이해할 수 없다네. 이 수수께끼는 반드시 풀어야 해. 왜냐하면 그의 입술은 오히려 부어오른 듯하고, 설령 입술 사이로 이빨을 반짝 드러내며 미소로써 그 입술을 장식할 줄 안다하더라도, 그것은 사람들을 홀리는 이유를 아주 조금밖에 설명해 주지 못하니까. 그 입술이 가장 재치 있는 단어를 쓴다 하더라도, 그것으로 모든 게 설명되지는 않네. 나는 그가 사용하는 마법의 신비가 우선은 그의 입에 있다고 생각하네. 그 뻔뻔한 자를 함정에 빠뜨려, 보다 확실하게 생포하려면 제일 먼저 그의 입에서 무슨 말이 나오는지 엿들어야 할 것 같네. 내 시종들이 날 배신하지 않고 나로 하여금 고통스럽게 그들의 도움을 기다리지 않게 한다면, 그의 책략을 알아내어 그를 쓰러뜨리는 일은 내가 맡겠네. 만일 내게 저항하면, 난쟁이 그대에게 분명히 말해 두겠는데, 그때는 내가 직접 나서서 궁수들에게 명령을 내려 무기의 방향을 틀어 바로 그 저주받은 놈의 얼굴에 화살을 쏘라고 하겠네. 캄캄한 밤 같은 그의 검은 눈동자와 타락의 쾌락을 주는 그 입에 쏴버리라고!"

두두는 점잖게 여주인의 묘한 이야기를 끝까지 들었다. 윗입술을 지붕으로 만들어 아랫입술을 지그시 덮고, 손바닥을 오므려 귓밥 뒤로 가져간 채였다. 그것은 거짓이 아니라 진심으로 주의 깊게 듣는다는 표시였다. 그리고 생산과 관련된 문제라면 통달해 있던 그였기에, 그녀의 말이 내포한 의미를 해석하는 것은 전혀 어렵지 않았다. 이렇게 그녀의 마음을 곧 알아차린 그였지만, 자기 쪽에서 이야기를 급선회하지는 않고 서서히 방향을 트는 쪽을 선택했다. 그는 오늘은 요셉에 대해 어제 했던 말과 조금 다른 어조로 운을 떼우면서, 다른 한편으로는 어제 했던 이야기를 상기시켜 그 이야기도 실은 좋은 의미였다는 식으로 지금까지 젊은 집사에 대해 했던 말을 완전히 반대로 뒤집으려 했다. 즉 배후에 더 비열한 의도를 깔고, 겉으로만 부드럽게 말한 셈인데, 한마디로 원한의 소리를 달콤한 감언이설로 바꾼 것이다.

냉정한 사람이라면 이런 거친 왜곡에 구역질을 느끼고

여기서 드러난 적나라한 인간 이성의 멸시에 분개했으리라. 그러나 두두를 가르친 스승은 생산의 정신이었다. 이 정신은 무트-엠-에네트와 같은 상황에 있는 사람에게는 어지간히 무리한 요구를 해도 된다고 넌지시 일러준 것이다. 끓어오른 가슴에만 정신을 빼앗겨 우둔해질 대로 우둔해진 그녀는 난쟁이의 뻔뻔함에 거부감을 느끼기는커녕, 오히려 그의 생각이 바뀐 게 고마울 정도였다.

"고귀하신 마님." 그가 말했다.

"마님의 충복인 소인이 어제 마님 앞에 대령하여 아직 해결되지 않은 사안에 관해 의논드리지 못한 것은(그저께는 마님께서도 기억하시듯이 소인이 마님을 알현했으니까요. 그렇지만 그날 마님께서는 이 문제에 거룩한 열정을 보여주셨으므로, 그 열정으로 말미암아 제가 오랫동안 마님을 찾아뵙지 않았다고 느끼셨을 수도 있을 것입니다), 여하튼 마님을 어제 찾아뵙지 못한 이유는 다른 것이 아니고 오로지 제가 맡은 창고지기 직분이 워낙 일이 많아 틈을 낼 수 없어서입니다. 그러나 일을 하면서 소인이 이 문제를 잊은 것은 아닙니다. 전 한시도 그 일을 생각하지 않은 때가 없습니다. 제게도 그렇지만 여주인님께도 중요한, 새 집사 오사르시프에 관련된 이 일을 소인이 어찌 한시라도 잊을 수 있겠습니까. 의상실 관리인으로서 해야 하는 소인의 임무가 제게 얼마나 소중하고 귀한 일인지, 그것은 마님께서도 잘 아시며 그 일로 저를 나무라지 않으시리라 믿습니다. 처음에는 단순히 임무와 짐인 일이었다 하더라도, 시간이 지나면 진정으로 성심을 다 바쳐 하는 일이 되는 법입니다. 하지만 이것만이 제

651

임무가 아니라, 마님과 함께 가끔 의논해야 하는 이 일 역시 우선권을 가지고 있습니다. 마님께서 소인을 부르셨건 안 부르셨건, 또 매일 아니, 매 시간 자유롭게 마님을 알현하고 이러저러한 말씀을 아뢰고 또 묻고 대답할 수 있는 이 일과 관련하여 근심하는 일을 제가 어찌 좋아하지 않을 수 있겠습니까? 제게 마님과 대화를 나누는 큰 즐거움을 주셨으니, 저는 그저 감사할 따름입니다. 그리고 이 감사한 마음은 자연스럽게 마님께 근심을 낳은 대상에게로 옮겨집니다. 이 모두가 그 대상이 마님의 근심거리로 들어 올려진 덕분이 아니겠습니까? 그리고 다행스럽게도 마님의 충복은 분명하게 기억할 수 있습니다. 돌이켜보면, 저 또한 그 대상, 그러니까 그 요주의 인물을 마님께서 생각하실 만한 가치가 있는 자라고 생각해왔다고 말씀입니다. 만일 두두가 의상실을 감독하는 아름다운 직분 때문에 단 한 시간이라도 마님께서 허락하신 이 일에 대해 생각하고 행동하는 일을 남몰래 내버려두었다고 생각하는 사람이 있다면, 그것처럼 두두에게 부당하고 원통한 일이 없을 것입니다. 사람이 한 가지 일을 하느라 다른 것을 방치한다는 것은 있어서는 안 될 일이니까요. 이것은 오래 전부터 소인에게 하나의 철칙이었습니다. 세속의 일에서건 거룩한 신의 일에서건 마찬가지입니다. 아문은 위대한 신이십니다. 그는 더 이상 클 수 없이 무한히 위대한 분이십니다. 그러나 그렇다 해서 나라의 다른 신들을 기리고 그들에게 제물을 바치는 일을 거부할 수는 없습니다. 예컨대 하이집트의 온에 있는 아툼-레-호르아흐테처럼 아문과 하나가 될 정도로 가까워져서 자신들의 이름을 아문에게 일러준, 나라의 다른 신들에게도 마땅히 제물을 바치고 섬겨야 하지 않겠습니까? 지난번에도 마님께서 소인에게 아뢸 수 있도록 허락해 주셨을 때, 여기에 대해 표현하려고 소인은 나름대로 애를 썼습니다. 물론 그다지 잘 되지는 않아서 아툼 신도 위대하고 지혜로우며 온화한 신이라는 사실을 충분히 표현하지 못했지만 말입니다. 시계와 한 해의 절기를 알리는 시간표를 발명한 것으로 유명한 그분이 안 계셨더라면 저희는 짐승이나 마찬가지였을 것입니다. 소인은 어렸을 때부터 작은 목소리로 자문하곤 했습니다. 그리고 최근에는 조금 더 큰 목소리로 묻고 있습니다. 위엄이 넘치는 아문께서 자신의 이름과 하나로 만든 아툼인데, 아툼의 온화하고 관대한 생각을 저희의 가슴에 받아들인다면, 이 일을 두고 예배당에 계신 아문께서 과연 싫어하실까 하고 말입니다. 아문의 위대한 선지자 베크네혼스만 하더라도, 그는 아문의 제일사제인 동시에 아툼-레-호르아흐테의 제일사제가 아닙니까? 마님께서 아름다운 축제일에 아문 앞에서 그의 측실로서 맑은 소리가 울려 퍼지는 딸랑이를 흔드실 때면, 다른 날처럼 무트로 불리는 것이 아니라, 하토르라 불리지 않던가요? 그러면 이 하토르가 누구입니까? 그녀는 아툼-레의 부인이요 누이로서 태양 원반과 뿔을 달고 있지 않습니까. 그녀는 아문의 처가 아니지 않던가요? 이런 점들을 생각하면서도 마님의 충복은 아까 말씀 드린 그 중요한 문제를 한번도 마음에서 떼놓은 적이 없습니다. 그리고 아시아의 싹으로 저희 나라에 와서 성장을 거듭하여 저희들 가운데 젊은 집사로 우뚝 서서 마님의 근심거리가 된 그 청년을 제대로 알아볼 생각에, 아름답게 피어난 그 젊은이에게 가까이 다가가려는 노력을 한시도 게을리 하지 않았습니다. 그래서 이번에는 많은 노력에 비해 성과는 보잘것없었던 지난번보다는 그에 관해 보다 정확하고 나은 보고를 올릴 수 있을 것 같습니다. 이번에 소인은 그가 매우 매력적인 인물이라는 사실을 알게 되었습니다. 이런 매력적인 대상 앞에서 저 같은 사람에게 자연의 질서가 허락하는 감탄의 수준은 박수 정도가 될 것입니다. 지붕과 담벼락 위에 있는 여자들의 경우는 물론 다르지요. 그러나 우리 청년은 그 여자들에게 화살을 쏘는 것에 대해 전혀 이의를 제기하지 않을 것 같습니다. 아니 거의 그러지 않을 것입니다. 이런 점에서는 무기의 방향을 틀어야 할 이유는 전혀 없을 것 같습니다. 그 이유는 소인이 그의 이야기를 들어보니, 대강 이렇게 말하는 것 같았기 때문입니다. 나를 바라보고 눈을 맞출 수 있는 사람은 단 한 명밖에 없다. 그러면서 그는 둥근 아치 아래의 두 눈을 동그랗게 뜨고 소인을 바라보았습니다. 처음에는 눈을 크게 뜨고 광채를 발했는데, 나중에는 베일을 치듯, 특이하게 눈을 찌푸리며 교활한 눈빛으로 바뀌었습니다. 그 말에 마님을 어떻게 생각하는지 넌지시 내비치는 암시가 있는 듯하여 소인은 거기에 만족하지 않았습니다. 소인은 원래 사람들이 마님께 어떤 태도를 취하는지 그걸 보고 그들을 평가하는 습관이 있습니다. 그래서 소인은 여자들의 사랑스러운 매력에 관한 이야기로 화제를 돌려 같은 남자로서 물어봤습니다. 지금까지 만난 여자 중에 어떤 여자를 가장 아름다운 여자로 생각하느냐고. 그랬더니 그는 '무트-엠-에네트. 바로 우리 여주인님이 이 일대와 먼 곳을 통틀어 가장 아름다운 분이네. 여기서 일곱 개의 산을 넘어 간다 해도 그분보다 더 사랑스럽고 매력 있는 분은 없다네' 하더군요. 그 말을 하는 그의 얼굴에 아툼의 붉은 빛이 떠올랐습니다. 그것은 지금 이 순간 마님의 얼굴에 번지는 그 것과 비슷합니다. 마님께서도 마님의 영리한 충복이 이 중대사를 부지런히 챙기고 다닌 게 기쁘셔서 지금 얼굴이 빨개지셨으니까요. 그걸 보니 소인도 기분이 무척 좋습니다. 그리고 이게 전부가 아닙니다. 마님께서는 새 집사가 마님을 자주 알현하여 마님께서 그를 직접 시험해 볼 기회가 생기기를 바라지 않으셨습니까. 소인은 마님의 그 소원도 잊지 않았습니다. 마님께서 그의 마법이 어디서 오는지, 그의 입이 지닌 비밀이 무엇인지를 밝히시려는 소원을 이루실 수 있도록 도와드리는 일에 소인은 사명감을 느끼고 있습니다. 그래서 소인은 여전히 머뭇거리는 그를 나무라고 마님께 가까이 다가가도록 일렀습니다. 열심히 다가가면 그만큼 더 좋다고 했습니다. 그리하여 마님 앞에 나아가 그 땅에 입을 맞추라 하였습니다. 그러자 그는 입을 다물었습니다. 그러나 그사이 사라졌던 아툼의 홍조가 어느새 그의 얼굴에 다시 활짝 피어올랐습니다. 소인은 그것을 두려워하는 표시로 해석했습니다. 여주인님께 자신을 드러내어 마침내 자신의 비밀을 들키게 되면 어쩌나 하는 두려움으로 말입니다. 그렇지만 소인은 그가 제 지시를 따르리라 확신합니다. 그 청년은 이 집에서 어느 면을 보더라도 저보다 높은 위치에 있지만, 소인은 나이로 보나 이곳에 토착민으로 살고 있는 햇수로 보나 그보다는 훨씬 어른이므로, 그에게 시원스러운 남자로서 신선하고 솔직하게 말을 하기 때문입니다. 이제 소인은 고귀하신 마님 앞에서 물러날까 합니다."

이어 두두는 깍듯이 몸을 숙여 절을 올렸다. 그리고 짧은 팔을 어깨 아래로 꼿꼿이 늘어뜨리고 몸을 돌려 총총걸음으로 요셉을 찾아가 이렇게 인사를 했다.

"존경하는 집안의 입!"

"아니, 두두." 요셉이 대답했다.

"당신이 내게 존경을 표하는 인사를 하다니? 이게 어떻게 된 일인가? 얼마 전까지만 해도 한자리에서 식사도 하려 들지 않고, 내게 별 호감이 없다는 걸 말과 행동으로 곳곳에 알리더니 이게 웬일인가?"

"호감?" 제세트의 남편은 머리를 뒤로 젖혀 요셉을 쳐다보며 물었다.

"나는 그대에게 다른 자들보다 훨씬 더 큰 호감을 가지고 있었네. 다른 사람들이 7년 동안 그대에게 특별한 호감을 가지고 있었을지도 모르지만, 내 호감만큼 크지는 않을 것이네. 다만 사람들이 눈치 채지 못하게 했을 뿐이지. 나는 좀 딱딱하고 생각이 깊은 사람이라, 상대방에게 호감과 복종심을 금방 드러내고, 그의 아름다운 눈에 빠져 어느새 목에 매달리는 성격이 아니라네. 대신 일단 뒤로 물러나서 꼼꼼히 살펴보면서 신뢰감이 무르익을 때까지 7년을 기다린 거지. 하지만 한번 무르익은 신뢰는 절대로 변하는 법이 없네. 그건 지금까지 시험을 받은 자가 이제 그의 신뢰를 시험해 보면 될 걸세."

"그대의 호감을 얻게 되었다니 잘된 일이군. 내가 특별히 큰 지출을 하지 않고도 이런 결과를 얻었다니 나로서야 마다할 이유가 없지."

"지출을 했든 않았든" 작은 남자는 가까스로 화를 참았다.

"여하튼 그대는 앞으로 나의 열성적인 봉사를 믿어도 될 것이네. 우선 이 열성적인 봉사의 대상은 자네와 함께 하고 있는 것이 분명한 신들이라네. 나는 경건한 남자이므로 신들의 입장을 항상 유념하며, 한 남자의 덕목을 평가할 때 그에게 주어진 행운을 기준으로 삼는다네. 신들의 호의만큼 설득력이 충분한 것이 없는데, 끝까지 자기 의견을 고집할 사람이 어디 있겠는가? 나 두두는 그렇게 멍청하지도, 완고하지도 않다네. 그래서 살갗과 머리카락까지 온몸을 바쳐 자네의 사람이 되기로 했네."

"듣기 좋은 이야기로군. 그리고 그렇게 신에 대한 지혜를 얻게 되었다니 축하하네. 그럼 각자 할 일도 있으니 이제 그만 헤어지지."

"보아하니" 두두는 끝까지 버텼다.

"젊은 집사님이 제안이나 마찬가지인 내 고백의 가치와 의미를 제대로 평가하지 못한 것 같군. 그렇지 않다면 이렇게 서둘러 일 핑계를 대면서 자리를 뜨려고 하지 않았을 테니까. 내 제안의 의미와 파장을 정확하게 파악하고 이것이 집사 자네에게 어떤 이득을 주는지 잘 알아보기도 전에 그렇게 일을 하러 가겠다니 말이네. 이제부터 자네는 날 믿어도 되네. 그리고 내 신의와 영리한 머리를 모든 면에서 활용하게나. 집안일은 물론이거니와 자네 개인의 일에서도 그렇고 자네의 행복을 위해서도 활용해 보게. 샛길로 몰래 다니는 것이든, 온갖 후미진 곳과 감춰진 곳에서 엿듣는 것이든, 혹은 말이나 물건을 전하는 것이든, 나만큼 노련하고 사교적인 남자는 없을 것이네. 어디 그뿐인가. 섬세함이나 결코 깨지지 않는 단단한 과묵함으로 말하자면, 이 땅 위의 어느 것과도 비교할 수 없을 걸세. 이쯤 이야기했으니 자네의 눈이 내 제안의 의미에 대해 눈을 뜨기 바라네."

"내 눈은 멀었던 적이 없어서 처음부터 알았는데 뭘." 요셉이 자신 있게 말했다.

"내가 그대의 우정이 갖는 비중을 제대로 이해하지 못했다고 생각한다면 그건 나를 오해한 거지."

"그 말을 들으니 만족스럽네." 난쟁이가 말했다.

"그러나 말투는 별로 만족스럽지 않네. 내 귀가 잘못 들은 게 아니라면, 거기에는 일종의 뻣뻣함과 소심함이 묻어 있었네. 내가 보기에 그런 것은 이미 지나간 시간에나 해당되는 것이니 더 이상 자네와 나 사이를 가로막을 수 없다네. 왜냐하면 내 경우에 그런 것은 완전히 사라졌으니까. 그런데 자네 쪽에는 아직 남아 있다니 참으로 가슴이 아프군. 자네도 나처럼 주어진 그 오랜 시간 동안 나에 대한 신뢰를 무르익게 할 수도 있었을 텐데, 지금까지 7년이라는 세월이 흘렀건만 그렇게 하지 않았으니 말이네. 신뢰에는 신뢰로 응해야 하는 법인데. 정 그렇다면 할 수 없군. 자네가 더 이상 뻣뻣한 태도를 취하지 않고 나를 자네의 신뢰 속으로 받아들일 수 있게 하려면, 자네를 나의 신뢰 속으로 보다 깊숙이 데리고 들어와야 할 것 같은데, 그러려면 아무래도 내 쪽에서 뭔가 더 보여줘야 할 것 같군. 좋아. 이왕 내친김에 이 이야기를 들려주겠네, 오사르시프." 그는 목소리를 낮췄다.

"내가 정성을 다 바쳐 자네를 사랑하고 섬기기로 결심한 데는 신을 두려워하는 경외심 말고 다른 이유도 있지. 지금 고백하는 말이지만, 여기에 결정적인 역할을 한 사람은 따로 있네. 이 땅의 세속에 속하되 신들과도 아주 가까운 지체 높은 분의 소원과 지시가 있었기 때문이지."

그는 말을 마치고 눈만 깜박였다.

"그게 누군데?" 요셉은 참지 못하고 물었다.

"자네도 그건 알고 싶은가?" 두두의 대꾸였다.

"그렇다면 알려 주겠네. 내 대답은 자네를 나의 가장 부드러운 신뢰의 품안으로 끌어들이는 것이니, 자네도 이에 대답해야 하네." 그는 발돋움을 하여 작은 손바닥을 그의 입에 대고 속삭였다.

"그건 여주인님이셨다네."

"여주인님?"

요셉의 입에서 곧 나지막한 소리가 터져 나왔다. 머리를 위로 바짝 쳐든 자에게 몸을 구부린 채였다. 안타깝지만 사실이 그랬다. 난쟁이는 어떻게 하면 상대방의 호기심을 불러일으켜 대화에 빨려 들게 만드는지, 그 방법을 잘 알았다. 요셉의 심장이 가슴 안에서 갑자기 진동을 멈췄다. 아버지 야곱에게 요셉은 이미 오래 전에 죽은 사람이었으므로, 그는 아들의 심장 역시 죽음 속에 고이 간직되어 있는 것으로 여겼다. 그러나 사실이야 어디 그러한가? 요셉은 이집트에서 인생의 온갖 위험에 노출된 채 살고 있었고, 이제 그 살아 있는 심장이 멈춰선 것이다. 한순간 자신을 망각한 요셉은 마치 죽은 사람 같았다. 그러다 심장은 잠시 게을리 했던 것을 만회하기라도 하듯 더 빠른 속도로 뛰기 시작했다. 심장이 뛰는 건 태곳적부터 이어져 내려온 습관이었으니까.

그리고 몸도 얼른 일으켰음은 물론이다. 이어 그의 명령이 떨어졌다.

"손을 입에서 떼게! 작은 목소리로 이야기하는 것까지는 몰라도 오므린 손은 치워!"

자신이 결혼한 난쟁이와 비밀을 나눠 가지는 것을 행여 누가 볼까봐 걱정되어서 한 말이었다. 그러니까 그와 비밀을 나눠 가질 각오가 없지는 않았다는 뜻이다. 그러나 겉으로 내색은 하지 않을 작정이었다.

두두는 그의 명령에 따랐다.

"그건 무트였네, 우리 마님 말일세." 그가 다시 확인시켰다.

"주인님의 첫째 부인이며, 정부인인 그분께서 자네 문제로 나를 불러 이렇게 말씀하셨다네. '감독'(미안하네. 몬트-카브가 신이 된 후 자네가 진짜 감독이 되어 신뢰의 특실로 들어갔고, 나는 예전이나 마찬가지로 제한구역에서만 감독의 품위를 누리고 있지만 마님께서는 나를 부르실 때 겉치레 인사말로 항상 그런 특별한 호칭을 사용하신다네), 여하튼 그분께서는 나를 그렇게 부르시며 이렇게 말씀하셨지. '감독, 우리가 몇 번인가 서로 의견을 나누었던 집안의 새 집사 오사르시프 청년 이야기를 해야겠는데, 내가 보기에 지금이 가장 적당한 순간인 듯하네. 그대는 그에게 몇 년 동안, 대략 7년 가까이 남자의 뻣뻣한 거만함과 요모조모 따져보는 거리감을 보여왔지만, 이제 그런 것을 떨치고 신선한 마음으로 그를 섬기도록 하게. 그것은 그대도 가슴으로는 이미 오래 전부터 바라던 바가 아니었는가. 그대는 지금껏 그 청년이 집안에서 높은 사람으로 크지 못하도록 막아야 한다고 믿고 이것저것 염려되는 일들을 내게 들려주었네. 그래서 꼼꼼히 살펴봤지만, 그가 보여주는 덕목이 워낙 분명하여 그런 염려는 더 이상 필요없을 것 같아서 가슴에서 떨쳐버렸네. 그대도 언제인가부터 그의 성장을 반대하는 이야기를 별로 꺼내려 하지 않고 머뭇거리지 않았는가. 그리고 그대의 가슴에 그를 향한 사랑이 서서히 싹을 틔우기 시작했다는 것을 그대도 더 이상 감추기 어려워졌으므로, 이 일은 나로서도 오히려 수월하게 느껴졌다네. 이제 그대도 더 이상 내게 부담을 가질 필요가 없네. 그대가 진정으로 신의를 다해 그를 섬기는 것은, 여주인인 나 자신도 진정으로 바라는 바네. 왜냐하면 집안의 가장 훌륭한 시종들이 서로 호감을 가지고 집안의 평안과 번영을 위해 동맹을 맺는 것이 내게는 다른 어떤 것보다 소중하기 때문이네. 그러한 동맹을 두두 그대도 새 집사와 맺도록 하게. 그리하여 노련한 남자로서 아직 청춘인 그를 도와주게. 조언가요 전달자, 그리고 길잡이로서 말일세. 이것이 나의 진정한 바람이라네. 그가 현명하고, 또 하는 일 모두 신들의 가호로 행운을 얻고 있는 것은 사실이나, 그의 청춘이 그에게 장애와 위험이 되기도 하거든. 우선 위험이란, 그의 청춘이 대단한 아름다움과 결합되어 있다는 데서 비롯된다네. 적당한 체격뿐 아니라, 베일을 쓴 듯한 눈이며 도톰한 입술이 산을 일곱 개나 넘어가도 그보다 더 아름다운 청년은 찾아보기 어렵지. 이건 명령이니, 그를 불쾌한 호기심으로부터 막아주도록 하게. 그가 시내로 행차할 때, 필요하다면 활을 쏘는 수비병을 딸려 보내 지붕과 담벼락 위에서 마구잡이로 던지는 것들에 그가 다치지 않도록 비오듯 쏟아지는 화살로 거기에 대응케 하게나. 그리고 청춘이 그에게 가져다주는 장애란 너무 수줍어하고 머뭇거리게 한다는 점이라네. 그러니 이런 수줍음을 극복할 수 있도록 그를 도와주게. 이것이 그대에게 맡기는 임무라네. 예를 들면 그는 여주인인 나를 전혀, 아니 거의 찾아오는 법이 없네. 나와 함께 시급한 현안과 해결되지 않은 일을 의논할 수 있다는 것은 생각도 못하고 있다는 뜻이 아니고 무엇이겠는가. 이것은 아주 못마땅하네. 내 남편 페테프레는 원칙적으로 아무 일에도 관여하려 들지 않지만, 나는 그와 달라서 여주인으로서 응당 집안 살림에 관여하고 싶다네. 그렇지 않아도 이미 신이 된 예전의 집사 몬트-카브가 잘못된 공경심에서였는지, 아니면 지배욕 때문이었는지, 여하튼 집안일에서 나를 완전히 배제해온 것을 무척 불만스럽게 생각해왔네. 그런 점에서 집사가 바뀌어 다행스러워했는데, 그것도 헛된 희망이었나 싶은 게 참으로 울적하네. 그러니 내 그대에게 명하니, 그대가 내 친구로서 세련된 중개자가 되어 나와 젊은 집사 사이에 다리를 놓아주게나. 집사가 젊은이의 소심함을 극복하고 나와 함께 이런 저런 문제를 놓고 자주 대화를 나눌 수 있게 말일세. 이제 그대는 이런 목적과 목표를 위해서 집사와 동맹을 맺게. 물론 그대에게만 이런 의무를 지울 수 없으니 나 무트-엠-에네트도 그대와 동맹을 맺겠네. 그렇게 되면 그대와 나, 그리고 그 젊은 집사, 이렇게 우리 셋이 동맹을 맺는 셈이지.' 이것이 마님의 말씀이셨네. 내가 젊은 집사 그대를 부드러운 신뢰로 끌어들이기 위하여 이 말을 전하는 것이니, 그대도 대답을 해줘야 하네. 이제는 내 제안이 어디까지 이어지는지 잘 이해했을 것 아닌가. 나는 앞으로 눈먼 사람처럼 자네를 무조건 섬길 것이며, 자네를 위해서라면 어떤 은밀한 샛길이라도 마다하지 않고 왕래할 용의가 있다네. 삼자 동맹을 지키기 위해서라면!"

"알았네." 요셉은 목소리를 낮춰 이렇게 말하면서 태연한 척했다.

"장신구를 지키는 감독, 그대의 이야기는 잘 들었네. 여주인님을 존경하는 마음으로 들었네. 적어도 그대의 말을 통해 여주인님의 말씀이 들려오는 것으로 믿었으니까. 그리고 또 노련한 사교가인 그대를 존경하는 마음도 가졌네. 아첨과 냉정함으로 따진다면, 나도 그대 같은 사교가에게 뒤질 수 없겠지만 말야. 여하튼 솔직히 말해서, 그대가 이제 새삼스럽게 내게 호감을 갖게 되어 아첨을 한다고는 믿기 어렵네. 일종의 사교술로 받아들인다는 것이 솔직한 표현이 되겠지. 그러니까 눈 가리고 아웅 하는 정도로 여긴다 해서 너무 불쾌하게 생각할 필요는 없네. 나 또한 그대를 끝없이 사랑하는 것도 아니고, 그대에 대한 열광을 자제하고 있으니까. 아니 어쩌면 열광하고 싶지 않다고 말할 수도 있지. 하지만 앞으로는 그대에게 증명해 주겠네. 내가 그대 못지않게 내 감정을 사교적으로 통제하고 차가운 현명함에서 감정을 억제할 수 있는 능력이 있다는 것을 보여주겠네. 나 같은 남자는 항상 똑바른 길만 고집할 수 없는 법, 경우에 따라서는 휘어진 길도 서슴지 않아야 하니까. 그리고 성실한 사람들만 이런 자의 친구가 될 자격이 있는 게 아니라, 닳아빠질 대로 닳은 냉정한 앞잡이와 입이 가벼운 사람도 이용할 줄 알아야 하지. 내가 그대의 제안을 거절하지 않는 이유는 이 때문이라네, 두두 감독. 그러니 그대는 충실하게 자네 할 일이나 하게. 동맹이라니, 그건 어불성설이지. 그런 단어는 그대와 나 사이에 어울리지 않는 말이네. 설령 여주인님께서 그 동맹에 관여하시겠다고 했다 하더라도 마찬가지야. 하지만 그대가 집안과 시내에서 일어나는 일들에 관해 일러줄 것이 있다면 무엇이든 마음껏 일러주게. 최대한 활용해 볼 테니까."

"그대가 내 신의를 믿기만 한다면" 덜 자란 기형아가 끼어들었다.

"자네가 그것을 사교적인 것으로 여기든, 아니면 진정에서 우러나온 것으로 여기든 그건 상관없네. 내게 사랑은 더 이상 필요 없으니까. 내 집에 가면 아내 제세트와 잘 자란 내 아이들 에세시와 에베비한테서 얼마든지 얻을 수 있거든. 그렇지만 거룩하신 여주인님께서는 내가 자네와 동맹을 맺고 자네의 청춘에 도움을 주는 조언요 전달자, 그리고 길잡이가 되라고 하셨으니, 나는 이 일을 내 임무로 여기고 사명감을 느끼네. 그러니 자네가 날 믿어주기만 하면 나로서는 만족하네. 가슴으로 믿든 아니면 세상에 대한 이해력으로 믿든, 여하튼 믿어만 준다면 다른 건 상관없네. 여주인님께서 무엇을 원하시는지, 내가 자네한테 일러준 것을 잊지 말게나. 몬트-카브와는 달리 집안일에 대해 더 많이 상세하게 알려 드리고, 또 그녀와 자주 대화를 나누도록 하게! 이제 내가 돌아가서 뭐라고 전해 드리면 되겠는가?"

"지금 당장은 뭐라 드릴 말씀이 없네." 요셉이 대답했다.

"그대의 임무를 행한 것으로 만족하게. 마님에 대한 짐은 내가 질 테니 그리 알고."

그러자 난쟁이가 말했다.

"그렇다면 자네 마음대로 하게. 하지만, 충성스러운 전령으로 이왕 일러주는 김에 한마디 더 보충해 줄 수도 있네. 다른 게 아니고 여주인님 이야기인데, 그분께서는 오늘 일몰 무렵에 마음을 고요하게 안정시키시려고 정원을 산책하실 거라고 하셨네. 그리고 지대를 높인 아늑한 정자에도 올라가실 거라 하셨지. 만일 그분과 대화를 나눌 생각이라면, 그리고 그분께 보고를 올리고 청을 드릴 게 있는 자라면 항상 있는 게 아닌 이 기회를 이용하여 쾌적한 정자로 찾아가 그녀를 알현하는 게 좋을 거라 하셨네."

두두의 말은 속이 뻔히 들여다보이는 새빨간 거짓말이었

다. 여주인은 그런 말을 한 적이 없었다. 그러나 두두는 요섭이 이 말에 속아넘어가면, 이번에는 요섭 쪽에서 그렇게 말했다고 거짓말로 그녀를 정자로 유인하여 비밀을 만들어낼 작정이었다. 그는 자신의 뜻을 포기할 생각이 없었다. 시험당하는 자가 전혀 손을 내밀지 않았어도 마찬가지였다.

요섭은 그가 불어대는 이야기에 그저 밋밋한 표정만 지었다. 그 기회를 이용할 것인지 말 것인지, 가타부타 말이 없었다. 그리고는 보석지기에게 등을 돌려버렸다. 그러나 그의 심장 박동은 예사롭지 않았다. 물론 조금 전처럼 빠르게 쿵쾅거리지는 않았지만(한순간 지체된 것은 이미 만회한 후였으므로, 지금은 다시 평정을 되찾고 있었으니까) 무척이나 강하게 뛰고 있었다. 여주인님에 관한 이야기며, 일몰 무렵, 자신이 원하기만 한다면 여주인님을 찾아가도 된다니, 그 말을 듣고 기쁜 나머지 황홀해 하고 있다는 사실을 감추거나 부인할 생각은 전혀 없다. 아니 또 감추려야 감출 수도 없다. 마님 앞에 나가서는 결코 안 된다고 말리는 목소리 또한 그의 가슴에 얼마나 간절하게 울려 퍼졌을지 상상에 맡긴다. 그리고 이 속삭임이 그의 바깥에서도, 바로 그의 곁에서도 울려 퍼졌다는 사실에 놀랄 사람은 없을 것이다. 몹시 걱정스럽게 들리는 그 음성은 요섭의 귀에 익었다. 두두와 이야기를 마치고 신뢰의 특실에서 생각을 정리하려고 집안으로 들어가는데 세엔크-웬-노프레 그리고 아무 아무개라고 하는 긴 이름을 가진 곳립-세프세스-베스, 즉 다 구겨진 예복 차림의 요마가 폴짝 뛰어 들어오더니 그를 올려다보며 이렇게 속삭였던 것이다.

"그러지 마, 오사르시프. 못된 내 친척 놈이 자네한테 한 충고는 절대로 따르지 마!"

"아니, 아저씨, 여기는 어떻게 오셨습니까?"

조금 당황한 요셉은 어느 구석에 숨어 있었기에 두두가 조언한 것까지 아느냐고, 그것도 물었다. 그러자 작은 남자의 대답은 이랬다.

"숨어 있지 않았어. 하지만 멀리서 난쟁이의 예리한 눈으로 보았어. 자네가 그 작자에게 입에서 오므린 손을 치우라고 명령하는 것을 보았지. 하지만 그 전에 그가 손을 오므렸을 때 이미 자네는 서둘러 몸을 구부렸었어. 그걸 보고 이 지혜로운 작은 남자는 그가 자네에게 누구 이름을 말했는지 알아차렸어."

"정말 대단하군요!" 요셉이 말했다.

"그래서 축하해 주려고 이곳으로 숨어들었군요. 맞습니다. 상황이 호전됐어요. 여주인님이 오랫동안 제 험담만 늘어놓고 저를 탄핵한 원수를 제게 보내 오해의 여지가 없는 명백한 메시지를 전달하게 하셨습니다. 그분께서 제게 은혜를 내리셔서 저와 함께 집안일을 의논하고 싶다고 하시니, 상황이 호전된 게 아니고 뭐겠습니까. 이 점은 인정해 주세요. 그리고 오늘 저녁 해질 무렵, 제가 원하면 정원에 있는 정자로 마님을 알현할 수도 있다니, 제가 가고 싶으면 가고, 말고 싶으면 말아도 되는 자유를 얻게 되었다니, 이 얼마나 기쁜 일입니까. 아저씨도 저와 함께 기뻐해 주십시오. 전 말할 수 없이 기쁩니다, 정말입니다! 그렇다고 제가 오늘 마님을 알현하겠다는 뜻은 아닙니다. 그런 결심을 하려면 아직 멀었습니다. 하지만 그 일이 제 선택에 달려 있어, 가든지 말든지 제 자유라는 것이 무척 기쁩니다. 그러니 꼬마 아저씨도 제 행운을 축하해 주세요!"

"아, 오사르시프." 작은 자가 말했다.

"가지 않을 거라면 자네는 선택의 자유를 얻었다고 그렇게 기뻐하지 않을 거야. 오히려 자네의 기쁨은 작은 자의 지혜를 지닌 이 난쟁이에게 마님을 알현하고 싶어한다는 암시로 보여. 그런데도 이 난쟁이더러 자네한테 축하를 하란 말야?"

"아니 그걸 축하라고 하시는 말입니까? 그건 말도 안 되는 허튼소리며, 아무짝에도 쓸모없는 소리입니다. 인간의 아들이 자신의 자유로운 의지를 기뻐하는데, 그것도 허락하지 못하겠다는 건가요? 게다가 상상도 못했던 자유를 갖게 되었는데, 그래도 기뻐해서는 안 된다는 겁니까? 저와 함께 기억을 더듬어보세요. 주인님께서 절 사들인 그날, 그 시간을 회상해 보십시오. 물론 주인님께서 절 직접 사신 것은 아니고, 벌써 세상을 하직하여 신이 된 분을 통해서였지요. 그리고 이분은 이분대로 하아마아트 서기를 시켜서 제 우물의 아버지, 미디안 상인, 그 노인으로부터 절 사들였습니다. 그날 뜰에 마지막까지 남아 있던 게 누구였습니까? 저와 아저씨 둘뿐이었지요. 그렇지 않습니까? 하기야 아저씨의 원숭이도 있었지요. 그날 일이 기억나십니까? 그때 아저씨는 당황한 저에게 '바닥에 엎드려!'라고 하셨지요. 그리고 절 사들인 집의 낯선 여주인님께서 고무를 먹는 흑인들의 어깨에 놓인 가마를 타시고 당당한 모습으로 뜰을 가로질러 가셨지요. 그때 그녀의 백합 같은 팔이 가마 아래로 내려와 있었습니다. 제가 양손 사이로 훔쳐보니, 그녀는 절 마치 물건 보시듯 하셨지요. 멸시가 그녀의 눈을 멀게 했으니까요. 그때 소년은 마치 여신을 바라보듯 그녀를 우러러보았습니다. 경외심이 눈을 멀게 했으니까요. 그러나 주님께서는 제가 이 집에서 샘 옆의 식물처럼 무럭무럭 자라게 해주셔서 이 7년 동안 모든 종들을 제치고 신장병 환자의 후계자가 되어 정상에 서게 하셨습니다. 이렇게 신은, 제 주님은 제 안에서 거룩해지셨지요. 그러나 이 행운의 태양 원반에는 딱 한 군데 흐린 구석이 있었습니다. 거기에 진눈깨비를 뿌린 건 단단한 청동이었습니다. 여주인님이 아문의 사람 베크네혼스의 명예를 생각하여 저를 적으로 대한 겁니다. 그리고 두두, 결혼한 그 기형인도 내 원수였지요. 그래서 시간이 지나 그녀가 제게 칙칙한 눈빛을 보냈을 때, 저는 기뻐했습니다. 아무 눈길도 주지 않는 것보다는 나으니까요. 그런데 이제 보십시오. 지금이야말로 제 행운이 순수한 모습으로 완성되지 않았습니까? 이제는 어느한 곳도 진눈깨비 없이 맑고 완전하지 않습니까. 저를 향한 그녀의 눈길도 맑아져 그분이 이렇게 특별히 은혜를 베풀어 저와 집안일을 의논하겠으니 자신을 알현할 생각이 있으면 찾아오라고 하시니, 이보다 더 좋은 일이 어디 있겠습니까? 아저씨가 소년에게 '엎드려!'라고 말씀하셨던 그때는 누가 감히 이런 일을 상상했겠습니까? 그 소년이 그녀앞에 나아가든지, 아니면 그만두든지 자유롭게 선택할 수 있는 이런 날이 오리라고 누가 짐작이나 했겠습니까? 그러니 제가 기뻐할 수 있도록 내버려두세요! 네?"

"아, 오사르시프. 알현을 하지 않기로 결심했다면 마음껏 기뻐해. 하지만 그전에는 안 돼!"

"아저씨는 왜 말을 꺼낼 때마다 '아,'로 시작하십니까, 쪼그랑 아저씨? 이런 때에는 '오!'라고 감탄사를 터뜨려야 하는 것 아닙니까? 정자에 가서 마님을 알현하지 않는 쪽으로 마음이 기울었다고 벌써 말했잖습니까. 이것도 사실은 문제가 있습니다. 따지고 보면 두두를 시켜 제게 이런 명령을 전하게 한 것은 바로 마님이시니까요. 아니 또 이렇게도 말할 수 있습니다. 그녀가 먼저였기 때문에 이 상황은 더욱 중요하다고 말입니다. 나 같은 사람에게는 마땅히 세상의 지혜와 냉정한 계산이 어울리지요. 그런 자는 자신의 이득을 생각해서라도, 자신의 힘을 키울 수 있는 기회가 오면 소심하게 굴지 말고 기회를 잡을 줄도 알아야 합니다. 여주인과 동맹을 맺어 그녀와 가까이 지내는 것이 집안에서의 제 위치에 얼마나 큰 도움이 될지 생각해 보세요. 그게 얼마나 든든하고 소중한 배경이 될지 상상해 보십시오! 그런데 또 스스로 이렇게 물어보기도 합니다. 내가 뭐기에 여주인의 소원과 지시를 묵묵히 따르지 않고 감히 옳고 그름을 따지며 예, 아니오로 판단하고 여주인의 지시를 뛰어넘으려 하느냐? 사실 제 신분이 높아서 집 위에 있긴 하지만, 저는 분명히 이 집에 속한 사람입니다. 집에 소속된 사고팔 수 있는 노예란 말입니다. 그런데 그녀는 첫번째 정부인으로 집안의 여주인입니다. 그러니 저는 마땅히 그녀에게 복종해야 합니다. 살아 있는 자들도 그렇고, 죽은 자들 중에서도 내가 시종의 충정에 눈이 멀어 무조건 그녀의 명령에 따른다 해서 나무랄 사람은 아무도 없습니다. 그래요. 오히려 복종하지 않고 다르게 행동하는 것이 나무람을 가져올 게 뻔합니다. 왜냐하면 제가 너무 일찍 명령을 내리는 자의 신분으로 올라가서 복종하는 것도 제대로 배우지 못한 꼴이 될 테니까요. 그래서 전 이렇게 자문해봅니다. 아저씨 말씀이 옳은 게 아닌가? 내가 선택의 자유를 기뻐하는 건 옳지 않다고 나무란 아저씨의 말씀이 맞는 게 아닌가. 어쩌면 선택의 자유에 기뻐하며 여유를 부릴 게 아니라 즉각, 아무 조건 없이 그녀를 알현해야 되는 것이 아닌가 하고요. 사실 그래야 하는 것 아닙니까?"

"아, 오사르시프." 작은 목소리가 일렁였다.

"내가 어떻게 '아, 맙소사'라고 이야기하지 않을 수 있다는 건가? 자네 이야기를 듣고, 자네 혀가 이렇게 터무니없는 소리를 늘어놓는 걸 듣고, 어떻게 아, 소리가 안 나오겠느냐고! 자네는 선하고 아름답고 지혜로웠네. 자네가 일곱 번째 물건으로 우리 집에 왔을 때만 해도 그랬지. 그리고 그때 나는 못된 친척과는 반대로 자네를 사들이자고 고집을 부렸어. 그건 탁해지지 않은 작은 지혜가 첫눈에 자네의 가치와 축복을 알아보았기 때문이야. 실은 지금도 자네는 착하고 아름다운 사람이야. 그러나 세번째 것에서는 아예 입을 다물겠어! 옛날을 생각하면서 지금 자네 이야기를 듣고 있으면 얼마나 괴로운 줄 아는가? 오늘까지만 해도 자네는 지혜로웠어. 진짜 지혜로웠지. 그건 가짜가 아닌 진짜 지혜였어. 그래서 자네의 생각은 자유롭게 똑바로 뻗어나 갔지. 고개를 꼿꼿이 세우고 즐거운 마음으로 오로지 자네의 정신만 섬겼으니까. 그런데 내가, 이 작은 자가 세상에서 가장 무서워하는 불 짐승의 입김이 자네 얼굴을 어루만진 바로 그 순간, 자네는 이미 멍청해졌어. 얼마나 어리석고 멍청한지 당나귀가 따로 없어. 시내를 끌고 다니며 흠씬 두들겨 패주고 싶을 정도야. 지금의 자네 생각은 어떤지 아나? 사지를 뻗어 엉금엉금 기어다니고 있어. 축 늘어진 혀로 정신이 아니라 나쁜 곳으로 기우는 마음을 섬기고 있다 이 말이야. 아, 아, 이 얼마나 수치스러운 일인가! 자네 생각은 궤변에, 핑계 그리고 잘못된 결론으로 달리고 있어. 제일 낮은 것들로! 그래서 이 나쁜 성향을 섬기느라 자네의 정신까지 속이고 있어. 그리고 이것도 모자라 이 작은 사람까지 속이려 하지. 가련하게도 그 영리한 머리를 이용해서 자네가 선택의 자유를 기뻐하는 것이 틀렸다고 나무란 내 말이 옳았다는 등, 아첨을 떨고 있잖아. 실은 자네한테는 선택의 자유가 없는 게 아니겠느냐며, 바로 그 생각에 기뻐하면서 아닌 척 시침 뚝 떼려고 나한테 엉뚱한 아첨까지 늘어놓다니, 아, 아, 얼마나 부끄럽고 비참한지!"

곳립은 주름투성이 얼굴을 양손으로 가리고 급기야 애절하게 울기 시작했다.

"이것 보세요. 울보 아저씨, 저 좀 보십시오." 요셉은 가슴이 뜨끔했다.

"제발 진정하고 그만 우십시오! 아저씨가 그렇게 낙담해 하니 가슴이 찢어질 것 같습니다. 그것도 이야기를 하다가 무심코 나온 잘못된 결론을 가지고 울기는 왜 웁니까! 아저씨는 항상 올바른 결론만 얻고 늘 순수하게 정신만 섬기며 생각할 수 있다니, 참 대단하군요. 하지만 길을 잃을 수도 있는 자라면, 한번쯤 어쩌다 얼떨결에 당황한 나머지 일을 망칠 수도 있습니다. 그런 자 때문에 아저씨가 대신 부끄러워하며 이렇게 서럽게 울어서 보는 사람 애를 끓일 필요는 없지 않습니까?"

"이제 자네의 자비로운 마음이 되돌아왔군." 작은 자는 여전히 흐느끼며 말했다. 그리고 꾸깃꾸깃해진 고급 삼베 예복으로 눈을 닦았다.

"나 같은 난쟁이의 울음을 가엾게 여길 줄 아니 말이야. 아, 자네가 자네 자신을 가련하게 여길 수 있다면 얼마나 좋겠나! 있는 힘을 다해 자네의 지혜를 정상에 붙들어 매서 그 어느 때보다도 필요한 이 순간에 지혜가 도망치지 않도록 하면 얼마나 좋을까! 자, 보게. 나는 처음부터 이런 일이 생길 줄 알았어. 자네는 내 말을 이해하지 않으려고 내가 불안하게 속삭여도 그 소리를 못 들은 척했었지. 나는 못된 친척이 무트 마님 앞에서 계속 자네를 비방하고 헐뜯게 되면, 그 비방이 가져올 위험보다 훨씬 더 심각한 위험이, 위험 자체보다 더 위험한 것이 닥쳐올 줄, 그때 벌써 알았어! 애초부터 못된 일을 저지르려고 작정한 그자는 이제 자기도 예측하지 못한 더 심각한 일을 저질러 버렸어. 그건 바로 가련한 사람의 눈을 뜨게 만든 일이지. 자네가 있는 줄도 모르던 사람이 아름답고 착한 자네에게 눈을 뜨게 되어 타락의 길에 빠지게 되었으니! 그런데도 자네는 지금 자네를 삼키려고 아가리를 쩍 벌리고 있는 깊은 구덩이를 안 보겠다고 눈을 감겠다는 건가? 이 구덩이가 예사 구덩이인 줄 알아? 자네는 내게 벌써 여러 차례 질투심에 불탄 자네 형들이 자네의 화관과 베일 옷을 찢은 후, 자네를 구덩이에 밀쳐 넣었던 이야기를 해줬네. 이번 구덩이는 그때의 구덩이와는 비교도 안 될 정도로 깊어. 어디 그뿐인가. 그때는 자네를 꺼내 줄 미디안의 상인이라도 있었지만, 이제 여주인님의 눈을 뜨게 하여 자네에게 눈길을 주게 만든 그 역겨운 기혼자, 내 친척 난쟁이가 파놓은 구덩이에서는 자네를 꺼내 줄 사람도 없어. 그리고 지금은 거룩한 부인까지 나서서 자네의 눈을 뜨게 하고 있어. 자네는 자네대로 그녀에게 눈을 띄워 주고 있고! 이 무서운 눈 장난에 뭐가 도사리고 있는지 알기나 해? 들판을 휩쓸어버리는 바로 불 짐승이야! 이 짐승이 지나간 자리에는 재하고 암흑밖에 안 남아!"

"아저씨는 선천적으로 겁이 많군요, 가여운 아저씨." 요셉의 대꾸였다.

"그래서 난쟁이의 이야기로 아저씨의 작은 영혼을 괴롭히는 겁니다. 도대체 여주인님이 내가 있는 줄 알게 되셨으면 그만이지, 그게 뭐가 어떻다고 그녀가 저 때문에 마음이 약해지기라도 한 것처럼 이렇게 난리법석을 떠십니까? 내가 아주 어린 소년이었을 적에는 누구든 나를 보면 자기보다 나를 더 사랑하게 될 수밖에 없다는 생각에 우쭐했었지요. 제가 그렇게 철없는 아이였습니다. 그러나 그것이 나를 구덩이에 밀어 넣었기 때문에, 그 구덩이를 벗어나면서 그 어리석음도 함께 벗어 던졌습니다. 그런데 그게 어디로 갔나 했더니 아저씨한테 옮아간 것 같군요. 여주인이 나 때문에 마음이 약해졌다고 쓸데없는 상상을 하는 건 그래서입니다. 여주인은 내게 엄격한 눈길 외에 다른 눈길을 주신적이 없습니다. 그리고 저는 그녀에게 경외심의 눈길 외에는 준 적도 없습니다. 그녀가 내게 집안일에 대해 설명하라면서 날 시험하려는 걸 가지고, 저더러 아저씨가 지금 상상하듯이 주제넘게도 교만한 마음으로 그녀의 의도를 해석하라는 겁니까? 아저씨는 제가 여주인에게 손가락 하나라도 건네면 곧 끝장이라도 날 것처럼 착각하고 있는 게 분명한데, 그건 제게 아첨으로 들리지도 않습니다. 하지만 난 내문제를 그렇게 겁내지 않습니다. 지금 당장 또다시 구덩이의 아이가 될 거라는 생각도 물론 하지 않습니다. 설령 아저씨의 불 짐승 이야기를 받아들인다고 합시다. 그렇다면내가 아무 무장도 하지 않고 맨몸으로 나서서 그 짐승의 뿔을 낚아챌 거라고 생각하십니까? 나를 그렇게 약하게 생각하다니! 이제 그만 여자들이 있는 곳으로 돌아가서 춤이나추고 그들을 즐겁게 해주십시오. 그리고 염려 마세요! 내가정자에 나가서 그녀를 알현하는 일은 아마 없을 겁니다. 이제 전 다 자란 사람답게 혼자서 이 문제들을 생각해 보고어떻게 조화롭게 마무리 지을까 생각해 봐야 합니다. 여주인의 머리를 면전에서 치지 않으면서, 다른 쪽으로도 고약한 불충을 저지르지 않으려면, 이쪽 지혜와 저쪽 지혜를 어떻게 결합시켜야 할지 궁리해 봐야 합니다. 모두를 배신하지 않으려면 그래야 하니까요. 산 자와 죽은 자, 그리고또…… 아, 이건 난쟁이 아저씨가 이해 못합니다. 여기 사

람들에게는 세번째가 두번째에 포함되어 있으니까요. 이곳
에는 죽은 자들이 신들이고, 신들이 죽은 자들이니까요. 그
래서 살아 있는 신이 과연 무엇인지, 그건 다들 모르지요."

요셉은 거만한 말투로 쪼그랑 할아범에게 말했다. 그러
나 그는 몰랐더란 말인가? 자기 자신 또한 죽은 자로서 신
이 되었다는 사실을. 오사르시프가 누구인가? 그건 죽은
요셉이 아니고 뭐란 말인가? 솔직히 말하면 누구의 방해도
받지 않고 혼자 생각해 보려 한 것도 바로 그 사실이었다.
그리고 그 사실과 불가분의 관계에 있는 것까지 함께였다.
어떤 것? 신의 뻣뻣한 상태, 독수리 여자를 맞을 준비를 끝
낸 그 팽만한 발기 상태.

목에 칭칭 감긴 뱀

세상이 지나온 시간의 깊이에 비하면, 자신의 삶을 돌이켜보는 회상은 옹색한 한 귀퉁이에 불과하지 않은가! 그러나 자신의 삶과 내밀한 부분들을 회상하는 눈길은, 개인의 차원을 떠나 인류사의 초기로 거슬러 올라가는, 한마디로 보다 큰 것을 더듬어보는 눈길과 마찬가지로 꿈속에서 혜엄을 치듯이 저 멀리 있는 초기로 들어가, 그곳에서 반복되고 있는 동일한 현상을 발견하고 감동하게 된다. 모든 인간이 그러하듯, 나 또한 자신의 기원, 탄생 또는 그 이전으로 거슬러 올라갈 수는 없다. 그 기원은 의식과 기억이 맞이한 최초의 그날의 희미한 빛에 가려 있다. 이는 나 자신의 개인적인 작은 회상이든, 또는 큰 회상이든 마찬가지이다.

나 자신의 정신적 활동, 다시 말해서 창작 활동의 시초에서도 이미 한 가지 관심사와 편애를 발견하게 되는데, 그건 나로 하여금 아, 예전에도 똑같은 것이 있었구나 하고 감탄하게 해준다. 그건 다름 아니라 시련이라는 착상이다. 일정한 조건에서 확고한 틀을 갖추고 품위와 행복을 보장해 주는 삶, 그 행복이 영원하길 희망하며 또 그러기로 맹세한 이 안정된 삶을 뒤흔들려는 세력의 침입이 그것이다. 일단 성취된 듯 겉으로는 안전해 보이는 평화, 그 위의 공든 탑까지 조롱에 휩쓸려 와르르 무너지는 인생, 정열에 사로잡힌 노예, 낯선 신의 등장. 이에 관한 노래는 중간(토마스 만의 1912년 작품 『베네치아에서의 죽음 Tod in Venedig』)에도 있었듯이 처음(토마스 만의 1898년 작품 『키 작은 프리데만 씨 Der kleine Herr Friedemann』)에도 있었다. 그래서 초기 인류사에 호감을 기울인 말기(독자가 지금 읽고 있는 이 소설─옮긴이)에도 나는 예전과 똑같은 편애에 사로잡혀 있는 자신을 발견하게 된다(자전적 요소가 강해서 독자의 이해를 돕기 위해 소설의 화자 '우리'를 '나'로 옮겼음─옮긴이).

무트-엠-에네트, 포티파르의 부인, 사랑스러운 목소리로 노래하던 여인, 지금 우리가 들려주고 있는 이야기의 정신 덕분에 이토록 지척에서 지켜볼 수 있게 된, 먼 옛날의 초반기를 산 그녀 역시 시련을 겪고 정열의 노예가 되어 낯선 신에게 제물로 바쳐진 무녀였다. 그리고 그녀의 인생에서도 위쪽의 공든 탑이 아래의 봉기로 와르르 무너져 내렸다. 그녀는 아무것도 모르고 바닥에 깔려 있는 그런 것들쯤이야 조롱해도 될 줄 알았다. 그러나 이것들은 단순한 위로를 넘어서는 위로까지 조롱했다.

무트가 거위, 즉 어리석은 여자가 아니기를 바란 늙은 후이의 말은 일리가 있었다. 그는 그녀가 검은 물로 잉태한

흙 같은 새가 아니기를 바란다고 했었다. 축축하고 깊은 곳에서 몸을 가린 채, 짝짓기를 하며 꽥꽥거리는 그런 조류가 아니라 달을 섬기는 순결한 여사제가 되라는 요구였다. 이 또한 충분히 여자다운 것이라고 말이다. 후이 자신은 수렁 같은 오누이의 암흑 속에서 살았다. 그리고 세상에 새로이 등장한 유행을 모방하는 세태 앞에서 양심의 동요를 일으켜 재치 없게도 아들의 그것을 잘라 빛의 환관으로 만들어 버렸다. 당사자인 아들에게는 물어보지도 않고, 아들을 인간이라는 면에서 영(0)이 되도록, 텅 비게 만든 것이다. 그런 후 아들을 태초의 어머니(무트—옮긴이)와 이름이 같은 여자에게 신랑감으로 넘겨주어 명목상 부부가 되게 하였다. 이들은 서로 무척 조심하면서 상대방의 품위와 존엄성을 받쳐주고 있었다. 남성적인 것과 여성적인 것이 각각의 성으로 발전하는 가운데, 비로소 인간의 존엄성이 실현된다는 사실을 부인하는 것은 부질없는 일이다. 그래서 만일 남성과 여성, 이 둘 중에서 아무것도 아닌 모습이 되는 사람이 있다면, 그는 인간의 차원을 벗어나게 된다. 남성도 아니고 여성도 아닐 때, 인간의 존엄성이 어디서 나올 수 있겠는가? 그러므로 상대방의 인간으로서의 존엄성을 받쳐주려는 시도는 대단히 주목할 만하다. 왜냐하면 이는 정신적인 것, 즉 인간이나 가질 수 있는 탁월함—물론 여기서 인간을 운운한 것은 명예를 생각하고 한 말이다—의 문제이기 때문이다. 그러나 가슴 아프게도 어떤 정신적인 것이든, 어떤 생각이든, 아무리 각고의 노력을 기울인다 해도 결코 자연에는 대적할 수 없다는 것이 진실이다. 이 진실은 설령 자연에 대한 거역이 일시적으로는 가능하다 해도, 매우 힘들 뿐만 아니라, 장기적으로는 불가능하다는 사실을 시인할 것을 요구한다. 깍듯이 예의범절을 지키는 명예로운 가정도, 사회의 동의도 묵묵히 침묵을 지키는 깊고 어두운 육체의 양심을 거역할 능력은 별로 없다. 정신과 생각을 한없이 동원한다 해도 이러한 사실을 속인다는 것이 얼마나 어려운 일인지, 우리는 이야기 앞부분에서 이미 라헬의 혼란과 관련하여 지켜본 바 있다. 그런데 라헬의 자매로서 여기 아래쪽에 있는 영주의 딸 무트는 태양의 환관과 명목상 부부였으나, 여전히 여성이라는 인간 존재의 바깥에 있었다. 태양의 환관이 남성이라는 인간 존재의 바깥에 서 있던 것과 마찬가지이다. 그녀의 성 역시 그와 똑같이 공허했으므로, 그녀는 육체적으로 영예로울 것이 전혀 없는 존재로 살고 있었다. 그리고 이러한 사실을 아는 데서 비롯되는 우울함에 균형을 가져다주려고, 아니 조화를 이루기 위해 신의 명예를 끌어들였으나, 이는 정신적으로 유약하기 짝이 없었다. 이것은 그녀의 살찐 남편이 겁없이 야생마를 길들이는 행동과 용감한 하마사냥을 통해 얻는 만족이나 또는 만족 이상의 것을 얻는 것과 같은 성격을 띠었다. 물론 요셉은 지혜로운 아첨으로 포티파르의 그런 행동을 진정 남성적인 것으로 묘사해 주곤 했다. 그러나 페테프레는 남성다움을 가장한 이러한 고의적인 행동에 가슴 아파했다. 사막에 있든, 수렁에 있든, 그가 간절히 고대한 것은 서가에서의 명상이었다. 그러니까 그의 갈망은 정신의 활용이 아니라 순수한 정신 자체였던 것이다.

하지만 여기는 포티파르가 아니라 그의 아내, 에니, 신의 부인의 이야기를 하는 자리이다. 정신과 육신의 명예 사이에서 한 가지만 선택해야 하는 기로에 서서 불안에 떠는 그녀가 주인공이다. 멀리서 온 두 개의 검은 눈동자, 온 사방의 사랑을 독차지하고 있는 사랑스러운 자의 눈에 그녀는 홀려버렸다. 그러나 이렇게 그의 눈에 사로잡혔다는 사실 자체는, 육신의 명예, 여성으로서의 인간다움을 구원받고자, 혹은 성취하고자 하는 불안이 마지막 순간에, 혹은 마지막 직전에 터져 나온 모습에 불과했다. 그러나 이는 정신과 신의 명예, 즉 지금까지 그녀의 삶을 지탱해온 고상한 생각의 희생을 의미했다.

여기서 잠시 멈춰보자. 그리고 문제를 제대로, 깊이 있게 생각해 보자! 그녀와 함께 생각해 보자! 점차 강도를 높여가며 자신을 번갈아 괴롭히는 쾌락과 고통의 소용돌이에 휘말린 그녀가 밤낮으로 생각해 보았을 그 문제를! 선택의 기로는 진짜였는가? 이것이 한번이라도 그녀가 신에게 바쳐진 성물이라는 명예를 빼앗았던 적이 있던가? 그것이 문제였다. 제물로 바쳐진 성물은 과연 순결함과 같은 뜻인가? 대답은 예와 아니오, 둘 다 가능하다. 그 이유는 신부라는 신분에서 대립이 해소되기 때문이다. 그리고 이 사랑의 여신을 상징하는 베일은 순결의 징표로서 그녀의 희생의 상징이면서 수녀의 상징이지만, 다른 한편 창녀의 상징이기도 하기 때문이다. 이 시대와 신전의 정신은 성물인 흠 없는 자, 케데샤(이집트 사랑의 여신 케데시 신전의 여사제— 옮긴이)를 알고 있었다. 그녀는 '유혹하는 여자', 즉 거리

681

의 창녀였다. 베일은 그녀의 것이었다. 그리고 이 카디슈투(수메르의 이쉬타르 신전의 여사제로 공물을 올린 남성과 성 관계를 맺어야 한다—옮긴이)들은 '흠 없는' 자들이었다. 이들은 흠 없는 짐승이 그러하듯이, 흠이 없다는 이유로 축제 때 신에게 바쳐지는 제물로 정해졌다. 그래서 성물이 되었다고? 그렇다면 누구에게, 그리고 무엇을 위해 바쳐진 성물인지 물어볼 필요가 있다. 이쉬타르에게 바쳐진 성물이라면, 순결은 제물이 거치고 지나가버리는 한 단계에 지나지 않는다. 왜냐하면 그 베일은 곧 찢겨질 운명이니까.

우리는 여기서 사랑에 빠져 휘청거리는 자들의 생각을 함께 고려했다. 아마 난쟁이 곳립이 이 생각을 엿들었다면, 워낙 성 문제에 낯설어 성이라면 무서운 원수 취급하는 그답게, 영리한 생각들이 가련하게도 정신이 아닌, 특정한 방향으로 기우는 마음을 섬기는 것을 보고 울었으리라. 그는 두꺼비요, 그저 춤이나 추는 어리석은 멍청이로 인간의 존엄성에 관해 아무것도 몰라서 쉽게 울 수 있었다. 그러나 여주인 무트에게는 육신의 명예가 걸린 문제였다. 그래서 그녀는 육신의 명예를 어떻게든 신의 명예와 화해시켜 줄 수 있는 생각에 의존할 수밖에 없었다. 이처럼 뚜렷한 목적을 가지고 일부러 그런 생각만 골라 했다 하더라도 그녀를 호의적인 시선으로 너그럽게 봐줘야 마땅하다. 어차피 생각이 생각 자체를 위해 존재하는 경우는 드물지 않은가. 그녀 또한 이 생각들로 인하여 더없이 괴로웠다. 성직자로서, 숙녀로서 잠자고 있던 자신의 여성을 발견한 그녀의 각성은 태초의 원형과는 달랐기 때문이다.

거기서는 천진난만한 아이로 평화롭게 지내던 어느 왕자가, 어느 날 문득 하늘의 공주를 바라보고는 불 같은 사랑의 고통과 쾌락으로 가슴을 쥐어뜯게 된다. 무트는 이 왕자처럼 자신의 신분을 훌쩍 뛰어넘어, 저주가 가득한(결국은 제일 높은 곳의 질투에 의해 암소로 변하는 희생을 치러야 하니까) 열애에 빠지는 행운을 얻지 못한다. 그녀는 오히려 불행만 안게 된다. 그녀의 신분보다, 여하튼 개념상, 훨씬 아래 신분이며 누구의 자식인지도 모르는 천한 노예, 사들인 인간 물건, 집에서 일하는 아시아 종으로 말미암아 사랑의 열병을 앓게 되니까 말이다. 이것은 숙녀로서의 그녀의 자존심을 지금까지 이에 얽힌 이야기가 보고해왔던 것보다 훨씬 더 무참하게 짓밟았다.

그녀가 자신의 감정을 받아들이기까지는 오랜 시간이 걸렸다. 그런데 막상 자신의 감정을 수용하자, 사랑이 항상 건네주기 마련한 행복감만 느끼게 된 것이 아니라, 여기에 굴욕적인 요소까지 스며들어 그녀의 욕구에 독침을 쏘아대기 시작했다. 더 이상 견디지 못한 그녀는 이 굴욕감을 바로잡으려고 이런 생각을 끌어들였다. 케데샤, 즉 신전의 여자 또한 스스로 애인을 찾을 수는 없지만, 자신의 품에 신의 보상을 던져주는 자 모두를 품에 안지 않는가 하는 것이었다. 그러나 굴욕감을 이런 식으로 바로잡다니, 얼마나 바르지 않은 생각인가? 그리고 또 자신에게 이렇게 참아내는 역할을 부여한다는 것은 얼마나 큰 폭력인가!

사실은 그녀 자신이 선택하고—물론 독자적인 선택은 아

니고 두두의 호소에 의해 비로소 선택하긴 했어도—그녀 자신이 적극적으로 구혼하고 모험에 뛰어든 사람이 아닌가. 그녀가 연상이며, 또 여주인이라는 신분을 감안하더라도 이 관계에서 사랑의 기습을 받고 당당히 요구하는 사람은 마땅히 그녀였다. 자신을 갈망한 노예가 감히 먼저 자신에게 한발 다가와 눈을 들어 올리고 먼저 말을 꺼내서, 자신이 그 말에 얌전히 순응하고 그의 감정에 자신의 감정으로 응답한다? 그런 건 애초부터 불가능했다. 그건 있을 수도 없는 일이 아닌가! 그런 건 자존심이 허락하지 않았다. 그래서 그녀는 어차피 여기에서 주도적으로 당당하게 요구할 수 있는 사람은 자신이므로, 자신에게 남자 역할을 인정하려 했다.

그러나 깊이 따지고 보면, 이 또한 불가능했다. 사람들이 어떤 억지를 부리든, 그녀의 여성을 굳게 닫힌 잠에서 깨워낸 자는 바로 그였기 때문이다. 그가 의도했든 아니든, 그가 있음으로 인해서 일어난 일이기 때문에, 그는 여전히, 그런 의도가 없었더라도 자신도 모르는 사이에 여주인을 지배한 주인이었던 것이다. 따라서 그녀의 생각은 오매불망 그만을 섬기고, 그녀의 희망은 그의 눈을 좇을 수밖에 없었다. 자신이 그에게 한 여자이길 바란다는 사실을 행여 그가 알게 되면 어쩌나, 그녀는 그것이 두려워 떨었고, 다른 한편으로는 제발 자신의 소원을, 결코 고백할 수 없는 그 소원을 부디 알아주어 그가 응답해 주기를 바라는 마음으로 또 떨었다.

한마디로 이것은 무서우리만치 달콤한 자기 겸양과 굴욕

을 뜻했다. 그녀는 이런 기분을 조금이라도 덜고 싶었다. 또 사랑의 충동에 이끌려—실제로 사랑을 좌우하는 건 그 대상의 가치나 품위가 아니므로—자신이 사랑하는 대상이 대단한 가치라도 지닌 양, 엉뚱한 것을 생각해 내어 합리화하려고 그녀는 자신이 사랑하는 종을 종의 신분에서 들어올리려 했다. 그래서 그의 비천한 신분에 대적하는 것으로 그의 우아함과 현명함 그리고 집안에서의 지위를 떠올리고, 두두의 도움을 받아 종교적인 근거까지 보태려 했다. 이렇게 그녀는 특정한 방향으로 기우는 자신의 마음을 섬기느라—익살꾼 베지르는 아마도 이를 가리켜 '애착에 대한 부역(賦役)'이라 표현했으리라—자신이 지금까지 받들어 온 주인, 백성을 엄하게 다루는 아문을 거역했다. 그리고 온에 있는 아툼-레, 즉 관대하며 확장 능력이 있고 특히 이 방국들에 우호적인 이 신을 끌어들임으로써, 궁궐에 있는 왕의 권세를 자신의 사랑을 받쳐 주는 배경으로 삼으려 했다. 이 생각은 억지 이론을 이리저리 짜 맞춰보는 그녀의 양심을 달래 주기도 했다. 왕의 권세를 배경으로 삼는다함은 파라오의 친구요 궁신인 남편에게 정신적으로 보다 가까워지는 것을 뜻했기 때문이다. 남편을 배반하고 싶은 열망이 점점 거세지는 가운데, 그녀는 자신의 쾌락을 얻기 위해 남편을 자기편으로 끌어들인 셈이었다.

무트-엠-에네트는 이렇듯 정욕에 휩싸여 격전을 치러야 했다. 이 정욕은 마치 신이 보낸 뱀처럼 목을 칭칭 감고 있어서 그녀는 숨도 제대로 쉬지 못하고 헉헉거렸다. 그녀가 이 싸움에서 혼자였다는 점을 고려해야 한다. 두두 외에는 아무도 없었다. 그나마 두두에게 건네는 말도 반쪽짜리요 솔직하게 시인하지 못하는 말이었다. 그 외에는 누구에게도 자신의 속내를 털어놓을 수 없었다. 적어도 처음에는 그랬다(나중에는 거추장스러운 것들을 떨쳐버리고 주변 사람 모두에게 자신의 광기를 알려 주었으니까).

그리고 또 용솟음치는 피에 떠밀린 그녀의 상대방이 과연 어떤 자였는지도 고려해야 한다. 그는 하필이면 높은 곳의 질투를 한몸에 받고 있는 자로서, 높은 곳을 항상 배려해야 하며 신의와 숭고한 마음을 상징하는 풀, 한마디로 선택된 자임을 알리는 풀을 머리에 꽂고 있는 자가 아니던가. 이렇게 그녀의 상대는 그녀의 유혹에 넘어가지 않으려 하고, 또 그럴 수도 없는 자였던 것이다. 그런데 이것도 모자라 이 고통은 무려 3년이나 이어지지 않았는가. 게다가 요셉이 포티파르의 집에 온 지 7년째 되던 해부터 10년째까지, 3년이라는 세월이 흐르는 동안 이어진 그녀의 고통은 그후에도 잠재워지기는커녕 오히려 죽임을 당하고 말았다.

이 모든 점들을 고려한다면, 백성의 입들이 수치심도 모르는 요부, 악이 유혹하려고 내놓은 음식이라 부르는 '포티파르의 아내'의 운명이 얼마나 처참한지 인정할 수 있으리라. 그러면 우리 모두 최소한 따뜻한 시선으로 그녀를 바라볼 수 있을 것이다. 시험에 쓰이는 도구들이 어쩔 수 없이 떠맡게 된 역할을 수행하면서, 이것이 수반하는 고통뿐 아니라, 그 안에 내재된 형벌까지 덤으로 받아야 한다는 사실을 인식한다면, 자연히 따뜻한 시선을 갖게 되리라 믿는다.

첫해

통틀어 3년이었다. 첫해는 그녀가 그에게 자신의 사랑을 감추려 한 해였고, 2년째 되던 해는 사랑을 알린 해, 그리고 3년째 되던 해는 사랑을 청한 해였다.

3년 동안 그녀는 매일 그를 봐야만 했다. 혹은 볼 수 있었다. 둘 다 포티파르의 가솔로서 가까이 살았으니까. 이것은 그녀의 어리석음이 하루하루 자라나는데 필요한 양식이었고, 큰 혜택인 동시에 너무나 큰 고통이기도 했다. 매일 봐야 하는 것과 또 볼 수 있다는 것, 즉 의무와 권리는 사랑의 경우 잠에서처럼 그렇게 부드러운 관계를 맺지 않기 때문이다. 또 잠도 잠 나름이다. 몬트-카브의 잠에서도 둘의 관계는 간단하지 않아서 요셉은 그를 쉬게 하려고 의무를 권리로 대신케 했었다. 하지만 사랑의 경우, 의무와 권리, 이 두 가지는 오히려 한데 뒤엉켜 곤혹스러운 난투극을 벌인다. 말하자면 바람과 저주가 한꺼번에 덤벼 갈등을 일으키는 것인데, 사랑에 빠진 자는 상대방을 봐야만 하는 상황을 저주하면서, 한편으로는 행복한 권리로서 하나의 축복으로 받아들인다. 그리고 마지막 만남의 결과가 고통스러웠으면, 다음에 만날 기회를 더 애타게 기다린다. 자신의 중독 상태를 부채질하려고 말이다. 이 중독상태가 막 가라앉을 만하면, 그래서 중독환자가 거기에 고마워하고 기뻐해야 마땅한 그런 때, 느닷없이 다시 만나고 싶어지는 것이다. 실제로도 상대방의 빛에서 흠집을 발견하는 재회가 실망과 정신이 번쩍 드는 냉정함을 가져다주는 일도 있다. 이것은 사랑에 빠진 자에게는 아주 바람직한 현상이다. 열애 감정이 줄어들면 정신은 보다 큰 자유를 얻게 되어, 상대방을 정복할 수 있는 힘과 자신이 겪는 것과 똑같은 아픔을 상대방에게도 안길 수 있는 능력이 생기기 때문이다.

중요한 건 열정에 희생되지 않고 열정을 다스리는 주인이 되는 것이다. 자신의 감정을 누그러뜨리면 다른 사람을 자기 사람으로 만들 수 있는 가능성이 그만큼 커지니까. 그러나 사랑에 빠진 자는 이러한 사실을 외면한다. 건강과 신선함과 대담함을 되찾는 것이, 실제로는 자신이 현재 유일하고 고상한 것으로 생각하고 있는 그 목적을 이루는 데 큰 이득을 의미하는데도, 여기에는 아랑곳하지 않는다. 오로지 자신의 감정이 식을 경우, 큰 손실을 겪게 되리라 철석같이 믿고 있다. 감정이 식으면 황량한 상태, 공허감에 빠지게 되므로, 마약을 뺏긴 중독자처럼 그것이 두려워, 항시 이전 기분을 유지하고자 감정을 불태울 수 있는 또 다른 인상들을 상대방으로부터 얻으려고 만나고 또 만나려는 것이다.

어리석은 사랑에서 의무와 권리의 관계가 이러하다. 어리석음 중에서 가장 큰 어리석음이 바로 어리석은 사랑이다. 여기서 우리는 어리석음의 본질과 그 어리석음에 희생되는 제물이 어리석음과 맺는 관계를 잘 관찰할 수 있다. 사랑에 사로잡힌 자는 격정에 휘말려 한숨을 내쉬면서도 어리석음에 빠지지 않기를 바랄 능력도 없으며, 그럴 능력을 갖기를 바랄 수도 없다. 그는 잠깐 동안, 부끄러울 정도로 아주 짧은 기간 동안만이라도 상대방을 만나지 않으면, 자신이 그 어리석은 열정에서 해방될 수 있음을 안다. 그러나 그에게는 잊는다는 것보다 더 혐오스러운 것은 없다. 모든 이별의 고통은 앞으로는 어쩔 수 없이 잊게 되리라는, 이 필연적 망각에 뿌리를 두고 있기 때문이다. 망각 이후에는 아무런 고통도 느낄 수 없게 된다. 바로 그래서 미리 애통해 하며 우는 것이다. 무트-엠-에네트가 요셉을 집 밖으로 내쫓아 달라고 페테프레와 한바탕 다툰 후, 결국 뜻을 이루지 못하고 기둥에 기대섰을 때, 옷 주름으로 가린 그녀의 얼굴이 실제로 어떤 표정이었는지 본 사람은 아무도 없다. 그러나 여러 가지로 미루어 짐작은 해볼 수 있다. 아니 모든 것이 이 짐작을 뒷받침해 준다. 감춰진 그녀의 얼굴이 기쁨으로 환해졌으리라는 것을. 왜? 남편은 그녀 자신을 잠에서 깨어나게 한 그를 계속 바라볼 수밖에 없도록 조처했고, 그래서 그를 잊게 되는 상황은 결코 생기지 않게 되었으니까.

이 점이 그녀에게는 특히 중요했다. 그녀가 이별과, 또 여기에 필연적으로 수반되는 망각과 열정의 소멸을 혐오한 것은 당연하다. 그녀처럼 성숙한 연령대의 여인들은, 잠자던 피가 뒤늦게 깨어난 여성들은, 특별한 계기가 없었다면 어쩌면 깨어나지 못했을지도 모르는 그런 여인들은 처음이자 마지막일 수 있는 자신의 감정에 보통 이상의 절절한 열정을 쏟아 부으며, 평안했던 과거로 돌아가기보다는 차라리 추락을 원하기 때문이다. 이전의 평안을 그들은 황량함이라 부르며, 이것 대신 새로운 삶, 고통으로 충만한 행복한 삶을 원한다. 따라서 진지한 무트가 자신의 이성을 섬기는 가운데, 자신에게 그리움을 불러일으키는 대상을 눈앞에서 없애 달라고 진정으로 사력을 다하여 게으른 남편에게 간청한 것은 마땅히 높이 평가해 줘야 하리라. 남편의 본성에서 사랑의 행위를 낚아챌 수 있었더라면, 그녀는 응당 자신의 감정을 남편에게 제물로 바쳤을 것이다. 그러나 남편을 움직여 흔들어 깨운다는 것은 애초부터 불가능했다. 그는 그것이 제거된 명예 친위대장이었으니까. 그리고 진실을 위해 마지막으로 한마디 하자면, 에니의 가슴 깊은 곳에서는 미리 알고 있었고, 아마도 그러리라 예상했다. 남편과의 다툼이 거짓이었던 것은 아니지만, 그것은 어차피 질 싸움으로, 자신의 정열과 타고난 불길한 운명을 자유롭게 풀어내기 위한 절차에 불과했다는 사실을.

실제로 그녀는 남편과 만난 저녁 이후, 자유로움을 느꼈다. 그리고 나서도 오랫동안 자신의 욕구를 절제했던 것은 의무감에서라기보다 자존심의 문제였다. 그녀가 삼자 대화를 운운한 그날 해질 무렵, 정원의 정자 아래쪽에 나타난 요셉에게 보여준 태도는 고상하기 이를 데 없었다. 그녀가 상대방에게 마음을 빼앗긴 상태라는 사실은 아주 예리한 눈이라야 잠시 스치듯 확인할 수 있을 정도였다. 두두는 당시 아무도 눈치 채지 못하게 아주 교묘하게 잔꾀를 부렸다. 요셉과 헤어진 후, 여주인을 찾아간 그는 다음과 같이 요셉의 말을 전했다.

　그녀에게 집안일을 보고하는 일이라면 요셉 자신은 대단히 중요하고 기쁜 일로 여기며, 다른 사람의 방해를 받지 않고 둘만 있는 자리에서 집안일을 보고하겠으며, 언제 어디서 하느냐는 전적으로 여주인님의 처분에 달려 있다. 그리고 또 오늘 저녁은 석양 무렵, 정원의 작은 사당에 가서 내부시설과 벽화가 잘 보존되어 있는지 검사할 것이다. 이 두번째 말을 두두는 처음 말과 그대로 연결시키지 않고 중간에 다른 말들을 끼워 넣어 각각 독립된 것으로 전했다. 그 나머지는 여주인이 혼자 알아듣도록 한 것이다. 그러나 그의 교활한 계획은 절반밖에 이루어지지 않았다. 왜냐하면 양쪽 다 절반만 사용했기 때문이다. 요셉은 선택의 자유 중 중간을 택하여 정자에는 올라가지 않고 정원에서 그 발치까지만 나갔다. 언젠가 한번쯤 할 수 있는, 아니 해야만 하는 임무 수행을 위해서였다. 즉 나무와 꽃밭이 질서정연하게 아름다운 상태로 유지되고 있는지 감독하는 일이었다. 그리고 여주인 무트는 그녀대로 땅을 돋워 세워놓은 정자 위로 올라갈 기분이 아니었다. 그러나 어떤 난쟁이가 뭐라고 전한 말 때문에, 그녀의 귓가를 스쳐간 그 전갈을 들었다 해서, 공연히 당황하여, 기억을 더듬어보면 이미 오래 전부터 계획했던 것 같은 일을 포기할 필요는 없다고 생각했다. 어떤 계획? 태양이 작별을 고하는 시간에 페테프레의 정원을 잠깐 거닐며 하늘의 아름다운 불꽃이 오리 연못에 비치는 광경을 구경하려는 계획이었다. 그래서 평상시대로 두 명의 시녀를 대동하고 그녀는 밖으로 나온 것이다.

이렇게 해서 젊은 집사와 여주인은 붉은 모래밭의 산책로에서 마주쳤다. 그리고 그 만남은 이러했다.

요셉은 여자들을 보자 거룩한 자를 보듯 놀라워하는 태도를 보였다. 입으로는 존경심을 가득 담은 '오!' 모양을 만들고 몸을 숙여 양손을 들어 올리더니, 무릎을 용수철처럼 가볍게 튕기며 뒷걸음질쳤다. 무트는 그저 조금 놀란 기색에 묻는 듯한 표정으로 가벼운 미소를 지었는데, 뱀 꼬리처럼 휘말린 입은 '아?' 모양이었다. 입 위의 엄격한 눈은 여전히 어두운 상태였다. 그리고 자신은 계속 걸으면서 그로 하여금 의례적인 뒷걸음을 몇 발자국 더 내딛도록 내버려두었다. 그런 다음 가벼운 손짓으로 바닥을 가리켜 그 자리에 서게 했다. 그리고 자신도 걸음을 멈췄다. 그녀의 뒤쪽에서 살색이 검은, 명색이 아가씨인 시녀들이 앞으로 나왔다. 붓으로 그려놓은 그녀들의 눈이 기쁨으로 반짝였다. 요셉을 바라보는 종들의 표정은 하나같이 그러했다. 그녀들의 검은 머리카락은 숱도 많고 양털처럼 꼬불거렸다. 그리고 밑에는 장식술을 달았는데 머리카락 사이로 귀를 장식한 커다란 에나멜 원반이 보였다.

마주보는 두 사람 중, 어느 한 사람을 김빠지게 만들어 실망을 안기는 재회는 아니었다. 비스듬하게 내려오는 빛은 그 자리에 꼭 어울리는 색깔을 띠고 있었다. 이 빛이 정자와 갈대 연못이 있는 정원의 광경을 온갖 물감이 번진 알록달록한 색깔의 향연에 푹 담가 주었고, 산책로에 불 같은 광채를 선사하여 꽃들도 화려한 빛깔로 불타오르고, 그 빛 아래 살랑대는 나무 잎사귀들도 더 귀엽게 어른거렸다. 사람들의 눈 또한 거울처럼 빛깔을 반사하는 것이 연못의 수면을 방불케 했다. 연못 위에 노닐고 있는 토종 오리와 외국산 오리들은 보통 오리 같지 않고, 마치 그림을 그려 니스를 칠한 거룩한 하늘의 오리처럼 보였다. 이 빛 아래에서 하늘의 것처럼 마치 그림처럼 보이기는, 다시 말해서, 더 이상 필요한 것도, 부족한 것도 없어 보이기는 인간도 마찬가지였다. 비단 어른거리는 눈만이 아니라 몸 전체가 신처럼 보였고 묘지의 조각상 같았다. 빛의 은혜를 받고 화장까지 한 이 신들은 아름다운 색으로 물든 얼굴을 마주하고 거울 같은 눈으로 상대방을 바라보며 기뻐할 수 있었다.

무트는 자신이 사랑하고 있는 게 분명한 사람을 이렇게 완벽한 모습으로 볼 수 있다는 것이 행복했다. 열애의 감정은 워낙 자기합리화에 급급하기 마련이라, 연인의 모습이 보여주는 단점 하나에 과민해지고 자신의 환상에 도움이 되는 것이라면 눈곱만한 것에도 감사하며 승리의 노래를 부르는 법이다. 이제 자신의 명예를 일으켜 세우려고 상대방을 바라보니 그의 모습이 너무도 거룩해서 한편 다행스럽고 한편으로는 몹시 고통스럽기도 했다. 그 멋진 모습은 만인의 것이어서 아무나 바라볼 수 있기 때문이다. 온 세상이 그의 첩이니, 이보다 불안하고 두려운 일이 어디 있겠는

가. 그러나 이 고통까지도 그녀에게는 소중하여 칼로 저미는 듯한 아픔을 가슴에 묻었다. 연인의 모습에 얼룩을 남기는 어두운 단점이 있어서 예리한 칼날이 무뎌지는 건 바라지도 않았다. 그런 건 생각도 하지 않았다.

에니는 요셉이 더 아름답게 보이자 자신도 그러리라 여기며 기뻐했다. 그녀도 상대방에게 멋있게 보이고 싶었다. 수직으로 내리꽂히는 냉정한 직사광 아래라면 새파란 청춘처럼 멋있게 보일 수야 없겠지만, 지금처럼 비스듬한 빛이 있는 곳이라면 어느 정도는 거룩해 보이고 아름다워 보일 수 있으리라 기대했다. 앞이 트인 기다란 흰색 망토가(겨울에 접어들 무렵이라 쌀쌀했다) 넓은 목 장식 위에서 브로치에 묶여 어깨너머로 걸쳐진 모습이 위엄을 더해 주고, 발 위까지 찰랑이며 빨간 유리구슬로 치맛단을 장식한 몸에 꼭 달라붙는 최고급 삼베 원피스를, 청춘의 그것처럼 팽팽하게 치솟은 젖가슴이 밀어 올리고 있다는 사실을 그녀가 몰랐겠는가? 아니다. 그녀는 잘 알고 있었다. 자, 보거라, 오사르시프!

그리고 어깨 위에서 버클로 묶은 원피스가 잘 다듬어진 대리석 같은 팔을 완전히 노출시켜 주며, 그뿐 아니라 늘씬한 다리의 각선미도 완벽하게 살려준다는 사실을 그녀는 얼마나 잘 알고 있었던가! 이 정도면 사랑의 문제에서 머리를 꼿꼿이 쳐들만 하지 않는가? 그녀는 실제로 자랑스럽게 고개를 쳐들었다. 뭔가 보려면 눈꺼풀을 들어 올려야겠지만, 그게 힘들어서 고개를 쳐들어야 하는 것처럼.

가슴이 떨렸다. 그녀는 알고 있었다. 황갈색 머릿수건을 쓰고, 머리 전체를 다 씌우지 않고 이마와 머리 옆부분까지만 닿는 알록달록한 보석 화관을 쓴 자신의 얼굴이 더 이상 아주 젊지는 않다는 사실을. 게다가 볼은 그늘까지 졌고, 코는 납작코에 가장자리가 유난히 깊이 파인 입은 제멋대로 생겼지 않은가. 다만 얼굴 색깔이 대리석처럼 창백하니, 그 가운데 그려 놓은 눈이 돋보이기만을 바랄 뿐이었다. 이 생각을 하면 그래도 팔과 다리와 젖가슴의 효과를 얼굴이 아주 망치지는 않으리라 확신할 수 있었다.

그녀는 이렇게 한편으로는 자신이 아름다우리라 자신만 만해 하면서 다른 한편으로는 그렇지 않으리라는 두려움으로 가슴을 졸이며, 이집트식으로 치장한 아름다운 라헬의 아들을 바라보았다. 그의 옷차림은 고상한 풍습을 따랐어도 정원 나들이에 어울리는 편안한 치장이었다. 정성스럽게 치장한 머리는 산뜻해 보였다. 작은 귀 옆에 잎사귀 무늬가 있는 검은 비단 머릿수건이 보이고, 가발임을 알려 주는 표식으로 아래로 곱슬머리가 이어졌는데, 청결함을 유지하려고 받쳐 쓴 하얀 삼베 모자의 한쪽 귀퉁이가 언뜻 내비쳤다. 그러나 가발과 목에 두른 칠보 장신구, 팔찌, 가운데에 장수풍뎅이를 박고 갈대와 황금으로 만든 목걸이 외에 걸친 것이라고는 맵시 있게 재단된 잠방이 하나뿐이었다. 무릎까지 닿는 겹잠방이가 잘록한 허리에 둘러져 있었고, 꽃잎처럼 새하얀 잠방이 색깔에 비스듬히 쏟아지는 빛을 받아 한결 짙어보이는 우아한 청동 빛깔의 피부가 유난히 돋보였다. 반듯한 체격에 부드럽고 튼튼한 젊은이의 몸은 시원한 공기와 빛나는 색깔 덕분에 육신의 세상이 아니라, 보다 정결한 세상, 즉 프타흐의 생각을 실현한 정교한 조각의 세상에 속하는 것처럼 보였다. 풍요로운 정신이 보듬어주어 명석해 보이는 머리, 바라보는 사람 모두를 행복하게 해주는, 아름다움과 지혜가 한몸을 이룬 머리, 이 머리가 바로 그의 머리였다.

한편으로는 자신감을 가지면서도 다른 한편으로는 두려움을 떨치지 못한 채 페테프레의 아내는 그를 바라보았다. 그녀는 자신의 눈보다 큰 그의 검은 눈동자를 응시했다. 라헬의 상냥한 눈은 남자인 아들에 이르러 보다 이성적인 인상을 풍기며 눈빛도 더 강렬해졌다. 석양을 받아 황금빛으로 어른거리는 청동색 어깨, 미끈하게 빠진 팔, 산책용 지팡이를 잡느라 구부린 팔에 보통 사람처럼 적당히 불거져나온 근육. 그 부드러움에 그녀는 어머니처럼 탄복했다. 그리고 가슴이 뭉클하며 이런 감정은 절박한 여자의 감탄으로 바뀌었다. 어느새 그녀는 저 아래, 가슴 깊숙한 곳에서 흐느끼고 있었다. 얼마나 격렬한지, 몸에 찰싹 달라붙는 얇은 천에 살짝 가려진 젖가슴까지, 눈에 보일 정도로 진동을 일으켰다. 그녀는 그저 여주인으로서의 당당한 태도가 이 흐느낌을 무마해 주기를 바랄 뿐이었다. 상대방이 그 진동을 뻔히 바라보고서도, 그것이 진짜 진동인 줄 눈치 채지 못하기만을 간절히 바랐다.

이런 상황에서 이야기를 하려니 감정을 억누르는 게 얼마나 힘들었겠는가. 그녀는 말 한마디 하는데 이렇게 용기를 내야 한다는 것이 부끄러울 뿐이었다. 이윽고 그녀의 차가운 목소리가 들려왔다.

"적절하지 않은 시간에 할 일 없는 여인들이 길에 나섰다가 집 위에 있는 자의 사무적인 걸음을 방해했나 보군."

"집 위에 계시는 분은 바로 명령을 내리시는 마님이십니다. 마님께서는 아침별과 저녁별로서 집 위에 계시지 않습니까. 제가 태어난 어머니 나라에서는 이 별을 가리켜 이쉬타르라 불렀습니다. 거룩한 존재들이 그러하듯, 이 별도 아마 여유를 즐기시나 봅니다. 그렇게 쉬고 계신 별빛을 우러러보면 저희 같은 무뢰한들은 상쾌해집니다."

그녀는 요셉의 말에 손짓으로 감사를 표했고, 동의하듯 너그럽게 미소를 보냈다. 그녀는 황홀해졌다. 그리고 한편 모욕감도 느꼈다. 그냥 칭송으로 그치지 않고, 이곳 사람들이 전혀 알지 못하는 어머니 이야기를 꺼내다니. 질투심이 가슴을 헤집었다. 그를 낳은 어머니라면, 그를 품에 안고 보살펴 주고 걸음마를 시키고 그의 이름을 부르며 머리카락을 쓰다듬어주고 순수한 사랑으로 입을 맞추지 않았겠는가.

"우리가 옆으로 비껴가겠네. 다른 때와 마찬가지로 늘 내 뒤를 따라다니는 시녀들을 데리고 내가 옆으로 비껴가겠네. 날이 더 어두워지기 전에 페테프레의 정원에 모든 것이 제대로 있는지, 흙을 쌓아 바닥을 돋운 정자도 돌아볼 겸 나온 게 분명한 감독관의 발목을 붙들 생각은 전혀 없다네."

"정원과 정원의 사당은 소인에게 그리 중요하지 않습니다. 적어도 소인이 여주인님 앞에 서 있는 동안은 그러합니다."

"내가 보기에, 그것들은 그대가 때를 막론하고 다른 집안일보다 제일 먼저 보살펴 주면 기뻐할 것 같은데."

그녀가 한마디 던졌다. ('내가', '그대가'라 할 수 있다니, '나'와 '너'라 할 수 있다니, 이 얼마나 소름 끼칠 정도로 달콤한 모험인가. 그것도 겨우 두 발자국 정도 떨어져 이렇게 가까이 서서, 두 사람을 하나로 맺어주는 숨결까지 고스란히 느낄 수 있다니, 이보다 기쁜 일이 없었다.)

"그것들을 보살핀 덕분에 그대가 행운을 얻게 되었다는 건 다들 알고 있는 사실이 아닌가. 그대가 우리 집에서 처음으로 봉사한 일이 정자에서 귀머거리 시종 노릇을 한 것이라 하던데, 그리고 과수원에서 페테프레가 그대에게 눈길을 주었을 때 그대는 씨받이 중이었다고."

"그랬습니다."

그가 웃었다. 경솔해 보이는 그 웃음이 그녀의 심장을 비수처럼 갈라놓았다.

"마님께서 말씀하신 그대로입니다! 소인은 무면허 의사의 지시에 따라, 페테프레 주인님의 야자나무에서 바람의 임무를 수행하고 있었습니다. 사람들이 이 일을 가리켜 그렇게 부릅니다. 하지만 마님 앞에서 그 이름을 되풀이하기가 민망합니다. 여주인님께서 들으시기에는 너무 우스꽝스럽고 토속적인 표현이기 때문입니다."

그녀는 농담을 늘어놓는 자를 물끄러미 쳐다보았다. 그 얼굴에 미소는 없었다. 자기가 한가롭게 농담이나 주고받을 기분이 전혀 아니라는 것을 모르는 게 분명했다. 그렇다면 차라리 잘된 일이고, 또 그가 모르는 게 당연했지만, 그래도 가슴이 아팠다. 농담을 거부하는 그녀의 진지함을 그는 나름대로 자신이 집안에서 이만큼 성장한 데 대한 거부감이 그녀에게 아직 남아 있는 탓으로 돌릴 수도 있었다. 하지만 요셉은 그녀가 진지한 진짜 이유를 알아야 했다.

"정원사의 지시에 따라 소인이 그때 여기 이 정원에서 바람이 하는 일을 돕고 있었을 때, 파라오의 친구께서 오셔서 제게 말을 시키셨습니다. 그래서 행운을 얻게 된 저는 페테프레 주인님의 산책 시간을 많이 빼앗게 되었습니다."

요셉의 말에 그녀가 덧붙였다.

"사람들이 살고 죽는 것 모두가 그대에게는 좋은 결과를 낳았지."

"모든 것을 행하시는 분은 몸을 감추고 계신 분입니다." 그는 자신에게 별 거부감을 주지 않는 표현으로 지고한 분을 지칭했다.

"그의 이름에 영광이 있기를! 그러나 그분께서 밀어주신 것이 오히려 제게는 너무 무거운 짐을 지게 된 게 아닐까, 그런 자문을 자주 해봅니다. 나이가 어린데 이런 과중한 직분을 맡게 된 것이 은근히 두렵습니다. 스물 몇 살밖에 안 된 제가 감히 집안에서 가장 나이 많은 종의 감독관 행세를 한다는 게 무리가 아닌가 하고 말입니다. 저는 지금 집사의 소임을 맡고 있는 제가 이런 윗사람의 직분을 감당하기에는 나이로 봐서도 덜 성숙한 것 같아 걱정스럽다고 솔직하게 말씀 드리고 있습니다. 마님뿐만 아니라 마님께서 당연히 거느리고 나오신 명예 처녀들, 시녀들도 듣고 있는데 말입니다. 이들도 들으라고 하십시오! 하지만 이들은 마님을 신뢰하는 소인의 충정을 비웃어서는 안 될 것입니다. 마님께서는 제 머리와 가슴, 그리고 제 손과 발에 명령을 내리시는 여주인님이시니까요."

자신에게 순종할 수밖에 없는 아랫사람에게 열애 감정을 느끼는 것에도 좋은 점은 있다. 그의 신분이 우리를 행복하게 해주는 말을 하도록 강요하기 때문이다. 별 생각 없이 하는 말이라도 그렇다.

"그건 물론 지당한 말이네." 그녀가 말했다. 그리고 계속 여주인의 자세로 일관했다.

"내가 수행원 없이 산책하지 않는 것은 당연하지. 그런 일은 있을 수 없네. 하지만 내 시녀들 헤르체스와 메에트 앞에서 행여 흠 잡힐까 하는 염려는 하지 말게. 이들의 귀는 곧 나의 귀니 아무 걱정 말고 편하게 말하게나. 자, 무슨 말을 하려 했던가?"

"단지 이 말씀만 드리려 했습니다, 여주인님. 제 권한이 제 나이에 비해 훨씬 많다는 것입니다. 제가 집사로 발빠르게 성장한 일을 두고 오로지 좋아한 사람만 있었던 게 아니라, 이를 못마땅해 하고, 한걸음 더 나아가 크게 반발한 사람이 몇 있었다 하더라도 소인은 놀라지 않았을 것입니다. 아니 오히려 환영했을 것입니다. 제게는 아버지가 한 분 계셨습니다. 그분은 너그러운 마음으로 저를 품어주셨습니다. 바로 우시르-몬트-카브가 그분이십니다. 몸을 감추고 계신 분께서 그분을 더 오래 살게 해주셨더라면 훨씬 좋았을 것입니다. 저는 아직 어린 청춘이라 그쪽이 훨씬 더 편안하고 기뻤을 것입니다. 그분이 계셨을 때 저는 행복했습니다. 그분의 입이요 오른팔로 지낼 수 있었으니까요. 그러다 그분은 비밀의 문을 통과하시어 영원의 주인님이 계신 화려한 안식처에 드셨고, 저는 이렇게 제 나이에 비해 과중한 의무와 근심거리를 안고 홀로 남게 되었습니다. 아직 성숙하지 못한 터라 다른 사람의 조언이 필요하지만, 땅바닥까지 짓누르는 이 무거운 짐을 질 수 있도록 저를 도와주는 사람은 아무도 없습니다. 저희의 주인님이신 페테프레 대인께서는, 살아 계시며 거룩하시며 건강하시지만, 다 알다시피 음식을 드시고 마시는 일, 그리고 용감하게 하마와 싸워 이기시는 것 외에는 다른 일에 전혀 관여하지 않으십니다. 그래서 제가 계산서와 장부를 들고 찾아뵐 때면 이렇게만 말씀하십니다. '좋아, 좋아. 오사르시프. 좋아, 잘했네. 자네의 글씨를 보니 다 맞는 것 같군. 자네가 나한테 손해를 입힐 뜻이 전혀 없다는 걸 잘 아네. 자네는 죄가 무엇인지 알지 않나. 그렇게 죄가 어떤 것인지 느낄 줄 아는 자네인데 내게 피해를 주는 것처럼 끔찍한 짓을 저지른다는 것은 생각할 수도 없는 일이지. 그러니 이런 장부로 날 지루하게 만들지 말게!' 저희 주인님께서는 이처럼 자비로우십니다. 그분의 머리에 축복이!"

그는 이렇게 페테프레의 말을 옮긴 후, 그녀가 미소를 짓는지 그녀의 얼굴을 살폈다. 이것은 사소한 것이긴 하지만, 여하튼 일종의 배신이었다. 아무리 사랑과 존경심에서 나온 것이라 해도, 그건 주인님을 제쳐놓고 그녀와 농담조의 대화를 나누려는 시도였던 것이다. 그는 이 정도는 몬트-카브 집사와 맺은 동맹과 언약에 아무런 흠집을 남기지 않으리라 믿었다. 그리고 그후로도 꽤 오랫동안 이 정도는 아무 위험 없이 지속될 수 있다고 믿었다. 그러나 기대와는 달리 그녀의 얼굴에서는 자신의 말에 동의해 주는 미소를 찾을 수 없었다. 한편으로는 차라리 잘되었다 싶으면서도, 약간 부끄러워진 그가 다시 말을 이었다.

"그러다 보니 책임져야 할 많은 일들을 어린 제가 혼자 떠안게 되었습니다. 생산과 거래 그리고 증대와 보존에 관련된 무수한 문제들에 둘러싸여 홀로 남게 된 것입니다. 마님께서도 보셨듯이 이곳으로 걸어오던 제 머리는 파종기를 맞아 온갖 근심으로 꽉 차 있었습니다. 강물이 줄어들고 바야흐로 아름다운 애도의 축제가 다가오니, 대지의 흙덩이를 부수고 어두움 속에 신을 묻어 보리와 밀을 재배해야 합니다. 이런 것들이 소인의 머리에 복잡하게 파고들어 지금보다 나은 개선 방안이 없을까 궁리하게 만들고 있습니다. 그래서 페테프레 대인의 경작지, 즉 강 복판에 있는 섬에 보리보다 수수 작물을 더 많이 심는 것이 낫지 않을까 그런 생각도 해봅니다. 흑인이 양식으로 쓰는 하찮은 식물 갈색 수수는 가축사료로 이미 충분히 재배하고 있습니다. 그래서 저희는 이 갈색 수수로 말들을 살찌게 하고 소들을 배불리 먹이고 있습니다. 그런데 그 갈색 수수 말고 흰 수수를 더 많이 심으면 좋지 않을까 하고 고려 중입니다. 더 넓은 면적에 흰 수수를 심어 사람의 양식으로 쓰면 좋겠다는 생각이 들어서입니다. 이렇게 되면 보리죽과 팥죽을 먹는 집안 백성들에게 이 곡식의 열매로 빵을 만들어줄 수 있게 되고, 백성들은 힘이 더 많이 생겨 집안을 위해 더 열심히 봉사할 수 있을 테니까요. 거칠긴 하지만 흰 수수의 열매는 가루가 많고 또 땅의 지방분이 많이 들어 있어서, 보리나

팥보다 적은 양으로도 일꾼들의 배를 채울 수 있고, 저희는 저희대로 그들을 훨씬 더 빨리 더 쉽게 배불리 먹일 수 있습니다. 이런 생각들이 복잡하게 제 머릿속에서 돌아가고 있을 때, 마침 마님께서 수행원을 거느리시고 정원으로 저녁 산책을 나오신 것을 본 순간, 저는 문득 속으로 이런 생각을 했습니다. 그리고 다른 사람에게 말하듯이 혼잣말을 해보았습니다. '봐라, 이렇게 너는 아직 덜 자란 나이에 집안의 근심거리를 혼자 짊어지고 있다. 그리고 그 근심을 나눠 가질 수 있는 사람이 아무도 없다. 주인님께서 전혀 관여하시지 않으니까. 하지만 저기 여주인님께서 아름다운 모습으로 평상시처럼 두 명의 시녀를 거느리고 이쪽으로 오시는 중이다. 그러니 그분께 속을 털어놓고 수수 문제에 관련된 개선 방안을 의논드려라. 그러면 그분의 의견을 듣게 될 것이고 그분의 아름다운 충고가 네 어린 나이에 도움이 될 것이다!'"

에니는 기뻐서 얼굴이 빨갛게 달아올랐다. 물론 당황한 면도 없지 않았다. 자신이 흑인의 곡식에 대해 뭘 아는가. 그러니 그것을 더 많이 심는 게 잘하는 일인지, 아닌지 어떻게 판단을 내린다는 말인가. 그녀는 혼란스러운 마음을 가까스로 추스르며 이렇게 말했다.

"함께 의논해야 할 가치가 있는 문제라는 건 틀림없네. 그러니 나도 생각해 보겠네. 우선 섬의 땅이 그런 개선에 적합한지 묻고 싶네. 어떤가?"

"경험이 많은 자나 할 수 있는 질문을 하시다니, 참으로 대단하십니다!" 요셉이 대꾸했다.

"곧장 문제의 한가운데 우뚝 서 있는 핵심을 건드리시다니, 참으로 놀랍습니다! 그 개선 방안에 충분히 적합한 땅입니다. 그렇지만 처음에는 개선이 실수로 끝날 수도 있으므로, 그것에 흔들리지 않도록 단단히 각오해야 합니다. 밭에서 일하는 일꾼들이 아직 인간의 양식이 되는 흰 수수를 제대로 기를 줄 모릅니다. 이들이 지금 재배할 줄 아는 것은 가축 사료로 쓰는 갈색 수수뿐입니다. 흰 수수를 기르려면 땅을 곱게 갈아줘야 합니다. 쟁기질을 그만큼 더 정성스럽게 해야 한다는 것을 백성들이 깨닫고 그렇게 할 수 있으려면 적잖은 시간이 필요할 것입니다. 그리고 갈색 수수와는 달리 흰 수수가 잡초를 견뎌내지 못한다는 것을 백성들이 깨달을 때까지 비용도 만만치 않게 들어갈 것입니다. 뿌리가 깊은 잡초를 샅샅이 뽑아내지 않으면 나중엔 엉망이 되어 사료는 몰라도 양식은 나오지 않습니다. 마님께서는 백성들이 이런 사실을 깨닫기까지 얼마나 오랜 시일이 필요하리라 생각하시는지요?"

"이성이 없는 백성들이니, 일이 어려울 것 같네." 그녀는 다시 빨갛게 상기되며 말했다. 그리고 불안해서 얼굴이 어느새 하얗게 질렸다. 이렇게 말은 했지만 실은 아무것도 모르지 않는가. 그와 집안일에 관해 의논하고 싶다고 해놓고는 막상 사무적인 대답을 하려니 이렇게 막막하구나 싶어 그녀는 난처하기 짝이 없었다. 그녀의 양심은 시종 앞에서 깊은 수치심으로 떨어야 했다. 그리고 더할 수 없는 굴욕감까지 그녀를 괴롭혔다. 상대방은 인간의 양식을 준비하는 것처럼 명분이 서는 바람직한 이야기를 하고 있는데, 자신은 그런 것은 안중에도 없지 않은가. 그녀가 아는 사실은 단 한 가지밖에 없었다. 자신이 그를 열렬히 사모하고 있으며, 그를 갈망하고 있다는 것, 그것뿐이었다.

"아마 어려울 것 같네." 그녀는 다시 떨림을 감추며 같은 말을 되풀이했다.

"그렇지만 백성들 말이, 그대에게는 사람들이 각자의 임무를 정확하게 수행할 수 있도록 만드는 재주가 있다고 했네. 그러니 그대는 이 개선 방안과 관련하여 그들을 가르치는 일에서도 아마 성공할 것이네."

그의 눈빛으로 보아 자신의 수다를 안 듣는 게 분명했다. 오히려 다행이었지만 마음 한구석 끔찍한 모욕감에 사로잡힌 것도 사실이었다. 그는 그 자리에 선 채 오로지 집안 살림에 관계된 생각만 하고 있었다.

"곡식의 머리부분인 원추화서(圓錐花序)는 질기면서도 유연해서 솔이나 빗자루를 만들어도 좋을 것입니다. 집안에서 쓰고 남으면 팔 수도 있습니다. 만에 하나 열매 수확에 실패할 경우에도 말입니다."

그녀는 입을 다물고 말았다. 속이 상해서 가슴이 찢어지는 것 같았다. 그가 자신을 생각해 주기는커녕 오로지 빗자루 이야기만 하고 있지 않은가. 물론 그의 행동은 그녀의 사랑보다 떳떳한 것이었지만, 그래도 자신의 마음을 몰라주는 그가 야속하기만 했다. 그러나 최소한 그녀의 침묵만은 눈치 챈 듯, 깜짝 놀라서 얼른 미소를 띠며, 모든 사람들을 자기 사람으로 만들어버리는 그 놀라운 미소를 보이며 그는 이렇게 말해 주었다.

"용서하십시오, 마님. 이런 비천한 대화로 마님을 지루하게 했다니 달게 벌을 받겠습니다! 제가 성숙치 못한 나이에 과중한 책임을 혼자 안고 있다보니 마님과 의논드리고 싶은 마음이 굴뚝 같아서 이런 무례를 범하게 되었습니다."

"용서라니 당치않네." 그녀가 말했다.

"이건 중요한 문제가 아닌가. 그리고 또 빗자루를 만들 수도 있다니 그만큼 모험은 줄어들겠네. 그대가 개선 이야기를 꺼냈을 때, 나도 그런 생각을 했었네. 그러니 나도 이 문제를 더 생각해 보겠네."

그녀는 가만히 서 있을 수가 없었다. 한시바삐 자리를 뜨고 싶었다. 그녀에게 이보다 더 소중한 순간이 없었건만, 얼른 그의 곁을 떠나고 싶었던 것이다. 이것이야말로 사랑의 열병에 걸린 자라면 누구나 겪게 되는 케케묵은 다툼이다. 가까이 다가가려고 찾아나서는 것과, 가까이 있지 않고 멀리 도망치려는 것이 서로 싸우는 것이다. 그리고 떳떳하고 진실한 일에 대해, 떳떳치 못해 갈팡질팡하는 눈빛과 일그러진 입으로 거짓말을 하는 것도 오래 전부터 있어온 일이다. 곡식이든 빗자루든 아는 것이라고는 하나도 없으며, 그녀가 아는 것은 오로지 한 가지뿐이라는 것을, 어떻게 하면 탐스러운 아들을 바라보는 어머니처럼 그의 이마에 손도 얹어보고 입을 맞춰볼 수 있을까, 그 생각뿐이라는 사실을 행여 눈치 채면 어쩌나, 그녀는 그런 걱정으로 가슴이 조마조마했다. 아니, 한편으로는 자신의 이런 갈망을 제발 알아줬으면, 그리고 그런 자신을 멸시하지 않고 오히려 그도 같은 갈망을 가져줬으면 하는 무서운 소망도 가슴 한구석을 채우고 있었다. 지금 나누는 대화는 말이 사무적인 대화이지, 그녀에게는 자신의 이런 소원을 담은 사랑의 대화요 거짓말을 나누는 대화일 뿐이었다. 다만 이를 사무적인 대화로 포장해 주려면 그럴듯한 핑계가 필요했으나, 화제로 오른 사료와 양식에 대해 그녀는 전혀 아는 바 없었으니 거짓말인들 간단했겠는가! 언제든 결정적인 실수를 할 수 있다 생각하니 불안하고 또 그런 자신이 부끄러웠다. 게다가 신경까지 힘을 잃어 흐물흐물해졌는지 온몸이 뜨겁게 달아올랐다가는 어느새 싸늘하게 식기를 반복하여 정신을 차릴 수 없었다. 이런 상태라면 도망치는 게 상책이었다.

이렇게 그녀의 발들이 바들바들 떨면서 그 자리를 떠나려 하는 동안, 가슴은 망부석처럼 굳어 움직일 생각은 추호도 없었다. 이 또한 사랑에 빠진 자가 겪게 마련인 자연스러운 혼란으로 옛날부터 있던 일이다. 그녀는 어깨 위의 망토를 잡아당기며 숨을 죽이고 말했다.

"감독관, 이 이야기는 다음에, 다른 자리에서 계속해야겠네. 서늘한 저녁 공기에 방금 몸이 약간 떨린 듯하네."(그녀의 몸은 실제로도 파르르 떨고 있었고, 아무리 감추려 해도 허사일 것 같아서 날씨 탓으로 돌려 합리화하려 한 것이다.)

"이 문제를 생각해 보겠다고 그대에게 약속했으니, 언제라도 여주인을 다시 찾게나. 그래서 내 앞에서 다시 이 문제에 관한 이야기를 들려주게. 그게 언제라도 상관없네. 또다시 혼자라는 생각이 들거든, 그대가 청춘이라서……."

애초에 이 마지막 단어를 말하려 한 게 잘못이었다. 오로지 그에게나 해당될 단어였기에, 목에 걸린 것도 당연했다.

거짓대화의 상대방인 '너'를 가리키는, '청춘'보다 강력한 낱말이 있을까. 이 낱말이야말로 그의 진실을 결정하는 단어였으며, 그가 지닌 마법의 단어요, 그녀로 하여금 어머니 같은 욕구를 느끼게 만드는 단어였다. 이 낱말이 안고 있는 부드러움과 고통에 사로잡힌 그녀의 목소리는 어디론가 기어 들어가는 듯했다.

"건강하게나."

그녀는 허둥대며 걸음을 옮겼다. 공손하게 예를 갖춰 인사하는 자의 곁을 지나는 그녀의 무릎이 후들거렸다.

사랑이 빚어내는 이처럼 기이하고 나약한 반응에 놀라워하는 것도 무리는 아니다. 이를 김빠진 일상적인 일로 받아들이지 않고, 번번이 찾아오긴 하지만 여전히 새로운 것으로, 최초의 것이며 유일무이한 것으로 신선하게 받아들인다면, 아무리 놀라워해도 지나치지 않을 것이다. 그녀처럼 지체 높은 숙녀가, 지금까지 신에 대한 사색에 젖어 우월감에 갇혀서 고상하게 차가운 시선으로 아랫세상을 내려다보던 사교계의 여성이 느닷없이 '너'한테 빠진 것이다. 자신의 신분과 비교하자면 그럴 가치가 전혀 없는 '너'였으나, 그녀는 이미 그에게 마음을 송두리째 빼앗겼다. 여주인이라는 신분도 힘을 잃어, 최소한 사랑의 모험을 시작한 여주인으로서 상대방의 감정을 요구하는 역할에 머무르는 것도 불가능해졌다. 오히려 노예인 '너'의 여자노예가 되어버린 그녀가 아닌가. 그의 앞에서 이렇게 줏대 없이 무릎을 축 늘어뜨린 채 도망치고 있지 않은가. 눈은 멀고 몸은 바들바들 떨기만 하는데, 그녀는 허공에 떠도는 생각들에 밀려 허공에 떠 있는 단어들을 아무렇게나 입으로 주워섬겼다. 당당해 보이려고 일부러 데리고 나온 시녀들이 옆에서 듣거나 말거나 신경 쓸 겨를도 없었다.

"끝났어, 다 끝났어. 들켰어, 들켜버렸어. 난 끝났어. 속마음을 다 드러내버렸어. 그는 다 알아차렸어. 내 눈이 하는 거짓말, 안절부절못하는 발, 내가 떨고 있다는 것도 알아차렸어. 모조리 다 봤어. 아, 그는 날 멸시해. 이젠 끝났어. 차라리 죽어야 해. 수수를 더 심어야 되고, 잡초를 베어야 하고, 원추화서는 빗자루로 쓰기에 좋다 했어. 그런데 나는 거기에 뭐라고 대꾸했지? 속을 다 드러내고 그저 더듬거리기만 했어. 그는 날 비웃었어. 아, 끔찍해. 난 죽어야 돼. 아니 최소한 내가 아름답게 보이기는 했을까? 비스듬한 석양빛에 그나마 아름답기라도 했다면, 그래도 덜 심각할 텐데, 그럼 일을 다 망친 건 아니고 절반만 망친 거니까, 죽을 필요까지는 없어. 아, 황금처럼 빛나던 구릿빛 어깨…… 오, 예배당에 계신 아문이시여! '제 머리와 가슴, 그리고 제 손과 발에 명령을 내리시는 여주인님!' 오, 오사르시프! 입으로만 그렇게 말하지 마. 속으로는 내가 말을 더듬는다고, 무릎이 후들거린다고 날 놀려대면서 입으로만 그런 말을 하다니! 아, 제발, 제발…… 설령 모든 게 끝나서 불행을 못 이겨 죽는 한이 있더라도, 여하튼 희망은 버리지 않겠어. 그리고 절망도 하지 않아. 모든 게 그렇게 잘못된 것만은 아니니까. 유리한 것도 있어. 아니, 아주 많아. 그건 내가 네 여주인이니까. 그래서 너는 조금 전처럼 달콤하게 말할 수밖에 없어. '제 머리와 가슴, 그리고 제 손과 발을 좌우하시는 여주인님'이라고. 설령 이것이 겉치레 인사말로 아무 내용이 없다 해도 상관없어. 말이란 원래 강하니까. 말에는 항상 대가가 따르는 법, 어떤 말이든 마음에 흔적을 남기기 마련이야. 감정 없이 한 말도 말을 한 사람의 감정에 흔적을 남기지. 네가 설령 네 자신의 감정을 속이는 거짓말을 했더라도, 말은 특유의 마법을 지니고 있어서, 그 말의 의미대로 너를 조금씩 변화시켜 네 이야기가 순수한 거짓말로 끝나지 않게 만들지. 이 점이 내게는 아주 유리해. 어차피 너는 나의 귀여운 종으로서 여주인인 내 기분을 맞춰 주려고 좋은 말만 골라하게 될 테고, 그 말들이 네 마음 밭을 세심하게 갈고 일구어 내 아름다움의 씨앗을 뿌리기에 적합한 땅으로 만들 테니까. 그렇게 되면 내가 운만 좋으면, 빛을 받아 네 앞에 아름다운 자태로 나타날 것이고, 이렇게 네가 종의 신분에서 어쩔 수 없이 하게 될 말과 나의 아름다움이 합쳐지면, 난 구원을 얻고 환희를 느낄 거야. 여주인인 나를 칭송하다 보면 자연스럽게 사모하는 마음이 싹을 틔울 테고, 거기에 조금만 용기를 불어넣으면 곧 욕정으로 변할 테니까. 아, 아이야. 사실이 그렇단다. 사모하는 마음이 용기를 얻으면 욕정이 되는 법이란다…… 오, 이런 타락한 여자를 보았나! 이런 뱀의 생각을 하다니, 썩 사라지거라! 내 머리와 심장이 어쩌면 이렇게 요망할까! 오, 오사르시프, 날 용서해 줘, 오, 나의 젊은 주인, 나의 구세주, 오, 내 인생의 아침별 그리고 저녁별! 아, 발만 가만 있었어도! 어쩌자고 그렇게 자꾸만 요동을 쳐서 이렇게 일을 망쳤을까! 그래서 이렇게 모든 게 끝난 것처럼 보이게 만들다니! 그러나 아직은 자결하지 않겠어. 벌써부터 독사를 가지고 오라 하여 내 가슴 위에 얹지는 않겠어. 아직은 희망이 있어. 유리한 점도 많잖아. 내일이 있고 또 다음 날도 있잖아! 그는 우리 곁에, 계속 집 위에 있을 거야. 그를 팔라고 해도 페테프레는 거절했어. 그러니 늘 만나야만 해. 그건 하루하루가 유리한 점을 살릴 수 있는 좋은 기회라는 뜻이야. '감독관, 의논은 다음에 다른 자리에서 계속해야겠네. 나도 그 문제를 생각해 보겠네. 그러니 다음에 날 찾아와 다시 이야기를 들려주게.' 그 말은 내가 생각해도 잘했어. 다음 기회를 약속한 것이니까. 아, 에니, 정신 없는 와중에도 다음을 기약할 생각까지 했으니 대견하네! 그는 다시 오게 되어 있어. 만일 수줍어서 늦장을 부리면 난쟁이 두두를 보내서 주의를 주면 돼. 오늘 제대로 못한 건 그때 만회하면 되는 거야. 그런데 정말 그날이 오면 어떻게 하지? 아주 편안한 발로 여유 있게 맞아야 해. 그리고 내가 원하는 때에 그로 하여금 나를 사모하도록 살며시 격려해 주면 되는 거야. 어쩌면 다음 번에는 그의 모습이 오늘보다는 덜 아름다워 보일 수도 있어. 그래서 그에 대한 마음이 약간 식으면, 보다 자유로운 정신으로 미소도 지으면서 농담도 할 수 있을지 몰라. 그렇게 해서 그쪽에서는 나를 뜨겁게 원하도록 만들고, 나는 고통 같은 것은 느끼지 않게 된다면?…… 아, 아냐, 아냐. 오사르시프. 그건 안 돼. 이건 뱀의 생각이야. 널 위해서라면 고통은 얼마든지 감수할 수 있어. 오, 나의 주인님, 나의 구세주. 아, 어쩜 그렇게 멋있는지, 갓 태어난 황소처럼!"

어리둥절해진 시녀 헤르체스와 메에트도 허공에 맴도는 이야기 중에서 몇 토막은 주워들을 수 있었다. 그러나 이 이야기는 요셉에게 자신의 사랑을 감추려 했던 그해 내내 여주인 무트의 입에서 흘러나온 수백 가지 독백 중의 하나에 불과하다. 그리고 수수를 화제로 삼은 대화 또한 이와 유사한 수많은 대화를 대변해 줄 뿐이다. 그 이후로 때와 장소를 가리지 않고, 조금 전처럼 정원에서든, 아니면 규방의 수조가 있는 뜰에서든, 혹은 토대를 높인 사당에서든 두 사람은 수없이 많은 대화를 주고받았던 것이다. 그러나 어느 장소든 무트가 수행원 없이 혼자 나타난 적은 한번도 없었다. 그리고 요셉 역시 서기를 한 명이나 두 명쯤 대동했고, 이들은 제시해야 할 계산서와 계획서 그리고 증명서와 같은 종이 두루마리를 들고 있었다. 두 사람은 항상 집안일과 관련된 사무적인 대화를 나눴기 때문이다.

젊은 집사는 집안 식솔의 부양과 농사일, 거래와 가내수공업 등에 관해 여주인께 일일이 보고를 올렸고, 경우에 따라 마님을 가르치기도 하고, 어떤 문제에서는 조언을 구하기도 했다. 그들이 나눈 대화의 거짓화제가 이런 것들이었다. 미심쩍은 미소를 떨치긴 어렵겠지만, 여하튼 요셉이 이 대화에 비중을 두고 핑계에 불과한 화제를 진정한 화제로 만들려고 노력했다는 점은 인정해 줘야 한다. 그는 이 사무적인 일에 관해 진지하게 대화했고, 그녀가 진짜로 이 일에 관심을 갖게 해주고 싶었다. 설령 이것이 요셉에 대한 개인적인 호감이 있어야 가능한 일이라 해도 그랬다.

이는 일종의 구제 계획이었다. 젊은 요셉은 자신의 교사 역할에 뿌듯해 했다. 그는 여주인의 생각을 개인적인 관점에서 사무적인 관점으로 방향을 돌리게 할 작정이었다(여하튼 그의 생각은 그랬다). 자신의 눈만 바라보는 그녀의 눈길을 그의 관심거리로 옮겨, 그녀의 열정을 식히고 냉정하게 만들어 그녀를 구제함으로써, 그녀와의 교제가 명예를 얻어 거기서 여러 가지 장점도 얻고, 한걸음 나아가 쾌락도 맛보고, 동시에 구덩이에, 그 함정에 빠지는 위험을 모면하려는 것이었다. 겁에 질린 곳립이 틈만 있으면 구덩이에 빠질 거라고 위협하고 있었으니, 그로서도 당연한 생각이었다.

아직 뭘 모르는 젊은 집사가 마님을 교화시켜 구제하겠다는 계획에 일종의 교만이 엿보이는 것은 사실이다. 그는 이 계획으로 여주인의 영혼을, 그것도 감히 무트-엠-에네트 같은 여자의 마음을 조종하려 했다. 구덩이의 위험에서 간단하게 벗어날 수 있는 보다 안전하고 확실한 방법이 없지는 않았다. 여주인을 피하고 그녀의 눈길에 묵묵부답으로 일관하면 그뿐이었다. 그것이 교화를 들먹이면서 계속 만나는 것보다 훨씬 안전한 방법이었을 것이다. 그러나 야곱의 아들이 후자를 선택한 것을 보면, 구제 계획이라는 것 자체가 허튼소리이며, 한낱 구실에 불과한 것을 진정 명예로운 일로 만들려는 그의 발상부터 핑계가 아닌가 하는 의심이 생길 수밖에 없다. 그의 생각이 더 이상 순수한 정신을 섬기지 못하고, 자꾸만 한쪽으로 기우는 마음을 받들게 된 것은 아닐까 하는.

여하튼 곳립도 이런 의심을 했다. 아니 의심이라기보다 그의 경우에는 난쟁이의 타고난, 작지만 예리한 지혜에서 비롯된 인식이라 할 수 있다. 그는 요셉 앞에서 자신의 생각을 결코 숨기지 않았고, 거의 매일 애원하다시피 했다. 허공에서 타작하는 것 같은 헛소리와 핑계를 대며 낮은 곳으로 내려가지 말고, 제발 현명함과 선과 아름다움을 지켜서 모든 것을 초토화시키는, 그 불황소의 숨결을 피하라고. 그러나 허사였다. 몸이 제대로 다 자란 그의 친구, 젊은 집사는 난쟁이보다 뭐든지 잘 아는 사람이었던 탓이다. 자신의 이성을 신뢰하는 데 익숙한 자는, 또 그럴만한 자격도 있는 자에게는, 이러한 자기 신뢰가 도리어 큰 위험이 되기도 한다. 그의 정신이 흐려진 경우가 그러하다.

차돌 같은 난쟁이 두두는 정해진 자기 몫을 하느라 열심이었다. 그의 역할은 고약하고 간사스러운 뚜쟁이와 밀고자였다. 그는 죄를 짓고 싶어하는 두 사람 사이를 오가며 어떻게든 이 둘을 파멸시키려고 여기서는 눈을 깜박여 윙크를 보내고, 저기 가서는 눈을 껌벅하며 암시를 주었다. 이때 입술을 여는 법 없이, 입 언저리로 만든 주머니에서 쏟아지는 말은, 듣는 사람이 긴장이 풀려 해이해질 그런 말들이었다. 그는 자기가 하는 역할의 선구자가 있으며, 자신의 뒤로도 수많은 후계자가 나오게 된다는 사실은 전혀 모른 채, 자신이 그런 일을 하는 최초의 사람인 듯 행동했다. 이 난쟁이만 그런 게 아니라, 사실은 누구나 자신이 인생에서 맡은 역할을 자기가 처음 발견한 것으로, 자기 손으로 직접 고른 것이라고 생각하기 마련이다. 그러나 그럼에도 불구하고 난쟁이가 맡은 이 역할은 나름대로의 위엄과 안정감을 지니고 있었다. 이 위엄과 안정감이 이제 막 무대

조명을 받으며 연기하는 배우에게 자신이 그 역할을 하는 최초의 유일한 사람이라는 생각을 불어넣어 주는 것은 아니다. 그와는 반대로 연기자의 저 깊은 곳에 자리잡은 의식이 가져온 위엄과 안정감이다. 즉 자신은 분명한 근거가 있는 정당한 것을 재현하고 있으며, 그것이 아무리 역겨운 역할이라 하여도 나름대로 아주 모범적으로 보여주고 있다는 자의식에서 비롯된 위엄과 안정감인 것이다.

당시만 해도 그는 옆길로 새지는 않았다. 그의 역할이 사람 사이를 왕래하는 것이긴 했으되, 아직은 세번째 자리, 즉 유약한 주인님 페테프레에게로 달음질치지는 않았다는 뜻이다. 주인에게 누가누가 어디서 어떻게 만난다는, 심히 의심스러운 사실을 귀띔하는 일은 그러나 언제고 닥칠 일이었다. 그저 이 순간에는, 그 때문에 예로부터 사람들의 발길이 워낙 많이 닿아서 단단하게 다져진 그 옆길로 새기에는 때가 무르익지 않았다고 생각했을 뿐이다. 자신이 열성을 다해 기회를 만들어줘도, 그리고 길의 양쪽 끝에 가서 입 언저리로 만든 주머니에서 아무리 열심히 쏟아내도, 도대체 젊은 집사와 여주인은 한번도 단둘이 만나는 일이 없었기 때문이다. 그렇게 늘 명예로운 간판을 내걸고 대화를 나누니 못마땅하기만 했다. 그리고 대화 내용도 도대체 마음에 들지 않았다. 여주인을 교화하겠다는 요셉의 구제 계획은 마음에 전혀 안 드는 정도가 아니라, 화만 돋구었다. 물론 그것이 한쪽으로 기우는 마음을 주인으로 섬기는 것으로, 단순히 핑계에 불과하다는 사실은 순수한 난쟁이 동지 못지않게 두두도 정확히 꿰뚫어보고 있었다.

경제문제에 관한 두 사람의 의견 교환은, 두두가 바라는 대로 일이 전개되지 못하도록 방해하는 것 같았다. 이런 식으로 가다가 요셉의 방법이 정말 결실을 얻게 되는 것이 아닐까 염려스러울 정도였다. 요셉 때문에 여주인의 생각이 정결해져 정말로 객관화되고 그녀의 생각이 원래 대상에서 눈을 돌려 다른 곳으로 빠져나가면 어쩌나 은근히 걱정도 되었다. 여주인은 이제 자신에게까지 집안 살림 이야기를 꺼내곤 했다. 물론 이렇게 생산과 거래, 향유와 밀랍의 가치며 양식문제, 저장문제 등등을 거론하는 것도 실은 그녀의 생각에 뒤집어씌워진 껍데기일 뿐, 그런 말을 꺼내면서 요셉 이야기를 한다는 사실을 태양으로부터 선사받은 지혜 덕분에 놓치지 않았지만, 그래도 화가 나는 것은 어쩔 수 없었다. 그럴수록 그는 더욱 열심히 이쪽 저쪽을 오가며 용기를 북돋아주는 제안을 늘어놓으며, 한쪽 끝에 가서는 대략 이런 식으로 말하는 것이다.

젊은 집사가 자주 우울해 한다. 고단한 한낮이 끝나면, 혹은 그 중간에 여주인님과 함께 있으면서 그녀의 아름다움에 자신의 영혼을 담글 수 있는 은혜를 누리게 되니 참으로 좋지만, 그저 집안일만 화제로 올려야 하는 게 속상한가 보더라. 좀더 상쾌한 것, 가까이 있는 일에 관한 이야기를 못하니 그게 참으로 아쉽다 하더라.

그리고 다른 쪽 끝에 가서는 또 이렇게 말했다.

여주인께서 속상해 하신다. 그래서 두두 자신을 시켜 젊은 집사에게 마님의 쓸쓸한 기분을 전하라 하셨다. 집사에게 자신을 알현할 수 있는 좋은 기회를 마련해 주었건만,

이 기회를 잘 활용할 줄 모르고, 아주 형편없이 사용하여, 기껏해야 경제문제만 이야기하니 답답하다. 지금쯤이면 집사 자신에 관한 이야기가 나올 법도 한데, 그렇지 못하다. 자기가 정말 알고 싶은 것은 바로 그의 개인사이다. 그에 대해 알고 싶어 목말라 하는 갈증이 이토록 크건만, 이전에 그가 어떻게 살았는지, 궁핍한 고향과 그의 어머니와 또 처녀의 출산으로 태어났다는 그의 출생에 얽힌 이야기며, 그의 저승여행과 부활은 어떠했는지, 그런 이야기는 전혀 하지 않는 것이 아쉽다.

두두는 이런 이야기가 무트-엠-에네트 같은 숙녀에게는 종이 붙이는 일이나 베틀 공급에 대한 강연보다 당연히 매혹적이라는 말을 덧붙였다. 그리고 만약 집사가 무트 마님과의 관계에서 한발 앞으로 나가려 한다면, 정말 가장 화려하고 제일 높은 최상의 목표를 향해 성큼 내딛을 생각이 있다면, 마음을 단단히 먹고 조금은 덜 딱딱하고 덜 지루한 이야기를 해야 할 것이라고 일러주었다.

그럴 때면 요셉은 퉁명스럽게 대꾸했다.

"신께서 이 일을 내 일로 만드셨다면, 목표든 수단이든 내가 정하네. 그리고 옆 주머니로 말하지 말고 똑바로 말하게. 꼴사나우니까. 또 사무적인 일에 머무르게. 그리고 잊지 말게, 제세트의 남편! 자네와 내 관계는 사교적인 거지, 진정한 관계가 아냐! 그렇지만 집안과 시내에서 주위들은 이야기를 내게 전해 주는 일은 계속 해도 무방하네. 하지만 감히 내게 친구 자격으로 조언을 해도 된다고 한 적은 없어."

"내 자식들의 머리를 걸고 맹세컨대, 나는 자네한테 우리들의 동맹에 준해서 여주인님의 수심에 찬 한숨을 듣고, 이를 전해 주었을 뿐이네. 그녀는 자네의 강연이 너무 지루하다고 여간 불만스러워하시는 것이 아닐세. 그러니 자네한테 충고한 사람은 나 두두가 아니라 그녀일세. 난 그저 더 자극적이고 매력적인 것들을 원하는 그녀의 한숨을 전한 것뿐이니까."

그러나 이 말의 절반 이상은 거짓말이었다. 만일 젊은 집사의 마법을 캐내서 그를 함정에 빠뜨리려면, 여주인님께서는 지금보다 더 가까이 그에게 다가가야 한다고, 그래서 더 이상은 집사라는 직분과 집안의 사무적인 일들을 방패로 삼아 그 뒤에 숨지 못하도록 막아야 한다는 그의 경고에 그녀가 뭐라고 했는지, 그것만 봐도 이는 분명해진다.

"그런 이야기를 들으면 마음이 편해지고 안정이 된다네. 내가 보지 못할 때 집사가 뭘 하는지 알려 주니까."

이는 매우 의미심장한 대답이다. 그리고 감동적인 대답이기도 하다. 여기에는 여자가 자신이 사랑하는 남자의 충만한 삶을 보면서 느끼는 부러움이 배어 있다. 이는 그 남자의 생활을 그토록 충만하게 채우는 사무적인 내용에 대해 충만한 것이라고는 감정밖에 없는 존재가 느끼는 질투이기도 하다. 그리고 자신의 한가하고 수동적인 삶을 일깨우는 이런 사무적인 내용에 관심을 가지고 이에 참여하려는 여성의 노력은 일반적으로 바로 이 질투에서 비롯된다. 이 사무적인 내용이 실용적이고 경제적인 것과 관련되지 않고 정신적인 성격을 띠는 경우에도 마찬가지이다.

여주인 무트 역시 '그렇게 했다'. 다시 말해서 그녀도 요셉이 자신에게 물질의 세계를 소개하도록 내버려두었다. 게다가 요셉이 자신은 젊은 청춘이라며 그녀에게 조언을 구하는 것처럼 행동하고, 그런 구실까지 앞세우는데, 어찌 그렇게 하지 않을 수 있겠는가. 게다가 사랑하는 자의 말이 담고 있는 내용이 무엇이면 어떠랴. 그 말의 몸을 이루는 것이 그의 음성이며, 그 말에 형태를 부여하는 것이 사랑하는 그의 입술일진대, 어디 그뿐인가, 말을 해석해 주는 아름다운 눈길까지 합쳐지고, 흡사 태양과 물이 땅을 데워 주고 적셔주듯, 그가 가까이 있다는 사실 자체가 가장 차갑고 건조한 것까지 온통 따뜻하게 해주고 촉촉하게 만들어주는데, 내용이 무슨 상관이란 말인가. 그래서 어떤 대화든 사랑의 대화가 되는 것이다. 그리고 사실 진짜 순수하게 온전히 사랑으로만 이루어진 대화란 불가능하다. 그럴 경우 '나'와 '너'라는 단조로운 음절로 이어져 결국은 무너지고 말 테니까. 따라서 대화를 돕기 위해서라도 항상 다른 대상들이 거론되어야 한다. 그녀의 가슴에서 우러나온 대답이 보여줬듯이, 에니는 그와 나누는 대화의 소재를 높이 평가했다.

　이것은 그녀의 영혼에 달콤한 양식이었다. 요셉이 사무적인 용무 때문에 강 하류 또는 상류로 길을 떠나, 만찬장에서 '눈길'을 마주칠 수도, 규방에서 그의 방문을 받을 수도 없고, 다른 장소에서 가슴 설레며 만나는 것도 불가능해져서 희망을 잃고 긴장이 풀려버린 삭막하고 슬픈 날들이면, 그녀는 이런 것들로 마음의 양식을 삼았다. 한마디로 그것을 먹고 산 것이다. 사랑하는 연인이 무슨 일로 출타 중인지, 어떤 용무로 시내나 마을 혹은 어느 큰 대목장이나 장터에 갔는지, 그 이유를 아는 것만으로도, 한가하게 감정에나 빠져야 하는 고통스러운 삶을 살아가는 여자에게는, 최소한 요셉이 남자로서 살아가는 날들을 채우고 있는 사무적인 일들이 무엇인지 그 이름만이라도 부를 수 있으면, 그것이 바로 위로였던 것이다. 그리고 그녀는 이 일들에 관한 자신의 지식을 누구한테나 자랑하지 않고는 배길 수 없었다. 재잘거리는 다른 첩들도 좋고, 앞에서처럼 어린 시녀들도 좋고, 또는 자신을 찾아온 두두한테도 자랑 못할 이유가 없었다.

"젊은 집사는 물길을 따라 하류로 내려갔다네. 네흐베트의 축제가 벌어지고 있는 도시 네흐엡에 볼일이 있어서지. 두 척의 예인선으로 거룻배 두 척을 끌게 하여 둠 열매와 발라니트 열매, 무화과와 양파, 마늘과 멜론, 아구르 오이와 피마자 씨를 잔뜩 싣고 갔는데, 그 도시의 수호여신의 가호 아래 이 물건들을 나무와 샌들가죽으로 바꿔오려고 한다네. 페테프레의 작업장에는 그런 물건들이 필요하거든. 지배인은 나하고 의논하던 중에 갑자기 이 선적물을 선택했지. 야채는 수요가 많아 높이 쳐주고, 가죽과 나무는 그렇게 높이 쳐주지 않으니까."

떨리기까지 하는 그녀의 음성이 묘하게 울려 퍼졌다. 두두는 머리에 보청기를 끼우듯 손을 갖다대고 혼자 생각에 잠겼다. 지금 당장 옆길로 새서 포티파르에게 달려가, 모든 사실을 고해야 하는 것이 아닐까 고민스러웠다.

이 첫해에 관련하여 무슨 설명이 더 필요하겠는가? 자존심도 허락하지 않거니와 부끄러워서라도 요셉에게 자신의 사랑을 고백할 의도가 없었던 무트는 어떻게든 속내를 감추려고 노력했고, 바깥세상에도 아직은 숨겼다. 혹은 숨기고 있다고 착각했다. 노예에 대한 자기 감정, 다시 말해 자신과의 싸움은 한동안 격렬하게 이어졌다.

그러나 이 단계가 지나자 그녀는 자신의 감정이 이끄는 대로 행복해 하고 또 불행을 느끼기로 결단을 내렸다. 여전히 싸우고 있는 부분이 있다면, 그것은 오로지 자신이 사랑에 사로잡혀 있음을 다른 사람들과 연인에게 알리지 않고 비밀로 하기 위해서였다. 그러나 그럴수록 이처럼 멋지고 새로운 것에 더더욱 거리낌없이, 그리고 보다 황홀해 하며, 그래서 더 단순하게 자신을 내맡겼다. 여태 그런 것에 깜깜하기만 했던 고상하고 거룩한 부인이었기에, 세상에 냉정한 달의 수녀였기에 더더욱 단순해질 수 있었다. 또 그녀가 마음이 흔들리고, 잠에서 깨어나기까지 오랜 시간이 걸렸기에, 그리고 이러한 정열의 축복을 받지 못했던 이전의 시간이 한층 더 낯설고 깊은 소외감을 느끼게 했기에 더더욱 그럴 수 있었던 것이다. 그때의 건조하고 경직된 상태로 되돌아갈 생각은 꿈에도 없었다. 만일 누가 되돌아가라고 요구했다면, 잠에서 깨어난 여성이 으레 그러하듯 사력을 다해 저항했을 것이다. 그녀처럼 살던 사람이 사랑으로 충만해지면 그 삶이 얼마나 고조되는지 모르는 사람도 없으며, 또 절정에 오른 그 삶의 매력을 말로 표현하기도 어렵다.

또한 이 쾌락과 고통을 알게 된 것이 너무 고마워, 이 축복에 감사할 대상을 찾게 마련인데, 바로 이 모든 것이 시작된, 혹은 그렇게 보이는 곳 말고 달리 어디서 그 대상을 찾겠는가. 그리고 그로 말미암아 느끼게 된 충만함이 고마운 나머지, 급기야 이 대상의 신격화로 나아가게 된다 해도 놀라울 것이 어디 있겠는가?

우리는 뭐가 뭔지 제대로 분간도 할 수 없는 순간에, 말 그대로 눈 깜박할 순간에, 요셉을 절반 혹은 절반 이상 신으로 여기는 사람들의 경우를 여러 번 지켜보았다. 그러나 잠깐 동안 그를 신처럼 보게 된 것과 또 그렇게 보고 싶은 유혹을 '신격화'라 부를 수 있었던가?

이 '신격화'라는 단어에 깔려 있는 감탄을 보라. 이는 수동적인 감탄이 아니라, 행동으로 나서지 않는가! 사랑의 논리가 아니라면 이 어찌 가능한 일이겠는가! 이 논리처럼 과감하고 특별한 논리가 또 있겠는가. 이 논리는 다음과 같이 말한다. 내 인생을 이렇게 만들어준 자라면, 이미 죽은 지 오래인 내 삶에 이런 열꽃과 서리를, 환호와 눈물을 선사한 자라면, 그는 신일 수밖에 없다. 신이 아니고서야 어떻게 이런 일을 할 수 있단 말인가.

그러나 사실 그가 한 일은 아무것도 없다. 모든 건 열정에 사로잡힌 자로부터 나온 것이다. 다만 그녀는 그 사실을 믿을 수 없기에 열광한 나머지 감사 기도를 드리며 다른 사람에게 신성을 부여하는 것이다.

"오, 이 살아 있는 느낌, 하늘의 거룩한 날들이여!……내 인생을 풍요롭게 하여 이처럼 활짝 꽃을 피우게 한 그대여!"

이것이 무트-엠-에네트가 침대 발치에 무릎을 꿇고, 아무도 보지 않을 때, 황홀하여 눈물까지 흘리며 요셉을 생각하며 올리는 감사기도였다. 혹은 그중의 한 대목이었다. 그런데 그녀의 삶이 이처럼 풍요롭고 꽃까지 만발했다면, 그렇다면 왜, 도대체 어떤 이유로 그녀는 한번도 아니고 몇 번씩이나 누비아 하녀를 시켜 독사를 가져오게 할 생각을 했을까? 아니 왜 가슴 위에 독사를 올리려 했을까?

그렇다. 그녀는 실제로도 이 생각을 행동으로 옮겨 이런 분부를 내리기도 했다. 살무사가 갈대 바구니에 담겨 그녀의 방에 당도하자, 무트는 정말 그렇게 하려다가 마지막 순간에야 마음을 바꾼 적도 있었다. 아니 왜? 그건 마지막 만남을 그만큼 절망적으로 생각했던 탓이다. 이제 다 끝난 것 같고, 자신이 그에게 흉하게 보였을 뿐만 아니라, 편안하게 만남의 은혜를 베푸는 그런 여유를 보이지 못하고, 눈빛과 떨리는 몸으로 자신의 사랑을, 그것도 연상에 못난 여인의 사랑을 연인에게 노출시키고 말았다는 그 절망. 그래서 그녀는 이젠 남은 건 죽음뿐이라고 결론을 내렸다. 그것도 비밀을 제대로 간직하지 못한 자신과 자신의 죽음을 통해서야 자신이 그토록 지키려 한 비밀을 알게 될 그에 대한 벌이라 생각하면서!

사랑의 논리는 이처럼 터무니없고 혼란스럽다. 이는 사람들이 모두 다 아는 이야기이다. 따라서 더 길게 설명할 필요도, 새삼스러울 것도 없는 이런 일은 워낙 오래된 것으로 포티파르의 아내가 살던 시대에도 예외적인 사건이 아니었다. 그렇지만 그녀처럼 거기에 완전히 휘둘린 사람에게는 여전히 최초의 단 한번뿐인 일이며 가장 새로운 사건으로 보였다. 그녀는 이렇게 속삭였다.

"오, 귀를 기울여 봐, 이 음악!…… 내 귀에 물결치는 이 황홀한 음향!"

사람들은 이 또한 잘 안다. 이는 황홀함에 도취된 나머지 민감해진 청각의 착각으로, 사랑에 빠진 자들이나 혹은 신을 영접하여 열광하는 자들이 여기저기서 보여주는 현상이다. 그리고 이러한 청각의 착각은 사랑에 빠진 자나 신을 영접한 자의 상황이 매우 비슷하고, 둘 사이에 경계선이 없음을 보여주는 표식이기도 하다. 굳이 차이점을 들자면 후자에는 신성(神性)이, 전자에는 인성(人性)이 많이 개입되었다는 것뿐이다.

사람들이 또 잘 아는 이야기가 있다. 그래서 상세하게 거론할 필요도 없는데, 그건 이런 거다. 사랑의 열병을 앓는 자는 한밤에 짤막한 여러 개의 꿈을 연속적으로 꾸게 된다. 항상 그 꿈에 등장하는 연인은 차갑기만 하고, 미심쩍은 행동과 멸시로 자신을 외면한다. 그처럼 불행하고 파괴적인 꿈이 계속되건만, 꿈꾸고 있는 영혼은 지칠 줄 모르고 그의 모습과 만나고 또 만난다. 그러다 느닷없이 깜짝 놀라 꿈을 깨고는 숨을 헐떡인다. 그리고 벌떡 일어나 이렇게 외치는 것이다.

"오, 신들이시여! 신들이시여! 어떻게 이럴 수 있나요! 어떻게 이토록 고통스러울 수가 있나요!"

그러면 그녀는 이런 밤들을 만든 장본인을 저주했던가? 아니다. 결단코 그런 적은 없었다. 아침이 찾아와 그녀를 고문에서 해방시켜 주면, 그녀는 지친 몸으로 침상에 걸터앉아 그가 있는 곳을 향해 이렇게 속삭였다.

"고마워요. 나의 구세주, 나의 행복, 나의 별!"

인간에게 연민을 느끼는 어진 사람은 끔찍한 아픔을 겪은 후에 나오는 이런 대답에 고개를 절레절레 흔든다. 그리고 지금껏 그녀를 가엾게 여긴 게 실수 같고, 되레 그런 자신만 우습게 느껴진다. 그러나 이 고통의 근원을 인간적인 어떤 것이 아니라 신성한 것으로 여길 경우에는 있을 수 있는, 아니 당연한 대답이다. 그렇다면 어떻게 해서 이렇게 여길 수 있었을까? 그건 그 근원이 워낙 특별하여 나와 너로 나눠지되, 그 근원이 너와 결합된 것으로 보이는 동시에 내게도 들어 있기 때문이다. 다시 말해서 겉과 속이 하나가 되고, 상(像)과 영혼이 서로 어우러진, 그러니까 결혼한 관계라고도 할 수 있는데, 실제로 결혼에서 신들이 출현하기도 했으므로 그 현현을 신성하다고 부르는 것도 허튼 이야기는 아니다. 우리에게 커다란 고통을 안겨 준 존재에게 오히려 우리가 복을 빌어준다면 그는 신이어야 하며, 인간일 수 없다. 인간이라면 그를 저주해야 마땅하니까. 이것이 어느 정도 일리가 있다는 건 부인할 수 없다. 우리 인생의 행복과 불행을 좌우하는 존재는 사랑의 예에서처럼 신들의 범주로 편입된다는 건 분명하다. 원래 종속성이란 예전에도 그랬듯이, 지금도 신을 느끼는 감정의 원천이니까. 그렇다면 이러한 자신의 신을 저주하는 자가 한번이라도 있었던가? 그러려고 시도한 자는 있을 수 있다. 그러나 이 경우에도 저주는 독특한 형태로 나타나게 마련인데, 위에서 우리가 본 것이 한 예이다.

이런 이야기를 한 것은 마음이 어진 박애주의자의 이해를 돕자는 뜻에서였다. 물론 이 설명으로 그를 만족시키지 못했을 수도 있다. 그리고 또 우리 에니의 경우 이것 외에도 자신의 연인을 신으로 만들 수밖에 없는 또 다른 이유가 있지 않았던가? 물론 다른 이유가 있었다. 그를 신격화함으로써 자신이 이방인 노예에게 반해버렸다는 사실 때문에 당연히 느껴야 했고, 참으로 오랫동안 그녀의 가슴을 들쑤셨던 굴욕감을 없앨 수 있었던 것이다. 그는 아래로 내려온 자, 노예의 형상으로 다가온 신이었다. 도저히 부인할 수 없는 그의 아름다움과 황금 구릿빛으로 빛나는 어깨가 그 사실을 암시해 주었다. 그녀는 사랑에 사로잡힌 자신의 상황을 설명하고 합리화해 주는 이런 생각을 자신의 관념세계 어디선가 발견한 것이 얼마나 다행스러운지 몰랐다. 그러나 그녀의 눈을 뜨게 하고, 피를 멈춰 줬던 그 구원의 꿈이 실현되리라는 희망은, 먼 곳의 이야기와 상(像)을 양식으로 삼아야 했다. 그건 죽을 수밖에 없는 자인 여자가 신의 그늘에 가려진 채 그와 짝짓기를 하는 이야기다. 어떻게 해서 그것이 그녀의 머릿속에 들어오게 되었는지는 모르겠지만, 여하튼 그녀가 이처럼 기이한 표상을 끌어들였다는 사실은, 남편으로부터 요셉이 성물(聖物)이며 예비된 자로서 머리에 그 장식을 쓰고 있다는 이야기를 들은 후, 그녀의 가슴에 불안이 싹텄음을 반영하는 것일 수도 있다.

2년째 되던 해

2년째로 접어들자 무트-엠-에네트는 긴장이 풀리면서 요셉에게 마침내 자신의 사랑을 알리기 시작한다. 그를 너무도 사랑한 그녀였기에, 다른 방법이 없었다. 그리고 이와 때를 같이 하여 몇몇 주변 사람에게도 자신이 사랑에 빠졌다는 사실을 털어놓기 시작했다. 두두는 그 대상에서 제외되었다. 그에게 주어진 태양의 힘 덕분에 워낙 눈치가 빨라서 굳이 알려 줄 필요도 없었고—이건 그녀도 알고 있었다—아무리 마음이 느슨해졌어도 그에게까지 고백한다는 것은 자존심이 허락하지 않아서였다. 오히려 두두와의 관계에서는 예전의 합의가 유지되고 있었다. 집안의 걸림돌인 이방인 노예가 부리는 마법의 근거를 찾아서 함정에, '구덩이에 빠뜨리기'로 한 약속이 여전히 유효했던 것이다. 이 확실한 표현은 그러나 두 사람의 입에서 점점 이중적인 의미를 갖게 된다.

그녀가 느닷없이, 자신의 비밀을 따로따로 털어놓은 상
대는 주변에 있던 두 명의 여인이었다. 지금까지는 그녀와
특별히 가까운 사람이 없었기 때문에, 이 두 여인의 위상이
올라갔음은 물론이다. 그중 한 명은 페테프레의 측실부인
중의 하나로 작고 쾌활한 여자였는데, 이름은 메-엔-베세
흐트였고 머리를 자연스럽게 풀어내린 채, 속이 다 비치는
옷을 입고 다녔다. 다른 한 여자는 고무를 씹어먹는, 다시
말해서 흑인 노파로 화장품을 만드는 도가니가 있는 곳에
서 일하는 노예인데 이름은 타부부였다. 그녀는 머리카락
이 이미 하얗게 세었고 까만 피부에 젖가슴은 호스처럼 축
늘어진 여자였다.

　에니가 이 두 여자에게 무턱대고 마음을 털어놓은 것은
아니다. 그건 그들이 자신에게 알랑거리며 그런 질문을 하
도록 유도한 후였다. 그리고는 막상 상대방이 묻자 무트는
한숨만 내쉬면서 한참 동안 미소만 지으며 생각에 잠긴 듯
잠자코 있었다. 이에 이 여자들 중 한 명은 뜰 안의 수조 옆
에서, 그리고 후자는 화장대 앞에서 그녀가 그처럼 흥분으
로 들떠 있는 이유를 제발 말해 달라고 재차 애원하자, 무
트는 몇 번인가 점잔을 빼고 피하기만 하다가, 마침내 전율
로 몸을 떨면서 마찬가지로 전율을 느끼는 자들의 귀에 열
정에 도취한 혀로 자신의 흔들린 마음을 고백했던 것이다.

　그러자 그전에 이미 속으로는 이것저것 맞춰보았으면서
도, 이 여자들은 저마다 손뼉을 치고 손으로 얼굴을 가리고
하면서 그녀의 손과 발에 입을 맞췄다. 그리고 두 사람 다
침을 꿀떡 삼키며 구루룩 소리까지 냈다. 무트가 마치 자신

이 지금 희망적인 상황을 맞고 있다고 이야기한 것처럼, 이들은 축제를 맞은 듯한 흥분과 감동과 함께 따뜻한 배려를 보여주었다.

그랬다. 이 여자들은 하나같이 무트의 고백을 여주인이 사랑에 빠졌다는 대단한 뉴스로 받아들여 뭐라고 종알거리며 위로와 축하 인사를 아끼지 않았고 무척 소중하고 또 위험한 내용물을 담고 있는 그릇을 쓰다듬듯 그녀의 몸을 어루만졌다. 그리고 마님에게 은밀히 찾아온 대전환기, 여성으로서의 절정기, 달콤한 사기극과 교활한 계략으로 나날이 고조되는 일상 앞에서 자신들이 얼마나 놀랍고 황홀한지 표현하기 바빴다.

검은 타부부는 흑인 나라에서 쓰이는 갖가지 못된 기술들과 허가받지 못한 이름도 없는 신들의 주문을 잘 알고 있던 터라 당장 마법을 사용하려 했다. 청년에게 마술을 걸어 황홀경에 빠뜨려 마님의 발 앞에 무릎을 꿇리겠다는 것이었다. 그러나 당시 마이-사흐메 영주의 딸은 이 제안을 거절했다. 에니는 그때만 해도 그런 건 혐오스러워했다. 자기처럼 고상한 풍습이 지배하는 나라에 사는 사람이 야만적인 쿠쉬 땅에서 살다온 여자의 충고를 듣는다는 건 상상할 수도 없고, 또 자신의 감정이 아무리 유감스럽고 심각한 것일지언정 감정의 명예를 생각해서라도 그런 마법은 쓰고 싶지 않았다.

한편 무트의 고백을 들은 또 다른 여자인 측실 메는 마법 같은 것은 아예 생각하지도 않았다. 마법의 위험성은 고사하고 애초부터 그런 것이 필요하다는 생각도 없었다. 그녀는 아주 간단하게 생각했다.

"행복한 분이시여, 아니 왜 한숨을 내쉬나요? 그 아름다운 자는 집에 속한 노예로서 사고팔 수 있는 자가 아닌가요? 아무리 집의 정상에 있어도 그는 처음부터 마님의 소유물이 아니던가요? 마님께서 그를 좋아하신다면 눈썹만 까닥하면 그만이에요. 그러면 그는 큰 영광으로 알고 자기 발과 머리를 마님의 발과 머리와 나란히 눕힐 거예요. 보세요, 간단하잖아요!"

"맙소사, 메! 몸을 감추고 계신 신께서 아실까 두렵구나!" 무트가 얼굴을 가리며 속삭였다.

"그렇게 직설적으로 말하지 말거라. 넌 네가 무슨 말을 하는지 몰라. 네 말을 들으니 가슴이 찢어질 것 같구나!"

그녀는 어리석은 것에게 화를 내서는 안 된다고 생각했지만, 한편으로는 그 아이가 부러웠다. 사랑과 중독성이 있는 잘못 같은 건 전혀 모르는 천진난만한 아이가 아닌가. 그렇지 않고서야 발과 머리들에 관해 이처럼 아무 거리낌 없이 말할 수 있을까. 물론 이 말이 그녀를 견딜 수 없을 만큼 혼란시킨 것은 사실이었다. 그래서 그녀는 이렇게 말했던 것이다.

"그런 말을 하는 것을 보니, 너는 이런 일을 한번도 못 겪어 본 게 분명해. 그저 페테프레의 규방에 있는 다른 자매들과 맛있는 것이나 먹고 쫑알대기만 했지, 그런 감정에 쫓긴 적도 사로잡힌 적도 없었던 거야. 그렇지 않다면 그렇게 쉽게 내 눈썹 이야기를 할 수가 없어. 내가 눈썹만 까닥하면 된다는 따위의 이야기는 못하지. 오히려 내가 사랑에 사로잡힌 순간부터, 이미 그의 노예신분과 나의 여주인 신분 따위는 온데간데없어졌다는 것을 알 테니까. 아니 신분이 뒤바뀌지 않았다면 다행이지. 그래서 오히려 내 쪽에서 그의 멋진 눈썹에 매달리게 되는 거야. 눈썹 가운데가 매끄럽게 펴져서 다정한 눈빛인지, 혹은 양미간이 일그러지면서 바들바들 떠는 나를 침통한 눈빛으로 노려보는 건 아닌지 전전긍긍하면서 말이야. 그러니 너는 신분이 낮은 타부부보다 나을 게 없어. 그 노파는 청년에게 흑인의 마법을 걸겠다더군. 사랑의 마법의 포로로 만들어 나를 사랑하도록 유혹하겠다는 거였어. 너희 모두 부끄러운 줄 알아야 해. 아무것도 모르는 주제에 그런 충고로 내 가슴에 칼을 들이대고 상처만 헤집으니! 너희들이 하는 말과 충고라는 걸 들어보면 그를 하나의 몸뚱어리로만 취급하는 게 분명해. 마치 그가 영혼도 없고 정신도 없이 그저 육신만 있는 것처럼, 그렇게 생각하고 있잖아. 그러나 정신과 영혼이 깃든 육신에는 눈썹의 명령도 유혹하는 마법보다 나을 게 없어. 두 가지 모두 육신에만 힘을 발휘할 테니, 기껏해야 나한테 그의 따뜻한 시체를 건네주겠지. 글쎄 예전에는 그가 내 눈썹의 명령에 따라야 했을지도 모르지. 하지만 지금은 사랑에 사로잡힌 내가 그에게 자유를 선사한 상태야. 그걸 알아야 해. 이 어리석고 멍청한 메야. 그래서 나는 여주인이라는 신분은 다행히도 이미 잃어버린 지 오래야. 지금은 오히려 멍에를 지고 있어. 살아 있는 그의 영혼이 누리고 있는 자유가 내게 안겨 주는 즐거움과 고통에 의존하고 있다는 말이야. 이게 진실이야. 그런데 이 진실이 낮에는 힘을 잃고 말아. 낮이 되면 그는 여전히—사실은 그렇지 않은데—나의 종의 신분이라 내가 그에게 명령을 내리게 되니, 그게 고통스러울 뿐이야. 그가 나를 가리켜 자신의 머리와 가슴 그리고 손과 발에 명령을 내리시는 여주인님이라고 부르면 그것이 단순히 종으로서 하는 말인지, 아니면 살아 있는 영혼으로서 하는 말인지 구분이 안 돼. 나는 후자를 원하지만 실제로 그러리라는 확신은 없어. 잘 들어봐! 그에게 오로지 입만 있다면, 경우에 따라서, 그리고 또 그럴 수밖에 없다면, 너희들이 말하는 명령의 눈짓이라든가 마법에 관한 말들을 그런대로 들어줄 수도 있어. 입이란 육신의 것이니까. 그러나 거기에는 아름다운 밤을 보여주는 그의 눈도 있어. 자유와 영혼으로 충만한 눈 말이야. 아, 나는 그 눈에 담긴 자유가 특히 두려워. 그게 중독으로부터의 자유를 뜻할 때 두렵다는 거야. 나는 중독의 칙칙한 끈에 묶여 있는 패자인데, 이런 것을 비웃는 게 바로 그 자유거든. 그 비웃음이 나를 향한 것은 아니라 할지라도, 그 병적인 중독 자체에 대한 비웃음일 수는 있으니까. 이 점이 날 수치스럽게 만들고 내 자신을 망가뜨리고 있어. 그의 자유에 대한 감탄이 한편으로는 나의 중독을 가중시키고 점점 더 칙칙한 구속으로 옭아매니까. 메, 내 말을 알아듣겠니? 그리고 이게 전부라면 얼마나 좋겠어. 또 다른 것도 있어. 나는 그의 눈이 보여줄 분노와 저주까지도 두려워해야 해. 그 이유는 그에게 내가 느끼는 감정은 페테프레를 속이는 배신이니까. 이 궁신은 그의 주인님이자 동시에 나의 주인님이기도 해. 그는 페테프레에게 진실된 마음으로 신뢰라는 흐뭇한 감정을 일깨

732

워 주고 있어. 그런데 그런 그에게 나는 내 가슴에 안겨 나와 함께 주인님을 끌어내리고 주인님의 품위를 떨어뜨리자고 요구할 생각인 거야! 이런 일이 생긴 건 모두 그의 눈 때문이야. 이제 알겠지? 단순히 그의 입이 문제가 아냐. 그는 단순히 하나의 육체가 아닌 거야! 만약에 단순히 육체에 불과한 자라면 이런 조건과 상황에 얽매여 우리 관계를 이렇게 어렵게 만들지는 않을 테니까. 그렇지 않기 때문에 이토록 어떤 결과가 나올까 이것저것 배려하고, 이 일을 규정과 명예 그리고 도덕의 문제로 만들어, 결국은 우리들의 욕구는 날개가 잘려 훨훨 날아가지 못하고 바닥에 쪼그린 신세가 된 거야. 메, 너는 모를 거야. 내가 밤낮없이 얼마나 오랫동안 이 일만 생각했는지! 그래, 자유롭고 혼자이며 아무 데도 매이지 않은 어떤 육체가 있다고 해보자. 그리고 사랑할 수 있는 건 육신들뿐이라고 해봐. 그러면 자유롭게 홀로 공허한 공간을 떠다니다가 나중의 결과 같은 것은 전혀 고려하지 않고, 눈을 감은 채 서로 껴안고 입을 맞출 수도 있어. 그것도 하나의 행복이겠지. 그러나 나는 이런 행복은 저주해. 왜냐고? 아니 어떻게 내가 사랑하는 연인이 아무런 조건과 상황에 매이지 않은 단순한 몸뚱어리이기를 바랄 수 있겠어? 아무 개성도 없이 시체에 불과한 자를 애인으로 원할 수 있겠어? 아냐, 그럴 수는 없어. 난 단순히 그의 입만이 아니라 그의 눈까지 사랑하기 때문이야. 다른 어떤 것과도 비교할 수 없을 정도로 내가 가장 사랑하는 게 바로 그 눈인 걸. 타부부와 네 충고가 역겨운 것도 그래서야. 그러니 참지 못하고 일언지하에 거절하는 거야.”

"이해를 못하겠어요." 측실 메가 말했다.

"마님께서는 왜 그렇게 문제를 까다롭게 보시죠? 제 말씀은 마님께서 그를 좋아하시면 두 사람이 발과 머리를 맞대면 그만 아니냐는 것이었어요. 그러면 마님께서도 흡족하실 것 아니냐는 거죠."

그것이 아름다운 무테모네, 무트-엠-에네트 또한 간절히 원하는 최종 목표가 아니었더란 말인가! 요셉과 함께 있으면, 늘 총총걸음을 내딛곤 하는 자신의 발이 그의 발을 비비며 편히 쉴 수도 있다는 생각은 그녀를 밑바닥부터 흔들어 열광으로 몰았다. 그녀처럼 여러 가지 복잡하게 생각하지 않는 메-엔-베세흐트의 노골적인 표현에 무트는 마음이 풀렸다. 실은 이 여자들에게 속내를 보였다는 사실부터 이미 긴장이 풀렸다는 증거인데, 여기에 가속도까지 붙자 마침내 젊은 집사에게 자신이 그에게 반했음을 행동과 말로 보여주기 시작했다.

물론 행동이라고 해야 암시 수준이었다. 유치하면서도 감동적인 방식으로 여주인이 종에 대한 자신의 지극한 관심을 표현하자, 요셉은 표정 관리에 어려움을 겪어야 했다. 예를 들면 하루는—그리고 그 이후로는 자주—느닷없이 그녀가 아시아 옷을 입고 그를 맞아들이는 것이었다. 집안 문제를 의논하러 오는 그를 맞을 때 입으려고 그녀는, 살아 있는 자들의 도시에 있는 수염을 기른 시리아 사람의 상점에서 천을 사들여 재단사 노예 헤티로 하여금 부지런히 옷을 만들게 했다. 아주 값비싼 이국풍의 옷은 이집트 옷과는 달리 색상이 화려하여, 마치 파란 천과 빨간 천을 엮어 뜬 것 같고 옷자락도 색깔이 요란했다. 그리고 옷에 달려 있는 모자는 어깨 뒤로 넘겼고, 그 위에 마찬가지로 화려한 실로 뜬 머리띠를 둘렀다. 이 패션의 원산지에서 사니프라 불리는 머리띠였다. 그 띠 위에 쓰게 되어 있는 베일도 에니는 빠뜨리지 않았다. 허리를 지나 더 아래쪽까지 내려가는 베일이었다. 이런 옷차림으로 그녀는 요셉을 쳐다보았다. 눈가에 칠한 납이 반짝였다. 잔뜩 기대감에 부푼 눈이었다. 거기에 불안과 교활함이 엇갈리고 있었다.

"존귀하신 마님, 참으로 낯설고 화려한 모습이십니다."
그녀의 심중을 헤아린 그가 당황스레 미소를 지으며 말했다.

"낯설다니?" 그녀도 미소를 지으며 물었다. 부드럽게 미소를 지으려 애를 썼으나 부자연스럽고 어딘가 모르게 착잡해 보였다.

"오히려 익숙하겠지. 기분 전환도 할 겸 그대가 살던 나라의 딸들이 입는 옷을 입고 자네를 맞은 건데."
그러자 요셉은 눈을 내리깔고 대답했다.

"옷과 재단법은 제게 익숙합니다. 그러나 마님께서 입으신 모습이 조금 낯설다는 뜻이었습니다."

"나한테 꼭 맞고 잘 어울리지 않는가?"
그녀는 머뭇거리면서도 고삐를 늦추지 않고 꼬치꼬치 물었다.

그러자 요셉은 조심스럽게 대응했다.

"천은 먼저 짜야 하고, 옷은 입는 사람의 몸에 맞게 처음에 재단부터 합니다. 그렇지 않다면 마님의 아름다움에 봉사해야 할 물건이 털로 짠 부대자루에 지나지 않겠지요."

"아이, 참. 그렇다면 내가 뭘 입든 다 똑같다는 것 아닌가. 그렇다면 괜한 헛수고였군. 나는 그래도 그대의 방문을 영예롭게 하려고, 그대에게 보답하는 의미로 이 옷을 입었는데. 그대는 레테누 출신의 청년이지만 우리 집에서 우리 나라의 풍습을 존중하여 이집트 옷을 입고 있으니, 나도 그대에게 뒤지지 않으려고 이렇게 자네 나라의 어머니들이 입는 옷으로 바꿔 입은 채 자네를 맞으려 한 것이라네. 축제 때처럼 말야. 옷을 바꿔 입는 건 옛날부터 신의 축제와 관계가 있으니까. 남자들은 여자들의 옷을 입고, 여자들은 또 남자 옷을 입어서 둘의 차이를 없애는 그런 교환이지."

"감히 한 말씀 아뢰어도 된다면, 그런 풍습을 받드는 일은 그다지 제 고향을 연상시키지 않습니다. 그 일은 신에 대한 사색이 비틀거리며 무너져 내리는 것으로 보이기 때문입니다. 제 조상들은 이런 일들을 그다지 기뻐하지 않았습니다."

"그렇다면 내가 일을 망쳤군." 그녀가 말했다.

"그럼, 오늘은 집안일에 관해 어떤 새로운 소식을 가져왔는가?"

그녀는 몹시 속이 상했다. 자신이 그를 비롯하여 그를 향한 자신의 감정을 위해 얼마나 큰 희생을 치렀는지 전혀 이해하지 못한 것 같아서였다(사실 내색은 안했지만 이런 것을 이해하지 못할 그가 아니었다). 아문의 자녀이며, 이 막강한 신의 측실이면서, 게다가 엄격한 보수주의자인 그녀가 오로지 연인이 외국인이라는 이유로 이렇게 이국풍의 옷까지

입지 않았는가. 이러한 희생 자체는 그녀에게 달콤했다. 그리고 연인인 요셉을 위해 국가에 대한 자신의 입장을 포기한 것도 괜찮았다. 오히려 행복했다. 그러나 막상 이러한 희생을 그가 무덤덤하게 받아들이자 더없이 불행해졌다. 더 행복해진 적이 있긴 했다. 그건 지금보다 훨씬 더 큰 것을 포기했음을 암시하는 행동 덕분이었다.

그녀가 규방에서 혼자 있을 때, 가장 즐겨 찾는 안식처는 사막 쪽을 향한 작은 홀이었다. 이 공간을 홀이라고 이름 붙일 수 있는 까닭은, 테두리를 나무로 두른 문이 활짝 열려 있고, 전망을 가리는 것은 두 개의 기둥뿐이었기 때문이다. 기둥의 머리 부분은 단순한 둥근 모양이고, 돌림띠 아래로 양쪽에 사각형 날개가 달려 있을 뿐, 주춧돌 없이 문지방 위에 세워져 있었다. 앞으로는 뜰이 내다보이고, 오른쪽으로 나지막한 하얀 건물이 있는데 이 평평한 지붕 아래에는 측실들의 방이 있었다. 그리고 그 옆에 기둥이 있는 일종의 탑문 같은 조금 높은 건물이 보였다. 그 뒤로 어깨 높이만한 점토벽이 가로질러 바깥의 땅은 보이지 않고 하늘만 눈에 들어왔다. 이 작은 홀은 세련되고 소박하게 꾸며져 있었다. 그리고 그다지 높지도 않았다. 기둥의 기다란 그림자가 바닥에 검게 드리워져 있었다. 벽과 지붕에는 소박한 오렌지 빛 회반죽을 칠해 놓았다. 지붕 아래는 창백한 빛깔의 장식띠가 둘러쳐져 있다. 이 공간에는 아담한 침상 외에 별 다른 것이 없었다. 뒤쪽에 놓인 침상에 쿠션이 놓여 있고 그 앞에 모피가 있었다. 무트-엠-에네트는 바로 여기서 요셉을 기다리곤 했다.

요셉은 뜰 앞으로 나타나는 게 보통이었다. 일단 그 자리에 이르면 인사를 올리느라 침상과 거기 쉬고 있는 여인 쪽으로 손바닥을 들어 올렸다. 한쪽 겨드랑이 아래에는 으레 계산서 두루마리가 끼어 있었다. 그러면 그녀는 요셉을 자기가 있는 곳으로 가까이 들게 했다. 그러던 어느 날이었다. 요셉은 홀 안에서 변화를 발견했다. 예전에 시리아 옷을 입었을 때와 마찬가지로 기쁨과 두려움이 뒤섞인 그녀의 눈빛만 보고도 그 사실을 짐작할 수 있었다. 그러나 아무것도 못 본 척, 그녀에게 좋은 표현을 골라 인사를 올린 후, 곧장 사무적인 이야기로 들어갔다. 그러자 당장 그녀의 나무람이 떨어졌다.

"주변을 돌아보게. 오사르시프! 내 방에 뭔가 새로운 게 보이는가?"

그녀는 이것을 새로운 것이라 부르고 싶었다. 참으로 믿기 어려운 광경이었다. 방 뒤쪽에 천으로 덮어둔 제단이 있었다. 거기 신주로 모셔둔 상이 과연 누구의 입상인가? 황금을 입힌 아툼-레!

지평선의 주인님을 못 보고 지나칠 수는 없었다. 아툼-레를 나타내는 문자(상형문자—옮긴이)와 같은 형상이었다. 그는 무릎을 세운 채 네모진 작은 받침대 위에 앉아 있었다. 어깨 위의 매 머리로도 충분치 않아 태양 원반까지 있고, 그 앞에는 코브라의 독오른 머리가, 뒤로는 돌돌 말린 꼬리가 튀어나와 있었다. 제단 옆 삼발이 위에는 잎 모양의 자루가 달린 향로가 올려져 있고, 부싯돌과 구슬처럼 동그랗고 조그만 향 알갱이들이 접시에 담겨 있었다.

이런 믿을 수 없는 놀라운 일이 벌어지다니! 자신의 마음을 드러내고 싶은 욕구를 충족시키려고 그녀가 사용한 수단과 표현 방식을 보라. 이 얼마나 감동적이고 어린아이처럼 과감한가! 여주인 무트가 누구였던가? 그녀는 소를 많이 가지고 있는 부자 아문의 규방에 속하는 여인으로 숫양의 이마를 가진 이 제국의 신 아문 앞에서 노래를 부르고 춤을 추는 무희였고, 이 신을 섬기며 국가의 지혜를 생각하느라 여념 없는 대머리 일등사제와 절친한 사이였다. 아문의 태양 사상을 굳건하게 지키려는 보수파의 한 사람인 그녀가, 이 넓은 지평선의 주인님, 파라오의 사상가들이 사고를 통해 시험해 보는 주인님, 폭넓은 결속력을 원해서 낯선 것에도 호의를 보이며 아시아의 다른 태양신들까지 마다하지 않고 형제로 자처하는 그 주인님, 삼각의 정상 꼭지점에 있는 레-호르아흐테-아톤을 위한 예배당을 자기 방 안에 만들다니!

그녀는 자신의 사랑을 표현하고 속삭이기 위해 이러한 방법과 언어를 사용했다. 그건 이집트 여성과 히브리 청년이 속했던 공간과 시간의 언어였다. 요셉이 어찌 이 언어를 이해하지 못하겠는가? 그는 일찌감치 이해했다. 그리고 이 순간 요셉 역시 감동했다는 사실에 대해, 이렇게 뒤늦게 그의 사후에나마, 그를 칭찬해야 마땅할 것이다. 그가 받은 느낌은 공포와 근심이 뒤엉킨 기쁨이었다. 그래서 그는 머리를 조아릴 수밖에 없었다.

"저는 마님의 신앙심을 보고 있습니다." 그가 나지막하게 말했다.

"조금 놀라운 것도 사실입니다. 만약 베크네혼스 대인께서 마님을 찾아오셔서 지금 제가 보고 있는 것을 보게 되면 어쩌시려는지요?"

"베크네혼스는 두렵지 않아." 그녀는 승리에 취해 목소리까지 떨렸다.

"파라오가 더 크시다네!"

"파라오 만세!" 그는 기계적으로 중얼거렸다.

"그러나 마님께서는" 그리고 다시 나지막하게 덧붙였다.

"에페트-에소베트의 주인님께 속한 분이십니다."

"파라오는 그분의 육신이 낳은 아들이네." 대답이 얼른 나오는 것으로 보아, 그녀는 미리 준비한 게 틀림없었다.

"파라오가 사랑하는 신을, 그리고 파라오가 자신이 거느리고 있는 현인들로 하여금 근본을 캐게 한 신을 내가 어째서 섬길 수 없겠는가? 우리 두 나라에 그보다 더 오래되고 큰 신이 어디 있는가? 그는 아문과 마찬가지이며 아문은 그와 마찬가지라네. 아문은 자신을 그의 이름으로 부르며 '나를 섬기는 자는 곧 레를 섬기는 것이다' 라고 말했지. 그러니 내가 레를 섬기면 곧 아문을 섬기는 것이 아니고 뭔가!"

"정녕 그렇게 생각하신다면 그리 하시지요." 그가 낮은 목소리로 대답했다.

"그에게 향을 올리세." 그녀가 말했다.

"집안일은 그 다음에 의논하고."

그녀는 그의 손을 잡고 신상이 있는 곳으로 나아가 제물 도구가 담겨 있는 삼발이 쪽으로 데리고 갔다.

"향을 올리게."

그녀가 명령했다(그녀는 이집트어로 '젠테르 네테르'라고 말했다. 이것은 '거룩한 냄새'라는 뜻이다).

"불을 붙이게나, 그의 자비를 구해야지!"

그러나 그는 머뭇거렸다.

"제게는 좋은 일이 아닙니다, 마님." 그가 말했다.

"어떤 상 앞에 향을 올리는 것은 저희 집안에서 금하는 일입니다."

이 말에 그녀가 그를 쳐다보았다. 고통스러운 기색이 역력했다. 그는 또다시 놀랄 수밖에 없었다. 그녀의 눈빛이 이렇게 말하고 있었던 것이다. '네가 함께 향을 올리지 않겠다는 것이냐? 이 분이 누구냐? 나에게 널 사랑해도 된다고 허락해 주는 분이 아니더냐?'

"마님께서 향을 피우고 제물을 올리실 수 있도록 도와드리겠습니다."

그는 향료로 쓰이는 테르펜틴 수지(樹脂) 알맹이를 향로에 넣고 불을 붙였다. 그런 다음 그녀에게 잎 모양의 자루가 달린 향로를 건넸다. 그녀가 향로를 들고 아툼의 콧속으로 향기가 올라가게 하는 동안, 그는 온 마음을 다 바치지는 않고, 당연히 마음 한 자락은 접어둔 채 두 손을 들고 인내심이 많은 자에게 예를 표했다. 그리고 속으로 이 정도는 주님께서도 너그럽게 봐주시리라 믿었다. 그러나 에니의 가슴은 온전히 이 암시적인 행동에 쏠려 있었다. 요셉이 나중에 집안일에 관해 들려준 말에는 관심도 없었다.

그녀는 이런 행동으로 요셉에게 자신의 욕망을 고백했

741

다. 그러나 이 가련한 여인은 단어로도 이를 표현하고 싶은 욕구를 더 이상 억누를 수 없었다. 그랬다. 오랫동안 필사적으로 감추려 했지만, 한번 무너진 마음이라 그랬을까, 이제는 그에게 알리고 싶은 욕망이 걷잡을 수 없이 강렬해졌다. 게다가 난쟁이 두두까지 이쪽 저쪽을 오가며 부추기는데야!

두두는 사물들과 관련된 사무적인 대화를 한사코 사적인 대화로 바꾸라고 재촉했다. 그 악동의 책략을 알아내어 '함정에 빠뜨리기' 위해서는 그래야 한다는 것이었다. 이런 상황에서 그녀는 뜨겁게 달아오른 손으로 집안일에 관련된 대화의 껍데기를 어떻게든 벗겨내려고 애를 태웠다. 이 비겁한 옷을, 그 잠방이를 벗겨 '너'와 '나'의 진실을 벌거벗기려고 말이다.

요셉에게 이 '벌거벗김'이라는 발상이 어떤 무서운 생각과 결합되는지, 그녀는 물론 전혀 예측하지 못했다. 이것이 가나안과 관련된 관념들과 결합되어, 허락되지 않는 것, 술에 취해서나 나올 법한, 수치심 결여에서 비롯된 모든 행동에 대한 철저한 경계를 연상시킬 줄이야, 그녀가 무슨 수로 알았겠는가. 그리고 이 정도로 끝나는 게 아니라 저 멀리, 태초의 장소까지 거슬러 올라가게 만든다는 사실도, 그녀는 전혀 알지 못했다. 그곳에서는 어떤 일이 벌어졌던가? 벌거벗음과 인식이 하나가 되고, 이 결합에서 선악의 구분이 출현한 곳이 바로 거기였다.

그녀는 이런 전래설화는 들어본 적도 없을 뿐 아니라, 명예와 수치에는 민감했으나 죄라는 관념에 대해서는 깊이 이해하지 못했다. 아니 그 정도가 아니라, 죄라는 단어 자체가 애초부터 그녀의 어휘 목록에는 올라 있지도 않았고, 또 무엇보다도 이 발상이 벌거벗은 상태와 결합된다는 것에는 전혀 익숙하지 않았다. 그래서 자신이 사랑하는 청년과 나누는 대화를 벌거벗긴다는 것이, 이 젊은이에게 그의 핏줄에 깔려 있는, 죄에 대한 공포심을 일깨우리라고는 짐작도 못했다.

그래서 요셉은 어떻게든 대화에 사무적인 옷을 입히려 하고 그녀는 번번이 벗기려 했다. 그녀는 요셉에게 이제 살림에 대한 것 말고 그 자신에 관한 이야기를 하라고 명령했다. 옛날에 어떻게 살았는지, 그리고 어머니에 대한 이야기를 하라는 것이었다. 예전에도 어머니 이야기는 들려준 적이 있건만, 그녀는 그의 어머니의 사랑스러움을 묘사하는 속담 같은 이야기를 듣고서도 되풀이해서 듣기를 원했다. 그리고는 한걸음 더 내딛어 미소를 띠면서 그런 어머니로부터 사랑스럽고 아름다운 외모를 물려받았다고 언급하는 것으로도 성이 차지 않는지, 간절한 목소리로 상대방을 칭송하면서 정이 끓어오르는 뜨거운 목소리로 말을 건네는 것이었다.

"드문 일이야."

그녀는 넓은 팔걸이가 달린 의자에 몸을 기댔다. 의자는 사자의 털가죽 꼬리 끝에 놓여 있고, 그 짐승의 머리는 요셉의 발치에서 아가리를 벌리고 있었다.

"드문 일이야."

요셉이 들려준 이야기에 대한 그녀의 대답이었다. 그녀

는 푹신한 발의자 위에 올려놓은 발이 편안하게 있는 것처럼 보이려고 애를 쓰는 중이었다.

"아주 드문 일이야. 상대방이 묘사해 주는 이야기를 듣는데, 그것이 마치 그림처럼 생생하게 눈앞에 그려지다니, 정말 드문 일이야. 그래, 독특해. 아니 내게는 기적 같아. 사랑스러운 여인의 눈, 그대 어머니의 눈이, 다정한 밤 같은 까만 눈동자가, 오랜 세월 기다리다 지쳐서 조바심을 못 참고 눈물을 흘리자 서쪽에서 온 남자, 그러니까 그대의 아버지가 입술로 눈물을 훔쳐 줬다는 그 눈이 마치 나를 바라보고 있는 것 같으니, 이 얼마나 놀라운가. 그대가 이미 고인이 된 그분을 많이 닮았다고 하더니, 공연한 소리가 아니었군. 그래서 그녀가 죽은 이후에도 그대 안에 살아 있고, 그대 아버지도 그대와 그녀를 혼동하면서 사랑한다니, 어머니와 아들을 말야. 그녀를 너무도 아름답게 묘사해 주는 그대는 지금 그녀의 눈으로 나를 바라보고 있다네, 오사르시프. 하지만 난 오랫동안 몰랐어. 그대가 어디서 그렇게 아름다운 눈을 가지게 되었는지. 사람들 말이 육로든 수로든 그대를 만나는 사람은 누구나 그대에게 호감을 갖게 된다는데, 거기에는 다른 어떤 것보다 그대의 눈이 큰 역할을 한다 들었네. 그 눈들은 지금까지는 내게, 이렇게 표현해도 된다면, 따로 떼놓은 하나의 현상에 불과했어. 그러나 이제 우리 영혼에 호소력을 갖는 현상의 출처와 그에 얽힌 이야기를 알게 되니, 위안이 된다는 말은 좀 그렇고, 여하튼 기분이 좋고 상쾌하군."

이야기가 왜 이렇게 답답하냐고, 이상하게 생각해서는

안 된다. 열애의 감정은 일종의 병이다. 임신이나 출산의 진통처럼 건강한 질병도 그렇듯이 사랑의 열병 역시 위험을 수반한다. 여인의 이성은 마비된 상태였다. 그녀는 교양 있는 이집트 여인으로서 분명하고 문학적이며, 또 나름대로 이성적인 표현을 쓰고 있었지만, 감당할 수 있는 것과 없는 것을 구분하는 능력은 현저히 떨어져 있는 상태로 안개 속을 헤매고 있었다. 거기에 또 다른 어려움, 혹은 용서해 줄 만한 사항이 더해졌는데, 그것은 제약을 모르는 여주인이라는 신분이었다.

다시 말해서 그녀는 자신이 원하는 것이면 무엇이든 언제라도 거리낌없이 말하는데 익숙해 있었다. 그리고 자신이 하고 싶은 말은 처음부터 귀족적인 고상한 취미를 벗어나는 것일 수 없다는 데 익숙했다. 건강한 때라면 그걸 의심할 필요도 없었을 것이다. 그러나 지금은 상황이 달랐다. 그런데도 그녀는 자신이 처음 맞은 새로운 처지를 미처 점검해 보지 못한 채, 늘 그래왔듯이 아무 제약도 느끼지 않고 하고 싶은 말을 했다. 지금 같은 처지와 상황에서는 곤란한 말밖에 나올 수 없었건만, 그녀는 이러한 사실을 까맣게 몰랐다.

그러나 요셉은 당연히 그녀의 이러한 말을 곤란한 것으로 받아들여 상처를 입기도 했다. 이런 말로 그녀가 자신의 벌거벗은 모습을 드러낸 것도 문제지만, 그녀를 교화하려던 구제 계획이—그녀를 만날 때면 항상 겨드랑이에 끼우고 나왔던 계산서 두루마리가 이를 상징하지 않았던가—차츰 무너지는 모습까지 바라봐야 했기 때문이다. 그는 여주인의 신분에 기대어 아무 거리낌 없이 무슨 말이든 해대는 그녀의 도도함에 우울해졌다. 그녀는 새로운 상황을 맞아서 아무 말이나 해도 되는 습관대로, 그의 눈에 대해 듣기 거북한 찬사들을 늘어놓았다. 그건 사랑에 빠진 남자가 자신의 연인에게나 건넬 수 있는 말이었다.

'주인(Herr)'이라는 단어가 여성을 일컫게 되자 형태에 변화가 생겨 '여주인(Herrin)'이 되었지만, 이 명칭에는 원래의 남성적인 요소가 강하게 남아 있음에 유의해야 한다. '여주인'은 육체적으로 보자면 그 형상이 여자인 '주인'이며, 정신적으로 보자면 '주인'의 면모를 지닌 여자로서 이중성을 보여주므로, 남성적 특성이 더 큰 비중을 차지하는 것이다.

한편 아름다움은 수동적이며 여성적인 특성이다. 바라보는 자의 가슴에 그리움과 향수를 불러일으키고, 남성적이고 능동적인 감탄을 낳아, 상대방을 갈망하고 구애하도록 만든다고 전제할 때 그렇다는 뜻이다. 그리고 아름다움 또한 앞에서 말한 이중성을 만들어내기도 하는데, 물론 여기서는 거꾸로 여성적인 특징이 더 큰 비중을 차지한다.

그리고 이중성이라면 요셉에게 낯선 것이 아니었다. 그는 이쉬타르 안에 한 명의 처녀와 한 명의 총각이 한 몸을 이루고 있다는 점도 잘 알고 있었다. 또 이쉬타르 그녀와 베일을 바꿔 쓰는 탐무즈, 즉 양치기 소년이며, 오라버니요 아들이며 배우자인 그의 안에서도 같은 현상이 반복되어 실제로 이쉬타르와 탐무즈를 합치면 넷이 된다는 것도 알았다. 그러나 이 기억들이 저 멀리 있는 낯선 곳에 속하는 것으로 하나의 유희에 불과했다면, 요셉이 살던 곳과 그곳의 현실 또한 같은 것을 가르쳐 주었다. 이스라엘은 아버지의 이성이 확대되면서 얻게 된 정신적 이름이었다. 이 이름도 마찬가지의 이중적인 의미를 통해 처녀의 성격을 띠고 있었다. 다시 말해서 이스라엘은 주님, 즉 그가 섬기는 신의 신부요 신랑으로서, 남자인 동시에 여자였다. 그러면 그분 자신은, 외로이 홀로 계신 대단한 열정의 소유자인 그분은 어떤가? 그분 역시 세상의 아버지인 동시에 어머니가 아니던가? 그 얼굴이 두 개여서 낮을 바라보는 얼굴은 남자이지만 어두움을 바라보는 얼굴은 여자가 아닌가? 그렇다. 이 이중성이야말로 주님의 본성에 대한 최초의 기정사실이 아니었던가? 이것이 있었기에 그분과 맺는 이스라엘의 관계가 이중의 성을 띠게 되고, 특히 요셉의 경우, 보다 신부에 가까워져 여성다움이 더 강해진 것이 아니었던가?

그랬다. 그건 옳은 말이고 사실이다. 그러나 주의 깊게 살펴본 독자라면 요셉의 자아에 얼마 전부터 변화가 일어났다는 점을 놓치지 않았을 것이다. 그는 여주인에게 감탄을 받고 갈망과 구애의 대상이 되는 게 거북했다. 여주인이 마치 남자가 아가씨에게 하듯이 자신을 칭송하는 것이 못마땅했다. 그는 최근 들어 더욱더 남자다워졌다. 이는 지금까지 살아온 스물다섯 해가 가져온 자연스러운 변화인 동시에 집사라는 신분으로 급성장한 출세의 결과이기도 했다. 그가 이렇게 이집트에서 한 대인의 큰 살림을 감독하는 위치에 올랐음을 감안한다면, 그의 거부감도 간단하게 설명이 될 것이다. 그러나 지나치게 간단한 설명은 불완전한 설명이다.

그가 여주인의 태도를 불쾌하게 생각한 데는 이것 말고도 다른 이유가 있었다. 소년 요셉이 마침내 남자가 되게 한 이유에는 또 다른 것이 있었다. 이 남성화라는 표상은 죽은 우시르가 그의 씨를 받아 호루스를 잉태하기 위해 우시르의 시신 위에서 맴돌고 있는 독수리 여자로 말미암아 깨어나는 것이다. 이 표상이 실제 상황과도 정확하게 일치한다는 점을 굳이 상기시킬 필요가 있을까? 독수리 두건을 쓰는 여자가 누구이던가? 그 두건을 쓰고 아문 앞에서 신의 측실로서 춤을 추는 게 바로 여주인 무트가 아닌가? 즉 사랑에 사로잡힌 그녀 자신이 요셉의 남성화를 부추긴 원인이었던 것이다.

그래서 요셉은 상대방을 갈망하고 구애하는 행위를 자신의 권리로 요구하며 주인처럼 행세하는 여주인의 칭찬이 거북해졌던 것인데, 이럴 경우 칭찬을 받은 자신의 눈으로 아무 말 없이 여자를 바라본 후, 얼른 겨드랑이에 끼고 있는 두루마리로 눈을 돌렸다. 그리고 개인적인 이야기로 빗나갔으니, 이제는 집안일을 의논하는 사무적인 이야기로 돌아와도 되지 않겠느냐고 묻는 것이었다. 그러나 무트는 자신을 부추기는 두두의 성원에 힘입어 그런 말은 들은 척도 하지 않고, 계속해서 사랑을 고백하고 싶은 욕구에 자신을 내맡겼다. 이를 보여주는 개별적인 장면들을 일일이 열거하지는 않겠다. 2년째 되던 해에 일어난 이와 유사한 사건들 중에서 몇 가지만 추려서 이야기하면 될 것이다.

예컨대 이성이 마비된 그녀는 아무런 제약도 느끼지 않

고 단지 눈만이 아니라, 그의 훤칠한 키와 목소리, 머리카락에 대해서도 그것이 얼마나 자신을 황홀하게 해주는지 말로 표현했다. 그리고 그의 어머니, 그 사랑스러운 여인의 모습을 출발점으로 삼아, 그 모습이 아들인 그에 이르러 놀라운 변모를 겪게 된 것에 대해서도 감탄사를 연발했다. 어머니의 형태와 체격에 나타났던 여성적인 장점이 아들에 이르러 남성의 형상을 띠면서 음색도 한층 돋보인다며 감탄한 것이다. 이렇게 나오는데야 요셉이 어떻게 해야 했겠는가? 어찌 되었건 부드럽게 그녀를 달랬다는 점은 인정해 줘야 한다. 그리고 그녀가 정신을 차리도록 우회적으로 그녀가 감탄하고 있는 대상의 단점을 상기시키기도 했다.

　"그만두세요, 마님. 그런 말씀 마십시오! 마님께서는 이렇게 밖으로 불거져 나온 것만 보고 그러시는데, 이게 무슨 의미가 있습니까? 따지고 보면 가련할 뿐입니다! 그걸 기억해야 합니다. 스스로 기억하는 것은 물론, 이런 것을 보고 미소라도 보내는 사람이 있다면 그들에게도 상기시켜야 마땅합니다. 사람이란 워낙 연약하여 이 모든 것이 얼마나 미천한 소재로 이루어졌는지, 모두 다 잘 알면서도 쉽게 잊어버리곤 하니까요. 또 그 소재는 오래 지속되지도 못하고 유한하고 무상하니 얼마나 가련합니까! 생각을 해보세요. 이 머리카락도 그렇습니다. 얼마 안 있으면 다 빠지게 될 것이고, 지금은 하얀 이 이빨도 마찬가지입니다. 이 눈은 또 어떻습니까? 피와 물로 이루어진 아교 덩어리에 불과합니다. 이들도 다 흘러내릴 것입니다. 다른 가상(Schein, 假象)도 쪼그라들고 물러져서 결국엔 없어지게 되어 있습니

749

다. 보세요. 전 이러한 이성적인 생각을 저 혼자 간직하는 것은 옳지 않다고 생각합니다. 마님께도 쓸모가 있다면 사용해 보십시오."

하지만 그녀는 이 말을 믿지 않았다. 그녀는 교화대상이 될 의사가 전혀 없었다. 그녀가 그의 훈계에 화가 나서가 아니었다. 그녀는 오히려 즐거워했다. 더 이상 수수처럼 명분이 서는 것을 다루는 답답한 화제가 아니고, 여성인 그녀가 편안함을 느낄 수 있는 자신의 영역에 관해 이야기하게 되어 기뻤다. 이제는 그녀의 발도 얼른 도망치고 싶은 충동에 시달리지 않아도 되지 않는가.

"참으로 묘한 이야기를 하는군, 오사르시프." 그녀가 말을 받았다. 그녀는 입술로 그의 이름을 애무하고 있었다.

"그대의 말은 잔인하고 잘못된 말이야. 잔인해서 잘못된 말이라는 뜻이지. 그것이 아무리 진실이라 해도, 이성적으로는 이의를 제기할 수 없는 것이라 하더라도, 가슴과 정서에는 전혀 맞지 않는 소리이니까. 소재가 유한한 것이라 하여 형식을 감탄할 이유가 적어진다는 것은 말도 안 되기 때문이지. 오히려 감탄할 수 있는 이유가 하나 더 보태진다고 해야 옳아. 항상 그대로인 청동과 돌 같은 소재로 만들어진 아름다운 형상에 바치는 감탄에는 찾아볼 수 없는 또 다른 감동도 안겨 주니까. 살아 있는 아름다운 형상에 쏟는 마음은 프타흐의 작업장에서 나온 영구적인 아름다움을 지닌 조각상들에게 향하는 마음과는 비교할 수 없을 정도로 화려하니까. 그런데 무슨 수로 그대가 이런 가슴을 가르칠 수 있는가? 생명을 지닌 살아 있는 소재가 그것을 본뜬 상을 만들 때 쓰는 영구적인 소재보다 못한 것이고 초라하다고 말할 수 있나? 우리 가슴은 이런 것을 배우려 하지도 않을 뿐더러, 그럴 수도 없다네. 왜냐고? 지속성은 죽은 것이네. 오로지 죽은 것만이 지속되기 때문이야. 프타흐의 열성스러운 제자들이 조각상에 반짝이는 눈까지 끼워 넣어, 마치 바라보고 있는 것처럼 보이지만, 그것들은 그대를 보지 못한다네. 오로지 그대만이 그것들을 볼 수 있어. 그것들은 그대에게 하나의 '너'라는 존재로 대답하지 못해. 그것은 자네처럼 하나의 '나'가 될 수 없거든. 오로지 우리 같은 자들의 아름다움만이 감동을 줄 수 있어. 작업장에서 만든 지속성을 갖는 형체를 보고 그 이마에 손을 얹고 싶고 입을 맞추고 싶은 사람이 어디 있겠는가? 보게, 이것이 훨씬 더 화려하고 감동적이지 않은가, 아무리 무상한 것이라 할지라도, 살아 있는 형상에 기우는 마음이! 그래, 무상함! 그런데도 오사르시프 그대는 어찌하여 내게 무상함을 운운하며 그 이름으로 나무라는가? 도대체 그대가 얻고 싶은 결론이 뭔가? 축제 때 미라를 들고 홀 안을 한바퀴 돌게 하는 것이, 축제를 끝내라는 경고이던가? 모든 것이 무상하니까? 아냐, 오히려 그 반대야! 그건 미라 이마에 이렇게 써 있기 때문이야. '이 날을 즐겁게 보내라!'"

참으로 딱 들어맞는 훌륭한 대답이었다, 나름대로는. 이성이 마비된 상황을 감안한다면 그렇다는 말이다. 이런 식으로라도 건강한 날의 영리함을 빌려 와 매혹적인 옷을 입혀야 했던 그녀였다. 요셉은 그저 한숨만 내쉴 뿐, 아무 대꾸도 하지 않았다. 그는 자신은 할 만큼 했다고 생각했다.

그래서 육신의 껍데기 아래에 있는 것이 얼마나 혐오스러운지 끝까지 우기고 싶지도 않았다. 아무리 말을 해줘도 이성이 마비되어 이를 간과하려 들고 '가슴과 마음' 또한 알려하지 않는다는 것을 깨달았던 것이다.

그리고 그에게는 그녀를 설득하는 일보다 더 다급한 일이 있었다. 살아 있는 것처럼 보이는, 작업장에서 나온 조각상의 '살아 있음'이 기만이거나, 무상한 인간의 아름다움이 기만이거나 둘 중의 하나다. 그리고 살아 있음과 아름다움이 추호의 기만 없이 온전하게 하나를 이루는 진실은 오로지 한 군데 있을 뿐이며 그것은 다른 질서에 속한다. 이런 설명을 그녀에게 들려주는 것보다, 더 시급한 것이 바로 예를 들자면 최근 들어 부쩍 빈번해진 그녀의 선물 공세를 피하는 일이었다.

이는 태곳적부터 있던 일로, 사랑에 빠져 지극히 충동적으로 변한 사람이라면 누구에게서나 발견할 수 있다. 이처럼 넘쳐나는 충동은 자신이 신격화한 존재에 대한 종속성에 그 뿌리가 있다. 말하자면 신에게 제물을 바치려는 본능으로서, 그를 보석으로 치장시켜 거룩하게 만들어 사랑을 애걸하는 일종의 뇌물이다. 이게 전부가 아니다. 사랑의 선물은 한편으로는 상대방을 자신의 것으로 점유하려는 소유욕에서 비롯된다. 그리고 온 세상 사람들을 향해 그가 어디에 예속되어 있는지 표식을 찍어 더 이상 다른 사람에게 제공될 수 없다는 사실을 알려 주려고 그에게 하인의 제복을 입히는 것이다. 다시 말해서 내가 준 선물을 네가 지니고 다니면 너는 내 것이라는 논리인 것이다. 여기서 가장 훌륭한 사랑의 선물은 반지이다. 반지를 주는 사람은 자신이 무엇을 원하는지 잘 안다. 그리고 반지를 받는 사람 역시 자신에게 무슨 일이 일어나고 있는지, 모든 반지가 눈에 보이지 않는 사슬을 눈으로 보여주는 하나의 고리라는 사실을 알아야 마땅하다.

에니 또한 요셉에게 그간의 노고에 감사하다는 명분으로, 그리고 자신에게 집안일을 소상하게 알려 줘서 고맙다는 인사를 건네며, 넋이 나간 표정으로 아주 귀한 반지를 선물했다. 장수풍뎅이가 새겨진 반지였다. 그것도 모자라 나중에는 황금 팔찌와 목에 두르는 화려한 보석 장신구를 비롯하여 고상하게 재단된 예복까지 선사했다. 이 말은 그녀가 이 모든 것을 그에게 '선물' 하고 싶어서 다른 뜻은 전혀 없는 것처럼 선물을 받도록 강요했다는 뜻이다. 그러나 요셉은 한두 가지는 마지못해 공손하게 받았으나, 다른 것들은 처음에는 부드럽게 간청하는 투로, 나중에는 짤막하고 무뚝뚝한 말로 거절했다. 이런 것들이 그로 하여금 자신의 상황을 인식하게 만들었고, 그것이 무엇인지 다시금 깨닫게 해주었던 것이다.

예복은 지나친 선물이라며 받지 않겠다고 거절한 어느 날도 그는 아주 짤막하게 다음과 같이 대답했다.

"제게는 지금 있는 옷으로도 충분합니다."

이 순간 요셉은 자신에게 지금 어떤 일이 벌어지고 있는지 절실히 깨달았다. 그래서 자신도 모르는 사이에 길가메쉬처럼 대답하고 말았던 것이다.

길가메쉬의 아름다운 모습에 반해 그를 덮친 이쉬타르는

이렇게 말했었다.

"자, 길가메쉬, 넌 나와 결혼해서 나한테 네 씨를 줘야 해!"

그리고 그렇게 해주면 많은 선물을 주겠다고 약속했었다. 현재 일어나는 일이, 자신이 이미 알고 있는 과거의 사건의 재현임을 알게 될 때 인간은 한편으로는 안심을 하면서도 두렵기 마련이다.

'아, 그거구나! 그게 다시 등장한 거야!'

신화에 뿌리를 두고 있는 것, 현실을 뛰어넘는 현실, 즉 지금 눈앞에 벌어지는 사건의 진실을 느낄 때 인간은 이렇게 스스로를 달래며 안심한다. 그러나 한편 두려운 것도 사실이다. 다른 사람이 아니고 바로 자신이 이와 같은 신들의 역사를 재현하는 축제의 가면극에서 이 역할을 연기해야 한다는 사실을 깨닫고, 요셉은 온몸이 오싹해졌다. 그리고 마치 꿈을 꾸는 것 같았다.

'그래, 그래.'

그는 가련한 무트를 바라보며 이런 생각을 했다.

'당신의 진짜 모습은 아누의 음탕한 딸이야. 그렇지만 당신은 그걸 몰라. 나는 당신을 나무라고, 당신이 그 수많은 연인들을 어떻게 했는지 일일이 들이대며 당신을 꾸짖겠어. 당신은 당신의 사랑으로 연인들을 쓰러뜨려 한 명은 박쥐로 만들었고, 또 한 명은 알록달록한 새로 만들고, 세번째 연인은 들개로 만들었어. 그는 원래 가축떼의 목자였는데 그가 거느리고 있던 목동은 주인이 들개로 변한 줄도 모르고 개들에게 그를 뒤쫓게 하여 털가죽을 물도록 했지.

'나도 그들과 마찬가지의 운명을 겪게 되겠지.' 연극은 내게 이렇게 말하도록 명령하고 있어. 길가메쉬는 그런 말로 당신을 모욕했고, 거기에 화가 난 당신은 아누에게 달려가 자신에게 복종하지 않는 자에게 불을 뿜는 하늘의 황소를 보내게 했지. 이제야 길가메쉬가 왜 그랬는지 알겠어. 그를 통해 나를 이해하게 되었으니까. 나를 통해 그를 이해하게 된 것처럼. 길가메쉬가 그런 말을 한 것은 당신의 여주인 같은 칭찬이 불쾌해서였어. 그래서 당신 앞에 처녀성을 꺼내 보인 거야. 당신의 구애와 선물에 순결함으로 무장한 거지. 아, 수염 달린 이쉬타르!'

요셉의 순결

점토판을 읽을 줄 아는 우리의 요셉은 이렇게 자신의 생각을 자신보다 먼저 살다 간 자들의 생각들과 결합시키고 있다. 이 자리에서 그는 우리에게 분석의 열쇠 구실을 하는 단어 하나를 제공해 준다. 하나의 종합이며 요약인 이 낱말이 아름다운 학문에 꼭 필요한 요소라는 확신에서 여기 소개할까 한다. 바로 '순결'이 그 핵심 단어이다. 이 사고의 산물은 요셉의 형상과 함께 수천 년 동안 결합되어 오면서, 그의 이름 곁에 붙어다니는 거부할 수도, 분리할 수도 없는 고전적인 형용사로 자리잡고 있다. 그래서 나온 게 '순결한 요셉'이다. 또 아예 특별한 인간 종자를 상징하듯 '순결한 인간 유형 요셉'이라는, 순진한 척하는 고상한 표현도 있다. 자신이 살고 있는 날과 요셉이 살았던 날들 사이에 깊은 심연이 가로 놓여 있건만, 사람들이 '요셉' 하면 떠올리는 게 바로 이 상투어일 정도로 그 생명력이 대단하다.

그러나 그가 살아간 나날들을 보다 정확하고, 설득력 있게 재현하는 것으로 우리 몫을 다했다고 믿을 생각은 없다. 수없이 묘사되고 산발적으로 암시되어 온 순결이라는 모티브와 그 구성요소가 얽히고설킨 다채로운 모양들을 제자리에 모아 한눈에 보여줌으로써, 무트-엠-에네트의 고통을 충분히 이해하고 동정심을 느낀 나머지, 요셉의 꼿꼿함에 분개할 관찰자가 요셉을 너그럽게 이해할 수 있게 해주는 것, 그게 전부는 아닐 거라는 뜻이다.

순결이라는 단어가 그럴 능력의 자유가 결여된 자, 즉 명예 친위대장, 거세된 태양의 궁신에게는 적용되지 않음은 두말할 필요도 없다. 거세되지도 않고, 살아 있는 인간이라는 점이 당연한 전제조건이며, 요셉은 물론 그러했다. 그리고 우리 모두 잘 알다시피, 그는 성숙한 나이에 왕의 주선으로 이집트 여자와 결혼했다. 이 결혼에서 에프라임과 메나세 두 아들이 나왔다(이들도 곧 소개할 것이다). 따라서 그는 순결한 남자로 계속 머문 것이 아니라 청년기에만 순결을 지켰다. 이렇게 순결이라는 이념은 그의 청년기와 불가분의 관계에 있다. 그는 처녀성(총각에게도 이런 표현이 가능하다)을 바치는 행위가 금기 사항이라든가 유혹이나 함정 같은 성격을 띠었을 때는 끝까지 자신의 처녀성을 보존했다. 그러다가 나중에 그런 성격을 벗어나게 되자, 미련없이 처녀성을 떠나보냈다. 결론적으로 '순결한'이라는 고전적 형용사는 요셉의 평생이 아니라 일정 기간에만 적용된다.

또 청년 요셉의 순결을 미숙한 자의 것이나, 혹은 사랑의 문제를 전혀 모르는 목석 같은 멍청이의 것으로 생각하는 것은 오해에 불과하다. 야곱이 애지중지하던 총아가 성과 관련하여 아무것도 모르는 어리석은 팔푼이며 죽은 개였다는 가정은, 근심스러운 눈으로 바라보던 그의 아버지를 비롯하여 우리들 눈앞에 처음 나타났던 열일곱 살의 요셉과는 전혀 어울리지 않는다. 그때 그는 우물가에서 자신을 아름답게 꾸미며 아름다운 달에게 교태를 부리지 않았던가. 이름도 찬란한 그의 순결은 무능한 자의 산물과는 거리가 먼 것으로, 오히려 정반대의 것이다. 이에는 세상이 통째로 들어 있으며, 세상과 사랑의 정신으로 조우하는, 그래서 마땅히 모든 이에게 사랑받는 상태이다. 그의 순결에 이러한 포괄적인 특징을 부여하는 까닭은 이것이 세속의 경계선에 멈춰 서지 않고, 부드러운 숨결과 복잡한 의미라는 형태로 변하여, 침묵으로 일관하는 저 밑바닥에도 항상 있었기 때문이다. 어떤 밑바닥? 모든 밑바닥, 무서울 정도로 거룩한 밑바닥도 포함해서이다. 요셉의 순결이 바로 이러한 것이었기 때문에, 거기서 순결이 나온 것이다.

우리는 앞에서 살아 있는 신의 질투를 지켜본 바 있다. 예전에 사막의 악령이었던 그는 인간정신과 동맹을 맺은 이후 상호 거룩해지는 과정을 거치며 꽤 많은 진전을 보았음에도 불구하고, 동맹 동지가 자신을 제쳐두고 다른 자에게 걷잡을 수 없이 감정을 퍼붓는 것을 보고, 이렇게 우상처럼 떠받들어지는 대상에게 박해를 가했다. 그 피해자였던 라헬이 얼마나 힘겨워했는지 우리 모두는 잘 알고 있다. 그때 우리는 벌써 그녀의 새싹인 요셉이 자신을 생산한 야곱보다 이 살아 있는 신을 훨씬 더 잘 이해하고 보다 유연한 자세를 취할 줄 알았다는 점을 언급했었다. 요셉의 순결은 바로 이러한 이해와 배려의 표현이다. 요셉은 자신의 고난과 죽음이—그것이 설령 다음의 또 다른 목적을 위한 것이라 하더라도—일단 야곱의 교만한 감정에 가해진 주님의 형벌이었다는 사실을 깨달았었다. 다시 말해 야곱은 주님을 모방하여, 자기 마음에 드는 자를 선택하여 오로지 그에게만 애정을 쏟았지만, 위에서는 이를 허락하지 않았다. 이는 질투에서 비롯된 행동이었다. 그런 의미에서 요셉의 시련은 아버지를 겨냥한 것으로 라헬이 겪은 시련의 연속에 지나지 않는다. 야곱은 라헬에 대한 사랑이 지극하여 그녀 자신으로 끝나지 않고 아들의 모습에서까지 계속 사랑했던 것이다.

그러나 질투는 이중의 의미를 갖는다. 다시 말해서 두 가지의 연관성을 놓고 질투를 따져볼 수 있다. 우선 오로지 자신만 사랑해 주기를 원하는 상대방이 자기가 아닌 다른 대상을 사랑할 때, 그 대상에 대한 질투와 자신이 선택한 대상 자체에 대한 질투가 있다. 이 대상이 오로지 자신에게만 사랑을 쏟아주기를 바라는 질투인 것이다. 세번째 가능성은 두 가지가 합쳐진 온전한 질투이다. 요셉은 이 온전한 질투가 자신의 경우에 해당한다고 여겼으며, 이는 그리 잘못된 판단이 아니다.

그는 오로지 야곱을 벌주고 교화하려는 목적에서 요셉 자신의 옷이 찢겨지고 먼 곳으로, 이집트로 옮겨졌다고는 생각하지 않았다. 또는 달리 말해서, 꼭 **그 때문**이라고 여기지는 않은 것이다. 그는 주님께서 마음이 가는 대로 선택한 대상이 바로 자신이라고 생각한 것이다. 따라서 신께서는 행여 자신을 다른 사람이 넘볼까 엄청난 질투심을 느끼시는 것으로 여겼다. 야곱도 근심 어린 눈으로 얼추 짐작은 했지만, 자신이 요셉의 아버지다 보니, 미처 거기까지는 생각이 닿지 않았다. 다시 말해서 아들처럼 그렇게 약삭빠른 생각은 못했던 것이다.

이런 식으로 창조주와 피조물의 관계를 부각시키는 것에 현대인까지도 당황하고, 경우에 따라 상처를 입을 수도 있으리라. 이러한 발상은 아버지의 이성(Vätervernunft)이라는 가정과 마찬가지로 적당해 보이지 않으니까 말이다. 그러나 이것은 시간 속에 자신의 자리를 가지고 있으며 거기서부터 발전되어 왔다. 그리고 영혼을 다루는 책을 보면, 인간의 눈으로 감히 바라볼 수 없는 자(그가 어떤 이름을 갖든지 상관없이)와 그의 수제자이며 총아인 자가 구름의 비호를 받으며 수태를 하듯이, 그런 식으로 나누는 대화를 하나가 아니라 여러 개 전해 주고 있는데, 여기에 짙게 깔려 있는 선정성을 누가 부인할 수 있겠는가. 이렇게 보면 이런 식으로 사물을 이해한 요셉의 생각은 원칙적으로 정당함을 알 수 있다. 단 모든 것이 실제로 그의 생각과 같았을까 하는 것은 그의 개인적인 품위와 자격의 문제이므로 우리가 왈가왈부할 문제가 아니다.

"나는 내 몸을 늘 깨끗하게 간수해."

어린 벤야민은 아돈의 숲에서 자신이 늘 감탄하던 형의 입을 통해 이런 말을 들었었다. 얼굴 수염을 깨끗하게 민 것 때문에 나온 말이었다. 그 면도가 열일곱 살의 아름다움을 특별히 부각시켜줬음은 물론이다. 그러나 이 말은 단순히 용모에 국한된 게 아니라, 바깥세상과의 관계에도 해당된다. 그렇지만 이는 멍청이의 금욕과는 거리가 멀다. 자신을 계속 깨끗한 상태로 유지한다는 것은 조심이며, 신을 생각하는 현명하고 거룩한 배려였다. 화환과 베일 옷이 찢겨나간 무서운 겁탈 사건 이후, 그는 더욱더 조심했다. 따라서 이것은 대단한 자부심과 결부되어 있어, 음울함 따위는 스며들 틈이 없다는 사실을 명심해야 한다. 즉 현대적인 의미에서는 순결이라고 하면 흔히 음울하고 힘겨운 고행을 떠올리지만, 요셉의 경우 이런 것과는 무관하다는 뜻이다. 보다 유쾌하고, 그렇다, 오히려 힘이 넘치는 순결도 있다는 사실에, 현대인도 향을 피워 예를 갖추리라고 믿는다. 워낙 밝고 용감한 성격 덕분이기도 했고, 한편으로는 자신이 경건한 신부로 점찍어졌다는 사실이 흐뭇했기 때문에 요셉은 혹시 다른 사람들에게는 힘들고 고통스러웠을 수도 있는 일을 기쁜 마음으로 감수할 수 있었다.

　명예 측실 메-엔-베세흐트와 이야기를 나누던 여주인 무트의 입에서는 젊은 집사의 눈에서 자신을 조소하는 빛을 읽었다는 하소연이 나왔었다. 사람을 옭아매는 중독의 칙칙한 끈에 붙들린, 한마디로 중독된 여자를 비웃어, 그녀로 하여금 수치심을 느끼게 했다는 것인데, 이는 정확한 관찰이었다. 요셉이 유혹하는 여자의 정원에서 노려보고 있다고 말했던 세 마리의 짐승, 즉 '수치'와 '잘못', 그리고 '조소' 중에서 그에게 가장 익숙한 건 바로 마지막 것이었기 때문이다. 그러나 원래 의미처럼 짐승의 희생양으로서 조소받는 것이 아니라, 스스로 조소를 보낸다는 의미에서 익숙하다는 뜻이다. 지붕이며 담벼락 위로 기어올라간 여자들이 그의 눈에서 발견한 조소도 바로 이것이다. 사랑에 넋이 나가 상대방을 갈망하는 욕구를 이런 식으로 바라보는 시각은 분명히 있다. 이는 자신은 보다 높은 곳에 결속되어 있으며, 특별한 사랑을 위해 선택받은 자라는 자의식의 결과일지도 모른다.

그러나 여기서 인간적인 것에 대한 교만을 발견하고, 우스꽝스러운 조명 아래 인간의 열정을 바라보려 한다 하여 이를 벌받을 짓으로 여기려는 사람이 있다면 조금만 기다리시라. 요셉의 얼굴에서 웃음이 가실 날이 머지않았으니까. 그의 인생을 덮친 두번째 재난, 또다시 찾아온 몰락에 관한 이야기를 들려줄 순간이 다가오고 있다. 이번에 그를 낭떠러지로 몰고 가는 세력은 젊은 요셉이 교만하게도 결단코 공물을 바치지 않으려고, 또 그래야 한다고 믿고 끝까지 버텼던 바로 그 세력이다.

요셉이 함께 즐기자는 페테프레 아내의 제안을 거부했던 첫번째 이유는 자신이 신의 약혼자였기 때문이다. 그는 자신의 배신이 외로운 그분에게 안기게 될 특별한 아픔을 배려할 만큼 충분히 현명했다. 그리고 두번째 이유 또한 첫번째 이유와 밀접한 관계에 있으며, 이를 세속의 형태로 반영한 것에 불과하다고 할 수 있다. 서쪽으로 간, 다시 말해서 고인이 된 몬트-카브와 동맹을 맺지 않았던가. 무척 곤란한 처지에 있는 주인님 포티파르를 진정으로 섬기겠다 맹세한 그였다. 포티파르가 누구인가. 그는 요셉의 주변에서 제일 높은 지고한 분이었다. 그분에 대한 신의를 지켜야 했다.

아브람의 손자가 지고한 분을 자신이 살고 있는 세상에서 제일 높은 인간과 동격으로 놓고 혼동의 유희를 즐기는 것은, 현대인에게 불합리하고 터무니없는 행동으로 비쳐질 수밖에 없다. 그러나 마찬가지로 이를 받아들이고 이해하는 일도 전혀 불가능한 것은 아니다. 옛날 사람(물론 태곳적에 비하면 조금 늦은 후세 사람이긴 하지만)의 머릿속에서 일어난 현상을 알게 된다면, 이해 못 할 것도 없다는 뜻이다. 우리들과 마찬가지로 자신의 생각을 이성적이며 평온하며 지당한 생각이라 여긴 그의 머리에는, 그리고 특히 꿈을 즐겨 꾸던 요셉의 머리에는, 태양의 궁신이며 무트의 명목상 배우자로서 뚱뚱하지만 매우 고상하며, 이기적이지만 우수에 젖어 있는 포티파르가 다름 아니라 아내도 자식도 없는 질투의 신이 살이 찐 모습으로 아랫세상에 나타난 것으로 보였다.

그래서 요셉은 흡사 유희를 즐기듯, 진심으로 그를 배려하고 섬기기로 결심했던 것이다. 물론 현실적인 이득을 전혀 고려하지 않은 것은 아니다. 그리고 몬트-카브의 임종을 지켜보던 자리에서 그에게 약속했던 거룩한 맹세를 생각해보라. 뿌리가 약한 주인님의 품위를 지켜드리기 위해 온갖 재주를 동원하겠으며, 결코 상처를 입히지 않겠다고 맹세하지 않았던가. 그러니 가련한 무트의 노골적인 소원이 혀를 날름거리며 선과 악이 무엇인지 알아보라고 유혹하는 뱀의 시험이요, 아담처럼 어리석은 짓을 되풀이하도록 유인하는 것으로 보인 것도 무리는 아니었다. 이것이 그녀의 청을 거절한 두번째 이유였다.

세번째 이유는 흡사 남자처럼 행세하는 여주인의 구혼으로 말미암아 자신이 수동적인 여성의 위치로 내려가는 것을 원치 않았기 때문이다. 그러기에는 남성으로서의 자의식이 너무 강했다. 그는 쾌락의 대상이 되기를 거부했으며, 오히려 자신이 그 화살이기를 원했다. 이렇게 보면 문제는 쉽게 이해된다. 그리고 또 네번째 이유도 이와 쉽게 연결되는데, 이는 자부심에 관련된 것으로 정신적인 성격을 띤다.

요셉은 무트를 보고 섬뜩해졌다. 요셉의 눈에 이집트 여자 무트는 어떤 무서운 것의 구현이었다. 조상 대대로 물려받은 자부심에서 비롯된 순결의 계명이 그로 하여금 그녀와 피를 섞지 못하도록 막았다. 그가 팔려온 나라의 노쇠함과 언약 없는 지속성, 사막과 같은 무변화, 미래를 향해 그냥 굳어버린 경직성, 야만적이고 죽은 것, 현재를 갖지 못한 그것이 앞발을 쳐들고, 그 앞에서 수수께끼를 풀려고 서 있는 언약의 아들을 자기 가슴으로 끌어당겨 그의 이름을 대도록 하려는 것처럼 보였다. 미래를 언약할 수 없는 노쇠한 것은 젊은 피를 탐하는 호색가에 지나지 않았다. 게다가 이것이 탐내는 대상이 단순히 나이만 젊은 게 아니라, 앞날이 창창한 미래를 보장받았다는 점에서도 새파랗게 젊은 경우에야 더 말할 것이 뭐가 있겠는가. 요셉은 자신의 이 고상한 신분을 단 한번도 잊은 적이 없었다. 이곳에 처음 당도했을 때, 그는 아무것도 아닌 신세로 전락한 상태였고, 그야말로 고난의 땅에서 온 노예 소년에 불과했으나, 그때도 그랬고 그후로도 그는 이 사실을 잊지 않았다. 그리고 타고난 사교성으로 진흙땅의 자녀들과 교제하는 데에 아무런 문제도 없었고, 그들 가운데에서 크게 출세할 생각을 한 것도 사실이지만, 항상 마음속으로는 이들과 거리를 두었다. 조롱받은 자들과 지나치게 허물없이 지내느라 자신도 그네들처럼 속된 사람이 되어서는 안 된다는 사실을 가슴 깊이 새기고 있었던 그였다. 자신이 어떤 정신의 후손이며, 어떤 아버지의 아들인지, 그걸 어떻게 잊을 수 있었겠는가.

아버지! 다섯번째 이유가 바로 아버지였다. 이것은 다른 모든 것을 앞선 첫번째는 아니었지만, 적어도 다섯번째 이유는 되었다. 쓰러진 노인은 가엾게도 아이가 죽음 안에 안전하게 보존되어 있다는 생각에 익숙해져서 실은 아들이 낯선 옷을 입고 살아 숨쉬고 있다는 사실은 전혀 알지 못했다. 이 사실을 알게 되면 틀림없이 뒤로 자빠져서 근심으로 몸이 굳어버릴 아버지였다.

요셉은 먼 곳으로 옮겨짐과 높이 올려짐, 그리고 데려 오기와 같은 세 가지 표상 중에서 세번째를 떠올릴 때면, 야곱의 가슴에 솟구칠 저항이 얼마나 클지, 그래서 극복해야 할 거부감이 얼마나 많을지 함께 생각하곤 했다. 근엄한 아버지가 '미즈라임'에 대해 가지고 있는 편견을 잘 알고 있었기 때문이다.

아버지는 하갈의 나라를 어린아이처럼 혐오했다. 그에게는 원숭이처럼 어리석은 이집트 땅이 끔찍스럽기만 했던 것이다. 아버지는, 그 선량한 분은 '케메'라는 낱말도 엉뚱하게 해석했다. 원래는 풍부한 결실을 약속해 주는 검은 토양에서 나온 말을, 아버지를 수치스럽게 한 자, 치부를 드러내게 한 자인 '함'에서 비롯된 말이라고 여긴 사람이 바로 아버지 야곱이었다. 그래서 아버지 야곱은 이 나라 사람들의 예의범절과 풍습이라는 것도 어리석기 그지없으며, 끔찍하다는 터무니없는 생각을 가지고 있었다. 요셉은 아버지의 이런 생각이 너무 편파적이 아닌가 의심하기도 했는데, 이곳에 온 이후로 모든 게 전설 같은 것이었다는 사실을 확인하고 회심의 미소를 짓곤 했다.

그도 그럴 것이, 이 나라 사람들의 육욕이 다른 나라 사람들의 육욕보다 별로 더 심할 것도 없었던 것이다. 부역에 끌려나가 혹사당하며 한숨짓는 농부 아낙네와 관리의 회초리를 겁내며 물을 길러 올리는 자, 요셉이 이곳에서 이미 9년째 보아온 이들이 특별히 더 소돔 사람 같은 행실을 보인다고 간주할 만한 것이 어디 있단 말인가? 한마디로 말해, 노인은 이집트 사람들의 행실에 관해 착각하고 있었다. 이 땅의 딸들이 얼마나 음탕한지 이에 놀란 신의 아들들이 이들을 조롱하는 뜻으로 그녀들과 몸을 섞게 될 정도였다고.

그런데도 요셉은, 짐승과 죽은 시체를 숭배하는 자들의 나라와 관련하여 그 풍습이 도덕적으로 타락했다며 거부한 야곱의 판단이 지닌 핵심적인 진실 앞에서 눈을 감은 마지막 사람이기도 했다. 그래서 이 순간 요셉의 머리에는 신앙심에서 비롯된 터무니없는 낱말 몇 개가 스쳐가고 있었다. 물론 이는 근심도 많고 걱정도 많던 아버지, 노인 야곱이 들려준 이야기에서 나온 것들이다.

이웃과 침대를 같이 쓰며 기분 내키는 대로 여자를 바꿔치는 사람들, 시장에 나갔다가 젊은 청년을 보고 육욕에 끌려 아무 거리낌 없이, 그게 죄라는 사실도 모르고 함께 동침하는 여자들.

아버지가 이런 난처한 그림들을 어디서 끌어왔는지 요셉은 잘 알았다. 그것은 가나안 땅이었다. 거기서는 신의 이성을 거역하는 행위가 절정을 이루었다. 몰렉을 섬기는 어리석은 곳, 노래와 춤을 동원하여 자신을 바치는 곳, 아울라사울라라쿠알라가 난무하는 곳, 생산과 다산(多産)을 보장해 주는 우상들 앞에서 그리고 그들을 본받아 살과 피를 섞는 축제의 열기에 빠져 매음하는 곳, 그곳이 바로 가나안이었다. 야곱의 아들 요셉은 이런 바알들을 본받아 매음하는 것은 원치 않았다. 이것이 그가 자신을 절제한 일곱 가지 이유 중에서 다섯번째이다.

이제 여섯번째 이유도 분명해진다. 다만 동정심을 불러일으키는 가련한 무트를 봐서라도, 사랑으로 말미암아 상대방을 애타게 그리는 그녀가 처하게 된 슬프고 저주스러운 상황을 지적하고 넘어가야 할 것 같다. 그녀는 뒤늦게 찾아온 사랑에 희망을 걸었다. 그런데 요셉은 그녀의 애절한 절규를 황폐한 유혹, 흡사 악마의 유혹 같은 것으로 받아들였다. 여기엔 아버지의 영향이 컸다. 아버지가 잘못 이해한 신화가 그에게도 씁쓸한 뒷맛을 남긴 탓이다. 실은 그녀의 절규에 이런 악마의 유혹 같은 요소는 거의 들어 있지 않았다고 해야 옳다. 에니가 요셉에게 사랑을 느낀 것은 바알을 섬기는 어리석음과 아울라사울라라쿠알라와는 아무 상관도 없다. 이는 요셉의 아름다움과 청춘을 바라보고 느낀 그윽한 감정으로 부끄러울 이유가 없는 떳떳한 고통이며, 가슴 깊은 곳에서 우러나오는 간절한 욕망이었고, 정숙하다면 정숙하고, 또 정숙치 못하다면 정숙치 못한 그런 사랑이었을 뿐, 사랑이 가지고 있는 것 이상의 음탕함은 전혀 없었다. 이러한 것이 이대로 지속되지 못하고 급기야 변질되어 그녀가 이성까지 잃게 된 것은 순전히 요셉 탓이다. 일곱 가지 이유로 철통같이 무장한 채 절제와 금욕으로 맞서니 그녀가 뭘 어떻게 할 수 있었겠는가. 그녀의 불행은 그녀 자신이 아니라, 요셉에게 보여진 그녀, 그의 눈에 비춰진 그녀의 의미 때문에 사랑에서 좌절을 겪는다는 데 있다. 바로 '지옥과의 동맹', 이것이 여섯번째 이유이다.

이 말은 제대로 이해해야 한다. 요셉은 어떤 경우에나 현명하고 사려 깊은 행동을 함으로써 실수를 피하고, 일을 망치지 않으려고 애썼다. 이러한 원칙을 담고 있는 그의 머리에는, 이집트 하면 아리송한 말을 중얼거리며 바알을 섬기는 어리석은 가나안, 원수와 악마의 유혹과 같은 이념과 함께 또 다른 심각한 특성이 겹쳐졌다. 이는 죽음과 죽은 자에 대한 숭배였고, 이것은 바알과의 매음이 세속에 등장하면서 걸친 옷에 지나지 않았다. 요셉에게는 자신에게 사랑을 구걸하는 여주인이 바로 이것을 구현하는 것으로 비쳤으니 참으로 불행한 일이 아닐 수 없다.

기원의 바닥에 깔려 있던 '아니오', 이 태초의 경고가 요셉의 사고세계에서 죽음과 방탕이 뒤섞인 이념, 즉 아랫것과의 동맹이라는 이념과 결합된다는 사실을 상상하는 것은 그다지 간단한 일이 아니다. 여기서 금지 명령을 어기고 '죄를 짓는 것', 이 무서운 자리에서 실수를 저지른다는 것은 실제로 모든 것을 망치는 것을 뜻했다.

이 내막을 알고 있고, 또 이 일과 관련된 자로서 우리는 멀리 있는 여러분이 요셉의 이런 식의 사고를 제대로 이해해 줬으면 싶다. 그리고 또 여러분의 이해를 돕기 위해 노력 중이기도 하다. 그의 사고는 그 자신에게 남긴 심각한 심리적 장애와 함께 훗날 사람들의 이성에는 어쩌면 완고한 것으로 비칠 수도 있다. 그러나 수치를 모르는 비이성의 유혹에 저항한 것은 아버지의 힘으로 정결해진 이성 그 자체였다. 그렇다 해서 요셉이 비이성적인 것에 대해 전혀 아는 바가 없고 이해하지도 못했다는 뜻은 물론 아니다. 요셉보다는 집에서 근심하고 있는 노인이 더 잘 안다는 것뿐이다. 죄를 지으려면 우선 죄가 무엇인지부터 알아야 하지 않겠는가? 죄짓는 일에는 정신이 속해 있다. 그렇다. 제대로 보자면 정신 자체는 죄를 느끼는 감각 외에는 아무것도 아니다.

요셉의 아버지와 그 아버지의 아버지들이 섬긴 신은 풍요로운 정신의 신이었다. 적어도 그 신의 성장 목표에 따르면 그러했다. 인간과 동맹을 맺은 것도 그 목표를 이루기 위해서였다. 그리고 자신의 구원 의지를 인간의 구원 의지와 하나로 묶었다. 그러나 이 신이 아랫것과 죽음에 속한 어떤 것과 관계를 맺은 적은 단 한번도 없었다. 열매를 맺을 수 있는 검은 것에 뿌리 내린 비이성과 연계한 적은 없었다. 신이 이러한 사실을 의식하게 된 것은 바로 인간 안에서였다. 인간을 통해 그런 것이 자신에게 얼마나 끔찍한지 알게 된 것이다. 인간 또한 그를 통해서 이 사실을 깨닫게 되었다.

요셉은 세상을 하직하는 몬트-카브에게 평안히 주무시라는 인사를 건네며 죽음에 대한 근심을 달래 주고 그를 위로하기 위해 나름대로 설명을 곁들이기도 했었다. 이 생이 끝나면 어떻게 될지 걱정스러워 하는 그에게 요셉은 두 사람은 다시 만나게 될 것이며, 항상 함께 있을거라 했다. 그들은 같은 이야기 안에 함께 있다면서. 그러나 이것은 불안해하는 인간을 달래 주려고 자비를 베푸는 차원에서 자유주의 사상을 발휘하여 잠깐 동안 원래 정해진 법칙에서 눈을 돌려 죽음을 승인해 준 것뿐이다.

그러나 요셉의 아버지들은 저승에 대한 관찰은 무조건 배격했고 철저하게 거부했다. 그들 안에서 거룩해졌던 신은 이런 규정을 통해 자신을 이웃에 있는 다른 신들, 즉 신전의 무덤에 경직된 죽음의 상태를 유지하고 있는 시체 신들과 엄격히 구별했다. 오로지 비교를 통해 자신을 타자와 구별할 수 있으며, 이를 토대로 스스로 되고자 하는 바를 온전히 이룰 수 있기 때문이다.

이렇게 볼 때, 사람들이 입으로 전해 주고 노래했던 요셉의 순결이라는 문제는, 장차 한 여자의 배우자요, 자식들의 아버지가 되기도 하는 요셉의 순결은, 사랑과 생산의 영역이라면 무조건 책망하는 전면적인 부정이 아니었다. 만약 그랬더라면 선조에게 이 땅에서 먼지가루처럼 많은 씨를 퍼뜨리게 하겠다 하신 그분의 언약과도 맞지 않을 것이다. 다만 순결은 조상 대대로 물려받은, 한마디로 타고난 계명으로서, 이 영역에서 신의 이성을 보존하고, 조롱거리에 불과한 아울라사울라라쿠알라를 뇌까리는 어리석음을 멀리 하라는 명령이었을 뿐이다. 아울라사울라라쿠알라는 그에게, 심정적으로나 논리적으로나, 죽음의 숭배와 떼려야 뗄 수 없는 것으로 보였다. 무트의 불행은 요셉이 그녀의 구애에서 죽음과 음탕함이 뒤섞인 악마의 시험, 즉 지옥의 유혹을 발견했다는 점이다. 거기에 진다는 건 발가벗김을 당해 모든 게 끝난다는 것을 의미했다.

이것이 일곱번째 이유, 마지막 이유이다. 마지막, 즉 최종적이라는 말은 다른 모든 것을 요약하고 모든 이유가 이 지옥으로 귀결된다는 의미이기도 하다. 이 '발가벗김'이라는 모티브는 무트가 대화로부터 사물에 관련된 핑계, 즉 겁쟁이의 옷을 벗겨야 한다는 말을 했을 때 이미 나왔었다. 그러나 여기서는 그 의미가 얼마나 다양하게 얽혀 있는지, 그리고 과연 어디까지 그 영향력을 미치는지 다시 한번 살펴볼 필요가 있다.

한 단어, 한 개념의 의미는 정신을 거치는 사이 굴절되면서 묘한 변모를 겪는다. 하나의 빛이 구름을 거치면서 무지개 색으로 쪼개지는 것과 같은 이치이다. 이렇게 여러 개의 굴절 중에서 하나가 불행하게도 악의 생각으로 치달아 저주가 되면, 그 단어는 자신이 지닌 다른 의미에도 불구하고 악평을 얻게 되고 모든 의미에서 혐오스러운 것이 되어 오로지 혐오스러운 것을 표기하는 단어로 전락하고 만다. 빨간색이 사막의 색깔이며, 북쪽 별의 색상이라는 이유로 애초부터 나쁜 색이기라도 하듯, 하늘의 빛이 구름을 거치며 쪼개지기 전에 가지고 있던 온전한 색깔의 밝고 순수함과는 달리 저주스러운 것으로 낙인찍히는 것과 마찬가지이다. 발가벗은 상태와 발가벗김이라는 생각에 애초부터 순수함과 밝음이 결여되어 있었던 것은 아니다. 거기에는 빨강과 저주가 깔려 있지 않았다. 그러나 장막에서 노아가 겪은 저주스러운 이야기 이후에, 즉 그의 못된 아들 함과 케난이 저지른 저주스러운 행동 때문에 이 단어는 우지끈 부러져서 영원히 오명을 뒤집어쓰게 되어 계속 새빨개진 것이다. 그래서 급기야는 혐오스러운 것을 그 이름으로 표시하기에 이르게 되었다. 이제, 혐오스러운 것은 모두, 아니 혹은 거의 모두가 자신을 이 이름으로 부르게 되었고 그 이름으로서 자신을 인식하게 되었다.

우물가에서—벌써 9년 전의 일이다!—아들이 벌거벗었음을 지적하며 엄하게 나무라던 야곱의 행동에서도, 다른 것도 아니고 아들이 단순히 아름다운 달을 보며 벌거벗은 몸으로 인사하려는 것을 보고 책망한 것에서도 이 이념이 얼마나 흉측하고 칙칙하게 변질되었는지 확인할 수 있다. 따지고 보면 한 소년이 우물가에서 벌거벗고 있는 모습 그 자체는 기분 좋게 관찰하고 연구해 볼 수 있는 것이 아니던가.

실제의 신체와 관련지어 단순하게 생각하면 벌거벗음은 아무런 유감도 불러일으키지 않는 것으로서, 하늘의 빛과 마찬가지로 중립적이다. 그러다 뜻이 전이되어 바알의 어리석음이 되고, 가까운 피붙이의 벌거벗은 몸을 바라보는, 죽어 마땅한 근친상간 같은 죄가 되어 얼굴을 붉히게 된 것이다. 이러한 전이로 말미암아, 이 빨개짐이 순수한 원래의 것에게까지 파장을 보내고, 이렇게 그 사이를 오고가는 사이에 얼마나 더 새빨개졌던지, 이제는 피와 관련된 죄라면 무조건, 그것이 실제로 실행되었든, 아니면 눈빛과 소원으로만 이루어졌든 간에, 이 이름으로 부르게 되었다. 결국 육체의 결합과 관련된 쾌락의 영역에서 거부된 것, 저주로 여겨지는 모든 것, 특히 아들이 아버지의 것을 침범하는 것이—이는 노아의 수치스러운 경험에 대한 기억과 결합되어 있다— '발가벗김'이 된 것이다. 이것이 전부가 아니다. 여기에 또 하나의 새로운 동격화, 이름의 합성이 등장한다. 르우벤의 실족, 즉 아버지의 침대를 아들이 더럽힌 일은 다른 모든 것을 대변하게 되고, 허락되지 않은 눈길의 만남과 소원 그리고 행동은 하나같이 아버지를 수치스럽게 만드는 것으로 느껴지고 또 그런 이름으로 불린 것이다.

요셉의 머릿속 풍경이 이러했으니, 우리로서는 그저 받아들일 수밖에 없다. 요셉에게는 죽음의 나라에 버티고 있는 스핑크스가 자신에게 아버지를 발가벗기게 하려는 것으로 보였다. 집안에 남은 노인에게 진흙의 나라가 얼마나 고약한 것을 뜻하는지, 그리고 아들이 영원히 안전한 곳에 있는 게 아니라 이러한 유혹의 가시밭길을 걷고 있다는 사실을 알게 되면 아버지는 까무러치리라는 점을 감안한다면, 이 또한 당연한 현상이 아니겠는가? 요셉은 아버지의 근심 어린 눈이 자신을 내려다보고 있다고 느꼈다. 근심으로 긴장된 갈색 눈, 그 아래에 무기력하게 늘어져 있는 살과 함께 자신을 바라보고 있는 아버지의 눈길을 의식하며 어떻게 감히 자신을 망각하고 아버지를 발가벗길 수 있단 말인가? 터져 나온 물줄기 때문에, 그 실수로 말미암아 르우벤은 축복을 잃지 않았던가. 그 이후 이 축복은 요셉의 머리 위에 떠 있었다. 그런데 르우벤이 빌하와 했던 것처럼 그 수수께끼 같은 짐승과 놀아나느라 이 축복이, 터져 나온 물줄기처럼 밖으로 새나가도록 만들어서야 되겠는가?

'절대로 그럴 수는 없다!'

그의 가슴으로부터 이런 대답이 나온다 해서 놀랄 사람이 어디 있겠는가. 요셉에게 아버지가 누구와 연결되고 아버지에게 상처를 주는 것이 어떤 것과 동일시되는지 감안한다면 누가 과연 이를 두고 의아해 할 수 있겠는가? 사랑이라면 무조건 신나서 환영하는 사람이라 할지라도, 신에 대한 가장 단순한 배려에서 비롯된 결심, 그러니까 미래를 완전히 망칠 수도 있는, 세상에서 가장 고약한 그 실수를 피하겠다는 결단에 뿌리를 둔 '순결'을 황당무계한 이야기로 생각할 수 있겠는가?

요셉이 여주인의 피의 호소를 결코 따를 수 없었던 일곱 가지 이유가 바로 이런 것들이었다. 이렇게 일곱 가지 비중 있는 이유를 한자리에 모아놓고 보니 어느 정도 안심이 되기도 한다. 그러나 우리가 현재 다가가고 있는 축제의 시간을 보면, 아직 안심을 운운하기에는 이른 시점인 것도 사실이다. 그러기에는 요셉이 아직도 시련의 한가운데 서서 방황하고 있으며, 이야기가 스스로 자기 이야기를 풀어나가는 동안에는 그가 과연 이 시련을 뚫고 온전한 몸으로 무사히 빠져 나올 수 있는지 확실하지 않기 때문이다. 물론 요셉이 이 시련에서 약간의 손상을 입긴 했지만, 여하튼 무사히 빠져나와 가까스로 위험은 모면했다는 것은 다 아는 바이다.

하지만 그는 왜 그렇게 멀리 나아갔을까? 자신을 집어삼키려는 구덩이가 이미 아가리를 벌리고 있다는 난쟁이 친구의 경고는 무시하고, 입 언저리에 달린 비뚤어진 주머니에서 정신을 마비시키는 말만 쏟아 붓는 뚜쟁이, 다름 아닌 남근(男根)을 상징하는 또 다른 난쟁이와 계속 만난 까닭은 무엇일까? 차라리 여주인을 피했어야 마땅한데, 왜 이 난쟁이와 그녀를 멀리하지 않아 이런 결과에 이르도록 방치한 것일까?

그렇다. 그건 요셉이 세상을 연인으로 삼고 애교를 부렸고, 금지된 것이 과연 무엇인지 알고 싶은 호기심에서 그것에 호감을 보였기 때문이다. 여기엔 스스로 부여한 죽음의 이름과 관련하여 자신은 신이 되었다 여기고, 또 이로써 빳빳해진 발기된 상태를 연상하는, 타락한 생각도 스며 있다. 또한 자신만만한 교만도 엿보인다. 자신은 얼마든지 위험과 유희를 즐겨도 된다는 확신이 있었다. 원하기만 하면 언제라도 되돌아갈 수 있다고 믿었던 것이다.

한편 뒤집어보면 칭찬해 줄 만한 면도 없지 않다. 과감하게 자신을 던지려는 의지, 자신을 아끼지 않고 혹독한 시련을 자청하여 극단적인 것까지 감행하게 되면, 그만큼 더 큰 승리를 이룰 수 있으리라는 야망, 한마디로 용감함을 보여주어 아버지의 정신에게 보다 더 소중한 존재가 되고자 하는 야망이 그것이다. 그는 조심스러운 행동으로 이보다 가벼운 시련을 극복하는 것보다는 이편이 훨씬 유리하지 않을까 계산한 건지도 모른다.

아니 어쩌면 요셉은 자신이 가야 할 길을 은연중에 알고
있어서 그랬는지도 모른다. 그 길의 노정에서 또 하나의 작
은 순환과정을 완성시키려면, 계획과 섭리의 책에 쓰여진
대로 실현되기 위해서는, 또 한번 구덩이에 빠지지 않으면
안 된다고, 이미 그렇게 예정되어 있다는 사실을 예감했는
지도 모른다.

Siebentes Hauptstück
Die Grube

7부

구덩이

달콤한 쪽지 편지

앞에서 포티파르의 처가 요셉에게 마음을 빼앗긴 지 3년째 되던 해, 그러니까 요셉이 궁신의 집에 머문 지 10년째 되던 해, 야곱의 아들에게 구애하기 시작했다고 말했었다. 이제 우리는 점점 더 적극적으로 나서는 그녀의 모습을 지켜보게 된다. 따지고 보면, 요셉에게 자신의 사랑을 '알리는' 두번째 해와, '구애하는' 세번째 해의 차이는 그다지 크지 않으며 후자는 이미 전자에 포함되어 있다. 이 둘을 구분하는 경계선은 흐르는 물 같은 것이다. 그러나 경계선이 있기는 하다. 상대방을 갈망하는 사모의 눈길만 보내는 것 또한 이미 구애를 뜻하지만, 여하튼 이 수준을 넘어 상대방에게 자신을 사랑해 달라고 정식으로 요구하기까지, 이 여자는 엄청난 자기극복을 해야 했다. 이는 요셉에게 흔들리는 마음을 다잡고, 노예청년과 맛보고 싶은 쾌락을 단념하는 데 필요한 자기극복과 맞먹는 것이었다. 그러나 요셉을 사랑하는 마음을 접는 것보다는 조금 덜 힘들었던 것도 사실이다. 그렇지 않았다면 사랑의 열정을 포기하는 쪽을 선택했을 테니까.

그 편이 더 나았으련만, 그녀는 그쪽을 택하지 않았다. 자신의 사랑이 아니라 자존심과 수치심을 억제했던 것이다. 후자도 힘들었지만, 전자보다는 수월했다. 그도 그럴 것이 욕망을 억제하는 경우에는 혼자였으나, 자존심과 수치심을 억제하는 데는 도와주는 자도 있었기 때문이다. 자신의 생산력을 증명한 난쟁이 두두가 바로 그 후원자였다. 이 자는 그녀와 야곱의 아들 사이를 오가며, 열심히 뚜쟁이 노릇을 했다. 그는 자신을 이 역할의 유일한 선구자로 여기고, 나름대로 최선을 다하며 못된 후원자요, 조언가 그리고 전령 역할을 했다. 그리고 볼을 잔뜩 부풀린 채, 양쪽 당사자에게 불길을 부채질했다. 불은 한 개가 아니라 두 개였으니까.

요셉은 여주인을 교화하여 구원한다는 명목으로 그녀를 피할 생각은 않고 거의 매일 그녀를 찾아갔다. 구제 계획은 무슨 구제 계획, 그건 핑계였다. 요셉은 스스로 의식했건 아니건 간에 이미 오래 전부터 붕대를 찢는 신이었다. 이렇게 요셉이 엉뚱한 핑계를 내걸고 멍청한 짓을 하고 있다는 사실은, 바들바들 떨고 있는 곳립 못지않게 두두 역시 간파하고 있었다. 이 영역에 관한 한 그의 기지와 전문 상식은 같은 난쟁이 형제 곳립에 못지않은 정도가 아니라 한 수 위였다.

"젊은 집사." 길의 한쪽 끝에 있는 요셉을 찾아가서 두두가 한 말이다.

"그대는 지금까지 행운을 얻는 데 성공했네. 다른 사람들은 그대를 시샘할지 모르나 나는 전혀 그렇지 않네. 그대는 자신의 위에 있던 것들을 밟고 일어섰네. 그대의 출신 성분으로 말하자면, 의심의 여지없이 고상하지. 따지고 보면 별 볼일 없음에도 불구하고 말일세. 그대는 신뢰의 특실에서 잠을 자게 되었고, 우시르 몬트-카브가 예전에 즐겼던 곡식과 빵, 맥주 그리고 거위들이며 아마포와 가죽이 그대의 것이 되었네. 혼자서는 다 먹어 치울 수 없어서 이 물건들을 장에 내다 팔아 재산까지 늘리니, 그대는 바야흐로 성공한 남자로 보이네. 그러나 이런 말이 있지. '성공이 가능한 것처럼 실패도 가능하며, 한번 얻은 것은 흘러갈 수 있다.' 만약 자신의 행운을 지킬 줄 모르고 더 단단하게 만들 줄 모르면 그렇게 되지. 그래서 모름지기 행운에는 튼튼한 토대를 세워 죽은 자의 신전처럼 영원히 지속되도록 만들어야 한다네. 그런데 세상에는 한 사람의 행운에 화관을 씌워 결코 흔들릴 수 없는 영원한 것으로 완성시키는 데 왠지 한 가지씩 빠지는 경우가 흔하다네. 꽉 붙들어 두기 위해 그저 손만 내밀면 되는데, 소심하다든지, 아니면 당황한 나머지, 혹은 게으름 때문에, 또 그렇지 않으면 어리석음에서든, 이 절호의 기회를 놓쳐버리는 거지. 아무리 옆에서 기회를 잡으라고 충고해 줘도, 이 멍청한 자는 마지막 행운을 향해 손을 내밀기는커녕, 옷 속에 손을 감추고 고집만 내세우느라 목숨이 달려 있는데도, 이러한 충고를 귓전으로 흘려들으며 업신여기기도 하지. 그 결과가 어떻게 되겠는가? 당연히 우울한 결과가 된다네. 모든 행운과 이득이 사라져 그동안의 안식처는 평평한 대지처럼 깎여서 형체를 알아볼수 없게 되지. 그의 행운에 마지막 호의를 베풀어 최고의것을 건네려 했던 아름다운 세력들이, 그의 행운을 영원히지속시키도록 도와주려 했건만, 오히려 그로부터 멸시와모욕만 당하자 바다처럼 격분하기 때문이라네. 그러면 이들은 눈에서 불꽃을 내뿜고, 가슴에서는 흡사 동쪽의 산맥처럼 모래폭풍을 토해 내어, 순식간에 그의 행운을 밑바닥까지 휩쓸어버리는 거지. 나 두두가, 이 명예로운 남자가그대의 행복을 위해 얼마나 열심히 노력하는지, 그대도 잘알고 있으리라 믿네. 물론 그대의 행복뿐 아니라, 내 말이분명하게 암시하는 다른 분의 행복을 위해서이기도 하네.그러나 이것은 같은 것이네. 그녀의 행복이 곧 그대의 행복이며, 그대의 행복은 그녀의 행복이니까. 이렇게 둘이 하나가 된다는 것 자체가 하나의 참된 행복이지. 문제는 어떻게이를 현실에서 마음껏 즐길 수 있는가 하는 거라네. 이 결합이 그대에게 안겨 줄 쾌락이 얼마나 황홀할지, 그 상상만으로도 나처럼 단단한 남자까지 현기증이 난다네. 내가 지금 하는 이야기는 육신에 관련된 것이 아니라네. 물론 첫째순결도 그렇고, 둘째 비단결 같은 피부와 고상한 몸매까지감안한다면, 육체가 주는 쾌락 또한 더없이 클 것이라는 점은 분명하다네. 하지만 지금 내가 말하는 것은, 영혼의 쾌락이라네. 물론 이 영혼의 쾌락에 힘입어, 육체의 쾌락 또한 높이를 가늠할 수 없을 정도로 치솟을 걸세. 그대가 글쎄 조금 괜찮은 집안 출신이라고 해도, 따지고 보면 별 볼

일 없는 낯선 곳에서 흘러들어온 그대가 아니던가. 이렇게 고난의 사막에서 온 청년에 불과한 그대가 우리 두 나라에서 가장 아름답고 고상한 여자를 품에 안게 되고, 그대 밑에 깔린 그녀가 숨을 할딱이면, 이건 이집트가 그대에게 굴복하는 표시가 되는 것일세. 거기서 바로 영혼의 쾌락이 비롯된다네. 그러면 이러한 이중의 황홀경에 대해 그대는 무엇으로 값을 치르는가? 영혼의 쾌락과 육체의 쾌락이 서로를 지금껏 들어본 적이 없는 것으로 치솟게 하는, 이 황홀한 무아지경의 값으로 어떤 대가를 치르는가? 그대는 값을 치르지 않네. 오히려 그 보상을 얻지. 그대의 행운이 더 이상 흔들릴 수 없도록 영원해지는 상급을 얻게 되는 걸세.. 그 상급이 뭔 줄 아는가? 이 집의 진정한 주인으로서 호령하는 자가 되는 것이지. 여주인을 소유한 자가"

두두는 정말 그렇게 말했다.

"이 집의 진짜 주인이니까."

그리고 나서 포티파르 앞에서 했던 것처럼 짤막한 팔을 올려 보였다. 그리고 한 손에 입을 맞춘 후 그 손으로 땅바닥을 가리켰다. 요셉 앞에서 마치 주인님을 대하듯 땅에 엎드려 절하는 시늉을 한 것이다.

요셉은 못마땅한 기색이었지만 뚜쟁이의 교활하고 불결한 말을 중간에 끊지도 않고 여하튼 끝까지 들었다. 그래서 말투는 거만했지만, 안색은 따로 놀았다.

"자네 멋대로 지어낸 이야기를 내 앞에서 그만 풀게. 이 일과 별 상관도 없으니까. 난쟁이 자네는 이야기를 전하는 전령의 입으로만 머무르면 좋겠어. 위에서 내게 전하라 한 말씀이 있었는가? 그러면 전해 주게. 그렇지 않다면 당장 사라지게."

"전령으로서 할 도리도 하지 않고 서둘러 사라져서 벌을 받을 수는 없네. 그대에게 전해 줄 건 전해 주고 가야지. 거기에 자신의 입장에서 약간의 설명을 곁들여 멋지게 장식하는 정도는, 높은 신분의 전령에게 허락되리라 믿네."

"전해 줄 게 뭔가?"

요셉 쪽으로 난쟁이가 뭔가 올려 주었다. 파피루스 쪽지였다. 폭이 좁고 기다란 평범한 쪽지로 여주인 무트가 몇 마디 적어놓은 것이었다.

그녀가 이렇게 글을 쓰게 된 것은, 길의 다른 쪽 끝에 있는 그녀에게 가서 이 교활한 악동이 이런 말을 해서였다.

"위대한 여주인님. 여주인님의 충복이(이는 소인을 가리키는 말입니다) 감히 한 말씀 아뢰게 해주십시오. 일의 진전 속도가 너무 느려 답답합니다. 원래 있던 자리에서 얼마나 끈끈하게 미적거리면서 앞으로 나아가는지, 앞에서도 말씀드린 여주인님의 충복은 화가 나고 걱정도 되어서 가슴이 아픕니다. 여주인님이 걱정이 되어서입니다. 여주인님의 아름다움이 이 때문에 고통을 겪을 수 있기 때문입니다. 벌써 고통을 받고 있는 것으로 보인다는 뜻은 아닙니다. 신들 앞에 맹세하건대, 지금 여주인님의 미모는 가장 아름다운 꽃을 피우고 있습니다. 하지만 자칫 잘못하면 피해를 입어, 그 절정에 이른 아름다움이 한 조각 줄어들 수도 있다는 뜻입니다. 물론 지금 이 순간은 여전히 찬란하여 범상한 인간의 수준을 뛰어넘습니다. 여기까지는 좋습니다! 그러나 여주인님의 아름다움은 일단 제쳐 두고라도, 지금 고통받고 있는 것은 따로 있습니다. 그건 바로 여주인님의 명예입니다. 그리고 제 명예도 마찬가지입니다. 여주인님께서 이 집의 위에 있는 청년과 맺고 있는 관계 때문입니다. 그 청년은 스스로를 가리켜 우사르시프라 부르지만, 저는 그를 '네페르네프루'라 부르고 싶습니다. 그는 '아름다운 자 가운데서 가장 아름다운 자'이니까요. 이 이름이 마음에 드시지 않습니까? 전 마님께서 사용하시라고 이 이름을 생각해냈습니다. 아니 생각해냈다기보다는, 어디선가 들은 것을 마님을 위해 여기 대령시켰다고 해야 옳을 것입니다. 이 청년은 집안은 물론이거니와, 육로와 수로에서, 그리고 시내에서도 그렇게 불리고 있으니까요. 지붕과 담장 위에 올라간 여자들이 그를 이렇게 부른다고 합니다. 이들의 행동에 대해서는 아직까지 어떤 진지한 조처도 취할 수 없었습니다. 여하튼 이건 오래도록 생각하고 또 생각한 이야기이니 제가 이야기를 계속하도록 허락해 주십시오! 마님의 충복은 마님의 명예를 생각하면, 가슴속 깊숙이 간까지 화가 납니다. 마님께서 이 네페르네프루와 함께 목적지에 다가가시는 것이 너무 느리니까요. 그 목적지는 알다시피, 마님께서 그를 함정에 빠뜨려 그의 마법의 이름을 실토하게 하는 것이지요. 저는 마님과 그의 사이를 오가며, 여주인님과 종이 서로 가까이 다가가지 않으려고 서기와 시녀들을 방패로 삼는 일을 중단시키려고 무던히도 노력했습니다. 그리하여 두 분이 강요받지 않고, 또 거추장스러운 형식도 무시하고, 오로지 두 개의 입과 네 개의 눈으로 만나 대화할 수 있는

787

분위기를 만드느라 애써왔습니다. 그래야 가장 조용하고 달콤한 시간이 다가올 전망이 밝아지니까요. 마침내 그 시간이 되면 그는 마님께 자신이 사용하는 마법의 이름을 댈 것이고, 마님께서는 그 못된 자와 그의 입과 눈에 매혹당한 모든 사람들을 이겼다는 승리의 기쁨에 숨이 막히실 겁니다. 마님께서는 세인들의 마음을 끌어당기는 이야기가 그의 입에서 사라지도록, 그의 입을 닫아주실 테니까요. 그러면 모든 사람을 마법으로 사로잡는 그의 눈빛은 패배했다는 낭패감과 함께 황홀경에 빠질 테지요. 그러나 문제는 이 소년이 마님께 지지 않으려고 단단히 무장하고 있다는 점입니다. 그는 여주인님으로 말미암아 구덩이에 빠지지 않으려고 버티고 있으니까요. 이것은 한마디로, 제가 보기에는 하나의 반란이며 수줍은 행동입니다. 이것을 저 두두가 수치를 모르는 뻔뻔스러움이라고 낙인찍을 생각은 없습니다. 제가 어떻게 그럴 수 있겠습니까? 그리고 무엇을 가지고 그렇게 말할 수 있겠습니까? 마님께서는 그를 이기고 싶으시며, 그의 패배를 원하십니다. 마님께서는 아문의 자녀요 남쪽 규방의 아름다운 꽃이지만, 그는 건너온 자 히브리인이며 아무르 족으로 낯선 땅에서 온 노예이며, 낮은 신분의 아들입니다. 이런 그가 감히 마님께 저항하고, 마님이 원하시는 것을 하지 않으려 하고, 마님 앞에서 살림살이의 숫자와 요설로 자신을 숨기고 있다니요? 이는 용납해서는 안 될 일입니다. 이것은 아시아 신들의 반항이며, 건방지고 못된 짓거리입니다. 응당 공물을 바쳐야 할 그들이 아문께, 예배당에 계신 주인님께 공물을 거부하는 것입니다. 이렇게 집안의 우환거리가 집의 얼굴에 변화를 가져왔고, 그 내용물도 바꿔버렸습니다. 처음에는 이 집에서 노예의 성장이라는 문제에 그쳤습니다만, 이제는 아시아 신들의 명백한 반란이 본색을 드러낸 것입니다. 이 청년은 마님 앞에 무릎을 꿇고 아문에게 공물을 바쳐야 하거늘 이를 거부하고 있으니까요. 제가 그토록 경고했건만, 일이 이렇게 지연되어 제자리걸음만 하게 된 데에는, 사실 위대한 마님께도 일말의 책임이 있습니다. 저 두두는 공정한 사람이므로 이처럼 혐오스러운 사태가 벌어진 데 대해, 마님의 과실이 전혀 없다고 말씀 드릴 수가 없습니다. 마님께서 앞으로 나아가지 못하고, 흡사 시녀처럼 시종일관 그 청년을 부드럽게 대하여, 그가 아문과 마음놓고 줄다리기를 하도록 방치하셨으니까요. 덕분에 그자는 먹물과 핑곗거리들을 내세워, 모든 신들 중의 왕이신 아문에게 한 달이 가고 두 달이 가도록 계속 저항만 하고 있습니다. 정말이지 무서운 일입니다. 이 모든 건 과감한 용기와 풍부한 경험이 없는 시녀같은 마님의 태도 때문입니다. 마님의 충복이 감히 이런 표현을 쓰는 것을 용서해 주신다면, 사실 말이야 바른 말이지, 여주인님께 그런 것들이 부족한 것은 당연하지요. 어디서 그런 용기와 경험을 얻으실 수 있었겠습니까? 여하튼 이제 마님께서 하셔야 할 일은, 요리조리 피하기만 하는 그자가 더 이상 도망치지 못하도록, 앞으로는 붓으로 쓴 것들을 읽지 못하게 하시고, 맨몸으로 대령시켜 곧장 공물을 바쳐 항복하라고 요구하시는 겁니다. 하지만 그를 보면 시녀같이 다소곳해져서 직접 입으로 요구하지 못하시겠다면, 글로써 대신하는 방법이 있습니다. 달콤한 쪽지를 보내면, 그는 싫든 좋든 그 뜻을 이해할 것입니다. 내용은 이렇게 하면 됩니다. '장기를 두면서 날 이기고 싶지 않은가? 오늘 밤 우리 단둘이 장기를 두세!' 이런 것이 달콤한 쪽지 편지입니다. 여기서는 경험이 많은 자의 노련한 용기가 시녀의 완곡한 표현을 빌어 자신의 뜻을 명확하게 밝히고 있습니다. 제게 필기도구를 준비하도록 허락해 주십시오. 마님께서는 제가 말씀 드린 대로 쓰시기만 하면 됩니다. 그러면 제가 쪽지를 그에게 전하여 일을 진척시키겠습니다. 아문의 명예를 위해서!"

이렇게 열성적인 두두였다. 에니는 넋이 나가 이 분야의 전문가인 난쟁이의 권위에 눌려 시녀처럼 그가 시키는 대로 쪽지를 써내려 갔다. 요셉이 지금 읽고 있는 쪽지가 바로 그것이었다. 편지를 읽으며 얼굴이 아툼처럼 발갛게 상기되는 것을 느꼈다. 제풀에 화가 난 그는, 엉뚱하게 편지를 가져 온 자에게 화풀이라도 하듯이 고맙다는 인사는 고사하고 매섭게 쫓아버렸다.

그러나 절대로 그런 저주스러운 요구에 응해서는 안 된다는 또 다른 난쟁이의 겁에 질린 귀띔에도 불구하고, 요셉은 결국 그 청을 받아들여 여주인과 함께 주랑에서 단둘이 만나 레-호르아흐테 신상 아래에서 장기를 두었다. 그리고 그 게임은 한번은 그녀를 '물'로 몰았고, 또 한번은 반대로 자신이 '물'로 밀려가서, 이렇게 한번씩 이기고 진 무승부로 끝났다. 이번에도 별 성과 없이 일이 이렇게 흐지부지되자, 두두는 또다시 실망했다.

여기서 물러설 수 있는가. 두두는 다시 한번 팔을 걷어붙였다. 이번에는 반드시 일을 완성하리라 마음을 단단히 먹었다. 그리고 다시 한번 요셉을 찾아가 입 언저리의 주머니에서 다음과 같은 말을 쏟아냈다.

"특별한 분께서 그대에게 전하라 하신 물건이 있네."

"무엇인가?"

그러자 난쟁이는 요셉에게 좁다란 쪽지 하나를 건넸다. 그 쪽지가 일을 진전시킨 결정타라 할 수 있었다. 우리가 앞에서 오해에서 비롯된 말이라 했던 바로 그 말이, 다시 말해서 한 창녀가 아니라 사랑에 사로잡힌 여인의 입에서 나온 말이 이 쪽지에 분명하게 들어 있었기 때문이다. 이는 물론 둘러 말한 것이었다. 원래 뭐든지 둘러 말할 수 있는 것이 글자가 아니던가. 게다가 편지를 쓴 여자가 사용한 글은 당연히 이집트 문자였고, 이 문자는 특히 달콤한 연애 편지에 안성맞춤이었다. 그림을 그려놓은 듯한 이 문자는 모음은 묵음(默音)이며 간단한 자음 발음만 가능한데, 이 자음 기호의 개념을 암시해 주는 상징적인 그림들이 여기저기 분산되어 있다. 그러다 보니 이 문자는 어딘지 모르게 마법을 지닌 수수께끼처럼 보인다. 한마디로, 절반의 은폐와 유머러스한 수수께끼가 결합된 가면무도회라 할 수 있는 이 문자만큼 달콤한 연애 편지에 적합한 건 없으리라. 덕분에 가장 노골적인 것까지도 우아하고 재치 있게 보여진다. 무트-엠-에네트의 전갈 중에서 핵심 구절은 세 개의 음성 기호로 구성되어 있었다. 물론 그 앞에도 이런 식의 앙증맞은 음성 기호들이 있었다. 여하튼 이 핵심적인 세 개의 음성 기호 뒤에는 급하게 그린 상징적인 그림이 있었다. 이 그림은 사자머리 모양의 침대로 위에 미라가 놓여 있었다. 이 수수께끼 그림은 아래와 같은데,

그 뜻은 '눕다' 혹은 '자다'였다. 이것은 케메의 언어에서 같은 단어였던 것이다. 즉 '눕다'와 '자다'를 문자로 나타내면 같은 그림이 되는 것이다. 편지 끝에는 '무트'(재미있는 점은 이 이집트 여주인 이름이 독일어로는 '용기'를 뜻한다는 사실이다—옮긴이)를 뜻하는 독수리의 상징그림이 그녀의 서명을 대신했다. 여하튼 이 편지의 내용은 명백하고, 노골적이었다.

"내게 오너라, 같이 자게."

이 얼마나 대단한 문서인가! 황금처럼 귀하고 더없이 거룩하며 감동적이지 않은가. 이것이 불쾌하고 가슴을 답답하게 만드는 고약한 속성을 지녔다손 치더라도, 이 사실에는 변함이 없다. 우리는 여기서 전래설화가 포티파르의 아내가 요셉에게 동침을 청한 말이라고 전해 주는 그 말의 원본을 보고 있다. 물론 이집트 언어의 형태로 표현된, 말 그대로 원본이다. 글로 표현한 것은 이것이 처음이었다. 생산한 적이 있는 난쟁이의 부추김에 넘어가, 주둥이 언저리에 달린 주머니에서 밖으로 쏟아낸 그의 말을 받아 적은 이 글을 보고 우리 역시 이렇게 가슴이 떨리는데, 그 구절을 해

독한 당사자 요셉은 얼마나 기겁했겠는가?

　요셉은 얼굴이 하얗게 질려, 종이를 손 안에 숨기고 거꾸로 든 파리채로 두두를 쫓아냈다. 그러나 전갈의 내용, 그 달콤한 생각, 여주인의 불타는 욕망을 담은 그 유혹의 밀어는, 이미 들은 후였다. 솔직히 말하자면, 그에게 이것이 그다지 뜻밖의 일은 아니었지만 가슴은 얼마나 깊이 뒤흔들어놓는지 피 속에서 뭔가 걷잡을 수 없이 불덩이 같은 것이 솟구쳐 오르는 듯했다. 그 동요가 얼마나 컸던지 그 순간 축제의 현재 시간에 사로잡혀 결말을 알지 못한다고 가정할 경우, 유혹을 거부하는 일곱 가지 이유의 저항력이 아무리 세면 뭣하나 걱정스러울 정도였다. 실제로 요셉은 이 일이 벌어진 순간, 즉 이야기가 스스로 이야기 보따리를 풀어놓고 있을 때는, 현재 축제의 시간 속에 살고 있었으므로 그 시간을 뛰어넘어 앞을 내다볼 수 없는 것이 마땅하다. 하물며 그 결말을 확신한다는 것은 어불성설이다. 그는 당연히 결말을 걱정하고 염려했어야 했다. 이 순간 어떻게 하는가가 앞날을 좌우했다. 다시 말해서 위기일발의 결정적인 순간이었다. 여차하면 일곱 가지 이유가 무용지물이 되어 요셉은 죄를 지을 수도 있었다. 당장이라도 일을 망칠 수도 있고, 또 반대로 제대로 방향을 잡을 수도 있었다. 요셉은 어떤 일이 있어도 큰 실수는 저지르지 않겠다고 다짐했다. 그런 실수로 주님과의 관계를 망치는 일은 결단코 없으리라, 그렇게 믿었다.

　그러나 주름투성이 난쟁이 곳립의 생각이 옳았다. 친구가 선과 악 중에서 마음대로 고를 수 있는 자유를 얻었다고 기뻐하는 것을 보고, 거기서 자유뿐만이 아니라 악 자체에 대한 호감까지 읽어냈던 그였다. 물론 요셉은 이를 시인하지 않았다. 그는 악으로 기우는 마음을, 단순히 선택의 자유라는 황홀한 것을 즐기는 쾌감으로 이해받고 싶어했다. 여기에는 또 다른 것도 깔려 있었다. 즉 뿌옇게 흐려진 이성으로 말미암아 악 앞에서 자신을 기만하여, 악에 선이 있다고 추측하려는 성향이 그것이다.

주님께서는 요셉을 특별 대우한 분이셨다. 요셉 앞에 놓여 있는 자랑스럽고 달콤한 쾌락은 어쩌면 그분이 직접 허락하신 것일 수도 있지 않을까? 아니면 그분은 정말 이 쾌락을 허락하지 않을 생각이신 걸까? 어쩌면 이 쾌락이 그를 높이 들어 올리는 데 필요한 수단은 아닐까? 먼 곳으로 옮겨진 자가 머리가 높이 들어 올려질 때만 바라며 살다가, 이렇게 집안에서 높은 지위로 성장하였는데, 급기야는 여주인의 눈길까지 한 몸에 받고, 그녀의 달콤한 이름과 함께 이집트 땅 전체에 이름을 빛내게 하여, 이른바 세상의 주인으로 만들려는 것은 아닌가? 사랑하는 연인이 온전히 한 몸을 바치겠다는데, 어떤 청년이 이를 마다할 것이며, 그에게 이러한 연인의 헌신은 세상의 주인으로 들어 올려지는 것과 같지 않겠는가? 세상의 주인으로 들어 올리는 것, 이 것이야말로 신이 요셉에게서 이루시려는 계획이 아니었던가?

예전의 명석함이 빛을 잃은 그의 이성은 이렇듯 시련을 겪고 있었다. 선과 악은 뒤죽박죽 되어 그를 몰아세웠다. 악에 선의 의미를 부여하려는 유혹에 빠진 적도 있었다. 그나마 다행인 것은 '눕다'라는 암시 기호가 미라 형상 덕분에 유혹이 어떤 나라에서 올라왔는지 일깨워 주었다는 점이다. 이 유혹에 빠지는 것은, 아무런 언약 없이 영원히 지속되기만 하는 미라 신이 아닌 미래의 신이신 그분을 모욕하는 행동이며, 주님의 면전에서 이마를 갈기는 것과 같은 용서받지 못할 죄라는 사실을 알아차렸던 것이다.

이처럼 요셉에게는 느긋하게 일곱 가지 이유의 저항력만 믿고 있을 게 아니라, 장차 다가올 축제의 시간을 걱정해서라도, 더 이상 여주인을 만나지 말라는 작은 친구의 충고에 귀를 기울여야 할 이유가 충분히 있었다. 작은 친구는 자신의 못된 사촌으로부터 더 이상 쪽지 편지도 받지 말고, 지금 코앞에 불을 내뿜고 있는 황소를 제발 무서운 줄 알라고, 그 짐승의 입김 한 방은 지금 함박웃음을 꽃피우고 있는 들판을 한순간에 잿더미로 변하게 할 수 있다고 매달렸다. 그러나 여주인을 피한다는 것은 말이 쉽지, 행동은 그렇지 않았다. 그녀는 여주인이었으므로, 그녀가 부르면 그는 달려갈 수밖에 없었다. 그러나 선과 악을 인간이 마음대로 고를 수 있다고 하자. 과연 인간이 악을 향한 마음의 문을 꼭꼭 걸어 잠그던가? 아니다. 활짝 열어둔다는 것이 옳은 표현이리라. 그리고 그것을 자유라 일컬으며 불장난을 즐기는 게 바로 인간이다. 자기 힘으로 황소 뿔을 낚아챌 수 있다는 착각에서 엉뚱한 만용을 부리는 것이든, 아니면 은근히 쾌락을 탐하는 경솔함에서 나온 것이든, 결과는 같다. 그리고 또 누가 과연 이 둘을 구분할 수 있겠는가?

아픈 혀(본극과 에필로그)

3년째 되던 해의 어느 날 밤, 포티파르의 처 무트는 혀를 깨물었다. 명예 남편의 젊은 집사에게 수수께끼 그림으로 이미 자신의 마음을 적어 보냈지만, 이제는 자기 입으로 직접 표현하고 싶었다. 그러나 막상 자신의 혀로 말하려니, 자존심과 수치심이 허락하지 않았다. 다른 자도 아니고 노예에게 자신의 피를 멈추게 해달라고 요청한다는 게 거북하고 민망했다. 또 한편으로는 살과 피를 섞자는 제안을 그러면 노예가 먼저 할 수 있는가? 그것도 아니니 어차피 그런 제안은 여주인인 그녀가 할 수밖에 없었다. 이렇듯 사랑 문제에서 그녀에게 주어진 역할은 주도권을 행사하는 남자, 즉 수염을 단 여자 역할이었던 것이다. 그래서 그녀는 일단 혀를 깨물어 뜯다시피 하여, 다음 날 더없이 아픈 혀로 어린아이처럼 혀짤배기 소리로 말을 한 것이다.

그녀는 쪽지 편지를 건넨 후 며칠 동안은 요셉을 보려고도 하지 않았다. 그와 얼굴도 마주치지 않으려 했다. 얼굴을 쳐다볼 엄두가 나지 않아서였다. 글로써 자기 옆에 누워 굴복하라고 요구한 다음이니 용기가 날 턱이 없었다. 이렇게 그를 멀리한 사이 그녀는 마법의 문자로 전했던 말을 자기 입으로 직접 하기로 결심하게 되었다. 그와 가까이 있으려는 욕구가 자기 입으로 말하고 싶은 욕망의 형태를 띤 것이다. 노예가 여주인에게 그런 말을 한다는 것은 금지된 일이었으므로, 그의 진심을 알아보려면 한 가지 방법뿐이었다. 여주인인 자신이 먼저 나서서, 그에게 자신의 살과 피를 내놓겠다고 제안하는 수밖에 없었다. 그 역시 남몰래 자신과 똑같은 소원을 품고 있다면 그의 입에서도 같은 말을 들을 수 있으리라. 아니 제발 그렇게 되기를 그녀는 간절히 바랐다.

이렇듯 그녀에게 주어진 여주인 역할은 그녀에게 저주를 내려 수치심도 모르는 사람으로 전락시켰다. 그러나 수치를 모르는 자신의 뻔뻔스러움에 그녀는 그 전날 이미 스스로 벌을 내렸다. 혀를 깨문 것이 그 형벌이었다. 덕분에 이제는 마지막 힘을 다하여 하고 싶은 말을 뭐든지 할 수 있게 되었다. 아이처럼 따따거리는 혀짤배기 소리는, 천진난만하고 무력해 보여서, 거칠고 무례한 말도 감동적으로 들릴 수 있다는 점에서 일종의 도피처인 셈이었다.

그녀는 두두를 시켜 요셉을 불렀다. 집안의 살림살이를 의논하고, 이어 장기를 두자고 했다. 젊은 집사는 명령을 받고 포티파르의 홀에서 책을 읽어주는 임무를 마치고, 다시 말해서 점심 식사가 끝난 후 한 시간쯤 흐른 후에, 아툼−홀에 당도했다. 그리고 자신을 맞으러 나온 그녀를 보고 새삼스럽게 깨닫게 되었다. 혹은 막연히 알고 있었으나, 이렇게 분명하게 의식한 것은 처음이었다고 해도 좋으리라. 우리 역시 지금 이 순간까지 이에 관한 언급을 미뤄왔다. 그건 다름 아니라, 그녀가 요셉에게 마음을 빼앗긴 이후 몹시 변했다는 점이다.

그건 아주 독특한 변화였다. 이를 섣불리 표기하고 묘사하게 되면, 사물을 낯설게 만들어 오해를 낳을 소지가 있다. 요셉은 처음 이를 의식한 이날 이후, 참으로 묘한 일이라 여기고 번번이 생각에 잠기곤 했다.

인생에는 오로지 정신의 깊이만 있는 것이 아니라, 육신에도 깊이가 있다. 여자가 그사이 늙었다는 뜻은 아니다. 그것은 사랑이 막아주었다. 그렇다면 그녀가 더 아름다워졌던가? 그렇다고 할 수도 있고 아니라고 할 수도 있다. 오히려 아니라는 쪽이 가깝다. 아니, 단호한 부정이 더 정확한 대답일 것이다. 만약 아름다움을 순수한 감탄의 대상으로 이해하고, 행복을 느끼게 하는 완벽한 것으로 이해한다면 그렇다. 즉 품에 안으면 하늘로 날아가는 기분이 들 것 같은데, 결코 품에 안아 달라고 호소하지도 않으며, 오히려 그런 생각은 떠오르지도 않게 만드는 것, 뭔가에 호소를 한다고 가정할 경우, 가장 명쾌한 감각인 눈에 호소하되, 입과 손은 요구하지 않는 탁월한 것을 아름다움이라고 할 때 그렇다는 뜻이다. 이렇게 되면 아름다움은 감각의 풍요로움에도 불구하고 뭔가 추상적이고 정신적인 성격을 띠게 된다. 이는 현상(Erscheinung) 이전에 존재하는 이념(Idee)

의 자율성을 고집한다. 아름다움은 성의 산물도, 성의 도구도 아니며, 오히려 거꾸로 성이 아름다움의 재료이며 수단이다.

여성의 아름다움도 아름다움일 수 있다. 아름다움이 여성의 몸을 빌렸을 경우에 그러하다. 다시 말해서 아름다움의 표현 수단이 여성이 되는 것이다. 그러나 정신과 물질의 관계가 뒤집혀, 여성의 아름다움 대신에 아름다운 여성을 이야기하게 되면, 즉 여성이 시초가 되고 주된 생각으로 자리잡음으로써, 여성이 아름다움을 꾸미는 것이 아니라 반대로 아름다움이 여성을 꾸미는 형용사가 되면 어떻게 되는가? 이제 물어보자. 아름다움의 재료인 성이 거꾸로 아름다움을 재료로 취급하게 되면, 그리하여 아름다움이 여성의 표현 수단이 된다면?

위에서 칭송한 아름다움과는 전혀 다른 아름다움이 있다. 조금은 걱정스러운, 그렇다, 무서운 아름다움이 있다. 이는 오히려 추한 것에 가까운 것이건만, 그래도 나름대로의 아름다움으로 매력과 효과를 발휘한다. 성의 힘에 의존한 아름다움이 바로 그것이다. 아름다움의 자리에 성이 박차고 들어와 아름다움의 이름을 갈취하는 것이다. 그러므로 이것은 더 이상 정신적 명예를 지닌 아름다움이 여성을 통해 표현된 것이 아니라, 아름다움을 통해 여성이 표현된 것으로서 성의 돌출을 보여주는 마녀의 아름다움이다.

공포의 전율을 느끼게 하는 이 낱말은, 몇 년 사이 무트-엠-에네트의 몸에 일어난 변화를 표기하는 데 없어서는 안 될 단어가 되고 말았다. 한편으로는 감동을 자아내고 자극을 주는 동시에, 사람을 옭아매는 이 고약한 변화는 바로 마녀로의 돌변이다. 하지만 이 단어를 받아들이며 곧 음탕한 여인들을 떠올려서는 안 된다. 다시 반복하건대, 이런 표상은 멀리해야 마땅하지만, 그래도 완전히 배제하지는 않는 게 좋다.

마녀라고 무조건 다 음탕한 여자는 아니다. 그러나 선정적인 마녀의 경우, 음탕한 여인의 이미지가 스며 있어, 어쩔 수 없이 음탕함이 포함되는 것도 사실이다. 무트의 새로운 육체는 마녀의 육체, 성의 육체였으며, 나아가 사랑의 육체였다. 그러니까 다소의 음탕함이 아련하게 섞여 있었다. 그리고 이러한 요소들은 기껏해야 신체의 상호대립으로 나타났을 뿐이다. 즉 신체의 일부는 풍만해지고, 일부는 극도로 여위어진 것이다. 정말 말 그대로 '순수하게' 음탕한 요부를 들라면, 흑인 타부부가 이 경우에 속한다. 화장품 도가니에서 일하는 그 여자의 가슴은 호스처럼 축 늘어졌다. 무트의 가슴은 그러나 평상시에는 처녀의 그것처럼 봉긋 솟아올라 앙증맞았는데, 사랑에 사로잡힌 몸이 되자, 크기를 자랑하며 한층 탱탱해졌다. 이렇게 빳빳하게 고개를 쳐든 젖가슴은, 어딘지 모르게 음탕한 분위기를 내비쳤다. 그건 곧 부서질 듯 여윈 어깨 탓이었다. 바짝 마른 여윈 것과의 극단적인 대조, 그게 문제였다. 어깨 자체는 연약한 아이처럼 가냘프고 거기 붙은 팔은 풍만하기는커녕 아주 가늘었다. 이와 정반대가 허벅지였다. 더없이 풍만한 상태였던 것이다. 이렇게 극단적인 대조를 보여주는 여자의 모습은, 빗자루를 타고 산으로 올라가는 여자(서양의 마녀상―옮긴이) 같았다. 빗자루에 밀착시킨 허벅지, 빗자루를 꽉 붙들고 있는 연약한 팔, 앞으로 구부린 여윈 등, 앞에 불룩 치솟은 젖가슴이 정말 그런 여자의 모습이었다. 단순히 손쉽게 이런 그림이 떠오르는 정도가 아니라, 막무가내로 머릿속으로 밀치고 들어온다. 여기에는 얼굴 가장자리를 두른 검은 곱슬머리도 한몫했다. 납작한 코와 오목한 볼과 함께 이 얼굴은, 절정을 맞아 비로소 그 진가를 발휘하는, 오래 전부터 있어 왔던 모순을 적나라하게 보여준다. 위협적이며 음침한 눈과 양끝이 뱀 꼬리처럼 치켜 올라간 입 사이의 모순, 정말 마녀처럼 보이게 하는 모순 말이다. 이렇게 묘한 매력을 발산하는 모순이 그녀의 얼굴에 어디가 아픈 듯한 긴장감을 안겨다 주었는데, 그 전날 혀까지 깨물어서 더 긴장되어 보였다. 그녀는 혀를 깨물기 전, 그렇게 되면 혀짤배기 소리를 하게 되리라는 사실을 당연히 알고 있었다. 아무것도 모르는 순진한 아이처럼 따따거리면 자신의 몸에서 풍기는 마녀의 성격이―그녀 자신도 이를 의식하고 있었다―가려져서 보다 아름다워 보이리라 생각했던 것이다.

그 모습을 바라보면서, 그녀의 몸에 이러한 변화를 불러온 장본인은 가슴이 얼마나 답답하고 암담했을지 짐작이 가리라. 이때 처음으로 문득 자신이 경솔했다는 생각이 들었다. 순수한 작은 친구 난쟁이 곳립의 애원을 들었어야 했건만, 이를 무시하고 여주인을 피하기는커녕, 백조 처녀였던 그녀가 마녀로 둔갑하도록 방치한 것이 실수였다. 어리석게도 그녀를 가르쳐 구제하려 들다니! 자신의 인생에 대두한 새로운 문제 앞에서 취한 행동은 예전에 형들에게 했던 벌받아 마땅한 행동과 그다지 다를 바 없다는 사실을, 그는 이제야 어렴풋이 알게 되었다. 이 막연한 예감은 차츰 완전한 인식으로 발전하는데, 이 깨달음이 차후에 벌어지는 일들을 설명해 준다.

여주인이 자기 때문에 사랑의 요부로 변한 것을 보고 양심에 가책도 일고 동요된 것은 사실이지만, 요셉은 아무 내색도 하지 않고 그녀에게 특별히 더 깍듯한 인사말을 올렸다. 그리고 일단은 벌받아 마땅한 그 어리석은 구제 계획에 따라 계산서 두루마리를 꺼내 규방의 생필품과 기호품의 소비와 공급문제, 시종들의 해고와 고용에 관련한 몇 가지 보고를 올렸다. 그러느라 그녀의 혀에 상처가 생겼다는 사실을 한동안 알아차리지 못했다. 그녀는 그저 긴장된 얼굴로 묵묵히 듣기만 할 뿐, 거의 입을 열지 않았던 것이다. 그러나 이윽고 장기를 두려고 아름답게 조각된 작은 탁자를 사이에 두고, 그녀는 흑단과 대리석으로 만든 침상에, 그리고 그는 소다리로 만든 등받이 없는 걸상에 앉아 장기판 위에 드러누운 사자 모양의 말을 올려놓고, 게임 이야기를 하게 되자, 그녀의 혀짤배기 소리는 더 이상 숨겨질 수 없었다. 한번, 두번, 그건 분명히 혀짤배기 소리였다. 요셉은 가슴이 더 답답해졌다. 그리고 불안하기도 하여 결국은 부드러운 목소리로 묻고 말았다.

"마님, 어찌된 영문인지요? 마님께서 혀짤배기 소리를 하시는 것처럼 들립니다."

이에 그는 여자가 '텨' 가 '타파서' 그런다는 대답을 들어야 했다. '단밤'에 '텨'를 '태물어서' 그러니 집사는 더 이상 거기에 '틴경을 트지' 말라는 것이었다.

그녀는 정말 이렇게 말했다. 이는 그녀의 말을 우리식으로, 어린아이의 발음으로 재현한 것이다. 그녀의 언어, 곧 이집트 말로 옮기지 않고 우리 언어로 하긴 했으나, 본질적으로는 아무런 차이가 없다. 여하튼 요셉은 크게 놀라며 장기판의 말에는 더 이상 손을 대지 않으려 했다. 지금은 게임이 문제가 아니라 우선 진통제 발삼을 바르고 치료받는 것이 급선무이니, 무면허 의사 쿤-아눕에게 즉시 발삼을 만들도록 이르겠다고 했다. 하지만 그녀는 들은 척도 하지 않고 오히려 게임을 중단하려고 핑계 댈 생각 말라면서 놀렸다. 게임이 시작하자마자 불리해져 물로 밀려나니까 약사를 찾아가겠다니, 게임을 끝내지도 않고 도망갈 궁리는 하지도 말아라, 뭐 그런 식이었다. 한마디로 그녀는 상처난 혀로 아이처럼 혀짤배기 소리로 상대방을 야유하며, 요셉을 의자에 다시 붙들어 앉혔다. 그녀는 발음만 어린아이처럼 하는 것이 아니라 자신도 모르는 사이에 행동도 아이처럼 하기로 작정한 듯했다. 그래서 혀가 아파 말을 할 때마다 고통스러워 극도로 긴장한 표정이었으므로 어리광과 애교를 부리려고 애썼다. 많이를 '만니'라 하고 그대를 '트대'라 부르는 등, 그녀가 이런 식으로 발음한 단어들을 일일이 열거할 생각은 없다. 그녀를 조롱하는 것처럼 보이고 싶지 않아서이다. 그녀의 처지를 모른다면 모를까, 뻔히 알면서 어떻게 그녀를 비웃을 수 있겠는가. 그녀는 지금 가슴에 죽음을 품고 있었다. 자존심도, 정신의 명예도 내팽개친 그녀였다. 육신의 명예를 얻을 수 있다면, 그건 문제가 아니었다. 일전에 꾸었던 구원의 꿈을 실현하고픈 그녀의 욕망은 그만큼 간절했던 것이다.

그녀의 가슴에 이러한 욕망을 불러일으킨 자 역시, 가슴이 옥죄어 죽을 맛이었다. 암, 당연히 그래야 했다. 그는 장기판에서 얼굴을 들 수가 없었다. 그리고 입술을 깨물었다. 그의 양심이 들고 일어나 자신을 할퀸 것이다. 그래도 정신을 가다듬고 게임에 임했다. 다른 방법이 없었다. 이때 이성이 그를 통제했는지, 아니면 그 스스로 이성을 통제했는지, 구분하기는 쉽지 않을 것이다. 그녀 역시 말을 이리저리 옮겨 놓았으나 정신없이 두다보니 길이 막혀버렸다. 완패로 끝날 게 뻔한데도, 그걸 모르고 계속 엉뚱한 곳으로 말을 옮겨, 결국은 꼼짝달싹 못하는 지점에 이른 것이다. 그러자 그녀는 긴장된 얼굴로 계면쩍게 미소를 지으며, 다졌는데도 멍하니 바라보기만 했다. 요셉은 이성적이고 예의 바른 이야기를 계속하면, 질병을 앓고 있는 이 순간을 치유하고 정돈하여 구할 수 있으리라 착각했다. 다음과 같은 어정쩡한 말도 이런 맥락에서 이해해야 한다.

"마님, 처음부터 다시 시작해야 할 것 같습니다. 지금이든 나중이든 시작부터 다시 해야겠습니다. 아마 제가 시작을 잘못하였는지 길이 막혀 계속할 수가 없게 되었으니까요. 그리고 보시다시피, 마님께서도 말을 계속 둘 수가 없게 되셨습니다. 제가 못하게 되었으니까요. 또한 저는 저대로 마님께서 못하시니까 할 수가 없습니다. 양쪽 다 말을 잘못 두었습니다. 그러니 둘 다 이겼다고도 할 수 있고 졌다고도 할 수 있습니다. 양쪽 다 승자인 동시에 패자……."

　마지막 말은 이미 더듬거렸고 높낮이가 사라졌다. 아직도 이야기로써 곤란한 상황을 모면할 수 있다고 믿고 말을 계속 하려는데, 말을 할 수가 없었던 것이다. 왜? 그 순간 일이 벌어졌으니까. 장기판 가장자리에 놓인 팔 위에 갑자기 그녀의 머리와 얼굴이 덮친 것이다. 금은 가루가 뿌려진 그녀의 머리카락이 장기판에서 쉬고 있는 사자를 밀쳐냈다. 그리고 열병을 앓는 여자의 뜨거운 입김과 함께 방향을 잃은 끝없는 속삭임이 그의 팔을 묻어버렸다. 그녀가 얼마나 다급했는지 잘 아는 만큼, 그녀를 존중하는 뜻에서 그녀가 보여준 아이 같은 행동, 그 병적인 행동은 더 이상 자세하게 옮기지 않겠다. 다만 그녀의 입에서 흘러나온 말도 안 되는 헛소리를 소개하면 대략 이렇다.

　"그래, 맞아. 더 이상은 못해. 우리는 더 이상 할 수가 없어. 게임은 잘못 됐어. 우리에게는 두 사람 다 졌기 때문에 함께 드러눕는 것 외에 남은 게 없어. 오사르시프, 오, 먼 곳에서 온 아름다운 신, 나의 백조, 나의 황소, 나의 연인! 뜨겁고 높고 영원한 내 사랑! 이제 우리 두 사람 함께 죽음을 맛보고 행복한 저 밤의 세상으로 내려가는 거야! 말해 봐, 제발 말해 봐. 내 얼굴을 안 봐도 되니까 솔직하게 말할 수 있잖아. 아, 내 얼굴은 마침내 그대의 팔 위에 있어. 그리고 길을 잃은 내 입술은 그대의 살과 피를 애무하며 그대에게 애원하고 기도를 올리고 있어. 그러니 내 얼굴 볼 필요없이 솔직하게 고백해 줘. 내가 보낸 달콤한 쪽지 편지는 읽었을 테지. 그건 내가 혀를 깨물기 전에 차마 말로 할 수 없어서 글로 써보낸 편지야. 하지만 이제는 입으로 내가 그 말을 해야 해. 그대는 내가 여주인이라서, 실은 이런 신분은 이미 오래 전에 아무 의미도 없어졌지만, 여하튼 그대 입장에서는 여주인인 나에게 감히 할 수 없는 말이니까. 하지만 만약에 이런 말을 그대가 할 수 있다고 가정할 때, 그대가 얼마나 가슴 절절이 그 말을 하고 싶어하는지 그걸 모르니 나는 가슴이 아파. 만약 그대가 말을 할 수 있는 상황이라면, 그래서 그대가 진정으로 그 말을 하고 싶어하리라고 가정한다면, 여주인인 내가 그대의 입을 대신하여 말하고 싶어. 물론 혀짤배기 소리로, 얼굴은 그대의 팔에 묻고 속삭이듯이 말이야. 자, 말해 봐. 난쟁이한테서 내 쪽지를 받았어? 내가 그림까지 그린 그 쪽지를 읽어봤어? 어때, 내가 그린 그림을 보니까 기뻤어? 온몸에 피가 끓어올라, 행복의 물결이 되어 영혼의 해변가로 파도처럼 밀려갔어? 나를 사랑해? 오사르시프? 오, 노예의 모습으로 나타난 신. 하늘에서 온 매! 난 이미 오래 전부터 그대를 향한 사랑의 환희와 고통을 넘나들고 있어. 그대도 나만큼 날 사랑하여 그대의 피 또한 나를 목메어 하는가? 그대를 향한 뜨거운 열정을 못 이겨 어쩔 수 없이 작은 쪽지 편지에 그림까지 그려 넣었어. 사람을 반하게 하는 그대의 황금빛 어깨, 그리고 특히 그대를 사랑하게 만드는 신과 같은 그대의 얼굴을 바라보며, 내 몸은 변화하기 시작했지. 이것 봐. 이렇게 젖가슴까지 사랑의 열매를 맺어 커졌잖아. **나와 함께 자!** 그대의 찬란한 청춘을 내게 선사해 줘. 그대에게 상상할 수 없는 황홀경을 선사하겠어. 내가 지금 무슨 말을 하는지 나도 잘 알아. 우리 함께 머리와 발을 맞대고 하나가 되어 상대방 안에서 죽는 거야. 더 이상은 견딜 수 없어. 계속 이렇게 둘로 나뉘어 따로 살 수는 없어!"

여자는 넋을 잃고 이렇게 속삭였다. 그녀의 기도가 상처 난 혀 때문에 실제로 어떤 발음으로 들렸는지, 이 자리에 옮기지는 않았다. 말 한마디를 할 때마다 혀가 몹시 아팠지만 이에는 아랑곳하지 않고 그의 팔 위에 한꺼번에 말을 쏟아냈다. 원래 여자들은 무척 고통스러운 것도 기꺼이 참아내는 자들이다. 그러나 이 점만은 알고 넘어가야 하며, 그것이 어떤 것인지 상상도 곁들여 분명하게 새겨두어야 한다. 전래설화가 그녀가 했다고 들려주는 말, 무척이나 오해를 받기도 했던 간결한 그 말은, 정상적인 성인의 입이 아니라, 고통스럽게 찢어진 어린아이의 혀로부터 새어나와 '나와 함께 자'가 아니라, '나와 함께 다!' 처럼 들렸다는 사실을. 그리고 그렇게 들리라고 일부러 그녀는 혀를 깨물었던 것이다.

그러면 요셉은? 그는 거기 앉은 채 그래서는 안 되는 일곱 가지 이유를 앞뒤로 죽 훑어내렸다. 뜨겁게 달궈진 피가 영혼의 해변가로 파도처럼 밀려가지 않았다고 주장할 의도는 없다. 그러나 이에 저항한 이유는 일곱 가지나 있었다. 흡사 마녀를 멸시하듯 그녀를 엄하게 나무라며 무례한 행동을 보이지 않은 점에서는 요셉을 칭찬해 줘야 한다. 여기서 마녀라 함은 그와 신의 관계가 틀어지도록 유혹하는 자였다는 의미에서이다. 그런데도 그녀를 부드럽고 온화하게 대하면서 깍듯이 받드는 마음으로 달래려 한 것은 잘한 일이었다. 물론 상황을 꿰뚫어보는 자라면, 누구든 여기에 어떤 위험이 도사리고 있는지 알아차렸으리라. 이런 경우 위로의 끝이란 뻔하지 않은가? 그는 거칠게 팔을 뿌리치지도 않았다. 원래 자세를 유지한 채, 화끈거리는 뜨거운 속삭임과 입맞춤도 묵묵히 견뎌내고, 그녀가 하고 싶은 이야기를 다 토해 낼 때까지 기다렸다. 아니, 그녀의 말이 끝나고도 조금 더 그런 상태로 있으면서 입을 열었다.

"오, 마님! 얼굴로 대체 뭘 하십니까? 상처 때문에 열이 나서서 이 무슨 해괴한 말씀이십니까? 제발 정신 차리십시오. 부탁입니다. 마님께서는 자신과 저를 잊고 계십니다! 우선 마님의 방은 열려 있습니다. 누가 와서 우리를 보기라도 하면, 어쩌려고 이러십니까! 난쟁이든, 아니면 제대로 자란 사람이든, 행여 마님의 머리가 어디 있는지 훔쳐보기라도 하면 어쩌시렵니까? 용서하십시오. 도저히 그냥 두고 볼 수 없습니다. 마님께서 허락하신다면 제 팔을 빼야겠습니다. 그리고 바깥에서 못 보도록."

그는 말을 행동으로 옮겼다. 그러나 그녀의 몸도 따라 움직였다. 그의 팔이 빠져나가자 그녀는 벌떡 몸을 일으켰다. 그리고 눈을 번득이며 갑자기 음성을 높여 호통을 치기 시작했다. 그에게 상대가 누구인지 상기시키려는 듯했다. 조금 전까지만 해도 연약한 모습으로 간절히 매달리던 그녀가 암사자처럼 갈퀴발톱을 세웠다. 그리고 이제는 더 이상 혀짤배기 소리를 내지 않았다. 원하기만 하면, 그리고 고통을 참을 각오가 되어 있다면, 언제라도 혀를 제대로 놀릴 수 있었던 것이다. 그래서 그녀의 호통은 또렷한 발음으로 울려 퍼졌다.

"문은 열린 채로 둬! 온 세상이 나와 내가 사랑하는 너를 볼 수 있게 해! 왜? 겁나? 나는 신들이 두렵지 않아. 난쟁이들도 무섭지 않아. 인간도 물론 두렵지 않아. 그들이 내가 너와 함께 있는 것을 훔쳐본다 해도 전혀 겁나지 않아. 어디 우르르 몰려올 테면 오라고 해! 와서 보라고 그래! 수줍음? 수치심? 그런 건 그네들 발 앞에 넝마처럼 내던져 주마! 나와 너, 그리고 세상을 잊어버린 내 영혼의 고난에 비하면 이런 것은 넝마 조각이야! 나더러 무엇을 두려워하라는 거야? 두려운 존재가 있다면 그것은 사랑하는 나 자신일 뿐이야! 내가 누구라고 생각하느냐? 나는 다름 아닌 이시스야. 우리를 보는 자가 있다면, 무섭게 노려볼 테다. 하얗게 질려 그 자리에서 쓰러져 죽게!"

무트의 입에서 암사자의 말이 튀어나왔다. 찢어진 혀의 상처와 아픔도 잊은 채였다. 그러나 요셉은 기둥 사이의 공간을 커튼으로 가린 후 말했다.

"마님을 위해 생각하도록 해주십시오. 사람들이 우리를 훔쳐 볼 경우, 어떤 일이 벌어질지 짐작이 가기 때문입니다. 그리고 마님께서 세상에 내던지시겠다 하는 것이, 제 눈에는 지극히 거룩한 것으로 보입니다. 세상은 그런 것을 받을 가치도 없으며, 분노하신 마님의 눈빛에 죽을 만한 가치는 더더욱 없습니다."

하지만 요셉이 커튼을 치고 방의 그늘진 곳으로 걸음을 옮겨 그녀 쪽으로 다가가자, 그녀는 더 이상 암사자가 아니었다. 어느새 혀짤배기 소리를 내는 어린아이로 돌변한 그녀는 교태를 부리며 교활한 뱀처럼 그의 행동을 엉뚱하게 해석했다.

"드디어 우리를 가두다니, 정말 못됐군! 세상이 우리를 못 보도록 그늘에 숨었잖아. 세상이 네 못된 의도로부터 나를 지켜주지 못하도록 말이야. 아, 오사르시프, 어쩜 이렇게 못됐을 수가 있어? 내 자신도 몰라보도록 내 몸과 영혼까지 이렇게 바꿔놓다니, 어떻게 나한테 이런 못된 짓을 할 수가 있지? 네 어머니는 이런 네 행동을 보고 과연 뭐라고 말씀하실까? 내 아들도 그대처럼 아름답고 못됐을까? 그래서 그대가 꼭 내 아들처럼 보이는 것일까? 아름다운 악동, 오, 나의 아들! 태양의 소년. 내가 낳은 아들, 정오에 어머니 곁에 머리와 발을 나란히 놓아, 다시 자신을 생산하는 소년! 오, 오사르시프! 하늘에서 그랬듯이 땅에서도 나를 사랑하느냐? 쪽지에 그린 내 그림 보았지? 어때? 네 영혼까지 그린 그림이었어? 그걸 읽은 순간 가슴이 마구 떨렸어? 그 편지를 쓰면서 끝없는 쾌락과 수치심으로 온몸을 떨었던 나처럼 너도 그렇게 떨었어? 넌 네 입으로 나를 가리켜 너의 머리와 가슴의 여주인이라 했는데, 그건 어떤 뜻이었지? 그냥 그렇게 말할 수밖에 없어서 형식적으로 했던 말이었어? 아니면 가슴에서 우러나온 진심이었어? 이 그늘진 곳에서 고백해 줘! 너 없이 홀로 누워 의심하고 또 의심하느라 고통의 나락을 헤맨 밤이 얼마인지 알아? 그럴 때면 혈관 속의 내 피는 어떤 충고도 들으려 하지 않고 오로지 너만을 소리쳐 불렀어. 이제 날 구해 줘야 해. 오, 나의 구세주! 내게 형식적으로 들려준 아름다운 거짓말이 실은 진심이었다고 고백해 줘. 내게 진실을 들려줘. 날 사랑한다고!"

요셉: "세상에서 가장 고상한 여인이시여, 그게 아닙니다…… 마님께서 말씀하신 대로입니다. 제발 말씀을 아끼십시오. 마님께서 제게 은혜를 베풀어주신다고 믿고 드리는 부탁이니, 제발 마님 자신과 저를 생각해서라도 말씀을 아끼십시오. 발삼을 바르고 쉬셔야 할 혀를 그렇게 마구 움직이시니 얼마나 아프시겠습니까? 그 생각을 하면 제 가슴이 찢어집니다. 아, 제가 어떻게 마님을 사랑하지 않을 수 있겠습니까? 마님은 저의 여주인님이시니 저는 당연히 무릎을 꿇는 아랫사람으로서 마님을 사랑합니다. 이렇게 무릎을 꿇고 간청합니다. 제발 마님께 올리는 제 사랑을 겸손함과 간절함, 그리고 경건함과 달콤함을 근거로 잔혹하게 따지려 하지 마십시오. 그저 이 성분들을 편안하게 제자리에 두시어 제 사랑이 부드럽고 소중한, 온전한 사랑으로 머무르게 해주십시오. 이것은 바닥을 파헤치고 들쑤시는 잔혹한 대우를 받을 이유도 없을 뿐더러, 그래서도 안 됩니다. 그렇게 되면 다치고 맙니다! 아닙니다. 조금만 더 참으시고, 제 말씀을 더 들어주십시오.…… 다른 때는 제가 올리는 이런 저런 말을 잘 들어주시지 않았습니까. 그러니 지금 하는 이야기도 제발 너그럽게 들어주십시오! 훌륭한 종은 자신의 주인님을 사랑하기 마련입니다. 조금이라도 고상한 종이라면, 이는 당연합니다. 그런데 주인님의 이름이 여주인님으로 바뀌어 사랑스러운 여인이 되면, 이 사랑에 달콤

함이 스며들어 간절히 사모하는 마음이 섞입니다. 이것이 겸손과 달콤함입니다. 즉 사모하면서 섬기는 부드러운 마음인 것입니다. 또 이것은 '간절함'이라 불립니다. 그런데 여기에 너무 가까이 다가가, 바닥까지 파헤치려는 건 사악한 눈길입니다. 이는 참으로 잔혹하여 가슴의 저주를 불러낼 뿐, 다른 데에는 쓸모가 없습니다. 여주인님을 제 머리와 가슴에 명령을 내리는 분이라 한 것은, 물론 관습이 그래서이며, 그렇게 말하도록 되어 있기 때문입니다. 그러나 이 의례적인 말이 제게 얼마나 달콤한지, 그래서 제 머리와 가슴에 얼마나 큰 행복을 의미하는지, 이것은 세련된 침묵의 문제로서 비밀입니다. 그런데 마님께서 제게 침묵을 명하지 않고, 오히려 어떤 뜻으로 한 말인지 솔직하게 고백하라고 하시니, 그리하여 거짓말과 죄, 둘 중의 하나를 선택하도록 강요하시니, 어찌 이를 두고 은혜라 할 수 있으며 지혜롭다 할 수 있겠습니까? 이것은 잘못된 잔혹한 선택입니다. 저는 그런 선택을 하고 싶지 않습니다! 이렇게 무릎 꿇고 간청하오니, 제발 마님께서는 은혜와 자비를 베푸시어 제 가슴이 살 수 있도록 해주십시오!"

여자: "오, 오사르시프, 참으로 아름다운 이야기로구나. 그 때문에 사람들이 그대를 신으로 여기고 그토록 따르지. 그러나 그 아름다운 말로 그대는 또 어쩜 그렇게 무섭게 구느냐! 그런 재치와 기지로 나를 이렇게 절망의 나락으로 떨어뜨리니, 참으로 무서운 신성이구나. 노련함과 아이 같은 재치와 아름다움이 사랑의 우수에 젖은 가슴에는 황홀한 죽음을 가져오다니! 그대는 나의 간절한 질문을 노골적이

라 나무랐다. 그렇지만 그대의 노련한 대답 또한 얼마나 노골적이냐. 아름다움과 가슴을 살리려면 침묵해야 한다고 하지 않았느냐. 그래, 가슴을 살리려면 묵묵히 침묵으로 일관해야 한다. 아보두에 있는 거룩한 무덤처럼. 죽음과 마찬가지로 사랑 또한 침묵을 원하지. 맞아, 침묵이라는 점에서 이들은 서로 같다. 그래서 말은 이들을 다치게 하지. 그대는 가슴을 살려야 하니 현명하게 말을 아껴 달라고 요구하고 있어. 그러면서 내게 반항하여, 나더러 바닥을 파헤치려 들지 말라고 하지. 그러나 아냐, 이건 거꾸로야. 내가 이러는 것도 내 가슴을 살리려고 그러는 것이니까. 이렇게 끈질기게 파고드는 것은 내가 고난에서 살아남으려고 필사적으로 싸우는 형태일 뿐이야! 나한테 이것 말고 어떤 방법이 있다는 거야? 아, 내 사랑! 난 이제 어쩌면 좋지? 오, 나의 구세주! 나를 이렇게 뜨겁게 불타오르게 하는 나의 주인님! 아, 그러나 나는 또 그대의 여주인이기도 해. 나는 그대의 가슴이 다치지 않도록 말을 아낄 수도, 그대의 사랑을 그대로 둘 수도 없어. 대신 이렇게 잔혹하게 그 바닥을 파고들 수밖에 없어. 다른 방법이 없으니까. 그래서 수염 달린 남자가 자신을 알지 못하는 부드러운 처녀를 다루듯이, 그녀의 수줍음으로부터 간절함을 끌어내고 경건함으로부터 쾌락을 끄집어내야만 하는 거야. 그리하여 그녀가 과감하게 그녀 자신을 알게 하여, 나와 동침하려는 생각이 들도록 만들어야 해. 바로 여기에 세상의 모든 구원이 있지. 그대가 나와 함께 자는 것, 거기에 세상의 모든 구원이 있어. 행복이냐 지옥의 고통이냐, 그것이 문제지. 내게는 우리 두 사람의 손발이 떨어져 있는 것이 지옥의 고통이야. 그리고 그대는 무릎을 꿇고 간청한다고 겨우 무릎 이야기만 하는데, 이럴 때 나는 다른 것은 아무것도 몰라. 그저 그대의 무릎에 말할 수 없는 질투를 느낄 뿐이야. 이것이 그대의 무릎이고, 나의 무릎은 아니라는 것이 안타깝다는 뜻이야. 이제 그대는 내 옆에 가까이 다가와, 나와 함께 자야 해. 안 그러면 난 죽고 말 거야! 영영 파멸하고 말 거야!"

요셉: "사랑스러운 그대여, 그럴 리 없습니다. 제발 정신 차리세요. 이 종의 간절한 청을 들으시고 제발 그런 생각에 집착하지 마십시오. 그건 정말 악한 것입니다! 마님께서는 거기에 지나친 비중을 두시어, 먼지가 먼지 곁에 눕는 것에 불과한 행동에 거의 병적으로 무게를 두십니다. 물론 순간적으로는 그 행동이 사랑스럽게 느껴질 수도 있지만, 여기에는 나쁜 결과가 따르기 마련이며, 그 다음에 온갖 회한이 몰려 올 것입니다. 그런데도 자꾸 눈앞에 그런 환상이 아른거리는 것은, 고열로 판단이 흐려진 탓입니다. 보세요. 이는 좋은 일이 아닙니다. 마님께서 마치 수염을 단 남자처럼 제게 다가오셔서 여주인님으로서 사랑의 쾌락을 청하시면, 마음도 편치 않을 뿐더러 좋지도 않습니다. 여기에 담겨 있는 혐오스러운 것은, 저희들이 살고 있는 오늘날에는 맞지가 않습니다. 제가 비록 종의 신분이긴 하나, 이는 그다지 오래된 것이 아닙니다. 그리고 마님께서 제시하는 그런 생각은, 오로지 제 쪽에서나 할 수 있는 것입니다. 그리고 우리는 결코 그 생각을 행동으로 옮겨서는 안 됩니다. 거기에는 한 가지 이상의 분명한 이유가 있습니다. 아니 한 가지

이상 정도가 아니라, 황소자리의 별처럼 한 무더기는 될 겁니다. 절 바로 이해해 주십시오. 마님께서 건네주는 사과가 아무리 사랑스러워 보여도, 저는 그것을 깨물어 먹어서는 안 됩니다. 그건 악행을 먹고 모든 일을 망치는 것을 뜻합니다. 제가 이렇게 침묵을 깨고 말을 하는 것도 그래서입니다. 제발 절 자비롭게 보아주십시오. 사랑스러운 분이시여, 마님께 침묵으로 일관할 수는 없기에 이렇게 말씀 드리는 것입니다. 그리고 저는 위로의 말을 골라내야 합니다. 귀한 여주인님을 위로해드리는 것이 제게는 시급한 일이기 때문입니다."

　여자: "너무 늦었어, 오사르시프! 그대를 위해서나 우리 두 사람을 위해서나 너무 늦었어! 그대는 더 이상 되돌아갈 수 없어. 그리고 나 역시 마찬가지야. 우리는 벌써 하나로 뒤엉켰어. 그대는 이미 우리 둘만 있도록 이 방에 커튼을 쳤어. 그리고 세상이 못 보도록 그늘 아래로 함께 몸을 숨겨 우리 두 사람을 한 쌍으로 만든 거야. 또 그대 역시 '우리'라 하고 '우리를'이라고 말했지. 그대는 '사람들이 우리를 볼 수도 있습니다'라면서 이 소중하고 귀한 단어 안에 우리를 하나로 끌어넣어 이렇게 달콤하게 만들었지. 이것이야말로 모든 황홀경이 시작되는 암호야. 이렇게 된 마당에 우리가 행동을 통해 '우리'가 되는 것은 더 이상 새로운 것을 만들어내는 게 아냐. 이미 '우리'라는 황홀한 단어가 말해졌으니까. 우리가 이렇게 세상에 감춰야 할 우리들만의 비밀을 갖게 되었으니, 더 이상 다른 방법이 없어. 그것을 행동으로 옮기는 것밖에는……."

요셉: "그렇지 않습니다, 그대여. 이건 옳지 않습니다. 마님께서는 지금 사물에 폭력을 가하시어 모든 걸 왜곡하고 계십니다. 제 반론을 들어주십시오! 마님께서 자신을 잊고 계셔서 어쩔 수 없이 방에 커튼을 쳤던 것입니다. 그건 마님의 명예를 위해서였지요. 뜰에서 혹시라도 누군가 마님께서 머리를 어디에 두고 계신지 볼까봐 가린 겁니다. 그런데 마님께서는 그 일을 두고 이미 모든 것이 똑같으며, 벌써 일이 일어난 것처럼 말씀을 하십니다. 우리한테 벌써 비밀이 있어서 우리를 세상으로부터 가려야 했다고 말입니다. 이는 부당한 말씀입니다. 전 아무 비밀도 가지고 있지 않으니까요. 제가 가린 것은 오로지 마님의 비밀일 뿐입니다. 그런 의미에서 '우리'라 하고 '우리를'이라 한 것입니다. 그리고 그것으로는 아무 일도 일어나지 않았습니다. 앞으로도 물론 일어나서는 안 됩니다. 이를 반대하는 이유가 별처럼 무수하니까요."

여자: "오사르시프! 이 새빨간 거짓말쟁이! 이렇게 둘이 함께 있으면서도, 그리고 비밀을 가졌으면서도 인정하려 들지 않다니! 방금 내가 청한 사랑을 네 스스로도 할 수 있었을 것이라고 말하지 않았어? 그런데도 세상 앞에서 숨겨야 할 나하고의 비밀이 하나도 없다고 하다니, 어쩜 그렇게 못됐어? 그렇다면 너는 내가 너를 생각하는 것처럼 나를 생각하지 않는다는 거야? 아, 황금처럼 빛나는 태양 소년! 네가 만일 하늘에 있는 여신의 품안에 어떤 쾌락이 너를 기다리고 있는지 알았더라면, 이제야 내게 다가와 나와 동침할 생각을 했을 리가 없겠지. 그러니 이제 나로 하여금 너

에게 복음을 전할 수 있게 해줘. 그리고 네 귀에 언약하게 해줘. 세상이 모르는 이 은밀한 그늘에서 무엇이 너를 기다리고 있는지! 나는 지금까지 사랑한 적도, 품안에 남자를 받아들인 적도 없어. 황홀한 사랑의 보석창고에서 난 단 한 줌도 남에게 준 적이 없어. 오사르시프! 들어봐, 내 속삭임을. 이 풍성한 보석은 오로지 너를 위한 거야. 내 몸이 변하고 형상이 달라진 것도 너를 위해서야. 내 몸은 척추부터 발끝까지 사랑의 육신이 되었어. 내 곁에 누워 찬란한 청춘을 내게 선사한다면, 너는 세속의 여자와 함께 있는 게 아니라, 어머니와 배우자이며 누이인 여신과 함께 즐기는 신이 되는 거야. 어째서? 내가 바로 그 여신이니까! 오, 나는 기름! 한밤의 축제를 맞아 활활 타오르기 위해 네 소금을 갈망하는 기름! 오, 나는 들판! 밀물처럼 꿈틀거리며 밀려올 네 남성에 목말라, 그대 황소를 애타게 부르는 어머니 들판! 오, 아름다운 신! 넘실거리며 내게로 몰려와 나와 결혼을 하면 내 곁을 떠나기 전에 내 축축한 바다에 연꽃화환을 두고 가야 해! 들어봐! 내 속삭임을 들어봐! 내가 하는 말 한마디, 한마디는 너를 우리의 비밀로 한 걸음씩, 한 걸음씩 더 깊숙이 끌어들이지. 이렇게 깊은 비밀 속에 함께 들어와 있으니, 더 이상 이곳을 떠날 수 없어. 아무리 내 구애를 거절해도, 그건 아무 의미도 없어."

요셉: "아뇨. 그렇지 않습니다. 사랑스러운 그대여! 마님을 이렇게 부른 것을 용서하십시오. 이는 어차피 비밀 속에 함께 있게 되어, 어쩔 수 없이 그러는 것입니다. 이 모두가 마님께서 정신을 잃으신 탓입니다. 제가 방에 커튼을 친 것

817

도 그래서였지요. 여하튼 저를 유혹하시는 마님의 사랑을 저는 겸손한 자세로 거절할 수밖에 없습니다. 그리고 제 거절은 충분히 의미가 있습니다. 그 의미가 일곱 가지나 되니까요. 마님께서 절 유인하시려는 바닥은 진흙탕입니다. 거기에는 기껏해야 귀가 먼 갈대만 무성할 뿐, 곡식 열매는 없습니다. 마님께서는 저를 간통이나 하는 멍청이 당나귀로, 그리고 마님 자신은 방황하는 암캐로 만들려 하십니다. 그러니 제가 마님을 마님 자신으로부터 지켜드리고, 제 자신은 수치스러운 변신으로부터 보호해야 마땅하지 않겠습니까? 만일 우리가 죄를 저지를 각오를 하고 우리들의 머리를 걸게 되면, 대체 우리 신세가 어떻게 될지 생각이나 해보셨습니까? 제가 그런 상황이 되도록 방치해야겠습니까? 사람들이 마님의 목을 조르고 사랑스러운 육신을 개들에게 던져 주고, 급기야 코까지 자르도록 해야겠습니까? 그건 도저히 생각도 못할 일입니다. 그러나 당나귀의 경우에는, 어리석은 못된 짓의 대가로 수천번의 뭇매를 맞게 되겠지요. 그리고 악어밥으로 던져지지 않는다면 그나마 다행일 테죠. 잘못을 저지를 경우 우리를 기다리는 훈계와 처벌이 바로 이런 것입니다."

여자: "아, 겁쟁이 소년. 내가 너를 위해 간직한 쾌락이 온전히 네 것이 된다고 상상해 봐. 그러면 그것 말고 다른 생각은 할 수도 없을 테고 그 정도 벌쯤은 아무렇지도 않을 거야. 아무리 재보고 또 재봐도, 나와 즐길 수 있는 쾌락과는 비교도 안 될 테니까!"

"네, 보세요! 친애하는 벗이여. 그대는 지금 정신이 혼미해진 탓에 저 아래로, 인간의 지위보다 훨씬 아래쪽으로 내려가셨습니다. 지금 이 순간을 넘어서, 그 다음에 어떤 것이 닥칠지 생각할 수 있다는 것이 바로 인간의 장점이며, 그가 지닌 명예로운 선물이니까요. 그리고 두려움의 문제라면, 저 또한 두렵지 않습니다."

이들은 그늘이 드리워진 방 한가운데에 몸을 바짝 붙인 채 목소리를 낮춰서 대화하고 있었다. 그러나 눈썹을 치켜올리고, 빨갛게 상기된 얼굴까지 흔드는 모습이 마치 중요한 문제를 상의하는 사람처럼 진지했다.

"저 또한 두렵지 않습니다." 그의 말이 계속되었다.

"마님과 제게 떨어질 벌이 두렵다는 것이 아닙니다. 그건 사소한 것입니다. 하지만 제가 두려워하는 것은 우리 주인님이신 페테프레 대인이십니다. 그분 자신이 두려운 것이지 그분이 내리실 벌이 두려운 게 아닙니다. 사람이 신을 두려워하는 것이 한 사람에게 내리시는 어떤 재앙 때문에 두려워하는 것이 아니라, 오로지 그분 자신을 두려워하는 것과 마찬가지입니다. 이는 신에 대한 경외심에서 나오는 두려움입니다. 제가 지닌 모든 빛은 제 주인님으로부터 받은 것입니다. 제가 이 집과 이 나라에서 누리는 지위와 모든 것은 모두 그분 덕분입니다. 그런데 제가 마님 곁에 눕게 된다면, 제가 어떻게 그분 앞에 나아가 그분의 부드러운 눈빛을 똑바로 쳐다볼 수 있겠습니까? 그분이 내리실 벌은 전혀 두려워하지 않는다 하더라도, 어떻게 그분을 바로 볼 수 있겠습니까? 들어보세요. 에니! 제발 정신을 차리시고 마님께 지금 제가 올릴 말을 잘 들으세요. 이 말은 계속 남게 될 테니까요. 우리들의 이야기가 세상에 전해져 사람들의 입에 오르내리게 되면, 사람들은 제 말을 그대로 인용할 겁니다. 원래 어떤 사건이든 이야기가 되고 아름다운 대화가 될 수 있으니까요. 그러면 우리는 한 이야기 속에 함께 등장할 수도 있으니, 제발 정신 차리시고 말씀을 하실 때에도 이 점을 유념하십시오. 마님이 하시는 말씀을 통해 그 이야기 속에서 허수아비가 되시고 죄의 어머니가 되지 않도록! 마님의 뜻을 거역하고 또 절 기다리는 쾌락을 거부하기 위해, 제가 많은 것들을 복잡하게 말씀 드릴 수도 있을 것입니다. 그러나 사람들의 입에 넘겨진다는 점을 감안하여, 이 자리에서 간단히 가장 효과적인 것만 말씀 드리려 합니다. 그래서 어린아이라도 이해할 수 있게 할 생각입니다. 이렇게 말입니다. 나의 주인이 가중 제반 소유를 간섭지 아니하고 다 내 손에 위임하였으니 이 집에는 나보다 높은 이가 없으며 주인이 아무것도 내게 금하지 아니하였어도 금한 것은 당신 뿐이니 당신은 자기 아내임이라. 그런즉 내가 어찌 이 큰 악을 행하여 하나님께 득죄하리이까? (창세기 39장 8-9절의 인용문—옮긴이) 이것이 제가 미래를 위해, 우리가 서로 누릴 수 있는 쾌락을 거절하며 올리는 말씀입니다. 왜냐하면 우리는 이 세상에 혼자 있는 것이 아니기 때문입니다. 그래서 저는 무턱대고 한 사람으로서, 다른 사람의 살과 피를 향유할 수는 없습니다. 거기에는 페테프레 대인님이 계시니까요. 우리 두 사람의 크나크신 주인님께서는 외롭게 계십니다. 우리는 그분을, 그의 영혼을 사랑으로 섬겨야 마땅합니다. 그런데 신뢰와 신의를 저버리고 그런 짓으로 뿌리가 약한 그분의 품위를 다치게 하고, 그분을 욕되게 해서는 안 됩니다. 우리 두 사람이 황홀경에 이르지 못하도록 그분이 가로막고 계십니다. 더 이상 무슨 말이 필요하겠습니까."

"오사르시프." 그녀가 바싹 다가오며 속삭였다. 그리고 마음을 단단히 먹고 한 가지 제안을 했다.

"오사르시프, 오, 내 사랑. 우리는 이미 오래 전부터 우리 둘만의 비밀을 간직한 사이야. 내 말 잘 들어. 그리고 그대의 에니를, 나를 제대로 이해해 줘…… 나는 그이와는 할 수가 없어……."

무트-엠-에네트가 혀를 깨문 진짜 이유가 밝혀지는 순간이었다. 그녀에게는 이미 오래 전에 준비해 둔 대답이 있었다. 보다 감동적으로, 고통스러워 어쩔 줄 모르는 아이처럼 애교를 부리며 이 대답을 하려고 그녀는 혀에 상처를 냈었다. 단지 함께 자자고 사랑을 애걸하려고 그런 게 아니었다. 아니, 설령 그것이 우선적인 목표였다 하더라도, 그게 전부는 아니었다는 뜻이다. 그녀가 이렇게 혀를 깨물어 아이처럼 이야기하려고 준비한 진짜 이유는 따로 있었으니까. 이 순간 그녀는 파란 핏줄이 드러난 손 하나를 그의 어깨 위에 올렸다. 오색 반지를 낀 그 손은 예술품처럼 잘 다듬어져 있었다. 그리고 나머지 손으로는 그의 볼을 어루만지며 귀엽게 입술을 쭉 내밀고 혀짤배기 소리로 말했다.

"난 드 다람을 둑일 두 이떠(난 그 사람을 죽일 수 있어―옮긴이)."

그는 깜짝 놀라 움칠 물러섰다. 귀여운 표정으로 그런 끔찍한 말을 뱉다니! 자신은 해본 적도 없고, 설마 여자가 그런 말을 하리라고는 꿈도 꾸지 못했다. 그녀가 조금 전 암사자처럼 발톱을 세우며 씩씩대긴 했어도, 이런 충격적인 말을 할 줄은 정말 몰랐다.

"난 너무 외로워!"

"우다다 하면 돼(우리가 하면 돼—옮긴이)."

그녀는 물러서는 자에게 찰싹 달라붙으며 계속 아양을 떨었다.

"드 사람을 둑여서 데거하면 돼. 드게 무든 문제야? 오, 나의 매! 이건 전혀 문제가 안 돼. 타부부한테 말하면 비밀스러운 힘을 지닌 말간 탕이나 수정처럼 맑은 침전물을 당장 가져올 거야. 그걸 줄 테니 너는 그이가 몸을 데우려고 마시는 포도주에 털어넣기만 하면 돼. 그걸 마시면, 자신도 모르는 사이에 몸이 식지. 흑인 나라의 요리 기술이 워낙 뛰어나서 아무도 눈치 못 채. 그런 다음 배에 태워 서쪽으로 보내서, 이 세상 밖으로 내보내면 우리가 황홀경에 이르지 못하도록 더 이상 가로막지도 못하지. 자, 어때? 모든 건 내가 다 알아서 할 테니, 너는 내가 시키는 대로만 하면 돼. 오, 내 사랑! 반대하지마! 이건 죄 될 게 없는 조처야. 그의 육신은 살아 있으되, 이미 오래 전부터 죽은 몸이잖아? 쓰일 데도 없잖아? 그저 쓸모없이 살만 찌워서 몸무게만 엄청나게 나갈 뿐, 하는 일이라고는 아무것도 없잖아? 그대를 향한 사랑이 내 가슴을 갈기갈기 찢은 이후, 이렇게 내 살이 사랑의 육신으로 변한 뒤로, 그의 게을러빠진 몸뚱이를 내가 얼마나 증오하는지, 그대는 몰라. 이건 뭐라고 표현도 못해. 그저 비명만 지를 수 있을 뿐이야. 그러니, 오, 달콤한 내 사랑 오사르시프, 우리가 그의 몸이 싸늘하게 식어버리게 만드는 거야. 이건 아무 일도 아냐. 이게 싫다면 그대가 알아서 다른 방법을 써도 좋아. 속이 텅 빈 헐렁한 백조, 그 구역질나는 말불버섯을 몽둥이로 때려눕혀도 상관없어. 이건 그저 필요없는 물건을 치우는 것일 뿐, 굳이 어떤 행동이라고 할 것도 없어. 이렇게 그를 자기 무덤에 들여보내면, 집에는 자유를 얻은 우리 둘만 남아, 더 없이 행복한 사랑의 몸이 되는 거야. 그래서 조건과 상황에 얽매이지 않고, 결과를 고려하고 염려할 필요없이, 언제든 입과 입을 맞대고 포옹할 수 있게 돼. 그대의 말은 백번 옳아. 오, 신의 아들, 신의 소년! 그대는 우리가 황홀경에 이르지 못하도록 그이가 우리 사이를 가로막고 있다 했지. 그래 맞아. 참으로 옳은 말이야. 그대는 그래서 그이를 염려하고 안 된다고 했었지. 그대가 염려하는 것은 나도 인정해. 그러나 바로 그렇기 때문에, 그를 처치해야 한다는 것은 그대도 인정해야 돼. 그를 세상에서 없애는 거야. 그렇게 되면 걱정거리도 없어지고, 우리가 서로 껴안는 일이 그에게 욕이 될 이유가 없어지니까! 더 말을 더해 못하겠더? 나의 다랑! 상상해 봐, 우리가 얼마나 행복해질지! 어차피 쓰러진 백조를 치워버리면, 집에는 우리 둘만 남게 될 테고, 드디어 그대는 젊은 나이에 이 집안의 주인이 되는 거야. 내가 여주인이니까, 그대는 저절로 주인이 되는 거지. 누구든 여주인과 동침하는 자가 주인이니까. 그러면 우리는 밤마다 황홀한 환희를 마시고, 낮에도 자줏빛 침대에 함께 누워 방향을 피워놓고 편히 쉬는 거야. 그래서 화환을 두른 처녀들과 소년들이 우리를 우러러보며 현악기를 연주하면, 음악에 귀를 기울이고 꿈을 꾸는 거지. 과거에도 있었고, 앞으로도 있게 될 밤을 생각하며 말야. 그리고 그대에게 술잔을 건네겠지. 그러면 우리는 같은 장소에서 황금빛 가장자리에 입술을 대고 술을 마시게 될 테지. 술을 마시는 동안 우리 눈은 간밤에 즐겼던 쾌락에 대해, 또 오늘밤 두 다리를 함께 포개고 나누게 될 쾌락에 대해 대화를 나누는 거야."

"아닙니다. 제발 제 말을 들어주십시오. 사막의 골짜기에 있는 무트(무트-엠-에네트)!" 그가 말했다.

"이렇게 마님을 부릅니다. 그냥 하는 말이 아니라 말 그대로 마님을 불러내고 싶습니다. 아니, 마님 속에서 말하고 있는, 마님을 사로잡고 있는 악령을 불러내어 내쫓고 싶습니다! 마님께서는 자신의 입에서 나오는 말을 불쌍히 여기지도 않으십니다. 이건 인정할 수밖에 없습니다. 그래서 미래에 '죄의 어머니'라는 이름으로 불리도록 스스로를 시녀로 만들고 있습니다. 우리가 어쩌면, 아니 거의 확실하게 하나의 이야기 속에 들어 있다는 사실을 명심해 주십시오. 제발 정신 차리십시오! 저 역시, 마님께서 보시다시피, 황홀한 것만 추구하려는 마님의 충동에 맞서기 위해 마음을 단단히 먹을 수밖에 없습니다. 마님께서 페테프레 대인을, 제 주인님이시며 마님의 남편이신 그분을 죽이자는 제안을 하시는 것으로 보아, 마님께서는 악령에 사로잡히신 게 분명하므로, 한편으로는 떨리지만, 다른 한편으로는 마님 자신의 제안이 아니라 악령의 제안이니 조금 안심이 되는 것도 사실입니다. 아, 이건 너무 끔찍한 생각입니다! 저까지 마님 생각으로 끌어들여 이것이 제 생각이기도 하다며 우리가 같은 비밀을 갖게 되었다고 하시지 않는 것만으로도 천만다행입니다. 그러나 이것이 생각으로 머물 뿐, 실제 사건이 되어 이야깃거리가 되지 않도록 제 몫을 다할 것입니다. 사랑스러운 무트! 마님께서는 주인님을 없애고 이 집에서 서로 포옹하면서 함께 살자고 하시지만, 그런 제안은 결코 받아들일 수 없습니다. 살인이 저질러진 집에서, 마님의 사랑의 노예가 되어 마님과 동침하고, 그 이유로 주인 행세를 하며 마님과 함께 살라니요? 그런 제 모습은 상상만 해도 경멸스럽습니다. 차라리 제가 얇은 아마포로 만든 여자 옷을 입는 건 어떻습니까? 그리고 함께 아버지를 죽인 아들을 매일 밤 불러 육체의 향락을 즐기자고 하시지 그러십니까? 제게는 마님의 제안이 바로 이런 것과 같습니다. 제 주인님 페테프레 대인은 제게 아버지와 같으십니다. 그리고 제가 살인이 벌어진 집에서 마님과 함께 산다면, 그것은 제가 어머니와 함께 사는 것과 같습니다. 그러니, 제발, 마님! 이렇게 간곡하게 부탁드리니, 본래의 선하신 모습으로 돌아오셔서 마음을 달래시고, 저한테 이런 몹쓸 짓을 하게 하려는 생각은 부디 떨치십시오!"

"멍청이! 아, 멍청한 아이 같으니!" 그녀가 노래하는 음성으로 대답했다.

"사랑을 몰라 수줍어서 그래. 사랑을 구하는 여주인인 내

가 수줍음을 깨주지! 사람은 누구나 어머니와 함께 자. 그
걸 몰랐어? 여자는 세상의 어머니야. 그녀의 아들은 남자
야. 그리고 모든 남자는 어머니 안에서 생산을 해. 태초의
것까지 일일이 일러줘야 해? 나는 위대한 어머니 이시스
야. 독수리 두건을 쓰고 있지. 나 무트는 어머니라는 이름
이야. 그러니 오, 귀여운 아들, 달콤한 생산의 밤이 오면 너
도 내게 네 이름을 말해 줘야 해."

"아닙니다. 그렇지 않습니다!" 요셉은 열을 올렸다.

"마님의 생각과 말씀은 옳지 않습니다. 세상의 아버지는
어머니가 낳은 아들이 아닙니다. 그리고 그분은 어느 여주
인 덕분에 주인님이 되신 것이 아닙니다. 전 그분의 것이며
그분 앞에서 살고 있습니다. 전 아버지의 아들입니다. 이
자리에서 처음이자 마지막으로 분명히 말씀 드리겠습니다.
저는 신께, 주님께 그런 죄를 짓지 않을 것입니다. 아버지
를 욕되게 하고, 그를 죽여 어머니와 몸을 합쳐 한 쌍을 이
루는 것은, 수치심도 모르는 하마나 하는 짓입니다. 이것이
그대에게 드리는 제 마지막 말입니다. 이제 그만 나가보겠
습니다. 마님, 그만 나갈 수 있도록 허락해 주십시오. 전 마
님께서 혼자 방황하도록 내버려두지 않을 것입니다. 정말
입니다. 전 말로써 마님을 달래 드릴 것입니다. 그게 제 책
임이니까요. 그러나 지금은 물러가겠습니다. 제 주인님의
집안일을 봐야 합니다."

그녀를 남겨둔 채 자리를 떴다. 그녀가 그의 뒤통수에 대
고 소리쳤다.

"나한테서 도망칠 수 있을 거라고 생각해? 우리가 떨어

질 수 있다고 믿어? 그래, 나도 알아. 너를 질투하는 신에 관한 이야기도 알아. 그 신과 약혼한 징표로 네가 화환을 쓰고 있다는 것도 알아! 하지만 그 낯선 신도 전혀 두렵지 않아. 그 화환을 찢어버리겠어. 무엇으로 만들어진 화환이든 상관없어. 갈기갈기 찢어버릴 거야. 대신 우리의 사랑을 위해, 이 어머니의 축제를 위해 담쟁이 넝쿨을 씌워주겠어. 포도넝쿨로 화환을 만들어주겠어! 멈춰! 내 사랑! 가지 마! 오, 아름다운 자 중에서 가장 아름다운 이여! 가지 마! 여기 머물러, 오사르시프! 멈춰!"

그녀는 바닥에 쓰러져 흐느끼기 시작했다.

그는 양팔로 커튼을 젖히고 걸음을 재촉했다. 그러나 요셉이 양쪽의 커튼을 열어젖히자, 주름 사이로 난쟁이가 한 명씩 휘감겼다. 두두와 곳립-세프세스-베스였다. 이들은 양쪽 틈 사이에 몰래 숨어서 무릎에 한쪽 손을 올려놓고 다른 손은 귀에 대고 이야기를 엿듣던 중이었다. 전자는 사악한 생각에서, 후자는 가슴 떨리는 두려움에서였다. 엿듣는 도중에도 이따금 이를 갈면서 상대방에게 썩 물러가라고 주먹으로 위협하기도 했다. 그 때문에 이야기를 듣는 데 적잖이 방해가 되기도 했지만, 둘 다 자리를 뜨지 않고 끝까지 남아 있었다.

그러다 이제 요셉이 사라지자, 주름을 헤치고 나와서 서로 분을 삭이지 못하고 씩씩거리며 주먹을 머리까지 쳐들고는 덤벼들었다. 무게라야 거미 정도밖에 안 나가는 작은 자들이 각기 다른 천성 때문에 달려든 것이다.

"여기서 뭐 해?" 제세트의 남편인 난쟁이 두두가 씩씩거렸다.

"이 자식, 진드기 같은 놈, 하찮은 도깨비! 네 놈이 감히 여기가 어디라고 틈새를 비집고 들어와? 이 자리에 있을 수 있는 사람은 오로지 나뿐이야. 나한테만 그 의무와 권리가 있어. 그런데 아까부터 썩 꺼지라고 했는데도 들은 척 않고 끝까지 붙어 있어? 이 망둥이, 불쌍한 어릿광대야! 그 자리에서 꼼짝달싹 못하도록 흠씬 두들겨 패주마! 이 요망한 놈, 이 기형아! 힘도 없는 괴물단지! 이 끈끈이 같은 놈이 어디서 큰 놈 하나를 주인으로 삼더니, 상판대기 하나는 잘생긴 지 친구 놈을 위한답시고 여기 달라붙어서 망을 보고 엿들어! 그 갈대밭의 후레자식을 집안에 들여놓자고 부추긴 것도 바로 네 놈이야. 그 바람에 집안에 들어온 그 불량품이 집의 명예를 더럽히며 온 집안을 뒤흔들어놓고, 나라의 수치가 되게 하더니, 그것도 모자라 여주인을 화냥년, 암캐로 만들질 않나."

"오, 오, 이 무뢰한, 이 악당, 못되고 교활한 괴물!"

다른 난쟁이가 얼굴에 수천 개의 주름을 잡으며 소리질렀다. 머리 위에 향고 구슬이 비스듬하게 걸려 있었다.

"누가 여기서 엿듣고 있다는 거야. 못된 악마처럼 쪽지를 날라다주고 불을 붙여, 일을 이 지경으로 몰아간 게 누군데? 그래, 여기 있던 큰 사람들이 사랑의 고통과 번뇌에 빠지도록 부채질한 게 누구야? 네 놈의 못된 계획이 그들을 망하게 하나 안 하나 엿보고 있는 게 누구냐고? 오만하고 잘난 체하는 놈, 고루한 기사 흉내나 내는 끔찍한 네 놈밖에 더 있어? 에이, 에이! 못된 놈! 이 정원 도깨비. 네 놈이 아무리 귀족 흉내를 내도 넌 깡충거리는 토끼에 조롱거리밖에 안 돼. 네 놈은 다른 건 다 난쟁이인데 커다란 게 딱 하나 있지. 둔갑 잘하는 남자의 연장! 에이, 침대에서 사기나 치는 흉측한 놈."

"뭐가 어째?" 상대방이 쐐기를 박듯 소리질렀다.

"가만 있어봐! 세상의 구멍과 틈새밖에 안 되는 놈! 결점투성이 쓰레기, 아무짝에도 쓸데없는 멍청이! 나 두두가 여기 서 있는 건 집안의 명예를 지키기 위해서다. 당장 꺼지지 않으면, 내 남자 무기로 네놈을 쓰러뜨리고 말 테다. 이 초라한 풋내기, 어디 한번 생각해 봐! 여기 이 그늘에서 어떤 일들이 벌어졌고 무슨 말들이 오갔는지, 커튼까지 친 은밀한 그늘에서 집사가 여주인한테 또 무슨 말을 속삭였는지, 페테프레를 찾아가서 모조리 일러바치면 네놈 꼴이 어떻게 될지! 이게 얼마나 특별한 역할인지 벌레 같은 네놈도 곧 알게 될 거야! 내가 다 고해바치면 아무짝에도 쓸모없는 놈을 집으로 들인 것은 바로 네 놈이니 네 놈도 무사하지 못할 걸. 네 놈은 고인이 된 집사 앞에서 쉬지 않고 난쟁이의 작은 지혜와 날카로운 통찰력을 들먹이며, 인간과 물건 그리고 인간 물건이 좋다고 칭찬을 늘어놓아서, 집사로 하여금 내 경고를 무시하고 그 떠돌이를 떠돌이들한테서 사들여 집안에 고용하게 했어. 그런데 마침내 그놈은 여주인의 명예까지 더럽혀, 파라오의 궁신인 대인을 간부 (奸婦)의 서방으로 만들었어. 이 추잡한 짓거리는 모두 네 탓이야. 누구보다 네 책임이 먼저야. 알기나 알아! 악어밥이 되어야 마땅한 놈은 바로 너야. 그렇지만 네 놈은 악어한테 후식으로 던져질 게야. 악어 식사 거리는 따로 있으니까. 네 놈이 그렇게 온 가슴으로, 진심으로 좋아하는 네 친구 놈이 있잖아. 그놈을 먼저 실컷 두들겨 팬 다음 꽁꽁 묶어서 악어밥으로 던져 줄 테니까."

"아, 이 독설가!" 곳립이 부르르 떨면서 고함을 질렀다. 가뜩이나 주름이 많은 얼굴이 더 쪼글쪼글해졌다.

"음탕한 놈, 거품을 물고 토한다는 말이, 이성에서 나오는 말은 한마디도 없고, 다른 곳에서 솟아난 음탕한 소리밖에 없는 놈! 날 건드리기만 해봐라! 가련한 이 쪼그랑 할아범을 조금이라도 건드려 봐라! 그때는 손톱으로 우툴두툴한 상판대기를 팍팍 긁어주마! 그리고 눈깔도 후벼 파주지! 내 손톱이 얼마나 날카로운지 보여주마. 이렇게 순결한 자도 악마에게 저항할 무기가 있는 법이니까. 내 책임? 이 난쟁이의 책임이라고? 저 안에서 일어난 곤욕과 통탄할 일이 모두 내 책임이라고? 이건 사악한 것, 한 맺힌 욕심 탓이야. 그게 뭔지는 거들먹거리는 네 놈이 잘 알지. 그래서 네 놈이 시기하고 증오하는 내 친구 오사르시프를 구덩이에 빠뜨리려고 그걸 들쑤셨지. 그렇지만 어때, 이 쥐새끼 같은 놈아! 너도 봤지? 네 계획이 멋지게 틀어졌잖아! 내 아름다운 친구가 전혀 실족하지 않은 걸 너도 봤지, 안 그래? 네 놈이 제대로 엿들었다면, 그 정도는 구분했을 것 아냐? 비밀을 전수 받기 전에 시험을 치는 영웅설화의 주인공처럼 함정에 빠지지 않고 조심조심 자기 할 말을 다하는 건 네 놈도 들었을 것 아냐? 하기야 난쟁이의 타고난 섬세함을 다 잃고 완전히 둔해져서, 이성이라고는 없는 꼭두각시 같은 놈인데, 틈새에 숨어 있어 봤자 뭐 제대로 알아들은 게 하나라도 있겠어? 그런 마당에 주인님한테 무슨 말을 일러바쳐서 오사르시프를 흉보겠다는 거야? 엿듣는 자리에 기껏 숨어들기는 했어도, 숟가락이 워낙 무뎌진 탓에 온전히 건진 게 하나도 없는데, 안 그래?"

"오!" 두두가 외쳤다.

"나 제세트의 남편은 너하고 똑같이 들었어. 이 느려터진 난쟁이 놈아. 예민하고 뾰족한 귀를 가졌다는 너한테 뒤질 건 하나도 없어. 너는 들어도 뭐가 뭔지 이해도 못하지만, 난 집안에 중요한 문제일 때는 정확하게 다 들어! 저 안에서 연애질을 하느라 키득거리고 시시덕거리지 않았어? 못된 한 쌍이 간지러운 사랑에 떠밀려 서로 교미하려고 짝을 부르느라 깡충거리지 않았어? 이것만큼은 내가 잘 아는 것이라 제대로 가려 들었어. 그놈은 노예 주제에 여주인을 '사랑스러운 그대'라 부르고 '귀여운 벗'이라 했어. 그리고 그녀는 또 그놈을 가리켜 달콤한 목소리로 '매'라 하고 '황소'라 했어. 그리고 어떻게 서로의 살과 피를 즐길 건지 조목조목 약속했지. 이 정도면 두두가 귀로 모든 이야기를 들은 증인이며, 당당한 사내라는 사실을 증명할 수 있지, 안 그래? 하지만 내가 여기 숨어서 엿들은 것 중에 제일 귀한 것은, 그들이 열정을 누르지 못해 페테프레 주인님의 죽음을 축원하고 그를 몽둥이로 쳐죽이기로 약속한 거야."

"거짓말! 그건 거짓말이야! 말도 안 되는 엉뚱한 소리만 이해한 주제에, 감히 페테프레 주인님한테 두 사람에 대해 헛소리를 전하려 하다니! 내 친구가, 그 젊은이가 여주인을

벗이라 하고 그대라 한 것은, 오로지 자비심과 온유함에서
나온 말이야. 그녀가 혼란스러워하니까 달래느라고 그런
거지. 그리고 그녀의 제안을 정중하게 거절했어. 말불버섯
하나라도 몽둥이로 쓰러뜨려서는 안 된다고 거부했어. 어
린 나이에도 불구하고 참으로 멋진 모습이었지. 그는 자신
의 이야기에 단 하나의 오점도 남기지 않았어. 그 황홀감을
맛보고 싶은 충동을 느끼면서도 말이야."

"이 병신아," 두두가 대들었다.

"그렇다고 내가 주인한테 못 일러바칠 줄 알아? 두고 봐,
그놈을 꼭 망하게 만들 테니! 나처럼 볼 줄 아는 게 진짜 예
민한 거야. 인형 같은 네 놈은 이런 걸 모르지. 그래서 이
게임은 내가 이겼어. 여기서는 그 버릇없는 놈이 어떤 행동
을 보였느냐가 중요한 게 아냐. 조금 더 예의를 지켰느냐,
아니면 조금 음탕하게 굴었느냐가 중요한 것이 아니라, 여
주인이 귀까지 빨개져서 그놈한테 홀딱 반했다는 사실이
중요한 거야. 그녀는 세상의 다른 일에는 아무 관심도 없
어. 그저 그놈과 주둥이를 맞대고 싶은 그 생각뿐이거든.
이것만 해도 이미 그놈은 끝난 거야. 그러니 그놈이 살고
못 살고는, 그놈에게 달려 있는 게 아냐. 여주인을 반하게
만든 노예는, 그것만으로도 악어밥 신세를 면치 못해. 그리
고 어떤 경우에도 내 계략은 성공하게 되어 있어. 그놈은
결코 이 덫을 빠져나갈 수 없으니까. 왜냐고? 그놈이 그녀
와 주둥이를 맞추려 하면, 그놈을 잡는 거고, 그렇지 않고
그놈이 이 일을 거부한다 해도 그건 어리석은 그녀의 열정
만 더 부채질할 테니까, 일은 더 심각해지지. 그러니 이렇

게든 저렇게든 그놈은 악어밥 신세를 못 면하는 거야. 설령 그것까지는 안 간다 하더라도, 최소한 이발사의 칼은 피할 수 없지. 그놈의 주둥이를 잘라서 소금에 절여 버리면, 아무리 어리석은 여주인이라도 주둥이가 없는 놈한테 빠지기야 하겠어."

"아, 이 흉악무도한 놈, 이 괴물!" 곳립이 냅다 소리를 질렀다.

"그래, 네 놈이 그 증거다. 원래 난쟁이 종자한테서는 경건하고 섬세한 난쟁이가 나오는 법인데, 엉뚱하게 남자 값을 할 줄 아는 놈으로 태어나면 꼭 너 같은 몰골의 악당이 되지. 그래서 뒤뚱거리고 돌아다니면서 이 땅 위에서 할 줄 아는 일이라고는 기껏해야 침대에서 새끼 까는 것밖에 없지!"

그러자 두두는, 이발사가 칼을 휘두를 날이 오면, 오사르시프가 허수아비 난쟁이에게 지금보다 더 잘 어울리는 친구가 될 거라고 맞섰다. 이렇게 이를 갈면서 계속 으르렁대는 두 난쟁이의 독설이 이어지자, 급기야 뜰 안에 사람들까지 모여들었다. 사람들이 간신히 둘을 떼어놓자 한 난쟁이는 요셉을 일러바치러 가고, 다른 하나는 요셉에게 경고를 해주려고 갔다. 구덩이가 아가리를 쩍 벌리고 있으니, 함정에 절대로 빠지지 않도록, 조심하고 또 조심해야 한다고.

두두의 밀고

알다시피 포티파르는 잘난 체하는 두두를 좋아하지 않았
다. 그래서 우시르-몬트-카브도 퉁명스럽고 뻣뻣한 작은
남자를 화난 눈초리로 쳐다보곤 했었다. 그리고 궁신이 장
신구를 관리하는 감독을 멀리했다는 이야기도 앞서 언급했
다. 따라서 난쟁이를 부르는 일도 거의 없었고, 의상과 관
련된 일에는 늘 중간에 다른 사람을 끼워 넣었다. 물론 다
자라난 정상인이었다. 체격 때문에라도 난쟁이보다는 그런
자가 더 적격이었다. 포티파르의 육탑(肉塔)에 보석을 걸쳐
주고 옷을 입히려면, 난쟁이 두두의 경우 사다리를 놓아야
하지만, 다 자라난 자는 굳이 그런 장비가 필요하지 않았던
것이다. 그리고 두번째 이유로, 다 자라난 자는 자신이 온
전히 다 자란 상태였으므로, 자신이 지니고 있는 자연스러
운 능력(생산력—옮긴이), 그 태양의 힘을 당연시했기 때문
에, 특별히 기고만장하거나 거들먹거리지도 않았다. 그게

두두와 다른 점이었다. 두두는 이러한 태양의 능력을 자연스러운 힘이 아니라 평생 한번 있을까 말까한 뜻밖의 횡재로 여겨서, 대단히 자랑스러워했다.

몽당연필 같은 난쟁이는 젊은 집사와 여주인 사이를 시계추처럼 정신없이 왔다갔다하다가 마침내 때가 왔다고 쾌재를 불렀으나, 막상 샛길로 빠져 페테프레 주인을 찾아가려니 기회가 오지 않았다. 주인한테 정신이 번쩍 날 기막힌 뉴스를 전해야 하는데, 그게 쉽지 않았던 것이다. 커튼을 쳐놓은 살롱 앞에서 익살꾼 난쟁이와 그날 시끄럽게 한바탕 싸우고 난 뒤, 그는 곧장 주인님을 만나려 했었으나 허사였다. 그후 며칠이 아니라 일주일 내내 주인을 만나려고 대기해야 했다. 처음에는 의상실 노예를 매수하기도 했다. 그것도 안 되자 나중에는 치장에 필요한 이러저러한 보석과 옷을 내놓지 않겠다고 으름장을 놓았다. 노예들은 마지못해 주인에게 지겹지만 한 말을 또 하고 또 반복했다. 두두가 집안일에 관련하여 중요한 일을 의논드릴 게 있다면서 주인님을 뵙고자 한다고.

두두는 이번이 마지막이라는 마음으로 일주일 내내 기회를 잡으려고 노예들을 꼬드기고, 애원도 하고, 발을 동동 굴러가며 꾀를 짜냈다. 그는 이번에 주인을 알현할 기회를 얻게 되면, 다음부터는 무사통과일 줄 착각했다. 이번 일로 주인이 자신을 영원히 사랑해 주고 은혜를 내려 주리라 믿었던 것이다.

마침내 이 용감한 자는 주인님을 목욕시키는 두 명의 노예를 선물로 매수하여, 그들이 헐떡거리는 주인님의 가슴과 등에 항아리의 물을 쏟아 부을 때마다, 번갈아가며 이렇게 말하도록 만들었다.

"주인님, 두두가 기다리고 있습니다!"

그러던 어느 날이었다. 주인이 욕조 밖으로 나와 타일 바닥에 발을 내딛자, 이들은 물이 뚝뚝 떨어지는 육탑을 향수를 뿌린 수건으로 닦고 있었다. 이 순간에도 독촉은 계속되어서 둘은 연달아 이렇게 말했다. "주인님, 제발 기억해 주십시오. 두두가 아직도 자리를 떠나지 않고 기다리고 있습니다!"

그러자 주인은 귀찮다는 듯, 마지못해 명령을 내렸다.

"들라 하라!"

그러자 노예들은 침실에서 기다리고 있던 또 다른 노예들에게 신호를 보냈다. 향유를 바르고 마사지를 해주는 이 노예들 또한 두두에게 매수당한 자들이었다. 서쪽 주랑에서 조바심으로 발을 동동 구르고 있던 두두는 이들의 연락을 받고 마침내 침실로 들어왔다. 그리고 침대 쪽으로 손바닥을 쭉 펴서 높이 쳐들어 올렸다. 거기 누워 노예들의 손에 살덩이를 내맡긴 파라오의 친구는 난쟁이가 작은 손을 들어 올리고 공손하게 머리를 숙여도 못 본 체했다. 난쟁이는 포티파르의 입에서 무슨 말이 나오나, 혹은 자신에게 눈길이라도 주려나 잔뜩 기대했다. 그러나 주인은 말도 안 했고, 쳐다보지도 않았다. 궁신은 어깨며 허리와 허벅지 그리고 여자처럼 투실투실한 팔과 지방이 잔뜩 낀 가슴에 나르덴 향유를 바른 후 세게 주물럭거리는 시종들의 손아래에서 가볍게 신음할 뿐, 두두의 인사를 받기는커녕, 오히려

가죽 베개 위에 올려 두었던 거대한 살덩이 위의 작고 고상한 머리를 반대편으로 돌려버렸다. 두두로서는 모욕감을 느낀 것도 당연했다. 그러나 이 정도로 기가 죽을 그가 아니었다. 지금은 이래도 이번 일만 잘되면, 모든 게 달라진다. 용기를 잃지 말자. 그는 그렇게 마음을 다졌다.

"수천 년 사십시오, 인간의 정상에 서 계신 분이시여! 지배자의 전사시여! 내장을 위해 네 항아리의 물이 필요하신 주인님(미라를 만들려면 내장도 씻어야 하는데, 몸집이 크니 물도 많이 든다는 뜻―옮긴이), 주인님의 영원함에 어울리는 관은 석고관입니다!"

"고맙군." 페테프레가 바빌론 말로 대꾸했다. 우리 같으면 '생큐'라고 말한 셈이다. 그리고 이렇게 덧붙였다. "거기 그자는 길게 말할 참인가?"

'거기 그자'는 씁쓸했다. 그러나 두두는 용기를 잃지 않았다. 희망찬 미래가 기다리지 않는가.

"그렇게 길게 말씀 드리지는 않을 것입니다, 저희의 태양이시여. 이는 절박한 일이므로 요점만 말할 것입니다."

그리고 페테프레가 손짓을 하자, 한 발을 앞으로 내딛고 짤막한 팔을 허리에 올렸다. 또 아랫입술은 안쪽으로 바짝 잡아당기고 윗입술을 그 위에 지붕처럼 얹어 위엄을 갖춘 후 드디어 연설을 시작했다. 그는 페테프레가 결국에는 향유를 바르는 두 명의 노예들을 밖으로 내보내고 혼자서 자기 이야기를 들으리라는 사실을 잘 알았다.

그는 꽤 재치 있게 이야기의 운을 뗐다고 할 수 있다. 다만 부드러운 감정이 결여되어 있었다는 것이 흠이라면 흠이었다. 수확을 주관하는 신(神) 민(Min)에 대한 칭송으로 시작한 난쟁이의 말을 요약하면 대략 이러하다.

여러 장소에서 특별한 형태로 가장 높은 태양의 힘으로서 숭배받고 있는 이 신은 아문-레에게 자신의 이름을 말할 수밖에 없어서 결국 아문-민, 혹은 민-아문-레가 되어 아문과 하나가 되었다. 파라오가 그를 가리켜 '나의 아버지 민'이라거나 '내 아버지 아문'이라고 말할 수 있게 된 것도 그래서이다. 특히 즉위식과 추수감사제가 되면 아문으로부터 민의 특성이 더 강하게 부각된다. 민은 생산력이 풍부한 풍요의 신이며, 사막의 나그네들을 지켜주는 수호신이다. 그리고 높은 깃털로 장식하고 하늘을 찌를 듯한 생산력을 자랑하는 그는 남근(男根)으로 상징되는 태양신이다.

두두는 이 막강한 신을 끌어들이며 주인에게 청을 올렸다. 자신은 집안일을 보살피는 높은 직분에 있는 사람으로 주인님의 의상을 보관하는 서기이다. 그러나 자신의 소임을 이 좁은 영역에 국한시키지 않고, 그저 집안이 잘 되게 하기 위해 열성을 다해 집안의 모든 일을 근심 어린 눈으로 바라보고 있으니, 부디 이를 허락해달라. 그리고 자신은 남편이요 아버지로서 두 명의 정상인 자녀를 낳았고, 만일 조짐이 옳다면, 그러니까 아내 제세트의 진실한 고백을 믿자면, 곧 세번째 자식을 얻게 된다. 이렇듯 자신은 집안을 증식하고 인간으로서의 신분을 신장시키는 자로서, 권세 높은 신 민을(또 민의 특성을 내보이는 아문까지 포함하여) 특별히 숭배하며, 이 신과 굳게 결속하고 있다. 그래서 집안일 전체를 관망할 때도 특별히 이 분야에 신경을 쓴다. 즉 인간의 생식과 번식이라는 시각에서 부부생활과 부부의 축복, 결혼식 그리고 여자의 품에 씨를 뿌리는 것과, 아이들의 침대에서 일어나는 즐거움에 속하는 것이면, 하나도 빼놓지 않고 주의 깊게 관찰하고 감독하고 있으며, 이 문제와 관련하여 집안 사람들에게 조언도 아끼지 않으며, 한걸음 더 나아가 스스로 활기와 확고한 질서로 모범을 보임으로써, 그들에게 자극을 주고 있다. 여기서는 윗사람의 모범이 아주 중요하다. 물론 맨 위쪽에서의 모범은 아니다. 거기서는 워낙 아무 일도 하지 않는 데다가, 이 일 또한 할 수도 없고 또 하고 싶어하지도 않는다. 그렇기 때문에 제때에 사고를 예방하여 미연에 방지하는 것이 무엇보다 필요하며 중요하다. 예를 들어, 뾰족한 정상에 서 있는 자들은 거룩한 평안을 누리며 품위를 자랑해야 하며, 이를 방해하는 반대의 것이 들어오지 않도록 막아야 한다. 그러나 바로 그 밑의 윗사람 또한 더 낮은 자들에게 모범을 보여야 마땅하다. 활기의 면에서도 그렇고 질서의 면에서도 그러하다. 자신이 지금까지 한 이야기로 우리들의 태양이신 주인님의 박수갈채를 받을 수 있을지 궁금하다.

페테프레는 어깨를 으쓱 올려 보이며 엎드렸다. 거대한 등에 마사지를 받기 위해서였다. 그러나 곧 귀여운 얼굴을 올리며 물었다. 지금 평안을 방해받는다고 한 것이 무엇을 뜻하는지, 그리고 품위와 그 반대되는 것이라는 표현은 무슨 뜻인지.

"주인님을 섬기는 종들 중에 높은 종으로서 곧 말씀 올리겠습니다."

두두는 이렇게 말하고 고인이 된 몬트-카브 집사 이야기를 꺼냈다. 집사는 나름대로 성실한 생활로써 모범을 보이려고 관리의 딸을 집으로 데려와 자식을 생산하여 집안을 증식시키려 했다. 그의 이러한 용기가 운명에 걸려 좌절되지 않았더라면, 그는 실제로 그녀를 통해 아버지가 될 수도 있었을 것이며, 그랬더라면 평생 동안 홀아비로 살아가지는 않았을 것이다. 그래도 자신의 선한 의지만큼은 모든 사람들에게 보여주었다. 그에 관한 이야기는 여기까지만 하고, 이제 아름다운 현재에 관해 이야기를 시작하겠다. 아름답다 하는 것은 고인이 자신과 대등한, 아니 어쩌면 대등할 수 없는(왜냐하면 이번에는 이방인의 이야기이므로), 그러나 정신적 재능 면에서는 결코 뒤지지 않는 후계자를 발견하였기 때문이다. 그래서 지금 집안의 꼭대기에는 매우 독특한 청년이 서 있다. 이름은 좀 희한하지만, 번듯한 낯짝에 말도 잘하고 영리한 자로서, 한마디로 눈부신 장점을 지닌 인물이다.

"멍청이!" 엎드린 자세로 팔 위에 고개를 얹은 채 페테프레가 중얼거렸다. 그 진가는 자신만이 안다고 생각하는데, 엉뚱하게 다른 사람이 그 대상을 칭송하는 것을 보면, 어리석어 보이기 마련이다.

두두는 못 들은 척했다. 주인님이 '멍청이'라 말했을 수도 있다. 설사 그랬더라 하더라도 여기서 이야기를 멈출 수는 없다. 그는 아랑곳하지 않고 이야기를 계속했다.

그 미심쩍은 청년에게는 사람들을 미혹시키는 몇 가지 특성이 있다. 사람을 매수하며 눈을 멀게 만드는 이 특성은 아무리 칭송해도 지나치지 않을 것이며, 이 점을 특히 부각시키지 않을 수 없다. 왜냐하면 이것이야말로 근심의 비중을 크게 높이기 때문이다. 그가 이렇게 집안의 꼭대기에 오른 것도 이러한 특성에 기인한 것이며, 이로 말미암아 집안의 질서와 번영에 근심거리가 생기게 되었다.

"거기 그 자가 지금 뭐라고 주절대는가?"

페테프레는 마사지를 하는 자들 쪽으로 고개를 조금 들어 올렸다.

"집사의 특성이 집안의 질서를 위협하고 있다고?"

'주절거린다'는 표현은 '거기 그 자'라는 반복된 표현과 마찬가지로 씁쓸했다. 그러나 이 정도로 흔들릴 난쟁이가 아니었다.

"지금처럼 안타까운 상황이 아니라면 물론 그럴 필요가 없을 것입니다. 오히려 집안에 순수한 축복을 줄 수도 있습니다. 사람들을 자기편으로 끌어들이고 현혹시키는 낯짝과 영리함과 말의 마법들을 보여주는 그의 특성은 법의 울타리로 보호해 줘야 합니다. 아니 벌써 그렇게 했어야 좋았을 텐데, 그러지 않았기 때문에 주변에 불안과 들끓음과 동요를 낳는 것입니다."

그리고 두두는 젊은 집사가 어떤 종교를 믿는지 알 수 없지만, 여하튼 그는 막강한 신인 민에게 마땅히 공물을 바쳐야 함에도 불구하고 이를 거부하고 있다고 했다. 다시 말해서 그렇게 높은 지위에 있으면서도 자신과 동등한 출신과 결혼하여 침대에서 결합하지 않는다. 예를 들면, 규방에 있는 바빌론 여자노예 이쉬타르-움미 같은 여자와 결혼하여 집안에 자식들을 늘려야 할 터인데, 이를 시행하지 않는다. 이것은 고약하고 딱한 일이다. 아니 심히 우려되는 일로서 위험천만하다. 이는 풍성함에 손해를 끼칠 뿐만 아니라, 위에서 활기와 질서의 본보기를 보여줘야 하는 임무를 게을리 하는 것이다. 그리고 세번째, 진짜 이유는 젊은 집사가 지니고 있는, 누구도 부인할 수 없는 유혹적인 특성에 법의 울타리를 쳐주어 이를 건전하게 해소시켰어야 마땅한데, 이미 오래 전에 그렇게 했어야 하는데, 그냥 방치함으로써 여기저기 불을 붙이고 머리를 돌게 만들고 이성을 흐리게 하고 있다. 간단히 말해서 주변에 해악을 가져오고, 그것도 신분이 같은 주변 사람들을 벗어나 위쪽까지, 즉 고상한 분들이 계신 높은 곳에까지 해악을 끼치고 있다.

잠시 침묵의 시간이 흘렀다. 페테프레는 마사지를 계속 받을 뿐 대답이 없었다. 두두의 선언이 이어졌다.

이제 방법은 둘 중의 하나뿐이다! 이런 종류의 청년은 그의 특성이 더 이상 야생적으로 주변에 불을 붙여 타락시키지 않도록 장가를 보내 부부생활이라는 울타리 안에 가둬 사람들의 관심권 밖으로 밀어내야 한다. 더 좋은 방법은 그의 육신에 가위 칼을 사용하여 사람들이 아예 그에게 무관심해지도록 만들어야 한다. 그렇게 되면 지고한 분이 누리고 있는 평안이 방해받거나, 그 명예와 품위가 반대의 것으로 돌변하는 사태를 막을 수 있다.

또다시 사방이 쥐 죽은 듯 고요해졌다. 페테프레는 갑자기 등쪽으로 돌아누웠다. 그 바람에 마사지하던 자들은 손을 허공에 쳐든 채 한순간 어쩔 줄 모르고 서 있었다. 페테프레는 난쟁이 쪽으로 머리를 돌려 위에서 아래로 쭉 훑어보고, 다시 아래에서 위로 훑어본 후, 자신의 옷가지와 샌들, 부채와 다른 도구들이 올려져 있는 의자 쪽을 힐끗 쳐다보았다. 그런 다음 다시 엎드려 이마를 팔에 묻었다.

화가 났다. 치즈 세 개를 쌓은 높이도 안 되는 저 보기 싫은 자 때문에, 자신의 평안이 위협받고 있다는 사실이 끔찍하고 혐오스러웠다. 그리고 두려움에 몸이 오싹해졌다. 저 건방진 기형아는 뭔가 알고 있는 게 틀림없었다. 그걸 자신에게 알려 주려고 하고 있다. 그게 진실이라면 페테프레 자신도 알아야 마땅하다. 하지만 그냥 모른 채 내버려두지 않고 굳이 알려 줄 필요가 뭐 있는가? 이건 애정이라고는 전혀 없는 거친 행동이다. "집안이 평안한가? 별일 없는가? 여주인님께서는 명랑하신가?" 항상 그렇게 물어오던 그였다. 바로 여기에 문제가 생긴 게 분명했다. 자신이 묻지도 않았건만, 저 작자가 듣기 싫은 대답을 준비해온 듯했다. 그가 증오스러웠다. 오로지 그만을 증오했다. 사실은 누구도 증오할 생각이 없었다. 여하튼 진실 여부는 별개로 하더라도, 일단 마사지하는 노예들을 밖으로 내보내고, 남자 행세를 하는 명예 감독과 단둘이 남아야 했다. 그리고 진실에 근거한 것이든, 아니면 중상모략에서 비롯된 것이든, 그가 들먹이는 자신의 명예에 관한 이야기를 들어줘야 한다.

명예! 여기서는 분명 명예가 문제다. 그리고 이 맥락에서 과연 명예가 무엇을 의미하는지, 그게 중요하다. 이건 성의 명예이다. 부부 중의 수탉으로서의 명예 말이다. 이것은 아내가 정절을 지킨다는 뜻이다. 다시 말해서 부족함이 전혀 없는 화려하고 멋진 수탉인 그에게서 아내가 아름다운 만족을 느낄 수 있다는 표시인 것이다. 즉 다른 수탉에게 눈을 돌리고 싶은 생각은 추호도 없고, 지금의 상태가 최상이므로 다른 삼자에게 구애할 필요도 없으며, 그런 시도도 하지 않는다는 것을 의미한다. 그런데 만약 그렇지 않고 다른 일이 벌어져서 그녀가 다른 수탉과 관계를 갖게 된다면, 그것은 모든 것에 대한 반대 표시이다. 이것이 성적인 명예 훼손이며, 남편 수탉은 간부(姦婦)의 서방으로 전락하여 거세된 식용 수탉이 된다는 것을 뜻한다. 이 말은 부드러운 손길로 남편의 얼굴에 먹칠하는 것을 뜻한다. 지금이라도 구할 것이 남아 있다면 서둘러야 했다. 여자가 지금 더 잘 어울리는 짝으로 생각하고 있는 자와 결투를 벌여 그를 찔러야 했다. 아니 가장 좋은 방법은, 동시에 그자를 죽이는 것이다. 그렇게 피까지 보면서 강한 인상을 남겨야만 자신이나 세상 앞에서 남자로서의 위신을 세울 수 있다.

명예. 하지만 페테프레에게는 명예란 없었다. 그의 살 속에 있던 명예는 떨어져 나가 한 점도 남아 있지 않았다. 자신의 상태로는 수탉들이 가진 소중한 재산을 이해할 능력도 없었다. 그런데 난쟁이가 육신의, 살의 명예를 중요한 문제로 들먹이니 끔찍할 수밖에 없었다. 한편 이와 반대로, 그에게는 다른 사람의 정당성을 인정해 줄 수 있는 의로운 가슴이 있었다. 단, 다른 사람들의 배려와 상냥한 관심과 사랑을 기대하는 가슴이어서 배신 앞에서는 치명적인 상처를 받을 수 있는 연약한 가슴이라는 게 흠이라면 흠이었다. 말이 끊기고 잠시 정적이 감돈 후, 마사지하는 시종들은 주인의 거대한 등판을 다시 주물럭거리기 시작했다. 그는 여전히 얼굴을 여자 같은 팔뚝에 묻은 채, 잠자코 있었다. 여러 가지 생각들이 머리를 스쳤다. 두 당사자와 관련된 생각이었다. 자신이 사랑과 신뢰를 절실히 필요로 하는 사람들이었다. 다시 말해서, 그가 사랑하는 자들이라고 할 수 있는 사람들이었다.

우선 자신의 명예 부인인 무트가 있었다. 물론 그녀를 조금쯤 증오하는 것도 사실이었다. 이유는 그녀가 차마 그에게 던질 수 없는 비난이지만, 그녀가 존재한다는 사실만으로도 이미 던지고 있는 것이나 마찬가지인 비난 때문이었다. 그러나 그녀에게 잘 해주고 싶고, 자신의 위력을 증명하여 환심을 사고 싶어하는 마음은 비단 자신만을 위한 이기심에서 비롯된 것이 아니라 진심이었다.

그리고 다음 사람은 바로 요셉이었다. 상대방의 기분을 좋게 해주는 청년. 그는 포도주보다도 훨씬 감미로운 방식으로 자신감을 느끼게 해주었다. 지난번 저녁에 홀에서 아내를 만났을 때, 집주인인 자신의 위력을 행사하여 그녀의 요구를 들어줌으로써 그녀에게 친절을 보이고 싶었지만, 그럴 수 없었던 것도 그래서였다. 페테프레는 자신이 당시 어떤 청을 거절했는지 모르는 바가 아니었다. 우리끼리 하는 말이지만, 그녀가 요셉을 내쫓아 달라면서 내세운 이유가, 사실은 핑계와 구실에 지나지 않는다는 사실을 그는 어렴풋이 알고 있었다. 그런 요구를 하게 된 배경에는 그녀 자신에 대한 두려움과, 남편의 명예를 염려하는 마음이 깔려 있었다는 사실을 그도 알고 있었던 것이다. 그날 저녁,

부부의 대화에는 이런 예감이 이미 배어 있었다. 그러나 그에게 명예란 없었으므로, 그녀의 두려움을 배려하는 쪽보다는 자신의 힘을 북돋아주는 청년을 소유하는 쪽을 선택한 것이다. 이렇게 그녀를 혼자 내버려 두다보니 그녀에게 감당할 수 없는 무리한 요구를 한 셈이었고, 결국은 두 사람이 자신을 배신하도록 만든 것이다.

그는 이 사실을 인정했다. 가슴이 있었으므로 낭연히 마음이 아팠으나 그는 인정했다. 가슴이 정의감으로 기울어 있었기 때문이다(아니 어쩌면 그저 편할 생각에 그랬을 수도 있다. 그래야 명예의 복수욕과 분노로부터 해방되니까). 이 정의감이 품위가 안전하게 숨을 수 있는 최상의 도피처라는 것쯤은 그도 감지했으리라.

자칭 명예의 파수꾼이라는 구역질 나는 난쟁이는 자신에게 뭔가 알려 주려는 게 분명했다. 배신으로 말미암아 자신의 품위가 훼손되었다고 말이다. 그리고 배신 앞에서 고통을 느끼고 고개를 가리게 되면, 그런 품위는 더 이상 품위가 아니기라도 한 것처럼! 그래서 배신당한 자는 배신자보다 품위가 떨어지는 자이기라도 한 것처럼! 그러나 만일, 자신의 잘못으로 일이 이 지경에 이른 것이라면, 자신이 오히려 그 배신을 부추겼다면, 그때는 자신의 잘못과 다른 사람의 정당성을 인정함으로써 다시 자신의 품위를 세우면 된다. 그게 바로 정의인 것이다.

거세된 남자 페테프레는 이렇게 정의를 헤아려보면서, 명예를 들먹이는 자로부터 어떤 이야기이든 지금 당장 듣기로 마음먹었다. 정의란 명예의 육체성과는 반대로 뭔가 정신적인 것이다. 그리고 육체적인 명예는 어차피 그에게는 결여되어 있으므로, 그는 정신적인 정의에 의존할 수밖에 없었다. 그래서 자기가 묻지도 않았는데 잘난 척하는 난쟁이가 명예를 들먹이며 자신을 배신했다고 말하려고 하는 두 사람의 문제도 그는 정신을 토대로 파악했었다. 자신이 아는 대로라면, 확고한 정신이 두 사람의 육체를 붙들고 있었다. 즉 둘 다 예비된 자들로서 정신 속에 함께 있는 한 쌍이었다. 위로 이상의 위로를 받은 여인, 아문의 측실로서 신전에서 그를 기다리는 신부, 그 앞에서 여신의 꼭 달라붙는 옷을 입고 춤을 추는 여인. 그리고 질투의 대상인 청년, 예비된 자로서 '날 건드리지 마세요'라는 꽃으로 만든 화관을 머리에 쓰고 있는 청년.

그런데 이들의 육체가 지금에 와서 그들의 주인이 되어버렸단 말인가? 이 생각에 그는 오싹해졌다. 살은 그의 적이었던 것이다. 스스로 그토록 많은 살덩이를 소유하고 있었지만, 그건 사실이었다. 그리고 집에 돌아올 때면, 번번이 이렇게 묻곤 하지 않았던가?

"모든 게 편안한가? 별일 없었는가?"

그 질문은 혹시라도 육신의 살이 침입하여 집안의 정신을 해친 건 아닐까 하는 근심의 표출이었다. 집안의 토대는 살이 아니라 정신이었다. 서로 조심하고 배려해 주어 간신히 안정을 가져다주는 이 정신은 그러나 언제고 무너질 수 있는 불안한 토대였으니 살의 공격에 노심초사할 수밖에 없었다.

두 사람의 육체가 정말 그들의 주인이 되어버렸을지 모

른다는 생각에 등골이 오싹해진 그는 한편으로는 가슴 깊이 분노를 느꼈다. 이제 그 사실을 알아야 하기 때문이다. 설령 그런 일이 있었다 하더라도, 자신을 그냥 모르는 채로 내버려두면 안 된단 말인가? 만일 예비된 두 사람이 육신에 사로잡힌 나머지, 그의 등 뒤에서 비밀을 만들었다면, 그것이 비밀이라는, 즉 자신이 모르도록 배려했다는 것만으로도, 자신을 속인 그들의 배신에는 자신에 대한 사랑이 충분히 담겨 있는 것이다. 그것만으로도 그는 두 사람에게 고맙다고 인사할 용의가 있었다. 그런데 반대로, 저기 잘난 체하는 난쟁이는 요구도 하지 않았는데, 굳이 이 사실을 알려 자신의 평안을 깨려고 공격해왔다. 대단한 명예라도 지닌 듯, 거들먹거리며 꼬마 남자 행세를 하는 이런 작자와는 말도 섞고 싶지 않았다.

"곧 끝나느냐?"

그가 물었다. 마사지를 하는 시종들에게 한 말이었다. 그들을 내보내야 했다. 사실은 별로 보내고 싶지 않았다. 그러나 밀고자, 그 불한당 때문에 어쩔 수 없었다. 마사지를 해주는 시종들은 멍청한 남자들이었다. 그랬다. 마사지 시종은 원래 무뚝뚝하고 힘이나 쓸 줄 알 뿐, 어리석기 그지없다는 속담이 진실임을 증명하기 위해서는, 어려서부터 일부로라도 어리석게 커야 했고 지금도 이렇게 어리석어야 했다. 그렇게 멍청한 이들이 설령 지금까지는 아무것도 눈치 채지 못했다 해도, 그리고 앞으로도 이해하기는 쉽지 않다 하더라도, 페테프레는 자신을 귀찮게 하는 성가신 난쟁이의 말 없는 요청을 받아들여, 그와 단둘이 이야기하지 않을 수 없었다. 그래서 더더욱 난쟁이를 좋게 볼 수가 없었다.

"끝나기 전에는 가지 말아라." 그가 말했다.

"그리고 특별히 서두르지 말아라. 하지만 일이 끝나면 내게 아마포 수건을 주고 천천히 밖으로 나가거라."

일이 끝나기 전에 나간 적도 없고, 또 그럴 생각을 한 적도 없는 그들이었다. 그러나 실제로 일이 끝났기 때문에 주인님의 거대한 살덩이 위에 수건을 씌워 목까지 덮어주었다. 그리고 두 손가락을 이마에 대어 인사를 올린 후, 팔꿈치를 앞으로 당긴 채 박자를 맞추듯, 하나같이 뒤뚱거리며 잽싼 뒷걸음질로 밖으로 나갔다. 걸음걸이에서부터 이들은 의도적이고 완벽한 어리석음을 보여주었다.

"가까이 오너라!" 궁신이 말했다.

"원하는 만큼 가까이 다가와 내게 알려 주고 싶은 이야기를 해보아라. 멀리 있으면 고함을 질러야 할 테니. 그리고 네 이야기는 우리가 가까운 곳에서 목소리를 낮춰 은밀하게 하는 게 좋을 것 같구나. 너는 몸은 작아도 내게 소중한 시종이다. 실은 중간 크기도 되지 않으니, 그런 점에서는 멍청한 피조물이지만, 나름대로 품위와 비중이 있으니, 집안 전체를 감독하고 집안의 생장 질서를 살펴보는 자리에 있을 만하다. 너를 그런 자리에 앉힌 기억은 나지 않는다만, 뒤늦게나마 네 직분을 인정해 주지 않을 수가 없구나. 내가 바로 이해했다면, 네가 집안을 사랑하는 사명감에서 감독한 그 영역에서 뭔가 불안한 것을 감지하여, 불이 붙고 있는 그 무질서에 관해 보고하려는 것이냐?"

"물론입니다!"

요셉의 적이 큰소리로 말했다. 주인의 말에 모욕적인 뉘앙스가 담겨 있었어도, 다른 면에서는 용기를 주는 것이어서 불편한 심기는 꿀꺽 삼켰다.

"주인님을 염려하는 종으로서 신의와 충정을 다하려고 주인님 앞으로 나왔습니다. 우리들의 태양이신 주인님께 위기가 닥쳤음을 경고하기 위해서입니다. 그 절박함으로 보자면, 주인님께서 제 청을 이보다 일찍 들어주셨으면 좋았을 것입니다. 어쩌면, 지금 이 순간 이미 경고가 늦었을 수도 있기 때문입니다."

"날 겁주는구나."

"송구스럽습니다. 하지만 주인님께 겁을 주려는 것이 제 의도이기도 합니다. 위기가 코앞에 있어서, 제가 예리한 통찰력으로 감독해왔음에도 불구하고 아직 늦지 않았으리라 장담할 수 없기 때문입니다. 어쩌면 주인님의 명예는 이미 손상되어 돌이킬 수 없는 상황이 되었을 수도 있습니다. 하지만 아직 늦지 않았을 수도 있습니다. 주인님께서 여전히 살아 계신 것을 보니 그런 것도 같습니다."

"죽음이 날 위협하느냐?"

"두 가지 다입니다. 수치와 죽음."

"한 가지를 피할 수 없다면, 다른 한 가지를 환영하고 싶구나." 페테프레의 고상한 대답이었다.

"그러면 어디서 이 심각한 일들이 나를 위협하고 있다는 것이냐?"

"저는 처음부터 위기의 원천을 암시했으므로, 오해의 여지가 없으리라 생각합니다. 그래도 이해를 못하셨다면, 그건 오히려 두려워서 이해하고 싶지 않아서일 것입니다."

"네 뻔뻔스러움으로 보아 내가 얼마나 고약한 처지에 있는지 알겠구나. 그만큼 내가 심각한 고난에 처해 있다는 뜻일 테지. 그렇다면 신의를 중히 여기는 자를 칭찬할 수밖에 없구나. 모든 게 신의를 지키려는 열성에서 나온 것이니까. 그래, 솔직하게 인정하마. 난 두려워서 이해하고 싶지 않다. 이 두려움을 극복하도록 도와다오. 그러니 빙빙 돌리지 말고, 직설적으로 진실을 말해 보아라. 내 두려움이 진실 앞에서 몸을 숨길 수 없도록!"

"좋습니다." 난쟁이는 이번에는 다른 쪽에 있는 짧은 다리를 앞으로 내밀고 주먹으로 허리를 받쳤다.

"젊은 집사 오사르시프의 유혹적인 특성에 울타리를 쳐주지 않아서 온 사방을 불태우는 바람에, 주인님의 부인이신 무트 여주인님의 가슴에도 불을 질렀습니다. 그리하여 이 불꽃이 벌써 연기를 피우고, 툭탁거리는 폭음과 함께 주인님의 명예에 다가가서 그 대들보를 혀로 핥고 있습니다. 이제 그 대들보가 무너질 지경이며, 주인님의 목숨까지도 그 아래에 매장될 처지에 놓였습니다."

페테프레는 아마포 수건을 획 잡아당겨 턱과 입과 코까지 덮었다.

그리고 수건 밑에서 물었다.

"여주인과 젊은 집사가 단순히 눈만 마주친 것이 아니라, 벌써 내 목숨까지 노리고 있다는 것이냐?"

"물론입니다!" 난쟁이가 대답과 함께 허리를 받치고 있던 주먹으로 허리를 세게 내리쳤다.

"주인님처럼 이렇게 큰 남자가 이런 처지가 되셨습니다."

그러자 친위대장은 수건 아래의 입을 달싹거리며 낮은 목소리로 물었다.

"어떤 증거로 그런 무서운 고발을 하느냐?"

"집안의 명예를 지키기 위해 열심히 관찰한 저의 주의력과 눈과 귀, 그리고 예민함이 증인입니다. 불쌍한 우리 주인님, 제가 알려 드리는 이 일은 흉측하고 혐오스럽지만 진실입니다. 두 사람 중에서—둘 사이에는 신분상으로 무한한 차이가 있지만 이들을 '두 사람'이라고 말할 수밖에 없습니다—여하튼 두 사람 중 누가 먼저 상대방에게 눈길을 주었는지는, 아무도 말할 수 없습니다. 그들의 눈이 마주치고, 서로 눈빛을 주고받는 못된 짓을 저질렀다는 사실로 충분합니다. 크나크신 주인님, 우리는 사막의 골짜기에 있는 무트(무트-엠-에네트)가 침대를 홀로 지키는 외로운 여자라는 사실을 명심해야 합니다. 그리고 젊은 집사의 경우, 여기저기 불을 붙이고 다니는 자입니다. 어떤 종이 이런 여주인으로 하여금, 두번씩이나 윙크를 보내도록 기다리고 있겠습니까? 물론 여주인이 주인님에게 정절을 지키려 하고 주인님을 사랑한다면 다른 문제입니다. 하지만 아마도 우리 집의 여주인은 가장 높은 감독의 직분을 행사하는 자가 아니라, 그 다음으로 높은 감독인 젊은 집사를 자신이 사랑하고 정절을 지켜야 할 대상으로 선택한 것 같습니다. 잘못이라고요? 누가 먼저 상대방에게 눈길을 주었는지, 그리고 누구한테서 이러한 악의 씨앗이 먼저 싹을 틔웠는지, 꼬치꼬치 캐묻는다 해서 무슨 소용이 있겠습니까? 젊은 집사의 잘못은 그의 행동에 있지 않습니다. 그 청년이 집에 존재한다는 사실 자체가 이미 잘못입니다. 여기 이 집에 그런 식으로 존재하는 것부터, 그리고 울타리를 치지 않아 그의 특성이 마음껏 여기저기 불을 붙이고 있는 것이 잘못의 근원입니다. 마땅히 울타리를 쳐서 그 안에 그 유혹의 특성을 가뒀어야 했건만, 부부의 침대로도 이발사의 칼로도 울타리를 치지 않았습니다. 그리고 여주인이 종에게 연정을 품게 될 경우, 이는 순전히 그 종이 그 자리에 있었기 때문입니다. 아예 그 종이 존재하지 않았다면 이런 일은 없었을 테니까요. 이렇듯 그 종이 그 자리에 있음으로써 순결한 자에게 음탕한 행동을 한 것이나 마찬가지이므로, 결국은 모든 것이 그의 잘못입니다. 안타깝게도 지금의 경우가 바로 그렇습니다. 따라서 무슨 조처를 취하더라도 이 점을 고려해야 합니다. 이 불미스러운 사고는 지금 무성하게 가지를 뻗어나가고 있습니다. 이들이 주고받은 달콤한 연애 편지를 제 눈으로 직접 보았습니다. 제가 그 편지에 넘쳐나는 색정을 본 증인입니다. 이런 편지들까지 주고받은 그들은 살림살이를 의논한다는 핑계로 곳곳에서 만났습니다. 자리를 가리지 않습니다. 규방의 홀에서도 만납니다. 거기에 여주인은 종을 위해 호르아흐테 신상(神像)까지 가져다 놓았습니다. 그리고 정원의 정자에서도 만납니다. 어디 그뿐인 줄 아십니까? 여주인의 침실도 예외가 아닙니다. 이런 곳에서 한 쌍의 남녀가 몰래 만나고 있습니다. 이들 사이에는 이미 오래 전부터 더 이상 명예로운 문제가 아니라, 속된 혀 놀림과 꼴딱거리는 소리와 뜨거운 속삭임이 오갔습니다. 이러한 것들이 그 안에서 얼마나 무르익었는지, 혹시 이미 서로의 살과 피를 즐겼는지, 그래서 이미 예방할 수 없을 정도로 늦어버려서 복수밖에 남지 않았는지는, 저로 서도 확실하게 말씀 드릴 수가 없습니다. 그러나 제 머리를 걸고 모든 신들과 굴욕을 겪으신 주인님 앞에서 웬만큼 확실하게 말씀 드릴 수 있는 것이 있습니다. 그것은 틈새에 숨어서 제 귀로 엿들은 것입니다. 이들이 숨을 꼴딱거리며 사랑을 속삭였을 때, 몽둥이로 머리를 내리쳐 주인님을 쓰러뜨리자고 약속하는 것을 제가 직접 들었습니다. 그것도 이 집에서 말입니다. 주인님을 없애고 자기들이 집안의 주인과 여주인이 되어 화환을 두른 침대에서 마음껏 육체의 향락을 즐기겠다는 것입니다."

페테프레는 급기야 수건을 머리끝까지 뒤집어썼다. 이제 그의 모습은 아무것도 보이지 않았다. 두두는 수치심을 가리느라 수건 밑으로 몸을 숨겨 형체를 알아볼 수 없는 거대한 몸뚱이로 누워 있는 주인을 보자, 기분이 꽤 괜찮았다. 이런 상태가 잠깐 동안 이어졌다. 그리고 이 짧은 순간이 어느새 길게 느껴지려는데, 그때였다. 주인은 느닷없이 수건을 허리까지 젖혔다. 그리고 난쟁이를 향해서 절반쯤 몸을 일으키면서 작은 손으로 작은 머리를 받쳤다.

"옷장 감독, 진심으로 고마워해야겠구나. 내 명예를 구해 주려고 이렇게 날 방문해 주었으니." (여기서 '방문하다'라는 단어는 외국어로 바빌론 말이었다.)

"어쩌면 명예는 이미 벗겨져서 발가벗은 목숨만 건질 수 있을지도 모르지만, 이제는 목숨 자체를 위해서가 아니라,

복수를 위해서라도 목숨을 건질 생각을 해야겠구나. 그 생각에 전력을 기울여야겠어. 그렇지만 내가 처벌 문제를 생각하느라, 이야기를 들려준 네게 고맙다는 인사로 상을 내려야 한다는 중요한 생각을 미루게 될까 걱정이구나. 이 일을 알게 되니 한편 두렵고 분노도 느낀다만, 그에 못지않게 나를 이토록 사랑하는 네 충정에 대한 놀라움도 느끼고 있다. 그렇다. 솔직히 정말 뜻밖이다. 하지만 예상 밖이라 하여 너무 놀라지 않아야 한다는 것은 나도 잘 안다. 생각지도 않았던 곳으로부터, 별로 주목하지도 신뢰하지도 않은 곳에서 최선의 것이 나오는 경우가 얼마나 많으냐! 그렇지만 이렇게 절제하려고 노력하는데도 얼마나 희한하고 놀라운지 믿을 수가 없구나. 네가 누구더냐? 불구자에, 기형아이며 묘한 난쟁이 익살꾼이 아니냐. 사실 의상실 감독이라는 직분도 진심에서 우러나와서 준 게 아니라 절반은 장난삼아 맡긴 것으로, 절반의 익살과 절반의 구역질이 합쳐진 역할이지. 더구나 네가 잘난 척하고 무게까지 잡는 바람에 이 두 가지 특성은 더욱 커졌으니 불신의 경계선에 와 있다고 할 수 있지 않겠느냐? 그런데 네가 나와 가까운 사람들, 다시 말해서 집안의 높은 사람들의 비밀스러운 사생활까지 파헤칠 수 있었다니, 그래서 달콤한 연애 편지까지 읽을 수 있었다니, 그 불신의 경계선을 아예 뛰어넘어 불신의 경지로 들어선 것이 아니겠느냐? 그러니 어찌 내가 네 말을 믿을 수 있겠느냐? 네 항변에 따르면, 그런 편지들이 젊은 집사와 여주인 사이를 오갔다는 것인데, 그러면 네가 그들 사이를 오가며 은밀히 편지를 전달한 사람의 신뢰를 얻어냈다는 것이 아니더냐? 네가 어떻게 해서 그 편지를 볼 수 있었는지, 이 믿을 수 없는 부분이 계속 남아 있는 한, 내가 어떻게 이런 종이 쪽지의 존재를 의심하지 않을 수 있겠느냐? 아니 의심하는 것이 당연하지 않겠느냐? 그러려면 그들이 마음을 털어놓을 수 있는 측근과 네가 아주 가까웠어야 할 텐데, 네놈이 야비한 줄은 누구나 다 아는데 네놈 말이 그럴싸하게 들릴 리가 있겠느냐?"

"가련하신 주인님. 주인님께서는 지금 수치스럽고 굴욕적인 상황을 믿을 수밖에 없는 처지가 될까봐, 그게 두려워서 절 의심할 이유를 찾고 계십니다. 그러면서 아주 나쁜 이유들만 편애하시는데, 그만큼 진실에 대한 주인님의 두려움이 큰 것입니다. 주인님의 비웃는 듯한 고뇌의 표정에도 그 두려움이 그대로 녹아 있습니다. 주인님께서 부들부들 떠시는 것도 이해가 됩니다. 하지만 주인님의 의심이 얼마나 빈약한 것인지 제발 깨달아 주십시오! 저는 편지를 전달하느라 그들이 선택한 측근의 신뢰를 얻을 필요가 없었습니다. 제가 바로 그들이 선택한 신뢰할 만한 중개자였으니까요."

"대단하구나!" 페테프레가 말했다.

"네가 직접 그 편지를 전달했다고? 너처럼 작고 우스꽝스런 남자가? 네 진술을 듣기만 해도 너에 대한 존경심이 커지기 시작하는구나. 하지만 네 진술을 정말로 믿을 수 있으려면, 이 존경심이 좀더 커져야 한다. 그러니까 여주인이 너와 가까운 사이였고 너를 그만큼이나 신뢰했다는 뜻이냐? 자신의 행복과 잘못을 의탁할 정도로?"

"물론입니다!"

당장 대답이 튀어나왔다. 두두는 다시 한번 용감하게 다리 자세를 바꾸고 주먹으로 허리를 내리쳤다.

"그뿐 아닙니다. 편지만 전한 게 아니라, 그녀에게 편지를 받아 적도록 문구를 일러준 것도 바로 저입니다. 그녀는 달콤한 연애 편지 같은 것은 전혀 몰라서, 저처럼 부드럽고 감미로운 방법에 정통한 사교적인 남자한테서 배워야 했으니까요."

"아니 그럴 수가!" 궁신은 놀라워했다.

"이제 보니 자네를 그동안 너무 과소 평가했군. 자네에 대한 존경심이 끝없이 커가고 있네. 그러니까 자네는 여주인이 어디까지 실족하는지 보려고 일을 최악으로 몰고 갔다는 것이군."

"당연하지요." 두두가 동의했다.

"굴욕을 겪으신 주인님에 대한 사랑과 신의에서 그랬습니다. 그렇지 않다면, 제가 여기 이렇게 서서 주인님으로 하여금 복수를 하시도록 일러드릴 수가 있겠습니까?"

"그럼 어떻게 여주인의 절친한 친구가 되었느냐? 우스꽝스럽고 구역질나게 생긴 네가 어떻게 했기에, 여주인이 자신의 비밀을 관리하는 감독으로 너를 선택했단 말이냐?"

페테프레는 그게 궁금했다.

"그건 동시에 일어난 일입니다." 난쟁이가 말했다.

"두 가지가 한꺼번에 일어났습니다. 선한 사람이 모두 그렇듯이, 저 역시 아문의 사람으로서 이방인이 못된 꾀를 부려 집안에서 큰 사람으로 성장하는 것을 염려스럽게 생각했고 또 분노했습니다. 그래서 가슴에 못된 간계를 품고 있는 그 이방 청년에 대한 불신을 키워나갔습니다. 이는 부당한 처사가 아니었습니다. 이제는 주인님께서도 인정하실 것입니다. 그자가 주인님을 속이고 주인님 부부의 침대를 더럽혀 주인님으로부터 그토록 은혜를 입고도, 주인님을 조롱하고 집안뿐 아니라 두 나라의 조롱거리로 만들었으니까요. 여하튼 전 그래서 그 젊은이가 집안에서 자꾸 높은 자리에 올라가는 것이 원통하고 분해서 주인님의 부인이신 무트 앞에 나아가 호소했습니다. 그리고 집안의 우환거리와 부당한 일에 대해 항변한 것입니다. 그렇게 해서 그녀에게 빈궁한 곳에서 온 그 젊은이가 우리 집안에 있다는 사실을 상기시켰습니다. 그녀는 처음에는 제가 어떤 종을 말하는지 몰랐으니까요. 그러다 저의 애끓는 호소에 그녀의 말은 이상하게 비비꼬이기 시작했습니다. 집안일을 근심하는 척하면서 자꾸 애매하고 외설스러운 말을 하더니 점점 음탕해지는 것이었습니다. 그때 저는 그녀가 부엌의 하녀처럼 종한테 푹 빠져서 어떻게든 그를 품에 안고 싶어서 침을 질질 흘리고 있다는 사실을 알아차렸습니다. 그렇게 도도하던 분이 이 지경에 이른 것입니다. 그자가 있다는 사실 자체가 잘못이었으니까요. 그나마 저 같은 남자가 이 문제를 거머쥐고, 그녀가 현명하게 처신하도록 돕고 적당한 때를 봐서 두 사람의 음모가 좌절되도록 결정타를 날릴 준비를 하고 있었기에 망정이지, 안 그랬더라면 주인님의 명예는 이미 오래 전에 끝났을 것입니다. 그래서 저는 주인님 부인의 생각이 이토록 계속 어두운 길로만 접어드는 것을 보고 야밤의 도적처럼 그 생각을 뒤쫓았습니다. 도적이 훔치려 들면, 그 순간에 그자를 덮치려고 말입니다. 그래서 이런 계산 끝에 그녀를 시험해 보려고 달콤한 연애 편지를 쓰게 했습니다. 그녀가 어디까지 나가는지, 그리고 어떤 일을 저지를 수 있는지 보려고 말입니다. 그랬더니 제가 걱정했던 대로여서 전 기겁하고 말았습니다. 그녀는 노련한 사교계의 남자인 저를 완전히 자기편으로 믿고 있었습니다. 제가 자신이 쾌락을 얻을 수 있도록 봉사해 주는 사람으로 철석같이 믿었던 겁니다. 이렇게 그녀가 절 맹목적으로 믿어준 덕분에, 제멋대로 불을 붙이고 다니는 젊은 집사가 이미 고귀한 마님까지 자기 것으로 만들어 주인님의 품위뿐 아니라, 주인님의 목숨까지 위협하게 되었다는 사실을 알게 된 것입니다."

"그랬구나. 그랬어." 페테프레가 말했다.

"네가 그녀로 하여금 그에게 주목하도록 했고 그녀에게 이런 일을 하도록 했다는 거지. 알겠다. 그래, 여주인은 그렇다치고 집사의 신뢰도 얻었어야 하지 않았겠느냐? 네 부족한 형상으로는 그 일이 쉽지 않았을 것 같은데. 아니 불가능해 보이는데?"

"한 대 얻어맞으신 주인님. 주인님께서는 이제 진실 앞에서 의심의 무기를 내려놓아야 할 것입니다. 진실이 두려워서 자꾸 의심이라는 무기를 들이대시려는 거겠지요. 또 한편으로는 주인님의 특별한 상태, 곧 거룩한 상태에도 이유가 있으리라 생각됩니다. 주인님께서도 인정하시겠지만, 모든 재앙이 거기서 비롯되었으니까요. 그리고 주인님께서

인간들을 제대로 알고 이해하기가 어려운 것도 주인님의
거룩한 상태 때문입니다. 주인님께서는 이해하시기 어렵겠
지만, 인간들은 자신의 이웃을 판단할 때, 그 자가 체격이
크든, 적당한 체격이든 상관없이 오로지 한 가지만 봅니다.
만약 그 이웃이 자신의 욕망과 쾌락에 봉사하려는 각오를
보여주면 상대방에게 마음이 기우는 것입니다. 저는 다만
그 청년에게 이런 각오가 되어 있는 것 같은 표정을 지어
보였을 뿐입니다. 그리고 사교적인 남자답게 세련된 방식
으로 그와 여주인 사이를 오가며 그들이 쾌락을 얻을 수 있
도록 입이 무거운 전령 노릇을 하겠노라고 제안하는 것으
로 벌써 그 미숙한 놈을 속일 수 있었습니다. 이렇게 제가
그를 부드럽게 대하자, 그는 아무것도 제 앞에서 숨길 수
없게 되었습니다. 그후로 저는 이 한 쌍이 벌이는 엄청난
범죄놀이를 정확하게 감시하고 쫓아가는 정도가 아니라,
겉으로는 호의적으로 같은 편인 척하면서 그들의 범죄를
더욱 부추겼습니다. 벌받아 마땅한 행동들이 과연 어디까
지 뻗어가는지 확인하고, 최악의 순간에, 곧 결정적인 지점
에서 잡아챌 생각이었습니다. 이것이 질서를 지키는 파수
꾼이 해야 할 일입니다. 제가 그 모범을 보인 셈입니다. 여
하튼 저는 끈질기게 뒤를 쫓아다닌 결과, 서로에 대한 그들
의 생각을 알 수 있었습니다. 그리고 이들이 벌이는 놀이의
밑바닥에 어떤 시각이 깔려 있는지 알게 되었습니다. 이것
에 주목해야 합니다. 그건 바로 여주인과 관계를 하는 자가
주인이라는 것입니다. 오, 가련한 주인님, 이것은 살인자의
음탕한 가정입니다. 주인님께서는 이들이 매일 이 일을 의

논한다는 사실을 아셔야 합니다. 그리고 이러한 가정을 근거로—이 말은 제가 그녀의 입에서 직접 들은 것입니다—주인님을 몽둥이로 때려눕히는 것이 정당하다고 했습니다. 그녀는 이렇게 장애물을 죽인 후 여주인과 사랑의 주인으로서 장미의 축제를 벌이자고 했습니다. 그녀의 측근으로서 그녀를 여기까지 몰고 온 저는 마침내 그녀의 입에서 이런 극단적인 말까지 듣고, 이제야 때가 무르익었다는 사실을 알게 되었습니다. 드디어 몽둥이를 휘두를 순간이 온 것입니다. 그래서 이렇게 수치스러운 일을 당하신 주인님을 찾아왔습니다. 저는 주인님께서 고난을 겪으셔도 신의를 지키는 충성스러운 종입니다. 이 일을 주인님께 고하는 것도 함께 그들을 잡자는 뜻에서입니다."

"그러기로 하지." 페테프레가 말했다.

"자신들이 무슨 짓을 했는지 알도록 무서운 벌을 내리세. 난쟁이 자네와 내가 함께 말이야. 그런데 어떻게 하면 좋겠나? 무엇부터 시작하는 게 좋을까? 네가 보기에 어떤 벌이 가장 고통스럽고 처참한 벌이겠느냐?"

"저는 마음이 너그러운 사람입니다." 두두가 말했다.

"최소한 아름다운 여죄수, 우리 무트를 생각할 때는 그러합니다. 그녀가 침대에서 외롭게 지낸다는 사실이 많은 잘못을 덮어주기 때문입니다. 주인님께서는 그녀의 실족으로 인해 곤욕을 치르셨습니다. 그러나 저희끼리 하는 말이지만 이를 놓고 법석을 떨어서는 안 될 것입니다. 그럴 권리가 없으시니까요. 그리고 아까도 말씀 드렸듯이, 여주인이 종한테 반하면 그 책임은 종에게 물어야 합니다. 그가 있다는 것 자체가 재앙의 뿌리이니까요. 그러니 벌은 그자가 받아야 마땅합니다. 하지만 그자에 대해서도 저는 온유한 생각을 가지고 있습니다. 그를 묶어서 악어밥으로 던지라고 요구하지도 않습니다. 그놈이 지금껏 누린 행복과 저지른 재앙으로 봐서는, 마땅히 그런 벌을 받아야겠지만, 저 두두는 복수를 그다지 크게 생각하지 않습니다. 오히려 제가 마음을 쓰는 부분은 안전을 보장하는 예방입니다. 더 이상 불을 못 붙이도록 종지부를 찍으면 됩니다. 그를 묶은 다음 가위를 대령시켜 위험의 뿌리를 제거하는 것이지요. 그러면 무트-엠-에네트 곁에 있더라도 아무 짓도 할 수 없게 되고, 또 아름다운 몸도 여자들의 눈에서 의미를 잃을 것입니다. 이 만족스러운 행위를 실현할 사람이 필요하다면 기꺼이 제가 하겠습니다. 먼저 그자를 묶어 제 앞에 대령만 시켜 주시면 됩니다."

"나를 위해 이토록 많은 일을 해주고도 그 일까지 자청하다니, 참으로 우직하구나. 혹시 그렇게 하면 한 가지 면에서가 아니라, 그 이상으로 이 세상에 정의를 다시 세울 수 있다고 생각하는 건 아니냐? 그런 조처로 너는 피해를 입는 자보다 유리한 상태에 서게 되고, 희한하게도 네 몸에 갖춰진 그 물건의 크기에 대해 더 큰 만족감을 얻을 수 있지 않겠느냐?"

"그건 정확하게 보셨습니다. 부수적으로 말씀 드리자면 저도 그 점은 부인하지 않겠습니다."

두두는 대답과 함께 작은 팔로 팔짱을 꼈다. 그리고 한쪽 어깨를 앞으로 쑥 내밀며 앞에 나와 있던 한쪽 발을 허공으로 휙 차올려 흔들어가면서 신이 나서 팔짝팔짝 뛰기 시작했다. 고개까지 살랑살랑 흔드는데, 눈까지 웃고 있었다.

"네가 그자에게 앙갚음을 하고 나면, 그자는 더 이상 집안의 정상에 머무를 수 없으니, 누가 대신하면 좋겠느냐?"

"그자가 머무를 수 없는 것은 당연합니다."

페테프레의 물음에 두두는 또다시 앞에서 묘사한 것처럼 팔짝팔짝 뛰면서 까불었다.

"집의 정상은 모든 종들을 거느리고 지휘하는 자리인데, 엉뚱한 여자의 가슴에 불을 붙이지 못하도록 억지로 울타리에 가둬둔 죄인이 그런 자리에 앉으면 안 됩니다. 거기에는 남자로서 온전한 능력을 지닌 자가 앉아야 합니다. 성실하고 모든 일에 주인님을 대신할 수 있고, 어떤 문제에서든 주인님을 편들 사람이라야 합니다. 주인님께서 하고 싶지 않고, 또 할 수 없는 일도 스스로 알아서 대신할 사람이라야 되지요!"

그러자 친위대장이 곧 보충했다.

"그러면 나를 수치와 죽음으로부터 구하려는 충정에서 용감하게 첩자 노릇도 마다하지 않은 너에게 고맙다는 표시로 어떤 상을 내려야 할지 알 것 같구나."

"제발 그래 주십시오!"

버릇없는 거만한 대답이 튀어나왔다.

"부디 두두가 어디에 속하는지 알아주십시오. 그리고 제게 어떻게 고마움을 전하실지, 집사의 후계자 자리가 어떤지 분명하게 결정해 주시기를 바랄 뿐입니다. 제가 주인님을 수치와 죽음으로부터 지켜드렸다는 주인님의 말씀은 결코 지나친 게 아닙니다! 저는 우리의 아름다운 여죄수까지 지켜주었으니까요. 저는 주인님 앞에서 그녀가 침대에서 외롭게 지낸다는 사실을 말씀 드려 그녀의 목숨을 구했습니다. 이렇게 제가 베푼 호의와 은혜 덕분에 그녀는 숨을 쉬게 된 것입니다. 그녀가 이 사실을 알아야 하는데! 만일 그녀가 고마운 줄도 모르고 절 함부로 대하면, 저는 언제든 그녀의 수치스러운 허물과 범죄를 이 도시와 온 나라에 폭로할 테니까요! 그러면 주인님도 어쩔 수 없이 그녀를 목매 달게 하여 그녀의 고운 몸을 재에 파묻게 하거나, 아니면 최소한 그녀의 코와 귀를 자른 후 그녀의 부모한테 돌려보내야 할 겁니다. 그러니 이 방탕한 여자, 가련한 악녀는 이미 의미가 없어진 잘생긴 몸에서 그 보석 같은 눈을 돌려, 풍부한 감각을 소유한 위로자이며 여주인의 주인인 튼튼한 집사 두두에게로 눈길을 돌리는 게 현명하지요!"

이 말을 하면서도 두두는 여전히 신이 나서 눈까지 웃으며 고개를 살랑거리고 있었다. 그리고 허공을 쳐다보며 어깨와 엉덩이를 흔들고 발까지 합쳐 춤을 추는 꼴이, 영락없는 수탉이었다. 그건 나무 위에서 교미하느라 유혹에 눈과 귀가 멀어 자신을 잊어버린 채 몸을 돌려대는 수탉의 몸짓이었다. 그러나 수탉이 그렇듯, 그 역시 바닥에 있는 사냥꾼의 공격을 받았다. 느닷없이 벌떡 몸을 일으킨 주인 페테프레가 한걸음에 그 자리에 우뚝 섰다. 거대한 육탑은 완전히 발가벗은 모습이었다. 조그만 머리가 달린 이 탑이 다시 한 발자국 내딛자 그의 물건들이 놓여 있는 소파에 이르렀다. 그는 거기서 명예 지휘봉을 잡고 난쟁이에게 휘둘렀다.

명령자의 표식인 이 장식품, 혹은 이와 비슷하게 생긴 지휘봉은 앞에서도 본 적이 있다. 포티파르가 손에 든 것은 황금을 입힌 둥근 지팡이로, 솔방울 모양에 황금 잎사귀 화환을 둘렀다. 권력의 상징인 이 지휘봉은 실은 생산력을 뜻하는 주물로서 여자들이 숭배하는 물건이었다. 주인은 이것으로 두두의 어깨와 등을 갈겼다. 이렇게 매질이 계속되자 난쟁이는 앞에서와는 다른 이유로 청각과 시각을 잃고 허리를 꺾으며 돼지새끼처럼 비명을 질렀다.

"아이고, 아이고! 아야! 아야! 아이고 아파라, 아이고, 사람 죽네. 아이고, 이 피 좀 봐! 작은 뼈가 다 으스러지네! 전 충성을 다했습니다. 제발 은혜를 내려 주십시오!"

그러나 은혜는커녕 페테프레의 입에서는 이런 말만 터져 나왔다.

"옛다! 이 악당 놈, 야비한 난쟁이! 청동처럼 차가운 악당, 제 입으로 자기가 저지른 간계를 죄다 고백한 놈!"

주인은 무자비한 매질로 난쟁이를 침실의 이 구석 저 구석으로 몰았다. 충성을 다했다는 종은 마침내 문 하나를 발견했다. 그리고는 등에는 혹이 불거진 채, 작은 발로 걸음아, 나 살려라 하고 그 문으로 도망쳤다.

협박

우리가 잘 알고 있는 이야기는 포티파르의 처가 요셉에게 매일 '이런 말'을 하면서 자기와 함께 자자고 했다고 말한다. 그렇다면 요셉이 그녀에게 이런 말을 할 기회를 계속 주었다는 뜻인가? 아픈 혀로 간청한 이후로도 그녀를 멀리 하기는커녕 때와 장소를 가리지 않고 계속 그녀를 만났단 말인가? 그랬다. 그럴 수밖에 없었다. 그녀가 누구인가? 여주인이 아니던가. 여자 주인. 그녀는 언제라도 그를 부를 수 있었다. 게다가 그렇게 혼란스러운 상태로 그녀를 혼자 내버려두지 않을 것이며 최선을 다하여 말로써 그녀를 위로하겠다고 약속까지 한 그였다. 자신에게는 그래야 할 책임이 있노라고. 그는 이렇게 자신의 잘못을 인정함으로써 그녀에게 묶여버렸다. 오만하게도 그녀를 구제할 생각을 하다니, 그건 핑계에 불과했다. 어쨌든 그 계획이 초래한 결과를 견뎌내고 가능하다면 무마시켜야 한다. 아무리 위험하고 어렵고, 또 전망이 없어 보여도 포기할 수는 없다. 그는 그렇게 생각한 것이다.

유혹에 사로잡힌 그녀에게서 눈길을 떼지 않고, 오히려 '매일', 아니 거의 매일 불을 내뿜는 황소 앞에 이마를 들이밀어, 이처럼 끊임없이 강력한 시험 앞에 자신을 노출시킨 그의 행동을 칭찬해도 될는지? 물론 부분적으로는, 몇 가지 조건을 붙인다면 칭찬해 줘도 된다. 그의 동기에는 칭송할 만한 것들이 있었다. 그 점은 인정해 줄 수 있다. 즉 자신이 잘못을 범했다는 사실을 시인하고 죄책감을 느꼈다는 것은 칭찬받을 만하다. 또 이런 곤경에 처해서도 신을 의지하고 일곱 개의 이유를 끝까지 신뢰한 용기, 그리고 굳이 포함시킨다면, 여자의 어리석음에 이성으로 맞서려 한 고집도 칭송받을 대상에 넣을 수 있다. 그건 그녀가 신의 신부라는 표식으로 쓰고 있는 그의 화환을 찢어버리겠다고 협박하고 대신 그녀의 화환을 씌워 주겠노라고 선언했기 때문이다. 그에게 이런 말이 뻔뻔스러워 보였음은 당연하다. 이왕 말이 나온 김에 한마디 더 하자면, 또 다른 것들까지 합쳐지는 바람에 그는 이 문제를 마치 자신이 섬기는 신과 이집트 신들 사이의 힘 겨루기로 느끼게 되었다. 그녀에게도 시간이 지나면서 아문을 위한다는 공명심이 요셉에 대한 갈망의 또 다른 모티브로 자리잡았다. 아니, 그렇게 되도록 다른 자가 부추겼다고 할 수 있다. 요셉은 이런 상황에서 도망친다는 건 용납될 수 없는 것으로 여겼고, 자신이 섬기는 신의 명예를 위해서라도, 끝까지 버텨서 이겨내야 한다고 생각했다. 이 점은 충분히 이해할 수 있다. 그렇다. 이 점은 인정해 줄 수 있다.

다 좋다. 그러나 순전히 그 때문이며, 다른 이유는 전혀 섞이지 않았느냐 하면 그건 또 아니다. 그녀의 요구에 따라 그녀를 찾아가서 만난 데에는 다른 것도 있었다. 이것은 결코 칭찬받을 수 없다는 사실을 잘 알면서도 그는 그녀를 만났다. 이는 일종의 호기심과 경솔함이라 할 수 있다. 악을 선택할 수 있는 자유를 완전히 거부하면 그만일 것을, 선악 중에서 그래도 고르고 싶고, 악 쪽으로 기울어 거기 완전히 엎어질 의도는 없지만, 그럼에도 한동안 자유롭게 선택권을 즐기고 싶은 마음이 그것이었다.

이토록 심각하고 위험천만한 상황이었으나 그에게는 기분 좋은 일일 수도 있지 않았을까? 여주인은 자신에게 완전히 반해서 넋이 나가 있었다. 그러니 어쩔 수 없이 그녀를 달래 주기 위해서라도 그녀와 단둘이 만나서 여보, 당신 하듯 '그대'를 운운해야 했다. 혹시 이런 만남이 한편으로는 즐거웠던 게 아닐까?

이런 속된 교만함 외에 요셉의 행동을 설명해 주는 또 다른 동기도 있다. 이는 신앙심과 관련된 것으로 보다 깊숙이 자리잡고 있는데 마치 꿈을 꾸는 듯한 생각이다. 자신은 오사르시프라는 이름이 말해 주듯 이미 죽은 사람으로서 신이 되었으므로, 이제 막 생산할 준비를 끝낸 거룩한 상태에 있다는 고도의 정신적 유희가 그것이다. 이렇게 당나귀처럼 어리석은 생각 위에 저주가 떠다니고 있었음은 두말할 필요도 없다.

설명은 이 정도로 하자. 여하튼 그는 여주인을 찾곤 했다. 그런 가운데 그녀 곁에서 참아내느라 고통스러웠던 것 또한 사실이다. 그녀는 계속해서 이렇게 보챘다.

"나하고 같이 자!"

그는 고통스러웠다. 이렇게 말하는 이유는 그것이 장난도 아니고 사소한 일도 아니었기 때문이다. 타오르는 욕정으로 무섭게 달려드는 자 옆에서 참아내고 좋은 말로 설득하고, 스스로 그래서는 안 되는 일곱 가지 이유를 새기고 또 새기면서 그녀의 욕망에 맞서는 것이 어찌 작은 일이겠는가? 그러나 자신이 죽어서 신이 된 상태라는 점에서는 그녀의 욕망을 환영한 면도 없지 않았다. 정말이다. 불행한 여인과 마주한 그가 얼마나 난감한 궁지에 몰렸는지 생각한다면, 야곱의 아들이 보여준 별로 칭찬할 수 없는 동기들까지도 너그럽게 봐주고 싶어진다. 하루가 멀다하고 보채고 달려드는 그녀를 바라볼 때면, 어떤 순간에는 자신이 길가메쉬가 된 것처럼 느껴지기도 했다. 결국 길가메쉬는 다급한 나머지 분노를 억누르지 못해 황소의 사지를 찢어 이쉬타르의 면전에 던지지 않았던가.

여자는 점점 더 변질되어, 수단 방법을 가리지 않고 그를 공격해왔다. 그리고 어서 머리와 발을 나란히 놓자고 졸라대는 것이었다. 그녀는 주인님을 죽여서 집 밖으로 내치자는, 그러면 자신은 여주인, 그는 사랑의 주인이 되어 아름다운 옷을 입고 꽃이 만발한 곳에서 황홀한 삶을 누릴 수 있다는 제안을 되풀이하지는 않았다. 이 발상을 그가 매우 혐오한다는 사실을 그녀도 알아차린 것이다. 따라서 자신이 그 이야기를 계속하면, 요셉이 자신으로부터 완전히 멀어지는 무서운 일이 생길 것 같아 두려웠다. 그리고 욕망에 취해 몽롱했어도 그녀는 이 야만적인 생각에 다가가지 않으려고 단호하게 거부하는 그의 태도가 자연스럽고 당연하다는 것쯤은 인정할 수 있었다. 한편 화를 버럭 내며 그녀의 발상을 강하게 거부했어도 자기 앞에 계속 모습을 드러내는 그에게, 그녀로서도 혀가 다 아문 상태에서 혀짤배기 소리로 그런 제안을 되풀이하기는 어려웠을 것이다.

다만 그녀는 두 사람은 이미 비밀을 가진 사이이므로 지금에 와서 자신과 동침하지 않으려고 거부해 봐야 아무 의미가 없다는 이유를 내세워, 태연하게 이를 실행하면 그만이라고 계속 독촉했다. 물론 그럴 경우 말로 형언하기 어려운 황홀경이 기다린다는 달콤한 언약도 되풀이했다. 그러나 자신의 품에 오로지 그만을 위한 쾌락의 향연이 마련되어 있다며, 그 황홀경을 아무리 예찬해도, 그의 입에서는 늘 똑같은 대답밖에 들을 수 없었다.

"오, 그대여, 그러면 안 됩니다."

그러자 급기야 그녀는 요셉의 남성으로서의 능력을 의심함으로써 그를 자극하기 시작했다. 그녀가 정말 그렇게 의심한 것은 아니다. 그럴 리는 없었을 것이다. 그러나 그렇게 의심할 만한 이유도 없지는 않았다. 우선 요셉의 입장에서는 자신이 그녀와 동침할 수 없는 일곱 가지 이유를 대기가 곤란했다. 설사 말을 했다 하더라도, 대부분 그녀는 이해하지 못했을 것이다. 하는 수 없이 일곱 가지 이유 대신 내세운 이유들은 그녀에게 완고하고 유약하기 짝이 없는 것으로 들렸다. 아니, 고르고 고른 핑계로밖에 들리지 않았다. 어쩌면 자신과 그녀의 사건이 하나의 이야기가 될지도 모른다, 그래서 자신들의 이야기가 도덕적 교훈이 되어 사람들의 입에 오르내릴지도 모른다. 뭐 이런 식의 이야기로 그녀의 번뇌와 열정을 어떻게 달랠 수 있었겠는가. 또 기껏 한다는 말이, 주인께서 내게 모든 것을 맡기셨으나, 당신은 아니니 이는 주인님의 아내이기 때문이다. 그러므로 내가 어찌 그런 악행을 범하여 득죄할 수 있겠는가, 이 정도였다. 이처럼 속이 뻔히 들여다보이는 말은 그녀에게 아무런 설득력도 가질 수 없었다. 설령 그들이 한 이야기 속에 머무르고 있다 하더라도, 무트-엠-에네트는 이렇게 확신했다. 자신과 요셉이 한 쌍을 이루어 친위대장이자 명예 남편인 페테프레를 제쳐두고, 머리와 발을 맞대는 것을 온 세상이 당연하게 여기리라고. 아니 보는 사람마다 도덕적인 격언보다도 훨씬 더 좋아할 거라고.

그러면 요셉은 또 뭐라고 했던가? 예를 들면 이런 말을 했다.

"그대는 내가 매일 밤 그대를 찾아와 그대 옆에 가까이 눕기를 원하십니다. 하지만 우리가 조상 대대로 섬기는 신께서는, 그대가 모르는 그분께서는 대부분 밤 시간에 저희 조상 앞에 모습을 나타내십니다. 만약 그분이 밤이 되어 제 앞에 모습을 드러내시려 한다고 해보십시오. 그런데 나를 그런 상태로 보신다면, 제 꼴이 어떻게 되겠습니까?"

이것은 어린아이 같은 말이었다. 아니면 또 이렇게 말하기도 했다.

"아담을 생각하면 두렵습니다. 그는 별것도 아닌 조그만

죄 때문에 낙원에서 쫓겨났는데, 저는 대체 어떤 벌을 받겠습니까?"

또는 그녀에게 한 다음과 같은 대답 역시 궁색하기 이를 데 없었다.

"그대는 이게 어떤 일인지 아무것도 모릅니다. 제 형 르우벤은 터져 나오는 물줄기 때문에 장자의 권리를 잃어버렸습니다. 그래서 아버지는 그 권리를 제게 주셨습니다. 만약 아버지께서 그대가 저를 당나귀로 만든 것을 아시게 되면, 제게서도 장자의 권리를 앗아가실 겁니다."

그녀에게는 나약한 말이었다. 아니, 불쌍해 보였다. 이렇게 얼토당토않은 억지 핑계에 분하고 원통해서 눈물까지 흘리던 그녀가 모두 다 구실이고 핑계일 뿐, 진짜 이유는 다른 데 있는 것 같다고 응수하기 시작했다 해서 요셉이 놀랄 이유는 없었다. 요셉이 쓰고 있는 화환이 사실은 남성의 무능력을 상징하는 지푸라기 화환인 게 아니냐! 다시 한번 말하지만 그녀의 이런 말은 진심이 아니었고 또 진심일 수도 없었다. 이는 그의 육체의 명예를 자극하려는 절망적인 몸부림이었을 뿐이다. 이런 경우 그의 눈빛은 그녀를 부끄럽게 만드는 동시에 그녀의 욕망을 더 뜨겁게 달구었다. 그건 요셉이 흥분한 나머지 완강하게 부인했기 때문이다. 요셉의 표현을 보자.

"그렇다고 생각하십니까? 그렇다면, 절 그만 괴롭히십시오! 차라리 그대의 짐작이 사실이라면 좋겠습니다. 그러면 용처럼, 포효하는 사자처럼 덤벼드는 유혹과 싸울 필요도 없을 테니까요. 믿으십시오, 부인. 저는 그대와 제 고통을 끝내고 싶다는 생각도 해보았습니다. 그대가 잘못 생각하는 것처럼, 제 몸을 진짜 그런 상태로 만드는 것이 어떨까 하고 말입니다. 그대의 나라에는 한 소년에 관한 이야기가 있지요. 이야기의 주인공은 자신의 무죄를 만천하에 드러내기 위해, 예리한 칼날로 몸에 고통을 주어 혐의를 받고 있는 자신의 신체 일부를 잘라 강물에 물고기밥으로 던져 주었지요. 그렇지만 저는 이 소년처럼 행동해서는 안 됩니다. 그건 차라리 제가 이 시험에 걸려 쓰러지는 것보다 더 큰 죄가 됩니다. 그렇게 되면, 저는 제가 섬기는 신께 아무 쓸모 없는 자가 되니까요. 그분은 제가 아무 흠 없이 완벽한 상태로 있기를 원하십니다."

"끔찍하구나, 오사르시프! 도대체 무슨 생각까지 한 거냐? 제발 그러지 마라! 오, 나의 연인! 영광스러운 주인님! 그런 생각을 하다니, 생각만 해도 무섭구나! 내 말은 진심이 아니었어! 너는 나를 사랑해, 너는 나를 사랑하고 있어. 나를 책망하는 네 눈빛이 그렇게 말하고 있어. 그리고 그렇게 못된 생각까지 한다는 것도 그래서야! 오, 달콤한 이여, 어서 나를 구원해 줘. 용솟음치는 내 피를 멈추게 해줘. 이렇게 흘려버리다니 너무 아까워!"

"그래서는 안 됩니다."

요셉의 대답에 그녀는 미친 듯이 분노했다. 아예 고문을 가해 죽여버리겠다고 협박까지 했다. 그녀가 수단과 방법을 가리지 않고 독촉하고 매달렸다고 한 말은 이런 뜻에서였다. 그는 마침내 자신의 상대가 누구인지 알게 되었다. 그녀는 쩡쩡 울리는 목소리로 이렇게 외쳤다. "두려운 존재가 있다면 그것은 사랑하는 나 자신일 뿐이야!"

거대한 고양이가 앞발을 들어 올리는 순간이었다. 그의 살을 물어뜯으려고 비로드 천 밖으로 불쑥 무서운 발톱을 들이밀며 그녀가 말했다. 끝까지 자신의 뜻을 따르려 하지 않는다면, 그래서 그가 쓰고 있는 신의 화환을 내놓고, 대신 그녀가 주는 황홀한 화환을 쓰기를 계속 거부한다면, 그를 없앨 수밖에 없으며 정말 그렇게 하겠다. 이렇게 간절히 애원할 테니 자신의 말을 제발 진지하게 받아들여라. 이건 헛소리가 아니다. 보다시피, 자신은 무슨 일이든 할 각오가 되어 있다. 페테프레를 찾아가 자신을 거부하는 그를 고발할 수도 있다. 그가 자신을 덮쳐 자신에게 폭력을 행사하여 정조를 도둑질했다고 고하면 된다. 이렇게 혼내 주면서 쾌락의 절정에 이를 것이다. 그리고 황폐해진 자, 더럽혀진 여자 흉내를 내겠다. 아무도 의심하지 못할 정도로 완벽하게 진술할 것이다. 이 집에서는 그녀의 말과 맹세가 그의 말보다 훨씬 막강한 효력을 갖는다는 사실을 명심해라. 그가 아무리 부인해도 소용이 없을 것이다. 게다가 그가 전혀 부인하지 않으리라는 것을 확신한다. 오히려 아무 말 없이 잘못을 뒤집어쓸 게 분명하다. 어차피 그녀 자신과 여기까지 왔으니까. 그의 눈과 입, 황금빛 어깨로 자신을 이토록 애태우고도 끝까지 사랑을 거부하여 절망과 분노만 남겼으니, 모든 게 그의 잘못 아닌가. 그리고 사람들이 그에게 어떤 혐의를 뒤집어씌우든 그건 상관없다. 그가 잘못을 저지른 것은 일단 사실이므로, 어떤 혐의든 진짜가 될 것이며, 따라서 죽을 각오를 해야 할 것이다. 이 죽음은 그의 침묵을 후회하게 만들지도 모른다. 아니, 어쩌면 무자비하게 사랑을 거부한 것까지 후회하게 할지도 모른다. 페테프레 같은 남자는 복수와 관련해서는 기발한 데가 있으므로, 그야말로 탁월한 선택으로 여주인을 겁탈한 악당에게 더 이상 바랄 게 없는 특별한 죽음을 선사해 줄 테니까.

이어 그녀는 자신의 고발로 그가 어떤 죽음을 맞게 될지 선포하면서 일부는 되풀이해서 들려주었다. 그의 귀에 바짝 대고 속삭이는 그녀의 음성이 흡사 사랑을 속삭이는 노래처럼 들렸다.

"간단하게 끝날 거라 기대하지 마. 바위 밑으로 굴러 떨어뜨리거나, 공중에 목을 매달거나, 고개를 거꾸로 매달아 피가 곧 뇌 속으로 솟구치게 해서 빨리 끝내 줄 거라고는 꿈도 꾸지 마라. 그렇게 곱게 세상을 하직하게 할 것 같으냐. 그런 은혜로운 형벌은 어림없다. 네가 나를 겁탈했다고 소리치면 무섭게 분노한 페테프레의 가슴은 동쪽의 산맥처럼 거대한 모래폭풍을 불러일으킬 거야. 그러면 제일 먼저 몽둥이 찜질부터 내리라고 명령할 테지. 그 매질로 네 등에서 살이 모조리 짓이겨지면, 그 다음에는 끔찍하겠지만 악어밥으로 던져지지. 저항하지 못하게 꽁꽁 묶인 채 갈대밭에 누워 있으면, 너를 잡아먹을 짐승이 게걸스럽게 다가와, 너를 올라타고 젖은 배로 누르겠지. 그리고 나서 허벅지부터 식사를 시작하든지, 아니면 어깨부터 먹어 치우든 그건 그 짐승 하기에 달렸지. 여하튼 네가 질러대는 거친 비명소리는 식욕을 채우기 바쁜 짐승의 쩝쩝거리는 소리와 뒤섞여 아무도 못 들을 거야. 아니 또 들으려고도 하지 않을 테니까. 자신이 아닌 남이 그런 일을 당하는 소리를 듣게 되면, 별로 따질 생각 없이 그저 조금 동정심을 느끼면서 아무튼 자기 살이 그런 일을 당하지 않은 것을 다행스러워하지. 그러나 네 경우는 달라. 네 살이니까. 먹어 치우는 살인자가 바로 네 몸뚱이로 다가와서 저기, 아니면 여기부터 식사를 시작해도, 정신을 잃지 않고 온전한 네 자신으로 머물도록 해. 그래서 이미 인간이 아닌 존재의 비명소리가 네 심장에서 터져 나오지 않도록 자제해 줘. 오, 내 사랑, 제발 비명 따위는 지르지 마. 그때는 아무리 큰소리로 나를 불러도 소용없어. 제발 그곳에 입맞추고 싶어했던 네 여주인은 찾지 마. 그 구역질 나는 이빨이 젖은 배를 들이밀며 네 입을 물어뜯더라도! 아니, 어쩌면 다른 입맞춤이 널 기다릴 수도 있어. 사람들이 너를 땅바닥에 눕혀 손발을 강철 족쇄로 꼭 붙들어 맨 다음, 네 몸뚱이 위에 불에 잘 타는 장작들을 쌓아 불을 지를지도 몰라. 그러면 숨도 못 쉬고 누구도 형용할 수 없는 고통을 혼자 맛보게 될 테지. 다른 사람들은 솟구치는 불꽃이 네 몸을 서서히 숯덩이로 만드는 광경을 구경만 할 테니까. 하지만 내 사랑, 어쩌면 이런 벌이 될 수도 있어. 너를 산 채로 커다란 개 두 마리와 함께 구덩이에 처넣는 거지. 그리고 통나무와 흙을 퍼붓는 거야. 이번에도 그 결과가 어떻게 될지, 그건 아무도 생각할 수 없어. 너 자신도 마찬가지야. 코앞에 닥친 일이 현실이 되기 전까지는, 그래서 낮이 저물어 그 아래에서 시간이 흐르면서 너희 셋한테 어떤 일이 벌어질지는 너도 겪기 전에는 상상할 수 없지. 혹시 문에 박은 못 이야기를 아는지 모르겠네. 내가 너를 고발하면 너는 기도를 드리며 세상이 떠나가라고 큰소리로 비명을 지르는 자가 될 수도 있어. 눈에 못을 박아 문에 매달아 둬서 문이 회전할 때마다 머리까지 같이 돌아가기 때문이지. 그러면 복수하는 자가 문을 통과하려고 할 때마다 넌 고통을 당해야 해. 이런 것들은 내가 너를 고발할 경우 네가 받게 될 형벌 중의 일부에 지나지 않아. 내가 절망의 마지막 단계에 이르면, 난 어쩔 수 없이 너를 고발할 거야. 하지만 너는 내 맹세 앞에서 무죄를 주장할 수도 없어. 그러니 너 자신을 동정해서라도, 오사르시프, 제발 내게 화환을 넘겨 줘!"

요셉은 이에 이렇게 대답했다.

"그대의 말이 맞습니다. 만일 그대가 나를 그런 식으로 제 주인님께 고발한다면, 저는 혐의를 씻으려 하지 않을 것입니다. 그러나 페테프레 주인님은 지금 그대가 협박하는 형벌 중에서 단 한 가지를 골라야 할 것입니다. 한꺼번에 모든 형벌을 다 줄 수는 없을 테니까요. 이것만 해도 그의 복수와 저의 고통에 한계선을 그어주는 셈입니다. 그리고 인간이 견딜 수 있는 고통의 정도도 정해져 있기 때문에, 제 고통은 또 하나의 한계선을 얻게 됩니다. 이 한계선이 미치는 공간이 좁든, 아니면 넓든 간에 고통이 이 한계선을 넘을 수는 없습니다. 그 이유는 여기에는 끝이 있으니까요. 그대는 마치 쾌락과 고통이 한계를 모르는 엄청난 것처럼 묘사하는데, 그것은 과장입니다. 이 두 가지는 분명 어느 순간 인간이 할 수 있는 능력의 한계선에 도달하니까요. 한계를 모르는 엄청난 것이 있다면, 제가 섬기는 신을, 제 주님을 바로 모시지 못하고 그분 앞에서 타락하는 그런 실수입니다. 그대는 이 분이 누구인지 알지 못합니다. 그래서 그대는 신으로부터 버림받는다는 것이 무엇인지도 알 수 없고, 무슨 말인지도 이해하지 못합니다. 하지만 저는 이것이 어떤 것인지 잘 알기 때문에 그대의 소원을 따를 수 없습니다."

"그래, 너 참 현명하구나!" 그녀의 노래하는 듯한 음성이 울려 퍼졌다.

"그게 원통하다! 그래, 나는 현명하지 못해! 네 살과 피를 원하는 욕망이 워낙 무한해서 난 현명할 수가 없어. 그러니 내가 말한 그대로 할 거야! 내가 누군지 알아? 난 사랑에 빠진 이시스야. 내 눈빛을 보면 모두 죽어. 조심해, 오사르시프, 조심해!"

사교계 숙녀들의 다과회

아, 그녀는 정말 대단해 보였다. 우리들의 무트가 울려 퍼지는 종소리 같은 음성으로 그를 위협하는 모습은, 정말이지 대단해 보였을 수도 있다. 그러나 그녀는 어쩔 줄 몰라하는 아이처럼 무력했다. 그래서 자신의 품위를 지킬 생각도 못하고, 또 자신의 말이 후세에 어떻게 전해질지 신경도 쓰지 못하고, 온 세상에 자신이 사랑하는 젊은이로 인해 겪고 있는 고통을 알리기 시작했다. 이제 그때가 온 것이다. 이제는 고무를 먹는 흑인 여자 타부부와 측실 메-엔-베세흐트뿐만 아니라, 아문의 소 감독관의 아내와 파라오를 씻겨 주는 감독의 부인 네이트-엠-헤트, 그리고 왕의 은빛 궁궐 서기인 카카부의 부인 아흐베레까지, 한마디로 여자 친구, 귀족 부인들 모두, 즉 도시의 절반이 그녀의 애절한 사랑을 알게 되었다. 이것은 그녀의 사랑이 3년째 접어들면서, 얼마나 변질되었는지 잘 보여준다. 그녀는 수치심도 잊고, 아무 거리낌 없이 모든 사람들에게 자신의 이야기를 들려주었고, 아무런 생각 없이 온 세상에 이 일을 알렸다. 처음에는 그처럼 도도하게 수줍어하며 자신의 가슴에만 담고 있던 그녀였다. 예전 같으면 애인이나 타인에게 자신의 사랑을 고백하느니, 차라리 죽음을 택했을 것이다.

그렇다. 어깨에 잔뜩 힘을 준 난쟁이 두두만 이 이야기에서 타락하는 것이 아니라 여주인 무트까지 타락한다. 그녀는 완전히 이성을 잃고, 정말이다, 교양까지 잃어버린다. 유혹 앞에 가슴 깊이 흔들린 그녀는 완전히 자신의 모습에서 벗어나, 더 이상 교양 있는 세상에 속하지 못하고, 앞만 멍하니 쳐다보며 산을 향해 줄달음치는 여자가 되고 만다. 이렇게 젖가슴을 맹수에게 내줄 각오로 야성의 꽃을 꽂고 헐떡이며 환호성을 지르며 튀르수스(바커스 신의 지팡이─옮긴이)를 흔드는 그녀가 어딘들 못 가겠는가? 우리끼리 미리 말해 두자면, 그녀는 자신을 형편없이 낮추어 검은 타부부의 마법까지 사용하게 된다. 그러나 아직은 이 이야기를 할 장소가 아니다. 여기서는 그저 동정심에서 우러나온 놀라운 눈빛으로, 그녀가 모든 것을 가슴에 묻어두지 못하고 자신의 사랑과 위로받지 못한 욕망을 온 사방에 재잘거렸다는 이야기를 할 수 있을 뿐이다. 이제는 지위 고하를 막론하고 아무한테나 털어놓아서, 얼마 후에는 실연당한 그녀의 아픔이 집안 시종들의 일상적인 대화가 되어버렸다. 그래서 주방의 요리사들까지 수프를 젓거나, 가금류의 털을 뽑으면서, 그리고 문지기들은 벽돌 의자에 앉은 채 이런 이야기를 나누게 되었다.

"여주인이 젊은 집사한테 홀딱 빠졌다는군. 그런데 집사가 그녀를 거부한다는구먼. 그러니 마님의 대단한 사냥이 벌어진 거지!"

이런 문제는 사람들의 머리와 입에서는 이런 형태를 띠기 마련이다. 왜? 안타깝게도 당사자와 구경꾼의 시각이 같지 않으니까. 열정에 눈이 먼 자는 자신의 사랑이 거룩하고 진지하며, 고통스러우면서 아름답다고 여기지만, 자신의 사랑을 감출 능력도, 또 그럴 뜻도 없는 한 인간의 열정이 다른 사람들의 눈에는 하나의 스캔들로 전락하여 골목길의 주정뱅이처럼 사람들의 놀림감이 되니까.

이 이야기를 들려주는 훗날의 진술들은 하나같이—물론 최고의 품위와 권위를 자랑하되 동시에 가장 인색하기도 한 진술은 제외하고—코란도 그렇고 열일곱 개의 페르시아 노래, 즉 실망한 자 피르두시(Firdusi)가 노년기에 들려준 시와 훗날 드샤미(Dschami)가 세련된 형태로 재현한 시를 비롯하여, 이 이야기를 묘사한 수많은 붓과 연필의 작품들이 하나같이 잘 알고 있는 것이 바로 사교계 숙녀들의 다과회이다. 페테프레의 첫번째 부인이며 정부인인 무트가 당시에 여자친구들, 곧 도시 노-아문의 귀족 부인들에게 자신의 고민을 알리기 위해 주최한 파티 말이다. 그녀는 이 자리에서 사교계의 자매들로부터 동정도 받고 한편으로는 시샘도 받고 싶었다. 원래 사랑이란, 설령 이렇게 위로를 받지 못한 사랑이라 할지라도, 한편으로는 저주요 채찍이지만, 다른 한편으로는 별로 숨기고 싶지 않은 대단한 보화이기 때문이다. 노래들은 어떤 부분에서는 미끄러져 오류를 보이기도 하고, 이따금 옆길로 새어 변형되기도 하며, 엄중한 진실 대신 달콤한 아름다움을 따르기 위한 과장도 보여준다. 그러나 이러한 것들은 사교계 숙녀들의 다과회에서 일어난 사건에 관한 한 정당성을 갖는다. 여기서도 노래들은 달콤한 효과를 위해 원래 형태를 벗어난다. 한 사건이 처음 벌어지면서 자신의 이야기를 들려주었을 때의 형태와는 달라진 것이다. 그렇다. 이들은 서로 다른 모습으로, 각기 다른 거짓말로 상대방을 처벌하고 있다. 그러나 이 노래를 부르는 자들이 마음대로 사건을 조작한 건 아니다. 오히려 사건 자체의 성격이 그러했다. 아니, 달리 말하면 페테프레의 부인 때문이다. 가련한 에니가 약삭빠르게 이 사건을 생각해냈고, 그렇게 몰고 간 것이다. 사랑에 빠져 넋이 나가 있던 그녀의 머리가 이렇게 놀라운 회전실력을 보였다는 게 묘하지만, 한편으로는 살아남으려는 당연한 몸부림이기도 했다.

3년 전 무트-엠-에네트의 눈을 뜨게 하여 사랑의 소용돌이로 몰고 간 꿈과 그녀가 생각해 낸 사건 사이에는 연관성이 있다. 그녀가 여자친구들의 눈을 뜨게 하는 방법으로 이처럼 슬프고 우스꽝스러운 수단을 생각해 내기까지, 그녀의 생각들이 거쳐온 과정이 바로 꿈 같았기 때문이다. 그리고 꿈의 현실성은(꿈은 항상 진짜처럼 보인다) 사교계 숙녀들이 역사적으로 실제로 존재했음을 보여주는 최상의 증거이며, 또 우리와 가장 가까이 있고 가장 품위 있는 전래설화가 그저 인색한 탓에 이 사건에 관해 침묵하고 있음을 보여주는 탁월한 증거이기도 하다.

사교계에서 벌어진 전주극은 무트-엠-에네트가 아파서 드러눕는 사건이었다. 어디에 이상이 생겼는지, 겉으로는 정확하게 윤곽을 그릴 수 없는 질병이었다. 역사를 거슬러 올라가 살펴보면, 어디서나 발견할 수 있는 이 질병은 사랑에 빠졌으나 위로를 받지 못한 왕자와 공주들이 예외 없이 걸리곤 했던, 그래서 '가장 유명한 의사들의 의술'을 조롱하는 병이었다. 무트도 이 병에 걸렸다. 그렇게 책에 쓰여 있었기 때문이다. 다시 말해서 애초부터 그렇게 예정된 일이라 여느 사람과 마찬가지로 그녀 역시 저항할 수 없었다. 두번째, 그녀에게는 사람들의 이목을 끄는 것이(이것은 역사에 등장하는 다른 왕자들과 공주들의 경우에도 항상 중요한 모티브였다) 무엇보다 중요했기 때문이다. 그렇게 세상을 흥분시켜 사람들로 하여금 도대체 왜 그러는지 이유를 묻게 만들려면 이 병에 걸려야 했다. 그녀는 자신의 생사가 걸린 문제에 관해 온 세상 사람들이 **질문**해 주기를 원했다. 하루가 다르게 그녀의 외모가 변하자 정도의 차이는 있으되 여하튼 걱정스럽게 물어오는 사람들은 이미 있었으므로, 이제는 한둘이 아니라 온 세상에 자신의 시련을 알리고 싶은 간절한 소원이 병을 가져온 것이다. 그녀는 사랑의 행복과 또 고통을 세상 사람들이 다 알아주고 이에 관심을 기울여 주기를 간절히 원했다. 엄격한 학문의 의미에서 보자면, 이 질병이 실은 별것 아니었다는 사실은, 그녀가 사교계 여자들을 초대하려 한 걸 보면 잘 알 수 있다. 그러니까 무트는 침상에서 몸을 일으켜 파티의 여주인 노릇을 하는 정도는 무리 없이 할 수 있었던 것이다. 그리고 이 행사가 애초부터, 처음 아프고자 했을 때부터 계획되어 있었다는 점도 놀라울 게 없다.

무트는 이렇게 심각한 상태가 되었다. 꼭 집어서 어디가 아픈지는 모르지만, 여하튼 몸이 편치 않아 항상 침대에 누워서 지냈다. 두 명의 고상한 의사들이 집으로 와서 그녀를 진찰했다. 아문의 서기국에서 온 박사들이었다. 거기에는 고인이 된 집사 몬트-카브를 보살피려고 왔던 의사도 끼어 있고, 다른 한 사람은 신전에 있는 현인이었다. 그리고 규방의 자매들인 페테프레의 측실들이 그녀의 간호에 나섰다. 하토르 수녀회와 아문의 남쪽 여자 집에 속하는 여인들, 한마디로 귀족 부인들의 병문안이 줄을 이었다. 레네누테트, 네이트-엠-헤트, 아흐베레를 비롯하여 네스-바-메트까지 가마를 타고 왔다. 그녀는 수녀회 원장이면서 '상·하이집트를 비롯하여 모든 신들을 섬기는 사제들 중에서 가장 높은 대사제' 베크네혼스 대인의 부인이었다. 그리고 혼자 왔건, 둘씩 짝을 지어 왔건, 혹은 세 명이 함께 왔건, 그들은 하나같이 격랑을 겪은 여인의 침대에 앉아 폭포수처럼 수다를 늘어놓으며 슬픈 목소리로 물었다. 일부는 진심이었고, 일부는 속은 싸늘한 마음으로 고소해 하면서 겉으로만 걱정스러운 체했다. 그리고 이들의 질문이라는 게 이런 식이었다.

"에니, 몸을 감추고 계신 분을 위하여 그렇게 아름다운 목소리로 노래를 부르던 그대가 대체 무슨 일인가요! 도대체 왜 이렇게 우리를 걱정하게 만드는 건가요? 왕이 살아계시는 것이 진실이듯이, 진실로 그대는 너무 오랫동안 그대의 자리를 비워두고 있어요. 전부터 그대를 근심스럽게 바라보면서 그대에게서 피곤한 기색을 읽을 수 있었어요. 그리고 변화도 눈치 챘어요. 물론 이러한 변화가 그대의 아름다움에 누를 끼칠 수는 없었죠. 그렇지만 속으로는 모두 그대를 걱정했어요. 사악한 눈길이 그대를 노리지 않아야 할 텐데! 하고 말이에요. 또 피로 때문에 바짝 여윈 그대의 모습을 보고 뜨거운 눈물을 흘렸죠. 물론 몸 전체가 여윈 것은 아니고, 오히려 일부는 더 활짝 피어나기도 했죠. 하지만 대신 다른 부분들은 훨씬 더 여위었어요. 예를 들면, 볼이 그렇고 눈빛도 멍해지고, 그대의 유명한 입에는, 그러니까 뱀 꼬리처럼 올라간 그대의 입가에는 고통이 내려앉아 있었어요. 이 모든 것이 그대의 절친한 벗인 우리 눈에 들어왔어요. 그래서 함께 눈물을 흘리며 서로 걱정스럽게 의논을 했죠. 그런데 마침내 피곤이 그대를 이렇게 침대에 붙들어 두고 말았군요. 먹지도, 마시지도 않고 의사들의 의술을 조롱하는 질병에 걸려서 말이에요. 정말이지, 이 소식을 들었을 때는 머리가 아득해져서 내가 어디에 있는지, 어느 땅에 있는지도 모르겠더군요. 너무 놀랐으니까요! 그대의 주치의인 서기국의 현인들 테-호르와 페테-바스테트한테 질문을 퍼부어봤지만, 자신들의 의술이 이제 한계에 이르렀고, 앞으로 어찌해야 좋을지 난감하다는 대답이 고작이었어요. 그나마 효력을 약속할 수 있는 수단은 몇 개 남지 않았다고 하더군요. 지금까지 사용한 방법은 하나같이 그대의 피로로부터 조롱받고 말았다는 거죠. 그리고 그대의 가슴을 파헤쳐 마음을 갉아먹는 것은 커다란 근심이 분명하다고 하더군요. 나무 뿌리를 갉아먹어 나무를 병들게 하는 쥐처럼, 근심이 가슴을 파먹고 있다고 말이에요. 아문의 이름으로 묻고 싶어요? 그게 정말인가요? 가슴을 갉아먹는 근심이 정말 있나요? 그대의 절친한 친구인 우리한테 그게 무엇인지, 제발 말해 줘요. 그 저주스러운 것이 달콤한 인생을 다 갉아먹기 전에!"

그러자 에니는 힘없는 목소리로 대답했다.

"설령 그런 근심이 있다 하더라도, 이야기를 한다고 무슨 소용이 있겠어요? 그대들이 아무리 나를 따뜻하게 보살펴 주고 동정해 줘도, 그것으로는 날 구원할 수 없어요. 아마도 죽는 것 외에 다른 길이 없을 거예요."

"그럼 사실이군요! 정말 그런 근심이 있기 때문에 이렇게 지쳤단 말이죠?"

날카로운 목소리로 외치며 숙녀들은 놀라 어쩔 줄 몰라 했다. 그녀 같은 여자에게 이런 일이 생기다니! 두 나라의 상류 사회의 일원이며, 부유한데다 마법을 부린 듯 묘한 아름다움까지 간직한 여자로서 여자들의 세계에서 부러움을 한몸에 받고 있는 그녀에게 대관절 무엇이 부족하단 말인가! 무슨 소원이든 이룰 수 있는 그녀가 아니던가? 대체 그녀가 어떤 소원을 이룰 수 없다는 것인가? 도무지 이해가 되지 않았다. 드디어 무트의 여자친구들이 꼬치꼬치 캐묻기 시작했다. 일부는 진심이 받쳐주는 질문이었고, 일부는 속으로는 고소해 하면서 그저 호기심에서 물어보았다. 그러나 근심한 나머지 심신이 지친 당사자는 오랫동안 대답을 회피했다. 그리고 힘없는 목소리로 어떤 이야기도 하지 않겠다고 말했다. 그런다고 무슨 도움이 되겠느냐는 것이었다. 그러다 마침내 그녀는 입을 열었다. 정 그렇다면, 그대들 모두에게 한꺼번에 대답을 해주겠다. 여자들이 재잘거릴 수 있는 파티를 열어, 그때 공개적으로 알려 주겠다. 곧 한꺼번에 파티에 초대하겠다. 식욕은 없지만, 새의 간과 약간의 야채를 먹게 되면, 아마도 원기를 되찾아 침대에서 일어날 수 있을 것으로 믿는다. 그렇게 되면 자신이 이렇게 지친 나머지 외모까지 변하게 된 이유를 밝힐 수 있을 것이다.

그녀의 말대로 당장 다음 주에—신년의 설날과 거대한 오페트 축제를 코앞에 둔 시점이었다. 이 축제 때 페테프레의 집에서는 결정적인 사건이 일어난다—페테프레의 규방에서는 파티가 열렸다. 에니는 말도 많고 탈도 많은 사교계 여자들을—이들의 이야기를 들려주는 노래들은 많으나 항상 올바르게 묘사해 주지는 않는다—실제로 이 수다 모임에 초대했다.

오후에 열린 그 파티의 규모는 컸다. 베크네혼스의 부인이면서 하렘 부인들 중 상석에 앉는 네스-바-메트까지 참석하여 광채를 더해 주었고, 꽃과 향유는 물론이거니와 부족한 것이라고는 없는 대단한 파티였다. 취하게 하는 차가운 음료를 비롯하여, 또 일부는 그저 청량제 구실을 하는 음료, 여러 가지 케이크와 과일 조림, 그리고 꽈배기 과자들이 가득했고, 어린 시녀들은 몸에 옷을 걸친 듯 만 듯, 귀여운 모습으로 목걸이를 두르고 볼 주위에 리본을 달고 음식들을 날랐다. 지금까지 구경할 수 없었던 멋진 분위기

연출에 사람들은 박수를 아끼지 않았다. 그리고 하프를 뜯는 여자들과 라우테와 이중 플롯 연주자들로 구성된 매혹적인 오케스트라도 돋보였다. 이들이 입은 폭이 넓은 원피스는 워낙 얇은 천으로 만들어져서 그 안에 허리를 두른 띠가 비칠 정도였다. 뜰의 수조 옆에서 음악이 연주되는 동안 대부분의 숙녀들은, 음식을 잔뜩 쌓아둔 탁자들 사이로 자유롭게 무리 지어, 일부는 의자와 등받이 없는 걸상에 앉고, 일부는 화려한 양탄자 위에 앉았다. 그러나 앞서 언급한 홀도 숙녀들로 가득했다. 물론 아툼-레의 신상은 치워진 상태였다.

무트의 여자친구들은 예술적인 치장 기술로 귀여운 자태를 뽐내고 있었다. 머리 꼭대기에 올려둔 향고의 기름이 향기를 뿜으며 녹아내리면서 머리카락을 적시고, 땋아내린 머리카락 사이로 원반 모양의 황금 귀걸이가 내비쳤다. 앙증맞은 갈색 몸에 관자놀이까지 눈꼬리를 길게 그린 반짝이는 눈, 그리고 거만함과 도도함 그 자체인 코, 목과 팔에 두른 돌 무늬의 파엔차 자기가 보이고, 달콤한 젖가슴을 동여맨 천은 흡사 태양의 황금 빛살이나 달빛으로 짠 듯했다. 이것이 당시의 문화였다.

그녀들은 연꽃 향내를 맡으며 서로 간식거리를 건네주기도 하면서 재잘거렸다. 거기에는 새소리처럼 높은 고음도 있고 그보다 깊고 약간은 거친 저음도 있었다. 이 저음은 여자들에게서도 흔치 않게 찾아볼 수 있는데, 예를 들면 베크네혼스의 부인인 네스-바-메트가 이런 목소리의 주인공이었다. 곧 다가올 오페트 축제가 화제로 올랐다. 그날이 되면, 나룻배와 성소에 모셔진 거룩한 삼위일체가 육로와 수로를 거쳐 대규모 행차를 떠난다. 신은 남쪽 여자 집에서 연회를 베풀고, 거기서 신의 측실로서 이 숙녀들은 아문 앞에서 사랑스러운 음성으로 노래를 부르고 춤을 추며 딸랑이를 흔들게 된다. 이런 이야기들은 당연히 진지하고 아름다운 대화였지만, 이 자리에서는 일종의 전주곡으로서 시간을 메워 주는 단순한 혀 놀림에 지나지 않았다. 모두들 흥분을 감추고 학수고대하는 순간은 따로 있었던 것이다. 도대체 무슨 일로 그토록 심신이 지쳤는지 연회를 주최한 여주인 무트가 그 이유를 밝힌다 하지 않았던가.

그녀는 이 여인들과 함께 수조 옆에 앉아 있었다. 번뇌에 시달려 지칠 대로 지친 기색에 뱀 꼬리처럼 말려 올라간 입으로 힘없이 미소 지으며, 그녀는 자신의 때를 기다렸다. 흡사 꿈을 꾸듯이, 그녀는 꿈의 무늬를 따라 여자친구들을 일깨워 줄 행사를 준비했다. 이 행사가 성공리에 끝나리라는 그녀의 확신 또한 꿈속의 확신 같은 것이었다. 손님 접대가 절정에 이를 순간이 다가왔다. 멋진 과일들이 꽃바구니에 준비되어 있었다. 동그란 공처럼 생기고 솜털 껍질 아래 신선한 즙을 가득 담고 있는 황금빛 과일과 인도산 붉은 레몬, 그리고 중국 사과였다. 이 진귀한 과일의 껍질을 벗기는 데 쓰일 매혹적인 작은 과도도 준비되어 있었다. 청석 손잡이가 달린 칼의 날은 청동이었다. 여주인은 특히 칼날에 신경을 써서, 아랫사람들을 시켜 열심히 갈고 또 갈게 하여, 이 세상에 어떤 과도보다 날카롭게 만들었다. 그래서 머리카락처럼 가늘어진 칼날은 철사처럼 뻣뻣한 남자의 수

염도 깎을 수 있을 정도였다. 물론 면도에만 정신을 집중하라는 충고가 있어야 할 것이다. 꿈을 꾸듯 정신을 놓아 한순간이라도 깜빡하면, 또는 한순간만 손을 떨어도, 어느새 상처를 입는 불상사가 생길 판이었다. 여주인은 이렇게 칼날에 한번 스치기만 해도 손가락 끝에 피가 튀길 정도로 위험천만하게 갈도록 했다.

이것이 준비물의 전부였던가? 당연히 아니다. 항구에서 가져온 귀한 포도주, 그 달콤한 불인 키프로스산 포도주도 후식으로 마련해두었다. 오렌지에 이 포도주를 곁들일 참이었다. 그리고 포도주를 담을 아름다운 술잔으로는 망치로 두들겨 만든 황금 잔과 주석에 유리를 끼운 잔, 그리고 채색 도자기 잔이 준비되어 있었고, 여주인의 손짓에 따라 화려한 색상의 허리띠 외에는 아무것도 걸치지 않은 귀여운 시녀들이 이 잔들을 수조가 있는 뜰과 홀 안으로 나르고 있었다. 그러면 이 잔에 섬에서 가져온 귀한 포도주를 따라 줄 사람은 과연 누구일까? 이번에도 귀여운 소녀들이 할 것인가? 아니다. 그 정도의 대접은 손님이나, 이들을 초대한 주인에게나 특별히 영예로울 것이 없었다. 여주인은 그런 결론을 내린 후, 다르게 하기로 결심했다.

그녀는 다시 손짓을 했다. 그러자 황금 사과와 귀여운 작은 과도들이 나눠졌다. 두 가지 앞에서 숙녀들은 황홀해 하며 탄성을 질렀다. 그리고 과일과 앙증맞은 과도를 칭찬하느라 정신없이 재잘거렸다. 그 칼의 핵심 기능에 대해 아무것도 모르는 그들로서는 당연한 반응이었다. 모두 달콤한 육즙을 얻으려고 껍질을 깎기 시작했다. 그러나 그것도 잠시, 다들 하던 일에서 눈길을 거두는데 하나같이 놀란 토끼 눈이었다.

무트-엠-에네트가 또 한번 손짓하자 술을 따라 주는 사람이 무대에 등장했다. 누구였을까? 바로 요셉이었다. 그렇다. 무트는 초대한 숙녀들에게 키프로스산 포도주를 따르는 일을 요셉에게 요청했었다. 다른 준비 사항에 대해선 미리 일러주지 않았음은 물론이다. 그래서 요셉은 자신이 어떤 목적으로 쓰이는지 전혀 몰랐다. 이 사실을 그에게 숨긴 채 그의 등장을 이렇게 잘못 이용하려니 그녀도 가슴이 아팠다. 그러나 여자친구들에게 자신의 가슴이 왜 이렇게 되었는지 일깨워 주고 설명하고 싶은 마음이 너무도 간절하여 두 눈 질끈 감기로 한 것이다. 그래서 요셉이 또 한번 자신과의 동침을 거부하자, 그녀는 이렇게 말했었다.

"그렇다면 오사르시프, 이 정도는 해줄 수 있어? 모레 숙녀들의 연회를 열 텐데, 거기 와서 아홉 배나 좋은 알라쉬아 포도주를 따라 줘. 네가 나를 조금은 사랑하며, 내가 이 집안에서 비중이 큰 존재라는 사실을 드러내 주는 표시로, 이 집의 정상에 있는 네가 내 손님들을 직접 접대해 주면 좋겠어. 어때, 최소한 이 정도는 해줄 수 있겠지?"

"당연합니다, 마님. 기꺼이 하겠습니다. 마님께서 원하신다면, 기쁜 마음으로 하겠습니다. 저는 몸과 마음을 다하여 마님을 섬기는 사람입니다. 그러니 무슨 일이든 마님의 분부를 따를 것입니다. 단, 죄를 짓는 일만 아니면 됩니다."

이렇게 해서 라헬의 아들이며 페테프레의 젊은 집사인 우리의 요셉이 예기치 못한 상황에서 숙녀들만 있는 뜰에 나타나게 된 것이다. 세련된 하얀 예복으로 갈아입은 그는 화려한 미케네 포도주 항아리를 안고 일단 인사부터 올린 후, 술을 따르기 시작하여 한바퀴 죽 돌면서 차례차례 숙녀들의 술잔을 채웠다. 그러나 모든 숙녀들은, 이미 그 전에 그를 볼 기회가 있었던 숙녀들도 포함하여, 너나없이 그를 쳐다보느라 자신들의 손이 하고 있던 동작을 까마득히 잊어버렸다. 아니, 자기 자신까지 망각해버렸다. 술을 따르는 그의 모습에 넋이 나가, 다른 것은 생각할 틈이 없었다. 그러나 그 사이에 간교한 칼날은 하던 작업을 계속하여 모든 숙녀들의 손가락을 베어버렸다. 그러나 이들은 주변을 더럽히는 재난도 눈치 채지 못했다. 칼날이 극도로 날카로워 손을 벤 것 자체도 눈치 채기 어려웠고, 게다가 에니의 여자친구들처럼 다른 데에 신경을 빼앗긴 상황에서는 더더욱 그러했다.

　여러 글에서 자주 묘사된 이 장면을, 원래 사건에 속하지 않는 외경으로 취급한 사람들도 몇 있었다. 그러나 이는 옳지 않다. 이것은 실제로 있었던 진실이니까. 그리고 확률로만 따져봐도 그렇다. 생각을 해보라. 당시의 그 청년이 얼마나 아름다웠는지. 또 세상에 다시 없는 그 칼날이 얼마나 날카로웠는지. 그러니 어찌 피를 보지 않을 수 있었겠는가. 또한 무트가 이 과정을 미리 계산하고 예측하면서 가졌던 꿈 같은 확신도 옳았음을 알 수 있다. 뱀 꼬리처럼 올라간 입과 침통한 눈이 함께 하는, 고뇌가 가득한 표정으로 그녀는 이 재난을 바라보았다. 소리 없이 흘러내리는 피바다를 발견한 것은 오로지 그녀뿐이었다. 정작 당사자인 숙녀들은 청년의 모습에 넋이 나가 입을 헤벌린 채 청년의 뒤만 좇고 있었다. 청년은 서서히 그곳을 지나 주랑 쪽으로 멀어졌다. 무트는 거기서도 똑같은 일이 벌어지리라 확신했다. 연인이 눈앞에서 사라지자, 비로소 그녀는 찬물을 끼얹은 듯 조용해진 주변을 돌아보며 물었다. 엉큼하게도 정말 걱정하는 듯한 음성이었다.

"친구들이여. 어쩐 일이죠? 지금 뭐 하고 있나요? 피가 흐르는 것도 모르다니?"

참으로 끔찍한 광경이었다. 여럿은 날카로운 칼에 깊숙이 찔려 피가 한두 방울 새어나오는 정도가 아니라, 펑펑 쏟아져 손과 함께 황금빛 사과도 피범벅으로 얼룩졌고, 옷까지 온통 빨갛게 물들어 옷주름에 고인 웅덩이에서 핏물이 발 아래로 흘러내렸다. 놀란 척하는 무트-엠-에네트의 지적에 여기저기서 어머나, 아! 소리와 함께 외마디 비명이 터져 나왔고 다들 눈이 뒤집혀졌다. 그 꼴이 얼마나 가관이었을까! 게다가 피라면 끔찍해서 못 보는, 특히 자기가 흘리는 피는 더더욱 못 보는 여인들은 실신할 지경이어서 귀여운 시녀들이 이리저리 뛰어다니며, 봉아술 기름과 작은 병에 든 독한 액체로 의식을 잃지 않도록 도와주어야 했다. 상황이 급박한 만큼 귀여운 시녀들은 대야와 닦아낼 수건과 식초, 그리고 가제실과 세로로 찢은 아마포 천을 들고 숨가쁘게 뛰어다녀야 했다. 다과회장은 졸지에 여기저기 붕대를 감는 야전병원으로 돌변했다. 이곳에서 피바다를 확인한 무트-엠-에네트는 홀 안으로 들어가 보았다. 그곳도 매일반이었다. 소 감독관의 부인 레네누테트는 상처가 제일 깊은 여인에 속했다. 그녀의 경우 지혈을 하기 위해 손을 잠깐 동안 죽여야 했다. 일단 끈으로 묶어 살아 있는 다른 부분과 차단하자 그 부분은 핏기를 잃고 백짓장 같아졌다. 그리고 목소리가 유달리 저음인 베크네혼스의 부인 네스-바-메트의 상황 또한 심각했다. 야회복이 다 젖은 채 뚜렷한 대상 없이 무턱대고 호통치는 그녀를 허리띠만 두른 피부가 검은 소녀와 또 하얀 소녀, 이렇게 두 소녀가 위로하며 의사 노릇을 하는 중이었다.

주변이 어지간히 정돈되자 무트-엠-에네트는 시침 뚝 떼고 입을 열었다.

"고귀한 수녀회 원장님, 그리고 친구들이여. 어찌하여 이렇게 붉은 사건을 만들어 제 집의 연회를 망쳐 놓나요? 숙녀들의 다과회를 주최한 여주인으로서 참으로 난처하고 곤혹스럽군요. 하지만 어떻게 이런 일이 가능할 수 있나요? 한두 명이 껍질을 벗기다가 손을 벨 수는 있겠지만, 어떻게 거의 동시에 이런 일이 벌어져 몇 명은 상처가 얼마나 깊은지 뼈까지 드러날 정도가 되다니, 어떻게 이럴 수가 있죠? 세상에 대한 내 상식으로는, 이런 일은 아직까지 단 한번도 없었어요. 그리고 앞으로도 두번 다시는 이런 일이 없기를 바라야겠죠. 친구들이여, 도대체 어떻게 된 일인지 제발 말해 봐요!"

"상관 말고 모른 체해 줘요." 모두를 대표해서 네스-바-메트가 낮은 음성으로 말했다.

"개의치 말아요, 에니. 붉은 세트가 오늘 오후, 우리들의 옷을 더럽히긴 했지만, 또 몇은 사혈로 더 짙게 물이 들었지만, 괜찮아요. 그러니 속상해 말아요! 그대의 접대는 어느 모로 보나 최첨단 유행을 따른 아주 훌륭한 접대였어요. 다만, 거기에는 그대가 미처 생각하지 못한 강력한 것이 있었어요. 물론 그대는 좋은 의도에서 이런 식으로 연회를 주관했을 테지요. 그래요, 모두를 위해 솔직히 말하죠. 그대가 우리 입장이 되어봐요! 그대는 우리를 초대했어요. 의사들의 의술을 조롱하는 그대의 극심한 피로가 어디서 연유했는지, 그 이유를 알려 주겠다고 했죠. 그리고 우리들로 하여금 그대가 이 이유를 밝힐 때까지 기다리게 했어요. 그 때문에 우리 모두 신경이 곤두서 있었죠. 호기심을 감춘 채, 겉으로는 더 열심히 수다를 떨었던 거예요. 그대도 보다시피, 나는 지금 우리 모두를 대변해서 아무것도 숨기지 않고 꾸밈없이 솔직하게, 진실을 말하고 있어요. 그대는 시녀들을 시켜 우리에게 황금 사과를 나눠 주게 했어요. 아주 훌륭해요. 칭송받을 만해요. 파라오도 매일 가질 수 없는 사과니까요. 그런데 우리가 막 껍질을 벗기려는 순간, 그대는 하필이면 우리 여자들끼리만 있는 다과회 모임에, 바로 그 술 따르는 자를 등장시켰어요. 그가 누구든 상관없지만 짐작컨대, 그대의 집에 있는 젊은 집사가 아니었나 싶군요. 육로와 수로에서 그를 만나는 사람들이 '네페르네프루'라 부르는 청년이죠. 여하튼 고귀한 신분의 숙녀로서, 그 판단과 취미가 제방과 수로의 사람들과 일치한다는 게 수치스럽기 짝이 없지만, 여기서는 취미와 분란의 소지가 문제가 아니에요. 머리와 사지가 마치 하늘에서 내려온 신처럼 보이는 청년이니까요. 신경이 곤두설 대로 곤두선 여인들만 있는 자리에 갑자기 청년이 등장한다는 사실 자체만으로도 쇼크인데, 그 젊은이보다 훨씬 덜 매혹적인 청년이었다 하더라도 곤란할 판인데, 이처럼 아름답고 거룩해 보이는 자가 나타났으니, 어떻게 소스라치며 눈이 뒤집혀지지 않겠어요? 신처럼 생긴 얼굴이 눈앞에 떡 나타나, 항아리를 기울여 그대의 잔을 채우면 그대도 별 수 없었을 거예요. 안 그런가요? 그런데도 사람들에게 손놀림을 조심하여 재난의 위협으로부터 손가락을 지키라고 하다니, 그건 불가능해요! 우리가 이렇게 피를 흘려 그대를 곤란하게 만들고 여러 가지로 번거롭게 한 건 사실이에요. 하지만 사랑스러운 목소리로 많은 사람들의 사랑을 받고 있는 에니, 그대를 비난하지 않을 수 없군요. 여기에는 그대 자신의 책임도 있으니까요. 이렇게 충격적인 행사를 주관한 건 바로 그대잖아요."

"그래, 맞아요!"

소 감독관의 부인 레네누테트가 소리쳤다.

"오, 에니! 그대는 이런 연출로 우리를 놀렸으니 비난받아 마땅해요. 앞으로도 이 일을 두고두고 기억할 거예요. 만약 이 기억에 분노가 섞이지 않는다면, 그건 그대가 마음이 흔들려 본 적이 없어서, 워낙 이런 일을 몰라서 그런 것이라고 생각하기 때문이에요. 하지만 소중한 친구, 바로 그렇기 때문에, 이 붉은 사건은 그대가 배려하지 못한 데서 비롯된 결과예요. 그러니 이 일이 모두 그대 탓이라는 사실을 인정해야 돼요. 이렇게 숙녀들만 우르르 모여 있을 경우, 저마다의 여성성이 본성을 드러내고 효력을 발휘하여,

여성성이 가득 차 아주 민감하게 절정으로 달아오른다는 것을 그대는 몰랐나요? 이런 모임에 그대는 느닷없이 남성을 등장시켰던 거예요. 그것도 하필이면 어떤 순간이었죠? 다들 껍질을 벗고 있는 바로 그 아슬아슬한 순간에! 맙소사, 그러니 어떻게 피를 흘리지 않을 수 있겠어요? 스스로 판단해 봐요! 하지만 더 큰 문제는 바로 술 따르는 자였어요. 그대의 집에 있는 젊은 집사는 정말 신 같았어요! 그를 보는 순간, 나는 완전히 달라졌어요. 나는 지금 솔직하게 말하는 거예요. 입에 잎사귀 하나 가리지 않고 있는 그대로 말하는 거예요. 지금 이 상황은 가슴과 입이 하나가 되어 모든 것을 적나라하게 말할 수 있도록 허락받은 순간이니까요. 나는 남성에 특히 민감한 여자예요. 그대들도 어차피 다 아는 사실이니까, 간단하게 언급하겠어요. 나는 장년기에 있는 남편인 소 감독관 말고도 친위장교와 그리고 콘스의 집에 있는 젊은 사제와도 가까운 사이예요. 이들도 나를 집으로 방문하곤 하죠. 이건 그대들도 잘 알 거예요. 하지만 이런 것들은 아무런 장애가 되지 않아요. 저는 어떤 경우에든 남성에 쉽게 이끌리고 쉽게 거룩한 감동을 느끼니까요. 특히 나는 술을 따라주는 데 약해요. 술을 따르는 자에게는 늘 어떤 신성한 면이 있거든요. 아니, 신의 총애를 받는 자와 닮은 구석이 있다고 할 수도 있어요. 왜 그런지는 모르지만 여하튼 그의 직분과 태도가 그렇게 보여요. 그런데 이 설탕처럼 달콤한 청년, 항아리를 든 이 청년의 레테르템, 그 파란 연꽃을 보는 순간, 맙소사! 내게는 큰 변화가 일어났어요. 나는 어떤 신과 마주친 줄 알았어요. 이런 경건하고 거룩한 환희에서 내가 서 있는 땅도 잊었어요. 눈도 완전히 멀어버렸죠. 이렇게 넋이 나가 그를 바라보느라, 껍질을 벗기던 과도가 살과 뼈를 찔러 피가 철철 흐르는 줄도 몰랐던 거예요. 그렇게 내가 달라져버린 거예요. 그러나 이것으로 모든 재난이 끝난 줄 알면, 그건 오산이에요. 분명한 건, 앞으로도 과일 껍질을 벗기게 되면, 언제나 술을 따른 이 멋진 청년의 모습을 떠올리게 될 거라는 점이에요. 이 괘씸한 청년을 말이에요. 그러면 또다시 그의 모습에 취해서 살까지 벗기게 될 거예요. 그러니 앞으로 절대로 껍질 있는 과일은 가져오지 말라고 할 거예요. 지금까지는 제일 맛있게 먹은 것이지만, 어쩌겠어요. 다른 방법이 없는 걸. 이게 그대가 저지른 일이에요. 모두 그대가 생각 없이 일을 준비한 탓이에요!"

"맞아요! 맞아!"

모든 숙녀들이 그렇게 외쳤다. 뜰에 있던 숙녀들을 비롯하여, 홀에서 건너온 숙녀들도 네스-바-메트와 레네누테트의 말에 맞장구를 쳤다.

"맞아요! 맞아!"

그녀들은 이구동성으로 소리쳤다. 소프라노와 엘토의 합창이었다.

"그래요, 바로 그거예요. 정확하게 말했어요. 우리 모두 술 따르는 자의 모습에 놀라, 하마터면 죽을 뻔했어요. 에니, 그대는 자신이 피로해진 이유를 알려 주겠다고 우리를 초대해놓고 그러기는커녕, 엉뚱하게 우리를 놀려먹었어요!"

"어리석은 여인들!"

무트-엠-에네트는 노래라도 부르듯 성량을 최대한 높였다.

"내가 이처럼 피로해지고, 죽음을 눈앞에 둔 이런 곤경에 처한 이유 말인가요? 난 그 이유를 알려 준 정도가 아니라, 여러분에게 보여줬어요! 자, 나를 봐요. 여러분은 모두들 오로지 그만을 바라봤으니 이제는 나도 한번 쳐다봐 줘요! 여러분은 그저 맥박이 몇 번 뛸 동안만, 아주 잠깐 동안 그를 보았으면서도, 거기에 취해 몸에 상처까지 입었어요. 그를 바라보는 것만으로도 붉은 고난에 빠져 하얗게 질려버렸죠. 그러면 나는 어떨 것 같아요? 매일 매일, 매시간 그를 바라만 봐야 하고, 혹은 보도록 허락받은 나는 어떻겠느냐구요? 이렇게 곤혹스러운 상황에서 내가 뭘 어떻게 할 수 있겠어요? 여러분께 묻겠어요. 나는 어쩌면 좋죠? 아, 그대들은 모두 눈이 멀었어요. 나는 이 청년을 여러분에게 보여줬지만 헛수고였어요. 여러분은 아무것도 모르니까요. 내 남편의 집을 관리하는 집사이며, 남편에게 마실 것과 술을 따르는 이 청년이 바로 내게 번뇌와 죽음을 가져온 장본인이에요. 그의 눈과 입이 나를 죽음으로 몰고 갔어요. 자매들이여, 그가 내 피를 멈춰 주지 않으면, 나는 붉은 피를 철철 쏟으며 애통하게 죽을 수밖에 없어요. 여러분은 그의 모습을 바라보고 그저 손가락만 베었지만, 나는 그의 아름다움을 사랑하여 가슴까지 베었어요. 그래서 이렇게 피를 철철 흘리고 있어요!"

노래를 마친 무트의 음성이 꺾이면서 목소리의 주인공은

병자처럼 의자 위로 쓰러져 흐느끼기 시작했다.

이 고백이 여자들에게 얼마나 큰 흥분을 가져다주었을지 상상이 되지 않는가! 그녀들의 합창은 흡사 축제를 맞은 듯했다. 무트가 사랑에 빠졌다는 새로운 소식 앞에 이들은 타부부와 메-엔-베세흐트와 비슷한 반응을 보였다. 두 여자들보다 규모가 커졌을 뿐, 그녀들이 했던 것과 마찬가지로 사랑의 시련에 빠진 그녀를 둘러싸고 쓰다듬어 주면서, 여러 목소리로 축하와 감동을 전했다.

그러나 이들이 은밀히 주고받는 눈빛에는 남몰래 속삭이는 말과 마찬가지로 따뜻한 관심과는 다른 것이 들어 있었다. 알고보니 별것 아니라는 실망이었다. 종한테 연정을 느껴 사랑에 빠지는 건 흔한 현상인데, 이처럼 법석을 떠는 데 은근히 부아가 났다. 그리고 그런 멋진 남자 상대를 만난 것이 은근히 샘이 나기도 했다. 특히 아문의 신부이며 달에 바쳐진 순결한 수녀로서 그처럼 도도하던 무트가 마침내 나이가 들어서나마 이런 일을 겪고, 그것도 아주 평범한 방식으로 잘생긴 종에게 마음을 뺏긴 바람에, 그 시련으로 말미암아 이렇게 여위게 된 것이 고소하기도 했다. 게다가 자신의 신분 아래로 비참하게 추락한 사실을 혼자 간직하지 못하고 평범한 숙녀처럼 모든 사람들에게 알리고 하소연하다니 얼마나 고소한가.

"나는 어쩌면 좋죠?" 그녀는 그렇게 물었다. 이것이 친구들의 마음을 슬쩍 긁어놓았다. 자신을 내던지고 이 사실을 공개하는 그녀의 선언에는 여전히 오래된 교만이 묻어 있었다. 평범한 사건을 두고 뭔가 특별하고, 세상을 뒤흔들어놓는 대단한 연애사건으로 받아들여 달라는 무트의 교만 앞에서 여자들은 또 한번 화가 났다.

숙녀들은 서로 이런 의미를 담은 눈길을 주고받았다. 여하튼 이 뜻밖의 새 소식과 스캔들은 아름다운 사교계의 숙녀들을 축제 분위기로 몰고 가 커다란 즐거움을 선사한 것도 사실이다. 그래서 이들은 자매의 시련에 관심을 보이며 여자로서 공감하면서 얼싸안고 위로해 주느라 폭포수 같은 수다를 쏟아 부었고, 청년의 행운을 입모아 찬양했다. 여주인의 가슴에 이런 감정을 불어넣을 수 있다니, 대단한 은혜를 입은 청년이 아니냐는 것이었다.

"맞아요, 아, 사랑스러운 에니." 숙녀들의 말이다.

"백번 이해해요. 그건 여자 가슴에 결코 작은 일이 아니죠. 매일같이 잘생긴 신을 봐야만 하고, 또 그것이 허락되어 있다는 것이, 얼마나 힘든지 알아요. 그대는 그대의 가슴이 이런 상황을 겪을 수 있다는 사실을 이제 알게 된 거예요. 하지만 이는 전혀 놀라운 일이 아니에요! 아, 행운아! 오랜 세월 동안 어떤 남자도 못했던 일을 해내다니! 그는 청춘의 힘으로 마침내 거룩한 그대의 감정을 움직였군요! 요람에서부터 칭송받은 아이가 아닌데도 그랬다는 건, 가슴에는 편견이 없다는 증거죠. 가슴은 신분과 지위 따위를 묻지 않으니까요. 그는 영주의 아들도, 장교도, 비밀평의회 의원도 아니고 그저 그대의 남편을 위해 집안일을 관리하는 집사지요. 하지만 그대의 감정을 부드럽게 녹여 주었다는 사실이 그의 신분과 지위를 만들어주지요. 그리고 외국인으로 아시아 청년이며, 이른바 히브리 사람이라는 신분은 여기에 더 짜릿한 뉘앙스를 풍기죠. 소중한 친구 에 니, 그래도 그대의 근심과 피로가 이 아름다운 젊은이에 대한 감정 때문이며, 다른 것은 아니라니 얼마나 다행스럽고 안심이 되는지 몰라요! 미안해요. 지금까지는 그대를 걱정했지만, 이제는 오히려 그 청년이 걱정되는군요. 혹시라도 자신에 대한 칭송 앞에서 그 청년이 정신을 잃고 쓰러질까 그게 걱정일 뿐, 걱정하고 근심해야 할 다른 이유는 없잖아요. 다른 건 간단한 문제로 보이니까요."

"아!" 무트가 흐느꼈다.

"여러분이 내막을 안다면! 하지만 여러분은 몰라요. 여전히 모를 줄 알았어요. 그래요, 아무것도 이해하지 못하리라고 오래 전부터 짐작했어요. 내가 이렇게 눈을 띄워 줘도, 여전히 아무것도 모르니까요. 이 청년이 어떤 청년인지, 여러분은 전혀 몰라요. 그가 섬기는 신의 질투가 얼마나 대단한지, 여러분이 알 리가 없죠. 그는 이 신의 화환을 쓰고 있어요. 얼마나 영혼이 고귀한지, 피를 멈춰 달라는 나 같은 이집트 여인의 외침을 들어줄 귀가 없단 말이에요! 아, 자매들이여, 여러분은 그가 지나친 칭송을 감당 못하고 쓰러질까 염려하지만, 그 근심을 나한테로 집중하는 게 훨씬 나을 거예요. 지금 죽을 운명에 처한 사람은 바로 나니까요. 왜냐고요? 그 청년은 신을 섬기느라 수줍어 하니까요."

그러자 여자친구들은 모두 이 수줍음에 관해 자세히 알려고 했다. 그리고는 자신들의 귀를 믿지 못했다. 그 종이 칭송 앞에 정신이 나가는 게 아니라, 여주인을 거부하고 있다니, 자신들의 귀가 의심스러웠다. 여자들이 남몰래 주고

받은 눈길에는 고약한 의심도 들어 있었다. 아마도 에니가 아름다운 청년의 상대로는 너무 늙어, 그녀와 관계할 기분이 안 나서 그러려니 짐작한 것이다. 그래서 몇몇은 자신의 경우라면 이 청년이 더 큰 욕망을 느낄 수 있으리라, 은근히 뿌듯해 하기도 했다. 그러나 겉으로 드러낸 분노는 진짜였다. 감히 외국인 노예 주제에 고집을 부리다니 있을 수 없다는 것이었다. 특히, 수녀 원장인 네스-바-메트는 그녀의 베이스 음성으로 이런 경우는 있을 수 없는 불쾌한 스캔들임에 틀림없다고 공언하고 나섰다.

"오, 에니. 나는 같은 여자로서 그대의 편이에요. 그러니 그대의 근심은 곧 나의 근심이죠. 내가 보기에 이 문제는 정치적인 문제예요. 신전과 제국과 관련된 문제라는 뜻이죠. 그 건방진 풋내기 놈이(미안해요. 그대가 사랑하는 자를 이렇게 불러서. 정말이지, 나는 너무 화가 났거든요. 하지만 이런 말로 그대의 감정을 모욕할 뜻은 없어요) 아무튼 그자가 자신을 꽁꽁 묶어 그대에게 자신의 청춘을 공물로 바치지 않으려 한다는 것은 제국에 순종하기를 거부하는 반항이며 위협이 틀림없어요. 이것은 레테누 혹은 페니키아 나라의 일개 도시의 바알이 제국의 아문에게 대항할 뜻으로 조공을 거부하는 것과 같은 것이죠. 이런 일이 생기면, 당연히 군사를 일으켜 징벌에 나서야 해요. 설령 그 경비가 공물의 가치보다 더 많이 든다고 해도 말이에요. 이는 아문의 명예를 지키기 위해서라도 불가피한 조처예요. 나는 그대의 문제를 이런 빛 아래에서 바라봐요. 집에 돌아가면 곧장 남편과 의논하겠어요. 그리고 상·하 이집트의 모든 신들을 섬기는 사제들 중의 제일사제인 남편에게 이 가나안 출신의 반항아가 보여주는 이 극단적인 경우를, 이런 무질서를 어떻게 바로잡을 수 있는지 물어봐야겠어요."

이것으로 무트-엠-에네트가 실연당한 자신의 불행을 도시의 화제로 만드는 데 이용한 것으로 유명해진 이 사교계 여성들의 다과회는 끝이 났다. 그날 이 여자들의 파티를 시작되던 순간부터 끝날 때까지 하나도 빼놓지 않고 속속들이 보여준 건 아마 지금 이 자리가 처음일 것이다. 여하튼 이 모임에서 자신의 불행을 온 세상에 알리는 데 성공한 무트는, 이따금 눈이 조금 밝아지는 순간이면 자신이 만든 사실에 가슴이 덜컹했지만, 한편으로는 계속 변질되고 타락하는 가운데 열정에 취한 나머지 묘한 쾌감을 맛보았다.

사랑에 빠진 대부분의 사람들은 온 세상이 그 사실을 알아주고 관심을 기울여 주면 영광으로 여긴다. 설령 거기에 조소와 조롱이 섞여도 무방하다. 아무튼 자신의 감정 상태를 알아주는 것이 중요하고, 온 세상이 큰 종소리를 울리며 그 이야기로 떠들썩해지면 좋은 것이다.

무트의 여자친구들은 이제 병자를 더 자주 방문했다. 혼자 혹은 몇이 함께 와서 그녀의 상태를 묻고 위로와 조언을 아끼지 않았다. 그러나 이 특별한 상황의 핵심에 대해서는 어리석게도 계속 간과해서 실연의 고통을 겪는 당사자는 그저 어깨나 들썩이며 이렇게 응수할 뿐이었다.

"아, 다들 어리석은 어린아이들이군요. 여러분은 조언을 해준답시고 이것저것 많은 이야기를 하지만 이 특수한 경우에 대해서는 아무것도 이해 못하니까요."

그 말에 화가 난 베세의 숙녀들은 자기들끼리 있을 때 이렇게 숙덕거렸다.

"우리한테 너무 높고 특별한 문제라서, 우리 충고는 아무 소용이 없다면, 애초부터 입을 꽉 다물고 자기의 연애사건에 대해 한마디도 꺼내지 말았어야죠!"

이밖에도 앞뒤로 수행원들을 거느리고 페테프레의 규방으로 친히 그녀를 찾아온 사람이 있었다. 바로 베크네혼스 대인이었다. 아문의 제사장인 그는 아내로부터 이야기를 전해 듣고 어깨나 으쓱해 보이는 것으로 끝낼 생각이 없었다. 그는 보다 높은 이해 관계를 빛으로 삼아, 그 조명 아래에서 이 문제를 바라보기로 작정했다. 번쩍이는 대머리 사제요 표범 가죽을 입은 이 신관(神官)은 무트의 사자머리 의자 앞에서 척추를 쭉 펴고 턱을 위로 치켜들고 거만하게 큰 걸음으로 왔다갔다하면서 다음과 같이 설명했다.

개인적이고 단순히 도덕에만 치중하는 시각은 이 사건의 평가에서 모두 제쳐두어야 한다. 물론 예의도덕과 사회질서의 의미에서 보자면 문제의 소지도 있지만, 이왕 생긴 일이니 만큼, 보다 중요한 척도에서 끝을 보아야 한다. 자신은 사제요 신도들의 영혼을 보살피는 목자이며 경건한 기율의 감시자로서, 그리고 또 페테프레의 훌륭한 친구요 같은 궁정신하로서, 무트가 이 청년에게 던지는 눈길을 나무랄 수밖에 없고 그자가 그녀에게 불러일으키고 있는 열망을 물리치라고 해야 마땅하다. 그러나 외국인 주제에 그녀에게 공물을 바치지 않겠다고 고집을 부리고 있다니, 이런 행동만은 신전이 그냥 넘길 수 없는 일이므로, 이 문제는 아문의 명예를 위해서라도 한시 바삐 해결을 봐서 정결하게 마무리를 지어야 한다. 그러므로 나 베크네혼스는 개인적으로 바람직한 일, 또는 저주받을 만한 일이 무엇일지 생각해 보는 일은 일단 제쳐두고, 딸 무트에게 이렇게 경고하고 명령하겠다. 극단적인 행동도 좋다. 여하튼 있는 힘을 다하여 그대를 바쳐서 그 뻣뻣한 고집쟁이를 굴복시켜라. 이는 무트 그대의 만족을 위해서가 아니다. 물론 사제 자신이 허락하지 않아도, 결과적으로 그대가 그런 만족을 얻게 된다면 할 수 없다. 하지만 이러한 만족 역시 궁극적으로는 신전을 위한 일이다. 부득이한 경우에는 이 공물 체납자를 강제로라도 고분고분하게 만들어야 한다.

이러한 사제의 지시로 정신적인 후원까지 받아, 다시 말해서 이처럼 높은 곳으로부터 영혼의 실족을 명령받은 후, 무트가 얼마나 마음이 든든해지고, 또 연인을 마주한 그녀의 입장도 얼마나 강화되었는지는, 또한 이와는 반대로 그녀가 막바지에 이르러 얼마나 흐릿해졌는지를 보면 잘 알 수 있다. 얼마 전까지만 해도 그녀는 교양인으로서의 품위를 유지하고 있었다. 그래서 연인을 살아 있는 영혼으로 대우하였고, 자신이 행운을 얻느냐 혹은 불행해지느냐는 연인의 자유로운 선택에 달려 있다고 믿었다. 그러나 지금은 달라졌다. 뭘 어떻게 해야 할지 몰라 당황한 그녀는 점점 더 깊은 나락으로 추락했다. 그리고 제사장의 지시에 따라 자신에게 뜨거운 욕망을 불러일으키는 상대방을 신전의 경찰관 앞으로 끌어낸다 생각하니 묘한 쾌감을 느꼈다. 그렇다. 이쯤 되면 타부부와 함께 마술을 부릴 준비를 갖춘 셈이었다.

그러나 요셉 또한 이 문제를 바라보는 아문 신전의 입장을 모르고 있지만은 않았다. 아무리 좁은 틈새라도, 아무리 작은 주름이라도 충성스러운 난쟁이 베스-엠-헵이 숨지 못할 만큼 좁지는 않았으므로, 베크네혼스 대인이 무트-엠-에네트를 방문할 때마다 난쟁이의 섬세한 귀로 그들의 대화를 속속들이 엿들었던 것이다. 그리고 그녀에게 내린 제사장의 지시 역시 하나도 빼놓지 않고 따끈따끈한 상태로 요셉에게 전달해 주었다. 따라서 요셉 또한 마음을 단단히 먹었고 원래 가지고 있던 생각을 다시 한번 재확인했다. 마침내 사건의 본색이 드러나지 않았는가. 이는 분명히 막강한 아문과 주님께서 힘을 겨루는 시합이다. 그러니 어떤 일이 있어도, 결코 주님께서 지는 일이 생겨서는 안 된다. 글쎄 그 일이 꼭 그렇게 아담의 욕망과 결부되어야 했는지는 모르지만, 여하튼 요셉은 그렇게 자신의 확신을 다졌다.

암캐

이렇게 하여, 얼마 전까지만 해도 고상함을 잃지 않았던 무트는 사랑의 고통에 떠밀려 타락한 나머지, 이성이 마비되어 지금껏 극구 거부해왔던 행동을 하기로 결정하고 만다. 다들 눈치 챘겠지만, 쿠쉬 여자 타부부의 수준으로 추락한 것이다. 그리고 그녀와 함께 은밀히 불결한 일을 벌이게 된다. 다시 말해서 상대방을 유혹하는 사랑의 마법을 쓰기로 한 것인데, 그러려면 저승에 있는 흉측한 신에게 제물을 바쳐야 했다. 그녀는 이 신의 이름이 무엇인지도 몰랐다. 아니 굳이 알고 싶지도 않았다. 타부부는 그 신을 가리켜 '암캐'라 불렀다. 그것으로 족했다.

흑인 여자는 자신의 재주로 이 밤의 유령, 못되고 사나운 복수의 여신을 끌어들여 여주인 무트의 소원을 들어주게 하겠노라고 장담했다. 무트가 그것에 만족하기로 했다는 것은 연인의 영혼을 포기했으며 그저 육체, 곧 따뜻한 시체를 품에 안는 것만으로도 기뻐하겠다는 신호였다. 아니, 기쁨까지는 안 되더라도, 슬픈 만족이나마 얻겠다는 뜻이었다. 마법으로 유혹할 수 있는 것은 육체와 시체일 뿐, 영혼까지 넘겨받을 수는 없으니까. 여하튼 육체에서 사랑이 충족되는 것이 제일 중요하지 않은가. 그리고 이 경우 영혼에도 정말이지 훨씬 쉽게 다가갈 수 있지 않은가. 그 반대 경우보다는 말이다. 설령 시체에서 얻는 사랑의 충족이 서글픈 만족이라 하더라도, 그게 어딘가. 뭐 이런 식의 생각을 위안으로 삼을 정도면 얼마나 큰 절망에 빠져야 할까.

무트-엠-에네트가 저 깊고 낮은 곳에 서 있는 고무를 먹는 흑인 여자의 마법을 쓰자는 제안에 동의한 것은 그녀의 육체가 처한 상황과도 일맥상통한다. 육체 또한 앞서 보았듯이 마녀처럼 변하지 않았던가. 그녀 스스로도 벌써부터 이를 의식하고 있었다. 그리고 변화된 신체의 특징들이 바로 그런 행동을 요구한다는 사실도 알았다. 그녀의 새로운 육체가 사랑의 산물임을 잊어서는 안 된다. 이 말은 무트의 여성이 고통스러운 열망으로 타오른다는 뜻이다. 일반적으로 마녀 같다함은 여성이 지나치게 농익어 허락받지 못한 매력의 수준으로 치솟는 것이다. 그래서 마법이라 하면 주로, 아니 거의 독점적으로 여자들이 하는 일이었고 남자 마법사는 드물었다. 그뿐 아니라 모든 마술의 핵심에는 항상 사랑이 가장 중요한 역할을 했다. 따라서 사랑의 마법은 모든 마술의 총개념이라 할 수 있고 당연히 가장 선호하는 대상이라 할 수 있다.

이렇게 무트의 육체가 풍기는 약간은 마녀 같은 분위기

때문에 그녀 스스로 자신이 마녀처럼 행동하도록 운명지어진 존재라고 느꼈을 수도 있다. 그래서 어쩔 수 없이 타부부로 하여금 제물을 바치는 등 유감스러운 마법을 쓰도록 허락해야 한다고 생각한 건지도 모른다. 이 제사로 받드는 신은 흑인 여자의 말에 따르면, 마녀의 속성을 지닌 신성한 미녀, 마녀여신이었다. 마녀여신이라 하면, 사람들이 마녀라는 이름으로 떠올릴 수 있는 모든 더럽고 혐오스러운 습관들과 표상을, 보다 높은 곳에서 종합하고 실현한 대마녀인 것이다. 이런 신은 지금도 있으며, 또 있을 수밖에 없다. 언제나 세상에는 구역질과 불결한 피로 굳어 있는 것들이 있기 때문이다. 언뜻 보기에 신격화의 대상으로 부적당해 보이는 이 더러운 것들 또한, 매력적인 것들과 마찬가지로 영원한 재현, 이른바 자신이 걸칠 정신의 옷을 필요로 한다. 달리 말하자면 이들 또한 정신적인 존재로 만들어질 필요가 있다. 그래서 이때는 신성이라는 이름과 신의 거룩한 본성이 요망한 것과 합쳐져서 여주인과 요망한 암캐가 하나가 되는 것이다. 그리고 여기서는 대암캐가 문제인데, 이름만 봐도 여주인이라는 것은 금방 알 수 있다. 그래서 타부부가 도움을 청하느라 '은혜로운 여주인 암캐'를 불렀을 때, 그녀는 실제로 불결한 음란함의 총칭을 부르려고 한 것이다.

이를 위해 무트를 준비시켜야 한다는 것이, 검은 여인의 생각이었다. 자신이 계획하고 있는 행사의 양식과 독특함을 살리려면, 고상한 신분의 숙녀를 지금 몸담고 있는 사회의 관습으로부터 끌어내려야 한다고 여겼다. 그래서 흑인 여자는 미리부터 무트의 세련됨에 비해 자신은 거칠 수밖에 없다고 사과한 후, 행사의 목적 때문에라도 속된 표현을 용납해 줄 것을 요구했다. 그건 대략 이런 내용이었다.

이 자리에서는 이런 속된 표현이 주를 이룰 것이다. '은혜로운 여주인 암캐'는, 다른 것은 모르며 이해도 못 하므로, 뻔뻔스러운 표현 말고는 그녀와 상대할 방법이 없다. 이 행사는 그리 청결하게 진행되지도 않을 것이라는 점도 아셔야 한다. 혼합물의 성분들이 일부는 식욕을 빼앗는 것이며, 중간에 욕과 음탕한 말도 나올 수밖에 없다. 그러니 단단히 각오해라. 결정적인 순간에 거부감을 느껴서도 안 된다. 설령 거부감을 느끼더라도 겉으로 드러내서는 안 된다. 여주인은 다른 신들한테 올리는 제사에만 익숙할 텐데 지금 하려는 행위는 일종의 강요다. 여기서는 폭력과 과장도 불사해서 무섭다는 게 그 차이점이다. 모든 것은 사람들의 입장에서 봐서는 안 되며 또 자신의 취미 따위도 잊어야 한다. 주문으로 불러내려는 자가 워낙 뻔뻔스럽기 때문이다. 그리고 눈앞으로 불러내려는 자, 그러니까 여주인 암캐를 섬기는 행위는 어쩔 수 없이 음란한데, 이는 대마녀라는 직분 자체가 그 행위의 낮은 수준을 결정하기 때문이다. 타부부는 또 이렇게 말했다. 그리고 따지고 보면 청년을 강요하려는 의식은, 순전히 그의 육체를 사랑으로 유인하려는 것인 만큼 고상한 말투 따위는 필요없다.

이 말에 무트는 하얗게 질리며 입술을 깨물었다. 일종의 문화 충격이랄까, 자기가 아는 풍습과는 너무도 달라 무섭기도 했고, 다른 한편으로는 이 발칙한 노파가 증오스러웠다. 자신에게 이 청년을 강제로 유혹하라고 조를 때는 언제고. 아, 그걸 허락한 내가 잘못이다. 그녀는 자신을 경멸했다. 이는 인간의 오랜 경험 중의 하나이다. 아래로 내려오면 행복해진다는 감언이설로 자신을 꾀어낸 후, 막상 아래로 끌어내린 후에는 느닷없이 태도를 바꿔 익숙하지 않은 낯선 것을 들이대며 겁을 주고 조롱하는 것이다. 이 경우 자존심은 충격과 두려움에 떨지만, 자신의 혼란스러움을 감추고 오히려 이렇게 대담하게 만든다.

"무슨 일이 생겨도 상관없다. 너를 따르기로 결심했을 때 이미 각오한 바다."

무트의 대답도 이런 식이었다. 처음에는 아예 쳐다보지도 않으려 할 만큼 낯선 것이었으나, 한번 허락한 이상 마법으로라도 연인을 유혹하기로 결심한 것이다.

그녀는 며칠 더 참아야 했다. 첫째, 검은 피부의 여사제가 준비할 시간이 필요했던 것이다. 우선 혼합물의 성분을 다 가지고 있지도 않았고, 이러한 것들은 은밀히 구해야 할 뿐 아니라, 하루아침에 구할 수 있는 물건도 아니었다. 예컨대, 난파선의 키와 교수대로 사용한 목재, 썩은 살, 그리고 죄를 짓고 처형당한 자의 이런 저런 신체 부위, 그리고 요셉의 몸에서 나온 약간의 머리카락도 필요했다. 이것은 타부부가 은밀히 뇌물을 뿌려 집안의 이발소에서 구해냈다.

그리고 두번째, 만월이 되려면 아직 멀어서였다. 달은 태양과의 관계에서는 여성이지만, 땅과의 관계에서는 남성이라는 이중적인 의미 덕분에 우주의 통일성을 담고 있으므로 죽을 수밖에 없는 자와 죽지 않는 자를 이어주는 중개자 역할을 한다. 그래서 이렇게 온전한 보름달이 되어야만, 실험 재료들의 효력도 강해져 성공률을 높일 수 있었다. 이 폭력 행위에는 제물을 올리는 여사제 타부부 말고, 여주인 무트가 신청인의 자격으로 참여해야 했고, 또 시중을 드는 자로서 무어 족 소녀와 측실 메-엔-베세흐트도 함께 있어야 했다. 무대는 규방의 평평한 옥상으로 결정되었다.

두려워하든, 아니면 애타게 기다리든, 혹은 그 정도가 아니라 스스로 부끄러울 정도로 조바심을 내면서 기다리든, 여하튼 그날은 오게 마련이다. 그리고 이렇게 다가온 그날은 그 하루가 준비하고 있던 것들을 가져다줌으로써 살아 있는 날이 된다. 무트-엠-에네트가 비참하고 처절한 고난 앞에 원래 서 있던 계단을 떠나 품위라고는 전혀 없는 비천한 곳으로 성공적인 추락을 한 그날도 그러했다.

그날도 낮의 시간들이 지나갔다. 그전에 다른 날들이 차례차례 흘러갔듯이 그렇게 지나갔다. 태양이 사라지면서 영화로운 빛의 마지막 한줄기까지 거둬가자 땅은 어두움으로 덮였다. 이윽고 사막 위로 달이 떠올랐다. 믿기 어려울 만큼 커다란 모습이었다. 달은, 스스로 빛을 발하는 도도한 발광체에게서 빌려 온 자신의 빛으로, 그 발광체를 대신하고 있었다. 그리고 아련하게 창백한 고통의 마법을 풀어내면서 지금 막 사라진 눈부신 대낮과 자리를 바꾸고 있었다.

이렇게 달이 서서히 몸집을 줄이며 세상의 정상으로 올라갔을 때, 생명들은 이미 휴식을 위해 누웠고 페테프레의 집에서도 너나없이 무릎을 끌어당겨 편안한 표정으로 잠에 안겨 젖을 빨고 있었다. 이제 드디어 때가 이르렀다. 이날 밤, 은밀한 일을 계획하느라 유일하게 깨어 있던 네 명의 여자들은 옥상에서 만나기로 되어 있었다. 타부부는 조수와 함께 제사를 올릴 준비를 끝내 놓았다.

어깨에 하얀 망토를 두른 무트-엠-에네트는 횃불을 손에 들고 급하게 계단을 뛰어 올라갔다. 이층부터 지붕까지 폭이 좁아지는 계단이었다. 측실 메 또한 불빛이 하얀 횃불을 들고 열심히 뛰었지만, 마님을 따라잡을 수는 없었다. 침실을 벗어날 때부터 에니는 그렇게 빨리 달렸다. 횃불을 머리 위로 쳐들고 머리는 뒤로 잔뜩 젖힌 채, 멍한 눈으로 입까지 벌리고 오른손으로는 옷을 잡고 있었다.

"왜 그렇게 달리세요, 마님?" 메가 속삭였다.

"숨도 못 쉬시겠어요. 넘어질까 무서워요. 제발 멈추시고 불꽃을 조심하세요!"

그러나 페테프레의 첫번째 부인, 정부인은 정신나간 듯 이렇게 대답했다.

"난 달려야 해. 숨도 안 쉬고 앞으로 넘어질 듯이 계단을 뛰어 올라가야 해. 날 막지 마. 정신이 내리는 명령이야. 메, 그러니 달릴 수밖에 없어. 우리는 달려야 해!"

눈을 허옇게 뜬 채 헐떡이는 그녀는 여전히 횃불을 머리 높이 쳐들고 달리는 중이었다. 그때 역청을 칠한 아마포에서 불꽃 몇 개가 튀어올랐다. 숨도 못 쉬고 함께 달리던 여자가 깜짝 놀라서 뱀처럼 둥글게 감겨 올라간 횃불 자루를 잡았다. 여주인의 손에서 횃불을 빼앗을 생각이었다. 그러나 무트가 뺏기지 않으려고 안간힘을 쓰는 바람에 더 위험해졌다. 두 사람이 실랑이를 벌인 곳은 이미 옥상으로 올라가는 위쪽 층계인지라 가뜩이나 폭이 좁아서 무트는 헛디디며 자칫 넘어질 뻔했다. 메가 팔을 붙들지 않았더라면 아마 나둥그러졌을 것이다. 이렇게 두 여자는 서로 부둥켜 안은 채 횃불까지 쳐들고 좁은 문을 거쳐 옥상에 이르렀다. 때는 깊은 밤이었다.

두 여자를 맞은 것은 바람과 여사제의 거친 목소리였다. 여기서는 여사제가 상관이고 주인이었다. 그녀는 거두절미하고 이야기를 시작했다. 자신이 대단한 사람이라도 된 듯 위력을 과시하는 거친 언사였다. 그녀의 호언장담에는 이따금 빛을 잃은 동쪽 사막으로부터 날아온 재칼의 울부짖음이 섞였다. 멀리서 어슬렁거리며 울부짖는 사자의 포효도 어렴풋이 울려 퍼졌다. 서풍이 불어왔다. 잠자고 있는 도시, 높은 곳에서 은빛을 떨구며 달이 노닐고 있는 강 쪽에서였다. 죽음의 강가와 그 산으로부터 불어온 바람이 옥상 이쪽에 있는 굴뚝으로 빨려 들어갔다. 널빤지로 우산처럼 지붕을 씌워놓은 굴뚝은 집안이 늘 서늘하도록 통풍을 위해 만든 것이었다. 그리고 쐐기 모양의 곡식 보관 용기도 몇 개 놓여 있었다.

그러나 이러한 일상적인 물건 외에, 오늘 이곳에는 다른 물건들이 준비되어 있었다. 행사에 필요한 물품들이었다. 거기에는 바람이 불어주었으면 하는 것들도 있었다. 삼발

이와 바닥에 놓인 썩은 살코기가 그랬다. 이 푸르퉁퉁한 것들은 바람만 가라앉으면 어느새 악취를 풍겼던 것이다. 이 칙칙한 제사의 준비물로 마련된 다른 것들 또한 눈먼 장님이라도 내면의 눈으로 알아낼 수 있는 것들이었다. 또는 굳이 주변을 두리번거리지 않아도, 그리고 특별히 뭘 볼 생각이 없는 사람이라도 대번에 알아차릴 수 있는 물건들이었다. 무트-엠-에네트도 예외가 아니었다. 그녀는 지금도 그렇지만 나중에도 입은 간신히 절반만 열고 눈은 아래로 내리깐 채, 비스듬히 허공만 응시했지만 그 물건들이 뭔지 다 알 수 있었다. 그런데도 타부부는 굳이 말하지 않아도 될 물건들을 송곳니 두 개만 지키고 있는 입을 씰룩여가며, 시장에서 떠들어대는 장사꾼처럼 큰소리로 물건의 이름과 용도를 밝혔다. 가뜩이나 푸시시한 그녀의 회색 더벅머리는 바람 탓에 까치집 꼴이었다. 그리고 마녀는 허리까지 검은 맨살에 걸친 것이 없고 젖가슴을 다 드러낸 채 겨우 염소 가죽 하나로 허리 아래쪽을 동였을 뿐이다(그녀를 돕는 젊은 여자도 같은 행색이었다).

"여자야, 어서 오너라!" 여주인이 휘청거리며 옥상에 들어서는 순간 타부부의 입에서 곧장 나온 소리였다.

"도움을 청하러 온 가련한 여자! 욕망을 못 채워 수모만 겪은 불쌍한 여자, 돌이 그 안으로 들어가기를 거부하는 움푹 파인 껍데기, 사랑에 빠진 암컷, 어서 이리 부뚜막으로 오너라! 그리고 건네주는 것을 받아라! 우선 손으로 소금 알갱이를 집어라. 그리고 월계수를 귀에 꽂아라. 그런 다음 부뚜막에 무릎을 꿇어라. 불이 바람에 밀려 구멍에서 이글

거리며 타오르고 있다. 애처로운 네가 어느 정도까지는 도움을 받을 수 있도록, 널 위해 타오르는 불이다! 말은 내가 한다! 나는 아까부터, 네가 오기 전부터 여기서 여사제로서 말하고 있었다. 그러니 이제 큰소리로 평상시처럼 계속하겠다. 소심한 건 아무짝에도 쓸모없다. 여기 이 자와 씨름을 하려면 수치심 따위는 내던지고 이 물건들의 이름을 읊어야 한다. 그리고 도와 달라고 부탁한 너를 가리켜 큰소리로 상사병에 걸린 년, 실연당한 방탕한 년! 이렇게 부르는 것도 그래서다. 이제 앉았느냐? 소금을 주먹에 움켜쥐었느냐, 그리고 귀에는 월계수를 꽂았느냐? 그리고 너를 도와줄 동무도 네 옆에 쪼그리고 앉았느냐? 여사제와 시녀는 제물을 바치려고 이렇게 똑바로 서 있다! 이제 제사를 올리자! 모든 준비는 끝났다. 음식도 준비되어 있고 선물도 완벽하게 장식했다. 식탁은 어디 있느냐? 제자리에 있다. 부뚜막 건너편이다. 잎사귀와 가지로 그럴듯하게 치장해 놓았다. 초대받은 여자가 사랑하는 담쟁이 덩굴과 잎사귀 모양의 알맹이지. 초대 손님은 가까이 오고 있어. 분말 같은 씨를 두른 깜깜한 껍질이 식탁과 제기들을 화환처럼 장식하고 있다. 이 제기 위에 손님을 유혹하는 양식이 악취를 풍기고 있다. 썩어 문드러진 배의 키가 식탁 옆에 세워져 있느냐? 세워져 있군. 그리고 다른 쪽에는? 저기엔 뭐가 보이지? 거기 십자가의 각목 하나가 보이지. 죄인을 올려놓는 십자가에 붙어 있던 각목을 가져왔다. 이 모든 것은 사막 같고 황무지 같은 마녀 너에게 영광을 돌리기 위해서다. 너는 저주받은 것을 기꺼이 붙들지. 널 유혹하려고 이 각목

917

을 식탁에 기대 놓았다. 이 각목에 목매달려 죽은 자가 네게 아무것도 선사하지 않느냐? 귀도 안 주고 손가락도 안 주느냐? 천만에! 아름다운 역청 부스러기 사이로 다 썩은 손가락이 식탁을 장식하고 그 못된 새끼의 머리에서 떼어낸 귀의 연골이 빛을 잃은 피와 달라붙어 있어. 모두 네 식성에 맞게 준비해뒀다, 이 요부야. 널 낚을 미끼로 말야. 하지만 머리카락 한 다발도 제단에 올려놓았어. 빛깔이 비슷하지만, 이것은 살인자의 것이 아냐. 이 머리카락은 다른 머리에서 나온 것들이야. 멀고 가까운 곳에서 가져온 것이지. 그렇지만 이 밤에 가까운 곳과 먼 곳이 여기 귀엽게 함께 놓여서 널 부르려고 향기를 뿜고 있다. 그러니 네가 우리를 도와줄 생각이 있다면 썩 나오너라! 쉿! 찍 소리도 내지 마! 부뚜막에 앉은 너희들은 나만 쳐다봐. 다른 곳은 절대로 쳐다보지 마. 그녀가 어디서 기어올지 모르니까! 제물을 바칠 테니 모두 입다물어! 이제 횃불도 꺼, 창녀야! 자, 좋아. 그러면 쌍칼은 어디 있지? 여기 있군. 그리고 개는 어디 있어? 그건 아직 바닥에 있군. 어린 하이에나하고 꼴이 비슷하지. 발톱은 묶여 있고, 불결한 것이면 뭐든지 덥석 물려고 덤비는 축축한 주둥이도 묶어 놨어. 먼저 아스팔트를 줘! 검은 가루를 힘센 여사제가 자, 날렵하게 불꽃 속으로 던진다. 이제 납같이 무겁고 탁한 연기가, 먹먹한 제물의 연기가 네게로 올라간다. 아랫동네의 여주인에게로! 이제 단지에 담아둔 마시는 제물을 차례대로 올려야 한다. 물, 젖소의 우유, 그리고 맥주. 이제 이것들을 붓고 흔들고 뿌리며 바친다. 내 검은 발은 물과 우유가 흥건하고 거품이

918

부글거리는 바닥을 첨벙거리고 있다. 이제는 개를 제물로 올리겠다. 우리 인간들에게는 구역질 나는 것이지만 오로지 너를 위해 선택한 제물이다. 네가 이것보다 좋아하는 음식은 없으니까. 냄새를 쿵쿵거리고 다니는 놈을 가져오너라. 이 음탕한 짐승의 목을 갈랐다! 이제 배를 가르고 양손을 뜨거운 내장 안으로 쑥 집어넣는다. 어떠냐? 서늘한 달밤에 냄새가 너한테까지 올라가느냐? 자 봐라, 이제 피범벅인 창자를 꺼내주마, 여기 창자가 줄줄이 매달린 내장이 네게 바치는 제물이다. 일부러 너와 같은 형상을 제물로 준비했다. 자, 이렇게 경건한 마음으로 멋지게 치장도 하고 지성껏 제사상을 차렸다. 이제 널 초대한다, 밤의 백성을 감독하는 여자여! 우선 엄숙하게 예의 바르게 너를 부른다. 이 식사와 나무랄 데 없는 선물을 받아다오! 우리 뜻을 따르겠느냐? 그게 아니라면 성큼 다가가 너를 낚아채겠다. 내가 공연히 여사제인 줄 아느냐? 나는 이 일에 전문가다. 너를 억지로라도 끌어낼 수 있다. 어서 오너라! 목매단 자의 올가미에서 튀어나오든, 산통 중인 여자를 짓누르다 오든, 자살하는 여자들을 맛보고 피를 잔뜩 묻히고 나타나든, 시체의 안식처에서 쥐어뜯고 갉아먹다가 서둘러 달려오든, 병든 탐욕으로 불경스러운 자들과 게걸스럽게 붙어먹다가 불결한 것을 가로질러 여기 세 갈래 길로 나오든, 여하튼 썩 나오너라! 내가 너를 알아보느냐? 어떠냐, 내 말이 신통하게 널 알아맞혔느냐? 내가 씨름에서 너의 급소를 찔렀느냐? 이제 가까이 왔느냐? 이 정도면 네가 하는 짓거리를 잘 알고 있지 않으냐? 먹고 마시는 네 습관, 말로 묘사하기 어

려운 그 습관과 바닥을 모르는 게걸스러운 너의 탐욕을 내
가 얼마나 잘 아는지, 눈치 챘느냐? 아니면 내가 꼭 너를
잡아채고 이 주둥이로 너의 못된 더러운 성질을 일일이 열
거해야 겠느냐? 내 너를 일러 끔찍한 유령이라고 욕을 퍼
붓겠다. 이리의 암컷, 매음부, 눈이 곪아터진 한밤의 악몽!
수치스럽게 썩어문드러진 것, 끈적끈적한 지옥의 마녀, 죽
은 가축을 묻은 곳에 살금살금 기어들어 발톱을 세우고 썩
은 살코기 뼈에 침을 묻히고 아삭거리는 더러운 년. 목 매
달려 죽은 자에게 손을 뻗어 마지막 탐욕을 풀어내고 절망
과 성교하는 축축한 자궁, 창녀짓이라면 사족을 못쓰는 너
덜너덜한 것, 바람 한 점에 파르르 떨고 일어나는 유령 같
은 얼굴, 밤의 것이라면 예민하기 짝이 없는 요물단지! 어
떠냐, 내가 널 잘 아느냐? 네 이름을 바로 맞혔느냐? 나한
테 잡혔느냐? 내가 널 아느냐? 그래, 그년이야! 구름 한 자
락으로 달이 어두워지는 틈을 타서 이리로 오고 있어! 집
앞에서 개들까지 마구 짖으니 그년이 가까이 온 게 분명해!
부뚜막의 불꽃도 바스락거리지. 봐라, 저기 애원하는 여자
의 동무가 떠는구나! 그녀가 어느 쪽으로 눈을 돌리느냐?
그녀의 눈이 뒤집어지는 쪽! 그쪽에서 여신이 다가온다!
오, 여주인, 어서 오너라. 부디 맛있게 먹어라! 우리가 알고
있는 대로 널 위해서 준비했다. 이 불결한 식사와 나무랄
데 없는 구역질나는 선물이 널 기쁘게 하거든 도와다오! 여
기 애원하는 실연당한 여자를 도와줘! 자기 뜻과 같지 않은
한 청년 때문에 한숨짓는 여자야. 제발 그녀를 도와줘. 최
선을 다해 도와줘. 꼭 도와야 해, 넌 이렇게 내 손에 잡혔으

니까! 그 고집불통한테 고통을 주어 자기도 모르게 그녀의 침상으로 찾아가게 해. 그리고 그녀의 손아래 목덜미를 들이밀게 만들어. 그 새파란 놈을 애무할 수 있도록! 맡고 싶어 환장하는 떫은 냄새를 맡을 수 있게! 자, 못생긴 것아, 거기 잘라온 것 이리 줘, 어서! 여신아, 이제 이 사랑의 제물을 불태우는 마술을 시작하겠다. 먼 곳에 있는 머리와 가까운 곳에 있는 머리에서 잘라낸 머리카락이다. 봐라, 윤기가 자르르 흐르고 이렇게 부드럽다! 몸뚱이를 대신해서 그걸 이루는 재료 한 가지를 가져온 거다. 이제 나 여사제는 제물을 올리느라 피범벅이 된 이 손으로 이 머리카락을 서로 휘감아 이렇게 매듭을 묶어 결혼을 시킨다. 그리고 여러 겹으로 묶은 다음에 이렇게 불꽃 속에 떨어뜨린다. 자, 봐라. 어느새 지지직거리면서 타서 없어지지. 애원하는 여자야, 왜 얼굴을 찡그리느냐? 두 개의 뿔이 불에 타는 냄새가 역겨워서 구역질이 나느냐? 이것이 네 재료다, 고상한 여자야, 그걸 몰랐느냐? 불타오르는 육신의 냄새가 원래 이렇다. 이게 사랑의 냄새야! 이제 끝났다!"

그녀가 선언했다.

"제사는 성공적으로 끝났습니다. 이제 아름다운 자를 얻어 흐뭇해 하실 일만 남았습니다. 여주인 암캐가 마님께 아름다운 자를 축복해 주었으니까요. 모두 저 타부부의 재주 덕분입니다. 이런 재주에는 당연히 상을 줘야 한다고 생각합니다."

어떤 의미에서든 여하튼 깊고 낮은 곳에 서 있는 그녀가 옆으로 비껴 났다. 이제 거만하고 불손한 태도는 사라졌다.

그리고 일을 마치고 손등으로 코를 닦은 후, 피로 더러워진 손을 대야에 담갔다. 달은 말간 모습으로 떠 있었다. 그제야 겁에 질려 기절했던 측실 메가 정신을 차렸다.

"그녀가 아직도 있나요?" 그녀가 떨면서 물었다.

"누구요?" 타부부가 물었다. 피를 흘리는 수술을 끝낸 의사처럼 시꺼먼 손을 닦은 후였다.

"암캐? 걱정하지 말아요, 측실 부인. 그녀는 벌써 날아갔어요. 원래 기꺼이 오는 법이 없는데 여기에 왔던 건 내가 그녀를 뻔뻔스럽게 다룰 줄 알고 그녀의 성질을 말로 정확하게 알아맞혔기 때문이죠. 그리고 그녀는 내가 강요한 요구를 들어주려고 온 거지 다른 짓은 못해요. 미리 재앙을 막는 세 가지 물건 삼위를 문지방 밑에 묻어 놓았으니까요. 하지만 그녀는 제가 주문한 대로 할 거예요. 그건 틀림없어요. 제가 올린 제물을 받았고, 머리카락을 엮어 불에 태운 마법이 그녀를 붙들었으니까요."

여기서 여주인 무트-엠-에네트의 깊은 한숨소리가 들렸다. 그녀는 지금 막 웅크리고 있던 부뚜막에서 몸을 일으켰다. 앞쪽에는 죽은 개의 시체가 너부러져 있었다. 하얀 망토를 입은 그녀의 귀에는 여전히 월계수가 꽂혀 있고, 양손으로 무릎 아래를 붙잡고 천천히 일어나는 중이었다. 타부부가 요셉과 자신의 머리카락을 함께 엮어 불에 던졌을 때 불에 타 들어가는 그 냄새를 맡은 이후, 반쯤 열린 채 가면처럼 굳어 있던 그녀의 입은 엄청나게 무거운 것이 아래로 잡아당기기라도 하듯 양쪽 끝이 축 처졌다. 말을 하느라 굳은 위아래 입술을 움직이는 동작뿐 아니라 한탄의 내용도

처연하고 비참했다.

"오, 순결한 정령들이여, 그대들이 오사르시프를 향한 나의 크나큰 사랑에, 이 히브리 청년을 갈망하는 내 사랑에 미소를 보내주면 얼마나 좋겠느냐! 부디 내 말을 듣고 나를 봐다오. 이처럼 깊이 추락한 자리에서 내가 얼마나 애통해하는지, 그리고 이 무섭고 끔찍한 광경 앞에 거의 죽을 지경에 이른 나를 보아라. 잘한 건지 잘못한 건지 모르겠지만 나는 포기하기로 결심했다. 오, 오사르시프, 나의 달콤한 매, 네 여주인에게는, 이렇게 깊이 절망한 여자에게는 다른 방법이 없었다! 아, 너희 정결한 정령들이여! 이렇게 포기하고 단념하는 가슴이 얼마나 답답하고 무겁고 수치스러운지 아느냐! 난 그의 영혼을 포기했다. 번민과 열정을 이기지 못하고, 이렇게 유혹의 마법을 쓰게 되었으니까. 네 영혼을 얻는 일은 단념했다. 오, 오사르시프, 나의 연인. 사랑에서 이러한 포기가 얼마나 쓴 줄 아느냐! 나는 네 눈을 포기했다. 가슴이 찢어진다. 어찌할 바 모르는 내게는 선택의 여지가 없었다. 이제 우리가 서로 포옹을 하더라도 네 눈은 죽어 있는 닫힌 모습일 테지. 오로지 너의 부풀어오른 입만이 내 것이 되겠지. 아무리 굴욕스럽더라도 몇 번이고 네 입에 입맞출 테다. 그것만으로도 황홀할 거야. 네 입의 숨결은 모든 것을 능가하니까. 이건 사실이야. 그러나 아, 태양의 소년, 너의 영혼의 눈길은 이 모든 것까지도 능가하는 것인데! 그토록 간절히 원했건만! 이렇게 포기해야 하다니, 원통하고 애통하다! 너희 정결한 정령들이여, 듣거라! 흑인 마법의 부뚜막에서 가슴 깊이 한탄하는 내 말을 들어다오! 그리고 보아라, 자신의 고귀한 신분도 잊고 사랑에 사로잡혀 이렇게 아래 신분으로 내려온 나를 보아라! 최소한 입이 안겨 주는 쾌락이라도 얻으려고, 그의 눈길이 건네줄 행복을 바쳐야 했던 나를 보아라! 아! 이런 포기가 얼마나 가슴 아프고 고약한 것인지, 나, 영주의 딸은 도저히 침묵할 수가 없다. 정결한 정령들이여, 이렇게 소리 높이 외치는 내 한탄을 들어다오. 억지로 마법을 써서 영혼이 없는 시체와 한 몸이 되어 쾌락을 얻어야 하다니, 어찌 통탄하지 않겠느냐! 이 깊은 수렁에서 희망을 갖게 해다오, 너희 정령들이여. 그 쾌락이 충분히 깊으면 다른 행복까지 꽃 피울 수 있으리라 은근히 기대하도록 해다오. 그리하여 입맞춤이 선사할 쾌락에 밀려 죽은 소년이 마침내 눈을 떠 영혼의 눈길로 미소 짓게 해다오. 그렇게만 되면 마법의 조건까지 속일 수 있어! 아, 이 굴욕적인 순간에 너희 정결한 정령들에게 이 은밀한 생각들을 털어놓으니, 제발, 이 작은 사기극이 좌절되지 않도록 희망을 다오, 제발……."

그리고 무트-엠-에네트는 터져 나오는 울음을 참지 못하고 팔을 올려 측실 메의 목을 끌어안고 목놓아 울었다. 그리고 그녀의 부축을 받으며 옥상에서 내려왔다.

설날

누구나 다 알고 있는 사실이지만 얼른 듣고 싶은 청취자의 조바심은 절정에 이르렀을 게 틀림없다. 마침내 이 조바심을 충족시킬 시간이 다가왔다. 세상에 이 이야기가 처음 등장하여 이야기 보따리를 풀어놓은 이래, 이야기의 축제 중 핵심이며 전환점으로 확고하게 자리를 잡은 바로 그 순간에 이른 것이다. 포티파르의 집에서 집사로 일한 지 3년째 되던 해, 그러니까 그의 소유물이 된 지 10년째 되던 해, 요셉은 아차 하는 순간 끔찍한 실수를 저지를 뻔했으나, 아슬아슬하게 그 유혹의 불길을 벗어난다. 이는 물론 그의 인생이 또 한번의 작은 순환을 마치고, 다시 한번 구덩이에 떨어지는 순간이었다. 그는 모든 것이 자업자득임을 알았다. 이것이 자신의 행동에 대한 벌이라는 점도 인정했다. 모두 깊이 생각하지 않고 상대방에게 무리한 요구를 한 탓이었다. 이것이 과거에 그가 보였던 뻔뻔스러운 용기와 아주 비슷하다는 말은 굳이 않겠다.

여자에게 저지른 잘못이 이전에 형들에게 범했던 실수와 비교되는 건 당연하다. 그는 사람들을 '깜짝 놀라게' 만들고 싶어서 너무 앞서 나갔다. 자신의 사랑스러운 모습과 행동으로 사람을 기쁘게 하고 궁극적으로 주님께 큰 영광을 돌리고 또 그렇게 해서 더 큰 사랑을 받고자 한 것까지는 정당하다. 다만 이 사랑스러움이 경솔하게 잡초까지 무성하게 하여 결국 위험한 형태로 변질되게 한 것이 실수였다. 인생의 첫 단계에서 이 효과는 증오라는 부정적인 형태를 얻었지만, 이번에는 지나칠 정도로 긍정적이어서 타락한 형태, 즉 사랑의 열정으로 나타난다. 요셉은 증오와 마찬가지로 사랑의 열정도 부채질한 것이었다. 그는 자신을 사랑하는 여자의 감정을 기꺼이 받아들이고, 게다가 그녀를 교화하려고 하지 않았는가. 교육이 필요했던 사람은 다름 아닌 자신이었음에도 말이다. 이것이 형벌을 불러들였음은 부인할 수 없다. 물론 이러한 시련과 훈육은 그에게 또 다른 행운, 파괴의 결과보다 훨씬 더 화려한 행운을 가져다주는 데 쓰였다는 사실을 지적하면서 빙긋이 웃지 않을 수 없다. 사실 가장 높은 곳에 있는 영적인 존재들을 생각하면 기분이 좋아진다. 오래 전에—이야기의 준비 단계인 서곡으로 거슬러 올라가니까—그 높은 곳에 있는 영적인 존재들은 피조물이 실족하면 더없이 좋아하리라, 뭐 그런 식으로 말한 적이 있다. 옛날부터 '인간이 도대체 무엇이기에 그들을 생각하시나이까?' 라는 비난이 입술 위에 떠다니는 곳이니까 말이다. 이럴 경우 당황한 창조주는 정의의 실현을 요구하는 엄격한 자들을 의식하여 하는 수 없이 자신의 피조물에게 벌을 내려야 한다. 이는 창조주의 자발적인 의사가 아니라 엄격한 자들의 압박에 떠밀린 처사라 할 수 있다. 우리 요셉의 경우, 그를 생각하는 마음이 각별해, 어떻게든 자비를 베풀려 하는 지고한 분이 엄격한 자들의 압박에 져주는 척 자신의 총아를 한 대 내려치지만, 실제로는 이들을 우롱하여 그 불행을 어느새 새로운 행운의 발판으로 만들고 있다.

결정적인 순간, 전환점을 맞는 그날은 아문-레가 남쪽의 여자 집, 곧 규방을 방문하는 큰 축제가 벌어지는 날이었다. 그날은 나일 강의 범람이 시작되는 공식적인 이집트 설날이었다. 공식적이라는 표현에 유의하기 바란다. 정말로 거룩한 순환이 시작되어 천랑성이 아침 하늘에 등장하면서 물이 불어나기 시작하는 진짜 설날과 실제로 맞아떨어지려면 한참 멀었기 때문이다. 평상시에는 무질서를 혐오하는 이집트였건만, 이 문제에서만큼은 무질서 자체였다. 시간이 흐르다 보면, 사람들과 왕궁은 어쩌다 한번 진짜 설날과 달력상의 공식적인 설날이 일치하는 날을 맞기도 했다. 그러나 그러려면 이때부터 1460년이 더 필요했다. 그리고 이렇게 아름다운 조화의 날이 오려면 인간들은 약 48세대를 거쳐야 했다. 그러기 전에는 이 행운의 날을 아무리 겪고 싶어도—글쎄 다른 걱정거리가 없어서 오로지 그날만 기다렸다고 가정한다면—그럴 수 없었다. 요셉이 이집트에서 살았던 그 세기에도, 역시 실제 설날과 공식 설날이 서로 일치하는 아름다운 조화를 경험할 수 없었다. 그리고 당시 그 나라의 태양 아래에서 울고 웃던 케메의 자녀들은, 이렇게 일치되지 않는다는 사실을 아는 것에 만족해야 했다. 사실 이것은 아무것도 아니었다. 범람의 절기 아헤트가 시작되는 설날을 맞을 때, 실제로는 수확기인 쉐무였느냐 하면 그것도 아니고 파종기라 불린 겨울철 절기인 페레트였다. 이렇듯 수천 년이나 지속되는 무질서를 모두들 질서로 받아들였다. 그러므로 요셉이 보기에는 우스운 것도 사실이었다. 그러나 이집트 땅의 관습에 대해 마음속으로 거리를 두더라도 다른 한편으로는 그곳 사람들과 동화되어야 했으므로—자신을 이곳에 보내신 지고한 분께서는 너그럽게 봐주리라 믿고—진짜 설날이 아닌 공식적인 설날도 그런 자세로 임했다. 여기서 한마디 덧붙이자면, 그렇게 비판적인 시선으로 거리를 두고 그곳에 있는 사람들의 행동을 하나같이 어리석게 여기면서도, 한편으로는 열심히 그들과 함께 생활하고 나중에는 그 사람들 중에서 그처럼 높은 자리에 올라 모두 감사할 만한 대단한 업적을 이룰 수 있었다니, 그 점만큼은 대단하다고 인정해 줘야 한다. 아니 놀라움을 금할 길 없다.

그러나 거리감을 두고 보든 않든, 전 이집트에서 거행되는 나일 강 범람의 공식적인 기념행사는 한마디로 대단했다. 특히 베세, 곧 노베트-아문, 문이 백 개나 되는 이 대도시의 기념식은 오늘날 한 국가와 민족이 조국의 가장 큰 기념일로 기리는 그런 행사를 연상시켰다. 이 날이 되면 이른 아침부터 도시 전체가 활기를 띤다. 이곳 주민 수만도 10만 명이 넘는데, 아문의 위대한 날을 바로 제국의 신이 있는 이 도시에서 맞기 위해 강을 타고 상류와 하류에서 수많은 사람들이 몰려와 북새통을 이루는 것이다. 이들은 도시 사람들과 한데 섞여 국가와 신이 보여주는 화려한 장관을 구경하느라 입을 쩍 벌리고 한쪽 발로 깡충거리며 환호하면서 마음껏 즐겼다. 채찍을 맞으며 부역에 혹사당하는 농사꾼 아낙들도 이날만큼은 보상을 받았다. 이것이 고달픈 지난 한 해 동안 굶주린 배를 움켜쥔 대가였다. 그랬다. 바로 이 날이 있기에 새로 도래하는 착취와 혹사의 한 해를 견딜 수 있었다.

사람들이 헉헉대며 신전의 뜰로 몰려들면 기름을 태우는 향기와 산더미처럼 쌓인 꽃향기가 백성들의 코를 가득 채워 주었다. 그리고 석고 바닥 위에 장막지붕을 얹은 신전의 앞뜰은 찬란한 색채와 노래 소리로 넘쳐났고, 특별히 이 백성의 날을 맞아 엄청난 양의 음식과 마실 것을 준비해두었다. 신, 또는 세력가들은 일년 내내 착취하고 혹사한 백성에게 이날 하루만큼은 은혜를 베풀어 이들의 굶주린 배를 채워 주었다. 그렇게 해서 앞으로 늘 이렇게 살게 되리라 착각하게 만드는 것이다. 마침내 전환기가 도래했다. 환호하는 열광의 시간이 왔다. 앞으로는 오늘처럼 마음껏 맥주를 마시고 구운 거위를 실컷 먹을 수 있으리라. 또 앞으로는 야자수 채찍을 든 누비아 흑인들을 앞세우고 세금을 받으러 오는 세리를 볼 일도 없이, 매일 매일 이렇게 살게 되리라, 뭐 그런 엉뚱한 상상을 하도록 말이다. 그날은 아문-레의 신전 안도 다를 바 없었다. 그곳에는 머리를 풀어헤친 취한 여자(매춘 행위를 하는 여사제를 뜻함—옮긴이) 한 명이 있었다. 그녀가 자신의 일생을 축제로 탕진한 이유는, 품안에 신들의 왕을 감추고 있었기 때문이다.

일몰 무렵이 되면, 사실 도시 전체가 술에 흠뻑 취했다. 모두들 앞뒤로 휘청거리며 갈지자걸음으로 헤매고 몹쓸 짓거리들이 벌어졌다. 그러나 이른 아침과 오전에는 정신이 말짱했다. 아름다운 기적을 보여주는 구경거리가 많았던 것이다. 우선 관청의 표현대로 하자면 파라오는 '아버지를 맞으러' 나가고 아문은 그 유명한 축제 행렬을 시작하여 나일 강을 타고 길을 떠나 오페트, 남쪽의 규방으로 납신다. 그러면 도시는 술에 취하지 않은 말뚱말뚱한 눈으로 환호성을 지르며 경건한 마음으로 국가와 신이 펼쳐 보이는 장관을 받아들이기 바쁘다. 이는 도시의 자녀들과 손님들이 앞으로도 일상생활을 참아내고 공손한 마음으로 조국에 충성할 수 있도록 원기를 북돋아주기 위한 행사였으며, 누비아와 아시아를 도적처럼 점령한 후, 승전가를 울리며 돌아왔던 옛날 왕들의 개선행진과 거의 같은 효과를 낳았다. 조국을 화려하게 장식한 이 왕들의 의기양양한 승전 장면은 신전의 성벽에 부조로 조각되어 영원히 남아 있다. 그 전쟁들은 이집트를 이렇게 큰 나라로 만들기도 했지만, 한편으로는 아낙네들을 부역에 끌고 다니는 착취의 출발시점이 되기도 했다.

파라오는 달력상 대단한 기념일인 이 날이 되면 자신이 머물던 궁궐에서 나온다. 머리에는 왕관을, 손에는 장갑을 끼고 천개(天蓋)가 달린 가마에 올라탄 모습이다. 부채 아래로 구름 같은 향불 연기에 싸여―향을 들고 가는 사람들을 앞세우니까―자비로운 신, 아버지의 집으로 향한다. 그의 아름다움을 보기 위해서이다. 낭독 사제의 목소리는 깡충거리는 구경꾼들의 환호에 묻히고, 북과 칭켄(일종의 관악기로 옛날 코넷―옮긴이)을 연주하는 자들은 행렬의 앞쪽을 소음으로 뒤덮는다. 그 뒤로 왕의 친척과 고위 관료, 그리고 왕의 유일한 친구와 진정한 친구들, 그리고 다른 형용사가 붙지 않고 친구라는 명예 호칭만 얻은 자들의 행렬이 이어지고, 그 뒤에는 깃발과 투창과 도끼를 든 병사들이 걷는다.

레처럼 영원하소서! 아문의 평화! 그런데 과연 어디에 설 것인가. 어디서 먼지를 들이마시며 구경을 할까? 이쪽, 아니면 저쪽, 깃발이 뒤덮인 아문의 집이 있는 카르낙에서 목을 빼고 눈을 뒤집어야 할까? 그게 문제였다. 모두 카르낙으로 몰려가니까, 그곳이 나을까? 왜냐하면 오늘은 신까지 거룩한 자신의 캄캄한 방을 나서서 밖으로 나오기 때문이다. 거대한 무덤의 앞뜰과 다른 뜰들을 뒤로 하고 제일 끝에 있는 이 방에 이르는 복도는 깊이 들어 갈수록 천장의 높이가 낮아진다. 자신의 방에서 나온, 쪼그리고 앉은 독특한 모습의 인형은 양머리처럼 꾸민 조각배를 타고 천장이 점점 높아지고 색상도 한결 다채로워지는 방들을 지나, 베일을 가린 성소에 몸을 숨긴 채 풀먹인 잠방이를 입은 스물네 명의 대머리 사제들이 어깨에 메고 있는 교자에 실려, 부채질도 받고 향로의 향 냄새도 맡으며 빛의 아들에게로 향한다.

제일 중요한 것은 '거위 날리기' 구경이다. 이 옛날 관습은 아름다운 만남의 자리인 신전의 광장에서 진행된다. 이 얼마나 아름답고 즐거운 장소인가! 신의 머리장식으로 한껏 영광스러워진 황금 돛대들에 오색 깃발이 나부낀다. 아버지와 어머니와 아들, 이 거룩한 삼위의 관 앞에 놓아둔 제단에 꽃과 과일이 산더미처럼 쌓여 있다. 또 태양의 조각배에 소속된 4개조의 수군들이 날라온 파라오의 선조, 곧 상·하 이집트 왕들을 재현한 그림기둥들도 세워져 있다.

그리고 백성들이 다 볼 수 있도록 높이 쌓은 황금 단에 사제들이 올라가 각기 동서남북을 향한 다음, 야생조류들을 사방으로 날려보낸다. 이 새들로 하여금 신들에게 보고를 올리도록 하기 위해서이다. 우시르와 에세트의 아들, 곧 호루스가 백색 왕관과 아울러 붉은 적색 왕관도 머리 위에 썼다는 소식을 전하는 것이다. 이 보고 방식은 죽음이 생산한 아들이 나라들의, 그러니까 두 나라의 옥좌에 올랐을 때 사용한 방법으로 수많은 기념식에서 축제로 재현되었다. 그리고 학자들과 백성들은 거위가 날아가는 모양을 보고 나라 전체 혹은 개인의 운명을 점치곤 했다.

거위 날리기가 끝난 후 파라오가 행하는 일들 또한 얼마나 신비로운 것들인가! 그는 옛날 왕들의 상 앞에 제물을 올리고 사제가 건네주는 곡식단을 황금 낫으로 베어 감사 인사와 청원을 올리며 곡식을 아버지-신 앞에 내려놓는다. 그리고 낭송자와 노래 부르는 자들이 책 두루마리에서 시편을 낭독하는 동안 자루가 긴 향로로 향을 바친다. 그런 다음 이 파라오 신은 자리에 앉아 꼼짝도 하지 않고 궁정 신하들의 축원을 듣는다. 이 청원은 특별히 고상한 표현들로 정선된 축하 서한(무대에 오르지 못한 단역 배우들이 이를 초안하는 것이 관례였다)의 형태를 띠는데, 듣는 사람 모두를 기쁘게 한다. 그러나 이는 서막일 뿐 축제는 지금부터 더 아름다워진다. 이제 나일 강으로 행진이 시작되는 것이다. 거룩한 삼위를 태운 조각배 세 개가 또다시 각각 거울처럼 반들거리는 머리를 한 스물네 명의 어깨 위에 오르면, 파라오는 아들의 도리를 다하느라 사람처럼 걸어서 아버지 아문 행차의 뒤를 따른다.

　세 명의 신이 강으로 행차하면 군중도 우르르 몰려간다. 맨 앞에 피리를 불고 북 치는 자를 앞세우고 그 뒤로 대사제 베크네혼스가 표범 가죽을 걸치고 따른다. 노래가 하늘로 치솟고 향불 연기가 모락모락 피어오르면 높은 부채가 펄럭인다. 해안에 이르면, 세 명의 신들을 태운 조각배들은 세 척의 배로 옮겨진다. 하나같이 폭이 넓고 길며 화려하고 아름답지만 역시 아문의 배가 가장 아름답다. 레테누의 영주들이 삼나무 숲에서 벌목하여 손수―사람들 말이 그렇다―산 아래로 끌어내려 거기에 은을 박고 온통 황금을 입힌 배이다. 가운데의 커다란 천개는 완전히 황금으로 만들어졌다. 그 앞에 깃대를 꽂은 돛대와 오벨리스크 또한 마찬가지로 황금이다. 선수재와 선미재를 뱀으로 칭칭 감긴 왕관으로 치장한 배에 여러 개의 영혼이 깃든 형상과 거룩한 존위들을 모셔 놓았으나, 너무 오래된 것들이어서 그 내용을 알거나 설명을 할 수 있는 백성은 아무도 없었다. 그러나 이러한 무지는 백성들의 공경심과 환희를 줄이기는커녕 오히려 활기를 불어넣었다.

　이제 위대한 삼위일체의 화려한 배들은 갈레 선(소형 범선―옮긴이)에 올라탄 수군들이 잡아당기는 밧줄에 끌려

나일 강 상류의 남쪽 규방으로 나아간다. 이 견인부대에 소속되는 건 대단한 은혜를 입은 것을 뜻하며, 한번 들어가면 그해 내내 실속을 챙길 수 있었다. 견인이 시작되면 강가에 몰려든 인파도 함께 물결을 이루며 행진을 시작한다. 스스로 행렬의 일부가 되는 것이다. 여기에는 죽어가는 환자와 노인들만 제외하고(젖먹이는 어머니의 등에 업히고 가슴에 안겨 갔으니까), 한 사람도 빠지지 않고 모든 시민이 참여한다. 어디 그뿐인가. 타지에서 온 구경꾼도 끼어 있다. 이들은 아문의 시종 하나가 인도하는 대로 모두 찬송가를 부르고 신의 병사들이 방패와 투창으로 무장한 채 그 뒤를 따른다. 또 모두 웃음을 터뜨리며 반기는 자들은 바로 울긋불긋하게 치장한 흑인들이었다. 이들은 북을 치며 춤을 추는데 인상을 찌푸리고 이따금 음탕한 짓거리를 하기도 한다. (이들은 사람들이 자신들을 멸시한다는 사실을 잘 알고 있다. 그래서 백성들이 자신들에 대해 가지고 있는 그로테스크한 상에 맞춰주려고, 그렇게라도 아부하려고 원래 천성보다 더 어리석게 구는 것이다.) 또 딸랑이를 흔드는 남녀 사제들, 꽃으로 장식하여 제물로 바쳐진 짐승들, 전차, 라우테 연주자들, 시종을 거느린 높은 사제들이 차례로 열을 지어 행렬을 따르고 뒤로는 박자에 맞춰 손뼉을 치며 노래 부르는 도시 주민과 농민들이 따라간다.

이렇게 환호하는 가운데 강가의 주랑 집, 곧 주랑 신전에 이르면, 일단 신의 배들을 정박시킨 후, 거룩한 배들을 또다시 어깨 위에 메고 새로운 행진이 시작된다. 북을 치고 긴 트럼펫을 불며 거룩한 출산의 집으로 향하는 것이다. 그리고 서둘러 달려온 아문의 세속 측실들, 곧 얇은 옷을 입은 하토르 수녀회 소속 수녀들은 무릎을 꿇어 몸을 조아리고, 가지 부채 아래로 그를 반긴 후, 고귀한 신랑(앞을 가린 조각배에 타고 있는 붕대를 두른 채 쪼그린 인형) 앞에서 멋지게 춤 한 판을 벌인다. 그리고 파우크를 두드리며 경쾌한 음성으로 노래도 부른다. 이것이 설날을 맞아 이루어지는 아문의 하렘 방문이다. 이어 풍성한 손님 접대가 이뤄진다. 이렇게 먹고 마실 것을 산더미처럼 쌓아두고 잔치를 벌이는 동안, 포옹과 출산의 집에서는 가장 안쪽과 안쪽, 그리고 그 앞에서 의미를 알 수 없는 여러 가지 제례행위가 이어진다. 그러니까 오색 부조와 글자가 가득한 방들과 장밋빛 화강암으로 만든 기둥에 파피루스를 붙인 주랑, 즉 위에 지붕이 있고 바닥에 은을 박아 넣은 홀과 백성들에게 공개되는 석상들이 즐비한 앞뜰에서 온갖 의식이 치러지는 것이다. 그리고 저녁 무렵이면 신의 화려한 행렬은 다시 환호를 받으며 물길을 되짚고 육지를 걸어 카르낙으로 돌아간다. 그리고 이 날은 모든 신전에 잔치가 벌어지고 신년 장터도 열리고 백성들을 즐겁게 하는 놀이와 연극도 공연한다. 사제들이 머리에 마스크를 쓰고 신들의 이야기를 재현하는 마당극이었다. 이런 광경을 그려본다면 설날의 풍경이 어떠했을지 가히 상상이 갈 것이다. 저녁이 되면 대도시는 근심 걱정 없는 황금시대를 꿈꾸며 흥청댄다. 그중에 신의 배들을 끌었던 견인부대 소속 병사들은 화환을 걸고 향유를 바른 몸으로 만취하여 거리를 휘젓고 다녀도 누가 뭐랄 사람이 없었다.

텅 빈 집

오페트 축제와 나일 강 범람의 공식기념일을 맞는 도시의 풍경을 대략 묘사한 것은 나름대로 이유가 있어서다. 이야기를 듣는 사람이 바깥세상의 일반적인 분위기를 알게 되면 우리 이야기의 주인공이 한 개인으로서 겪게 되는 그날의 특수한 상황을 상상하는데 큰 도움이 되기 때문이다. 그리고 이를 알아야만 페테프레가 이날 얼마나 무리한 요구를 받게 되었는지 이해할 수 있다. 그는 이날만큼은 여느 때보다 해야 할 일이 많았다. 궁궐의 호루스, 곧 파라오의 수행원으로 바로 다음에 서야 했던 것이다. 바로 다음? 그랬다. 그는 이날 왕의 유일한 친구들 중 한 명으로 승진했다. 그날 아침, 이 새해 아침 그는 기쁜 마음으로 파라오께 축원하는 편지를 낭송했고, 그 직후 왕의 유일한 친구라는 이 드물고 귀한 칭호를 하사받았다. 그래서 명예 친위대장은 이날 하루 종일 출타 중이었다.

어차피 집은 텅 비어 있었다. 다른 대인들의 저택과 마찬가지로 그 안에 살던 사람들 모두 밖으로 나간 것이다. 조금 전에 이미 강조했듯이, 집에 남아 있는 사람들은 꼼짝 못하는 불구자나 죽음에 가까이 있는 자들뿐이었다. 위층에 있는 거룩한 부모들이 후자에 속했다. 후이와 투이는 어떤 경우에도 정원의 정자 밖을 벗어나지 않았다. 하지만 요즘에는 그조차도 드물었다. 그들은 이렇게 살고 있다는 것만으로도 자연과 비자연의 경계선에 있는 것이었다. 이미 10년 전에 이들은 마지막 숨이 다가오리라 예상했었다. 그런데도 지금껏 살아 숨쉬고 있었다. 두더지와 진흙탕의 하마처럼. 아예 감은 듯한 눈으로 앞을 보는 그녀와 늘어은빛으로 변한 수염을 단 그는 서로 오누이의 정을 나누는 어두운 방안에 머무른 채 여전히 살고 있었다. 죽을 힘도 없는 여느 다른 노인들처럼 말이다. 아랫세상에 내려갔을 때, 그들이 속죄양을 바친답시고 무턱대고 아들 신체의 일부를 잘라버린 과거의 우둔한 행위로 말미암아, 마흔 명의 흉측한 이름을 가진 자들로부터 심판받게 될까봐 겁이 나서건 간에, 여하튼 아직까지 죽을 힘이 없어서 숨이 붙어 있었다.

자, 바로 이들이 어린 시녀들의 시중을 받으며 위층에 남아 있었다. 예전에 그들을 받들던 두 명의 멍청한 소녀들은 그사이 나이가 들어 나긋나긋함을 잃는 바람에 지금은 다른 소녀들로 교체되었다. 이들 외에는 다른 집들과 마찬가지로 텅 비어 쥐 죽은 듯 고요했다. 정말 그랬던가? 아니다. 무트-엠-에네트, 페테프레의 첫번째 부인, 정부인이 집을 지키고 있었다. 이 얼마나 낯선 광경인가? 그녀는 지금 다른 곳에 있어야 마땅했다. 그녀가 누구인가? 아문의 측실이 아닌가. 다른 자매들과 마찬가지로 아문 앞에서 머리에 뿔과 태양 원반을 꽂고 하토르를 상징하는 몸에 꼭 달라붙는 옷을 입고 은딸랑이 소리에 맞춰 고운 음성으로 노래를 불러야 했다. 그런데 그녀는 그곳에 가지 않았다. 수녀원장에게는 미리 불참 사실을 알렸고 수녀원의 수호자인 신의 부인 페에에게도 양해를 구했다. 무슨 구실을 내세워서? 그건 이전에 라헬이 낙타의 건초 더미 아래에 수호신상들을 숨기고 앉아, 라반 앞에서 일어서기를 거부할 때 내세웠던 핑계였다. 적당치 않은 상황이라고. 불행히도 하필이면 이날이 그날이라고. 이에 높은 수녀들은 깊은 이해심을 보여주었다. 적어도 포티파르보다는 훨씬 잘 이해해 주었다. 마찬가지로 이 말을 들은 포티파르는 워낙 인간적인 것에 대해서는 잘 알지 못하던 그답게, 라반처럼 똑같이 의아해 했다.

"아니 뭐가 적당치 않다는 거요? 이가 아프오? 아니면 우울하오?"

그가 사용한 어리석은 의학적 용어는 고상한 사교계에서 변덕스러운 기분을 나타낼 때 쓰는 표현이었다. 그녀의 상세한 설명에도 그는 이를 방해 요인으로 인정하려 들지 않았다.

"그건 상관없소."

돌이켜 보면 라반 또한 포티파르처럼 반응했었다.

"그건 사람들 눈에 나타나는 병도 아니니, 신의 축제에 참가하지 못할 이유가 없소. 이런 날은 죽을 지경에 있는 자도 다른 사람의 손에 이끌려서 꼭 나가고 싶어하는 판인데, 그런 정상적이고 규칙적인 것 때문에 불참하려 하다니."

"힘들다는데 이렇게 괴롭히는 것처럼 부자연스러운 것도 없어요."

그리고 그녀는 포티파르로 하여금 둘 중의 하나를 선택하게 했다. 자신은 공식 축제에 참여하거나 집안에서 손님을 접대하거나, 이 둘 중에서 한 가지밖에 못하겠으니 하나를 택하라는 것이었다. 이날 저녁에 가까이 사귀는 사교계 친구들을 초대할 예정이었다. 포티파르가 이제 왕의 '유일한 친구'로 불리게 된 이 뜻깊고 영예로운 일을 기념할 잔치였다. 그녀는 두 가지 모두 다 할 수는 없다고 했다. 이런 상태로 신 앞에서 춤을 추게 되면, 저녁에는 기진맥진하여 집안에서 잔치를 열었을 때 접대를 못한다. 그러니 양자택일을 해달라.

그 말에 포티파르는 침통한 기색으로 낮에는 집에서 쉬고 저녁에 안주인 노릇을 하라고 했다. 뭔가 개운치 않고 불길한 느낌이 들었다. 단순히 적당치 않다는 이유만으로 혼자 집에 남겠다니, 어쩐지 찜찜했다. 그리고 어렴풋이 불안한 생각도 들었다. 자신의 평안과 집안의 안전을 위해서는 집안을 받쳐주는 정신적 토대에 아무 문제가 없어야 했다. 그런데 거기 뭔가 탈이 생긴 게 아닌가 꺼림칙했다. 신의 축제를 끝내고 다른 때보다 일찍 귀가한 것도 이런 연유에서였다. 저녁에 있을 사교계 모임을 준비하려면 어차피 귀가를 서둘러야 했지만, 필요 이상으로 일찍 돌아왔다. 그리고 늘 묻던 대로, 겉으로는 미소를 지어 보이며, 그러나 속으로는 불안해 하면서 물었다. "집안은 평안한가? 마님은 유쾌하신가?" 그리고 기어코 듣고 말았다. 항상 도사리고 있던 무서운 대답을.

우리는 이 말과 함께 너무 앞서가고 있다. 소 감독관의 아내 레네누테트의 말처럼, 다 아는 사실이기 때문이다. 그럼에도 긴장하는 이유는 상세히 알고 싶어서일 뿐이다. 포티파르의 침울함과 불안이 요셉에 대한 생각과 끈이 닿아 있다 해서 놀랄 사람은 없을 것이다. 그리고 상황이 적당하지 않다는 이유로 집안에 남은 아내를 생각하고, 요셉은 어디 있는지 살펴보려 했을 것이 틀림없다. 우리 또한 일곱 가지 반대 이유가 제대로 효력을 발휘할지 은근히 걱정하면서 이리저리 살피게 된다. 요셉도 혹시 집안에 남아 있는 게 아닌가?

그렇지 않다. 그랬더라면 지금까지의 습관과 원칙을 어기는 것이므로 사람들의 주목을 끌었으리라. 그는 늘 그래왔듯 이날도 다른 무리들과 함께 어울렸다. 이집트의 요셉은 죽음의 나라에 온 지 벌써 10년째였다. 속으로야 거리감을 두었어도 여하튼 이집트에 적응하면서 보낸 세월은 그에게 흔적을 남겼고, 그는 이집트인이 되어 있었다. 정신까지 완전히 그런 것은 아니지만 몸은 진짜 이집트 시민이었다. 이미 3년째 완전히 이집트 사람처럼 옷을 입고 있는 요셉의 형태는 점점 더 이집트의 것에 의해 보존되고 있었다. 그래서 그는 이 나라의 변덕스러운 관습과 우상 축제를 한편으로는 비웃고 거리감을 두지만, 이집트 시민으로서 사교성을 발휘하여 겉으로는 우호적인 자세로 일관해왔다. 이 정도는 송아지를 밭으로 끌고 온 남자가 한쪽 눈을 질끈 감아주리라 확신한 것이다.

그리고 이 날은 다른 날도 아니고 설날이었다. 이 위대한 아문의 날은 당연히 사람들과 흥겹게 어울리는 날로서, 사람들이 삶을 만끽할 수 있는 날이며, 또 그렇게 할 수 있도록 허락해 주는 날이었다. 야곱의 아들은 이 아랫세상의 여느 사람들이나 마찬가지로 예복으로 갈아입고 풍습에 영광을 돌리고 거기 동참하기 위해 아침부터 바삐 움직였다. 그리고 갈증을 식히려고 약간의 술을 마시기도 했다. 물론 날이 저문 후였다. 처음에는 할 일이 많았다. 위대한 명예호칭을 지닌 자의 집사로서, 왕의 행렬을 따르는 수행원의 수행원으로서, 지평선의 서쪽 집에서 아문의 위대한 집으로 향하는 행진에 참가했고, 수로를 타고 오페트 신전으로도 갔다. 신의 가족이 돌아올 때는 출발할 때와는 달리 수행원의 숫자에서 차이가 났다. 거기 남는 자도 있었기 때문이다. 요셉도 다른 수천 명의 사람들과 다를 바 없이 여기저기 기웃거리며 신전의 예배도 구경하고 제물의 향연에도 참여했고 연극도 보았다. 저녁이 되어서야, 늦은 오후가 되어서야 그는 다른 사람들보다 먼저 집에 가야한다는 생각을 했다. 집안 살림을 총괄하는 감독의 의무를 다하려면 음식을 준비해 주는 긴 주랑과(예전에 후이와 투이에게 갖다 줄 간식을 받으러 갔던 곳) 만찬장에 설날 잔치 겸 임명 축하파티 준비가 모두 끝나 있는지 확인해야 했다. 그것도 다른 서기와 시종들이 집에 돌아오기 전에 빈 집에 혼자 먼저 가서 살펴봐야 한다는 생각을 하면서, 자신을 합리화하기 위해 이것저것 중얼거렸다. 마치 백성의 오랜 지혜를 따르겠다는 듯이 아예 있지도 않던 속담을 만들어낸 것이다. 이렇게 요셉이 '높은 지위는 곧 황금 같은 부담', '명예를 얻으면 어려움도 따른다', '맨 마지막에 쉬고, 의무는 맨 먼저' 등등의 황금률을 들먹이며 일찍 돌아가야 한다고 마음먹은 것은, 여주인이 적당치 않다는 이유를 내세워 하토르 춤을 추지 않겠다고 취소하고 집안에 남아 있다는 사실을 알게 된 후였다. 그전에는 이런 잠언들을 생각할 필요도 없었고, 이런 격언들이 백성들의 뇌리에 박혀 있으리라는 엉뚱한 발상도 하지 않았다. 그리고 지금은 이토록 절실하게 깨닫고 있지만 그전에는 이를 자신의 의무로 의식하지도 못했었다. 다시 말해서 다른 시종들보다 먼저 집으로 돌아가야 하는 일, 모든 것이 잘 되어가는지 눈으로 보고 확인하기 위해서.

'모든 게 잘 되어가는지', 혼자 생각을 하다가 요셉은 이 표현에서 멈칫했다. 어딘지 모르게 불길한 예감이 들었다. 가슴 한구석에서 이것은 위험한 발상이니 피하라는 목소리가 들리는 듯했다. 요셉은 정직한 젊은이답게 자신을 속이지 않았다. 그는 자신이 옛날의 교훈시를 따르면 가슴이 덜컹해질 위험이 도사리고 있다는 사실을 모르는 바 아니었다. 그러나 이는 위험한 장애물일 뿐 아니라, 기쁨을 가져다주는 크나큰 기회이기도 했다. 어떤 기회냐고? 늘 겁이 나서 속삭이는 곳립, 내 말을 들어봐. 이것은 주님과 아문의 명예가 걸린 문제야. 그러니 어떻게든 끝을 내야 해. 아니, 이번에야말로 황소의 뿔을 잡아서 한바탕 씨름을 벌일 수 있는 좋은 기회란 말이야, 벌벌 떠는 친구야. 다른 건 사소한 헛소리일 뿐이야. '백성들은 쉬지만 주인은 벌써 짐을 지고 있다.' 이렇게 껄끄러운 말이 정말 옛날부터 전해 내려온 격언이라도 되듯이, 젊은 집사 요셉은 이런 말들을 중얼거려가며 마음을 다지고 또 다졌다. 쓸데없는 난쟁이의 귓속말이나 상대방을 유혹할 수밖에 없는 안주인의 상황도 그를 현혹시킬 수 없었다.

아, 나중에 다 잘 되는데 뭐! 하면서 독자들이 느긋해 할까봐 이렇게 요셉의 생각을 잠시 훔쳐보았다. 이야기의 결말을 알지 못한다면 요셉이 걱정되어서 이마에 땀방울이 맺히지 않겠는가! 하지만 이 이야기는 그 옛날에 이미 결말이 났으며, 이 자리에서 들려주는 이야기는 축제를 재현해주는 후기요, 이른바 신전 앞에서 벌이는 연극이다. 그런데 과연 '재현'이란 무엇인가? 축제에서 재현은 과거와 현재의 차이를 없애는 것이다. 이 경우 이야기가 스스로 이야기 보따리를 펼쳤을 때, 사람들은 이 사건을 코앞에 두고서는 도무지 안심할 수 없다. 요셉은 무사히 빠져 나올 수도 있고, 모든 것을 망쳐 신과의 관계에서 타락할 수도 있다. 따라서 우습지만 근심하는 것은 당연하다.

아름다운 신을 땅에 묻을 때, 그가 부활할 시간이 다가온다 하여 여인들이 통곡을 낮추지는 않는다. 지금 이 순간 그는 죽었고 찢겨진 몸인 것이다. 축제의 각 순간은 나름대로의 영광과 명예를 지닌다. 그것이 한탄에서 환호로 이어지든, 혹은 환호에서 한탄으로 이어지든 상관없다. 에사오 역시 명예로운 순간을 맞아 거들먹거리며 성큼성큼 앞으로 걸어갔다. 그렇게 잘난 척한 것이 결국은 한숨과 익살로 끝났지만, 그렇다해서 때도 되지 않았는데 미리 통곡하고 울부짖을 필요는 없지 않은가?

우리도 마찬가지다. 요셉이 황금률을 들먹이며 떠올리는 생각을 살펴보면서, 요셉에 대한 걱정으로 이마에 구슬땀이 맺힐 필요가 어디 있느냐며 여유를 부릴 수는 없다. 그럴 때가 아닌 것이다. 아니, 폐허가 되다시피한 포티파르의 집을 둘러본다면 단순히 땀방울이 맺히는 정도가 아니라, 진땀이 쭉 빠지리라.

집안에 대체 누가 남아 있는가? 죄의 어머니 역할을 떠맡은 무트가 있지 않은가? 그녀 역시 확신을 가지고 있었다. 그녀의 각오가 야곱 아들의 것보다 약하다고 믿을 수 있는 근거가 어디 있는가? 그녀가 자신의 열정이 씁쓸하면서도 달콤한 승리를 거둬 곧 청년을 가까이 포용하게 되리라 확신할 만한 이유가 없었단 말인가? 그녀의 욕망은 위로는 신분이 높은 대사제의 허락과 아울러 위임까지 얻어 영화로운 태양신 아문의 후원을 업고 있을 뿐만 아니라, 아래로부터 실현 보장까지 받은 상태였다. 끔찍한 악마의 세력까지 그녀 편으로 만들었으니까 말이다. 원래의 고귀한 신분을 벗어나 저만큼 아래로 내려간 영주의 딸은 가슴 깊숙한 곳에 엉뚱한 생각을 품고 있었다. 여자의 교활한 꾀로 굴욕적인 조건을 잠깐만 속이면 된다. 일단 사랑을 나누게 되면, 육신과 영혼이 그다지 분명하게 구분되지 않을 수도 있을 거야. 그녀는 육체의 달콤한 포옹으로 청년에게 쾌락을 느끼게 하면, 그의 영혼까지 자신의 것으로 만드는 행운도 끌어낼 수 있지 않을까 한 것이다.

포티파르의 부인은 이 일이 벌어졌던 '당시'(이 자리에서는 '지금'이 되었다)에도 그랬듯이, 우리가 지금 이야기를 들려주고 있는 이 순간, 현재의 축제 시간 안에 붙들려 있으므로, 앞으로 닥칠 일을 알 수 없다. 그녀가 알고 있는 것이 있다면 그것은 요셉이 텅 빈 집으로 자신을 찾아오리라는 사실이었다. 그녀는 가슴 깊이 믿고 있었다. 여주인 암캐가 그를 '이곳으로 유인'하리라는 사실을.

요셉은 중간에 무트 자신이 축제에 참여하지 않고 집에 홀로 남아 있다는 사실을 알게 되리라. 그러면 귀가 시간을 조정해야겠다 생각하리라. 그 의미심장하고 특별한 시간이 되려면 아직 멀었지만, 여하튼 일단 그렇게 귀가 시간을 앞당겨야겠다는 생각에 밀려서 발걸음을 이곳으로 향하게 되면, 그 다음은 그녀 하기 나름이었다. 요셉은 마법에 대해 아무것도 모른다. 그녀는 그렇게 생각했다. 그래서 그는 깊숙한 곳에 서 있는 타부부의 술책을 전혀 모르니, 자신이 무트를 찾아 텅 빈 집으로 돌아가야 한다는 급박한 생각이, 만일 이런 생각을 한다고 가정한다면, 이런 생각이 자신의 자발적인 생각이라 믿을 것이다. 그리고 이렇게 자신의 생각으로 믿고 자신의 마음에서 우러나오는 행동이라 확신한다면, 이로써 이미 그의 영혼을 속인 셈이 된다. 그러면 이 지점에서 대마녀의 계략은 효력을 발휘한 게 되겠지. 사람들은 흔히 '그 충동에 밀렸다'고 말한다. 하지만 여기서

945

'그'가 무엇을 뜻하는가? 자신의 행동을 자신과 구분 지어 자기 자신이 아닌 어떤 것으로 책임을 떠넘기는 그라는 대상은 과연 무엇인가? 그 또한 자신이 아니고 무엇이란 말인가! '그'는 다름 아닌 바로 그 자신이며 그의 욕구와 함께 한 그 사람이다. '나는 하려고 한다'와 '내 안에서 하려고 한다'가 서로 다른 두 개의 것이란 말인가? 행동하기 위해서 '하려고 해야' 할까? 행동이 의지에서 나오는가? 아니면 의지가 행동을 통해 비로소 드러나는 것은 아닌가? 요셉은 올 것이다. 그가 온다는 사실에서, 그는 자신이 오려했다는 사실을 깨닫게 될 테고 또 그 이유도 알게 될 것이다. 하지만 요셉이 일단 오기만 하면, 다시 말해서 그가 큰 기회의 외침을 듣고 그 기회를 잡기만 하면, 모든 게 끝난다. 그러면 그녀는 이미 승리를 거둔 것이며 그에게 자신의 화환을 씌워주면 된다. 담쟁이덩굴과 포도덩굴로!

포티파르의 아내는 이렇게 생각을 갈고 닦았다. 그녀의 눈은 부자연스럽게 커졌고 지나치게 반짝였다. 상아 화장 도구로 눈썹과 속눈썹에 스티비움을 듬뿍 발랐던 것이다. 침울한 두 눈이 멍하니 앞만 바라보는 동안 위로 말려 올라간 입은 꼼짝 않고 승리를 확신하고 미소 짓고 있었다. 입술은 뭔가 씹고 있는 것처럼 보일 듯 말 듯 오물거리고 있었다. 실은 잘게 빻은 향가루 알갱이를 꿀과 섞어 씹는 중이었다. 그녀가 입은 옷은 최고급 아마포로 만든 얇은 옷이었다. 사랑에 사로잡힌, 약간은 마녀 같은 그녀의 사지가 훤히 들여다보였다. 그 사이로 머리카락도 그렇고 세련된 키프로스산 향수 냄새가 새어나왔다.

그녀는 지금 본채에 마련된 자기 방에 있었다. 한쪽 벽은 문이 일곱 개 있고, 바닥에 성좌도가 그려진 앞쪽 홀과 닿고 다른 쪽 벽은 요셉이 페테프레에게 책을 읽어주는 북쪽 주랑에 닿았다. 그리고 한쪽 모서리는 손님을 맞는 만찬장과 연결되고 이는 가족들이 식사하는 곳과 맞닿는다. 오늘 저녁 새로운 명예 칭호를 얻은 페테프레를 축하해 주는 파티가 열릴 곳이 바로 이 만찬장이었다. 무트는 북쪽 주랑으로 연결된 문을 열어 놓았다. 그리고 손님들을 맞는 홀로 연결되는 두 개의 문도 열어두고 요셉이 꼭 오리라 믿으며 이곳을 서성이고 있었다. 이 여인이 집에 홀로 있다는 사실은 오로지 위층에 있는 두 노인들에게만 알려졌다. 마지막 한숨을 토할 날만 기다리고 있는 이 노인들의 며느리 에니는 이리저리 거닐다가 한순간 거룩한 부모들을 생각하고 보석 같은 눈을 들어 그림을 그려놓은 천장을 쳐다보았다. 지나치게 번쩍이는 눈빛은 음울하기만 했다. 그녀는 홀에서 서성이다 다시 어둑어둑한 침실로 돌아왔다. 높은 석조 창문 사이로 빛이 새들어왔다. 그녀는 녹색돌로 장식한 침상에 누워 얼굴을 쿠션에 묻었다. 방안의 향로에서는 계피나무와 미르테 송진이 모락모락 타고 있었다. 이 목탄의 향긋한 연무가 열려 있는 문을 통해 손님들을 맞을 연회장까지 스며들었다.

무트, 이 여자 마법사에 대해서는 이 정도로 하자.

이제는 야곱의 죽은 아들에게 눈을 돌려보자. 그는 다들 알다시피 다른 시종들보다 먼저 집에 당도했다. 돌아온 직후, 그는 자신이 그들보다 먼저 돌아오려고 했음을 깨달았다. 아니 오고 싶은 충동에 내몰렸다는 것을 깨달았다. 사실은 그게 그거지만! 그는 다른 사람들처럼 끝까지 축제를 즐길 게 아니라, 제일 먼저 집으로 돌아와 집안을 살펴야 하는 것이 집에서 제일 위에 서 있는 자신의 책임이라고 마음을 다졌었다. 그래도 조금 망설여지는 구석이 있어서 이것이 오래 전부터 사람들이 윗사람의 의무로 생각한 것이 기라도 되는 양 그럴듯한 격언들을 만들어내느라 의외로 오랜 시간을 보냈다. 여하튼 텅 비어 있는 집으로 요셉이 제일 먼저 돌아왔을 때는, 다른 시종들도 하나 둘씩 도착할 참이었다. 이들은 저녁까지 시내에서 여가시간을 즐기라는 명을 받지 못한 시종들로 뜰과 집안에서 손님을 맞을 준비에 쓰일 인력들이었다. 그래서 한 시간만 더 있으면, 아니 여름시간보다 짧은 겨울인 점을 감안한다면, 최소한 그때면 벌써 다들 도착할 게 분명했다.

요셉은 기다리는 여자와는 다른 식으로 하루를 보냈다. 태양 아래에서 벌어진 요란스러운 우상 축제를 구경하며 시간을 보낸 그의 속눈썹 아래로 화려한 행진 장면과 연극이며 백성들이 연출한 아수라장까지 고스란히 그림으로 투영되었다. 그리고 라헬을 닮은 그의 코에는 제물을 태운 냄새와 흥분의 도가니에서 뛰고 구르며 열광하는 수많은 사람들이 내뿜은 열기와 그들이 정신없이 먹어댄 맛있는 음식 냄새가 배어 있었다. 또 귀에는 여전히 파우케와 칭켄 소리, 율동에 맞춘 박수소리, 사람들이 희망에 들떠 내지른 열광적인 외침이 울려 퍼지고 있었다.

요셉 또한 먹고 마셨다. 그의 상태를 과장 없이 묘사하려면, 위기에 처한 청년의 상태라고 표현하는 게 어떨까 싶다. 그런데 이 위기라는 것은 동시에 기회이기도 하며, 청년 스스로는 이를 위기보다는 기회로 보려 했다. 청년은 머리 위에 파란 수련꽃 화환을 두르고 입에도 이 특별한 꽃을 한 송이 물고 있었다. 그리고 화려한 파리채에 달린 하얀 말의 꼬리털로 어깨를 툭툭 치면서 노래를 흥얼거렸다.

'아랫사람들이 멋진 하루를 보내면,
마이스터는 고생을 선택한다.'

요셉은 이를 옛날 격언으로 여겼고, 자신은 다만 이러한 백성의 자산에 곡조만 붙인 것이라 생각했다. 이렇게 노래를 흥얼거려가며 낮이 저물 무렵 주인의 집에 이른 그는 청동 주물로 만든 문을 열고 성좌도가 그려진 복도의 모자이크를 지나 손님들을 맞을 1층의 아름다운 홀 안으로 들어갔다. 화려한 장식과 함께 거기에는 이미 페테프레의 융숭한 저녁 향연이 준비되어 있었다.

그래도 준비가 완벽한지 점검하고, 혹시 접대 음식을 관리하는 서기 하아마아트를 책망할 일이 있나 보려고 젊은 집사 요셉은 이렇게 먼저 돌아온 것이다. 그는 의자와 작은 탁자 사이를 이리저리 돌아다니며 받침대 위에 올려진 포도주 항아리와 피라미드 모양으로 과일과 과자를 쌓아둔 접시들과 램프도 살펴보고, 화환을 두른 식탁과 꽃 목걸이와 먹을 수 있는 향 알맹이를 담아둔 그릇도 확인하고, 쟁반 위에 올려진 황금 잔들의 자리를 조정하느라 잔을 움직여 달그락 소리를 내기도 했다. 이렇게 마이스터답게 주변을 둘러보며 한두번 더 잔을 움직여 달그락 소리를 내던 그는 한순간 깜짝 놀랐다. 조금 떨어진 곳으로부터 목소리 하나가 건너왔던 것이다. 울려 퍼지는 음성, 노래하는 듯한 목소리였다. 이 목소리가 그의 이름을 부르고 있었다. 이 나라에 도착했을 때 자기가 만들어 붙인 그 이름이었다.

"오사르시프!"

텅 빈 집안에서, 멀리서 그 소리가 귓전을 때린 이 순간을 그는 두고두고 잊지 못했다. 그는 파리채를 겨드랑이에 끼운 채, 선 자세로 두 개의 황금 잔을 손에 들고 그 광채를 점검하고 다시 달그락 소리를 낸 후, 귀를 기울였다. 그는 자신이 잘못 들었다고 생각했다. 아니, 그렇게 생각하는 척 했다. 그 소리가 다시 들릴 때까지 한참 동안을 술잔을 든 채, 꼼짝 않고 귀를 기울이고 있었으니까. 마침내 노래하는 소리가 이쪽으로 건너왔다.

"오사르시프!"

"네, 저 여기 있습니다!" 그가 대답했다. 그러나 목소리가 쉰소리로 변하여 음성이 제대로 나오지 않았다. 그는 기침을 한번 하고, 다시 반복했다.

"듣고 있습니다!"

다시 한순간 침묵이 흘렀다. 그는 꼼짝 않고 그대로 있었다. 이윽고 건너편에서 노랫소리가 울려 퍼졌다.

"자네가 맞군, 오사르시프, 홀에서 들려오는 소리가 자네 목소리이군. 이렇게 빨리 축제를 마치고 돌아왔는가? 다른 사람들보다 앞서서 이 텅 빈 집으로?"

"말씀하신 대로입니다, 여주인님." 그가 대꾸했다. 그리고 술잔을 제자리에 놓으며 열려 있는 문으로 페테프레의 북쪽 주랑으로 들어갔다. 그곳으로 가면 오른쪽과 맞닿은 방에 있는 사람과 대화하기가 훨씬 수월했다.

"네, 집안에 모든 게 잘 되어가는지 확인하려고 일찍 왔습니다. 감독은 많은 것을 포기해야 한다, 이 중요한 격언은 마님께서도 아시리라 믿습니다. 저를 집 위에 올려주신 주인님께서 여실 만찬 준비가 제대로 되었나 살피는 것이 제게는 가장 중요한 일이니 다른 것을 포기하는 게 당연합니다. 주인님께서는 절 믿으시고 모든 것을 제 손에 위임하셨고, 이 집안에서 말 그대로 저보다 높은 자가 없게 하셨기 때문입니다. 그래서 아랫사람들에게는 조금 더 즐거움을 누리게 하고, 대신 저는 나머지 즐거움을 포기하고 제때에 집에 오는 것이 옳다고 여긴 것입니다. '군중에게는 베풀고 자신에게는 엄격하라!'는 격언대로 말입니다! 하지만 마님 앞에서 자화자찬할 생각은 없습니다. 제가 다른 사람들에 비해 그다지 일찍 온 것도 아니기 때문입니다. 이것은 얘깃거리도 되지 않고 또 이걸로는 뭘 시작할 수도 없습니다. 금방이라도 다른 사람들이 파도처럼 밀려 들어올 수 있으니까요. 신의 유일한 친구, 마님의 남편이시며 저의 고상한 주인님께서도 마찬가지입니다."

"그렇다면" 어둑어둑한 침실에서 음성이 건너왔다.

"이왕 집안의 모든 것을 살피려 왔다면 나도 보러 오지 않겠나, 오사르시프? 내가 아파서 혼자 남아 있다는 말은 듣지 못했던가? 문지방을 건너 내게로 오라!"

"저도 그러고 싶지만," 요셉이 대꾸했다.

"기꺼이 문지방을 건너 마님을 뵙고 싶지만, 여기 연회장에 아직 정돈되지 않은 것들이 많아서 그것들을 살펴봐야 합니다."

그러나 목소리가 들려왔다.

"내게로 들라! 여주인의 명령이다!"

그러자 요셉은 마지못해 문지방을 건너 그녀에게로 갔다.

아버지의 얼굴

이 지점에서 이야기는 침묵한다. 이 말은 지금 축제를 재현하는 이 자리에서 들려주는 이야기가 침묵한다는 뜻이다. 이 일이, 이 이야기가 자신에 관한 이야기 보따리를 풀었을 때, 다시 말해서 이야기의 원본에는 전혀 침묵하지 않았다. 오히려 이 어둑어둑한 침실에서는 흥분한 두 사람이 대화를 주고받거나 또는 양쪽이 한꺼번에 말을 하기도 했다. 그러나 이 자리에서는 인간을 배려하는 따뜻한 마음에서 이들이 나눈 이야기에 베일을 씌우려 한다. 수많은 청중 앞에서 재현되는 지금과는 달리, 그 당시 두 사람은 증인 없이 단둘이 이야기를 나누었다. 이 점을 고려해야 한다는 것쯤은 아무도 부인하지 않을 것이다.

그 자리에서 침묵하지 않고, 또 침묵해서도 안 될 사람이 바로 요셉이었다. 그는 오히려 숨도 쉬지 않고, 청산유수로 이야기를 쏟아내야 했다. 그녀를 설득하기 위해 정신의 우아함과 영리함으로 여자의 탐욕에 맞서야 했던 것이다. 그러나 바로 여기에 우리가 말을 삼가려는 진짜 이유가 있다. 바로 이 자리에서 그는 모순에 휘감겼기 때문이다. 아니, 하나의 모순이 전개되고 있었다. 이는 다름 아닌 정신과 육체의 모순이었다. 그렇다. 여자에게는 말로, 혹은 침묵으로 응수하면서 그의 육신은 정신에 맞서고 있었다. 말은 그럴싸하고 영리한 능변이었지만 그럼에도 그는 당나귀가 되어가고 있었다. 아, 얼마나 충격적인 모순인가? 화자는 이 자리에서 말을 삼가고 싶은 충동을 느낀다. 지혜로운 말, 그러나 육신의 배신으로 무서운 거짓말이 되는 말, 결국은 말한 사람을 어리석은 당나귀로 만들어버리는 말!

여자는 요셉이 죽은 신의 상태로 도망치려 하자(다들 알다시피 요셉은 도주에 성공했다) 엄청난 절망과 실망으로 거의 미치려 한다. 그녀의 욕망은 요셉이 남자로서 이미 준비되어 있다고 멋대로 단정했기 때문이다. 그녀는 실성한 사람이 발작을 일으키듯 자기 손에 남아 있는 요셉의 옷 조각을(요셉이 옷의 일부를 두고 갈 수밖에 없었다는 것도 다들 잘 안다) 가지고 한편으로는 감탄하면서 애무하기도 하고 또 다른 한편으로는 가슴이 찢어지는 고통을 느끼며 옷 조각을 함부로 다루기도 했다. 그러다 보니 입에서는 한탄과 환호성이 번갈아 터져 나왔다. 이와 동시에 이집트 여자는 또 다른 소리도 외쳤다.

"메니 나흐테프!" "나는 그의 무기를 보았다!"

그가 마지막 순간에 그녀를 뿌리치고 나올 수 있었던 것은 아버지를 보았기 때문이다. 이야기의 정확한 사본들의 보고에 따르면 그렇다. 그리고 이 자리에서 이 보고가 진실임을 확인할 수 있다.

일인즉 이러했다. 요셉이 더 이상 말주변으로도 버티기 어려워 거의 쓰러질 것 같았을 때, 문득 아버지의 모습이 나타났다. 야곱의 상? 물론이다. 그의 모습이었다. 그러나 이것은 요셉이 곁에서 지켜보았던 야곱 개인의 얼굴 윤곽을 고집하는 상이 아니었다. 요셉은 오히려 정신 속에서, 정신을 통해 그 얼굴을 보았다. 이 아버지 상은 넓고 보편적인 이성을 뜻하는 일종의 표상이요 경고였다. 야곱의 윤곽이 아버지 같은 페테프레와 또 고인이 된 몬트-카브의 그것과 섞였다. 그리고 이들과는 비교도 안 될 정도로 훨씬 큰 존재의 그것도 합쳐진 아버지의 얼굴이 요셉을 굽어보고 있었다. 눈 밑에 살이 불거져 나온 아버지의 갈색 눈에 수심이 그득했다.

이 아버지의 얼굴이 그를 구했다. 아니(이성적으로 평가하려면, 그러니까 유령의 등장이 아니라 요셉이 이런 상을 본 것을 순전히 그의 공으로 돌리려 한다면) 오히려 요셉이 스스로를 구할 수 있었다고 말해야 옳다. 경종을 울리는 아버지의 상을 불러낸 것은 바로 그의 정신이었으니까. 그렇게 해서 그는 너무 멀리 나가 있던, 그래서 하마터면 패배할 뻔한 상황에서 뛰쳐나올 수 있었다. 물론 이것이 가련한 여자에게는 참기 어려운 고통을 뜻했음은 당연하다. 여하튼 그의 육체 또한 언변 못지않게 날렵했던 것이 천만다행이었다. 그는 하나, 둘, 셋, 셀 동안 번개처럼 웃옷에서 몸을 빼냈다. 그리고 절망에 몸부림치며 필사적으로 달라붙는 여인의 손길을 뿌리치고, 평소와는 달리 조금은 허둥대며 손님을 맞을 연회장을 지나 앞쪽 현관으로 빠져 나왔다.

실연당한 여인은 뒤에서 거의 실성한 듯, 그러나 절반은 기뻐서 이렇게 소리쳤다.

"메니 나흐테프!"

그러나 이는 참을 수 없는 거짓말이었다. 그녀는 자기 손에 남아 있는 것에 끔찍한 일을 저지르고 있었다. 여전히 온기가 남아 있는 옷에 키스를 퍼붓고 눈물을 적시며 이빨로 물어뜯었다. 그것도 모자라 발로 짓밟기까지 했다. 증오와 달콤함이 공존하는 옷 조각이었다. 그리고 이것은 예전에 아들의 베일을 가지고 형들이 도단 골짜기에서 했던 것과 별반 다를 바 없었다.

"오, 내 사랑!"

그녀가 외쳤다.

"날 두고 어디를 가느냐? 여기 있거라! 오, 복된 소년! 이 수치스러운 노예, 저주받을 놈! 죽어 마땅한 놈! 배신! 폭력! 무뢰한! 명예를 더럽힌 살인자! 게 아무도 없느냐! 여주인을 도와다오! 무뢰한이 날 덮쳤다!"

이렇게 된 것이다. 그녀의 생각은—실은 분노와 눈물의 소용돌이에 지나지 않는 이것을 생각이라고 말할 수 있다면—호소로 바뀌었다. 지금까지 그녀가 요셉에게 어디 한두번 협박했던가. 자신에게 두려운 게 있다면 오로지 욕망에 사로잡힌 그녀 자신뿐이다. 그러니 욕망에 밀려 이성을 잃고 암사자가 발톱을 세우게 되면, 그때는 자신의 신분을 망각하고 여주인에게 무서운 죄를 범했다고 그를 고발해서 죽게 만들겠다, 그렇게 협박한 자신이었다. 가슴에서 슬며시 고개를 든 이 기억이 그녀를 덮쳤고, 그 힘에 밀려 그녀는 더욱 큰소리로 외쳤다. 인간은 흔히 거짓에 진실성을 부여하고 싶을 때 목청을 높이기 마련이니까. 그녀는 동정받아 마땅한 존재이므로, 이런 식으로나마 이 여인의 고통이 돌파구를 찾은 것에 우리 모두 기뻐해야 한다. 다시 말해서 그녀가 당한 모욕과 수치가 밖으로 표출될 수 있었기 때문이다. 물론 거짓 표현이지만, 얼마나 참담한지, 온 세상을 깜짝 놀라게 하고 분노로 헐떡이는 복수심을 드러내는 데는 그만한 게 없었다. 그녀의 비명이 사방에 쩌렁쩌렁 울려 퍼졌다.

앞쪽 현관에는 이미 사람들이 웅성거렸다. 해가 저물었다. 페테프레의 집에서 일하는 사람들은 대부분 축제에서 돌아와 뜰과 집안에 당도해 있었다. 도망치는 자에게는 그나마 홀을 완전히 벗어나기 전에, 마음을 가다듬을 수 있는 공간과 시간이 있었던 게 다행이었다. 시종들은 귀를 곤두세웠다. 다들 깜짝 놀란 모습이었다. 여주인이 외치는 소리가 밖에까지 들려왔고, 젊은 집사는 어느 정도 절제된 걸음걸이로 향연이 열릴 홀에서 나와 차분한 자세로 그들을 지나쳐 갔으나, 그의 옷에 부족한 게 있다는 것은 누구나 눈치 챌 수 있었다. 이를 침실에서 들려오는 비명소리와 연관시키지 않을 수 없었다. 요셉은 정신을 차리기 위해 오른쪽에 있는 자기 방 '신뢰의 특실'로 가고 싶었다. 그러나 시종들이 가로막고 있기도 하고, 여하튼 집 밖으로 나가고 싶은 마음이 더 강해서 열려 있는 청동 문을 지나 뜰로 나

957

갔다. 거기엔 집으로 돌아오는 사람들로 가득했다. 방금 측실 여자들을 태운 가마 행렬이 하렘 앞에 당도했던 것이다. 종알거리는 이 여자들도 오늘은 외출 허가를 받고 규방의 서기들과 누비아 출신 내시들의 감시 하에 이 날의 연극을 구경할 수 있었다. 이렇게 모처럼의 나들이를 마친 여자들이 이제 막 자신들의 '명예 새장'으로 돌아오는 중이었다.

그러니 무사히 위기를 벗어난 도망자가 갈 데가 어디 있었겠는가? 문 쪽으로 가서, 자신이 예전에 들어왔던 그 길로 나가야 할까? 그렇게 한다 하더라도 그 다음은 어디로? 그건 자신도 알 수 없었다. 하지만 자신 앞에 아직 뜰의 공간이 있는 것만으로도 다행스러웠다. 그곳으로나마 갈 수 있었던 것이다. 어디론가 갈 데가 있다니 얼마나 다행인가.

그때였다. 누군가 옷을 잡아당기는 게 느껴졌다. 주름투성이 할아범 곳립이었다. 깊은 근심으로 일그러진 얼굴로 난쟁이가 올려다보았다.

"들판이 황소 앞에서 다 타버렸어! 재만 남았어! 재만! 아, 오사르시프!"

본관에서 바깥 담벼락의 첨탑에 이르는 중간 지점이었다. 옷자락에 작은 자를 매단 채 요셉은 몸을 돌렸다. 여자의 목소리가 그를 따라잡았던 것이다. 하얀 옷차림의 그녀가 문 앞의 높은 계단에 모습을 나타냈다. 홀에 서 있던 사람들이 우르르 따라 나와 그녀를 둘러쌌다. 그녀가 요셉을 향해 팔을 뻗었고, 그녀의 팔이 향한 방향으로 남자들도 팔을 뻗치고 이쪽으로 달려와 그를 잡았다. 그리고 사람들이 모여 있는 곳으로 다시 데려갔다. 집 앞으로 사람들이 몰려

들었다. 수공업자들, 문지기, 성문지기, 마구간 사람들, 정원과 주방 사람들, 그리고 은빛 잠방이를 입고 식사 시중을 드는 시종들까지. 요셉이 끌려가자 난쟁이도 옷자락에 매달린 채 징징거렸다.

포티파르의 부인은 뜰에서 앞뒤로 명예 남편의 시종들을 세워놓고 그 유명한 연설을 시작했다. 그러나 이 연설은 시대를 막론하고 인류로부터 외면당했다. 그리고 다른 점에서는 무트-엠-에네트를 그래도 이해하려 하고 그녀의 입장에서 그녀의 진술을 들려준 우리지만, 여기서만큼은 그녀를 나무라지 않을 수 없다. 그건 그녀가 자신의 거짓말에 진실을 가장하기 위해 입힌 가짜 옷 때문이 아니라, 수치심도 모르는 거침없는 선동 때문이다.

"이집트인들이여!" 그녀가 외쳤다.

"케메의 아들딸들이여! 강물과 검은 흙의 아들들이여!" 이것이 무슨 말인가? 그녀의 청중은 평범한 보통 사람들이었다. 그리고 이 순간 너나없이 술에 취해 있었다. 그들이 하피의 자녀로서 그곳 원주민인 것은 사실이다. 물론 거기에는 이에 해당되지 않는 쿠쉬 땅에서 온 무어 족과 갈대아의 이름을 가진 자들도 있긴 했다. 여하튼 이들의 태생을 근거로 그렇게 불렀다고 하자. 하지만 그들이 이집트인으로 태어난 것이 어디 그들이 잘나서 그런 것이었던가? 그저 태어나보니 이집트인이었을 뿐, 한마디로 그건 자연이 한 일이었다. 그리고 이들은 행여 집안일을 제때에 하지 않고 거르게 되면 결코 좋은 꼴을 볼 수 없던 사람들이다. 이런 경우 커다란 가죽띠로 허리를 흠씬 두들겨 맞기 일쑤였다. 이때는 이집트인이라는 고상한 출신 성분은 전혀 고려 대상이 되지 않았던 것이다. 그런데 다른 때는 이처럼 각자의 실생활에 아무런 효력을 발휘하지 못하고 저 뒤쪽에 밀려나 있던 출신 성분을, 느닷없이 지금 이 순간 새롭게 상기시킨 까닭은 무엇일까? 그건 이 사람들에게 자신이 명예로운 이집트인이라는 자부심을 불러일으켜 하나의 공동체로서 파괴해야 할 대상을 향해 성난 입김을 불어달라고 선동하기 위해서였다. 그리고 이 묘한 호소는 대단한 효력을 발휘했다. 우선 여기에는 그들이 마신 보리 맥주가 한몫 단단히 했다.

"이집트의 형제들이여!" (와, 이제는 형제들이라! 이들에게는 이처럼 신나는 일이 없었다.)

"날 보아라. 너희의 여주인이요 어머니인 나를 보아라! 나는 페테프레의 첫째 부인, 정실부인이다! 집의 문턱에 서 있는 내가 보이느냐? 그리고 우리가, 너희와 내가 서로 상대방을 알아보느냐?"

'우리', 그리고 '서로'라니!

참으로 엄청난 표현이 아닐 수 없었다. 낮은 신분의 시종들에게는 간지럽고 부드럽기 그지없는 표현이었다. 오늘 같은 날은 지금까지 없었다.

"그리고 너희는 이 히브리 청년을 아느냐? 이렇게 절반은 벌거벗은 몸으로 달력의 큰 명절날 저녁에 웃옷도 입지 않고 있는 청년을? 하기야 내 손 안에 그의 옷이 들어 있으니 그럴 수밖에 없다. 너희는 이 자를 알 것이다. 이 땅의 자녀들인 너희 위에 집사로 올려져 두 나라의 대인 집 위에서 있는 자이다. 그를 알아보겠느냐? 이 자는 빈궁한 땅에서 살다가 이집트로, 우시르의 아름다운 정원, 레의 의자가 있는 곳, 자비로운 정신의 지평선으로 내려온 자이다. 사람들이 우리 집에 데려 온 이 이방인은,"

또 한번의 '우리!'

"우리를 우롱하여 수치스럽게 만들었다. 그건 끔찍한 일이 생겼기 때문이다. 내가 몸이 불편하여 아문 앞에 양해를 구하고 혼자 텅 빈 집을 지키며 내 침실에 있는데, 이 방탕아가 이를 틈타 내 방에 들어왔다. 그리고 이 히브리 악당은 자기 마음대로 나를 가지려 했다. 내게 수치를 안기려고! 종 주제에 감히 여주인과 동침하려고!"

그녀가 찢어지는 목소리로 비명을 질렀다.

"폭력으로 날 가지려 했다! 그러나 나는 큰소리로 외쳤다. 어떻게 이런 짓을 할 수 있느냐, 어찌 감히 종의 신분으로 나를 겁탈하여 쾌락을 얻으려 하느냐! 이집트의 형제들아! 내 너희에게 묻겠다. 너희도 내가 소리를 지르는 것을 듣지 않았느냐? 나는 절망적인 순간에도, 법이 요구하는 대로, 몸을 더럽히지 않기 위해 저항했음을 증명하려고 있는 힘을 다해 외쳤다. 너희들도 들었지 않으냐! 그런데 이 못된 무뢰한은 내가 시끄럽게 소리를 지르자 거만한 용기가 어느새 풀이 꺾였는지 웃옷을 놓고 황급히 달아났다. 여기 이것이 그 증거다. 그래서 이 증거를 가지고 너희로 하여금 그를 잡게 한 것이다. 이렇게 내가 비명을 지른 덕분에 그는 못된 짓을 이루지 못하고 도망쳤고, 나는 깨끗한 몸으로 너희 앞에 서 있다. 그러나 그는, 너희 모두와 이 집의 위에 있는 이 자는 나에게 수모를 안긴 자로서 저기 서 있다. 저자는 자신이 저지른 행동의 대가를 받게 될 것이다. 주인님께서, 내 남편이 돌아오시는 대로 곧 재판을 열 것이다. 그의 손목에 수갑을 채워라!"

사실이 아닐 뿐만 아니라 극히 선동적인 무트의 연설은 여기까지다. 포티파르의 뜰에 모인 백성들은 어리둥절했다. 머리가 빙빙 돌 것만 같았다. 어차피 신전에서 공짜로 나눠 준 맥주 탓에 현기증을 느끼던 차에, 이야기를 듣다 보니 더 헷갈렸다. 여자가 아름다운 집사한테 푹 빠져 뒤꽁무니만 쫓아다닌다는 건 다 아는 소문이 아닌가? 하지만 그는 그녀를 거부한다 하지 않았던가? 이런 그가 느닷없이 여주인에게 손을 뻗쳐 폭력을 써서라도 못된 짓을 하려 했다니? 머리가 돌 지경이었다. 맥주 탓도 있고 이야기 탓도 있었다. 도무지 앞뒤가 맞지 않았다. 게다가 모두 젊은 집사에 대한 마음이 각별했다. 물론 정실부인이 소리를 지른 것은 사실이었다. 그건 모두 들었다. 그리고 법적으로 볼 때, 여자가 명예를 더럽히는 공격에 소리로 대항하는 것이 그녀의 무죄를 증명한다는 것도 알았다. 게다가 그녀는 집사의 웃옷을 손에 들고 있었다. 마치 그가 덮쳤다가 서둘러 도망칠 때, 그녀가 증거물로 잡아둔 것처럼 보였다. 하지만 집사는 머리를 가슴에 떨군 채 가만히 서서 가타부타 말이 없었다.

"왜들 망설여?"

위압적인 남자 음성이 들렸다. 기고만장한 두두의 목소리였다. 앞에 풀을 빳빳하게 먹인 예복 차림의 키 작은 남자가 앞으로 나섰다.

"여주인님의 지시를 못 들었느냐? 하마터면 이 무섭고 수치스러운 일을 겪을 뻔한 분께서 히브리 청년에게 수갑을 채우라 하시지 않았느냐? 여기 있다. 내가 가져 왔다. 법이 시키는 대로 저항한다는 증거로 비명을 지르는 소리를 듣고 나는 여주인님께서 어떤 일을 당하셨는지, 지금이 어느 때인지, 상황을 대번 알아차렸다. 그래서 이게 필요할 줄 알고 회초리 창고에서 나무 수갑을 가지고 왔다. 여기 있다! 멍청하게 입만 벌리고 뻣뻣이 서 있지 말고 이 흉악한 놈의 빈둥거리는 손을 수갑에 채워라. 이 자는 성실한 자의 충고를 거역하고, 속이 텅 빈 자의 충고를 듣고 사들인 이방인으로, 오랫동안 우리 같은 원주민들 위에서 감히 집사 노릇을 했다. 자, 어서 오벨리스크로 끌고 가라! 고문하는 사형장으로!"

마침내 결혼한 난쟁이 두두의 때가 왔다. 그는 이 순간을 마음껏 즐겼다. 그리고 이 자로부터 두 명의 시종이 손을 묶을 나무 수갑을 건네받았다. 또 다른 난쟁이 세프세스-베스는 울음을 터뜨렸다. 그러나 사람들은 이 소리에 웃음을 참지 못했다. 요셉에게 수갑이 채워졌다. 물레처럼 생긴 통나무로 중간을 열고 닫게 할 수 있었다. 그 구멍에 요셉의 손이 끼워졌다. 나무 무게에 눌린 데다 틈이 워낙 좁고 꽉 끼어서 전혀 움직일 수 없었다.

"그 놈을 개집에 처넣어라!"

무트의 무서운 목소리가 명령했다. 그녀는 그 자리에 털썩 주저앉았다. 그리고 요셉의 옷을 옆에 내려놓고 노래를 부르듯 어두워지는 뜰 쪽을 향해 말했다.

"난 여기 집의 문턱에 앉아 증거물인 옷 조각을 옆에 내려놓았다. 모두 내 앞에서 물러나거라. 그리고 집안으로 들어가라고 권하지도 말아라. 얇은 옷 때문에 저물어가는 저녁 날씨에 몸이 차가워지면 안 되니 집안으로 들어가라고 충고할 생각은 하지도 말아라. 그런 청에는 귀머거리가 되겠다. 여기 내가 빼앗은 물건 옆에 앉아 페테프레가 돌아올 때까지 기다리겠다. 이 끔찍한 모욕을 보상받기 전까지는 여기서 단 한 발자국도 움직이지 않겠다."

재판

자랑스러운 시간이든, 고난의 시간이든, 그 시간은 항상 위대하다. 에사오가 하늘로 치솟을 듯 들떠서 허세를 부리며 춤까지 출 수 있었던 것은 그때가 그에게 주어진 명예로운 시간이었기 때문이다. 그러다 장막 밖으로 뛰쳐나오며 "저주받았다! 저주받았다!"라고 외치며 닭똥 같은 눈물을 흘려야 했던 다음 시간은 그러면 덜 위대하고 덜 엄숙했던가? 결코 그렇지 않다!

지금은 페테프레의 축제에서 가장 곤혹스러운 시간이다. 이 시간은 실은 항상 바닥에 깔려 있었다. 나일 강으로 새나 하마를 잡으러 나가든, 혹은 사막으로 사냥을 나가거나 또 훌륭한 고대 작가들의 글을 읽을 때에도 그는 항상 이 시간이 다가올 것에 대비하고 있었다. 다만 어떤 모습으로 다가올지, 상세한 그림을 그리지 못했을 뿐이다. 하지만 일단 닥쳐오면, 그 다음은 그에게 달려 있었다. 보라, 막상 이 시간이 도래한 순간, 그가 얼마나 멋지고 고상하게 연출했는지를.

그는 마부 네테르나흐트가 끄는 마차를 타고 양쪽에 횃불을 밝힌 채 빨리 귀가했다. 앞에서도 말했듯이, 저녁 향연을 염두에 뒀다 하더라도 필요 이상으로 일찍 도착했다. 어떤 예감 때문이었다. 그는 귀가할 때면 항상 "집안은 평안한가? 여주인께서는 명랑하신가?"라고 묻곤 했다. 그리고 가슴 한구석 재난이 닥쳐올 순간을 각오하고 있었다. 아, 포피타르! 그런데 바로 오늘이 그 순간이다. 여주인은 집의 문턱에 측은하게 앉아 있고, 네게 항상 음식을 건네주며 기분을 좋게 해주던 자는 지금 수갑을 차고 개집에 갇혀 있으니까!

그렇군. 이런 모습으로 실현되는군. 그렇다면 있는 그대로 받아들이자! 저 멀리 아내 무트가 어딘지 모르게 섬뜩한 모습으로 문 앞에 앉아 있는 게 보였다. 그런데도 그는 고상한 마차에서 내려오면서 늘 던지던 질문을 했다. 그러나 이번에는 대답을 들을 수가 없었다. 그를 도와주던 자는 머리를 떨구고 침묵을 지켰다. 그렇군. 그래, 역시 짐작했던 대로군. 이 시간의 다른 상세한 것들은 짐작과 다를 수도 있겠지만, 여하튼 이런 일이 언젠가는 생기리라는 짐작은 맞은 셈이야. 그는 부채와 명예 지휘봉을 한 손에 들고 있었다. 탑처럼 키가 커서 제2의, 그러나 부드러운 르우벤이라 할 수 있는 페테프레는 마차를 끌던 말들이 마구간으로 끌려가고 사람들이 횃불을 밝혀둔 뜰로 멀찌감치 물러서자, 천천히 계단을 올라가 쪼그리고 있는 자 앞에 이르렀다. 그리고 깍듯이 조심스럽게 물었다.

"이게 무슨 일이오? 이 모습을 어떻게 이해해야 하오? 그대는 이렇게 얇은 옷차림으로 이 통로에 앉아 있고 옆에는 또 내가 이해할 수 없는 뭔가를 놓아두었구려."

"그래요! 당신은 무미건조하고 아무 힘도 없는 말로 묘사하지만 실은 서방님께서 진술하는 것보다 훨씬 더 폭력적이고 충격적인 광경이에요. 그러나 본질적으로는 당신의 확인이 옳아요. 저는 여기 앉아 있고 옆에는 뭔가 내려놓았어요. 당신은 이것이 무엇인지 이해하면 곧 치를 떨게 될 거예요."

"내가 이해할 수 있도록 도와주구려!"

"전 여기 앉아 당신의 재판을 기다리고 있어요. 우리 두 나라가 지금껏 단 한번도 겪어 본 적이 없고, 아마도 어떤 민족도 보지 못했을 소름 끼치는 불경죄가 저질러졌으니까요."

그는 손으로 재앙을 쫓는 시늉을 한 다음 마음을 단단히 먹었다.

"히브리 노예가, 당신이 우리 집안에 들여놓은 그 히브리 종이 내게 못된 짓거리를 하려 했어요. 전 어느 날 저녁 홀에서 당신의 무릎을 끌어안고 이 이방인을 내쫓아 달라고 애원했어요. 예감이 별로 좋지 않았으니까요. 그러나 허사였어요. 당신은 그 노예가 너무 소중해서 저를 위로도 해주지 않고 그냥 보냈어요. 그런데 이 방탕한 자가 텅 빈 당신 집에서 절 덮쳐 쾌락을 얻으려 했어요. 남자로서 준비가 다 되어 있었단 말이에요. 왜요? 절 못 믿나요? 너무 끔찍해서

967

이해를 못 하겠나요? 그렇다면 여기 증거가 있어요. 이게 모든 걸 분명하게 보여주죠! 표식은 말보다 강해서 해석과 의심의 여지를 남기지 않거든요. 이것이야말로 깨질 수 없는 사물의 언어로 진술하니까요. 보세요! 이건 당신 노예의 옷이 아닌가요? 잘 살펴보세요. 이 표식은 내가 정결한 몸으로 남았다는 증거예요. 악당이 밀치고 들어오기에 나는 비명을 질렀어요. 그러자 그는 깜짝 놀라 도망쳤어요. 그렇지만 나는 그의 옷을 잡았고 그는 놀란 나머지 내 손에 옷을 남기고 갔어요. 제가 지금 그의 흉악한 죄를 입증하는 증거를 당신 눈앞에 들어보이고 있어요. 이것은 그가 도망쳤고 내가 비명을 질렀다는 증거예요. 그가 도망치지 않았더라면 나는 옷을 갖지 못했을 테고 내가 비명을 지르지 않았더라면, 그는 도망치지 않았겠죠. 게다가 집안 사람 모두 내 고함소리를 들은 증인들이에요. 어디 물어봐요!"

페테프레는 고개를 숙인 채 말이 없었다. 이윽고 한숨을 내쉰 후 그가 말했다.

"심히 슬픈 이야기구려."

"슬프다고요?"

그녀가 협박하듯 말했다.

"나는 '심히 슬픈' 이야기라고 했소. 그러나 이 이야기는 끔찍하기까지 하오. 다행히 당신의 정신이 온전하고 법을 알아서 그나마 최악의 사태에 이르지 않았다는 그대의 말을 듣지 못했더라면, 이보다 무거운 표현을 찾았을 것이오."

"치욕을 초래한 노예를 일컫는 표현은 찾지 않으셨나

요?"

"그는 치욕을 초래한 노예요. 이 모두가 그의 행동에서 나온 것이니 '심히 슬픈' 것은 일차적으로 그에게 해당되는 표현이오. 그리고 다른 날도 아니고 하필이면 오늘 저녁에 이런 끔찍한 사건이 터져서 내게 치명타를 안기다니, 이 또한 심히 슬픈 일이오. 파라오의 사랑과 은혜를 입어 그분의 유일한 친구로 들어 올려진 이 아름다운 날에 몇몇 지인들과 조촐하게 자축하려고 집으로 돌아왔더니 이런 일이 생기다니, 곧 손님들도 들이닥칠 터인데. 이것이 얼마나 혹독한 일인지 알기나 하오!"

"페테프레! 당신 몸에 대체 인간의 심장이 있기나 한가요?"

"왜 그런 걸 묻는 거요?"

"뭐라 말할 수 없는 이 시간에 궁정에서 새로 얻은 명예 호칭 이야기를 꺼내고, 그것을 어떻게 축하할지 그 이야기를 하니까요."

"그건 뭐라 말할 수 없는 이 시간과 마땅히 높이 기려야 할 이 날을 극단적으로 대비시키기 위해서요. 이렇게 하여 뭐라 말할 수 없음을 더욱 강조하기 위해서요. 사람들이 그것 자체에 대해서는 이야기할 수 없어서 다른 것으로 표현하게 만드는 것이, 뭐라 말할 수 없는 것의 본성이라오."

"아니에요, 페테프레. 당신에게는 인간의 심장이 없어요!"

"오, 여보. 당신에게 한마디 해야겠소. 인간의 심장이 조금 결여된 것을 오히려 환영해야 되는 상황도 있다오. 당사자를 위해서나, 상황을 위해서도 그게 좋으니까. 왜냐하면 이 상황을 헤쳐나가는데 인간의 심장이 너무 많이 관여하면, 오히려 일을 그르치고, 그게 결여되어 있을수록, 훨씬 더 성공적으로 극복할 수 있기 때문이오. 나의 명예로운 날을 망치는 심히 슬프고 끔찍한 이 일을 어떻게 해야 하겠소? 이 일은 망설이지 말고, 즉각 조정하여 세상에서 제거해야 하오. 우선 당신은 자신에게 가해진 형언할 수 없는 몹쓸 짓에 대해 충분히 보상받기 전에는 적당치 않은 이 장소에서 일어서지 않을 게 틀림없기 때문이오. 그 점은 나도 충분히 이해하오. 그리고 두번째로, 내 손님들이 곧 들이닥칠 터이니 그전에 모든 것을 하나도 남기지 않고 깨끗하게 정리해야 하기 때문이오. 따라서 나는 곧 집안의 재판을 열겠소. 판결도 빨리 내릴 수 있을 테니 천만다행이오. 모두 몸을 감추고 계신 분 덕분이오. 여기서 효력을 갖는 건 오로지 내 말일 뿐, 다른 사람의 말은 아무 비중도 없으니 말이요. 그런데 오사르시프는 어디 있소?"

"개집에 있습니다."

"그럴 줄 알았다. 내 앞으로 데려오너라. 그리고 위층에 계신 거룩한 부모님도 모셔 오너라! 자고 있더라도 깨우거라! 집안 백성은 모두 이 앞으로 모여라. 그리고 여주인이 앉아 있는 이곳으로 내 높은 의자를 가지고 오너라. 어서 재판을 끝내서 여주인을 일어나게 하리라!"

모든 게 명령대로 즉시 이루어졌다. 단 문제가 하나 있었다. 그의 부모인 후이와 투이가 처음에 나오지 않으려고 버틴 것이다. 이들은 팔이 나뭇가지처럼 간들거리는 가냘픈 소녀들로부터, 더 구체적으로는 깔때기 모양의 입에서 이 소동에 관해 전해 들었다. 노인들은 자신들이 속죄양으로 바쳐 빛의 궁신으로, 파라오의 환관으로 만든 아들과 마찬가지로 막연하게나마 이런 일이 닥치리라 예상하고 있었다. 그런데 막상 일이 터지자 겁이 나서 내려오려 하지 않았다. 이 일을 심리하는 과정이 저 아래 저승에서 있을 심판을 떠올렸고, 자신들을 정당화할 이유를 논리 정연하게 제시할 힘이 머리에 남아 있지 않아서였다. 두 사람은 아무래도 '우리는 좋은 뜻으로 그런 것입니다'를 제대로 전달하지 못할 것 같았다. 그래서 곧 숨을 거둘 지경이라 집안의 재판을 견뎌낼 힘이 없노라고 전하라 했다. 그러나 아들인 집주인은 발까지 구르며 분노하면서, 어떤 상태든 상관없으니 무슨 일이 있어도, 당장 모셔 오라 일렀다. 만일 그들이 숨을 곧 거두리라 생각한다면, 그들의 며느리인 무트가 재판을 신청한 원고로 앉아 있는 이 자리처럼 좋은 장소가 없다는 것이었다.

노인들은 그제야 마지못해 보살펴 주는 소녀들의 부축을 받고 문 앞으로 내려왔다. 은빛 수염의 늙은 후이는 무서울 정도로 고개를 흔들어대며 벌벌 떨었고, 힘없이 미소 짓는 하얗고 커다란 얼굴의 늙은 투이는 장님처럼 닫힌 눈으로 두리번거렸다. 무엇인가를 찾아 헤매는 듯했다. 페테프레의 판관 의자 옆에 선 두 사람은 처음에는 흥분을 가누지 못하고 계속 중얼거렸다.

"우리가 그렇게 한 건 좋은 의도에서였어!"

그러나 잠시 후 이들은 안정을 되찾았다. 여주인 무트는 증거물인 표식과 함께 페테프레가 앉아 있는 의자의 발판 옆에 앉았다. 그 뒤에 붉은 옷을 입은 무어 족 시종 하나가 부채를 높이 쳐들고 있었다. 옆에는 등불을 든 자들이 서 있었다. 그러나 뜰 또한 횃불로 환하게 밝혀졌다. 휴가를 받아 아직 축제를 구경 중인 자들은 제외하고 전 시종이 다 모였다. 그리고 계단 앞으로 수갑을 채운 요셉을 끌고 왔다. 세엔크-웬-노프레 어쩌고저쩌고라는 긴 이름을 가진 난쟁이와 함께였다. 이 작은 자는 요셉의 옷자락을 붙잡고 그 곁을 떠날 줄 몰랐다. 두두는 자신의 좋은 시간이 한층 더 아름다워지리라 기대하며, 기고만장한 자세로 자리를 지켰다. 결과적으로 두 명의 덜 자란 자들이 피고의 양쪽을 지키는 셈이었다.

페테프레의 부드러운 목소리가 형식적인 문구를 읊듯 빠르게 이어졌다.

"이제 재판을 열겠다. 그러나 서둘러야 한다. 이 자리에 머리가 따오기 새이며, 인간의 법을 기록한 자요 저울 옆의 하얀 원숭이인 그대를 부르노라. 그리고 여주인 마아트, 타조깃을 장식 삼아 진리의 앞에 있는 여주인 마아트! 그대도 부르노라. 우리가 그대들을 청할 때는 마땅히 공물을 먼저 바쳐야 하지만 나중으로 미루겠노라. 이는 내가 보증을 설 터이니 곧 실행한 것이나 마찬가지이다. 이제 시간이 급하다. 이 집의 주인으로서 나는 다음과 같이 판결한다."

여기까지는 두 손을 올리고 말을 했다. 그리고는 높은 의자의 한구석에 편하게 앉아서 팔꿈치를 괴고 작은 손을 팔걸이 위에서 조금씩 움직이며 말을 이었다.

"악을 막기 위해 첩첩이 방벽을 쳐놨음에도 불구하고, 그리고 재앙이 들어오지 못하도록 물 샐 틈 없이 격언들을 세워놓았음에도 이 훌륭한 금언들을 거역하고 좋지 않은 일이 집안으로 스며들었다. 그리하여 지금껏 평안했던 집안의 아름다운 틀을, 서로 조심하고 배려하는 이 평화로운 틀을 일시적이나마 망가뜨렸다. 이는 심히 슬프며 끔찍한 일이 아닐 수 없다. 게다가 하필이면, 내가 파라오의 사랑과 칭송을 의미하는 반지와 파라오의 유일한 친구라는 화려한 칭호를 하사받은 이 뜻깊은 날에 이런 일이 닥쳤다. 오늘 같은 날은 인간의 입장에서 보자면, 예의를 갖춘 여러 가지 축하 인사가 당연하거늘, 이처럼 질서를 뒤흔드는 끔찍하고 충격적인 사건으로 나를 맞이하다니, 있을 수 없는 일이다. 하지만 어쩌겠느냐! 이미 오래 전부터 몹쓸 것이 방벽을 뚫고 집안에 몰래 들어와 아름다운 질서를 갉아먹고 있었다. 집안을 무너뜨려 어떤 협박문처럼, 부자가 가난해지고, 또 가난한 자는 부자가 되고 신전이 폐허가 되도록 말이다. '이미 오래 전부터'라고 말하는 이유는 재앙이 소리 없이 찾아와 많은 사람들에게 들키지 않고 몸을 숨겼으나 주인의 눈은 속일 수 없었기 때문이다. 주인은 집안의 아버지요 어머니이다. 그의 눈길은 달빛과 같아서 암소를 임신시키고 그의 말은 바람 같은 숨결이라 생식 가루를 이 나무에서 저 나무로 옮겨 준다. 이렇듯 주인은 거룩한 생식력의 표상인 까닭에 벌집에서 벌꿀이 흘러나오듯, 모든 것은 주인으로부터 시작되고 증식된다. 따라서 어떤 것도 그의 통제를 벗어날 수 없다. 아무리 다수의 눈앞에 감춰져 있었더

973

라도, 주인의 눈앞에 분명하게 드러나는 이유도 그래서이다. 이번 일을 계기로 이러한 사실을 분명히 알아야 할 것이다! 나도 내 이름에 따라다니는 소문을 잘 알고 있기 때문이다. 나더러 이 땅에서 하는 일이라고는 식사하는 것뿐이라 하는데, 이는 허튼소리에 불과하며 핵심을 비껴나는 소리이다. 나는 모든 것을 알고 있다. 너희는 그것을 알아야 한다. 그러니 이번 일을 통하여 주인님의 눈이 모든 것을 꿰뚫어 본다는 사실을 알게 되어 더더욱 주인을 어려워하고 두려워하게 되었다면, 내가 재판을 하고 있는 이 심히 슬픈 일의 발생은 한편으로는 좋은 점도 있다고 말할 수 있다."

그는 목걸이에 걸고 있던 향수병을 코에 갖다댔다. 공작석(孔雀石)으로 만들어진, 손잡이가 달린 향수병이었다. 그리고 향기를 들이킨 후 상쾌한 기색으로 말을 이었다.

"나는 이 집안에 침입한 몹쓸 것이 어디로 오갔는지 그 길을 이미 오래 전부터 알고 있었다. 그러나 지나친 질투와 증오에 밀려 간교한 계략으로 이를 부추기고 준비했을 뿐 아니라, 오히려 집안을 지키는 훌륭한 격언들을 배신하고 몹쓸 것을 집안으로 끌어들여 집안에 숨게 만든 자의 길도 잘 알고 있다. 이 배신자가 내 의자 앞에 난쟁이의 형상으로 서 있다. 이전에 내 보석과 궤짝을 관리한 감독관 두두가 바로 그자이다. 그는 스스로 내 앞에 와서 자신의 악의를 고백할 수밖에 없었다. 자신이 탐욕이라는 재앙에 어떻게 문을 열어주었으며, 어떻게 물꼬를 터 주었는지. 그러니 이제 그에게 판결을 내린다! 태양의 주인님이 변덕스러운 기분으로 다른 건 모두 다 줄어든 그의 형상에 특별히 하나만 제대로 부여해 주신 그 힘으로 그의 죄 값을 치르게 할 생각은 없다. 거기에는 손을 대지 않겠다. 대신 이 배신자의 혀를 자를 것이다. 혀 반쪽을."

그는 구역질을 하며 말을 고쳤다. 그리고 손을 흔들었다. 두두가 소란스럽게 울부짖기 시작했던 것이다.

"그러나," 페테프레가 덧붙였다.

"나는 습관적으로 내 보석과 옷을 난쟁이에게 맡겨왔다. 따라서 이런 혼란이 생겼다 하여, 내 습관까지 바꾸는 것은 바람직하지 않으므로, 이제 내 집안에 있는 다른 난쟁이, 세엔크-웬-노프레-네테루호트페-엠-페르-아문을 옷장 서기로 임명한다. 앞으로는 그로 하여금 나의 궤짝을 감독하게 하라!"

요셉이 걱정스러워 통곡한 탓에 주홍빛으로 달아 있던 곳립의 주름투성이 얼굴이 한순간 기쁨으로 환해졌다. 여주인 무트는 그러나 고개를 쳐들고 페테프레의 의자를 쳐다보았다. 그리고 이빨 사이로 목소리를 낮춰 물었다.

"이게 무슨 판결인가요? 서방님? 이것은 사물의 가장자리만 건드리는 부수적인 판결이에요! 사람들이 당신의 판관 역할에 대해 뭐라 하겠어요? 그리고 이런 판결을 내리시면 전 어떻게 자리에서 일어나겠어요?"

"조금만 참으시오!" 그 역시 조용히 말했다. 의자에서 그녀 쪽으로 약간 몸을 수그린 자세였다.

"여기서는 한 사람 한 사람 차례차례 자신에 대한 판결을 듣게 될 것이오. 그리고 범죄자에게는 죄가 돌아갈 것이오.

그러니 잠자코 있으시오! 당신은 직접 판결을 내린 것처럼 만족하고 곧 일어날 테니 안심하오. 사랑하는 당신을 위해 인간의 심장은 많이 섞지 않고 판결할 것이니, 기쁜 줄이나 아시오! 만일 인간의 심장을 질풍노도에 내맡긴 채 판결을 내리면 영원히 후회하게 될 것이오."

그녀 쪽으로 몸을 숙인 채 나직하게 이 말을 건넨 후, 그는 다시 몸을 일으켰다.

"자, 오사르시프! 지난날의 젊은 집사! 이제 마음을 단단히 먹거라. 너에게 판결을 내리겠다. 너는 어쩌면 이 판결을 기다리느라 아까부터 오랫동안 불안에 떨었을지도 모른다. 난 처벌을 강화하려고, 너를 거칠게 다루고 쓰디쓴 벌을 내릴 생각에 일부러 널 오래 기다리게 했다. 그렇지만 네 영혼이 너 자신에게 스스로 내릴 벌은 계산하지 않았다. 지금 흉측한 이름을 가진 세 마리의 짐승이 네 발목을 붙들고 있을 테니까. 그 짐승들의 이름이 '수치'와 '잘못'과 '조소'라 했더냐? 네가 머리를 숙여 눈을 바닥에 내리깔고 내 의자 앞에 서 있는 모습이 이를 보여주는구나. 네 모습이 지금에야 내 눈에 들어온 것은 아니다. 나는 네가 고통스럽게 기다리고 있는 동안 남몰래 너를 훔쳐보고 있었다. 넌 고개를 푹 숙이고 수갑을 찬 채 침묵하고 있다. 하기야 어떻게 침묵하지 않을 수 있겠느냐? 다른 사람도 아닌 여주인이 누구도 의심할 수 없는 말로써 너를 고소하는 마당에, 이처럼 결정적인 고소 앞에서, 게다가 네 웃옷까지 수치를 당한 표식으로, 즉 증거물로 제시되어 있으니 어찌할 방도가 없지 않으냐? 이렇게 반박할 수 없는 사물의 언어가, 네가 여주인에게 달려들었으며 그녀가 소리치자 네 옷을 그녀의 손에 남기고 갈 수밖에 없었다는 교만한 너의 만용을 증언해 주니, 어찌 변명이나 할 수 있겠느냐? 이제 묻겠다. 네가 여주인을 거역하고 변명을 한들 무슨 소용이 있겠으며, 어떻게 명백한 사물의 언어를 이겨서 네 자신을 변호할 수 있겠느냐?"

요셉은 침묵했다. 그리고 고개를 더 깊이 수그렸다.

"아마 너는 그렇게 못할 것이다." 페테프레가 말했다.

"털을 깎으려고 가위를 들고 있는 자 앞에 끌려간 양처럼 너는 입을 다물 수밖에 없을 것이다. 네게는 오늘 그 외에는 다른 방도가 없다. 그렇게 날렵하고 재치 있게 그리고 고상하게 기분 좋은 말을 하던 너였지만 오늘만은 그럴 수 없을 것이다. 그러나 네 종족의 신께 감사한 줄 알아라. 저물어 가는 태양과 비슷한 그 바알 혹은 아돈이 그나마 지나치게 용감한 너를 지켜주어, 네가 극도로 흥분하는 최악의 상황까지는 몰고 가지 않아서 옷만 놓고 도망칠 수 있게 해주었으니, 네 신에게 고마워하라. 내가 이런 말을 하는 이유는, 만일 그렇지 않았더라면 너는 이 시간에 악어밥이 되거나 또는 천천히 불에 타죽는 형벌을 받았을 것이기 때문이다. 눈에 못이 박혀 문에 매달려 죽는 형벌을 면한다면 말이다. 물론 이런 종류의 벌은 거론할 여지가 없다. 최악의 것은 피했기 때문에 이런 벌을 내릴 수는 없다. 그럼에도 불구하고 내가 너를 거칠게 다룰 생각이라는 사실은 의심하지 마라! 그리고 일부러 고통스럽게 오랫동안 기다리게 했으니 이제 내 판결을 들거라. 나는 너를 왕의 포로들을 가두는 감옥에 집어넣겠다. 거기 가면 너는 더 이상 내 소유가 아니며 파라오의 소유로서 파라오의 노예가 된다. 섬에 있는 자위-레(Zawi-Rê) 요새가 그 감옥이다. 이 교도소장의 손에 너를 넘길 생각이다. 그는 사람들과 장난칠 줄 모르는 사나이라서 네가 아무리 사람들의 비위를 잘 맞춰주고 기분을 좋게 해주는 재주가 있어도 그런 것에 넘어가지 않을 사람이다. 그러니 처음에는 감옥생활이 몹시 혹독할 것이다. 물론 그 관리에게 네가 누군지 '적절히 묘사한' 편지도 따로 보낼 생각이다. 그리고 내일 웃음이라고는 없는 그 속죄의 장소로 배에 태워 보내겠다. 그곳에 가면 앞으로 다시는 내 얼굴을 볼 수 없을 것이다. 한동안 가까이 있으면서 내 잔을 채우고 훌륭한 저자들의 책도 읽어주면서 아늑한 시간을 보낸 너로서는 이 일이 고통스러울 수도 있을 것이다. 깊숙이 고개 숙인 얼굴에서, 아래만 바라보는 네 눈에서 눈물이 흘러도 나로서는 놀랄 게 없다. 여하튼 너는 내일 그 혹독한 곳으로 옮겨질 것이다. 이제 개집으로 돌아갈 필요는 없다. 그 벌은 벌써 끝났으니, 이제는 두두를 그곳에서 밤을 보내게 하여 내일 그의 혀를 자르게 할 것이다. 그리고 너는 보통 때와 마찬가지로 신뢰의 특실에서 자거라. 그 방은 오늘밤만큼은 '유치장의 특실'이 될 것이다. 그리고 넌 지금 수갑을 차고 있는데, 이제는 두두도 수갑을 차야 마땅하다. 두번째 수갑이 있다면 말이다. 만약 하나밖에 없다면 이 수갑을 풀어 두두에게 채우도록 하라. 이제 판결을 끝냈다. 집안의 재판도 끝났다. 각자 자기 자리로 돌아가 손님 맞을 채비를 하거라!"

978

이 판결에 뜰에 있던 모든 사람이 땅에 엎드려 손을 들어 올리며 부드럽고 지혜로운 주인의 이름을 불렀다는 소식에 놀랄 사람은 아마 없을 것이다. 요셉 또한 감사하며 머리를 땅에 조아렸다. 후이와 투이까지 돌봐주는 아이들의 부축을 받으며 아들의 면전에서 찬사를 보냈다. 그러면 무트-엠-에네트는 어땠을지 궁금한가? 여주인 역시 예외는 아니었다. 사람들은 그녀가 판관 의자의 발 의자에 몸을 기대고 남편의 발 위에 이마를 묻는 광경을 볼 수 있었다.

"고마워할 것 없소, 여보." 그가 말했다.

"이 시련의 시간에 그대를 만족시킬 수 있었다면 기쁠 뿐이오. 그리하여 그대에 대한 내 사랑을 힘으로 증명할 수 있었다면, 그것으로 만족하오! 이제 손님 맞을 홀로 들어가서 나의 명예로운 날을 함께 축하합시다. 당신은 낮 동안 지혜롭게 집을 지켰고, 오늘 저녁을 위해 몸을 아꼈지 않소."

이렇게 하여 요셉은 다시 한번 구덩이에 빠져 감옥으로 가게 된다. 그러나 이 구덩이에서 어떻게 위로 올라와 더 높은 자리에 이르게 되는지, 그것은 다음 노래의 대목이 될 것이다.

《네번째 이야기로 이어집니다》

요셉과 그 형제들 4

펴낸날	초판 1쇄 2001년 11월 20일
	초판 3쇄 2020년 6월 30일
지은이	토마스 만
옮긴이	장지연
펴낸이	심만수
펴낸곳	(주)살림출판사
출판등록	1989년 11월 1일 제9-210호
주소	경기도 파주시 광인사길 30
전화	031-955-1350 팩스 031-624-1356
홈페이지	http://www.sallimbooks.com
이메일	book@sallimbooks.com
ISBN	978-89-522-0068-6 04850
	978-89-522-0064-8 (세트)

※ 값은 뒤표지에 있습니다.
※ 잘못 만들어진 책은 구입하신 서점에서 바꾸어 드립니다.